内容简介

　　本书主要研究中国文言小说的发展演变过程和规律。在研究过程中，以中国小说的民族特色——"文备众体：可以见史才、诗笔、议论"为中心和主线，主要划分了七个发展阶段：先秦时期、两汉时期、魏晋南北朝时期、唐五代时期、宋金元时期、明清时期、近代时期进行研究，并适当注意各个时期之间的联系以及各个时期的社会因素对文言小说发展演变的影响。

作者简介

王恒展，1948年生，山东潍坊人。1977年考入山东师范大学中文系，1982年毕业留校。现为山东师范大学文学院古代文学教研室教授、博士生导师。兼任中国水浒学会常务理事、山东省近代文学学会副会长、山东省古代文学学会常务理事。主要著作有《中国小说发展史概论》、《山东小说史》（合著）、《齐鲁典籍与小说滥觞》、《历代文言小说赏析》、《历代白话小说赏析》、《中国古代寓言大观》（主编）等。

丛书主编 马瑞芳

中国古代小说发展研究丛书

中国文言小说发展研究

王恒展 著

山东教育出版社

图书在版编目(CIP)数据

中国文言小说发展研究/王恒展著. —济南:山东教育
出版社,2015
(中国古代小说发展研究丛书/马瑞芳主编)
ISBN 978－7－5328－9089－7

Ⅰ.①中… Ⅱ.①王… Ⅲ.①文言小说—小说史—
研究—中国 Ⅳ.①I207.409

中国版本图书馆CIP数据核字(2015)第235131号

中国古代小说发展研究丛书

马瑞芳 主编

中国文言小说发展研究

王恒展 著

主　管:山东出版传媒股份有限公司
出版者:山东教育出版社
　　　　(济南市纬一路 321 号　邮编:250001)
电　话:(0531)82092664　传真:(0531)82092625
网　址:www.sjs.com.cn
发行者:山东教育出版社
印　刷:山东临沂新华印刷物流集团有限责任公司
版　次:2016 年 4 月第 1 版第 1 次印刷
规　格:710mm×1000mm　16 开本
印　张:30.5 印张
字　数:451 千字
书　号:ISBN 978－7－5328－9089－7
定　价:85.00 元

(如印装质量有问题,请与印刷厂联系调换)
印厂电话:0539－2925659

总　序

2005 年我担任山东大学古代文学学科学术带头人后,考虑到学科自身优势和发展需要,拟组织本学科教授撰写一套中国古代小说发展研究丛书。山东教育出版社对此选题很感兴趣,并申报国家"十一五"规划出版重点项目,获得批准。我们特别邀请山东师范大学王恒展教授加盟。历经十年,这套丛书的九部书稿终于集体亮相于读者面前。

为什么选择撰写这样一套丛书? 因为此前学术界对于中国古代小说的研究多侧重于"史""论",侧重于思想艺术分析,对小说作为中国古代文学重要文体,如何萌芽、产生、发展、壮大,直到蔚为大观,对各类小说的发展过程、阶段、特点,研究得似乎还不太够。有必要采用多角度、多侧面对中国古代小说发展脉络做一下梳理和开掘,总结出一些可以称之为规律性或中国特色的东西。

那么,这套丛书涉及并试图总结出中国古代小说发展过程中哪些规律和特色?

一曰中国古代小说的概念、范围、分类。今存文献中,"小说"这个词语最早见于《庄子·杂篇·外物论》:

"饰小说以干县令,其于大达亦远矣。"①小说研究者早就认识到这里的"小说"是指琐屑的言论,指与"大达"形成对比的小道,还不具备文体"小说"的含义。小说在汉代之前尚缺乏独立的文体意义。在漫长的文学发展长河中,随着小说题材的拓展和小说创作艺术的渐渐成熟,"小说"才成为以散文叙述虚构故事的文学体裁的专称。中国古代"小说"一词内涵、外延都相当复杂,既有文学性文体部分又有非文学性文体部分。各朝各代学者对小说做出了各种分类。16世纪胡应麟《少室山房笔丛》将小说分为六类:志怪、传奇、杂录、丛谈、辩订、箴规。后三类就属于非文学性文体。后世学者对文学性小说文体的分类通常按语言形式做文言和白话之分;按篇幅做长篇和短篇之分(中篇小说通常被包含在短篇小说之内);按内容做志怪和传奇之分,还有更具体的历史演义、英雄传奇、人情小说之分……不一而足。本丛书着眼于文学性文体小说的研究和分门别类的细致考察。

二曰中国古代小说的起源、孕育、滋养过程。考察哪些文体、哪些因素对小说的产生起作用,这一研究较多地集中在先秦两汉语言文学中。先秦两汉并没有产生典型的小说文体,但此时的多种文体如神话传说、历史散文及诸子散文、史传文学甚至《诗经》《楚辞》都给小说的产生以或大或小、或远或近的影响。其中,神话的原型人物、典故、构思,史传文学的叙事笔法和杂史杂传,诸子中的"说体"故事和寓言故事……对中国古代小说的产生起到决定性作用。本丛书对中国古代小说产生做了全面深入探讨,提出一系列新见解。如庄子对中国古代小说家的决定性影响,《诗经》《楚辞》对小说创作的开宗作祖意义等。

三曰中国古代小说唐前史料学探究。研究中国古代小说,史料是基础,是理清小说产生年代、成就、特点的必备资料,是进行理论分析的前提。汉前小说史料依附于历史、诸子,从魏晋南北朝开始,小说作为独立的文体跻身于众多文体之中,产生大量小说作品。程毅中先生在《古代小说史料简论》一书中提出:小说作品本身和版本、目录、作者

①《庄子集解》,《诸子集成》本,第177页,上海书店出版社,1986。

生平、评论等，都是重要的小说史料。本丛书在对中国古代小说各种发展阶段的重要作品进行探究时，注重考证，注重重要作家生平对小说创作影响的考察，注重第一手资料的收集和剖析，力求"言必有据""知人论事"。需要说明的是，唐后小说史料十分繁富，由于小说是"小道"的观念，唐后一些极其重要的作家如兰陵笑笑生、曹雪芹的生平往往不易弄清。因而对作家生平的考订应该成为小说史料学的重要内容，如与红学并列的曹学，就是专门研究《红楼梦》作者曹雪芹及其祖辈的学问。而用一本书探讨整部小说史史料问题几乎不可能，故本丛书对唐后小说史料的必要性、兼顾性研究体现在有关书中，小说史料的专门性探究暂时截止于唐前，唐后小说史料的专门性探究，留待此后有条件时增补。

四曰文言小说和白话小说的发展轨迹和写作特点。中国古代两类最主要的小说文言小说和白话小说都经历了萌芽、成长、繁荣、鼎盛、衰落阶段，并在各阶段产生了彪炳史册的名著。我们采用通常意义的文言和白话区分法，其实严格地说，不能用"文言或白话"截然区分中国古代许多小说，典雅的《聊斋志异》里有许多生动活泼的民间口语，通俗的《金瓶梅》中也出现台阁对话，《三国演义》则采用既非纯粹文言亦非纯粹白话的浅显文言。中国古代文言小说如《搜神记》、《幽明录》、唐传奇、《聊斋志异》等，具有明显诗化和写意性特点，人物描写带一定类型化、"扁平"性，故事叙述、情节结构较为简约明快。中国古代白话小说，不管是短篇小说《三言二拍》，还是长篇小说《三国演义》《水浒传》《金瓶梅》《西游记》《红楼梦》《儒林外史》，重在描写情节完整、曲折生动、感人悦人的故事，或着眼悲欢离合，或着眼社会问题，人物栩栩如生，风貌复杂多样，长篇小说更具有一定的史诗品格。文言小说以志怪成就最著，白话小说描写人生成就最高。不管文言还是白话小说，在人物描写、情节布局、构思艺术上，在诗意化和寓意性上，既借力于古代文化特别是古代文学其他样式如诗词辞赋散文戏剧，小说之志怪和传奇、文言与白话，又互相融汇、互相补充、互相借鉴，共同构成中国小说特有的人物创造、构思方法、描写格局、民族特点。

　　五曰对小说民俗的选择性考察。中国古代小说是中国民俗文化的重要载体,而民俗具有鲜明的地域性、民族性、时代性特点。因为中国古代小说所反映的民俗太复杂,涉及面太广,时间跨度太大,难以专门用一本书进行既细致又全面的研究。本丛书在剖析中国小说发展若干问题时,顺带对小说中的民俗进行综合考究,并选择跟山东有明确关系的几部名著如《水浒传》《金瓶梅》《聊斋志异》《醒世姻缘传》等,对小说所反映的民间信仰、饮食服饰、祭祀占卜、婚嫁丧葬、灵魂狐妖迷信、神佛道观念……进行专门考察,研究这些人生礼俗对刻画人物、组织情节起到的重要作用。作为与汉族民俗的对照,选择《红楼梦》作为满族民俗的载体进行研究。除与汉族类似的饮食服饰、神佛观念外,侧重考察《红楼梦》反映的满族游艺习俗、骑射教育以及满族的蓄奴风俗和与汉族不同的姑娘为尊的重女风俗。通过这个新角度对几部古代小说名著的解读,说明古代小说特别是明清小说中表现的民族风俗是其他任何文学作品和文化典籍都不能替代的。

　　六曰对小说传播的选择性考察。文言小说的主要传播途径不外乎史家和目录家的著录、读者传抄、类书和丛书收录、戏剧改编。白话小说的传播途径要广泛得多,在传播上也更有代表性和广泛性。印刷取代传抄成为主要传播方式,为嘉靖本《三国志通俗演义》作"引"的修髯子、刻印《水浒传》的武定侯郭勋等是小说印刷传播先驱。书坊为降低成本、扩大印刷推出的"简本"小说和短篇小说的选本如《今古奇观》,成为推动小说传播的重要因素。明清两代的文人士大夫成为白话小说的重要接受和传播者,"评点"变成自娱悦人兼推动小说销售的手段,白话小说改编成戏曲也很多见,三国戏、水浒戏、西游戏、封神戏、杨家将戏等广受欢迎。而与广泛传播形成强烈对比、引起尖锐矛盾的是统治者的"禁毁"。其实,中国古代小说很早就传播到欧洲引起世界文豪的赞誉。《歌德谈话录》多次谈到在中国只能算做二流的小说《好逑传》《玉娇梨》等,歌德说:在他们(中国人)那里一切都比我们这里更明朗、更纯洁,也更合乎道德。值得注意的是,歌德对中国古代几部二流小说跟《红与黑》等欧美名著持类似欣赏态度。拉美文学两位当代文学巨匠马尔克斯和博尔赫斯都崇拜曹雪芹和蒲松龄,博尔赫斯曾给阿根廷版《聊斋志异》写序并大加赞扬。

七曰古代小说理论发展研究。刘勰《文心雕龙》被认为是非常重要的文艺理论著作,偏偏没有关于小说的内容,这固然因为当时小说还处于萌芽时期,也说明小说从产生伊始,就没法取得与传统文学如诗词散文平起平坐的地位。小说被列入"子"部,算做"杂家"。"小说"者,小家珍说,雕虫小技也。小说长期处于被歧视的地位,在强大的传统文化笼罩下,小说家总想羽翼信史、向历史学家靠拢,蒲松龄自称"异史氏",就是司马迁"太史公"的模仿秀。中国古代没有独立的小说理论,也没有系统的小说理论著作,小说理论常以序跋或评点形式依附于小说本身,主要起诱导和愉悦读者的作用,不像经学家说经,诗词学家说诗词,起到写作指导作用。因此中国古代小说评点家对小说创作经验的总结常是"捎带性"的副产品,且多需后世学者加以进一步综合阐释。古代小说理论极力与散文理论、史传文学理论相对接,以取得合法性,其核心理念、内在思路、观念表述多借鉴经史理论,特别是"文以载道""良史之才"等观念经常被运用。金圣叹、毛宗岗、张竹坡、脂砚斋等古代小说评点家对小说具体人物、情节东鳞西爪的评点有鲜明的中国特色,部分吉光片羽的观点甚至可与 20 世纪文论家媲美。

八曰中国古代小说构思特点。中国古代小说从萌芽到繁荣,经历两千多年,无数作家付出辛勤劳动,它们形成了哪些富有中国特色的构思方法?哪位作家是哪类构思方式的开创者?哪位作家是哪类构思的集大成者?这些构思方法是如何萌芽、成长,并长成一株株小说名作的参天大树?这些形态各异的参天大树又如何共居华夏一园,形成中国古代小说构思千姿百态、摇曳生风的美景?……

这套丛书的写作目的,既想尽古代文学研究者职责,在古代小说研究中拓出新路子,完成新命题,又想古为今用、研以致用,希望通过对中国古代小说发展研究的比较全面的检视,使得中国古代小说与西方小说学概念、理论在纸面上接轨、"比武",让辉煌的古代小说以崭然如新的面貌走向读者,走向世界,引导当代读者阅读,给当代小说创作者参考。

因为文出众手，每位作者都是此方面默默耕耘多年的专家，各有自认为必须说明之处，故可能本丛书对某些话题和观念，如"小说"词语的历史演变，或有重复涉及，乃或有此书与彼书抵牾之处，读者方家慧眼鉴识之。

古代文化典籍版本复杂，本丛书择善而从，所引用经、史、诗词、小说原文，基本采用权威通行本并在页下加以详注。

众擎群举，十年搏书，敬请读者方家指点。

马瑞芳

2015 年 6 月 12 日于山东大学

目　录

绪 论

在西方,"小说进入文学领域,较之诗歌和戏剧这两种古老的文学样式要晚得多,……尽管它的萌芽或雏型可以在古代民间故事、中世纪英雄史诗和骑士故事诗中见到,可是它的最终形成,即作为一种具有独特个性的文学样式,至少要到 18 世纪"①。而在我们中国,至迟在两千年前的战国时期就已经出现"小说"一词。《庄子·杂篇·外物》云:

> 任公子为大钩巨缁,五十犗以为饵,蹲乎会稽,投竿东海,旦旦而钓,期年不得鱼。已而大鱼食之,牵巨钩,锱没而下,骛扬而奋鬐,白波若山,海水震荡,声侔鬼神,惮赫千里。任公子得若鱼,离而腊之,自制河以东,苍梧以北,莫不厌若鱼者。已而后世轻才讽说之徒,皆惊而相告也。夫揭竿累,趣灌渎,守鲵鲋,其于得大鱼难矣!饰小说以干县令,其于大达亦远矣!是以未尝闻任氏之风俗,其不可与经于世亦远矣!

这里所说的"小说",虽然与今天文体意义的小说概念尚不全同,但结合上下文看,显然已经具有了今天小说概念

---

① 〔美〕乔安尼·科克里斯、多洛西·洛根著,王维昌译:《文学欣赏入门》,第 76 页,合肥,安徽文艺出版社,1986。

的某些要素。"因为'说'在当时,本身就是一个文体概念,包容了议论、记事、寓言等方面的内容,为游士们所时常使用。而庄子称其为'小说',则表现出一种轻蔑的感情色彩。"①此后经过两千多年的发展,终于成了中国文学园地中的一棵参天大树。然而"与西方小说明显不同的是,中国小说自身分为两个系统,即白话小说和文言小说。它们虽然同属一种文体,然而其各自的产生发展过程、社会属性和艺术观念与特征,以及各自的历史命运等,都有着显著的区别。因此,对它们的研究不应是笼而统之,而应当是区别对待,即在承认并研究二者相互联系的基础上,充分注意它们各自的基本状况和规律特征"②。正是基于这一小说史现实,爰有本书的写作。

一　文言小说概说

文学是语言的艺术,小说自不例外。在中国古代,虽然从语言方面讲,有文言小说和白话小说之分,但当时似乎并没有从文体学上对二者进行严格的区别,也没有"文言小说"和"白话小说"的概念。有人说"'文言小说'的概念最初出现于'五四'前后,用来区别于白话小说"③,好像事实也并非如此。近代资产阶级改良主义运动中,梁启超等人倡导"小说界革命",众同仁于1903年至1904年在《新小说》第一、二卷上发表《小说丛话》,梁启超即提出"文学之进化有一大关键,即由古语之文学变为俗语之文学是也",并称"小说者,决非以古语之文体而能工者也"。他这里所说的"古语"显然指文言,而"俗语"则显然指白话。至1908年,徐念慈(1875—1908年)以"觉我"的笔名在《小说林》第九、十期上发表《余之小说观》,比较全面地分析、研究了小说创作及翻译的历史、现状和发展趋势,始正式提出了"文言小说"和"白话小说"的概念,并列为专题进行了论述,曰:"六、文言小说与白话小说"。且云:"之二者,就今日实际上观之,则文言小说之销行,较之白

---

① 董乃斌、陈伯海、刘扬忠主编:《中国文学史学史》(第三卷),第230页,石家庄,河北人民出版社,2003。
② 宁稼雨:《中国文言小说总目提要·前言》,第1页,济南,齐鲁书社,1996。
③ 李修生、赵义山主编:《中国分体文学史》(小说卷),第1页,上海,上海古籍出版社,2001。

话小说为优。果国民国文程度之日高乎？吾知其言之不确也。吾国文字，号称难通，深明文理者百不得一，语言风俗，百里小异，千里大异，文言白话，交受其困。若以臆说断之，似白话小说当超过文言小说之流行，其言语则晓畅，无艰涩之联字，其意义则明白，无幽奥之隐语，宜乎不胫而走矣。而社会之现象，转出于意料外者，何哉？余约计今之购小说者，其百分之九十出于旧学界而输入新学说者，其百分之九出于普通之人物，其真受学校教育而有思想、有才力、欢迎新小说者，未知满百分之一者也？所以林琴南先生，今世小说界之泰斗也，问何以崇拜之者众？则以遣词缀句，胎息史汉，其笔墨古朴顽艳，足占文学界一席而无愧色。……夫文言小说，所谓通行者既如彼，而白话小说其不甚通行者又若是，此发行者与著译者，所均宜注意也。"请注意，在反对文言，提倡白话的"小说界革命"时期，文言小说尚且"通行者既如彼，而白话小说其不甚通行者又若是"，就可以想见文言小说独特的艺术特征，以及由此而来的顽强的艺术生命力。

　　相对于由伎艺性的说话艺术之"话本"演化而来的白话小说，文言小说的首要特征便是使用文言。相对于朗朗上口，通俗易懂，明白晓畅，毫无幽奥之语、生僻之字的白话文，文言文虽有佶屈聱牙、艰涩隐晦、深奥难明之弊，但同时也有言简意赅、简约含蓄、朴素隽永、优雅传神的特色，具有诗化的语言特色。如果说白话小说的叙述与描写如工笔画画家之笔，线条细腻，须眉毕现，具有明显的写实性，那么文言小说的叙述与描写则如写意大师之水墨，勾勒点染，造境传神，具有明显的写意性。举凡优秀的文言小说，如《搜神记》《搜神后记》《幽明录》《世说新语》《聊斋志异》等等，在语言上无不具有这一特点。《世说新语》中卷下《赏誉第八》云："世目李元礼，'谡谡如劲松下风。'""王蓝田为人晚成，时人乃谓之痴。王丞相以其东海子，辟为掾。常集聚，王公每发言，众人竞赞之。述于末坐曰：'主非尧、舜，何得事事皆是？'丞相甚相叹赏。"均三言两语，人物形象即形神兼具，如在目前。若译以白话，恐很难达到如此水平。石昌渝尝云："中国叙事文学传统，从一开始就有写实和写意两种艺术表现形式，形成两种艺术流派。写实注意情节的完整合理以及细节的周到逼真，而写意则表现着一种诗化倾向,不注重情节,甚至淡化情节,追求意境,追求意趣的隽永。"①与白话文相比,文言文显然更适于写意这一表现形式。

其次,从创作队伍方面讲,白话小说除《金瓶梅》《红楼梦》等文人独创、抒写胸臆的作品外,大多数作品多具有或多或少的"职业"特征。由"说话"四家之"小说"演化而来的"三言二拍"等话本小说,由其他三家演化而来的《三国演义》《水浒传》《西游记》等章回小说,其原作者显然都是民间说话艺人或书会才人。文言小说的作者则主要是传统文人。南北朝时期《列异传》的作者曹丕是皇帝,其他如《博物志》的作者张华,《玄中记》的作者郭璞,《搜神记》的作者干宝,《搜神后记》的作者陶潜,《幽冥录》《世说新语》的作者刘义庆等都是著名文人。唐代的文言小说作者如张鷟、唐临、张荐、薛用弱、李复言、裴铏、袁郊、段成式等都是进士,至于狄仁杰、张说、元稹、牛僧孺等就更不用说了。此后的宋元明清时期,文言小说的作者们虽不及他们的前辈那样显赫,但从北宋的乐史、吴淑、张齐贤、欧阳修,到南宋及金元的洪迈、周密、元好问、陶宗仪,从明代的瞿佑、李昌祺、王世贞、宋懋澄,到清代的蒲松龄、王士禛、纪昀、袁枚等等,无不是知名文人。即使到了近代,像俞樾、王韬、韩邦庆、吴沃尧等等,也仍然入文人之列。纵观历代文言小说作者,可以说主要为文人。从这一角度说,文言小说也可以称之为文人小说。

再次,从篇幅和篇章结构方面看,文言小说虽然也有不少篇幅较长、结构比较复杂的作品,甚至还有少数文言长篇小说,但从总体上看,其主流仍然是篇幅短小的笔记小说和篇幅略长一些的传统传奇小说。确如东汉初年的桓谭所说:"小说家者流,合丛残小语,近取譬论,以作短书,治身理家,有可观之辞。"②其中,"合丛残小语"一句,便准确地道出了大多数文言小说篇幅简短、结集行世的形式特征。而这一特征也同时确立了作家们顺其自然的结构意识,因而大多数文言小说的结构都比较简单,有话则长,无话则短,从而形成了长短随宜、长短结合的形式体例。以《世说新语》为例,短者如下卷《俭啬第二十九》之

---

① 石昌渝:《中国小说源流论》,第85页,北京,三联书店,1994。
② 〔汉〕桓谭:《新论》,文见中华书局影印胡克家本《文选》卷三一江文通杂体诗《李都尉从军》李善注,北京,中华书局,1977。

"王戎有好李,卖之,恐人得其种,恒钻其核",仅一句话,十六个字就把王戎的俭啬刻画得淋漓尽致。长者如《假谲第二十七》之"温峤娶妇"等,亦仅百余字。另如《聊斋志异》,短者仅几十字,长者如《罗刹海市》《念秧》等也绝不超过五千字,然而却能做到故事情节迂回曲折、引人入胜,人物形象血肉丰满、生动感人。这在白话小说,恐怕是很难做到的。篇幅往往与小说的结构有关。今天,小说史研究者在文体分类方面多将文言小说分为二类,即笔记小说和传奇小说。然而如果换一个视角,从结构模式方面分,则似乎可以分为三类,即笔记体结构模式、传记体结构模式和编年体结构模式。笔记体结构源于上古史官之记言记事,是所有叙事散文的基本元素。这一结构模式不注重故事情节的完整或人物的生平经历,而是选取人物生平中的某一片断,日常生活中的某一场面,像影视中的特写镜头一样,突出重点,不及其余,使人物某一方面的个性特别突出。笔记小说中的绝大部分,传奇小说中的"记体传奇"(《古镜记》《三梦记》之类),都属这一结构模式。传记体结构模式(或称纪传体)起源于《左传》,滥觞于《国语》,在《战国策》中得到长足的发展,至《史记》已经成熟。① 这一结构模式的特点是以人物的生平为叙述的主线,将人物一生的重大事件和最足以表现人物思想性格的情节和细节贯串成篇,可以说是一种以人系事的结构模式。一部分史传小说,如《汉武帝内传》《赵飞燕外传》,传奇小说中的"传体传奇"(《莺莺传》《李娃传》之类),都属于这一结构模式。编年体结构模式始于《春秋》。这一结构模式的特点是叙事以时间为顺序,按照时间的先后叙述故事的发展和经过,以时间为线索安排故事情节,可以说是一种以事系人的结构模式。一部分史传小说,如《燕丹子》《吴越春秋》,一部分传奇小说,如《开河记》《迷楼记》等,都属于这一结构模式。总而言之,因为大部分文言小说篇幅较短,所以结构也相对简单,

---

① 《左传》自庄公二十八年至僖公三十二年间志晋公子重耳出亡,不仅客观地记叙了事情的经过,而且写出了重耳从一个年幼无知的贵族公子成长为一个成熟的政治家的前后变化,已露传记体结构模式先声。《国语》之《越语上》记勾践灭吴,《越语下》记范蠡佐勾践灭吴,已初露传记体结构模式。唐刘知幾《史通》论及这一结构模式的渊源,称"寻兹例草创,始自子长(司马迁)"。但《史记》中的许多篇章,内容和形式上都直接受《战国策》的影响。如《刺客列传》中的豫让、聂政、荆轲等传记,实即增删《赵策一·晋毕阳之孙豫让》《韩策二·韩傀相韩》《燕策三·燕太子丹质于秦亡归》而成。其他如《齐策四·齐人有冯谖者》等,实已具"纪传体雏型"。

不像白话小说中的长篇章回小说那样复杂。

从叙述模式方面讲,文言小说也与白话小说有着明显的区别。从人称方面讲,白话小说源于说话艺术,所以多为第一人称讲述式叙述,总是有一个说书人介于小说的故事、人物和读者之间,充当着叙述代言人的角色。而文言小说源于史官文化,是文人作为故事的旁观者的记录或追述,所以多为第三人称呈现式叙述,读者可以直观地通过隐蔽的叙述代言人的第三人称客观叙述,直接面对作品的故事和人物。因为说话人往往在讲述中直接地介绍人物,评价人物,阐述故事的主题和旨意。"以上古隐奥之文章,为今日分明之议论。……言其上世之贤者可为师,排其近世之愚者可为戒。"①所以白话小说多为主观讲述式叙述。文言小说的作者多为文人,深受传统史官文化的影响。而中国史官文化的主要特征是尚实,所以文言小说,尤其是其中的笔记小说,作者大都秉笔直书,在叙述过程中一般不直接站出来进行议论,陈述自己的观点,而是客观地将故事情节和人物言行呈现在读者面前。因此从感情介入方面讲,文言小说多为客观呈现式叙述。白话小说的叙述代言人——说话人在讲述中可以任意发挥,既可以描述人物的心理活动,也可以描述人物的种种隐私,既可以讲述故事的前因后果,也可以预叙故事的结局,所以白话小说都是全知视角的叙述。文言小说则不然,虽然也有少量全知视角的作品,但绝大多数是文人作为冷静的旁观者的叙述,所以多是限知视角的叙述。甚至像蒲松龄这样的大家,因为《聊斋志异》中出现了全知视角的叙述而遭到了另一位文言小说大家纪昀的批评。② 综上所述,可见与白话小说相比,文言小说基本上是一种第三人称客观呈现式限知视角的综合叙述模式。

"艺术家的根本任务却是塑造形象,尤其是塑造出血肉丰满的人

---

① 〔宋〕罗烨:《醉翁谈录》甲集卷一《舌耕叙引》,第 2 页,上海,古典文学出版社,1957。
② 纪昀门人盛时彦《姑妄听之跋》引纪昀语曰:"《聊斋志异》盛行一时,然才子之笔,非著书者之笔也。虞初以下,干宝以上,古书多佚矣。其可见完帙者,刘敬叔《异苑》、陶潜《续搜神记》,小说类也。《飞燕外传》《会真记》,传记类也。《太平广记》,事以类聚,故可并收。今一书而兼二体,所未解也。小说既叙见闻,既属叙事,不比戏场关目,随意装点。伶元之传,得诸樊嬺,故猥琐具详。元稹之记,出于自述,故约略梗概。杨升庵伪撰《秘辛》,尚知此意,升庵多见古书故也。今燕昵之词,媟狎之态,细微曲折,摹绘如生,使出自言,似无此理;使出作者代言,则又何从而闻见之?又所未解也。留仙之才,余诚莫逮其万一。惟此二事,则夏虫不免疑冰。"

物,用以表达他的主题——他对世界和人生的看法。"①英国著名小说理论家爱德华·摩根·福斯特在他的《小说面面观》里,将小说中的人物分为两类——扁平人物和圆形人物,并说:"17 世纪时,扁平人物称为'性格'人物,而现在有时被称作类型人物或漫画人物。他们最单纯的形式,就是按照一个简单的意念或特性而被创造出来。"②从这一方面看,中国文言小说中的人物无疑大都属扁平人物。这一方面是因为文言小说篇幅简短,故事情节相对单一,很难塑造性格相对丰满,并在故事进展中有所发展的圆形人物,而更重要的是作者主观上就没有想写人物的全部,而是重点突出人物性格的某一方面而不及其余。这一点在"世说体"志人小说中尤为明显。《世说新语》全书分为三十六门,其细目如德行、言语、政事、文学、方正、雅量等等,每一门写某一类型的人物,这些人物无疑都是性格单一的扁平人物。然而也正因如此,这些个性突出的扁平人物却给历代读者留下了深刻的印象,从而造就了作品的不朽价值。这恰如福斯特所说:"扁平人物的一大长处是容易辨认,他一出场就被读者那富于情感的眼睛看出来。……第二个长处是他们事后容易为读者所记忆。由于他们不受环境影响,所以始终留在读者心中。……即使他们所在的那本小说会销声匿迹,但他们仍然不被人遗忘。"③这种人物特征再加上文言特有的语言特征和文言小说的写意手法,更使文言小说具备了它独特的审美特征——情趣审美。也就是说,文言小说不像白话的话本小说那样依靠诸如悬念、强烈的故事性动人,更不像白话的长篇章回小说那样依靠生动曲折、起伏跌宕的故事情节和具有丰满性格的圆型人物动人,而是依靠它本身的诗情画意,依靠它所塑造的类型化、漫画式扁平人物的生动性、典型性,依靠种种扁平人物所体现的喜剧效果,亦即种种情趣动人。时至今日,吃鸡蛋的王蓝田、坦腹东床的王羲之、能写屁颂的秀才以及蒲松龄笔下的各色人物之所以仍能脍炙人口,想来原因就在于此。今天,手机短信故事的悄然兴起,从审美层面讲,恐怕原因也在这里。

---

① 〔美〕乔安尼·科克里斯、多洛西·洛根著,王维昌译:《文学欣赏入门》,第 111 页,合肥,安徽文艺出版社,1986。
②③ 〔英〕爱德华·摩根·福斯特著,苏炳文译:《小说面面观》,第 59～60 页,广州,花城出版社,1984。

除上面论及的语言、作者队伍、篇幅与结构、叙述模式与叙述方法等方面之外,文言小说与白话小说还有多方面的不同,足以确定它在中国文学史、中国小说史上的文体地位。美国著名汉学家韩南在其《早期的中国短篇小说》一文中便首列"白话小说与文言小说"一节,专论二者的不同,称白话小说与文言小说的"主要区别不在文言小说与白话短篇小说之间,而在文言小说与所有白话小说之间。其间相异之处较体裁之别更为基本,事实上涉及故事叙述的方法,而选用某一种文字——文言或白话,仅仅是整套叙述方法中许多要素之一而已"①。他还运用布斯《小说修辞学》的理论,从三种叙述语态——评论式、描写式、表达式三个方面分别进行了论述,特别指出文言文常与隐晦的小说修辞法一同出现,而白话文则常与明确的修辞法不分。另外,二者在模拟时空方面也有着显著的不同。对这一问题感兴趣的读者自可参阅。

二　文言小说的发展历程

我在拙著《中国小说发展史概论》中,结合各类小说文体的发展历史,将整个中国小说发展史划分为七个时期:一、中国小说的孕育时期(先秦),二、中国小说的产生暨雏形时期(两汉),三、笔记小说的成熟和史传小说的发展时期(魏晋南北朝),四、文言小说的全面成熟和通俗小说的产生时期(唐五代),五、中国小说的通俗化时期(宋金元),六、中国小说的雅化时期(明清),七、中国小说的变革时期(近代以降)。文言小说作为中国传统小说的主要文体,虽然有它的特殊性,有它自身的发展规律和演变轨迹,但其发展历程大致也可以划分为七个大的历史时期。

(一)孕育时期(先秦)

中国文言小说虽然不像西方小说那样,延迟到 18 世纪才作为一种具有独特个性的文学样式出现,但相对于诗歌和散文来说,仍然要晚得多。关于中国小说的起源,自古以来即见仁见智,众说纷纭,或云

---

① 〔美〕韩南:《早期的中国短篇小说》,见王秋桂等译《韩南中国小说论集》,第 5 页,北京,北京大学出版社,2008。

"出于街谈巷议所造"①,或云"出于稗官"②,或云为"史氏流别"③,或云为"子书流也"④。近世以来,鲁迅先生首倡源于"神话与传说"⑤,但也有人论及了历史散文、诸子散文对小说的启发和影响⑥。然就"小说"一词最早见于《庄子》这一客观事实看,定先秦为中国小说的孕育时期,当无大错。古时所指"小说"均为文言小说,故亦为文言小说的孕育时期。也就是说,在先秦的诗歌、历史散文和诸子散文中,都孕育着小说这一文体的某些因素。《诗经》中的许多史诗和祭歌,在追述先王神灵功业的同时,往往也保存了一些史迹和传说。十五国风中的许多叙事诗,也往往有故事情节,有人物形象,有典型环境,孕育了一定的小说因素。至于其现实主义艺术手法对后世文学的影响,各种文学史著作均给予了极高的评价,小说自不例外。《楚辞》浪漫主义的艺术手法,大量的神话传说,无疑也具有明显的小说因素。历史散文本身就具有故事情节、人物形象、典型环境,具备了后世小说文体的三大要素,只不过缺乏虚构而已。因此近世学者虽多持小说起源多源说,但多数亦认为历史散文乃小说文体之主源,况且先秦历史散文中也杂有不少传说成分抑或作者追叙时设身处地的想象。诸子散文论其政治、学术主张,多引神话传说、民间故事,以为寓言,以邀视听,故所孕育小说因素尤著。班固《汉书·艺文志》将小说列于诸子之末,后世目录学家相沿成习,至《四库全书》仍隶属子部,有由然也。更何况"子之将史,本为二说,然如《吕氏》《淮南》《玄》《晏》《抱朴》,凡此诸子,多以叙事为宗,举而论之,抑亦史之杂也"⑦。今人多将古代杂史隶属小说,可见此类诸子散文与小说文体的关系。中国小说文体具有"文备众体,可以见史才、诗笔、议论"⑧的文体特色,追本溯源,显然与孕育小说的母体为先秦的历史散文、诗歌、诸子散文有关。

---

① 〔汉〕刘向:《七略》,〔东汉〕荀悦:《汉纪》卷二五《孝成皇帝纪》引。

② 〔汉〕班固:《汉书·艺文志·小说家》卷三〇,北京,中华书局标点本。

③ 〔唐〕刘知幾:《史通·杂述》,北京,中华书局影印明张之象刻本。

④ 〔明〕胡应麟:《少室山房笔丛·九流绪论》。

⑤ 鲁迅:《中国小说史略》,第 7 页,北京,人民文学出版社,1973。

⑥ 游国恩等:《中国文学史》,第 296 页,北京,人民文学出版社,1981。石昌渝:《中国小说源流论》,第 63～93 页,北京,三联书店,1994。

⑦ 〔唐〕刘知幾:《史通·杂述》,北京,中华书局影印明张之象刻本。

⑧ 〔宋〕赵彦卫:《云麓漫钞》卷八,上海,上海古籍出版社。

（二）文体独立时期（两汉）

战国后期，孕育于历史散文和诸子散文中的个别篇章，用今天的小说观念看，实际上已经是完全意义上的小说作品。如《孟子·离娄下》中的《齐人有一妻一妾者》，《庄子·杂篇》中的《盗跖》《说剑》，《战国策》中大量的虚拟之作等。然而这些篇章却仍然孕育于它们的母体中间，没有取得独立的文体地位。班固《汉书·艺文志》虽于小说家类中列《伊尹说》《鬻子说》等小说九种，然或注"其语浅薄，似依托也"，或注"后世所加"，可见当时已经存疑。也就是说先秦时期还没有的的确确的具有独立的文体意义的小说作品问世。时至两汉，情况就大不相同了。就我们今天所能见到的两汉文献看，不但已经出现了独立的不附庸于任何其他文体的小说作品，而且这些作品已经引起了文人们的注意，于图书目录中单列小说一类，或者在自己的作品中有所论及。班固《汉书·艺文志》所列小说虽已散佚，不足为证，但流传至今，独立成篇的《燕丹子》却很能说明问题。中华书局《古小说丛刊》本《燕丹子》卷首附程毅中先生《校点说明》，于其成书年代论证颇详，列举了孙星衍的"先秦说"，《周氏涉笔》的"秦汉说"，胡应麟的"汉末说"，李慈铭、罗根泽等人的"南北朝说"等等，结论则力主"汉代说"，称"今本《燕丹子》的文字可能曾经后人修饰增删，孙星衍校本就校出了许多异文和佚文，但它的确是根据秦汉间传说记录的古小说，比之托名东方朔、班固等人的'汉人小说'总是更可信一些，也许可以说是现存的唯一的一部比较完整的汉人小说。胡应麟说它是'古今小说杂传之祖'，倒是比较恰当的评价"①。《燕丹子》独立成篇，不附庸于任何其他文体，流传至今，是两汉时期文言小说取得独立的文体地位的有力证据。另据李剑国《唐前志怪小说史》考证，驾名东方朔的《神异经》、陈寔的《异闻记》等亦为汉人作品。② 也从另一个方面证实了这一点。而刘向《七略》、班固《汉书·艺文志》等目录已单列"小说家"一类，也是不争的事实（尽管仍为诸子附庸）。总而言之，我们分析两汉时期为中国文言小说的文体独立时期，当是合乎历史事实的。

---

① 程毅中：《燕丹子校点说明》，第6页，北京，中华书局，1985。
② 李剑国：《唐前志怪小说史》第152、213页，天津，南开大学出版社，1984。

（三）第一次创作高潮时期（魏晋南北朝）

从黄初元年(220)魏文帝曹丕登基，至祯明三年(589)陈后主叔宝被执的魏晋南北朝时期，可以说是中国历史上最动荡的时代。走马灯似的政权更迭，星罗棋布的政权割据，打乱了大汉帝国大一统的政治格局，同时也打乱了"罢黜百家、独尊儒术"的大一统思想格局。动乱的年代多悲欢离合，混乱的思想多异端怪说，这一切都为已经取得独立的文体地位，且以叙事为宗的小说文体提供了合适的土壤。再加上统治阶级将文章看作"经国之大业，不朽之盛事"①，并带头进行小说创作，因而便出现了中国小说史上的第一次创作高潮。我们将这一时期定为中国文言小说的第一次创作高潮时期，主要出于以下两方面的原因：一是作品数量多，内容丰富多彩，形式多种多样。在三百多年的时间里，出现了志怪类笔记小说七八十种，俎杂类笔记小说二十余种，志人类笔记小说二三十种，另外还有堪称为传奇小说先驱的史传小说多种，与两汉小说相比，堪称丰收。二是艺术水平高，尤其是笔记小说，可以说已经进入成熟阶段，为后世的文言小说创作树立了榜样。志怪小说中的《博物志》《搜神记》《搜神后记》《幽明录》等都被后人奉为典范，即便是蒲松龄这样的文言小说大家也由衷地称"才非干宝，雅爱搜神"，"集腋为裘，妄续幽冥之录"②。志人小说中的《笑林》《世说新语》等更是情节生动，人物传神，语言简约隽永，不但被后人奉为经典，在中国小说史上形成了"笑林体""世说体"，而且至今鲜能超越。在史传小说方面，现存题为汉人小说的《汉武帝故事》《汉武帝内传》《赵飞燕外传》等多种，后人虽认定伪托，但伪托的时间，如今学界多认为当在此时。这些作品大都篇幅曼长，情节曲折，词藻丰蔚，已经具备了传奇小说的基本要素，只不过还拖着一条历史散文的尾巴而已，稍加演进，即可蝌蚪化为青蛙。胡应麟《少室山房笔丛·九流绪论》称："《飞燕》，传奇之首也。"甚有见地。

（四）第二次创作高潮时期（唐五代）

在当代，多数文学史家和小说史家都将隋唐五代划为一个时期。但从小说史的角度讲，隋自文帝杨坚开皇元年(581)至越王杨侗皇泰

---

① 曹丕《典论·论文》，倡文章为"经国之大业，不朽之盛事"，并著志怪小说《列异传》。
② 〔清〕蒲松龄：《聊斋自志》，《聊斋志异》，第29～30页，济南，齐鲁书社，2000。

二年（619），只有短短的四十年，再减去与陈后主重叠的十年，实际上只有三十年的时间。况且无论从文言小说的内容到形式，还是文体到风格，都与上一个时期更为接近，所以我们没有将这三十年划入下一个时期，而附于魏晋南北朝之末加以论述（好在现存作品也寥寥无几）。在中国文学史上，大唐王朝是一个诗的时代，"大率唐人多工诗，虽小说戏剧，鬼物假托、莫不宛转有思致，不必颛门名家而后可称也"①。所以"唐人小说，小小情事，凄惋欲绝，洵有神遇而不自知者，与律诗可称一代之奇"②。唐代科举盛行，与唐诗并称"一代之奇"的唐人小说的作者多为进士或进士圈里的人，所以与魏晋南北朝时期相比，唐五代文言小说呈现出明显的进士化特征。而由"有闻必录"的笔记小说向逞才弄巧的传奇小说的演化，则是这一时期的总趋势，并因此出现了中国文言小说史上的第二次创作高潮。唐前期，笔记小说已经悄然发生变化，出现了向传奇小说演变的种种迹象。其中最明显的便是许多笔记小说集中开始出现篇幅增长、情节曲折、描写较为细腻的初具传奇小说特征的作品。唐临的《冥报记》中就出现了几篇长达千字的文言小说，其中《睦仁蒨》竟长达一千八百余字。当然，这一阶段也出现了《游仙窟》《古镜记》等少量的单篇传奇小说。唐代中期，传奇小说创作已进入鼎盛时期，相继出现了沈既济、牛僧孺、李公佐、元稹等一大批优秀作家，《任氏传》《枕中记》《玄怪录》《莺莺传》等一大批优秀作品。不但单篇传奇数量猛增，也相继出现了《玄怪录》《通幽记》等传奇小说集。这一时期虽然仍有不少笔记小说问世，但传奇小说已经发展为主流也是不争的事实。晚唐至五代是这一时期文言小说发展的第三阶段，虽然仍有《上清传》《无双传》等不少单篇传奇小说的优秀作品，但占主流的则显然是薛用弱的《集异记》、裴铏的《传奇》、袁郊的《甘泽谣》、皇甫枚的《三水小牍》等传奇小说集。传奇小说集的大量涌现是文言小说史上的一种新情况。而这一阶段的传奇小说集中大量夹杂笔记小说，则明显地表现出传奇小说与笔记小说的相互影响、相互融和。后世以《聊斋志异》为代表的许多文言小说集既收传奇小说，也收笔记小说，显然是受这一阶段文言小说集的影响。从艺术方面

---

① 〔宋〕洪迈：《容斋随笔》卷一五《唐诗人有名不显者》，上海，上海古籍出版社本。
② 〔宋〕洪迈：《唐人说荟·凡例》引。

讲,有唐一代文言小说的进士化特征则确如宋人赵彦卫所说:"盖此等文备众体,可以见史才、诗笔、议论。"①唐代文言小说的作者们既要习文,又要作诗,还要以小说作为邀名取誉的行卷和温卷。"正是在各种文学形式的交互影响下,形成了唐代传奇以诗歌与散文结合、抒情与叙事结合的独特风格:既有美妙的意境,又有细致的刻画,既有丰富的想象,又有如实的描绘。因此无论就现实意义或美感价值来看,唐代传奇都超过了六朝志怪小说。"②从而形成了中国文言小说史上的第二次创作高潮。

(五)文言小说的转型时期(宋金元)

与唐五代时期文言小说的进士化特征相比,宋金元时期的文言小说则明显地受步步趋俗的社会风气、受通俗文学的影响,呈现出一种由雅趋俗的演化轨迹,堪称中国文言小说史上的转型时期。明胡应麟《少室山房笔丛·九流绪论》云:"小说,唐人以前,纪述多虚,而藻绘可观;宋人以后,论次多实,而彩艳殊乏。盖唐以前出文人才士之手,而宋以后率俚儒野老之谈故也。"准确地概括了转型时期的通俗化特征。北宋初,由于招降纳叛政策的实施,胜国臣佐,待遇优厚,馆阁修书,成就斐然。《太平御览》《太平广记》《文苑英华》等即于此时纂成。而《太平广记》则是中国文学史上第一部,也是唯一一部由皇帝敕命编纂的小说总集。同时,这一举动也从而拉开了这一时期文言小说转型的序幕。纵观宋金元时期文言小说的发展轨迹,大致可以划分为三个阶段:宋初,北宋中期至南宋中期(包括金代),南宋后期至元末。宋初为唐五代小说余风犹在的时期。志怪小说《稽神录》的作者徐铉,《江淮异人录》的作者吴淑,传奇小说《绿珠传》《杨太真外传》的作者乐史,《洛阳搢绅旧闻记》的作者张齐贤等,都是由五代入宋的人物。他们的作品虽然仍保留着唐人小说"记述多虚而藻绘可观"的风范,但题材大都取自历史,较唐人略显平实,语言亦显浅近,已经初露转型的端倪。北宋中期至南宋中期应该是形成这一时期文言小说通俗化特色的转型期。传奇小说的代表作《青琐高议》的作者刘斧虽历经仁宗、神宗、哲宗三朝,到过汴京、太原、杭州等地,但终其身并未入仕,故只称秀

---

① 〔宋〕赵彦卫:《云麓漫钞》卷八,上海古典文学出版社本。
② 游国恩等:《中国文学史》,第二册,第196页,北京,人民文学出版社,1981。

才;《云斋广录》的作者李献民亦名不见经传;《李师师外传》的作者更是连姓名也没有留下:这正应了胡应麟所说的"俚儒野老"之说。笔记小说的作者虽不乏王曾、欧阳修、苏轼、陈师道、洪迈、元好问等诗文名家,但这种近乎普及的文学现象本身就是通俗化的标志之一。更何况与魏晋南北朝笔记小说相比,与唐五代笔记小说相比,内容多随意,文笔多粗疏,已渐露由笔记小说向杂记发展的趋向。至于说话艺术对文言小说的影响,在这一阶段也有迹可寻。刘斧的《青琐高议》在正标题之下已各系以七言,被鲁迅先生称之为"甚类元人剧本结末之'题目'与'正名',因疑汴京说话标题,体裁或亦如是,习俗浸润,乃及文章"①。李献民的《云斋广录》更是"语言通俗而尚文采意趣,行文多夹诗、词,具有明显的话本化倾向"②。洪迈的《夷坚志》虽为笔记小说,然多记狱讼,且往往把志怪内容与武侠公案结合起来,恐亦受说话影响。罗烨《醉翁谈录》称当时说话艺人"《夷坚志》无有不览"。后世的许多话本小说也受其影响,亦可见其与说话艺术的关系。在说话艺术盛行的南宋,影响当是相互的。南宋后期至元末,文言小说已经完成了由进士化到通俗化的转型。署名皇都风月主人的《绿窗新话》不但书名中就有一个话本的"话"字,而且每篇均以七字标题,甚类宋元话本。罗烨的《醉翁谈录》更是在开头便首列"舌耕叙引",分"小说引子"和"小说开辟"两部分,系统全面地介绍了宋代说话艺术从话本创作到分类的大体情况。书中的作品则摘录前人之作,依类编排,显然已是当时说话艺人的重要参考资料,甚至可以径直为话本——作为说话的底本。元人文言小说,尤其是传奇小说传世不多,然描写男女爱情的《娇红记》和公案之作《工狱》却主线清楚而枝节横生,叙述委曲而生动逼真,不但可见话本小说之影响,也隐隐透出文言小说发展下一个历史时期渐趋雅化的消息。

(六) 文言小说的雅化时期(明清)

大凡物极必反,文言小说之雅俗亦然。经过了宋金元时期四百余年的通俗化之后,文言小说便进入明清时期的雅化时代。纵观自明初至清代中期(自清道光二十年即 1840 年以后,今人多隶之近代)近五

---

① 鲁迅:《中国小说史略》,第 96 页,北京,人民文学出版社,1973。
② 吴志达:《中国文言小说史》,第 622 页,济南,齐鲁书社,1994。

百年的雅化历程,大致上可以分为四个阶段:第一个阶段从明初至明代中叶(主要集中在元末明初)。首开风气的是被明太祖称为"开国文臣之首"的宋濂和与之齐名的刘基。宋濂的《宋文宪公全集》卷六十四的《说》、卷六十六的《寓言》、卷七十三至七十五的《龙门子凝道记》、卷七十六的《燕书》,刘基的《郁离子》等等,当时虽无小说之名,实际上都应属于小说。二人官高位重,声名显赫,不但带头写小说,且将自己的小说作品堂而皇之地收进自己的诗文集中,显然在文言小说雅化的历程中起了表率作用。是后,由元入明的瞿佑著《剪灯新话》,大量穿插诗词,刻意表现自我,显然已具雅化的文人品格。在通俗了四百年之后,突然出现一部雅化的文言小说集,不但使人有耳目一新之感,且春风化雨,风靡一时,效仿群起。李祯著《剪灯余话》继于前,赵弼著《效颦集》、邱濬著《钟情丽集》随其后。一时作者,纷纷附庸,遂成雅化之风。李祯永乐二年进士,选翰林院庶吉士,曾参与《永乐大典》的修撰;赵弼永乐初以明经授翰林院儒家教谕;邱濬更是理学名臣,历官翰林院编修、侍讲,国子祭酒,礼部尚书,加太子太保兼文渊阁大学士,户部尚书,武英殿大学士。作者的社会地位,亦见雅化之一斑。第二个阶段从明代中叶至明代后期。这一阶段的雅化不是紧承《剪灯》二话。而是退回到了宋金元时期通俗化的原点。原因是正统年间,随着明王朝中央集权的加强,文网日密,从而将第一阶段文言小说雅化的进程挡了回去。这一阶段,首先兴起的是受《娇红记》影响的才子佳人类型的传奇小说,如《寻芳雅集》《觅莲雅集》等,多收入明后期此类传奇小说专集《风流十传》《万锦情林》《国色天香》《绣谷春容》等。而直承上一阶段余风的,当称万历年间邵景詹仿《剪灯》二话的《觅灯因话》。另外,大量小说类丛书、类书的出现,也是这一阶段文言小说史特色之一。陆楫的《古今说海》,袁褧的《前后四十家小说》,顾元庆的《广四十家小说》《顾氏文房小说》等都产生于这一阶段。这一风气促使一大批文学造诣较高的文人加入进文言小说创作的行列,从而促进了文言小说的进一步雅化。查《中国文言小说书目》,这一时期的许多著名文人都有文言小说问世,如王世贞、屠本畯、杨慎等,都与这一雅化的风气有关。第三个阶段从明末开始,至清初达到文言小说雅化的光辉顶点,代表作便是蒲松龄的《聊斋志异》。这一阶段,文言小说在雅化的历程上经过明代近三百年的积极探索,终于迎来了文言小说史上的第三次创作高潮。首先值得注意的是一批以明末清初真人实事为原型创作的传奇小说,如张明弼的《董小宛传》、黄周星的《补张灵崔莹合传》、李渔的《乔复生王再来二姬合传》等等。这些作品不久以后多被张潮收于《虞初新志》之中,一时流传,影响颇巨,以至于形成了一个仿此书的小说史现象,形成了一个"虞初"系列。其次,许多著名文人,如施闰章、毛奇龄、宋荦、王士禛等,亦纷纷加入文言小说创作的行列,已渐露嗣后笔记小说重振之先声。当然,这一阶段真正将文言小说创作推向又一个新高潮的是康熙年间蒲松龄"用传奇法,而以志怪",合传奇、笔记于一炉,融志怪、志人、杂俎于一体的《聊斋志异》。第四个阶段是清代中叶。这一阶段的文言小说明显地流为二派:一派是仿《聊斋志异》派的"聊斋体"。此派人多势众,作品蜂拥,不胜枚举。直至近代,尚不绝如缕。一派是以乾隆名臣总纂《四库全书》的纪昀为代表的复古派"阅微草堂体"。此派直承魏晋文言小说风格,于《聊斋志异》之外独立一派,代表作便是纪昀的《阅微草堂笔记》。两派之外,习幕经商的沈复著《浮生六记》,文词朴素、感情真挚、表现自我,已露近现代小说的风格和韵味。因为这一时期的内容较多,所以我们在正文中将分两章分别进行论述。

(七)文言小说的衰落时期(近代)

正如陈平原所说,近代以前,白话小说和文言小说"各有各的表现天地,各有各的作者队伍,也各有各的读者群。可以说两者并行不悖,并没有发生直接的冲突,理论界也没有细辨两者的高低异同"①。其实一直到近代初期的几十年间,情况也基本如此。文言小说自上一个高潮过后,虽然进入低谷,但仍有俞樾的《右台仙馆笔记》,李庆辰的《醉茶志怪》等笔记小说;解鉴的《益智录》,王韬的《遁窟谰言》《淞滨琐话》《淞隐漫录》,宣鼎的《夜雨秋灯录》等传奇小说陆续问世。到19世纪末,20世纪初,情况就大不相同了。由于资产阶级改良主义倡导"小说界革命",以改良小说为改良政治的重要手段。于是,梁启超便在"小说界革命"的纲领《论小说与群治之关系》一文中明确提出:"在文字

---

① 陈平原:《二十世纪中国小说史》,第一卷,第189页,北京,北京大学出版社,1989。

中,则文言不如其俗语,庄论不如其寓言。"①明确地将文言与白话对立起来。然而事实却并非如此,文言小说仍然层出不穷,占据半壁江山。确实"文言小说与白话小说之间的互相影响、相互靠拢,逼使作家和理论家站在一个新的角度来思考小说文体,把同属小说文类的文言小说和白话小说放在一起议论、比较。于是同一部外国小说,既有白话译本,也有文言译本;同一位小说家,既用白话写作,也用文言写作;同一种小说杂志,既刊白话小说,也刊文言小说——一时间小说界颇有白话、文言和平共处、并驾齐驱的味道"②。甚至直到 1908 年觉我在《小说林》第九、十期上发表《余之小说观》一文,也不得不承认"就今日实际上观之,则文言小说之销行,较之白话小说为优"。"所以林琴南先生,今世小说界之泰斗也,问何以崇拜之者众? 则以遣词缀句,胎息史汉,其笔墨古朴顽艳,足占文学界一席而无愧色。"也就是说,虽然在此后不久,文言小说便在政治和权力的干预下退出了历史舞台,但仍然有着"莫道桑榆晚,红霞飞满天"的辉煌。其实,近代后期文言小说,尤其是翻译小说和长篇文言小说的崛起,的确是一个值得研究的文学现象。林纾的文言翻译小说,鸳鸯蝴蝶派的许多文言长篇小说……风靡当时,影响了是后一代作家,定当有其原因。

① 梁启超:《论小说与群治之关系》,《新小说》1902 年第一卷,第一期。
② 陈平原:《二十世纪中国小说史》,第一卷,第 190 页,北京,北京大学出版社,1989。

第一章
文言小说的孕育时期——先秦

概　说

　　"自从盘古开天地，三皇五帝到如今。"先秦时期自是中国文化、中国文学的孕育和生发时期。文言小说作为中国文学百花园中的一朵，自不例外。从今天所能见到的历史文献看，唐代以前的小说，均为文言小说，已是不争的史实，所以古今学界所言中国小说的起源，实即文言小说的起源。关于中国小说的起源，自古及今大凡有以刘向、班固为代表的"稗官说"①，以张衡等为代表的"虞初说"②，以刘知幾、胡应麟等为代表的"子史说"③，以绿

---

　　① 汉班固《汉书·艺文志》曰："小说家者流，盖出于稗官，街谈巷语，道听途说者之所造也。"此说盖出自汉刘向《七略》，《七略》已佚，东汉荀悦《汉纪》卷二十五《孝成皇帝纪》引其文曰："又有小说家者流，盖出于街谈巷议所造。"

　　② 汉张衡《西京赋》曰："匪唯玩好，乃有秘书。小说九百，本自虞初。"清周克达《唐人说荟序》曰："（虞初）《周说》九百四十三篇，此小说家所由起也。"瓶庵《小说界发刊词》曰："虞初著目，始垂小说之名。"

　　③ 唐刘知幾《史通·杂述》曰："偏记小说，自成一家，而能与正史参行，其所由来尚矣。爰及近古，斯道渐烦，史氏流别，殊途并骛。"明胡应麟《少室山房笔丛·九流绪论（下）》曰："小说，子书流也。然谈说理道，或近于经；又有类注疏者。纪述事迹，或通于史；又有类志传者。"

天馆主人为代表的"周季说"①,以西湖钓叟、郎瑛等为代表的"唐宋说"②,以鲁迅为代表的"神话说""休息说"③等等,不一而足。详其所说,以西湖钓叟、郎瑛等为代表的"唐宋说"显然是指由"说话"伎艺而出的白话小说,与文言小说无多少关系。以张衡为代表的"虞初说"虽指文言小说,然《四库全书总目》已辨其晚出,并上推至屈原《天问》所举之神话传说(鲁迅《中国小说史略》称小说起源"则亦犹他民族然,在于神话与传说",其实《四库全书总目》小说家类《序》已有此观点)。④其他各家之说,从时间方面看,均可上推至先秦。详其内容,"稗官说"指稗官所记之"街谈巷语",而"街谈巷语"自生于民间,故而亦指神话传说。"周季说"称"史统散而小说兴",显指正史之外的各类杂史著作,而此类作品的共同特点则是"迂诞依托",广采民间传说,与刘知幾《史通·杂述》所云相通⑤,亦即与"子史说"所指相通。也就是说,诸家所谓中国小说起源,均指先秦典籍中那些"杂陈神怪,多莫知所出"的神话传说。然而众所周知,吾国之神话传说,向无专集,多杂于传统图书的经、史、子、集中,也就是今所谓先秦历史散文、诸子散文、诗歌等先秦典籍之中。因而,分而论之,中国小说源于先秦历史散文、诸子散文、诗歌等先秦典籍;综而论之,一句话,源于先秦。这也就是我们分先秦为中国小说孕育时期的主要原因。

---

① 明绿天馆主人《古今小说序》曰:"史统散而小说兴,始乎周季,盛于唐,而浸淫于宋。韩非、列御寇诸人,小说之祖也。"

② 清西湖钓叟《续金瓶序》曰:"小说起于唐宋,广于元,其体不一。"〔明〕郎瑛《七修类稿》卷二二:"小说起仁宗时,盖时太平盛久,国家闲暇,日欲进一奇怪之事以娱之。"

③ 鲁迅《中国小说史略·神话与传说》曰:"志怪之作,庄子谓有齐谐,列子则称夷坚,然皆寓言,不足征信。《汉志》乃云出于稗官,然稗官者,职惟采集而非创作,'街谈巷语'自生于民间,固非一谁某之所独造也,探其本根,则亦犹他民族然,在于神话与传说。"又于《中国小说的历史的变迁》第一讲曰:"至于小说,我以为倒是起于休息的。人在劳动时,既用歌吟以自娱,借它忘却劳苦了,则到休息时,亦必要寻一种事情以消遣闲暇。这种事情,就是彼此谈论故事,而这谈论故事,正就是小说的起源。"

④ 清纪昀《四库全书总目·小说家类序》曰:"张衡《西京赋》曰:'小说九百,本自虞初。'《汉书·艺文志》载《虞初周说》九百四十三篇,注称武帝时方士,则小说兴于武帝时矣。故《伊尹说》以下九家,班固多注依托也。然屈原《天问》,杂陈神怪,多莫知所出,意即小说家言。"

⑤ 唐刘知幾《史通·杂述》曰:"在昔三坟五典,《春秋》梼杌,即上代帝王之书,中古诸侯之记。行诸历代,以为格言。其余外传,则神农尝药,厥有《本草》;夏禹敷土,实著《山经》;《世本》辨姓,著自周室;《家语》载言,传诸孔氏。是知偏记小说,自成一家,而能与正史参行,其所从来尚矣。爰及近古,斯道渐烦,史氏流别,殊途并骛。"

"小说"是一个晚出的文学概念。直至战国后期的《庄子》，才在《杂篇·外物》中出现了"小说"一词："饰小说以干县令，其于大达亦远矣"。这里所说的"小说"，虽然还不是一个明显的文体概念，但详其所指，显然已经出现了后来作为文体概念的某些要素，原因是"说"本身就是一个文体概念。陆机的《文赋》、刘勰的《文心雕龙》等对这一文体均有论述。① 以今视昔，凡街谈巷语的传说，阐释经典的传（zhuàn）说，议论说理的论说，战国策士游说时君的游说，均属于"说"这一文体的范围。而这些"说"大都信口开河，而又有一定的故事情节、人物形象和典型环境，已经具有了后世"小说"文体的萌芽。而庄子称其为小说，显然是站在道家的立场上，对儒家、纵横家等利用"说"这一文体达到各自目的的鄙视。

站在当代文体学的立场上审视先秦典籍，可见一片混沌状态，可见除诗歌这一韵文文体之外，其他文体均混沌一体，不可区分，更何况处于孕育状态的小说呢？《易乾凿度》上云："太易者，未见气也。太初者，气之始也。太始者，形之似也。太素者，质之始也。气似质具而未相离，谓之混沌。"因此，后世人们将天地未分离之前朦朦胧胧、囫囵囵的原始状态称作混沌。小说文体在先秦，可以说便混沌于其他各种文体、各种类型的典籍之中。按传统的图书分类，经、史、子、集中都混沌有小说文体的因素。按今人之分类，先秦诗歌如《诗经》《楚辞》中那些含有神话传说、历史故事、叙事成分的作品，都具有一定的小说因素，只不过"气似质具而未相离"而已。

先秦历史散文中也混沌有小说因素。如今小说史家多认为小说起源于多种因素，多种文体，而往往认历史散文为小说之主源，原因就在于历史散文本身就具有故事情节、人物形象、典型环境这三大小说要素。再加上语言本身的模糊性，一经传写，便失去了历史本身的真实性，故王充《论衡》著《语增》《儒增》《艺增》以辨之，且云："世俗所患，患言事增其实；著文垂辞，辞出溢其真，称美过其善，进恶没其罪。何

---

① 晋陆机《文赋》曰："论精微而朗畅……说炜晔而谲诳。"梁刘勰《文心雕龙·论说》曰："说者，悦也；兑为口舌，故言咨悦怿；过悦必伪，故舜惊谗说。……凡说之枢要，必使时利而义贞，进有契于成务，退无阻于荣身。自非谲敌，则唯忠与信。披肝胆以献主，飞文敏而济辞，此说之本也。"

则？俗人好奇，不奇，言不用也。故誉人不增其美，则闻者不快其意；毁人不益其恶，则听者不惬于心。闻一增以为十，见百益以为千。使夫纯朴之事，十剖百判；审言之语，千反万畔。"①是后又举例论述了"诸子之文""经艺万世不易"之文都存有以语言增饰的语言现象。而刘勰《文心雕龙·史传》则从历史散文"追述远代"所造成的"多伪"现象进行了论述："若夫追述远代，代远多伪。公羊高云：'传闻异辞。'荀况称：'录远略近。'盖文疑则阙，贵信史也。然俗皆爱奇，莫顾实理。传闻而欲伟其事，录远而欲详其迹。于是弃同即异，穿凿傍说，旧史所无，我书则传。此讹滥之本源，而述远之巨蠹也。"王充与刘勰所论述的这一现象，都说明历史散文本身已经具有了后世小说文体的种种因素，所以是孕育小说文体的主要母体。《尚书》《春秋》《左传》《国语》《战国策》等先秦历史散文中，都或多或少地孕育着种种文言小说的文体因素。

历史散文如此，诸子散文就更值得研究了。按传统目录学的分类，小说历来就隶属子部，所以关系更为密切。纵观先秦诸子散文，除小说家自身以外，儒、道、阴阳、名、法、墨、纵横、农、医、杂诸家作品之中，无不孕育着大量的小说因素。如今学界多将诸子散文隶属论说文的范畴，而先秦诸子在议论说理时引用的大量神话传说、历史故事，信笔编造的寓言故事等等，实际上都具有小说文体的因素，更何况"子之将史，本为二说，然如《吕氏》《淮南》《玄》《晏》《抱朴》，凡此诸子，多以叙事为宗，举而论之，抑亦史之杂也"②。如前所述，历史散文中那些"代远多伪"，"传闻异辞"的部分中都孕育着小说这一后出的文体，更何况这些不以记录历史为己任，"抑亦史之杂也"的诸子散文呢？由此可见，尽管先秦典籍除诗歌文体外呈一片混沌状态（实际上直至今天仍显混沌，不但经、史、子、集纠葛不清，即历史散文与诸子散文亦界限不明。原因盖出于文体学研究的滞后），但正是这一混沌状态，孕育了后出的文言小说文体。

还有一个重要的问题与这一时期关系密切，那就是中国文言小说在世界文学园地中独具一格的民族特色——"文备众体，可以见史才、

① 〔汉〕王充：《论衡》第八卷《艺增篇》，第129页，上海，上海人民出版社，1974。
② 〔唐〕刘知幾：《史通·杂述》，北京，中华书局影印明张之象刻本。

诗笔、议论"①。也就是说,先秦典籍不但孕育了文言小说这一后出的文体,也孕育了中国文言小说的民族特色。"文备众体"指小说一种文体具备了其他各种文体的文体特色,而具体讲便是具备了历史散文、诗歌和议论文的文体特色。

　　文言小说本身具有历史散文的文体特色,具体地讲它主要包括题材、题材的处理、叙述模式、结构模式,以及叙事、抒情和议论相结合的叙事方法等。第一是题材。在欧美,人们常说爱情是永恒的主题。但在中国,尤其是文言小说中,则历史成了永恒的主题。检《中国文言小说书目》则不难发现,无论是笔记小说还是传奇小说,志怪小说还是志人小说,其题材大都来自历史或与历史有着千丝万缕的联系。这一特点,显然来自先秦历史散文——史官文化的直接遗传。第二是对题材的处理。同样的题材,不同的处理方法便会出现不同的面貌和思想。中国的文言小说之所以在很长的历史时间里被称作稗史、野史、杂史、别传(杂传、杂传记)等等,恐怕都与对题材的处理方法有关。而这种处理方法虽然表面上看千面百孔,不一而足,但概括起来则不外乎一句话——春秋笔法! 而春秋笔法的具体方法便是《左传》所云:"微而显,志而晦,婉而成章,尽而不污,惩恶劝善。"②亦即刘勰《文心雕龙·史传》所云:"举得失以表黜陟,征存亡以标劝戒;褒见一字,贵逾轩冕;贬在片言,诛深斧钺。"第三是叙述模式。从当代叙述学的角度讲,叙事的模式大概可以分为第一人称与第三人称,主观叙述与客观叙述,全知视角叙述与限知视角叙述,呈现式叙述与讲述式叙述,戏剧性叙述与非戏剧性叙述等类型。由于中国是一个有着悠久而优秀的史官文化传统的民族,尤其是在礼崩乐坏之前的先秦早期,这一传统还相当规范,所以史官记事,多依据规则,秉笔直书。在叙述中一般不陈述自己的观点,而是严格地作为一个冷静的旁观者,客观地将历史事件、历史人物的言行记录下来,呈现给读者。因而先秦历史散文大都是一种第三人称限知视角的客观呈现式综合叙述模式。因为历史散文是文言小说主要的母体,所以孕育于历史散文之中的文言小说诸因素也

---

　　①〔宋〕赵彦卫:《云麓漫钞》卷八,上海古典文学出版社。

　　②《春秋左传正义·成公十四年》曰:"春秋之称,微而显,志而晦,婉而成章,尽而不污,惩恶劝善,非圣人,谁能修之。"

必然会接受这一遗传，具备这种综合性的叙述模式。第四是结构模式。当代小说史家虽多将文言小说划分为笔记小说、传奇小说两大类，但就其结构模式而言，似乎可以分为四类：笔记体结构模式、编年体结构模式、纪传体结构模式和复合式结构模式。笔记体结构模式的特点是不注重故事情节和人物形象的完整，所记多为生活场面和片断，抓住一点，不及其余，显然源于先秦史官文化"左史记言，右史记事"的传统。编年体结构模式的特点是依照年代，按时间顺序将故事情节编排起来，可以说是一种以事系人的网状结构模式。这一结构模式虽然有人物形象不够完整之弊，但因以故事情节为统摄，所以有利于叙事，有利于表现事件发生、发展、高潮、结局的脉络，所以叙事清晰，起伏跌宕，委曲婉转，《燕丹子》等作品即属此类。追本溯源，这一结构模式显然始自孔子所修的《春秋》以及左丘明传《春秋》的《春秋左氏传》。纪传体结构模式的特点是叙事以人物的生平为主线，将与人物形象有关的故事情节串联成篇，可以说是一种以人系事的线形结构模式。这一结构模式强调人物形象的完整统一，故事情节真正成了人物性格发展的历史，显然是一种人物传记的结构模式。《东方朔别传》《赵飞燕外传》《李娃传》等都属此类。熟读先秦典籍则可以发现，这一结构模式萌芽于《左传》，滥觞于《国语》，在《战国策》中得到了长足的发展，到《史记》已自成一体。而所谓复合式结构模式则显然是以上三种结构模式的组合运用。后起的文言长篇小说，以及《拾遗记》等即属此类。第五是叙事、抒情与议论相结合的叙事方法。也就是说，先秦历史散文本身就有着"文备众体，可以见史才、诗笔、议论"的文体特色。如《左传》隐公元年叙"郑伯克段于鄢"，通篇叙事，史才特色甚明。而"公入而赋：'大隧之中，其乐也融融。'姜出而赋：'大隧之外，其乐也泄泄。'"则显然是抒情。而文中之"段不弟，故不言弟。如二君，故曰克。称郑伯，讥失教也"，文末之"诗曰：'孝子不匮，永锡尔类。'其是之谓乎"，则显然是议论。这一特点，必然影响后出之文言小说。

诗笔指文言小说的抒情性特征和散文叙述中穿插诗歌等诗化倾向。小说原本是叙事作品，但中国小说，尤其是文言小说却具有明显的抒情性。这一点，只要你翻阅一下任何一部有代表性的文言小说集，一股浓浓的抒情韵味便会扑面而来。从《燕丹子》中的太子丹言怀,到《搜神记》中的紫玉抒情;从《世说新语》中的桓温叹木,到《聊斋志异》中的婴宁笑花:无不具有浓郁的抒情性。这无疑与中国是一个诗国,尤其以抒情诗著称有关。文言小说的作者们自小接受诗的教化,甚至于到了"不学诗,无以言"的程度。① 而传统诗教主要指以《诗经》为主要教材的诗歌教育,当然,《楚辞》也是古代文人的必读之书。这样的教育制度下培养出来的文言小说作者,其作品具有浓郁的诗意自是顺理成章的事。至于散文叙事中穿插诗歌,历史散文中就有这样的传统,后世作者受其哺育,将自己创作的诗歌作品穿插到小说之中,用以抒情言志,渲染气氛,烘托环境,也自是理所当然的事情了。

议论指作品中的议论和说教成分。这一特色主要来源于诸子散文,另外与历史散文的春秋笔法,像《左传》中的"君子曰"等议论成分也不无关系。《史记》中的"太史公曰"显然源于此种议论。依照今天的分类,先秦诸子散文基本上属于议论文的范畴,因此,其中具有小说因素的历史故事、寓言故事,显然都是为作者论述自己的政治主张和思想观点服务的。试想,《庄子·外物》称别人是"饰小说以干县令,其于大达亦远矣",而他自己又何尝不是饰小说以明大道呢? 传统目录学家一直将小说隶属子部,大概正是看到了小说的这一议论特征。中国的历史散文虽历来标榜实录,标榜秉笔直书,但从孔子著春秋而乱臣贼子惧的事实看,"春秋笔法"的惩恶劝善本身即具议论的特色。我们在上文中所举的《左传》隐公元年《郑伯克段于鄢》一篇文字,即可说明这一点。值得注意的是,先秦历史散文在议论时往往引"诗"为证,这一特点也影响到了后世的文言小说,从而又让"议论"和"诗笔"特征有机地结合起来,成了中国文言小说的议论特色之一。这一点正如美国著名汉学家韩南在论及"评论式"叙述语态时所言:"诗句则有双重作用,一方面因为诗常有谚语或格言的功用,可增加通俗公议的力量,这也是通常评论式语态致力达到的目标。更重要的一方面是,由于诗的句法及音韵与散文不同,使得诗句特别显眼,评论文字也因此更为显著。"②

---

① 《论语·季氏》曰:"陈亢问于伯鱼曰:'子亦有异闻乎?'对曰:'未也。尝独立,鲤趋而过庭。曰:学《诗》乎? 对曰:未也。不学《诗》,无以言。鲤退而学诗。'"
② 〔美〕韩南著,王秋桂等译:《韩南中国小说论集》,第 7 页,北京,北京大学出版社,2008。

综上所述，不但可见中国文言小说"文备众体，可以见史才、诗笔、议论"的文体特征与孕育它的母体——先秦经学典籍、历史散文、诗歌和诸子散文的关系，亦可见中国文言小说"史才、诗笔、议论"的特征并不是各自孤立的，而是水乳交融、有机地结合在一起的。

第一节　先秦诸子散文与文言小说

在传统目录学家的著作中，小说一直隶属于子部，也就是说，小说是诸子散文中的一个种类，具有诸子散文的某些特征。关于诸子散文，班固《汉书·艺文志》云："诸子十家，可观者九家而已。皆起于王道既微，诸侯力政，时君世主，好恶殊方，是以九家之术，蜂出并作，各引一端，崇其所善，以此驰说，取合诸侯。其言虽殊，辟犹水火，相灭亦相生也。"将小说列于其中，而鄙之曰不可观。纪昀《四库全书总目·子部总序》则云："自六经以外立说者，皆子书也。其初亦相淆，自《七略》区而列之，名品乃定；其初亦相轧，自董仲舒别而白之，醇驳乃分。"可见在先秦，除六经之外，那些"各引一端，崇其所善，以此驰说，取合诸侯"之作，都属诸子散文的范畴。《庄子·杂篇·外物》鄙诸家"饰小说以干县令，其于大达亦远矣"，所指正"以此驰说，取合诸侯"之事。可见小说家亦正属此列。关于小说家，传统的经典概念亦见于班固的《汉书·艺文志》："小说家者流，盖出于稗官，街谈巷语，道听途说者之所造也。孔子曰：'虽小道，必有可观者焉。致远恐泥，是以君子弗为也。'然亦弗灭也。闾里小知者之所及，亦使缀而不忘。如或一言可采，此亦刍荛狂夫之议也。"自是而后，直至近代，这一看法几乎两千年不易。也就是说，小说是稗官所采的街谈巷语，民间传说，是君子不为，不登大雅之堂的一种文类。大概正因如此，所以班固称"诸子十家，可观者九家而已"。若以今天的小说观念，从今天的小说文体因素的角度看先秦诸子散文，其在中国文言小说史上有如下几个方面值得研究。

其一是神话传说。"在原始时代，由于生产力的低下限制了人们的知识水平，当他们同自然（指一切对象言，也包括社会在内）作斗争的过程中,不可能了解并掌握自然的规律,在自然的力量面前,显得十分无能。因此就把自然界各种变化的动力都归之于神的意志和权力。他们认为这些变化莫测的现象都有一个神在指挥着,控制着。"①他们"不仅试图解释千变万化的自然现象,还根据自己和大自然艰苦卓绝的斗争,塑造出了神化的英雄形象。对自然力的敬畏和崇拜,造成了自然神;对英雄的敬仰和崇拜,造成了英雄神。前者如雷公电母、雨师风伯;后者如射日的后羿、补天的女娲。自然神和英雄神的传说就构成了神话的主体。这就是神话的起源。"②先秦诸子为了论述自己的政治主张和社会观点,难免引用广为流传的神话传说。春秋、战国之际著名思想家墨翟一派的代表作《墨子》中便开始出现神话传说。其中最引人注目的便是卷八《明鬼下》中墨子为了说明鬼神的存在而列举的五个鬼神故事。其中,杜伯的故事曾被颜之推的《冤魂志》等多次敷衍,在中国文言小说史上显然占有一席之地。而郑穆公遇神的故事则更为典型:

> 昔者郑穆公当昼日中处乎庙,有神入门而左,鸟身,素服三绝,面状方正。郑穆公见之,乃恐惧而奔。神曰:"无惧。帝享女明德,使予锡女寿十年有九,使若国家蕃昌,子孙茂,毋失郑。"穆公再拜稽首曰:"敢问神名?"曰:"予为句芒。"……

清孙诒让《墨子间诂》于"句芒"神名下注曰:"句芒,地示五祀之木神。《月令》'春其神句芒'是也。《左传》昭二十九年蔡墨说少昊氏之子重为句芒。此人鬼为木官,配食句芒者,非地示也。"可见是一个典型的上古神话传说,小说因素十分明显。又,《墨子·明鬼下》在所引的五个神话传说之后都有"非惟若书之说为然也"一句,使我们不难想见,在《墨子》之前,应当已经有几部专辑神话传说的专书存在,使我们想见神话传说在当时的流传情况。

被胡应麟推为"诡诞之宗"的《庄子》和《列子》都属道家。《庄子》中的神话传说虽有率意编造,"借神话传说之形骸,证虚无缥缈之大道"的嫌疑,但《大宗师》中的古之真人,得道诸人,尤其是《秋水》中河伯望洋兴叹的故事,显然都有当时的神话传说作为依据。《释文》云:

---

① 游国恩等著:《中国文学史》(第一卷),第19页,北京,人民文学出版社,1984。
② 张国风:《中国古代小说史话》,第9页,北京,商务印书馆,1996。

"河伯姓冯名夷,一名冰夷,一名冯迟,已见《大宗师》篇。一云姓吕,名公子;冯夷是公子之妻。"联系《山海经·海内北经》《尸子》《楚辞·九歌·河伯》等先秦典籍中的河伯故事,可见为先秦神话传说无疑。《列子》原书虽佚,今本为魏晋时人所辑,晋张湛为之作注,然内容多本自原书佚文,当合乎实际,故鲁迅《中国小说史略》第二篇《神话与传说》亦引《列子·汤问》云:

> 天地,亦物也。物有不足,故昔者女娲炼五色石以补其阙,断鳌之足以立四极。其后共工氏与颛顼争为帝,怒而触不周之山,折天柱,绝地维,故天倾西北,日月星辰就焉;地不满东南,故百川水潦归焉。

女娲炼石补天、共工氏怒触不周之山,都是我国著名上古神话,影响所及,非仅文言小说,即《红楼梦》亦撷其营养。另如同篇之《愚公移山》《夸父追日》,《黄帝》篇中之"庖牺氏、女娲氏、神农氏、夏后氏,蛇身人面,牛首虎鼻,此有非人之状,而有大圣之德"等等,均中国古代著名神话传说,体现了我中华民族悠久的历史和优秀的文化传统。另外,《吕氏春秋》中之《仲夏纪·古乐》《季夏纪·音初》等篇中亦多有关于葛天氏、黄帝、颛顼、帝喾、尧、舜、禹等古代帝王的神话传说。儒家虽因孔子不言怪、力、乱、神,而神话传说较少,但《孟子·万章上》之"舜不告而娶"章中之"万章曰:'父母使舜完廪,捐阶,瞽瞍焚廪。使浚井,出,从而掩之。象曰:'谟盖都君,咸我绩。牛羊父母,仓廪父母;干戈朕,琴朕,弤朕,二嫂使治朕栖。'象往入舜宫,舜在床琴。象曰:'郁陶思君尔!'忸怩"一段,亦显然属神话传说的范围。神话传说不但是中国文言小说的源头之一,且为后世文言小说提供了众多的原型和母题,提供了众多的艺术启示。由此可见,胡应麟称"小说,子书流也"[1],信为不诬。

其二是历史故事和寓言故事。先秦诸子说合诸侯,论述己意,为了取得良好的效果,经常引用许多历史故事和寓言故事。这些故事不但在当时隶属于"说"这一文体,且大都具有故事情节、人物形象、典型环境诸小说因素,所以明显地孕育了后世文言小说。先秦诸子散文中

---

[1] 〔明〕胡应麟:《少室山房笔记·九流绪论》。

的历史故事大抵可分为二类：一类是先秦诸子们引用的历史故事，一类是他们为了进一步论述自己的观点而编造的所谓历史故事。如《管子》之《大匡》《中匡》《小匡》所叙管仲匡扶齐桓公称霸诸侯的故事；《戒》篇所叙齐桓公东游，齐桓公弋在廪而管仲、隰朋朝，桓公外舍而不鼎馈，管仲寝疾而桓公往问之的故事；《轻重》篇中大量的计谋故事。《墨子》之《所染》篇所举大量历史事实，《非儒》篇所叙孔子的故事，尤其是《公输》篇所叙墨子救宋的故事。《晏子春秋》《吕氏春秋》《韩非子》等所叙大量历史故事，都属于第一类。相较而言，儒家诸子叙事成分较少，但《孟子》中尧、舜、禹、契的历史传说，校人欺骗子产的故事，《荀子》中《非相》所叙卫灵公、孙叔敖、叶公子高等人的故事，《仲尼》篇所叙齐桓公杀兄争国、姑姊妹之不嫁者七人的故事，《儒效》篇所叙周公摄政的故事，《强国》篇所叙楚伐蔡的故事、荀卿说齐相的故事，《解蔽》篇所叙纣蔽于妲己、飞廉的故事等，亦属此类。刘知幾云："子之将史，本为二说，然如《吕氏》《淮南》《玄》《晏》《抱朴》，凡此诸子，多以叙事为宗，举而论之，抑亦史之杂也。"①恐怕正是针对先秦诸子散文中的此类作品而言。古代列于杂史别传类的作品，今多归之于小说，如《王子年拾遗记》《搜神记》《冤魂志》《西京杂记》等等。因此，先秦诸子中那些以叙事为宗的历史故事，自然便具有小说的文体因素。第二类乍一看跟第一类没有多少区别，但仔细一看、稍加分析，便知道是诸子作家们为了论述自己的思想、说明自己的观点编造的，其中最典型的便是《庄子》。《庄子》中大量的历史故事，如孔子与其弟子的故事、子产与申徒嘉的故事、鲁哀公与孔子的故事、孔子见老子的故事等等，乍一看历史上实有其人，内容也像合情合理，但仔细一看，问题便来了。如《天道》篇论读书，一开头便称"桓公读书于堂上，轮扁斫轮于堂下"。试问：宫中戒备森严，礼仪尊卑有序，哪里会有国君在堂上读书，木匠在堂下乒乒乓乓打制车轮的道理？至于《盗跖》篇叙孔子与盗跖的会见，《说剑》篇叙"昔者赵文王喜剑，剑士夹门而客三千余人，日夜相击于前，死伤者岁百余人。好之不厌。如是三年，国衰。诸侯谋之。"庄子自称"周善为剑"，与太子往见赵文王，与之论剑，终于使"文王不出

---

① 〔唐〕刘知幾：《史通·杂述》，北京，中华书局影印明张之象刻本。

宫三月，剑士皆服毙其处也"的故事，更是让人一望而知为编造。确如褚斌杰先生所云："后者虽有真名实姓，但实际上也是为了表达观点、抒发感情、讽刺人世间的艺术创作，有些篇幅较长的篇章，已很像短篇小说。"①而《盗跖》《说剑》等，正是这样的作品，只不过仍孕育在作为诸子散文的《庄子》之中，没有取得独立的文体地位而已。《庄子》这种驰骋想象、说古论今、任意编造历史故事以说明自己的观点，与上文所论率意编造神话传说一样，比引用真实的历史故事无疑更具小说因素。至于先秦诸子散文中的寓言故事，那就更是脍炙人口、路人皆知了。从《墨子》中的《楚王好细腰》《轮人与匠人》，到《孟子》中的《五十步笑百步》《揠苗助长》；从《庄子》中的《庖丁解牛》《邯郸学步》，到《列子》中的《杞人忧天》《朝三暮四》；从《韩非子》中的《滥竽充数》《自相矛盾》，到《吕氏春秋》中的《刻舟求剑》《掩耳盗钟》，如是等等，可以说都已深入人心，成为了中华传统思想文化的重要组成部分。确如笔者当年在《中国古代寓言大观前言》中所说："在先秦文学中，与寓言关系最为密切的当推诸子散文。可以说除了《老子》《论语》之外，先秦诸子无一不喜欢运用寓言说理明教。儒家的《孟子》《荀子》等用它宣扬'仁义'；墨家的《墨子》用它宣扬'节用''兼爱''非攻'；道家的《庄子》《列子》等用它宣扬'清虚''无为''齐物'；名家的《尹文子》《公孙龙子》用它宣扬'名''实'关系；法家的《韩非子》用它宣扬'法''术''势'相结合的法治思想和专制统治；杂家的《吕氏春秋》则杂取各家之说，用它宣扬自己的实用主义观点……也正因如此，我国的寓言创作才出现了第一个高潮，呈现出万紫千红、争奇斗艳的繁荣景象。"②先秦诸子们编造的这些寓言故事大都有故事情节，有艺术形象，有典型环境，具有了后世小说文体的主要因素，因而也孕育了后世的小说。

其三是艺术形式和编排体例。这一点又大致可分为三个方面：首先，如前所述，《墨子·明鬼》已将五篇志怪故事编排到一起，开结集之先例。至《韩非子》，更列《说林》(分上、下两篇)和《储说》(分内上、内下、外左上、外左下、外右上、外右下六篇)两篇，《说林》集历史故事、寓

① 褚斌杰：《中国文学史纲要·先秦·秦汉文学史纲要》，第168页，北京，北京大学出版社，1989。

② 王恒展主编：《中国古代寓言大观》，第5页，济南，明天出版社，1991。

言故事六十余则,《储说》集以上两类故事二百余则,且题目中都有一个"说"字,可视为最早的小说集,只不过仍孕育在作为诸子散文的《韩非子》之中,没有取得独立的文体地位而已。东汉初年的桓谭在《新论》中说:"若其小说家,合丛残小语,近取譬论,以作短书,治身理家,有可观之辞。"上述《墨子》中的《明鬼》,尤其是《韩非子》中的《说林》和《储说》,显然已经符合桓谭对小说的这一论断,开后世笔记小说结集行世之先河。其次,开分类编排的"世说体"志人小说体例。在先秦诸子散文中,《论语》分《学而》《为政》《八佾》《里仁》等二十篇,每篇中已经主要记述某一类语录,最先透出了分类编排的信息。至《晏子春秋》,已明确地分为"谏""问"等类型,分类叙述晏子的一生业绩,又透露出分类叙事写人的苗头。至战国后期的《吕氏春秋》,虽然大体上分为十二纪、八览、六论,但每类之下又分为"本生""重己""贵公""去私"等一百四十七类,其中的许多细目,如《季冬纪》中的《士节》《介立》,《离俗览》中的《高义》《贵信》等等,显然已经概括了人们个性、德行、品质、节操的某一方面,为后世小说,尤其是文言小说中志人类笔记小说提供了一种可资借鉴的艺术形式。它的结集形式、分类、细目等等,已与后世以《世说新语》为代表的志人类笔记小说分类写人叙事的形式、体例十分接近。最后,有的诸子散文已经受历史散文的影响,突破了笔记体叙事的结构模式,开传记体结构模式之先河。在先秦诸子散文中的叙事作品中,虽多为笔记体叙事,但有的显然已经具有了传记体结构模式的特点。在此类作品中,《墨子》卷十三之《鲁问》以墨子一人为叙述线索,将鲁君(鲁阳文君)与子墨子的多段对话,如鲁君之嬖人死,墨子劝其勿因说而诔之,鲁人有因其子学于墨子而战死,其父让墨子,墨子与鲁之南鄙人吴虑的故事,公尚过荐墨子于越国国君的故事,墨子与弟子魏越的故事,墨子出曹公子而于宋的故事,鲁祝以一豚祭而求百福于鬼神的故事,墨子与彭轻生子、孟山,胜绰与项子牛的故事,墨子与公输子的故事等十几个与墨子有关的故事串联成篇,显然已突破了笔记体的束缚,露传记体历史散文之信息。《管子》卷七、卷八之《大匡》《中匡》《小匡》三篇,叙管仲匡扶齐桓公称霸诸侯,各有侧重。除《中匡》稍嫌简略外,《小匡》基本与《国语·齐语》叙同一事而大同小异,可见历史散文与诸子散文的关系,可见历史散文对诸子散文的影响。《大匡》首叙齐僖公生公子诸儿,使鲍叔傅公子小白,鲍叔辞,称疾不出。管仲与召忽往见之。由此引出齐国三杰对嗣君的一番议论,从而在这场议论中突出了管仲这一主要人物。次叙襄公之乱,乱后桓公问鲍叔何以定社稷,鲍叔首荐管仲。接下来详写管仲归国。最后写管仲出谋献策,匡扶齐桓公称霸诸侯,成为春秋五霸之首。显然已经具有了传记体结构模式的雏形。在这一方面,最值得研究的是《晏子春秋》。刘勰已称其"管、晏属篇,事核而言练"①。唐代的刘知几已经发现它以叙事为宗的杂史特色。《四库全书总目》则经称其"由后人撮其轶事为之,虽无传记之名,实传记之祖也。旧列子部,今移于此(史部传记类)",将其直接移归史部传记类。近人吴则虞则更直接地说它"是一部寓有政治思想性的古典文学作品,也是我国最早的一部短篇小说集,也可以说是一部最早的'外传''外史'"②。可见前人早已注意到它的史部传记体性质、注意到它的传记体结构模式。详其内容,全书七卷,从头至尾以晏子一人贯穿,从而形成了一个庞大而完整的艺术整体。就其某一部分讲,为梁为栋,各司其职;就其整体讲,浑然一体,多角度、多侧面地塑造了晏婴这一历史英雄形象,确实具有了传记体历史散文的结构模式,具有了小说文体的某些性质。综上所述,可见先秦诸子散文在编排体例和艺术形式方面的小说因素,可见其在这一方面对后世小说文体的影响,可以充分证明"小说,子书流也"这一论断。

其四是艺术风格。在这一方面对后世小说产生影响最大的是儒家的《论语》和道家的《庄子》。《论语》的影响在于写意——诗化的叙事和诗化的语言,总之,行文具有诗的意境和韵律。关于叙事,石昌渝先生曾经说过:"中国叙事文学传统,从一开始就有写实和写意两种艺术表现形式,形成两种艺术流派。写实注意情节的完整合理以及细节的周到逼真,而写意则表现着一种诗化的倾向,不注重情节,甚至淡化情节,追求意境,追求意趣的隽永。小说走的是写实的路子,但在它发展的途程中不断学习写意的艺术精神,特别是在作家参与小说创作之

---

① 〔梁〕刘勰著,陆侃如、牟世金译注:《文心雕龙译注》,第 221 页,济南,齐鲁书社,1981。

② 吴则虞:《晏子春秋集释序言》,北京,中华书局《新编诸子集成》(第一辑)本《晏子春秋集释》。

后,写意的因素便日渐加强,从而产生了《聊斋志异》和《红楼梦》这样饱含着诗意的伟大作品。"①追本溯源,写意的艺术表现形式当与《论语》有着千丝万缕的联系。《论语》记言记行,无疑隶属记叙文的范畴,但详其叙事记言,却不像历史散文那样记叙事情的过程,记叙人物的生平,注意情节的完整合理以及细节的周到逼真,而是典型的不注重情节甚至淡化情节,只是选取孔子及弟子时人的生活片断、一言一行,表现他们的精神风貌和思想气质。虽多半是只言片语,但语言简约含蓄,用意深远,往往寥寥几笔就能把人物的仪态举止、神情风度描绘出来,将人物形象生动地展现在我们面前。这种传神写意的记叙,明显地追求意境,追求意趣的隽永,明显地是一种诗化的叙述。其中最典型的当数"上论"的最后一篇——《乡党》末章:

> 色斯举矣,翔而后集。曰:"山梁雌雉,时哉! 时哉!"子路共之,三嗅而作。

此章虽然只有短短的二十五字,但在经学史上却一直争论不休,以至于经学大师朱熹的《论语集注》也未能彻解,并称"然此必有阙文,不可强为之说,姑记所闻,以俟知者"②。然而实际上并不一定有阙文,蒋伯潜先生即解释说:"盖所记为孔子、子路师生郊游事,而其文字亦极生动;读者过于深求,遂觉难解耳。……孔子、子路出游郊外,见雌雉迅速飞举,复迟回翔集于山梁,孔子见而叹曰:'时哉! 时哉!'亦睹物兴感之常情。子路见而趋往拱执,雉即飞逝,更游戏之常事。且叹者自叹,戏者自戏,子路初不因孔子之叹而执之,或复释之也。自此章之义不明,乃有所谓'烧烤雌鸡'之趣话,意谓孔子羡雉为时鲜,子路猎而供食,孔子三嗅其味,作而不食云云。不知此说者,正为'烧烤雉鸡'耳。"③可见,此章之所以聚讼不已,之所以产生上述趣话,正是《论语》"不注重情节,甚至淡化情节,追求意境,追求意趣的隽永"的诗化的叙事方法所致。作者所叙,重点不是孔子师生郊游情节的完整合理和其中细节的周到逼真,而是重点突出师生郊游的意趣——孔子的见微知著和子路的天真率性。另外,《论语》的诗化叙事还表现在行文的诗歌

---

① 石昌渝:《中国小说源流论》,第85～86页,北京,三联书店,1994。
② 〔宋〕朱熹:《论语集注》卷五。
③ 蒋伯潜:《十三经概论》,第514～515页,上海,上海古籍出版社,1983。

穿插方面。如《学而》篇述子贡问:"贫而无谄,富而无骄,何如?"孔子答曰:"未若贫而乐,富而好礼。"子贡便称:《诗》云:'如切如磋,如琢如磨。'其斯之谓与?"《八佾》篇述子夏问:"'巧笑倩兮,美目盼兮,素以为绚兮。'何谓也?"《泰伯》篇述曾子弥留之际,召门弟子曰:"……《诗》云:'战战兢兢,如临深渊,如履薄冰。'而今而后,吾知免夫! 小子!"等等,无疑都增加了作品的诗意。而其中诗化特征尤为明显的是通过作品中人物创作的诗歌表现人物,已与我国后世小说常见的以诗写人十分接近。如《微子》篇中的"楚狂接舆"章:

> 楚狂接舆歌而过孔子曰:"凤兮! 凤兮! 何德之衰? 往者不可谏,来者犹可追。已而! 已而! 今之从政者殆而!"孔子下,欲与之言。趋而辟之,不得与之言。

此章为中国文学史上之名文,《庄子·人间世》、屈原《渔父》、陶渊明《归去来兮辞》均受其影响,沾其雨露,审其因由,除思想方面的原因外,极具诗化特征的诗歌穿插亦当为原因之一。关于语言,袁行霈先生曾经说过:"诗歌另有一套属于诗歌王国的语言,那是对日常交际使用的语言加以改造使之变了形的。……中国诗歌对语言的变形,在语音方面是建立格律以造成音乐美;在用词、造句方面表现为:改变词性、颠倒词序、省略句子成分等等。各种变形都打破了人们所习惯的语言常规,取得新、巧、奇、警的效果;增加了语言的容量和弹性,取得多义的效果;强化了语言的启示性,取得写意传神的效果。"[1]《论语》虽为散文著作,然味其语言,恰有上述特色。如大家耳熟能详的"岁寒,然后知松柏之后凋"(《子罕》),就是典型的一例。此语表面上看只是对松柏品格的礼赞,实际上却蕴涵着相当丰富的人生哲理,是儒家思想、中国传统文化理想人格的化身,是君子风范! 朱熹即引范氏之论曰:"小人之在治世,或与君子无异。惟临利害,遇事变,然后君子之所守可见也。"意犹未尽,又引谢氏之论曰:"士穷见节义,世乱识忠臣,欲学者必周于德。"[2]后世文人多以松柏喻人,以致使之成为文人心目中的"岁寒三友"——松、竹、梅之一,均源于此。其他如子贡问:"有美玉

---

① 袁行霈:《中国诗歌艺术研究·自序》,见《中国诗歌艺术研究》,第3页,北京,北京大学出版社,1987。

② 〔宋〕朱熹:《论语集注》,卷五。

于斯,韫椟而藏诸? 求善贾而沽诸?"(《子罕》)颜渊称孔子"仰之弥高,
钻之弥坚。瞻之在前,忽焉在后。"(《子罕》)"子在川上曰:'逝者如斯
夫! 不舍昼夜。'"(《子罕》)如是等等,显然都呈现出明显的诗化特征。
《论语》首章:

> 子曰:"学而时习之,不亦说乎? 有朋自远方来,不亦乐乎?
> 人不知而不愠,不亦君子乎?"

《论语》末章:

> 孔子曰:"不知命,无以为君子也;不知礼,无以立也;不知言,
> 无以知人也。"

前后呼应,有节奏、有格律、容量大、启示性强,显然也同样具有诗化的
特征。《论语》作为儒家经典之一,从其问世直到五四运动之前,一直
作为教材流传了两千多年,对中国文人、中国文化产生了巨大的影响,
小说讵能例外! 相信凡是读过《世说新语》、唐人传奇、《聊斋志异》、
《红楼梦》而又熟悉《论语》的人,都能感受到《论语》诗化的语言特征对
后者的影响。

与其他先秦诸子散文相比,道家的《庄子》具有独特的艺术风格。
它不是如实地反映现实,表达自己的观点,而是从否定现实的立场出
发,描绘自己的理想王国,编织自己的梦幻世界。再加上庄子本人的
天纵之才,因此大量吸收上古神话的创作精神,上天入地,驰骋想象,
利用、编造了大量的所谓神话、历史、寓言故事,以表达自己的思想和
感情。他称别人为"饰小说以干县令",而他自己实际上也在自觉不自
觉地"饰小说以明大道"。"总之,《庄子》一书,特别是内篇,有时像风
行水上,自然成文;有时像万斛源泉,随地涌出,汪洋恣肆,机趣横生,
具有浪漫主义的艺术风格。"①这样的艺术风格和艺术手法,恰恰可以
弥补中国传统的史官文化遗传给小说文体的"实录"的局限,因而也就
必然地影响了后世小说文体的艺术风格,尤其是驰骋想象的浪漫主义
风格。当然,《庄子》行文之多有叶韵,讲究声调,对偶排比,如《逍遥
游》中的"野马也,尘埃也,生物之以息相吹也。天之苍苍,其正色邪?
其远而无所至极邪?"等等,亦极富诗歌语言的特色,无疑也会影响到

---

① 游国恩等:《中国文学史》,第一卷,第72页,北京,人民文学出版社,1984。

后世文言小说语言的诗化特征。

最后是议论。众所周知,今之文学史家分类,多将诸子散文隶之于论说文之属。虽然在传统的文体学理论中"论"与"说"分属二体,然大类归一也是事实。刘勰《文心雕龙》即于《诸子》后单列《论说》一篇,称"圣哲彝训曰经,述经叙理曰论。论者,伦也;伦理无爽,则圣意不坠。昔仲尼微言,门人追记,故抑其经目,称为《论语》;盖群论立名,始于兹矣。"又说:"说者,悦也;兑为口舌,故言资悦怿;过悦必伪,故舜惊谗说。说之善者:伊尹以论味隆殷,太公以辨钓兴周,及烛武行而纾郑,端木出而存鲁,亦其美也。暨战国争雄,辨士云涌;从横参谋,长短角势;转丸骋其巧辞,飞钳伏其精术;一人之辨,重于九鼎之宝,三寸之舌,强于百万之师;六印磊落以佩,五都隐赈而封。"可见亦不出今所谓诸子散文范畴。依传统分类,小说为诸子之一;依后之小说史家所论,小说为"子书流也",故而诸子散文的论说文特征亦必影响后出之文言小说。也就是说,中国小说"文备众体,可以见史才、诗笔、议论"的文体特征,其"议论"亦主要源自先秦的诸子散文。

综上所述,可见先秦诸子散文在神话传说、历史故事和寓言故事、艺术形式和编排体例、艺术风格、议论特征诸方面与后世文言小说的关系,可见传统史学家和目录学家将小说归之于诸子散文的习因。大概正是基于这样的事实和推论,胡应麟才在《少室山房笔丛·九流绪论》中称"小说,子书流也"。

第二节　先秦经学典籍与文言小说

儒家文化是中国传统文化的正宗和主干,而经学无疑则是儒家文化的核心。而在一部经学史上,被后世儒者奉为"五经"的先秦五种儒家典籍,理所当然地便成了整个儒家文化乃至中国传统文化的文献基础。关于"经",刘勰《文心雕龙·宗经》篇曰:"三极彝训,其书曰经。经也者,恒久之至道,不刊之鸿教也。故象天地,效鬼神,参物序,制人纪,洞性灵之奥区,极文章之骨髓者也。"评价之高,无以复加。正是从这一方面看,彦和之《文心》匪特文学理论之巨擘,实乃集中国传统文化理论之大成者也。关于"五经",刘勰亦概括曰:"夫《易》惟谈天,人神致用。故《系》称旨远辞文,言中事隐,韦编三绝,固哲人之骊渊也。《书》实记言,而训诂茫昧,通乎《尔雅》,则文意晓然。……《诗》主言志,诂训同书,摛风裁兴,藻辞谲喻,温柔在诵,故最附深衷矣。《礼》以立体,据事制范,章条纤曲,执而后显,採掇片言,莫非宝也。《春秋》辨理,一字见义,五石六鹢,以详略成文;雉门两观,以先后显旨;其婉章志晦,谅以邃矣。"条分缕析,全面而深入,均能切中肯綮。而关于"五经"与其后各种文体的关系,彦和又谓:"故论、说、辞、序,则《易》统其首;诏、策、章、奏,则《书》发其源;赋、颂、歌、赞,则《诗》立其本;铭、诔、箴、祝,则《礼》总其端;纪、传、盟、檄,则《春秋》为根。并穷高以树表,极远以启疆,所以百家腾跃,终于环内者也。若禀经以制式,酌《雅》以富言,是仰山而铸铜,煮海而为盐也。"①其实,"五经"不仅孕育了上述诸文体,也孕育了与上述"说""纪""传"等文体有着密切关系的文言小说。更何况小说文体自身的文体特点即"文备众体,可以见史才、诗笔、议论"呢?以今之小说观上溯"五经",其与后世文言小说的关系主要在如下几个方面较为显著。

其一是对文言小说艺术形式亦即文体特征的影响。从文体学的角度讲,今之小说史家多将传统文言小说分为笔记小说与传奇小说两大类别,然依其实际,若从作品的内部结构方面看,实则可分为笔记体、纪传体、编年体三类(当然也有的作品集此三类于一体,形成一种复合式结构)。其中以《拾遗记》为代表的编年体源于编年记事的《春秋》,已为当今学界所公认,毋庸赘论。纪传体根于《春秋》,上引刘勰《文心雕龙·宗经》篇亦已提及。今通阅先秦经学典籍,号称"春秋三传"的《左传》《公羊传》《穀梁传》中显然又有所发展。尤其是《左传》僖公二十三年叙"晋公子重耳之及于难也",一篇之中就叙述了重耳之去蒲城而奔狄、处狄十二年而行、过卫、及齐、及曹、及宋、及郑、及楚、至秦,每至一地,选一二事叙之,纪传体特征尤显。后经《国语》《战国策》进一步发扬,至太史公书乃自成一体。后世《飞燕外传》《李娃传》等传记体传奇小说无疑源于此类。笔记体源于史官记事。刘勰亦云:"开

---

① 〔梁〕刘勰:《文心雕龙·宗经第三》,见王利器校笺《文心雕龙校证》,第 12 页,上海,上海古籍出版社,1980。

辟草昧,岁纪绵邈,居今识古,其载籍乎!轩辕之世,史有仓颉,主文之职,其来久矣。《曲礼》曰:'史载笔。'史者,使也;执笔左右,使之记也。古者左史记言,右史书事。言经则《尚书》,事经则《春秋》也。"①也就是说,《尚书》《春秋》的原始材料,均来自左、右史所记。其实何止二经,即《礼记》中的许多与礼有关的记载,怕亦如此;《左传》《公羊传》《榖梁传》中的许多原始材料,当亦如此。如果将其中的一部分小说性质明显的类似记载选撰成集,恐怕就是《世说新语》类的笔记小说了。

其二是题材和处理题材的方法。在先秦经学典籍中,《尚书》、《春秋》、"春秋三传"、《礼记》甚至《周易》所书,多为与政治、军事、外交诸方面有关的历史题材。这不但影响了中国的史学传统,也影响了后世的文学传统乃至文言小说。检袁行霈、侯忠义先生《中国文言小说书目》,宁稼雨先生《中国文言小说总目提要》等文言小说目录学著作,历史题材的作品连篇累牍,显然与这一题材传统有关。《周易》为卜筮之书,并非记事。然上古时代先民本信巫,凡军国大事、婚丧嫁娶等重大事件,必占卜以确疑。这在《春秋》《左传》等经学典籍中屡见不鲜。如僖公四年《左传》中便保留了当初晋献公欲以骊姬为夫人,卜之不吉,筮之吉的记载。所以尽管"子不语怪力乱神",后世文言小说中仍有志怪一类,且经久不衰。而与《周易》内容有关的"卜梦妖怪相"等一直是志怪小说的重要内容之一。

题材很重要,对题材的处理更重要。而孔子著《春秋》首创的"春秋笔法",则是中国叙事文学(包括历史散文、小说、戏剧等)处理题材的传统方法,自古及今,两千年不移(即使"五四"反孔干将鲁迅先生的小说恐怕也不例外)。关于这一点,《文心雕龙·史传》概括为:"举得失以表黜陟,征存亡以标劝戒;褒见一字,贵逾轩冕;贬在片言,诛深斧钺。"然揣摩比较,终觉不及《左传》成公十四年之"君子曰"表述更为深入浅出,清楚明白。《春秋》成公十四年载:"秋,叔孙侨如如齐逆女。"《左传》释之曰:"秋,宣伯如齐逆女。称族,尊君命也。""九月,侨如以夫人妇姜氏至自齐。舍族,尊夫人也。"著者深恐后世读者不明"称族""舍族"之春秋大义,不明夫子之春秋笔法,又进一步解释说:

---

① 〔梁〕刘勰:《文心雕龙·宗经第三》,见王利器校笺《文心雕龙校证》,第 106 页,上海,上海古籍出版社,1980。

> 故君子曰:"《春秋》之称:微而显,志而晦,婉而成章,尽而不污,惩恶而劝善,非圣人,谁能修之?"

至晋,自称有"左传癖"的杜预又在《春秋经传集解序》中进一步解释说:

> 故发传之体有三(谓旧例、变例、非例),而为例之情有五:一曰微而显,文见于此而起义在彼,称族尊君命、舍族尊夫人,梁亡,城缘陵之类是也。二曰志而晦,约言示制,推以知例,参会不地、与谋曰及之类是也。三曰婉而成章,曲从义训,以示大顺,诸所讳辟,璧假许田之类是也。四曰尽而不污,直书其事,具文见意,丹楹、刻桷、天王求车、齐侯献捷之类是也。五曰惩恶而劝善,求名而亡,欲盖而章,书齐豹盗、三叛人名之类是也。

关于此段文字,石昌渝先生《中国小说源流论》中有十分详尽的解释,不明其义者自可参阅。[①] 也就是说,"春秋笔法"实际上包括微而显、志而晦、婉而成章、尽而不污、惩恶劝善五个方面。《左传》对春秋笔法的这一概括与总结堪称中国文学理论史上最早的叙事理论,精当而全面。后世之叙事作品,多用此法处理所写的题材,文言小说自不例外。既客观叙事,而又要表现作者的思想和情感,矛盾的对立与统一在"春秋笔法"中得到了很好的体现。也正是这一点,使中国小说的议论特征也得以加强。

其三是叙事和写人。先秦经学典籍虽然旨在表现儒家思想,然其中的《尚书》、《春秋》、"春秋三传"等无疑均以叙事为宗。也正是因为这一点,今人多将它们归之于历史散文之列。《仪礼》和《礼记》虽非历史散文,但同样有很强的叙事性,在叙事方面对后世影响颇大,明代名文——宗臣的《报刘一丈书》中奔走权门的一段叙事就显然摹仿《仪礼》。关于叙事,一千多年前唐代的著名史学家刘知幾撰《史通》,即专设《叙事》一篇,从叙事源流(《叙事篇序》)、简要、隐晦、妄饰四个方面论述了中国叙事理论,于"简要"一节中,明确地将中国古代的叙事模式分为了四类:

> 盖叙事之体,其别有四:有直纪其才行者,有唯书其事迹者,

---

① 石昌渝:《中国小说源流论》,第72~74页,北京,三联书店,1994。

有因言语而可知者,有假赞论而自见者。

并举例进行了论述。所涉《尚书》《春秋左传》等,均为先秦经学典籍。关于刘知幾所分叙事四体,石昌渝先生称"这四体用现代的话来表述,就是:一、描状才行,二、记叙事迹,三、记录语言,四、作者议论"。并说:"他所归纳的这四体,合并起来恰好是小说文体的全部。描写、叙述、人物对话和作者议论,小说的叙事成分莫过如此。"①在"隐晦"一节中,又以《尚书》《春秋》《左传》为楷模,称"丘明授经,师范尼父。夫经以数字包义,而传以一句成言。虽繁约有殊,而隐晦无异。……斯皆言近而旨远,辞浅而义深。虽发语已殚而含意未尽,使夫读者望表而知里,扪毛而见骨,睹一事于句中,反三隅于字外,晦之时义不亦大哉!"显然又与上文所论"春秋笔法"有相通之处,有其诗学语言学的内涵。中国文言小说的诗化特征,显然也与"隐晦"有关。刘勰云:"隐也者,文外之重旨者也;秀也者,篇中之独拔者也。隐以复意为工,秀以单绝为巧,斯乃旧章之懿绩,才情之嘉会也。夫隐之为体,义生文外,秘响傍通,伏采潜发,譬爻象之变互体,川渎之韫珠玉也。"意犹未尽,又复赞之曰:"深文隐蔚,馀味曲包,辞生互体,有似变爻。言之秀矣,万虑一交。动心惊耳,逸响笙匏。"以《易》之爻象比文之隐秀,与《史通·叙事》之"隐晦"又贯之通之。追本溯源,文言小说之诗化特征,显属宗经。

隐晦是一种美,详尽也是一种美。先秦经学典籍有以简要、隐晦为美者,亦有以详尽、曲折为美者。"经以数字包义,而传以一句成言",两相比较,"春秋三传"的叙事就显然详尽于《春秋》,阅者自见,不烦枚举。即《尚书》之中,亦不乏叙事详尽之作,《顾命》即非常典型。如叙周康王之登基大典:

> 越七日癸酉,伯相命士须材,狄设黼扆缀衣。牖间南向,敷重篾席,黼纯,华玉仍几。西序东向,敷重厎席,缀纯,文贝仍几。东序西向,敷重丰席,画纯,雕玉仍几。西夹南向,敷重笋席,玄纷纯,漆仍几。越玉五重,陈宝,赤刀,大训,弘璧,琬琰在西序。大玉、夷玉、天球、河图在东序。胤之舞衣、大贝、鼖鼓在西房。兑之戈,和之弓,垂之竹矢在东房。大辂在宾阶面,缀辂在阼阶面,先

---

① 石昌渝:《中国小说源流论》,第 69 页,北京,三联书店,1994。

辂在左塾之前,次辂在右塾之前。二人雀弁,执惠,立于毕门之内。四人綦弁,执戈上刃,夹两阶戺。一人冕,执刘,立于东堂。一人冕,执钺,立于西堂。一人冕,执戣,立于东垂。一人冕,执瞿,立于西垂。一人冕,执锐,立于侧阶。王麻冕黼裳,由宾阶隮。卿士邦君,麻冕蚁裳,入即位。太保、太史、太宗皆麻冕彤裳,太保承介圭,上宗奉同瑁,由阼阶隮。太史秉书,由宾阶隮,御王册命。以详尽的叙述,"写出宏大的场面,肃穆的气氛,众多的人物,繁缛的礼节,琳琅满目的摆设,头绪清晰,井然有序,已经是一篇复杂的叙事散文"①。让我们形象地看到了三千年前周康王登基的宏伟场面。这样的叙事,不但影响了后世的历史散文,也影响了后世小说,文言小说自不例外。另,《仪礼》叙当时士冠礼、士婚礼、士相见礼、乡饮酒礼、乡射礼等礼仪,亦见先秦经学典籍叙事之详尽,非常值得研究。

特别值得关注的是,这些经学典籍在叙事的同时,已经注意写人。也就是说,这些叙事已经不是英国著名小说理论家福斯特所言的"历史家纪录"②,而是根据作者的思想感情和审美情趣,于情节和细节进行了精心地选择、巧妙地组织、细致地描绘,使我们透过叙事,看到历史人物的思想、个性和人格。

情节是人物性格发展的历史。先秦经学典籍中的叙事作品如《尚书》、"春秋三传"等,在"唯书其事迹"的过程中,已经十分注意以事写人。如《尚书》之《说命》篇之写殷高宗武丁继位后居丧三年,不言政事,然后托梦纳贤,终于在傅岩之野找到了正在筑墙的傅说,显然就写出了殷高宗不鸣则已,一鸣惊人的与众不同,成了后世明君的榜样。当然,在以事写人方面表现最著者还是《左传》。如隐公元年述"郑伯克段于鄢",便采用了倒叙的手法安排情节,从郑伯之父母结婚写起,通过寤生、嗣位、兄弟矛盾、克段于鄢、颍考叔食舍肉、掘隧见母等一系列故事情节塑造了郑庄公这一人物,表达了颂孝的儒家思想。另如庄公十年的曹刿论战,庄公二十八年至僖公三十二年间的重耳出亡,成公二年的齐晋鞌之战等等,都运用客观呈现式的叙述方法具体地描述

---

① 褚斌杰、谭家健主编:《先秦文学史》,第177页,北京,人民文学出版社,1998。
② 〔英〕爱德华·摩根·福斯特著,苏炳文译:《小说面面观》,第40页,广州,花城出版社,1984。

人物,极具小说特征。

细节是文学艺术作品中描绘人物、事件、社会环境和自然景物的最小组成单位,是组成情节的细胞。先秦经学典籍在"直纪其才行""因言语而可知"的过程中,就十分注意细节的选择和运用,十分注意以细节写人。如《左传》桓公元年之"宋华父督见孔父之妻于路,目逆而送之,曰:'美而艳。'"仅此一个细节,就写出了华父督于桓公二年"杀孔父而取其妻。公怒,督惧,遂弑殇公"的原因。一个好色之徒、乱臣贼子的形象便被永久钉在了历史的耻辱柱上。后世笔记小说,尤其是"世说体"志人小说,往往如此。另如襄公八年至哀公十二年之写子产,襄公十四年至哀公十七年之写叔向等等,也多用此法。

其四是神话传说和志怪故事。虽说儒家的创始人孔子"不语怪力乱神",但先秦经学典籍中仍然杂有不少神话传说和志怪故事。众所周知,神话传说为小说源头之一,而志怪故事则显然是志怪小说之滥觞。《诗经·大雅》中的《生民》述周人始祖后稷之降生云:

> 厥初生民,时维姜嫄。生民如何? 克禋克祀,以弗无子。履帝武敏歆,攸介攸止。载震载夙,载生载育:时维后稷。

显然是将女性的生育归之于天,归之于神的神话传说,显然是后世中国小说史上英雄神生的神话原型。另如《商颂》中的《玄鸟》,叙殷商始祖契,亦由其母简狄吞燕卵而生,同样带有明显的神话色彩。《尚书》今本五十八篇,分为《虞书》《夏书》《商书》《周书》四部分。据后人考证,《虞书》《夏书》为后世儒者据古代传闻编写,显然是后人将神话传说历史化的产物,因此其中也保存了大量神话传说的因素。如《尧典》中"乃命羲和,钦若昊天,历象日月星辰,敬授人时。分命羲仲,宅嵎夷,曰旸谷,寅宾出日,平秩东作……申命羲叔,宅南交,平秩南讹,敬致日永星火,以正仲夏"等等,其中的羲和在《山海经》《离骚》《淮南子》等典籍中便是一个典型的神话形象。所以袁珂先生便径称:"至于《书·尧典》'乃命羲和,敬授人时',《世本·作篇》'羲和作占日'等,则均神话之历史化"。① 另如《舜典》中的"流共工于幽洲,放驩兜于崇山,窜三苗于三危,殛鲧于羽山"等等,显然也是典型的神话传说。

---

① 袁珂:《中国神话传说词典》,第 441 页,上海,上海辞书出版社,1984。

《左传》中除杂有不少神话传说之外，对文言小说影响最大的是其中的志怪故事。清人冯远村在《读聊斋杂说》中称："千古文字之妙，无过《左传》，最喜叙怪异事。予尝以之作小说看。"通阅《左传》，确如冯氏之言，后世志怪内容"卜梦妖怪相"等等，无所不有。一部《左传》之中，石头可以说话，棺材可以发声，雄鸡自断其尾，鬼神可以报应。其他如灾祥、梦呓、物兆、占卜等，更是司空见惯。今举两例，即见一斑。一为宣公十五年：

> 秋七月，秦桓公伐晋，次于辅氏。壬午，晋侯治兵于稷以略狄土，立黎侯而还。及雒，魏颗败秦师于辅氏，获杜回，秦之力人也。初，魏武子有嬖妾，无子。武子疾，命颗曰："必嫁是。"疾病则曰："必以为殉。"及卒，颗嫁之，曰："疾病则乱，吾从其治也。"及辅氏之役，颗见老人结草以亢杜回，杜回踬而颠，故获之。夜梦之曰："余，而所嫁妇人之父也。尔用先人之治命，余是以报。"

作品采用插叙抑或倒叙的叙述手法，解释了魏颗在战场上擒获秦国大力士杜回，是因为行善积德，故得鬼魂之报。今成语"衔环结草，定当图报"中的"结草"即根源于此。后世善恶报应、因果报应的文言小说在志怪小说中经久不衰，显然与此有关。一为成公十年：

> 晋侯梦大厉，被发及地，搏膺而踊曰："杀余孙，不义。余得请于帝矣！"坏大门及寝门而入。公惧，入于室。又坏户。公觉，召桑田巫。巫言如梦。公曰："何如？"曰："不食新矣。"公疾病，求医于秦。秦伯使医缓为之。未至，公梦疾为二竖子，曰："彼良医也。惧伤我，焉逃之？"其一曰："居肓之上，膏之下，若我何？"医至，曰："疾不可为也，在肓之上，膏之下，攻之不可，达之不及，药不至焉，不可为也。"公曰："良医也。"厚为之礼而归之。六月丙午，晋侯欲麦，使甸人献麦，馈人为之。召桑田巫，示而杀之。将食，张，如厕，陷而卒。小臣有晨梦负公以登天，及日中，负晋侯出诸厕，遂以为殉。

全文二百零六字而叙述了三个梦，一个"被发及地"的厉鬼，两个病魔幻化的小竖子，一个占卜极灵验的巫师，一个诊断如神的神医。《春秋》仅"丙午，晋侯獳卒"六字，而《左传》却解释了这样一篇文字，揣情度理，肯定据传闻写成。而以之宣扬善恶报应思想——"惩恶而劝善"。这样的作品,恐怕放到鬼董狐干宝的《搜神记》、蒲松龄的《聊斋志异》中,也是不折不扣的志怪名篇。至于影响,那恐怕不言自喻了。

最后是谈说理道和诗化特征。经载儒家思想,谈说理道,自不待言。《易》之阐发哲理,今人多隶之哲学的范畴,议论说理,天经地义。《尚书》为三代历史文献,主要记载上古帝王卿相的命令和言论,汇集了上古时代的统治思想和政治经验,亦不待说。《春秋》之创作动机与写作手法——"春秋笔法"上文已经论及,自含议论弘旨。"春秋三传"解释《春秋》,通篇夹叙夹议,议论自然贯串始终。特别是《左传》,阐释春秋大义之余,时常意尤未尽,或引经据典,或引孔子等当时哲人之言,甚或直接出面,以"君子曰"的形式发议,论议特色尤为明显,直接为后世文言小说所继承,《聊斋志异》之"异史氏曰"即是显证。《诗》既然可以兴观群怨,当然也有谈说理道的成分,雅、颂尤为突出,否则,《左传》何以往往引诗以议呢?如隐公元年述"郑伯克段于鄢",即于文末曰:"君子曰:'颍考叔,纯孝也。爱其母,施及庄公。'《诗》曰:'孝子不匮,永锡尔类',其是之谓乎?"即引《诗·大雅·既醉》之句以作结,议论性十分明显。

诗化特征主要表现在三个方面。其一是春秋笔法本身所蕴涵的诗化特征。如上文所述,春秋笔法中"微而显,志而晦,婉而成章"自身就含有诗化的特征,尤其是刘知幾《史通·叙事》篇所论之"隐晦",其所谓"言近而旨远,辞浅而义深","发语已殚而含意未尽"等等,显然具有诗化的特征。其二是诗歌穿插。这除上述议论特色中所涉引诗以证事之外,先秦经学典籍中还有多种穿插方式。如《左传》中就记载了不少贵族聚会场面中吟诗的情景,其中尤以襄公二十九年吴公子札聘鲁而观周乐为典型,既增加了作品的诗化特征,又反映了当时《诗》在当时上层社会生活中的情形。而作品中人物作诗,也增加了作品的诗意。如隐公元年述郑伯与母亲掘隧相见,"公入而赋:'大隧之中,其乐也融融!'姜出而赋:'大隧之外,其乐也泄泄!'"便很有诗意。另如僖公五年述晋假虞道而灭虢时卜偃引用的童谣,襄公十七年述宋皇国父为太宰筑台而妨农功时筑城者之歌讴等等,显然也是诗化特征的表现。后世文言小说多于散文叙事中穿插韵文的诗歌,追本溯源,显然与先秦经学典籍的这一现象有关。其三是诗化的语言。这一特征当首推

《诗经》的影响。《论语·季氏》载：

> 陈亢问于伯鱼曰："子亦有异闻乎？"对曰："未也。尝独立，鲤趋而过庭。曰：'学诗乎？'对曰：'未也。''不学诗，无以言。'鲤退而学诗。他日，又独立，鲤趋而过庭。曰：'学礼乎？'对曰：'未也。''不学礼，无以立。'鲤退而学礼。闻斯二者。"陈亢退而喜曰："问一得三，闻诗，闻礼，又闻君子之远其子也。"

众所周知，孔子以德行、言语、政事、文学四科教人。由是观之，《诗》当为言语科之主要教材，所以后世儒者，极重诗教。文士均能赋诗，流风乃成诗国。文言小说皆文士所为，诗化特征，自不待言。另，先秦经学典籍均儒生辑撰，故而语言亦多诗化。如《尚书·皋陶谟》就在叙述了当时君臣之间的一段对话后写道：

> 下管鼗鼓，合止柷敔。笙镛以间，鸟兽跄跄。箫韶九成，凤凰来仪。……帝庸作歌曰："敕天之命，惟时惟几。"乃歌曰："股肱喜哉！元首起哉！百工熙哉！"皋陶拜手稽首，……乃赓载歌曰："元首明哉！股肱良哉！庶事康哉！"又歌曰："元首丛脞哉！股肱惰哉！万事堕哉！"……

语言整齐而有韵律，简约而含义深远，再加以诗歌穿插，极具诗化特征。其他如《周易》、"三礼"、"春秋三传"中亦不乏类似之语，苏东坡称"意尽而言止者，天下之至言也。然而言止而意不尽，尤为极致，如《礼记》《左传》可见。"（《苏文忠公全集》）正是看到了这一点。今人常称"经典"，殊不知狭义的"经典"即指先秦经学典籍。老生常谈曰"腹有诗书气自华"，狭义的"诗书"亦专指先秦经学典籍。

第三节　先秦史学典籍与文言小说

在所有的文体当中，历史散文与小说文体最为接近。二者都叙事写人，都有故事情节、人物形象、典型环境等叙事因素，同属于叙事文体的范畴。关于二者的不同，明末清初的金圣叹在评价《水浒传》时以之与司马迁的《史记》相比较说："某尝道《水浒》胜似《史记》，人都不肯信。殊不知某却不是乱说。其实《史记》是以文运事，《水浒》是因文生事。以文运事是先有事生成如此如此,却要算计出一篇文字来,虽是史公高才,也毕竟是吃苦事。因文生事即不然,只是顺着笔性去,削高补低都由我。"明确地道出了二者的区分。当代英国著名小说理论家福斯特则在其小说理论专著《小说面面观》中说:"也许,每个英国的学龄儿童都知道这样的说法:历史家纪录,小说家创作。"话虽有些矜夸,但也一语道破了二者的区别。然而在历来文史哲不分的中国,二者的区分却往往并不容易。如若从历史散文方面讲,诚如刘勰所言:

> 若夫追述远代,代远多伪,公羊高云:"传闻异辞。"荀况称:"录远略近。"盖文疑则阙,贵信史也。然俗皆爱奇,莫顾实理。传闻而欲伟其事,录远而欲详其迹,于是弃同即异,穿凿傍说,旧史所无,我书则传,此讹滥之本源,而述远之巨蠹也。至于记编同时,时同多诡,虽定、哀微辞,而世情利害。勋荣之家,虽庸夫而尽饰;迍败之士,虽令德而嗤埋,吹霜煦露,寒暑笔端,此又同时之枉,可为叹息者也。故述远则诬矫如彼,记近则回邪如此,析理居正,唯素心乎![1]

因此,历史散文中便难免诬矫回邪之说,而这些传闻异辞的诬矫回邪之说,显然极近小说。这一点我们在上一节已有所涉及,如《尚书》、"春秋三传"中的神话传说、志怪故事,即属此类。列之经学典籍的历史散文尚且如此,况它乎! 按今天的分类,先秦经学典籍中的《尚书》《春秋》《左传》《公羊传》《穀梁传》等均属历史散文的范畴,我们在上一节已经论及,所以本节所论之史学典籍就只有《国语》《战国策》《逸周书》《竹书纪年》等少数几种了。通览以上史学典籍,其与文言小说之关系,显然比经学典籍更为密切,所蕴小说因素尤为显著。因为只有上述几种,不妨分而论之。

首先是《国语》。《国语》是一部汇集西周至春秋时代各国史料的国别体史书,汉代即有"春秋外传"之称。[2] 关于作者,《史记·太史公自序》首称"左丘失明,厥有《国语》"。然自晋以来,他说渐出,至今仍

---

① 〔梁〕刘勰著,王利器校笺:《文心雕龙校证·史传第十六》,第108~109页,上海,上海古籍出版社,1980。
② 汉王充《论衡·案书第八十三》云:"《国语》,《左氏》之外传也。《左氏》传经,辞语尚略,故复选录《国语》之辞以实。"

众说不一。① 褚斌杰、谭家健先生主编《先秦文学史》总括前人意见,亦认为:"《左传》和《国语》不像出自一人之手。《左传》的作者是左丘明,《国语》的编者当另是一人,其成书年代可能略早于《左传》。"② 然将《国语》与"春秋三传"对读,又让人觉得太史公所言不宜轻易否定,当是丘明年富力强时为释经辑史料以成《左传》,老眼昏花后将史料与传闻合辑而成具有教育贵族子弟的教科书性质的《国语》(太史公所云"失明"并非目盲,乃老眼昏花,视力大减之谓也)。记得当年日本学者高桥稔先生至山东师范大学作学术报告即有此论。今本《国语》二十一卷,分《周语》三卷、《鲁语》二卷、《齐语》一卷、《晋语》九卷、《郑语》一卷、《楚语》二卷、《吴语》一卷、《越语》二卷,从国别的排列顺序看,似也不能排除作者是鲁人左丘明的可能性。以今之小说观念看,"外传"多具小说性质,如《韩诗外传》《赵飞燕外传》等。又,《四库全书总目》将其剔除经部春秋类之外,改隶杂史类。③ "杂史"亦多具小说性质。以"沿波而讨源"的方法研究《国语》与文言小说的关系,有以下数点值得注意。

其一是《国语》的体例和篇章结构。众所周知,在古代,"语"是一种文体。《国语·楚语上》载楚庄王使士亹傅太子葴,士亹问申叔时,叔时教之曰:"教之《春秋》,而为之耸善而抑恶焉,以戒劝其心;教之《世》,而为之昭明德而废幽昏焉,以休惧其动;教之《诗》,而为之导广显德,以耀明其志;……教之语,使明其德而知先王之务,用明德于民也……"关于"语",韦昭注曰:"语,治国之善语。"可见"语"是一种汇集治国善语,以供贵族子弟学习的文体。以后的《论语》《家语》《世语》甚至文言小说《世说新语》等,均为"语"体之流。详观《国语》,《周语》以记言为主,所记并不连贯。《鲁语》则以记事为主,琐碎零星,多达三十余事,亦无系统可言。《晋语》就更典型了,记事断断续续,篇幅简短,形象生动,情趣盎然,已经极类后世志人类笔记小说。如《晋语》五共

---

① 可参阅谭家健《关于〈国语〉的时代和作者问题》(《河北师范学院学报》1985 年第 2 期);沈长云《国语编撰考》(《河北师范学院学报》1987 年第 3 期)。

② 褚斌杰、谭家健主编:《先秦文学史》,第 215 页,北京,人民文学出版社,1998。

③ 清纪昀《四库全书总目》曰:"《国语》上包周穆王,下暨鲁悼公,与《春秋》时代首尾皆不相应。其事亦多与《春秋》无关。系之《春秋》,殊为不类。至书中明有鲁语,而刘熙以为外国所传,尤为舛迕。附之于经,于义未允。《史通·六家》,《国语》居一。实古左史之遗,今改隶之杂史类焉。"

记十事,便十分典型。如第七事:

> 范文子暮退于朝。武子曰:"何暮也?"对曰:"有秦客廋辞于朝,大夫莫之能对也,吾知三焉。"武子怒曰:"大夫非不能也,让父兄也。尔童子,而三掩人于朝。吾不在晋国,亡无日矣。"击之以杖,折委笄。

又如第十事:

> 伯宗朝以喜归。其妻曰:"子貌有喜,何也?"曰:"吾言于朝,诸大夫皆谓我智似阳子。"对曰:"阳子华而不实,主言而无谋,是以难及其身。子何喜焉?"伯宗曰:"吾饮诸大夫酒,而与之语,尔试听之。"曰:"诺。"既饮,其妻曰:"诸大夫莫子若也。然而民不能戴其上久矣,难必及子乎!盍亟索士憖庇州犁焉。"得毕阳。及栾弗忌之难,诸大夫害伯宗,将谋而杀之。毕阳实送州犁于荆。

可见已具笔记小说结构模式之特点,为后世笔记小说,尤其是志人类笔记小说开创了范例。值得特别注意的是,《国语》中的个别优秀篇章,不但具有了笔记小说的结构模式,而且诙谐滑稽、风趣幽默,具有了后世笑林体诙谐小说的特点。如《晋语》九叙董叔娶妻:

> 董叔将娶于范氏,叔向曰:"范氏富,盍已乎?"曰:"欲为系援焉。"他日,董祁(董叔妻,范献子妹,姓范名祁)愬于范献子曰:"不吾敬也。"献子执(董叔)而纺于廷之槐。叔向过之,曰:"子盍为我请乎?"叔向曰:"求系,既系矣;求援,既援矣。欲而得之,又何请焉?"

像这样有故事情节、有人物形象、有典型环境而又妙趣横生的作品,显然已经具有了诙谐类志人小说的性质。

《国语》不但全书具有后世志人小说的体例和结构模式,且其中的许多部分以人物为前后贯穿,则显然已露纪传体结构模式之消息。其中尤以《晋语》四之写晋文公,《吴语》写吴王夫差,《越语》上之写句践,《越语》下之写范蠡明显。《吴语》《越语》上、下均写吴越之战,而《吴语》专叙夫差事,《越语》上专叙句践事,《越语》下专叙范蠡事,实际上是通过三篇已具纪传体结构模式的作品,从三个不同的侧面叙述了吴越战争的全过程。如《越语》上为了塑造句践这一卧薪尝胆、励精图治的帝王形象,便几乎略去了在这一战争中起过重大作用的谋臣范蠡,集中笔墨，主写句践。先写越国战败之后号令纳贤，派文种出使求和，用美人计保全越国。继写其向全国人民认罪，主动承担责任，安定国内局势。再写亲赴吴国为人质，"为夫差前马"。最后写回国后励精图治，终于灭吴。全文自始至终以句践贯穿，灭吴之功主要为句践一人，线索清楚，人物丰满，纪传体结构已比较明显。《越语》下就更典型了。北京大学中国文学史教研室所编的《先秦文学史参考资料》不但径名之曰《范蠡佐句践灭吴》，且将全文分为六段，总结段意曰："第一大段，写句践不听范蠡之言而失败，及向吴王求和的经过。""第二大段，写范蠡为句践谋复兴国家之道，并主张与大夫种分治内外。""第三大段，写范蠡一再劝句践耐心等待，俟机而动。""第四大段，写范蠡主张坚守阵地，不与吴军正面作战。""第五大段，写范蠡拒不言和，终灭吴国。""第六大段，写范蠡功成身退，及越王对他的追思。"可见全文自始至终以范蠡贯穿，灭吴之功又主要在范蠡一人，明显已具纪传体结构模式之雏形，不但开以《史记》为代表的纪传体史书之先河，也为后世文言小说的发展准备了一种重要的更接近当代小说而又有利于塑造人物形象的结构模式。

其二是叙事艺术。《国语》叙事的文学性一向没有引起今人的注意，缺乏系统而全面的研究，以至于直至今日仍通行全国的大学文学史教材中都说："从文学上的成就说，《国语》远不如《左传》。这从长勺之战可以看出。两书所记，意同而辞不同，一则简练而姿态有神，一则平庸而枯槁乏味。试一比较，优劣自见。"①褚斌杰、谭家健主编的《先秦文学史》甚至说："如果把《左传》与《国语》相同的篇章加以比较，不难看出《左传》在《国语》的基础上进行提炼修改的痕迹。"②然而将二书对读，加以详细的比较就可以发现，实际情况却并非如此，而是互为补充，各有详略，各有其长。《国语》中不但有上文所论在体例和结构模式方面颇多创新的作品，而且把许多相同的篇章与《左传》加以比较，则会发现，倒是《国语》叙事曲折生动、委婉详尽，明显地优于《左传》中叙同一事件的作品，明显地看出《国语》在《左传》的基础上进行提炼修改、敷衍加工的痕迹。如"重耳去齐"一事，《左传》僖公二十三年载曰：

---

① 游国恩等主编：《中国文学史》（第一册），第54页，北京，人民文学出版社，1963。
② 褚斌杰、谭家健主编：《先秦文学史》，第216页，北京，人民文学出版社，1998。

及齐，齐桓公妻之，有马二十乘。公子安之，从者以为不可。将行，谋于桑下。蚕妾在其上，以告姜氏。姜氏杀之，而谓公子曰："子有四方之志，其闻之者，吾杀之矣！"公子曰："无之。"姜曰："行也！怀与安，实败名！"公子不可。姜与子犯谋，醉而遣之。醒，以戈逐子犯。

仅有短短的九十四字，叙事简略，形象也不丰满。而《国语》对此事的叙述就大不相同了。《国语·晋语四》曰：

遂适齐。齐侯妻之，甚善焉。有马二十乘，将死于齐而已矣，曰："民生安乐，谁知其他？"桓公卒，孝公即位，诸侯叛齐。子犯知齐之不可以动，而知文公之安于齐而有终焉之志也，欲行而患之，与从者谋于桑下。蚕妾在焉，莫知其在也。妾告姜氏，姜氏杀之，而言于公子曰："从者将以子行，其闻之者，吾以除之矣。子必从之，不可以贰，贰无成命。《诗》云：'上帝临女，无贰尔心。'先王其知之矣，贰将可乎？子去晋难而极于此，自子之行，晋无宁岁，民无成君。天未丧晋，无异公子，有晋国者，非子而谁？子其勉之！上帝临子，贰必有咎。"公子曰："吾不动矣，必死于此。"姜曰："不然。《周诗》曰：'莘莘征夫，每怀靡及。'夙夜征行，不遑启处，犹惧无及，况其顺身纵欲怀安，将何及矣！人不求及，其能及乎？日月不处，人谁获安？西方之书有之曰：'怀与安，实疚大事。'《郑诗》云：'仲可怀也，人之多言，亦可畏也。'昔管敬仲有言，小妾闻之，曰：'畏威如疾，民之上也。从怀如流，民之下也。见怀思威，民之中也。畏威如疾，乃能畏民。威民在上，弗畏有刑。从怀如流，去威远矣，故谓之下。其在辟也，吾从中也。《郑诗》之言，吾其从之。'此大夫管仲之所以纪纲齐国，裨辅先君，而成霸者也。子而弃之，不亦难乎？齐国之政败矣，晋之无道久矣，从者之谋忠矣，时日及矣，公子几矣。君国可以济百姓，而释之者，非人也。败不可处，时不可失，忠不可弃，怀不可从，子必速行！吾闻晋之始封也，岁在大火，阏伯之星也，实纪商人。商之飨国三十一王，《瞽史之纪》曰：'唐叔之世，将如商数。'今未半也。乱不长世，公子唯子，子必有晋。若何怀安？"公子弗听。姜与子犯谋，醉而载之以行。醒，以戈逐子犯，曰："若无所济，吾食舅氏之肉，其知餍乎！"

舅犯走且对曰:"若无所济,余未知死所,谁能与豺狼争食?若克有成,公子无亦晋之柔嘉,是以甘食。偃之肉腥臊,将焉用之?"遂行。

洋洋洒洒,竟至六百零四字,详略自见,高低判然。《国语》显然是在《左传》文字的基础上进行的加工创作。姜氏劝夫,娓娓絮絮,情理兼融,形象生动,个性鲜明。文末"以戈逐子犯"的对话更是"情节滑稽可笑,对话富于戏剧性。二人相逐且骂时的情形动作尤为活灵活现"①。这样的例子在《齐语》《晋语》《吴语》《越语》中不胜枚举,其中叙发生于哀公十三年间的黄池之会也非常典型。《左传》除去几段对话外叙事极简,而《国语·吴语》则不但写了吴王合大夫而谋,王孙雒对形势的分析(其中"王乃步就王孙雒"之细节尤生动),而且运用铺排夸张的艺术手法,详尽地描写了吴军连夜逼晋的宏大场面,为后世战争小说之战阵描写树立了榜样,以至于让认为"《左传》在《国语》基础上进行提炼修改"的《先秦文学史》也不得不承认这段文字"气象宏伟,视野开阔,有声有色。用的是浓墨重彩,显然有意铺排。这种场面,在先秦散文中较为罕见"②。这样的叙事,显然已经不是史官的实录,显然具有小说性质。

《国语》不但叙事详尽,而且许多篇章已经明显地显露出艺术想象甚至虚构的痕迹,从而更具小说性质,已开历史小说创作之先河。这一点除上述《吴语》及《越语》可见之外,最典型的是晋献公骊姬之乱事。《左传》所叙合情合理,而《国语》则不但在《晋语》一、二中用大量的篇幅详尽地叙述了这一事件,且增加了"公之优曰施,通于骊姬","优施教骊姬夜半而泣谓公曰"以及骊姬与情人优施密谋,优施为骊姬说服里克、里克夜半召优施问计、骊姬至曲沃见申生而哭之等明显虚构的戏剧化情节。关于其中真伪,钱钟书先生《管锥编·左传正义》考之曰:

《孔丛子·答问》篇记陈涉读《国语》骊姬夜泣事,顾博士曰:"人之夫妇,夜处幽室之中,莫能知其私焉,虽黔首犹然,况国君乎?余以是知其不信,乃好事者为之词!"博士对曰:"人君外朝则

---

① ② 褚斌杰、谭家健主编:《先秦文学史》,第 221 页,北京,人民文学出版社,1998。

有国史,内朝则有女史,……故凡若晋侯骊姬床第之私,房中之事,不可掩焉。"学究曲儒以此塞眢涉之问耳。不谓刘知幾阴拾唾馀,《史通·史官建置》篇言古置内朝女史,"故晋献惑乱,骊姬夜泣,床第之私,不得掩焉"(浦起龙《通释》未注)。有是哉?尽信书之迂也!《左传》成公二年晋使鞏朔献捷于周,私赂而请曰:"非礼也,勿籍!""籍",史官载笔也。则左、右史可以循私曲笔(参见《困学纪闻》卷一《中说·问易》条翁元圻注),而"内史"彤管乃保其"不掩"无讳耶?骊姬泣诉,即俗语"枕边告状",正《国语》作者拟想得之,陈涉所谓"好事者为之词"耳。

"作者拟想得之","好事者为之词",都指虚构情节。钱钟书所云:"史家追叙真人实事,每须遥体人情,悬想事势,设身局中,潜心腔内,忖之度之,以揣以摩,庶几入情合理。盖与小说、院本之臆造人物、虚构境地,不尽相同而可相通;记言特其一端。"①甚有见地。

其三是人物形象的塑造。如上所述,因为笔记体结构模式和纪传体结构模式都十分有利于塑造人物;叙事详尽则多情节、细节,而情节又是人物性格发展的历史,所以《国语》在塑造人物方面也为后世文言小说树立了榜样。通观《国语》,在形象塑造方面有三点特别突出:一、塑造了一个系统的帝王将相形象体系,与《左传》《战国策》等一起,同开历史小说形象体系之先河。近代小说家韩邦庆曾经说过:"连章题要包括,如《三国》演说汉、魏间事,兴亡掌故瞭如指掌,而不嫌其简略;枯窘题要生发,如《水浒》之强盗,《儒林》之儒士,《红楼》之闺娃,一意到底,颠倒敷陈,而不嫌其琐碎。彼有以忠孝,神仙,英雄,儿女,赃官,剧盗,恶鬼,妖狐,以至琴棋书画,医卜星相,萃于一书,自谓五花八门,贯通淹博,不知正见其才之窘耳。"②此虽主论小说写法,但实已涉及中国传统小说形象系列这一重大课题。而《国语》之写周厉王、齐桓公、晋文公、越王句践等帝王形象,臧文仲、郤克、申胥、范蠡等将相形象,都已经十分突出,完全可以构成一个帝王将相形象系列。二、《国语》善于从众多的历史资料中选择最足以表现人物的情节和细节塑造人物。如《左传》中齐事甚多,而《国语》之《齐语》却只选取了"桓公自莒

① 钱钟书:《管锥编》(第一册),第166页,北京,中华书局,1979。
② 〔清〕韩邦庆:《海上花列传·例言》,第3页,北京,人民文学出版社,1982。

反于齐"至"桓公忧天下诸侯"七事,写出了春秋第一霸的与众不同。而《吴语》也仅从众多的吴国历史资料中选取了"吴王夫差起师伐越"至"吴王夫差还自黄池"九事,写出了一个身死国亡的亡国之君的自取灭亡,都非常典型,极有教育意义。三、尤应指出的是,《国语》为了塑造人物,甚至不顾违背史实,或张冠李戴,或添枝加叶,或无中生有,已非史实的编纂而近乎历史小说的创作。这只要将《国语》中的部分篇章与《左传》的相关篇章对读,或者将《国语》中的相关篇章对读,便可以看得十分清楚。《晋语》一叙骊姬之乱,为写骊姬之淫荡狡诈,不惜添加优施这一人物及许多相关的情节、细节,已如上述,兹不赘论。若将《吴语》、《越语》上、《越语》下对读,这一点也很明显。通观《吴语》,越方在吴越之战中起决定作用的是越王句践,主要谋臣是大夫种,而范蠡仅仅出现了两次:一为吴晋黄池之会时句践乘机"命范蠡、舌庸率师沿海泝淮以绝吴路",一为吴越决战之前句践问舌庸、若成、文种、范蠡、皋如"战奚以而可"。可见范蠡并非越灭吴的关键人物。《越语》上叙句践灭吴,首功为句践,文种次之,竟未见范蠡之名。但同叙一事,《越语》下就大不相同了:作者为了突出范蠡这一主要形象,不但叙事的角度和立场发生了变化,甚至不顾史实,不顾与《吴语》和《越语》上的矛盾,对人物关系和情节也进行了相应的调整和改变,所有的错误均句践所犯,所有的功劳均范蠡所成,文种等人都成了陪衬。同一事件,同样参与事件的人物,前后竟如此牴牾。徐元浩《国语集解》引王引之语,详加辨驳,称"盖记者传闻各异,不可强同"①。不知乃作者为了塑造人物形象的需要而为,小说因素显而易见。"历史家纪录,小说家创作。"这样的作品显然具有创作的成分,显然具有了小说文体的性质。后世戏曲小说,多钟情于吴越春秋,溯本追源,与《国语》的这一性质不无关系。

最后是神话传说和志怪故事。《国语》以记"语"为主,时人为了说明道理,有时便不免引用一些神话传说。如《周语》上记惠王十五年有神降于莘,王问内史过,内史过为了说明"国之将兴,……明神降之,观其政德,而均布福焉。……国之将亡,……神亦往焉,观其苟慝,而降

---

① 徐元浩:《国语集解》,第581页,北京,中华书局,2002。

之祸"的道理,便引用了"融降于崇山"、"回禄信聆隧"、"梼杌次于丕山"、"夷羊在牧"、"鸑鷟鸣于岐山"、"杜伯射王于鄗"等神话传说。当惠王问今是何神时,又回答:"昔昭王娶于房,曰房后,实有爽德,协于丹朱,丹朱凭身以仪之,生穆王焉。"于此,《国语集解》又解曰:"柳宗元《非国语》曰:'妄取时日,莽浪无状,而寓之丹朱,而又以房后之恶德与丹朱协而凭以生穆王。其为书也,不待片言而迂诞彰矣。'"①明确地指出了《国语》妄引神话传说,迂诞依托的小说性质。另如《周语》下之引"共工淫失其身"、尧殛鲧于羽山,《鲁语》下之引"禹致群神于会稽之山,防风氏后至,禹杀而戮之,其骨节专车"等等,亦属此类。屈原《天问》,问及神话传说,纪昀《四库全书总目》、鲁迅《中国小说史略》犹注意其与小说之关系,②《国语》所载,既早又详,与小说之关系更不待言。除此之外,《国语》还多载"卜梦妖怪相书"之志怪内容,直接影响了后世志怪小说。卜筮之事,《国语》虽少于《左传》,然《周语》下所载单襄公有疾,召其子顷公而告之以善晋国,即有所谓"朕梦协朕卜"的内容。《晋语》一亦载献公卜伐骊戎,史苏占之曰"胜而不吉",结果获骊姬而乱国的故事。《晋语》四更详尽地记叙了晋文公重耳归国前的一次占卜。至于那些判断未来,报应如响,见微知著,料事如神的故事,那就更多了。"梦是潜意识的创造,做梦的同时,创造就已完成。小说是有意识的创造,有一段构思的过程。"③所以与小说关系尤密。《国语》记梦,除上述"朕梦协朕卜"之外,《晋语》二中的虢公之梦,《晋语》八韩宣子所言平公之梦,《楚语》上白公所言武丁之梦等都很典型。尤其是《晋语》八韩宣子所言平公有疾,梦黄熊入寝门,郑子产讲述昔者鲧违帝命,被殛之羽山,化为黄熊,入于羽渊的故事,小说特征尤显。妖怪故事除上文所及者之外,《鲁语》下所载季桓子穿井得羊,而以狗问孔

---

① 徐元浩:《国语集解》,第 30 页,北京,中华书局,2002。
② 清纪昀《四库全书总目·子部·小说家序》曰:"张衡《西京赋》曰:'小说九百,本自虞初。'《汉书·艺文志》载《虞初周说》九百四十三篇,注称武帝时方士,则小说兴于武帝时矣。故《伊尹说》以下九家,班固多注依托也。然屈原《天问》,杂陈神怪,多莫知所出,意即小说家言。"鲁迅《中国小说史略》第二篇《神话与传说》云:"志怪之作,庄子谓有齐谐,列子则称夷坚,然皆寓言,不足征信。《汉志》乃云出于稗官,然稗官者,职惟采集而非创作,'街谈巷语'自生于民间,固非一谁某之所独造也,探其本根,则亦犹他民族然,在于神话与传说。"
③ 杨绛:《关于小说》,第 7 页,北京,三联书店,1986。

子，孔子所言"木石之怪曰夔、蝄蜽，水之怪曰龙、罔象，土之怪曰羵羊"。《郑语》所载史伯所言之童谣"檿弧箕服，实亡周国"的一连串志怪故事，显然启后世志怪小说之端。另外，《国语》中所载许多奇人异事，如师旷之知音等，亦可归于此类。所以卢文晖就说："由于师旷的听觉很好，辨音能力很强，再加上他那高超的演奏技艺，因而便附会出了许多有关师旷奏乐的神异故事。这些街谈巷议式的故事'先由稗官采集起来，提供给遒人，再由遒人奏上天子'，这便是先秦古小说之一《师旷》的主要来源。"[1]并辑古小说《师旷》。相指占视，特指通过观察人的形貌以占卜命运的神秘文化现象。《国语》中也有不少此类志怪现象。如《周语》下之单襄公以相论晋厉公，《晋语》四之负羁妻相视重耳及从人，《晋语》五之宁嬴氏论貌与言，《晋语》八之叔鱼之母相叔鱼、叔向之母相杨食我，《吴语》之董褐相吴王之色等均是。后出之《汲冢琐语》专记"梦卜妖怪相"等内容，被胡应麟称为"古今小说之祖"，"古今纪异之祖"，[2]《国语》兼而记之，故亦可称志怪小说之滥觞也。

　　《战国策》是一部汇集战国史事和纵横家言行事迹的史料汇编，后经西汉刘向整理成书。刘向称："所校中《战国策》书，中书余卷，错乱相糅莒。又有国别者八篇，少不足。臣向因国别者，略以时次之，分别不以序者以相补，除复重，得三十三篇。……中书本号，或曰《国策》，或曰《国事》，或曰《短长》，或曰《事语》，或曰《长书》，或曰《修书》。臣向以为战国时，游士辅所用之国，为之策谋，宜为《战国策》。其事继春秋以后，讫楚、汉之起，二百四十五年间之事，皆定以杀青，书可缮写。"[3]可见其原始资料并非各国史官之记录，而主要是战国策士之策谋；而《国事》《事语》之目，又说明亦有记事之作，并非全是策谋之文。故班固《汉书·艺文志》隶之六艺略之"春秋"类，而至唐长孙无忌等

---

　　① 卢文晖：《师旷·前言》，第 2 页，上海，上海古籍出版社，1985。

　　② 明胡应麟《少室山房笔丛·九流绪论下》云："……右《太平御览》引《汲冢琐语》之文。《束皙传》所云诸国梦卜妖怪相者，推此可见。盖古今纪异之祖，出《虞初》前。"《少室山房笔丛·二酉缀遗中》又云："古今志怪小说，率以祖《夷坚》、《齐谐》。然《齐谐》即《庄》，《夷坚》即《列》耳。二书固极诙诡，第寓言为近，纪事为远。《汲冢琐语》十一篇，当在《庄》、《列》前。《束皙传》云：诸国梦卜妖怪相者，盖古今小说之祖，惜今不传。"

　　③ 〔汉〕刘向：《战国策叙录》，见《战国策》，第 1195 页，上海，上海古籍出版社，1998。

《隋书·经籍志》，又改隶史部之杂史类。关于杂史，《隋书·经籍志》云："自秦拨去古文，篇籍遗散，汉初得《战国策》，盖战国游士记其策谋，……其属辞比事，皆不与《春秋》《史记》《汉书》相似，盖率尔而作，非史策之正也。"①这些率尔而作的杂史，今多有隶之小说者，如《魏晋世语》《王子年拾遗记》等。《战国策》虽还不是小说，但其中的许多作品已含小说因素，已具小说性质，对后世文言小说产生过巨大而深远的影响，恐怕也是不争的事实。关于这一点，笔者曾于拙著《中国小说发展史概论》中从四个方面进行了论述："一、《战国策》继承了《国语》以人系事的叙事方法，已露纪传体历史散文的萌芽，为中国小说的发展提供了一种可资借鉴的艺术形式。二、《战国策》成功地塑造了一大批栩栩如生的人物形象，为后世小说树立了光辉的榜样。三、战国策士，干谒时君，相互辨难，经常引用历史故事、民间传说和形象的比喻说理，以增强言辞的说服力，因而《战国策》中便保存了大量的寓言故事，如'鹬蚌相争'、'画蛇添足'、'狐假虎威'等。四、《战国策》中的许多篇章出于虚拟，并非历史散文，已开历史小说创作之先河。"②兹不赘论，对于《战国策》与后世文言小说关系有兴趣者自可参阅。这里需要补充的有两点：一是对上述第一点的补充，即《战国策》不但在纪传体历史散文这一结构模式方面影响了后世文言小说，在笔记体结构模式方面亦功不可没。也就是说，《战国策》中的许多作品明显地具有笔记体结构模式的特点。如《齐策》一之"靖郭君谓齐王"章：

> 靖郭君谓齐王曰："五官之计，不可不日听而数览。"王曰："说。"五而厌之。今与靖郭君。

关于此章文义，鲍彪注引《通鉴》云："不可不日听而数览之。王从之，已而厌之，悉以委婴。婴由是得专齐权。"③可见策文只用一句对话，寥寥数语的一个生活片断，便写出了田婴的狡诈和齐王的昏庸。另如《齐策》三之"齐王夫人死"章，笔记体结构模式的特点就更明显了：

> 齐王夫人死，有七孺子皆近。薛公欲知王所欲立，乃献七珥，

---

① 〔唐〕长孙无忌等：《随书·经籍志》，卷三三，见《二十五史》，第3368页，上海，上海古籍出版社，1986。
② 王恒展：《中国小说发展史概论》，第72～75页，济南，山东教育出版社，1996。
③ 〔宋〕吴师道：《战国策注》，见《战国策》，第307页，上海，上海古籍出版社，1998。

美其一。明日视美珥所在,劝王立为夫人。

另,《楚策》四载"楚王后死,未立后也。谓昭鱼曰:'公何以不请立后也?'昭鱼曰:'王不听,是知困而交绝于后也。''然则不买五双珥,令其一善而献之王,明日视善珥所在,因请立之。'"缪文远《战国策考辨》即引黄少荃之考证云:"事之相同,绝无若此者,诸说中必仅有一真,或皆假托。"[1]从而将二章均定为拟托,甚有见地。《韩非子·外储说右上》与《淮南子·道应篇》均收此文,亦可见其小说性质。这种笔记体结构模式的作品对后世笔记小说,尤其是志人小说的影响,理应引起我们的高度关注。二是心理描写。众所周知,历史是记录,小说是创作,而人物的心理活动显然是没法记录的。因此,只要作品中出现了心理描写,便只能有两种情况:要么是有意的虚构,要么是"录远而欲详其迹"。而这两种情况显然都是小说的写作手法而非历史散文的记录笔法。而《战国策》中便出现了明显的心理描写。如《齐策》一中大家非常熟悉的"邹忌讽齐王纳谏"章,叙邹忌"暮,寝而思之曰:'吾妻之美我者,私我也;妾之美我者,畏我也;客之美我者,欲有求于我也'"一段,便显然是心理描写。"思之曰"无疑即今之"心里话"、"心里说"。这样的心理描写显然是作者设身处地的艺术想象而非历史的记录。也就是说,《战国策》中的某些篇章,显然已经明显地具有了小说的文体特征。(据缪文远先生考证,"此章模拟之迹显然,今定此章为依托"[2]。)由此可见,《战国策》不但在文体、塑造人物、引用故事方面影响了后世的文言小说,而且许多篇章已出于虚拟,开历史小说创作之先河,其中的一部分作品已是历史小说而非历史散文,只不过仍孕育于《战国策》这部杂史之中,没有取得独立的小说文体的文体地位而已。

除《国语》和《战国策》之外,先秦典籍中的历史散文还有《世本》《逸周书》《竹书纪年》以及近世出土的《春秋事语》和《战国纵横家书》等。《世本》十五篇,《史记》曾经采用,《汉书·艺文志》著录,唐避太宗讳,改称《系本》,却已残缺,至宋散佚。清代王谟等许多人各有辑本,商务印书馆于1957年合印称《世本八种》,后中华书局《丛书集成初编》、齐鲁书社《二十五别史》均予收录。此书相传为战国时史官所作,

---

[1] 缪文远:《战国策考辨》,第106页,北京,中华书局,1984。
[2] 缪文远:《战国策考辨》,第89页,北京,中华书局,1984。

主要记载自黄帝以至春秋时期列国诸侯大夫的姓氏、世系、都邑、制作等。此书虽记事简略,没什么故事情节,但因所记均上古之事,所以是典型的神话传说历史化的产物。如首篇《黄帝》言:"黄帝娶于西陵之女,谓之嫘祖,产青阳及意昌。"其中黄帝为上古三皇五帝之首,是神话传说中的上帝、雷神。《列子·黄帝》篇言其"与炎帝战于阪泉之野,帅熊、罴、狼、豹、貙、虎为前驱",亦曾与蚩尤战于涿鹿等等,是一个典型的神话传说人物。嫘祖是教民养蚕的蚕神,又称先蚕,《后汉书·礼仪志》即有"祀先蚕,礼以少牢"的记载。其他如少暤、颛顼、帝喾、尧、舜等无不如此。另外,《世本·作篇》记载了大量的上古发明创造,也涉及大量的古代神话传说。如"燧人出火。造火者燧人,固以为名","伏牺制以俪皮嫁娶之礼","伏牺作琴瑟","神农和药济人","蚩尤作五兵,戈、矛、戟、酋矛、夷矛,黄帝诛之涿鹿之野","苍颉造文字","女娲作笙簧","鲧作城郭"等等,显然都是上古神话传说历史化的产物,而其背后的神话传说则显然具有小说性质,对后世文言小说的影响自不待言。

《逸周书》,《汉书·艺文志》称《周书》,唐颜师古注引汉代刘向之言,说是孔子删定《尚书》时剩余的历史资料,[1]许慎《说文解字》始称《逸周书》。《隋书·经籍志》虽称《周书》,但又称得之汲冢,故自宋晁公武《郡斋读书志》始目为《汲冢周书》。明杨慎《逸周书序》广征博引,辨此非汲冢所出,故清刊本多恢复许慎《逸周书》旧称。今本十卷,七十一篇,十一篇有目无文,实存五十九篇(七十一篇包括《周书序》一篇)。从每篇篇目中都带一个"解"字,如《度训解》《命训解》《大匡解》《太子晋解》等看,应该是一部解说《周书》的注解书。笔者在拙著《中国小说发展史概论》中曾经提出过小说起源于"说"这一文体的说法。[2]而"说"这一文体再仔细研究,实际上又可以分为"传说"之"说","论说"之"说","游说"之"说"和"解说"之"说"四类。因此从这一观点看,《逸周书》从文体学上就与后出的文言小说有着近亲关系。详观《逸周书》,除《度训解》《大武解》《时训解》等一小部分解说政治理论、军事理

---

① 《汉书·艺文志》颜师古注曰:"刘向云:'周时诰誓号令也,盖孔子所论百篇之余也。'今之存者四十五篇矣。"见《汉书》,第 1706 页,北京,中华书局,1962。

② 王恒展:《中国小说发展史概论》,第 2 页,济南,山东教育出版社,1996。

论、时令节气之外,大部分作品均涉及西周文王、武王、周公等历史人物的活动,如《武寝解》《克殷解》《大匡解》等等。在这些叙事作品中,许多已叙事完整生动,有故事情节,有人物形象,有典型环境,具备了小说文体的主要因素。如《克殷解》写周武王克殷即位,就十分典型:

> 周车三百五十乘,陈于牧野,帝辛从。武王使尚父与伯夫致师。王既誓,以虎贲戎车驰商师,商师大崩。商辛奔内,登于鹿台之上,屏遮而自燔于火。武王乃手太白以麾诸侯,诸侯毕拜,遂揖之。商庶百姓,咸俟于郊。群宾佥进曰:"上天降休。"再拜稽首。武王答拜,先入,适王所,乃剋射之,三发而后下车,而击之以轻吕,斩之以黄钺。折县诸太白。乃适二女之所,既缢。王又射之三发,乃右击之以轻吕,斩之以玄钺,县诸小白。乃出场于厥军。及期,百夫荷素质之旗于王前。叔振奏拜假,又陈常车。周公把大钺,召公把小钺以夹王。泰颠、闳夭皆执轻吕以奏王。王入,即位于社太卒之左。群臣毕从。毛叔郑奉明水,卫叔傅礼,召公奭赞采,师尚牵牲。尹逸筴曰:"殷末孙受德,迷先成汤之明,侮灭神祇不祀,昏暴商邑百姓,其章显闻于昊天上帝。"武王再拜稽首,乃出。立王子武庚,命管叔相。乃命召公释箕子之囚,命毕公、卫叔出百姓之囚。乃命南宫忽振鹿台之财、巨桥之粟。乃命南公百达、史佚迁九鼎三巫。乃命闳夭封比干之墓。乃命宗祝崇宾飨祷之于军。乃班。

解说克殷而叙事如此,确如《先秦文学史》所云:"描写事件首尾完整,曲折起伏,情节生动,人物可见。"[1]这样的叙事肯定不是史官的记录而是解说《周书》者的追叙,从而便具有了某些小说的性质。如果说这样的作品仍隶属历史散文的范畴,那么像《太子晋解》这样的作品小说性质就更明显了。众所周知,太子晋即著名的神话传说人物王子乔,系周灵王太子。今本《列仙传》曰:"王子乔者,周灵王太子晋也。好吹笙作凤凰鸣,游伊洛间,道士浮丘公接以上嵩高山……"《古今图书集成·山川典》卷六三引《列仙传》,王子乔即作王子晋,文末尚有"良与故人登山,见子晋弃所乘之马于涧下,驾白鹤挥手谢时人而去。须臾,

---

① 褚斌杰、谭家健主编:《先秦文学史》,第180页,北京,人民文学出版社,1998。

马亦飞去,今有拜马涧"云云。另《楚辞·远游》、晋干宝《搜神记》中亦涉之。《太子晋解》叙周灵王太子晋少有灵异,晋平公使叔誉往见之,结果"五称而三穷"。归告平公,极言其能,请归周之二邑。师旷以为不可,复往见之。一番对答,致使师旷连连称善,竟情不自禁地"束躅其足"。尤为神异的是,最后太子晋竟问:"且吾闻汝知人年之长短,告吾。"师旷则对曰:"汝声清汗,汝色赤白,火色不寿。"王子听后竟说:"然吾后三年将上宾于帝所,汝慎无言,殃将及汝。"至此,全文嘎然而止,给后世读者留下无尽深思。今人卢文晖辑佚古小说《师旷》即首选此文,且于注释中引吕思勉《经子解题》附论曰:"此篇……颇类小说家言。"①另如《明堂解》之叙述详尽,《殷祝解》之叙述"汤放桀于中野"的历史传说等等,相信对后世文言小说极具影响。

《竹书纪年》十三篇,是根据晋武帝太康二年(281)汲郡人盗发汲县(今河南卫辉西南)魏襄王(一说为魏安釐王)墓所得竹简整理而成,故又称《汲冢竹书》《汲冢纪年》,简称《竹书》《纪年》。此书虽然是一部战国时期的编年体史书,保存了很多上古史料,但也有很多地方与传统的儒家经传明显不同。如《五帝纪》中所载"舜囚尧于平阳,取之帝位","舜囚尧,复偃塞丹朱,使不与父相见也";《夏纪》所载"益干启位,启杀之","后桀伐岷山,岷山女于桀二人,曰琬、曰琰。桀受二女,无子,刻其名于苕华之玉,苕是琬,华是琰。而弃其元妃于洛,曰末喜氏。末喜氏以与伊尹交,遂以间夏";《殷纪》所载"仲壬崩,伊尹放大甲于桐,乃自立也。伊尹即位,放大甲七年,大甲潜出桐,杀伊尹,乃立其子伊陟、伊奋,命复其父之田而中分之";《周纪》所载"武王亲禽帝受于南单之台,遂分天之明",如是等等,均于传世典籍,尤其是儒家典籍不同。众所周知,历史只能有一种结果,这些不同显然属传闻异词的范围。若以传统典籍所记为准,则《竹书纪年》上述内容则显然具有传闻异词的小说因素;同样,若以《竹书纪年》为准,则可反证传统典籍中的小说因素。除这一方面之外,若细读《竹书纪年》则还可以发现,该书对志怪特感兴趣,可称志怪小说之滥觞。如《五帝纪》之"黄帝仙去,其臣有左徹者,削木作黄帝之像,帅诸侯奉之","三苗将亡,天雨血,夏有

---

① 卢文晖:《师旷》,第 4 页,上海,上海古籍出版社,1985。

冰,地坼及泉,青龙生于庙,日夜出,昼日不出";《夏纪》之"洛伯用与河伯冯夷斗","胤甲居于河西,天有妖孽,十日并出";《周纪》之"穆王十七年,西征,至于昆仑丘,见西王母,乃宴","周穆王三十七年,伐楚,大起九师,至于九江,比鼋鼍为梁","周宣王三十三年,有马化为狐";《晋纪》之"晋献公二年春,周惠王居于郑,郑人入王府,多取玉,玉化为蜮射人","晋献公二十五年正月,翟人伐晋,周阳有白兔舞于市","晋定公二十五年,西山女子化为丈夫,与之妻,能生子。其年,郑一女而生四十人,二十死";《魏纪》之"梁惠成王四年,河水赤于龙门三日","惠成王七年,雨碧于郢","惠成王八年,雨黍"等等。这样的内容,一方面可见其编纂者对志怪的兴趣,同时也不可避免地影响到后世的志怪小说。所以,虽然"子不语怪力乱神",而志怪小说仍然是中国古代文言小说中重要的一类,且经久不衰,想来当与历史散文中的这一志怪传统有关。

　　帛书《春秋事语》和《战国纵横家书》都是1973年湖南长沙马王堆的出土文物。前者四五千字,共分十六章,每章各记一事,互不连贯,因所记均春秋时事,原书又无书名,故整理者据其内容定名《春秋事语》。此书所记十六事,除第二章不见他书外,其他均见于"春秋三传"、《国语》、《韩非子》等,且互有异同,故可见历史散文中的小说因素。尤其是第六章,叙郑国有人要杀酒徒伯有,伯有知道风声后不慌不忙地回到家中,"闭室,悬钟而长饮酒",人物形象已非常生动。更值得注意的是,《春秋事语》"重点在于记言,体例与《国语》相近。据学者研究,它属于春秋战国时期教材中'语'的一类,可能是一种较为初级的课本,目的是让初学者通过故事了解一些历史知识,懂得一点政治道理,并掌握一定的语言文字能力,为进入更高学习阶段打好基础"[①]。关于"语"体与后世文言小说的关系,上文《国语》部分已经论及,读者自可参阅。《战国纵横家书》与《春秋事语》同时出土,共二十七章,一万一千余字。其中十章见于《战国策》,八章见于《史记》,除去重复,有十六章事不见于传世古籍。据学者考证,这是一部类似《战国策》的古籍,出土时未标书名,故整理者据以定名为《战国纵横家书》。据杨宽

---

① 褚斌杰、谭家健主编:《先秦文学史》,第251页,北京,人民文学出版社,1998。

先生考证:"《战国纵横家书》大体上可以分为三个部分,是从三种不同的战国游说故事的册子中辑录而成的:(1) 从第一到第十四章,是苏秦游说资料。各章体例相同,内容相互有联系,编排也有次序,和以后各章编排杂乱的不同。……(2) 从第十五章到第十九章,该是从另一种记载战国游说故事的册子辑录出来的。每章的结尾,都有字数的统计,……(3) 从第二十到第二十七章,应该是出于又一种辑录战国游说故事的册子。"①《战国策》与小说的关系,上文已进行了专论,勿庸重复。值得注意的是这种专门"辑录战国游说故事的册子",其作者肯定不是当时的史官,而是事后的好事之徒。从战国以至秦汉之际,诸雄争霸,竞尚游说,一言既合,取卿相于指顾之间,故专攻游说的"长短纵横"之学大兴(从资料看,不只纵横家,儒家、法家、兵家等均习此学)。所以便有人注意搜集、编撰那些典型的战国游说故事和说辞(《韩非子》中的《说林》《储说》诸篇也属此类)。如果其中有的作者的编撰目的是偏重于吸取历史的经验和教训,还能够注意历史的真实;而"如果编辑起来只是用作练习游说的脚本的,就不免夸张扩大,甚至假托虚构。涉及历史事实方面,有的出于传闻不同,记载有出入;有的就随意虚构,根本不顾历史的真实性。譬如苏秦、张仪游说各国合纵连横的长篇游说辞,就属于这种性质。"②"正因为苏秦和张仪是纵横家学习模仿的榜样,他们的游说辞是练习游说用的主要的脚本,其中就有许多假托他们编造出来的,不但夸张虚构,而且年代错乱,矛盾百出,司马迁所谓'世言苏秦多异,异时事有类之者皆附之苏秦'(《苏秦列传》赞)。"③勿庸置疑,杨宽先生所云"夸张扩大"、"假托虚构"、"随意虚构,根本不顾历史的真实性"、"夸张虚构"的作品,都绝对不是历史散文而是具有了小说性质的作品,尽管当时的作者还不是有意为小说。而《战国纵横家书》中的许多作品,恰恰便具有这样的性质。

综上所述,可见先秦史学典籍与文言小说的关系。刘知幾《史

① 杨宽:《马王堆帛书〈战国纵横家书〉的史料价值》,见马王堆汉墓帛书整理小组编《战国纵横家书》,第171~172页,北京,文物出版社,1976。

② 杨宽:《马王堆帛书〈战国纵横家书〉的史料价值》,见马王堆汉墓帛书整理小组编《战国纵横家书》,第158页,北京,文物出版社,1976。

③ 杨宽:《马王堆帛书〈战国纵横家书〉的史料价值》,见马王堆汉墓帛书整理小组编《战国纵横家书》,第164页,北京,文物出版社,1976。

通·杂述》称小说为"史氏流别"。笑花主人在《今古奇观序》中称"小说者，正史之余也"。今人黄钧认为"中国小说脱胎于史传文学"①。石昌渝称"中国小说的母体是史传"②。由是观之，完全合乎中国小说尤其是文言小说流变的实际情况。另外从中国小说的文体特征方面看，其独具特色的"史才"特征也与上述先秦史学典籍与小说的关系密切相连。

第四节　《楚辞》与文言小说

在传世的先秦典籍中，除经部、子部、史部著作与文言小说有着千丝万缕的渊源关系外，被后世列入集部的诗歌总集《楚辞》也与文言小说关系密切。我们屡屡提及，中国小说最明显的民族特色是"文备众体，可以见史才、诗笔、议论"，而其中的"诗笔"特征无疑主要来源于先秦诗歌。先秦诗歌主要保存在两部诗歌总集之中——《诗经》和《楚辞》。因为《诗经》隶属经部，我们在上文第二节中已经论及，所以本节主要论述《楚辞》与后世文言小说的关系，论述《楚辞》对后世文言小说的影响。

言及《楚辞》与小说的关系，最早发现并论及的当数《四库全书》的总纂官纪昀。他在《四库全书总目》子部小说家类的类序中探讨小说的起源时讲："张衡《西京赋》曰：'小说九百，本自虞初。'《汉书·艺文志》载《虞初周说》九百四十三篇，注称武帝时方士，则小说兴于武帝时矣。故《伊尹说》以下九家，班固多注依托也(《汉书·艺文志注》凡不著姓名者，皆班固自注)。然屈原《天问》，杂陈神怪，多莫知所出，意即小说家言。"显然认《天问》中涉及的神话传说为小说的起源。鲁迅《中国小说史略》继承了纪昀的观点，亦认小说的起源"亦犹他民族然，在于神话与传说"。且在列举了先秦其他典籍中的神话传说之后说："若求之诗歌，则屈原所赋，尤在《天问》中，多见神话与传说，如'夜光何

① 黄钧：《中国古代小说起源和民族传统》，载《文学遗产》1987 年第 5 期。
② 石昌渝：《中国小说源流论》，第 53 页，北京，三联书店，1994。

德,死则又育?厥利惟何,而顾菟在腹?''鲧何所营?禹何所成?康回
凭怒,地何故以东南倾?''昆仑县圃,其尻安在?增城九重,其高几
里?''鲮鱼何所?魃堆焉处?羿焉彃日?乌焉解羽?'是也。王逸曰:
'屈原放逐,彷徨山泽,见楚有先王之庙及公卿祠堂,图画天地山川神
灵琦玮谲诡及古贤圣怪物行事,……因书其壁,何而问之。'(本书注)
是知此种故事,当时不特流传人口,且用为庙堂文饰矣。其流风至汉
不绝,今在墟墓间犹见有石刻神祇怪物圣哲士女之图。"[1]屈原《天问》
共一百七十二问,涉及自然现象、神话传说、历史传说三大类,纪昀和
鲁迅显然注意到了《天问》中涉及的神话传说。

　　其实何止《天问》,《楚辞》中的其他篇章如《离骚》《九歌》《远游》等
作品中亦涉及大量神话传说。如《离骚》中的"彼尧、舜之耿介兮,既遵
道而得路;何桀、纣之猖披兮,夫唯捷径以窘步","鲧婞直以亡身兮,终
然殀乎羽之野","启九辩与九歌兮,夏康娱以自纵。不顾难以图后兮,
五子用失乎家巷。羿淫游以佚畋兮,又好射乎封狐。固乱流其鲜终
乎,浞又贪夫厥家。……"就言及了尧、舜、桀、纣、启、太康、羿、寒浞等
大量的历史传说。而"朝发轫于苍梧兮,夕余至乎县圃","吾令羲和弭
节兮,望崦嵫而勿迫","饮余马于咸池兮,总余辔乎扶桑","前望舒使
先驱兮,后飞廉使奔属。鸾皇为余先戒兮,雷师告余以未具"等等,显
然又涉及羲和、望舒、飞廉、雷师等神话传说人物,苍梧、县圃、崦嵫、扶
桑等神话传说地名,鸾皇、玉虬、飞龙、凤凰等神话传说中的事物。《九
歌》是屈原放逐沅水、湘水间的作品,王逸《楚辞章句·九歌序》云:
"《九歌》者,屈原之所作也。昔楚国南郢之邑,沅、湘之间,其俗信鬼而
好祠。其祠必作歌乐,鼓舞以乐诸神。屈原放逐,窜伏其域,怀忧苦
毒,愁思沸郁。出见俗人祭祀之礼,歌舞之乐,其词鄙陋,因为作《九
歌》之曲。"联系《汉书·地理志》关于楚地"信巫鬼,重淫祀"的记载,如
今湖南沅、湘之间风俗,王逸的话应该是可信的。既然《九歌》本乎民
间的鬼神祭祀,故全涉神话传说。这从作品的篇目和后人的注释中也
可以看得很清楚。如《东皇太一》,朱熹注曰:"太一,神名,天之尊神,
祠在楚东,以配东帝,故云东皇。"[2]《云中君》,朱熹注曰:"谓云神也,亦

----

① 鲁迅:《中国小说史略》,第12页,北京,人民文学出版社,1973。
② 〔宋〕朱熹:《楚辞集注》,第31页,上海,上海古籍出版社,1979。

见《汉书·郊祀志》。"《湘君》和《湘夫人》,朱熹认为是分别祭尧之二女、舜之二妃娥皇和女英,但今人多认为是湘水的一对配偶神。褚斌杰先生等更认为从作品的内容和结构看,实为一诗的两章:"前章写湘水女神湘夫人思念恋人湘君,久候不至;后章则着重写湘夫人对湘君望而不至,从而在痴迷中产生湘君到来的幻觉。"且称:"《湘君》《湘夫人》,是《九歌》中写得非常优美而又富于故事情节的诗篇。湘水,是楚境中的一条大河,沿岸风景秀丽,关于它定然会有许多美丽的神话传说。一般认为湘君和湘夫人是一对配偶神。旧说一般又认为与帝舜的传说有关。湘君,指舜;湘夫人即舜妃娥皇、女英。但历来的解释也不尽相同。我们从作品内容看,它写湘水之神的一段美丽的恋爱故事是无疑的。"①像这样具有故事情节的神话传说,显然是经过了屈原的艺术加工,比《天问》中所涉的神话传说更具小说性质。同样美丽的爱情故事还有《山鬼》。《山鬼》与后世小说的关系不仅在有关山中女神的神话传说和山鬼赴情人之约的等待和久候不至的失望、痛苦等情节因素,而是成功地塑造了一个体态轻盈、美丽可爱、含情脉脉的女神形象。正因如此,所以从古到今都有人认为山鬼这一形象就是传说中的巫山神女瑶姬。② 若果真如此,那么从《湘君》与《湘夫人》的神人之恋,到《山鬼》(包括后来的《高唐》《神女》诸赋)的人神恋,后世文言小说的人神恋原型和母题就较为清晰了。其他如《大司命》《少司命》《东君》《河伯》《国殇》等亦均涉神话传说,均具小说因素。《远游》中的"漠虚静以恬愉兮,淡无为而自得。闻赤松之清尘兮,顾承风乎遗则。贵真人之休德兮,美往世之登仙。与化去而不见兮,名声著而日延。奇傅说之托辰星兮,羡韩众之得一。形穆穆以浸远兮,离人群而遁逸",一方面表现了作者对往世登仙者的向往,同时也涉及了大量的神话传说。如赤松,朱熹即注曰:"《列仙传》:'赤松子,神农时为雨师,服冰玉,教神农,能入火自烧。至昆山上,常止西王母石室。随风雨上下,炎帝少女追之,亦得仙俱去。'张良欲从赤松子游,即此也。"另如"轩辕

---

① 褚斌杰、谭家健主编:《先秦文学史》,第 460 页,北京,人民文学出版社,1998。
② 清顾天成《九歌解》曰:"楚襄王游云梦,一日人名曰瑶姬。通篇《山鬼》辞意,似指此事。"袁珂《中国神话传说辞典》释山鬼曰:"《楚辞·九歌》篇名。洪兴祖补注谓山鬼疑是夔与枭阳之类。近人亦有以为山鬼即巫山神女者,所说近是。"

不可攀援兮,吾将从王乔而娱戏!"句,朱熹亦注曰:"轩辕,黄帝名。王乔,周灵王太子晋也。《列仙传》曰:'好吹笙,作凤鸣。遇浮丘公,接之仙去。'"其他如"仍羽人于丹丘兮,留不死之旧乡","召丰隆使先导兮,问大微之所居","历太皓以右转兮,前飞廉以启路","使湘灵鼓瑟兮,令海若舞冯夷"等等,亦均涉神话传说内容,均蕴含着后世文言小说的因素。

其次是假设问对的艺术形式。《楚辞》中的部分作品,尤其是题为屈原所作的《卜居》和《渔父》,《昭明文选》中题为宋玉所作的《风赋》《高唐赋》《神女赋》《登徒子好色赋》《对楚王问》等,都是这种形式。《卜居》写屈原既放,三年不得复见,竭知尽忠,而蔽鄣于谗,心烦虑乱,不知所从,乃往见太卜郑詹尹处占卜的经过,通过二人的问对,抨击了当时"黄钟毁弃,瓦釜雷鸣;谗人高张,贤士无名"的黑暗现实。《渔父》写屈原既放,游于江潭,行吟泽畔,颜色憔悴,形容枯槁,一渔父见而问之,通过二人的对话,表现了屈原的坚贞不屈与渔父(隐遁之士)避世全身处世态度的对立。二作朱熹《楚辞集注》虽均题"屈原之所作也",但后面却又加了一句"或曰亦原之设词耳",可见古人虽认为屈原所作,但却是假设问对,并非记实,因而便具有了虚构的小说因素。而以郭沫若《屈原赋今译》为代表的今人则多认作者是"熟悉屈原生活和思想的楚人",若果真如此,则假设问对的小说因素就更明显了。

旧题宋玉作的五篇均见于《文选》:第十三卷赋庚"物色"之《风赋》,第十九卷赋癸"情"之《高唐赋》《神女赋》《登徒子好色赋》,第四十五卷"对问"之《对楚王问》。今人疑古,多以为后人伪作,但伪作者谁何? 又无从考证,故今之论及者仍归之宋玉名下。宋玉为屈原弟子,史称其"好辞而以赋见称"[①]。他的这五篇作品都以假设问对的艺术形式出现,对话的双方以宋玉与楚王为主,兼及其他(如登徒子等),用意明显在于讽谏。这种虚构的、有故事情节、有人物形象、有典型环境的作品,已颇具小说文体的性质。关于假托虚构,前人早已明确指出,如唐李善注《文选》,即于《高唐赋》题下注曰:"……盖假设其事,风谏淫惑也。"于《登徒子好色赋》题下注曰:"此赋假以为辞,讽于淫也。"刘知

---

① 〔汉〕司马迁:《史记·屈原贾生列传》,第2491页,北京,中华书局,1959。

幾更是从宏观的角度看到了战国以下假设问对的文风，概括地说："自战国已下，词人属文，皆伪立客主，假相酬答。至于屈原《离骚辞》称遇渔父于江渚，宋玉《高唐赋》云梦神女于阳台……以兹叙事，足验凭虚。而司马迁、习凿齿之徒，皆采为逸事，编诸史籍，疑误后学，不其甚邪。"①清代姚鼐则更进一步明确地说："余尝谓《渔父》及楚人以弋说襄王，宋玉对王问遗行，皆设辞，无事实，皆词赋类耳。太史公、刘子政不辨，而以事载之，盖非是。"②显然都看到了《楚辞》的这一特点。今从文言小说史的视角观之，则显然具有小说的文体特征。

再次是叙事和写人。众所周知，故事情节、人物形象和典型环境是小说文体的三大要素，详阅《楚辞》，其叙事写人恰恰也包括了这三个方面，从而也就对后世小说产生了巨大的影响。如果说《离骚》和《天问》只是在抒情的过程中偶及一些略有情节因素的神话传说和历史传说，则《九歌》中的《湘君》、《湘夫人》和《山鬼》等便明显地具有了一定的情节因素。《湘君》写湘夫人思念湘君，"驾飞龙兮北征，遭吾道兮洞庭"。久候湘君不至，幽怨痛苦，至于怀疑怒愤，一个情意缠绵的女神形象跃然纸上。《湘夫人》则写女主人公在一片痴情中产生的幻觉，仿佛听到了湘君的召唤，以及清醒后的无奈，进一步写出了湘水女神的多情善感。《山鬼》虽然情节简单，但却写出了这一艺术形象"自然美和社会美的双重特征，是一个有着丰富内涵的浪漫主义艺术形象"③。那么到《卜居》和《渔父》则显然在叙事写人方面有了明显的发展，有了一定的故事性，且故事中有了明显的因果关系。如屈原往见太卜郑詹尹问卜，是因为屈原既放之后，"三年不得复见，竭知尽忠，而蔽鄣于谗。心烦虑乱，不知所从"。而渔父之所以问屈原，则是因为他身为三闾大夫而"游于江潭，行吟泽畔，颜色憔悴，形容枯槁"。英国当代著名小说家、散文家和文艺评论家福斯特曾经说过，故事"是按时间顺序来叙述事件的，情节同样要叙述事件，只不过特别强调因果关系罢了。……虽然情节中也有时间顺序，但却被因果关系所掩盖"④。从

---

① 〔唐〕刘知幾：《史通·杂说下》卷一八。
② 〔清〕姚鼐：《古文辞类纂序目》。
③ 褚斌杰、谭家健主编：《先秦文学史》，第464页，北京，人民文学出版社，1998。
④ 〔英〕爱·摩·福斯特著，苏炳文译：《小说面面观》，第75页，广州，花城出版社，1984。

这一观点看,上述二作在叙事方面的小说因素就十分明显了。发展到题为宋玉作的《风赋》《高唐赋》《神女赋》《登徒子好色赋》《对楚王问》,可以说在叙事写人方面已达到相当高的水平,因而对后世文言小说的影响也就更大,更直接,尤其是《高唐赋》、《神女赋》和《登徒子好色赋》。《高唐赋》与《神女赋》前各冠有一篇散文体的序,若用今日叙述学的观点看,实际上则是序文与正文结合,采用变换叙述方法的方式,讲述了传说中的巫山神女与楚先王及楚襄王的人神恋故事。不但故事情节优美动人,环境描写(尤其是《高唐赋》)穷形尽相,而且成功地塑造了中国历史上的美神形象,从而对后世小说产生了巨大的影响。这一点正如叶舒宪所言:"高唐神女作为中国的美神,在汉民族集体无意识中确实积淀为一个具有永久生命力的原型,从曹植的《洛神赋》一直到《金瓶梅》和《红楼梦》,每当文人欲表达女性的性爱和美艳时,总是自觉或不自觉地回溯到这个原型。这一事实表明,宋玉对高唐神女是女性美之极致,因而也是美之极致的艺术论证,至少在华夏文明范围内是完全成功的,有充分说服力的。后人借用这一原型就好像引用普遍公理一样,已经无须对不证自明的东西再加论证了。这种情况与维纳斯在西方文明和艺术传统中的情况又是不谋而合,两相辉映的。"[1]其实何止《金瓶梅》和《红楼梦》,恐怕文言小说如《赵飞燕外传》《莺莺传》《娇红记》等所受的影响更为直接。《登徒子好色赋》就更为明显了。散体的序文首叙登徒子对楚王短宋玉"为人体貌闲丽,口多微辞又性好色。愿勿与出入后宫",继叙楚王以登徒子之言以问宋玉。接下来便以赋体叙宋玉以东家美女登墙窥己三年而己未许,而登徒子之妻奇丑无比而已生五子对比,状登徒子之好色。然后又叙秦章华大夫极言"群女出桑"之丽者。末以楚王称善,"宋玉遂不退"作结,与开头遥相呼应。故事情节完整,因果关系明显,叙述委婉有致,注重铺叙描写,何止见小说因素,显然已经具有了小说的情趣与韵味。尤应指出的是文章写东邻女子之美曰:"天下之佳人,莫若楚国,楚国之丽者,莫若臣里,臣里之美者,莫若臣东家之子。东家之子,增之一分则太长,减之一分则太短,著粉则太白,施朱则太赤,眉如翠羽,肌如白雪,

---

① 叶舒宪:《高唐神女与维纳斯》,第 318 页,北京,中国社会科学出版社,1997。

腰如束素,齿如含贝,嫣然一笑,惑阳城,迷下蔡。"有总体印象,有具体刻画,勾描点染,传神写意,寥寥几笔,就把一个活生生的美丽少女刻画得淋漓尽致。状登徒子之丑妻则曰:"蓬头挛耳,龂唇历齿,旁行踽偻,又疥且痔。"虽只有十六个字,却足以使人望而却步,见而欲吐。后世小说状美女、丑女之形象,无不受其影响。清蒲松龄《聊斋志异》中之《红玉》篇,更直接以之为本事。这样的叙事写人,直如小说文体无异。

其四是设身处地、驰骋想象的艺术手法和铺叙描写、骈散结合的语言特点。如上文第三节所述,历史散文是中国文言小说的主源,而中国历史散文又以实录为基本原则,因而流风所及,便限制了后世文言小说的思维方式,注重记录,缺乏虚构想象。如前所述,《楚辞》中蕴含着大量的神话传说的因素,屈原又是一个典型的浪漫主义诗人,因而在他的笔下,便理所当然地运用了设身处地、驰骋想象的艺术手法,这在以神话传说为创作素材的《九歌》中表现得尤为突出。在当时,屈原是人不是神,然而要写出湘水配偶神的恋爱故事,思想感情,便必然要借助楚地巫文化的艺术传统,必然靠作者自己设身处地的艺术想象去进行艺术创作。那种"令沅湘兮无波,使江水兮安流。望夫君兮未来,吹参差兮谁思"的意象,"石濑兮浅浅,飞龙兮翩翩。交不忠兮怨长,期不信兮告余以不闲"的幽怨,显然都是作者设身处地的艺术想象。其他如《大司命》之"广开兮天门,纷吾乘兮玄云",《少司命》之"孔盖兮翠旍,登九天兮抚慧星",《东君》之"青云衣兮白霓裳,举长矢兮射天狼。操余弧兮反沦降,援北斗兮酌桂浆",《河伯》之"乘水车兮荷盖,驾两龙兮骖螭"等等,无不是驰骋想象的结果。这种艺术方法,恰恰可以弥补中国文言小说,尤其是笔记小说注重记实、缺乏艺术想象的短处,从而促进文言小说的发展。

设身处地、驰骋想象的内容要用恰当的语言表达,《楚辞》的这一艺术手法又决定了《楚辞》铺叙描写、骈散结合的语言特点。这一点除在《离骚》《天问》等有所表现外,在题为宋玉的赋作中表现得尤为突出。"赋"在诗六义中本身即铺陈直叙之义,因此作为一种文体,铺叙描写便成了首要的文体特征,再加上散体的序文,又形成了散韵结合的语言特色。如《风赋》,散文叙述写赋的缘起,此后便以骈文的赋体,

铺叙描写的语言,写出了大王之雄风与庶人之雌风的不同。《高唐赋》
和《神女赋》就更典型了。《高唐赋》的序文以散文的语言形式叙述了
先王与巫山神女的爱情故事,正文则以铺叙描写的语言,穷形尽相地
描绘了巫山的雄伟险峻:洪波汹涌的山涧,蓊郁繁茂的山林,芳草罗
生、众雀嗜鸣的山顶……一一尽现眼前。尤其是开头俯视山涧峡谷的
一段,真可谓雄放奇瑰,惊心动魄:

> 登巉岩而下望兮,临大阺之稽水。遇天雨之新霁兮,观百谷
> 之俱集。濞汹汹其无声兮,溃淡淡而并入。滂洋洋而四施兮,蓊
> 湛湛而弗止。长风至而波起兮,若丽山之孤亩。势薄岸而相击
> 兮,隘交引而却会。崒中怒而特高兮,若浮海而望碣石。砾磈磈
> 而相摩兮,嶒震天之礚礚。巨石溺溺之瀺灂兮,沫潼潼而高厉。
> 水澹澹而盘纡兮,洪波淫淫之溶㶜。奔扬踊而相击兮,云兴声之
> 霈霈。猛兽惊而跳骇兮,妄奔走而驰迈。虎豹豺兕,失气恐喙。
> 雕鹗鹰鹞,飞扬伏窜。股战胁息,安敢妄挚……

《神女赋》则主要描述了巫山神女的"其象无双,其美无极",其中尤以
对神女肖像的铺叙描写脍炙人口:

> 貌丰盈以庄姝兮,苞温润之玉颜。眸子炯其精朗兮,瞭多美
> 而可观。眉联娟以蛾扬兮,朱唇的其若丹。素质干之酿实兮,志
> 解泰而体闲。既娅嫭于幽静兮,又婆娑乎人间。宜高殿以广意
> 兮,翼放纵而绰宽,动雾縠以徐步兮,拂墀声之珊珊。

有静有动,有具体描写,有总体印象,不但直接影响了后世《洛神赋》一
类以描绘美女著称的赋作,也从语言方面影响了《汉武帝内传》《西王
母传》等史传小说和《游仙窟》《莺莺传》等传奇小说。当然,最直接的
还是《太平广记》卷二百九十五之刘子卿遇庐山康王庙二神女,卷二百
九十六之萧总遇巫山神女,卷三百二十六之刘导遇西施以及刘晨、阮
肇等人神恋小说。

第五节　所谓先秦小说

俗云:"有心栽花花不活,无心插柳柳成荫。"世上事往往如此,文

言小说的产生亦属此类。大概先秦时期的哲人们谁也没有想到，两千年以后，"小说"这一当时无人介意的文体，竟能够在中国文学的百花园中长成一株浓荫蔽日的参天大树。

小说史界的同仁们都知道，"小说"一词最早见于战国时期，即《庄子·外物》所云："饰小说以干县令，其于大达亦远矣。"且当时的"小说"这一概念，虽然具有了一定的文体概念的萌芽，但终究不是大家所公认的一个文体概念。因此，从严格的文体学的意义上讲，先秦时期还没有真正的为当时人所公认的小说作品。这也正是我们将先秦看作中国文言小说的孕育时期的主要原因。但后世伴随着文学的发展，尤其是伴随着图书分类学的发展，人们对"小说"概念的认识也不断发展，于是便逐渐有人将先秦的某些典籍列之于"小说"文体的范围，于是便有了后人著录的所谓先秦小说。

首先将部分先秦典籍列于小说的应该是两汉的刘向、刘歆父子。他们在汉成帝时校阅秘书，"撰群书而奏《七略》"①。而据东汉荀悦《汉纪》卷二十五《孝成皇帝记》记载，《七略》中便有"又有小说家者流，盖出于街谈巷议所造"的话。可惜《七略》已经亡佚，被刘向父子归于"小说家流"的先秦典籍也不得而知。幸而"班固作《汉书》，删其要为《艺文志》，其三曰《诸子略》，所录凡十家，而谓'可观者九家'，小说则不与，然尚存于末，得十五家"②。这十五家中，有九种为先秦典籍，它们是：

《伊尹说》二十七篇。其语浅薄，似依托也。

《鬻子说》十九篇。后世所加。

《周考》七十六篇。考周事也。

《青史子》五十七篇。古史官记事也。

《师旷》六篇。见《春秋》。其言浅薄，本与此同，似因托之。

《务成子》十一篇。称尧问，非古语。

《宋子》十八篇。孙卿道宋子，其言黄老意。

《天乙》三篇。天乙谓汤，其言非殷时，皆依托也。

《黄帝说》四十篇。迂诞依托。

---

① 〔汉〕荀悦：《前汉纪》卷二五。
② 鲁迅：《中国小说史略》，第1页，北京，人民文学出版社，1973。

以上九种,至梁仅存《青史子》一卷,至隋已片简无存。且据目后班固自注,有六种出于后人依托,故余嘉锡称:"先秦诸书既多依托,其可信者《周考》《青史子》《宋子》三家而已。"①而这三家在先秦是否被称作小说亦不得而知,且就现在能见到的先秦文献,尤其是《庄子·外物》始见"小说"一词看,不被称作小说的可能性会更大。但不管怎么说,在东汉,符合"合丛残小语,近取譬论,以作短书,治身理家,有可观之辞"②的小说概念应当是无疑的。但因大都亡佚,故难以置论。值得注意的是,20世纪80年代,卢文晖将《左传》《国语》等先秦典籍中有关师旷的故事辑出,编为《师旷》,冠以"古小说辑佚"之称,由上海古籍出版社出版,为我们研究上述作品开辟了一条新路,值得称说。

至《隋书·经籍志》,小说类中又增《燕丹子》一卷,注:"丹,燕王喜太子。"《旧唐书·经籍志》著录三卷,题燕太子撰,无据。程毅中先生考证:"汉应劭《风俗通义》卷二云:'俗说燕太子丹为质于秦,……故闾阎小论饬成之耳。'盖即汉人小说。"③同时,《隋书·经籍志》小说类《燕丹子》条下又附注:"《宋玉子》一卷,录一卷,楚大夫宋玉撰。"然今人多认为乃南北朝杂俎小说,并非先秦著作。④

是后千余年,极少有人将先秦典籍列于小说类。明清时期,伴随着小说创作、传播、研究的繁荣,又逐渐有人从小说史、小说文体的角度审视先秦典籍,将《山海经》《穆天子传》《汲冢琐语》《方士传》等隶之小说。

《四库全书总目》著录两种:《山海经》和《穆天子传》。《山海经》首见《史记·大宛列传》,传统或以为夏时伯益所作,或以为禹所作,或以为因九鼎图而作,今人则多认为"非出一人一时",约成书于战国以后。然而从其中鲜见春秋战国国名看,最晚当成书于周前,故前人之说不容轻易否定。至于其性质,《汉书·艺文志》列数术略形法家之首,且称"形法者,大举九州之势以立城郭室舍形,人及六畜骨法之度数,器物之形容以求其声气贵贱吉凶"。可见以之为带有风水性质的地理

---

① 《余嘉锡论学杂著·小说家出于稗官说》,北京,中华书局,1977。
② 〔汉〕桓谭:《新论》,见《文选》卷三一江文通杂诗《李都尉从军》李善注引。
③ 程毅中:《古小说简目》,第6页,北京,中华书局,1981。
④ 宁稼雨:《中国文言小说总目提要》,第36~37页,济南,齐鲁书社,1996。

书。故而从《隋书·经籍志》之后，一直被各家目录列于史部地理类之冠。至明代的胡应麟，始开始注意它与小说文体的关系。①《四库全书总目》始正式将其隶之小说类，列"记录异闻"之首。原因是以其"序述山水，多参以神怪"，"道里山川，率难考据，案以耳目所及，百不一真。"故自"五四"以来，各种文学史、小说史多沿此说，忽视了《山海经》地理书的性质而格外注意其中的神话传说与小说的关系。但从全书的体例和主要内容看，它虽然的确涉及许多上古神话传说，但总的看来并不符合汉代乃至今天的小说概念，因而它的性质仍值得商榷。其一，从全书的体例看，今本《山海经》包括《山经》五卷，《海外经》四卷，《海内经》五卷，《大荒经》四卷。每经之内，又多以南、西、北、东方位分卷（五卷者有"中"），符合地理书或形法书的体例。其二，每记一地，多记地名、方位、形势、物产、神祇、祭祀等，符合地理书体例。如卷一《南山经》开头：

> 《南山经》之首曰䧿山。其首曰招摇之山，临于西海之上，多桂，多金玉。有草焉，其状如韭而青华，其名曰祝馀，食之不饥。有木焉，其状如榖而黑理，其华四照，其名曰迷榖，佩之不迷。有兽焉。其状如禺而白耳，伏行人走，其名曰狌狌，食之善走。丽𪊨之水出焉，而西流注于海，其中多育沛，佩之无瘕疾。

显然是一篇典型的地理著作，难觅小说因素。即使孕含神话传说等小说因素的作品，其实也很难与《国语》《左传》《战国策》《庄子》等先秦历史典籍和诸子典籍相比。如大家经常提到的载有"精卫填海"的《北山经》之"发鸠山"：

> 又北二百里，曰发鸠之山。其上多柘木。有鸟焉，其状如乌，文首、白喙、赤足，名曰精卫，其鸣自詨。是炎帝之少女名曰女娃，女娃游于东海，溺而不返，故为精卫，常衔西山之木石，以堙于东海。漳水出焉，东流注于河。

仍然是在叙述发鸠山之物产——精卫鸟时涉及了当地关于此鸟的神话传说，就其全文性质讲，仍然是地理著作而不是有故事情节、有人物形象、有典型环境描写的小说。且用统计学的方法看，《山经》卷一《南山经》凡四十篇（每篇一山），分《南山经》《南次二经》《南次三经》三部

---

① 明胡应麟《少室山房笔丛·四部正讹下》称之为"古今语怪之祖"。

分,除每部分的最后总结之山神祭祀涉神话传说外,其余几乎均无小说因素,且卷末结曰:"右南经之山志,大小凡四十山,万六千三百八十里。"可见为地理书而非小说。从这一方面看,历代史志将其列于地理类是没有问题的。其三,我们将《山海经》定性为历史书,其实并没有降低其在中国文言小说史,尤其是在地理博物类志怪小说史上的地位,原因是《山海经》在记山、海之物产时除涉及神话传说外还涉及了大量动植物,尤其是动物,其中很多今天已经绝迹,故今人视之,甚觉怪异,从而启发了古人搜神志怪的爱好,扩大了搜神志怪的风气。另外,《山海经》的《海经》部分多涉远国异民的传说,如羽民国、贯匈国、三首国、长臂国、丈夫国、女子国等,计约百余,从而又启发了古人的无尽遐思,因而不但堪为地理博物类志怪小说之滥觞,即《神异经》《十洲记》等文言小说,《西游记》《镜花缘》等白话小说,亦均受其影响。

《穆天子传》六卷,西晋太康二年汲县人盗发古冢所得的竹书,成书当在战国时期。据参加过整理的荀勖所著《穆天子传序》称:"《春秋左氏传》曰:穆王欲肆其心,周行于天下,将皆使有车辙马迹焉。此书所载,则其事也。王好巡守,得盗骊骐耳之乘,造父为御,以观四荒,北绝流沙,西登昆仑,见西王母,与太史公记同。"肯定了它的史书性质。故《隋书·经籍志》《旧唐书·经籍志》《新唐书·艺文志》均列史部起居注类,晁公武《郡斋读书志》等列史部传记类,《文献通考》《宋志》等列史部的别史类,一直将其作为史籍看待。明胡应麟始注意它与小说的关系。① 至清代《四库全书总目》始正式列之于小说,然其提要与案语颇似矛盾。提要曰:"此书所纪,虽多夸言寡实。然所谓西王母者,不过西方一国君;所谓县圃者,不过飞鸟百兽之所饮食,为大荒之圃泽,无所谓神仙怪异之事;所谓河宗氏者,亦仅国名,无所谓鱼龙变见之说,较《山海经》《淮南子》犹为近实。"但在后面的案语中又说:"案《穆天子传》旧皆入起居注类,徒以编年纪月,叙述西游之事,体近乎起居注耳。实则恍惚无征,又非《逸周书》之比,以为古书而存之可也,以为信史而录之,则史体杂,史例破矣。今退置小说家,义求其当,无庸以变古为嫌也。"自此之后,学界对《穆天子传》的看法便分成了两派:历史学界多认为是史学典籍,文学史界则多认为是小说作品。史学界

---

① 明胡应麟《少室山房笔丛·三坟补逸下》称之为"颇为小说滥觞矣"。

当以顾实与赵俪生为代表,而文学史界则以鲁迅为代表。① 然详阅两派论著就会发现,史学界多有详细的考证,如顾实《穆天子传西征讲疏》即逐文考证,达几十万言,且"原稿曾呈先总理孙公,披览笔削,允为题序行世,以发扬吾民族之光荣"②。而文学史界则多信手拈来,直言臆断,缺乏考证,论述未周。今从全书体例看,按天记事,这大概也是古人将其列于史部,尤其是起居注类的根据。其中最近小说者鲁迅先生已经抉出,一曰:

> 吉日甲子,天子宾于西王母,乃执白圭玄璧以见西王母。好献锦组百纯,□组三百纯,西王母再拜受之。□乙丑,天子觞西王母于瑶池之上。西王母为天子谣,曰:"白云在天,山陵自出。道里悠远,山川间之。将子无死,尚能复来。"天子答之曰:"予归东土,和治诸夏。万民平均,吾愿见妆。比及三年,将复而野。"西王母又为天子吟曰:"徂彼西土,爰居其野。虎豹为群,于鹊与处。嘉命不迁,我惟帝女。彼何世民,又将去子。吹笙鼓簧,心中翱翔。世民之子,惟天之望。"(鲁迅《中国小说史略》引文缺"西王母又为天子吟曰"至此一段文字)天子遂驱升于弇山,乃纪丌迹于弇山之石,而树之槐,眉曰西王母之山。(卷三)

观此,确如《四库提要》所言:"所谓西王母者,不过西方一国君"而已。《山海经》称:"西王母其状如人,豹尾虎齿而善啸,蓬发戴胜,是司天之厉及五残。"③两相比较,可见《穆天子传》之史籍性质。若参以顾实先生的详细考证,这一性质就更明显了。④ 二曰:

> 有虎在乎葭中。天子将至。七萃之士高奔戎请生捕虎,必全之,乃生捕虎而献之。天子命之为柙而畜之东虞,是为虎牢。天子赐奔戎畋马十驷,归之太牢,奔戎再拜驷首。(卷五)

---

① 顾实《穆天子传西征讲疏》云:"《穆天子传》一书,自出汲冢以来,今见于《隋书》经籍志,《旧唐书》经籍志,《新唐书》艺文志者,皆列入史部之起居注类。《宋史》艺文志入别史类。《崇文总目》入传记类。尤袤《遂初堂书目》入杂史类。下讫有明,总不出于史部。惟清《四库提要》列入子部之小说类中,其谬甚矣。"(中国书店,1990)。赵俪生有《〈穆天子传〉中一些部落的方位考实》一文,见《寄陇居论文集》(齐鲁书社,1981)。鲁迅观点见《中国小说史略》第10页(人民文学出版社,1973)。

② 顾实:《穆天子传西征讲疏·自序》,第1页,北京,中国书店,1990。

③ 袁珂:《山海经校注》,第50页,上海,上海古籍出版社,1980。

④ 参阅顾实:《穆天子传西征讲疏》,第144~168页,北京,中国书店,1990。

只不过记述了高奔戎生捕虎而已,参以"冯妇搏虎"等上古猎人捕虎的记载,亦难断其为小说而非史籍。可见从全书的体例和内容讲,《穆天子传》实非小说而应归之史部。当然,像其他先秦史籍一样,其中也蕴含着不少小说文体的因素,也不能否认它对文言小说的影响,确如胡应麟所说:"(《穆天子传》)文极赡缛,有法可观。三代前叙事之详,无若此者。然颇为小说滥觞矣。"①

《汲冢琐语》本名《琐语》,因与《穆天子传》《竹书纪年》等同出汲冢,故称《汲冢琐语》。因原书系用战国古文字写于竹简,故又称《古文琐语》。据《晋书·束皙传》记载,《琐语》出土时为十一篇,由荀勖、束皙、和峤等人整理并用当时文字写定为十一卷。《隋书·经籍志》史部杂史类著录已仅四卷,新旧《唐志》同。可见唐、北宋已亡佚大半。至南宋,晁公武《郡斋读书志》,陈振孙《直斋书录解题》《宋史·艺文志》等均未收录,可见亡于南宋。而佚文散见于《水经注》《春秋左传注疏》《北堂书钞》《艺文类聚》《太平广记》《太平御览》等,清洪颐煊《经典集林》卷九、马国翰《玉函山房辑佚书》卷六十三、王仁俊《玉函山房辑佚书续编》、严可均《全上古三代文》卷十五等均有辑本,共辑得佚文二十余条。

关于《汲冢琐语》的性质,《隋书·经籍志》入史部杂史类。唐代著名史学家刘知幾亦云:"《汲冢琐语》记太丁时事,目为《夏殷春秋》。……《琐语》又有《晋春秋》,记献公十七年事。"②又云:"《孟子》曰:'晋谓春秋为乘。'寻《汲冢琐语》,即乘之流邪?"③《琐语》在唐代尚未亡佚,刘知幾当见全帙,作为一个以史家视角审视古籍的著名历史学家,当有他的道理。故而成书于南宋以前的新旧《唐志》,亦沿旧说,均入史部杂史类。然而南宋以后,就其佚文而论者,口气就大不同了。元人杨维桢已视为小说:"孔子述土羵、萍实于僮谣,孟子证瞽瞍朝舜之语于齐东野人,则知《琐语》《虞初》之流,博雅君子所不弃也。"④至明,杨升庵《丹铅总录·订讹》则指出了它诬而不信的传说性质:"《汲冢琐

---

① 〔明〕胡应麟:《少室山房笔丛·三坟补逸下》。
② 〔唐〕刘知幾:《史通·六家》。
③ 〔唐〕刘知幾:《史通·杂说上》。
④ 〔元〕杨维桢:《说郛序》。

语》其文极古,然多诬而不信。如谓舜囚尧,太甲杀伊尹,又谓伊尹与
桀妃妹喜交,其诬若此。小人造言,不起自战国之世。伊尹在相位时,
被其黜僇者为之也。"胡应麟则更进一步,不但直称其为"古今纪异之
祖",且比较说:"古今志怪小说,率以祖《夷坚》《齐谐》。然《齐谐》即
《庄》,《夷坚》即《列》耳。二书固极诙诡,第寓言为近,纪事为远。《汲
冢琐语》十一篇,当在《庄》《列》前。《束皙传》云诸国卜梦妖怪相书,盖
古今小说之祖,惜今不传。"①近世以来,鲁迅称其"甚似小说,或虞初所
本者为此等,然别无显证,亦难以定之"②。到20世纪80年代,李剑国
著《唐前志怪小说史》,便径称其"是志怪小说正式形成的标志"了。③

从《汲冢琐语》存世的二十余条佚文看,其中虽然多是记叙卜梦妖
怪相的志怪题材,但少数历史故事仍不排除史官记事的痕迹,如:

> 周宣王夜卧而晏起,后夫人不出于房。其后既出,乃脱簪珥,
> 待罪于永巷,使其傅母通言于宣王曰:"妾之淫心见矣,至使君王
> 失礼而晏起,以见君王之乐色而忘德也。乱之兴从婢子起,敢请
> 罪。"王曰:"寡人不德,实自生过,非夫人之罪也。"遂复姜后也。
> 勤于政事,早朝晏退,卒成中兴之名。

此事今虽不见于先秦史籍,然古书之灾,何止十厄,故难保非先秦史籍
旧文。由此可以断定,《汲冢琐语》有以下几个方面决定了它在中国文
言小说史上的历史地位:首先,《琐语》书名即系原有,非晋代整理者所
加(《晋书·束皙传》有明确记载),那么便像我们在上文中已经论及的
《国语》《论语》一样,是一种专门辑纂"治国之善言"的一种带有教材性
质的读物。这样的一种读物而从史籍中选集"卜梦妖怪相"等志怪内
容,显然是为了让读者"游心寓目",乐此不疲。其中记卜者如:

> 范献子卜猎,命人占之,曰:"其繇曰:'君子得鼋,小人遗
> 冠。'"范献子猎而无得,遗其豹冠。

记梦者如:

> 晋平公梦见赤熊窥屏,恶之而有疾。使问子产,子产曰:"昔
> 共工之卿曰浮游,既败于颛顼,自没沉淮之渊。其色赤,其言善

---

① 〔明〕胡应麟:《少室山房笔丛·二酉缀遗中》。
② 鲁迅:《中国小说史略》,第11页,北京,人民文学出版社,1973。
③ 李剑国:《唐前志怪小说史》,第17页,天津,南开大学出版社,1984。

笑,其行善顾,其状如熊,常为天王祟。见之堂,则王天下者死;见之堂下,则邦人骇;见之门,则近臣忧;见之庭,则无伤。今窥君之屏,病而无伤。祭颛顼、共工则瘳。"公如其言而病间。

记妖怪者如:

> 晋平公与齐景公乘,至于浍上,见人乘白骖八驷,以来平公之前。公问师旷曰:"有犬狸身而狐尾者乎?"师旷有顷而答曰:"有之,首阳神其名曰者来。首阳之神饮酒霍太山而归,其居而于浍乎? 见之甚善,君有喜焉。"

记相者如:

> 晋冶氏女徒病,弃之。舞嚣之马僮饮马而见之。病徒曰:"吾良梦。"马僮曰:"汝奚梦乎?"曰:"吾梦乘水如河、汾,三马当以舞。"僮告舞嚣,自往视之,曰:"尚可活,吾买汝。"答曰:"既弃之矣,犹未死乎?"舞嚣曰:"未。"遂买之。至舞嚣氏而疾有间,而生荀林父。

这样的故事,既有教育意义,又具志怪色彩,以之为教材,肯定比《国语》《论语》更具吸引力。其次,从体例和艺术形式方面讲,显然开笔记小说,尤其是志怪类笔记小说之先河。编辑者名之曰《琐语》,而"琐语"二字,最形象最恰当地反映出它的文体特点和形式特征。"琐"者,小也。"琐语"者,琐屑之语也。亦即后世桓谭所谓"丛残小语"也。恰如李剑国所云:"《琐语》上承《训语》撷取历史遗闻、神话传说之统,下又接受《左传》《国语》杂异闻于历史以及《国语》分国记事的体例的影响,形成了自己搜奇撷异、丛语琐谈的独特面貌,奠定了志怪小说的基础。"[1]何止是志怪小说,其实是奠定了后世笔记小说体例和艺术形式的基础。亦即笔者在《中国小说发展史概论》中所说的:"这种艺术形式灵活方便,长短随宜,便于作者根据自己的思想感情和审美情趣闻事而录,很适合初期小说形式方面的需要,因而为中国小说的产生提供了一种非常适宜的艺术形式。"[2]可以这样说,《汲冢琐语》奠定了笔记小说的体例和艺术形式。因为篇幅简短,不便保存和流传,而将它

---

① 李剑国:《唐前志怪小说史》,第 95 页,天津,南开大学出版社,1984。
② 王恒展:《中国小说发展史概论》,第 95 页,济南,山东教育出版社,1996。

们编辑在一起,结集行世,于是上述问题便迎刃而解了。再次,《琐语》叙事,不是着眼于故事情节的曲折复杂、结构完整和细节的真实可靠、周到逼真,不是注重精雕细刻地刻画人物,而是运用独具韵味,具有写意性的语言——文言,运用勾勒点染的艺术手法,浓笔重墨地突出重点,故而情节简捷而生动,人物形象而传神,为后世笔记小说叙述故事、塑造人物做出了榜样。如"刑史子臣"条:

> 初,刑史子臣谓宋景公曰:"从今已往五祀五日,臣死。自臣死后五年,五月丁亥,吴亡。已后五祀,八月辛巳,君薨。"刑史子臣至死日,朝见景公,夕而死。后吴亡,景公惧,思刑史子臣之言,将至死日,乃逃于瓜圃,遂死焉。求得,已虫矣。

廖廖数语,传神写意,景公之贪生怕死,如在目前,无疑为后世笔记小说的创作提供了经验。唐刘知幾《史通·申左》谓干宝之《搜神记》亦为见此而"藉为师范",可见其在中国文言小说史上的地位和影响。

后人著录的先秦小说,还有清姚振宗《汉书艺文志拾补》诸子略小说家类的《方士传》。是书已佚。刘向《别录》曰:"《方士传》言邹衍在燕,燕有谷,地美而寒,不生五谷。邹子居之,吹律而温气至,五谷生,今名黍谷。"刘歆《七略》曰:"《方士传》言邹子在燕,其游,诸侯畏之,皆郊迎而拥篲。"《史记》卷七十四《孟子荀卿列传》载:"齐有三邹子。其前邹忌,以鼓琴干威王……先孟子。其次邹衍,后孟子。邹衍睹有国者益淫侈,不能尚德……乃深观阴阳消息而作怪迂之变,《终始》《大圣》之篇十余万言。……是以邹子重于齐。适梁,惠王郊迎,执宾主之礼。适赵,平原君侧行撇席。如燕,昭王拥彗先驱,请列弟子之座而受业,筑碣石宫,身亲往师之。作《主运》。其游诸侯见尊礼如此,岂与仲尼菜色陈蔡,孟轲困于齐梁同乎哉!"所载显然有与《七略》所云《方士传》同者。姚振宗亦据此认为史公所载,素材源于《方士传》,云:"《方士传》当作于战国时,史公亦据以亲摭欤!《北堂书钞》引《邹衍别传》亦当出是书"。无独有偶,其实关于方士和方士之书与小说的关系,古今论及者实代不乏人。如《四库全书总目》论及题为刘向撰的《列仙传》,便称"或魏晋间方士为之,托名于向耶?"今人王瑶更撰《小说与方士》一文,系统地论述了方士与小说文体的关系。惜《方士传》已佚,难于俱论。然《史记·封禅书》云:"邹衍以阴阳主运,显于诸侯,而燕齐海上之方士传其术,不能通,然则怪迁阿谀苟合之徒自此兴,不可胜数也。"则不但可见邹衍与方士的关系,亦可推及《方士传》与小说文体的关系。因为所谓方士,即方术之士也。无论何种方士,"他们为了想得到帝王贵族们的信心,为了干禄,自然就会不择手段地夸大自己方术的效异(益)和价值"①。《史记·孟子荀卿列传》称道邹衍曰:

> ……乃深观阴阳消息而作怪迂之变,《终始》《大圣》之篇十余万言。其语闳大不经,必先验小物,推而大之,至于无垠。先序今以上至黄帝……推而远之,至天地未生,窈冥不可考而原也。先列中国名山大川,通谷禽兽,水土所殖,物类所珍,因而推之,及海外人之所不能睹。……以为儒者所谓中国者,于天下乃八十一分居其一耳。中国名曰赤县神州。赤县神州内自有九州,禹之序九州是也,不得为州数。中国外如赤县神州者九,乃所谓九州也。于是有裨海环之,人民禽兽莫能相通者,如一区中者,乃如一州……

正史所载,尚且如此,则《方士传》所载,自然乃方士们"不择手段地夸大自己方术的效异(益)和价值"的产物了。这样的作品,用今天的小说观念看,自然是小说而非历史了,尽管还是无心插柳的"无意为小说"。因为"小说和史传最重要的不同点,就是小说注重在传说或事件本身的奇异性质,而史传却注重在这事件和传说中的人物。……流俗和国史的不同,也就是小说和史传的区别。因为小说注重在传说本身的奇异,所以常常有同一故事而记载中人物相异的情形;这在史籍中是最不许可的"②。由此而论,《方士传》亦合于小说。另外值得注意的是,如果《汲冢琐语》实开笔记小说之先河的话,那么《方士传》专写邹衍行事之奇异,则是开史传小说抑或传奇小说之先河了。

综上所述,可见从班固所列《伊尹说》等九种,至《四库全书总目》所列之《山海经》《穆天子传》,再到胡应麟所列之《汲冢琐语》、姚振宗

① 王瑶:《中古文学史论》,第108页,北京,北京大学出版社,1986。
② 王瑶:《中古文学史论》,第126~127页,北京,北京大学出版社,1986。

所列之《方士传》,在先秦并无称小说者。然而用"沿波而讨源"的小说史眼光看,班固所列,多后人依托,并非先秦典籍。《青史子》《周考》《宋子》三种,虽合于汉人小说观念,但今传先秦典籍并无著录,可见作者当时亦并非有意为小说。《四库全书总目》改属之《山海经》和《穆天子传》,归属史部,尽管并非小说,但在文言小说史上的地位和影响亦不容低估。至于《汲冢琐语》和《方士传》,虽然当时作者并非"有意为小说",然前者开笔记小说尤其是志怪类笔记小说之先河,后者开史传小说抑或传奇小说之先河,都应在中国文言小说史上占有极为重要的一页,都"无心插柳柳成荫",为中国小说百花园的繁荣起到了重要的作用。

第二章
文言小说的文体独立时期——两汉

概　说

如前所述,漫漫先秦时期虽然许多典籍中都孕育了小说的文体因素,但"小说"这一概念却直到战国中后期的《庄子》才迟迟问世。且那时的小说概念虽然具有文体概念的意思,却终究还不是一个十分明确的文体概念。究其原因,即时人还没有深入地、明确地认识这一新生事物,更不用说"有意为小说"的创作了。大概这也就是先秦还没有人将某一典籍明确地作为小说的原因。这也就是我们将先秦作为中国小说的孕育时期的最主要的原因。

时至两汉,情况就大不相同了。秦并六国,结束了长达二百五十余年的战国纷争。楚汉之争,最终建立了从思想文化到政治经济的大一统的大汉帝国,终于化干戈为玉帛,进入了又一个文化相对统一、生活相对安定的新时期。社会的安定必然带来经济的发展,经济的发展必然促进文化的繁荣。确如班孟坚所云:

> 大汉初定,日不暇给。至于武宣之世,乃崇礼官,考文章,内设金马石渠之署,外兴乐府协律之事,以兴废继绝,润色鸿业。是以众庶悦豫,福应尤盛,

白麟、赤雁、芝房、宝鼎之歌，荐于郊庙；神雀、五凤、甘露、黄龙之瑞，以为年纪。故言语侍从之臣，若司马相如、虞丘寿王、东方朔、枚皋、王褒、刘向之属，朝夕论思，日月献纳；而公卿大臣，御史大夫倪宽、太常孔臧、太中大夫董仲舒、宗正刘德、太子太傅萧望之等，时时间作。或以抒下情而通讽谕，或以宣上德而尽忠孝，雍容揄扬，著于后嗣，抑亦雅颂之亚也。故孝成之世，论而录之，盖奏御者千有余篇。而后大汉之文章，炳焉与三代同风。①

也正是在这样的社会背景下，以"游心寓目"、从容欣赏为主要阅读目的的小说才得以发展，从而在文体意义上摆脱附庸经史的旧况，取得了独立的文体地位，从而引起了整个社会的注意，甚至宫中的书架上也摆上了小说："非唯玩好，乃有秘书。小说九百，本自虞初。从容之求，实俟实储。"②

　　我们之所以视两汉为中国文言小说的文体独立时期，主要原因有二：一是创作实际，二是理论概括。从第一个方面讲，如前所述，先秦典籍中虽然蕴含有大量明显的小说因素，甚至其中的许多作品以今天的小说观念看也是地地道道的小说，如《战国策》中的《唐雎不辱使命》，《孟子》中的《齐人有一妻一妾者》，《庄子》中的《盗跖》《说剑》等等，但总体而论，这些作品均蕴含在其他典籍当中，并没有独立成篇，取得独立的文体地位。《汲冢琐语》和《方士传》虽然是独立的不依附其他任何典籍的著作，但在先秦人看来，要么是对贵族子弟进行教育的教材，要么是一个历史人物的列传，并没有人把它们看做小说，也就是说仍然没有取得独立的文体地位。这也就是我们将先秦视做中国文言小说的孕育时期的原因。时至两汉，情况就大不相同了。首先是某些人拟托古人撰述哀集上古杂说的小说，《汉书·艺文志》小说家类所列之《伊尹说》《鬻子说》《师旷》《务成子》《天乙》《黄帝说》六种是也。接下来便是《汉书·艺文志》小说家类所列明确标题汉人所著的六种：《封禅方说》（班注：武帝时）、《待诏臣饶心术》（班注：武帝时）、《待诏臣安成未央术》（应劭注：道家也，好养生事，为未央之术）、《臣寿周纪》（班注：项国圉人，宣帝时）、《虞初周说》（班注：河南人，武帝时以方士

①〔汉〕班固：《两都赋序》，见《文选》，第21～22页，北京，中华书局，1977。
②〔汉〕张衡：《西京赋》，见《文选》，第45页，北京，中华书局，1977。

侍郎,〔号〕黄车使者)、《百家》(作者为刘向)。另外,尚有后世公认的独立的不依附于其他著作的汉代小说作品,如《列仙传》《燕丹子》《神异经》《西京杂记》《异闻记》等等。上述作品均独立成篇,显然具有独立的文体意义。从第二个方面讲,上述作品独立的文体意义显然已经引起了目录学家和历史学家的注意,某些卓有见地的史学家和目录学家已经对这些作品进行了认真的研究,进行了理性的分析与归纳,将'小说'这一文体概念同其他文体概念区分开来,于史志或目录中单列小说家一类,使之成为一种独立于文学之林的文学体裁。"纵观两汉典籍,涉及小说概念的大略有四家。其一是西汉的刘向、刘歆父子。他们于汉成帝时校阅经传诸子诗赋等秘府藏书,向成《别录》,为我国最早的目录学著作。向死,歆为中垒校尉,继父业,整理六艺群书,在《别录》的基础上纂成《七略》,对目录学的发展做出了贡献。其中便论及小说家。《别录》《七略》虽均亡佚,然东汉荀悦撰《汉纪》,便引用了其中一段论及小说家的话:"又有小说家者流,盖出于街谈巷议所造。"①虽然只有一句话,但已视小说为一家之言,且涉及小说的起源。其二是东汉初年的桓谭。他曾在《新论》中论及小说,惜原书已佚,今幸存涉及小说家的一段论述:"若其小说家,合丛残小语,近取譬论,以作短书,治身理家,有可观之辞。"②可见不但视小说为一家之言,且已论及小说文体的艺术形式、创作方法、艺术特色和社会功用,比之刘向和刘歆又前进了一步,可惜《新论》亡佚,难窥全豹。其三是东汉的班固。其《汉书·艺文志·诸子略》不但著录了小说十五家千三百八十篇,且最后总结说:"小说家者流,盖出于稗官,街谈巷语,道听途说者之所造也。孔子曰:'虽小道,必有可观者焉,致远恐泥,是以君子弗为也。'然亦弗灭也。闾里小知者之所及,亦使缀而不忘。如或一言可采,此亦刍荛狂夫之议也。"③注意,固所引孔子语有误。原文见《论语·子张》,乃子夏所言。班固所论,以小说十五家为对象,决非泛泛,已涉小说家之源流、作者、内容、社会功用等等。据班固自言,其《汉书·艺文志》实本《七略》"删其要"而成,可见班固对小说家的归纳与概括实际上反

---

① 〔汉〕荀悦:《汉纪·孝成皇帝纪》,卷二五。
② 《文选》卷三十一江文通杂体诗《李都尉(陵)从军》,李善注引。
③ 〔汉〕班固:《汉书·艺文志第十》,卷三○,第 1745 页,北京,中华书局,1962。

映了两汉一代人的观点。① 这一观点实际上统治了中国小说史观近两千年，直到明清以后尤其是"五四"新文化运动以后才被彻底颠覆。其四是东汉后期的张衡。他在《西京赋》中说："匪唯玩好，乃有秘书。小说九百，本自虞初。从容之求，实俟实储。"这段话涉及小说起源的两句，早为《四库全书总目》小说家类类序所引，故今日小说史界多耳熟能详，但后两句却至今没有引起人们的重视。"从容"，语出《庄子·秋水》"儵鱼出游从容，是鱼之乐也"，显然状逍遥舒适之貌。秘府藏小说而待"从容之求"，显然是注意了小说这一文体的娱乐、消闲功能。此前之论及小说社会功用，多为儒家的教化功能，此当是第一次论及小说的娱乐性。综合上述对小说文体的认识，可见时至两汉，小说这一文体，显然已经脱离了孕育它的母体，取得了独立的文体地位。而汉人对于"小说"这一概念的认识，笔者曾结合汉人的创作概括为以下四个方面的特征：

　　一、小说是文人记录的"街谈巷语，道听途说"，是经过文人
　　加工的书面文学作品。

　　二、小说的艺术形式是"合丛残小语"的短篇之作。

　　三、小说的艺术特点是多用譬喻、夸张和艺术想象，具有一
　　定的故事情节，较为生动形象。

　　四、小说的社会功用是"治身理家，有可观之辞"，具有教化
　　性、娱乐性、知识性等等。②

通观两汉小说及有关小说的论述还可以发现，尽管这一时期的小说已经产生并取得了独立的文体地位，但仍像呱呱坠地的婴儿一样，具有一定的雏形性，仍然离不开孕育它的母体的哺育与影响。也就是说，两汉时期的文言小说与其后尤其是唐传奇还有着很大的差异，所以两汉的经学、史学、诸子散文、诗赋等其他文体仍然在影响着刚刚取得独立地位的小说文体。

　　首先是经学。经学是两汉时期占统治地位的学术体系和思想体

---

　　① 班固《汉书·艺文志序》曰："会向卒，哀帝复使向子侍中奉车都尉歆卒父业。歆于是总群书而奏其《七略》，故有《辑略》，有《六艺略》，有《诸子略》，有《诗赋略》，有《兵书略》，有《术数略》，有《方技略》。今删其要，以备篇籍。"
　　② 王恒展：《中国小说发展史概论》，第 110 页，济南，山东教育出版社，1996。

系。经学即儒家经典之学。儒家在先秦虽为显学,但仍然是诸子百家中的一派,并没有取得一统天下的学术地位和思想地位,这一点从《汉书·艺文志诸子略》中可以看得很清楚。《史记·太史公自序》论六家之要旨,亦将其列于阴阳家之后。①且论曰:"夫儒者以六艺为法。六艺经传以千万数,累世不能通其学,当年不能究其礼,故曰'博而寡要,劳而少功'。若夫列君臣父子之礼,序夫妇长幼之别,虽百家弗能易也。"但到了汉代,特别是汉武帝"罢黜百家,独尊儒术"之后,儒学取得了独尊的地位,史家号称"经学"。汉代经学对文言小说的影响主要有三个方面:一即胡应麟所称"然谈说理道,或通于经,又有类注疏者",亦即两汉经学家在注疏儒家经典时所涉及的小说因素。二即以"春秋三传"为代表的儒家经典的整理。"春秋笔法"本身即具小说因素,况且"春秋三传"等虽传自先秦,然其成书尤其是广泛流传却是在"罢黜百家,独尊儒术"的汉代,因而在其过程中便难免汉人的"创作"成分,这从"春秋三传"叙事之传闻异词中可以看得很清楚。当然,儒学列于学官,"五经博士"各有传授,不同的门派更促使传闻异词的产生,这其中便很难避免小说成分,从而便必然会影响两汉文言小说的创作和发展。三即董仲舒的儒家思想学说和谶纬经学对文言小说的影响。众所周知,儒家的创始人孔子对志怪内容并不感兴趣,②然而在中国小说史尤其是文言小说史上"志怪小说"却特别发达,恐怕就与两汉经学的这一方面有着直接的关系。董仲舒是两汉经学学术体系的奠基人,他对儒家文化亦即中国文化的最大贡献是既以孔孟思想为核心又汲取了邹衍等阴阳五行学说的精华,创造性地发展了"天人之学"(研究"天人关系,是两汉学术的时尚,经学自不例外"),弘扬了"天人感应"思想。而"天人感应"思想的核心内容和理论创造无异即所谓"灾异说"。他认为一般的自然灾害如水灾、旱灾、虫灾、雹灾等为"灾",而重大的自然灾害或天文现象如地震、日蚀、月蚀、星陨等为"异",而"灾异"都是天的意志,反映了上天对人事的不满。"当统治者在政治中出现失误

① 司马迁《史记》卷一三〇《太史公自序》:"论六家之要旨曰:《易大传》:'天下一致而百虑,同归而殊途。'夫阴阳,儒、墨、名、法、道德,此务为治者也,直所从言之异路,有省不省耳。"
② 《论语·述而》:"子不语怪、力、乱、神。"《论语·先进》:"季路问事鬼神。子曰:'未能事人,焉能事鬼?'曰:'敢问死。'曰:'未知生,焉知死?'"

时,天往往先降灾以警惧之。如果不及时改悔,天就要降异以惩罚之。若一意孤行,天最终要推翻其统治。通过'灾异说',董仲舒在人间至高无上的皇权之上又设置了一个更高的权威——'天',而'天'则是儒家理想政治的体现者,从而保证儒家原创精神在政治上的权威性。'灾异说'的出现反映了董仲舒学说体系的神秘主义倾向。"①他还把《春秋》记载的大量天象变化和自然灾害与人事联系起来,加以全面的神秘化,从而使"春秋学说"与阴阳五行家的阴阳五行终始论的神秘哲学结合起来,从而影响了文言小说,尤其是志怪类笔记小说的发展。干宝的《搜神记》大量采用班固《汉书·五行志》的材料为本事就足以说明这一思想对文言小说的影响。而谶纬经学盛行于西汉哀平之际,是董仲舒的"天人感应"思想与宗教迷信结合的产物。后经王莽、刘秀运用政治权力推广、弘扬,遂成为此后经学的主导思想。"谶"是诡为隐语,预言凶吉的文字或图记;"纬"是用宗教迷信的观点对《诗》《书》《礼》《乐》《易》《春秋》等儒家经典的解释。谶纬经学神化伏羲、神农、文王、孔子等古代圣人,宣扬符瑞预言,神化儒家经典,本身就具有十分明显的神话传说甚至小说性质,流风所及,不但正史中出现了《五行志》之类的专类,亦及志怪小说。

其次是史学。两汉是中国史学相当发达的时代。这一时期不但出现了司马迁的《史记》和班固的《汉书》等纪传体正史,从而奠定了我国正史的基础,开创了我国正史的体例,开辟了我国叙事散文甚至小说的新纪元,同时也出现了介乎历史散文与小说之间的另一类史学著作——杂史别传。众所周知,历史散文与小说都具有故事情节、人物形象、典型环境这三大要素,所不同的只是历史散文要以历史事实为基础,以实录为原则,而小说则是以虚构为基础,以创作为原则,因而两者之间关系特别密切,因而历史散文对小说文体的影响也就特别大。它不但在先秦时期孕育了小说,是小说的主要母体,时至两汉仍然以其甘甜的乳汁哺育着刚刚取得文体独立、仍然处于雏形状态的文言小说。正史对小说的影响,笔者十余年前早已以《史记》为例,在拙著《中国小说发展史概论》中从四个方面进行了论述:一是以人物为中

---

① 杨敏、王克奇、王恒展主编:《中国文化通览》,第210页,北京,高等教育出版社,2006。

心的结构形式和谋篇布局,二是以帝王将相为主体的形象塑造和形象系列,三是形象塑造、叙事富于戏剧性等具体艺术手法,四是思想倾向和主观感情色彩。这里需要补充的是,正史均后人追叙,且原始史料又多亡佚,因此便难免设身处地地推断与悬想,而这一点恰恰又正是小说文体的写作特点。至于《吴越春秋》《越绝书》《楚汉春秋》《列士传》等杂史别传,则更以其"体制不经",多"迂怪妄诞,真虚莫测","事多异闻,言过其实",多为"率尔而作"而与小说文体更近,因而也就影响更大了。通观上下,原其指要,无论是正史还是杂史别传,对文言小说的影响主要在于"史才"特征,亦即叙事写人。

两汉诸子散文对文言小说的影响一如先秦,且更进一步。王充《论衡》云:"夫世间传书诸子之语,多欲立奇造异,作惊目之论,以骇世俗之人;为谲诡之书,以著殊异之名。"①联系刘勰《文心雕龙·史传》"俗皆爱奇,莫顾实理。传闻而欲伟其事,录远而欲详其迹,于是弃同即异,穿凿傍说,旧史所无,我书则传,此讹滥之本源,而述远之巨蠹"的论述,殆同一心态。这样的诸子散文,恐怕其中小说因素就比先秦诸子更多,也更明显。陆贾《新语》喜引历史传说,贾谊《新书》喜用寓言故事,至于列为杂家的《淮南鸿烈》,"所以诠轻重之言,立真伪之平",意在"疾虚妄"的王充《论衡》等等,都与两汉文言小说有着千丝万缕的联系。研究两汉诸子散文与文言小说的关系,对文言小说的影响,对于认清中国小说的"议论"特征、"教化"特征,当有补裨。

中国文言小说的"诗笔"特征源于先秦《诗经》和《楚辞》,源于中国文化的"诗教"传统。在小说刚刚取得独立的文体地位的两汉时期,影响这一特征的则主要是两汉诗赋。《汉书·艺文志·诗赋略》著录诗赋一百零六家,一千三百一十八篇。其中赋分四部分,共七十八家,一千零四篇。除去屈原、唐勒、宋玉、孙卿、秦时杂赋等以外,其余绝大部分是两汉作品。而诗却只有一小部分,计二十八家,三百一十四篇,其中还包括《周谣歌诗》《周谣歌诗声曲折》《周歌诗》等明显的前代作品。中国是一个诗国,历代以诗歌创作最为繁盛,而唯汉如此,以赋为主体,则足见一个时代有一个时代之文章了。于汉,则唯赋特盛。这大

---

① 〔汉〕王充:《论衡·书虚篇》卷四,上海,上海人民出版社,1974。

概也是后人将汉赋与楚辞、唐诗、宋词、元曲并列的主要原因。① 因此两汉诗赋对文言小说影响最大的也主要是汉赋。而就古人之论述和流传至今的八十三家，二百九十三篇汉赋看，②其对小说的影响主要在假设问对的结构、恢廓声势的叙述、排比谐隐的语言、征材聚事的材料来源等几个方面。班固云："传曰：'不歌而诵谓之赋，登高能赋可以为大夫。'言感物造耑，材知深美，可与图事，故可以为列大夫也。"③不特大夫，即小说创作亦然。两汉诗歌与小说的关系也非常微妙。如前所述，两汉时期不特诗歌创作歉收，且内容、艺术手法方面亦发人深思。中国诗歌长于抒情，乏于叙事，一部中国诗史，十分显然。但唯独汉代特殊，不论是文人诗还是乐府诗，内容方面多以叙事诗为主，艺术手法上亦十分讲究叙事艺术。"叙事诗，是以记叙人物事件为主的一种诗体，它是'介乎小说和抒情诗之间的一种样式'。（郭小川《谈诗》）就是说，它兼有小说和抒情诗的某些特点。从像小说这一点来讲，叙事诗要有完整的故事情节，要有鲜明的人物形象。"④而这恰与小说文体相通。这样，两汉诗歌则不但直接影响了文言小说"诗笔"特征的发展，在故事情节、人物形象、环境描写，尤其是诗化的叙事艺术方面也直接影响了文言小说。

第一节　两汉经学对文言小说的影响

两汉时期，可以说是中国历史上继三代之后又一个真正的大一统时期。于时"四海混一，天下定宁，物瑞已极，人应〔斯〕隆。……迥路无绝道之忧，深幽无屯聚之奸。周家越常献白雉，方今匈奴、鄯善、哀

---

① 焦循《易余籥录》曰："一代有一代之所胜，欲自楚骚以下撰为一集，汉则专取其赋，魏晋六朝至隋则专录五言诗，唐时专录其律诗，宋专录其词，元专录其曲。"近人王国维《宋元戏曲史序》更进一步云："凡一代有一代之文学，楚之骚，汉之赋，六朝之骈语，唐之诗，宋之词，元之曲，皆所谓一代之文学，而后世莫能继焉者。"

② 费振刚：《全汉赋例略》曰："壹本书收录汉赋八十三家，二百九十三篇，其中可判定为完篇或基本完整者约一百篇，存目者二十四篇，余为残篇。"（北京大学出版社1993年版）。

③ 〔汉〕班固：《汉书》卷三十《艺文志·诗赋略序》。

④ 吴庆峰：《历代叙事诗赏析》，第1页，济南，明天出版社，1990。

牢贡献牛马。周时仅治五千里内,汉氏廓土收荒服之外。牛马珍于白
雉,近属不若远物。古之戎狄,今为中国;古之裸人,今被朝服;古之露
首,今冠章甫;古之跣跗,今履〔高〕舄。以盘石为沃田,以桀暴为良民,
夷坎坷为平均,化不宾为齐民。"①"故夫雨露之施,内则注于骨肉,外则
布于他族。唐之晏晏,舜之烝烝,岂能逾此!"②汉初,为了矫正秦弊,稳
定社会,恢复生产,主张"清静无为"的道家黄老之术起了实际的政治
指导作用。但随着政权的巩固和经济的发展,儒家思想便逐渐登上了
政治思想舞台。汉武帝接受了董仲舒的建议,"罢黜百家,独尊儒术",
先秦儒学被加以改造,尊为正统。于建元五年(前136)置《诗》《书》
《礼》《易》《春秋》五经博士,一跃而成为官学。二年之后的元光元年
(前134),博士公孙弘奏请置博士弟子员,③又从组织上加以落实,从
而由思想扩展到政治。此后通经致仕便成为汉代士人的正途。在这
样的政治背景下,经师们对先秦儒家典籍进行了一些整理、注释的工
作,此即后世所谓的"经学"。当时整理,"有用秦以来通用的文字写成
的,称为今文经;也有一种是用当时东方各国的文字(秦王朝统一以前
的六国的文字)写的,称为古文经。这是今文经与古文经书写方式的
差别。更主要的是解释的不同"④。并由此分为对立的两派——今文
经学派和古文经学派。通观两汉经学对文言小说的影响,主要有以下
三个方面。

其一即胡应麟所称"然谈说理道,或通于经;又有类注疏者"。汉
儒解经,有传、说、注、解、疏、笺等名目,今通谓之注疏。当时注疏,有
字句之注解疏通,有史事之补充记叙,有义理之阐发说明。其中的许
多注疏便多具小说因素,尤其是传、说等注解形式,从而便影响了当时
乃至后世的文言小说。"春秋三传"下文将专门论及,其他经传亦不例

---

① 〔汉〕王充:《论衡·宣汉篇》,卷一九,上海,上海人民出版社,1974。
② 〔汉〕王充:《论衡·恢国篇》,卷一九,上海,上海人民出版社,1974。
③ 班固《汉书》卷八八《儒林传》载:"(公孙)弘为学官,悼道之郁滞,乃请曰:'……为博士官置弟子五十人,复其身。太常择民年十八以上,仪状端正者,补博士弟子。郡国县官有好文学,敬长上,肃政教,顺乡里,出入不悖,所闻,令相长丞上属所二千石。二千石谨察可者,常与计偕,诣太常,得受业如弟子。一岁皆辄课,能通一艺以上,补文学掌故缺;其高第可以为郎中,太常籍奏。即有秀才异等,辄以名闻。其不事学若下材,及不能通一艺,辄罢之,而请诸能称者。……'制曰:'可。'自此以来,公卿大夫士吏彬彬多文学之士矣。"
④ 任继愈主编:《中国哲学史》,第二册,第11页,北京,人民出版社,1963。

外。如《易》有西汉京房,传焦延寿之易学。以阴阳五行之说,宣扬天人感应,假借自然界的灾变异象,附会朝政人事,创今文经学派易学之京氏易学,于元帝时立于学官,置博士,成为汉代易学的一大流派。《易》本卜筮之学,本身即与后世之志经小说有着千丝万缕的联系。而京氏易学以阴阳五行之说将自然界的灾变异象附会朝政人事,更充满神秘气氛,更会进一步影响文言小说,尤其是志怪小说。

关于《尚书》,汉代有两大版本系统:一种是今文《尚书》,一种是古文《尚书》。今文《尚书》传自汉初济南人伏生,《史记·儒林传》有明确记载,共二十九篇,"即以教于齐鲁之间。学者由是颇能言《尚书》,诸山东大师,无不涉《尚书》以教矣"①。惜后来亡佚,具体情况难明。古文《尚书》计有多种,如孔安国古文《尚书》,《汉书·景十三王传》所载西汉河间献王德所集"古文先秦旧书"中的古文《尚书》,《汉书·儒林传》所载东莱张霸于汉成帝时所献的百二篇古文《尚书》(此书当时即已发现是伪书),《后汉书·杜林传》所载杜林所传的漆书古文《尚书》等等。这些不同版本的古文《尚书》经后世经学家考证,多为伪书,且后来亦像今文《尚书》一样,均已散佚。然即属伪书,则都是"创作"(作伪)而非"记录",都不是真正的先秦历史文献而是具有了小说性质的两汉人的加工创作。作伪之风盛行,则必然促进以创作为主要写作动机的小说文体的发展。况且《汉书》所载古文《尚书》来历,已颇具文言小说尤其是志怪小说的色彩:"古文《尚书》者,出孔子壁中。武帝末,鲁共王坏孔子宅,欲以广其宫,而得古文《尚书》及《礼记》《论语》《孝经》凡数十篇,皆古字也。共王往入其宅,闻鼓琴瑟钟磬之音,于是惧,乃止不坏……"尤其是末句,几近志怪小说,可见传说成分。这样的"经典",可以想见汉代的注疏中也肯定难免小说的因素。

《礼》有《周礼》《仪礼》《礼记》之分,通称"三礼"。《周礼》于汉世初出,始称《周官》。因易与《尚书·周官》相混,改称《周官经》。自西汉末刘歆以后始称《周礼》。书分天官、地官、春官、夏官、秋官、冬官六部分介绍周代官制,堪称周代干部编制与干部职责手册,小说因素甚微。《仪礼》为先秦部分礼制的汇编,古只称《礼》。后对记言则曰《礼经》,

---

① 〔汉〕司马迁:《史记·儒林列传》,卷一二一,上海,上海古籍出版社《二十五史》本,1986。

合记言则曰《礼记》。自西晋初以来,因戴圣四十九篇称《礼记》,故改称《礼经》为《仪礼》。汉世所传,有戴德本、戴圣本和刘向《别录》本。今传十七篇为汉郑玄参用今古文所注的《别录》本。《仪礼》记"士冠礼""士昏(婚)礼""士相见礼""乡饮酒礼"等十七种礼仪的具体过程,全凭文字叙述,具体周到,一丝不苟,如在目前,可见中国传统的叙事技巧。而汉郑玄注则百尺竿头,更进一步,无疑对当时乃至以后小说的叙事产生影响。当然,在"三礼"中小说因素最多,最明显,因而也最有影响的还是《礼记》。《礼记》是与"礼"(儒家所谓"礼"泛指规定社会行为的风俗、法则、规范、制度、仪式甚至文化、教育、音乐、舞蹈等,与现代汉语之所谓"礼"相去甚远)有关的各种类型的文章、资料的汇编。原文写作年代不一,"多数可能出自战国儒者之手。少数内容也许是秦汉之际所增益,而编定成书则在西汉"①。因为大部分内容与儒家之"礼"有关,所以叫《礼记》。因当时戴圣与叔德同师后仓学《礼》,故德称大戴,圣称小戴。又因德集《礼记》八十五篇,故称《大戴礼记》;圣集《礼记》四十九篇,故称《小戴礼记》。今传收于《十三经注疏》者为《小戴礼记》。又《隋书·经籍志》称二戴《礼记》均取自刘向所校各种《礼记》二百十四篇,德删为八十五篇,圣又自大戴之八十五篇删为四十六篇,汉末马融又增《月令》一篇、《明堂位》一篇,《乐记》一篇,合为四十九篇。然考之历史,刘向约生于公元前77年,卒于公元前六年。而其校阅秘书已在成帝时(前32—前7年)。而二戴主要活动在宣帝时(前73—前49),远在刘向之前。故《隋书·经籍志》所说甚不可信。《礼记》多为说明文和议论文,真正有故事情节,有人物形象,有典型环境的只有《檀弓上第三》和《檀弓下第四》。两篇大约由七八十个故事组成,其中尤以记死葬事为多,亦不乏《曾子易箦》《不食嗟来之食》《苛政猛于虎》等传诵千古的名篇。这些作品本身即具小说因素,在经学盛行的两汉时期经过经师们的弘扬和传播,必然影响到文言小说的创作。另外,《杂记上第二十》叙君大丧,记赗者、相者、宗人之对话甚详,形神兼具,明后七子之一宗臣之名文《报刘一丈书》即源出于此,可见对后世文学的影响,中国文言小说自不例外。又,《投壶第四十》叙投

① 褚斌杰、谭家健主编:《先秦文学史》,第358页,北京,人民文学出版社,1998。

壶之经过，一举一动，一言一行，亦历历在目，如在眼前，亦具明显的小说因素。

《诗》作为儒家经典之一，在秦始皇焚书坑儒的灾厄中同样没有幸免，后人所见，实赖汉初经师口耳相传，且"一人不能独尽其经，或为《雅》，或为《颂》，相合而成"①。两汉传《诗》，有齐、鲁、韩、毛四家，前三家为今文，列于学官，毛诗为古文，未列学官，《诗》而称为《诗经》，即由汉代开始。东汉后期，兼通今古经文的经学大师郑玄为《毛诗》作笺注，使《毛诗》声名鹊起。后《齐诗》亡于魏，《鲁诗》亡于晋，《韩诗》亡于宋而《外传》犹存，而《毛诗》则独传至今。今传《诗经》皆为《毛诗》。《诗经》对文言小说的影响，我们在第一章第二节已经论及，兹不赘述。然汉代经学传播之功，则不容忽视，而今传《韩诗外传》，更值得格外注意。关于《韩诗》，《汉书·艺文志·六艺略》诗类著录《韩故》三十六卷，《韩内传》四卷，《韩外传》六卷，《韩说》四十一卷。而今本《韩诗外传》十卷。诸家目录均列之经部诗类，而由最初著录的六卷变为后来的十卷。杨树达《韩诗内传未亡说》②认为前四卷为内传，后六卷为外传。而日本学者西村富美子《韩诗外传的考察》③则认为前六卷为外传，后四卷为内传。虽然两种说法不同，但都认为是汉人作品，保存了《韩内传》《韩外传》的基本内容和基本面貌则是相同的。是书从书名和表面上看确像解《诗》之作，但从宋代开始，就有人发现了它"多记杂说，不专解诗"④的特点。明王世贞更称其"杂记夫子之绪言与诸春秋、战国之说，大抵引诗以证事，而非引事以明诗。故多浮泛不切、牵合可笑之语。盖驰骋胜而说诗之旨微矣"⑤。"杂说"也好，"春秋战国之说"也好，显然都发现了它的小说性质。这种"杂引古事古语，证以诗词，与经义不相比附，所述多与周秦诸子相出入"⑥的著作，显然具有杂史抑或小说的性质，属于胡应麟所说的"有类注疏者"。《韩诗外传》不但多记浮泛不切的历史故事和民间传说，而且许多作品情节生动，形象

①〔汉〕刘歆：《移书让太常博士》，见班固《汉书》卷三六，第1969页，北京，中华书局，1962。
②《积微居小学金石论丛》卷五，北京，科学出版社，1955。
③《中国文学报》，第十九册，京都，1960年。
④〔宋〕陈振孙：《直斋书录解题》卷二。
⑤〔明〕王世贞：《读书后》卷五。
⑥〔清〕纪昀等：《四库全书总目》卷十六经部诗类二。

逼真,语言简洁优美,颇具文采,实际上已是文言小说。北京大学吴组缃等编选《历代小说选》,就从中选取了《李离为大理》《公仪休相鲁》《晏子谏诛颜邓聚》三篇,且称《韩诗外传》"内容大都是采集一些历史杂事和各家言论,最后引《诗》加以说明。……因此有人说他是'引诗以证事',不是'引事以明诗'。其中许多故事,富有教益。文字明白晓畅,叙事饶有兴味"①。其实《历代小说选》所选重点在有教益的作品,若就小说的艺术性而论,恐怕像卷二之《鲁婴泣卫》、卷三之《庭燎求贤》、卷七之《灭烛绝缨》、卷八之《弓人之妻》、卷十之《齐使献鸿》等更胜一筹。可见《韩诗外传》已不是一部解经之作,而是一部介于历史散文和文言小说之间的杂史,在中国文言小说史上占有重要的一页。另《汉书·匡衡传》载匡衡好学通《诗》,"诸儒为之语曰:'无说诗,匡鼎来;匡说诗,解人颐。'"末句如淳注曰:"使人笑不能止也。"可以想见不但《韩诗》之传说生动形象,富有小说趣味,其他各家经师说《诗》,亦多有生动形象,引人入胜者。这样的作品,自然会对刚刚产生的文言小说产生巨大的影响。

其二是"春秋三传"在两汉时期的流传、整理对文言小说的影响。西汉时期,"春秋三传"中的《公羊传》和《穀梁传》属今文经,受到统治阶级的重视,很早就立于学官。《左传》属古文经,未能立于学官;到西汉末年,虽经刘歆据理力争,但仍遭到今文经学派的反对,未能得到统治阶级的承认;直到东汉初年,经陈元等人竭力争取,方立于学官。但时隔不久,随着博士李封的去世,又遭废弃。后经桓谭、贾逵、王充、班固等肯定,才逐渐行世。由此可见"春秋三传"在汉代的流行概况。

关于《公羊传》,清阮元《春秋公羊传注疏校勘记序》云:"汉武帝好公羊。治其学者胡母子都、董胶西为最。……子都为景帝时博士,后年老,归教于齐,齐之言《春秋》者莫不宗事之。《公羊》之著竹帛,自子都始。戴宏《序》称子夏传与公羊高,高传其子平,平传其子地,地传其子敢,敢传其子寿,寿与弟子胡母子都著于竹帛是也。"②近人对传自子夏的说法表示怀疑,但经公羊氏代代相传,并吸收其他经师的意见,经不断修改而成书,当是可信的。《四库全书总目提要》即于公羊氏之外

---

① 吴组缃等选注:《历代小说选》,第2页,北京,中国青年出版社,1982。
② 〔清〕阮元:《十三经注疏》,第2192页,北京,中华书局,1980。

抉出沈子、司马子、女子、北宫子、高子、鲁子等。① 这样的成书过程,至汉景帝时方著于竹帛,当然便难免民间传说甚至悬想创作的小说成分。如宣公元年叙晋灵公谋害赵盾的故事,不但几乎纯用口语(口语便决非史官记录之辞),且细节刻画,亦委曲详尽。"赵宅行刺一节,刺客隔着窗户居然看清赵盾所食之鱼是昨晚所剩而感其俭,较之《左传》更为夸张,而且显然是作者以齐人眼光看待晋人习俗所致。唐刘知幾指出……'盖公羊生齐都,不详晋物,以东土所贱,谓西州亦然,遂目彼嘉馔,呼为菲食'(《史通·语言》)。可见这个细节属于作者的想象。至于灵公命赵盾席间视剑之计,为《左传》所无,讲述逼真,形容有致,使人联想到《水浒传》中林冲误入白虎堂。这些皆属于民间传说中常见的添枝加叶之法。《左传》的写作距故事发生的时代不太远,所以还不太违背历史真实。《公羊传》成书时代靠后,在口耳相传中,有意无意地踵事增华,愈演愈奇,从历史角度看,难免逐渐失真;从文学上说,这正是不断加工再创作的必然现象。"②两汉时期《公羊传》流传甚广,不但早立学官,且著名的公羊经师如胡母子都、董仲舒、公孙弘等均名重一时,故影响极大,上述小说因素当然便不可避免地影响到两汉文言小说。

《穀梁传》亦属今文经学派。关于其流传及成书过程,唐杨士勋《春秋穀梁传序疏》曰:"穀梁子名淑,字元始,鲁人。一名赤。受经于子夏,为经作传,故曰《穀梁传》。传孙卿,孙卿传鲁人申公,申公传博士江翁。其后鲁人荣广大善《穀梁》,又传蔡千秋。汉宣帝好《穀梁》,擢千秋为郎,由是穀梁之传大行于世。"今人则多认为"同出子夏之说不可信,因为《穀梁传》有些地方针对《公羊传》进行批驳,又有些地方抄袭改编,可能成书比《公羊传》稍后。我们认为,此书也属于集体创作,在长期口耳相授中逐渐积累成书,穀梁氏可能是其中最早或贡献较大的经师"③。可见其流传与成书过程略与《公羊传》同。通阅《穀梁传》,可见其对两汉文言小说之影响除同于《公羊传》者之外,有两点值得特别注意:一是叙事基本上突破了《春秋》编年的体例,突破了史实

---

① 〔清〕纪昀等:《四库全书总目提要》卷二六经部春秋类一。
② 褚斌杰、谭家健主编:《先秦文学史》,第240~241页,北京,人民文学出版社,1998。
③ 褚斌杰、谭家健主编:《先秦文学史》,第244页,北京,人民文学出版社,1998。

的局限,故事更加紧凑完整,情节更加起伏跌宕,细节更加生动具体,人物更加鲜活丰满,因而也更加近于小说。如僖公十年,叙晋杀其大夫里克。便从因果关系出发,采用倒叙的叙述方法,将晋献公伐虢得丽姬(实为伐骊戎而得骊姬),丽姬设计杀世子申生,世子之傅里克劝申生入自明(《左传》《国语》载申生之傅乃杜原款,非里克),申生刎头而死(《左传》为自缢而死;《国语》为雉经而死,雉经即自缢)等一系列故事情节集中在一起叙述,而《左传》《公羊传》《国语》均依编年分于数处叙述,可见其小说手法。尤其是丽姬下堂而呼天跄地一段,更为它书所无,尤见小说性质。另如晋师假虞伐虢之事,"春秋三传"、《国语》均有记载。然《左传》记载为两次:一在僖公二年,一在僖公五年。《国语》记载亦两次:一为"虢公梦在庙",文末称"六年,虢乃亡"。一为"伐虢之役",文末称"三月,虞乃亡"。《公羊传》已将两次合并在僖公二年叙述,然文末亦有"还,四年,反取虞"一句,以明不在一年。而《穀梁传》则不但合于一处叙述,且于文末"献公亡虢五年而后举虞"之后(自僖公二年至五年,是四年而非五年),将献公说的一段话移到了荀息口中,人物性格更加突出,人物形象更加传神。另如成公元年叙晋郤克聘齐事,就更不合于经、史而近于小说了。此事本成公二年齐晋鞍之战的起因。《左传》隶宣公十七年,距成公二年间隔二年。曰:

> 十七年春,晋侯使郤克征会于齐。齐顷公帷妇人,使观之。郤子登,妇人笑于房。献子怒,出而誓曰:"所不此极,无能涉河。"献子先归,使栾京庐待命于齐,曰:"不得齐事,无复命矣。"郤子至,请伐齐,晋侯弗许;请以其私属,又弗许。

至《公羊传》,此事已运用倒叙的叙述模式系之成公二年鞍之战以后,曰:

> 前此者,晋郤克与臧孙许同时而聘于齐。萧同侄子者,齐君之母也。踊于棓而窥客。则客或跛或眇,于是使跛者逆跛者,使眇者逆眇者。大夫出,相与踦闾而语,移日然后相去。齐人皆曰:"患之起,必自此始。"

与《左传》相比,显然已增加了不少小说因素。至《穀梁传》,这种小说因素就更明显了。首先系年于成公元年,比《左传》晚了二年。且叙其经过曰:

冬十月(《左传》系之宣公十七年春),季孙行父秃,晋郤克眇、卫孙良夫跛、曹公子手偻,同时而聘于齐。齐使秃者御秃者,使眇者御眇者,使跛者御跛者,使偻者御偻者。萧同侄子处台上而笑之。闻于客,客不悦而去,相与立胥闾而语,移日不解。齐人有知之者,曰:"齐之患,必自此始。"

三文相较,《穀梁传》显然又在《公羊传》的基础上有了进一步的发展。增加了季行父秃、曹公子手偻。使两个残疾使者变成了四人;改齐君之母萧同侄子"踊于楯而窥客"为"处台上而笑之";改"迓"为"御"。简直成了一出侮辱残疾人的闹剧,显然向着小说的方向又前进了一大步。这显然是经师们为了吸引弟子(听众)而进行的演义。这样的叙事,肯定要影响到当时刚刚取得独立的文体地位的文言小说。二是某些故事带有明显的志怪传奇色彩,显然不是来自不喜语怪力乱神的原始儒家经史,而是来自汉代经师们的创作抑或民间传说。这一方面最典型的莫过于文公十一年叙"冬十日甲午",鲁叔孙得臣"败狄于咸"中的一段:

传曰:长狄也。弟兄三人,佚宕中国,瓦石不能害。叔孙得臣,最善射者也,射其目。身横九亩。断其首而载之,眉见于轼。"

据范宁《集解》注释,"广一步长百步为一亩,九亩,五丈四尺","兵车之轼高三尺二寸"。如此计算,"长狄身高竟达五丈多,首长三尺多,真是庞然大物了。可能是根据野史,因而颇具神怪意味"[①]。此事见于《春秋》,经文唯"冬十月甲午,叔孙得臣败狄于咸"。《左传》于经文下唯称"获长狄侨如。富父终甥摏其喉,以戈杀之,埋其首于子驹之门,以命宣伯"。然后又以概述的叙述方法,叙述了宋、晋、齐、卫败狄,其国遂亡的经过。《公羊传》亦唯于经文下曰:"狄者何? 长狄也。兄弟三人,一者之齐,一者之鲁,一者之晋。其之齐者王子成父杀之,其之鲁者叔孙得臣杀之,则未知其之晋者也。"均未及长狄"瓦石不能害","身横九亩","断其首而载之,眉见于轼"等语。由此犹可见《穀梁传》之小说性质。也就是说,《穀梁传》虽长于解经,叙事成分远不及《左传》和《公羊传》,但所涉的十五六则故事却具有更明显的小说性质,颇耐人寻味。

---

① 褚斌杰、谭家健主编:《先秦文学史》,第245页,北京,人民文学出版社,1998。

《左传》虽成书于先秦,然于汉代经刘歆整理:"歆校秘书,见古文《春秋左氏传》,歆大好之。时丞相史尹咸以能治《左氏》,与歆共校经传。歆略从咸及丞相翟方进受质问大义。初,《左氏传》多古字古言,学者传训故而已。及歆治《左氏》,引传文以解经,转相发明,由是章句义理备焉。"①歆生年不详,卒于公元23年,即王莽地皇四年,一年后刘秀建立东汉,可见《左传》真正在社会上流传,已是东汉的事情了。东汉初《左传》虽曾立于学官,但旋即废弃。幸亏"虽为古学,兼通五家《穀梁》之说"的贾逵(30—101)"尤明《左氏传》",并以图谶附会《左传》,称刘氏为尧的后代,才使《左传》重新得到东汉统治者的青睐。章帝建初八年"乃诏诸儒各送高才生,受《左传》《穀梁春秋》《古文尚书》《毛诗》,由是四经遂行于世"②。也就是说直到公元83年,《左传》才取得"经"的学术地位,才得以广泛流传。《左传》之小说因素,我们在第一章第二节已经论及,兹不赘述,需要特别指出的是,《左传》长时间藏于秘府,没有像《公羊传》《穀梁传》那样广泛流传,因而要对两汉经学、两汉文言小说产生广泛影响,则已经是东汉时期的事情了。

其三是谶纬经学对文言小说的影响。"谶纬"是"谶"与"纬"的合称,谶指预言未来凶吉的文字或图录,古人所谓河图、洛书之类。纬指对儒家经书而言的汉代人伪托孔子所著的一种典籍,有《易纬》《书纬》《诗纬》《礼纬》《乐纬》《春秋纬》《孝经纬》七类。纬书以儒家经义附会人事,预言兴废治乱,多为荒诞无稽之谈。谶、纬本自有别,至西汉哀平之际合二为一。通观其发展的历史,大略可以分为四个阶段:首先是先秦为其奠基阶段,它源于上古神秘文化,《管子》中所涉的阴阳五行思想,儒家的《周易》,尤其是《系辞》上之"河出图,洛出书,圣人则之",《尚书·顾命》所载之"天球,河图",实际上已见其萌芽。至战国后期,邹衍更将原始的阴阳、五行学说纠集到一起,加以发挥,创造了所谓的"五德终始"说,用五行的相生相克来解释朝代的更迭,从而将哲学与政治神秘化,为谶纬的形成奠定了思想基础。其次是汉初至武帝,是其形成时期。《淮南子》的出现,标志着道家黄老思想与阴阳五

---

① 〔汉〕班固:《汉书·楚元王传》卷三六,附《刘歆传》。
② 〔宋〕范晔:《后汉书·郑范陈贾张列传》卷三六。

行学说的结合,这在《天文训》中表现得非常明显。① 儒家更不例外,伏生传《书》,开汉儒以阴阳五行讲经之先河;孟喜传《易》,以阴阳五行之学创"卦气"之说;《礼》有《明堂》《月令》,亦本阴阳五行之理;被称为"为儒者宗"的董仲舒更是集其大成,将儒家的"微言大义"与阴阳五行学说结合起来,创立了以"灾异"说为中心的"天人感应"之学,并建议"罢黜百家、独尊儒术"。实际上,汉武帝采纳其说所独尊的儒术,已经颇有些谶纬经学的味道了。清末经学家皮锡瑞尚言:"汉有一种天人之学,而齐学尤盛。《伏传》五行,《齐诗》五际,《公羊春秋》多言灾异,皆齐学也。《易》有象数占验,《礼》有明堂阴阳,不尽齐学而其旨略同。"②可见汉代经学家之儒家思想与先秦之不同。先秦儒家有"子不语怪力乱神"之说,而后世小说又特多志怪内容,显然与谶纬经学的"独尊儒术"思想有关。再次是两汉之际,显然是谶纬经学的鼎盛时期。西汉后期,阶级矛盾加剧,社会动乱频仍,使昭帝以来的"改制""再受命"之说愈演愈烈,因而使谶纬经学得到了空前的发展,谶纬之书愈来愈多。王莽掌权,"整齐学术",其中便包括"图谶"。王莽篡位,为其摇旗呐喊的文人又宣传祥瑞,选作《符命》,"言井石、金匮之属。福应言雌鸡化为雄之属。其文尔雅依托,皆为作说,大归言莽当代汉有天下云。"③谶纬书中实已杂有了某些小说的成分。王莽败亡,刘秀登基,实亦利用了谶纬迷信。据《后汉书·光武帝纪》记载:"行至鄗,光武在长安时同舍生彊华自关中奉《赤伏符》,曰:'刘秀发兵捕不道,四夷云集必斗野,四七之际火为主。'"群臣因劝之登基,刘秀于是设坛千秋亭五成陌,"六月己未,即皇帝位"。并于中元元年(56)"宣布图谶于天下"(王莽败亡,长安毁于兵火,谶纬书所剩无几,光武登基,曾命多人参与整理图谶之书),谶纬经学从而臻于鼎盛,故其又有"内学""秘经"之称。由此可见,"谶纬既是儒学神学化过程中的产物,又是推动这一过程的杠杆,它借重于儒家经典的学术权威,更托庇于宗教神权的精神控制,完全满足了统治者以学术服务于政治的需要,也因此

---

① 《淮南子·天文训》云:"天地以没,分而为阴阳,阳生于阴,阴生于阳,阴阳相错,四维乃通。或生或死,万物乃成。"
② 〔清〕皮锡瑞:《经学历史》,第106页,北京,中华书局,1959。
③ 〔汉〕班固:《汉书·王莽传》卷九九。

而得到其青睐"。而且"谶纬是一个包罗万象的神学体系,也包含着内容广泛的文化信息:既有经典注释、典章制度、文字训诂,也有古史与神话、天文与地理、历法与阴阳五行、符瑞与灾异,所涉极为驳杂"①。当然,其中也包含着大量的小说因素,尤其是文言小说中的志怪小说因素。最后是六朝至隋,为谶纬经学的衰亡时期。早在谶纬盛行的两汉之际,扬雄、桓谭等人即对其进行了批判,后来谶纬神学也被农民起义所利用(汉末的黄巾起义即倡言:"苍天已死,黄天当立,岁在甲子,天下大吉。")因而也引起了统治阶级的警惕和反对。"魏代王肃推引古学以难其义,王弼、杜预从而明之,自是古学稍立。至宋大明中始禁图谶,梁天监已后又重其制,及高祖受禅,禁之逾切。炀帝即位,乃发使四出,搜天下书籍与谶纬相涉者皆焚之,为吏所纠者至死。自是无复其学。"②

通观谶纬之学,其主要内容有三个方面:一是神化古代帝王、圣人,如伏羲、神农、孔子等,从而便具有了神话传说的小说性质。二是极力宣扬迷信、预言,认为国家灭亡、帝王出世,均为上天命定,并以谶纬的形式告诉时人。自班固《汉书》开始,正史中即专列《五行志》一类,汇集此类材料,已开志怪小说之先河。检今本《搜神记》,共四百六十四则,其中有本事可寻者三百九十六则,而见于《汉书》《晋书》《宋书》之《五行志》的就有近七十则,可见对志怪小说的影响。三是神化儒家典籍。如纬书《演孔图》就说:"孔子论经,有乌化为书,孔子奉以告天,赤雀集书上化为黄玉,刻曰:孔提命,作应法。"如是等等,亦近志怪小说。总而言之,"由于它用的是一种比较隐晦的、歌谣式的语言,神话的形式,夸张的手法,故意说得光怪陆离,人们对这些预言,事后可以做出几种可能的解释,并在事后'证实'其中一种解释是正确的"。所以对文言小说中的志怪小说影响尤著,甚至有的成了后世志怪小说的原型和母题。

---

① 孙家洲:《论齐鲁文化在汉代学术复兴中的贡献》,《齐鲁文化研究》总第三辑,济南,山东文艺出版社,2004。
② 〔唐〕长孙无忌等撰:《隋书·经籍志》卷三二。

第二节　两汉历史散文对文言小说的影响

中国是一个有着悠久的史官文化传统的国度。"古之王者世有史官，君举必书，所以慎言行，昭法式也。左史记言，右史记事，事为《春秋》，言为《尚书》，帝王靡不同之。"①若按迹寻踪，追源溯流，盖亦六艺之流亚，孔子著《春秋》，实正史之源也。是后战国纷争，史职犹存，然虽有《国策》，史已杂矣。至汉，国家统一，社会安定，经济繁荣，"陆贾稽古，作《楚汉春秋》；爰及太史谈，世惟执简；子长继志，甄序帝勋。比尧称典，则位杂中贤；法孔题经，则文非玄圣"②。创纪传之体，开正史先河。时至东汉，荀悦为《汉纪》，班固著《汉书》为两汉正史又一高峰。然每一个封建王朝末世，官场腐败，社会动乱，史官往往失职，"博达之士，恐其废绝，各记闻见，以备遗亡"③，于是杂史勃兴矣。以今天的分类看，两汉时期的《吴越春秋》《越绝书》《说苑》《新序》《列女传》《列士传》《风俗通义》以及亡佚的《楚汉春秋》《列士传》《孝子传》《蜀王本纪》《徐偃王志》《汉末英雄记》等都属于这一范围。

两汉正史主要有西汉司马迁的《史记》和东汉班固的《汉书》。《史记》是西汉文章两司马之一，大历史学家、大文学家司马迁"究天人之际，通古今之变，成一家之言"④的发愤之作。其对文言小说的影响，笔者于《中国小说发展史概论》中曾概括为四个方面："一、从艺术形式方面讲，《史记》以人物为中心的结构形式和谋篇布局，不但开创了中国传记体史书的体例，开创了中国的传记文学，同时也确立了中国小说尤其短篇小说的艺术形式。""二、从形象体系方面讲，《史记》……成功地塑造了一个以帝王将相为主体的历史英雄形象系列。……另外，《刺客列传》《游侠列传》中所写的聂政、荆轲、剧孟、郭解等武侠义士形象体系，《滑稽列传》中所写的淳于髡、东方朔等滑稽形象系列，对

---

① 〔汉〕班固：《汉书·艺文志》卷三〇。
② 〔梁〕刘勰：《文心雕龙·史传第十六》卷四。
③ 〔唐〕长孙无忌等撰：《隋书·经籍志》卷三二。
④ 〔汉〕司马迁：《报任安书》，见班固《汉书》卷六二《司马迁传》。

后世的武侠小说、诙谐小说也都有着不同程度的影响。""三、从具体的艺术手法方面讲,《史记》主要从四个方面对中国小说产生了直接而深远的影响。首先,……即善于选取历史人物一生中具有典型意义的、对历史产生重大影响的历史事件和最足以表现人物性格的情节和细节,通过人物的言行举止,通过人物活动的具体场面,生动地再现历史人物的历史面貌。……其次是善于把人物事迹和历史事件故事化,使作品具有强烈的戏剧性。并注意在紧张激烈、曲折动人的故事情节中具体生动地描写人物、人物之间的关系、人物间的矛盾和冲突。……第三,《史记》第三人称客观呈现式全知视角的叙事方法和设身处地的虚构更使其具有了明显的小说特征。……第四,文学是语言的艺术,……《史记》的语言艺术主要表现在三个方面:其一,《史记》的叙述语言简洁凝练,生动传神,感情充沛,气势逼人,极富表现力和概括力,往往寥寥数语,甚至几个字就能生动地写出人物的个性、情态乃至人物活动的环境、气氛,言情状物,如在目前。其二,《史记》善于运用符合人物身分的口语表现人物的神情态度和性格特点,因此人物语言极具个性,颇近小说。……其三,善于在口语的基础上加工提炼成明白如话的书面语言,善于在叙事中引用民谣俗语,因而千载之下,仍觉明白晓畅。""四、从思想倾向和感情色彩方面讲,《史记》也具有明显的小说特征。"[①]感兴趣的读者,自可检阅。这里需要补充的主要有两个方面。

其一,太史公虽然在《五帝本纪》末称"百家言黄帝,其文不雅驯,荐绅先生难言之"。他自己"西至空桐,北过涿鹿,东渐于海,南浮江淮矣,至长老皆各往往称黄帝、尧、舜之处,……顾弟弗深考,其所表见皆不虚,《书》缺有间矣,其轶乃时时见于他说。非好学深思,心知其意,固难为浅见寡闻道也"[②]。声明自己著史的严肃与认真。然通观《史记》则会发现,其实文中仍然保留着许多"其言不雅驯"的神话传说。"其所表见皆不虚"的"他说",仍然有着许多"代远多伪"的揣摹与想象。如《五帝本纪》之叙黄帝,就采用了黄帝"教熊罴貔貅䝙虎,以与炎帝战于阪泉之野";"蚩尤作乱,不用帝命,于是黄帝乃征师诸侯,与蚩

---

① 王恒展:《中国小说发展史概论》,第133~139页,济南,山东教育出版社,1996。
② 〔汉〕司马迁:《史记》,第46页,北京,中华书局,1959。

尤战于涿鹿之野,遂禽杀蚩尤"的传说。叙帝尧,就采用了"流共工于幽陵,以变北狄;放骥兜于崇山,以变南蛮;迁三苗于三危,以变西戎;殛鲧于羽山,以变东夷"的神话传说。叙帝舜,更是采用了见于《孟子》的民间传说而加以生发,更见小说特征。《孟子·万章上》叙舜事曰:

> 万章曰:"父母使舜完廪,捐阶,瞽瞍焚廪。使浚井,出,从而掩之。象曰:'谟盖都君,咸我绩。牛羊父母,仓廪父母;干戈朕,琴朕,弤朕,二嫂使治朕栖。'象往入舜宫,舜在床琴,象曰:'郁陶思君尔!'忸怩。"

而《史记·五帝本纪》对此事的记载则显然有了一定的创造和发展,文曰:

> 舜耕历山,历山之人皆让畔;渔雷泽,雷泽上人皆让居;陶河滨,河滨器皆不苦窳。一年而所居成聚,三年成都。尧乃赐舜绨衣,与琴,为筑仓廪,予牛羊。瞽瞍尚复欲杀之,使舜上涂廪,瞽瞍从下纵火焚廪。舜乃以两笠自扞而下,去,得不死。后瞽瞍又使舜穿井,舜穿井为匿空旁出。舜既入深,瞽瞍与象共下土实井,舜从匿空出,去。瞽瞍、象喜,以舜为已死。象曰:"本谋者象。"象与其父母分,于是曰:"舜妻尧二女,与琴,象取之。牛羊仓廪予父母。"象乃止舜宫居,鼓其琴。舜往见之。象鄂不怿,曰:"我思舜正郁陶!"舜曰:"然,尔其庶矣!"舜复事瞽瞍爱弟弥谨。于是尧乃试舜五典百官,皆治。

众所周知,尧舜时尚无文字,故其事只能靠口耳相传的民间传说,故《孟子》所载,本身就含有"街谈巷语,道听途说者之所造也"的小说因素。《史记》所载,素材来源如非《孟子》,则亦同于《孟子》,然两相比较,所记显然比《孟子》要详尽得多。"瞽瞍焚廪"事,《史记》增"舜乃以两笠自扞下,去,得不死"。关于此,唐司马贞《索隐》曰:"言以笠自扞己身,有似鸟张翅而轻下,得不损伤。皇甫谧云'两伞',伞,笠类。《列女传》云.'二女教舜鸟工上廪'是也。"[1]唐张守节《正义》则云:"《通史》云:'瞽瞍使舜涤廪,舜告二女,女曰:时其焚汝,鹊汝衣裳,鸟工往。舜既登廪,得免去也。'"[2]将上述文字共读,更见此事之传说性质。刘

---

① 〔汉〕司马迁:《史记》,第34～35页,北京,中华书局,1959。

② 〔汉〕司马迁:《史记》,第35页,北京,中华书局,1959。

彦和云:"若夫追述远代,代远多伪,公羊高云:'传闻异辞。'荀况称:'录远略近。'盖文疑则阙,贵信史也。然俗皆爱奇。莫顾实理。传闻而欲伟其事,录远而欲详其迹,于是弃同即异,穿凿傍说,旧史所无,我书则传,此讹滥之本源,而述远之巨蠹也。"①。由此观之,太史公虽史家之巨擘,亦难免俗。通观《史记》,除《五帝本纪》外,另如《夏本纪》之记舜"殛鲧于羽山以死",记大禹治水"居外十三年,过家门不敢入"(民间传说言三过家门而不入,当源于此);《殷本纪》之记"殷契,母曰简狄,有娀氏之女,为帝喾次妃。三人行浴,见玄鸟堕其卵,简狄取吞之,因孕生契";《周本纪》之记"周后稷,名弃。其母有邰氏女,曰姜原。姜原为帝喾元妃。姜原出野,见巨人迹,心忻然说,欲践之,践之而身动如孕者。居期而生子,以为不祥,弃之隘巷,马牛过者皆辟不践;徙置之林中,适会山林多人,迁之;而弃渠中冰上,飞鸟以其翼覆荐之。姜原以为神,遂收养长之。初欲弃之,因名曰弃(此事显然源出《诗·大雅·生民》,关于其与小说的关系,笔者于《中国小说发展史概论》中已经论述②)"等等,显然都是著名的神话传说,都具有明显的小说因素。可见即正史如《史记》,亦难免"代远多伪"的小说因素。这样的作品,影响所及,必至小说。另外,《史记》中还经常以"或曰"为标志,记述公羊高所云"传闻异辞"。如《殷本纪》记伊尹事,便云:"伊尹名阿衡。阿衡欲奸汤而无由,乃为有莘氏媵臣,负鼎俎,以滋味说汤,致于王道。或曰,伊尹处士,汤使人聘迎之,五反然后肯往从汤,言素王及九主之事。汤举任以国政。"伊尹在中国历史上是个颇为神秘的人物,《尚书序》称其作《汝鸠》《汝方》《汤誓》《咸有一德》《伊训》《肆命》《徂后》《太甲》等。然据《尚书》等儒家典籍所载,汤死后,其孙太甲破坏商汤法度,伊尹将其放逐桐宫,三年后迎之复位。而《竹书纪年》等却载其放逐太甲,自立七年;太甲还,杀伊尹。而《史记》亦载其"传闻异辞"之事,再联系《汉书·艺文志》道家类有《伊尹》五十一篇,小说家类有《伊尹说》二十七篇等等,可见其小说因素。另如卷三二《齐太公世家》之

---

① 〔梁〕刘勰:《文心雕龙·史传第十六》卷四,上海,上海古籍出版社,1980 年版,王利器校笺本。

② 参阅王恒展:《中国小说发展史概论》,第 56~57 页,济南,山东教育出版社,1996。

记太公望吕尚出身,亦曰:

> 吕尚盖尝穷困,年老矣,以渔钓奸周西伯。西伯将出猎,卜之,曰:"所获非龙非彲,非虎非罴;所获霸王之辅。"于是周西伯猎,果遇太公于渭水之阳,与语大说。曰:"自吾先君太公曰'当有圣人适周,周以兴。'子真是邪? 吾太公望子久矣。"故号之曰:"太公望",载与俱归,立为师。

> 或曰,太公博闻,尝事纣。纣无道,去之。游说诸侯,无所遇,而卒西归周西伯。

> 或曰,吕尚处士,隐海滨。周西伯拘羑里,散宜生、闳夭素知而招吕尚。吕尚亦曰:"吾闻西伯贤,又善养老,盍往焉。"三人者为西伯求美女奇物,献之于纣,以赎西伯。西伯得以出,反国。言吕尚所以事周虽异,然要之为文武师。

一人而三种出身,素材显然来源于街谈巷语而非史官的记载,故太史公亦不得不承认"言吕尚所以事周虽异"。要之,《史记》中这种以"传闻异辞"为素材的现象,显然具有明显的小说因素。也就是说,正史中亦具有杂史别传的小说成分。正史的这一现象,必然影响杂史别传,杂史别传将这一传统发扬光大,于是便演化为史传小说,从而为文言小说中的历史小说、志人小说甚至传奇小说开辟了道路。

其二,《史记》中不但杂有大量史前的神话传说和口耳相传的街谈巷语,即使以某些典籍为素材的作品中也含有许多"记编同时,时同多诡"的小说因素,从而对文言小说产生了巨大的影响。"读过《史记》和《战国策》的人都可以发现,《史记》中的许多篇章,内容和形式上都直接受《战国策》的影响。如《刺客列传》中豫让、聂政、荆轲等传,实即增删《赵策一·晋毕阳之孙豫让》《韩策二·韩傀相韩》《燕策三·燕太子丹质于秦亡归》而成。其他如苏秦、张仪、乐毅、鲁仲连等传,也无不受《战国策》直接影响。"①众所周知,《战国策》本身就是一部杂史,不尽可信。② 而1973年长沙马王堆《战国纵横家书》的出土,则不但可以进一

---

① 王恒展:《中国小说发展史概论》,第72~73页,济南,山东教育出版社,1996。
② 〔唐〕长孙无忌等撰:《隋书·经籍志》史部杂史类著录,卷三三。而长沙马王堆《战国纵横家书》的出土,更证明了这一点。

步证明《战国策》是一部"按照当时政治斗争的需要,把前人游说君王
的书信和游说辞搜集汇编起来,编成各种册子以供学习模仿"①的杂
史,而且可以证明太史公并没有见到过这次出土的《战国纵横家书》中
的历史资料。这从苏秦、张仪等人的列传中看得很清楚。尽管太史公
想把历史写得很清楚,很翔实,但因为所用材料有许多杂史类的作品,
所以便难免管中窥豹,甚至前后颠倒,张冠李戴。如他在《苏秦列传》
之末虽然公开宣称"世言苏秦多异,异时事有类之者皆附之苏秦。夫
苏秦起间阎,连六国从亲,此其智有过人者。吾故列其行事,次其时
序,毋令独蒙恶声焉"。但是,结果究竟如何呢?唐兰先生以《战国纵
横家书》为依据,经过周密考证,明确地指出:"他尽管怀着这番好意,
但没有见到关于苏秦的第一手史料,因而把公元前三世纪初的苏秦事
迹,推到前四世纪末;把张仪、苏秦的时序改为苏秦、张仪;五国伐秦错
成了六国合纵,还推早了四十五年(前 288—前 333)。时序既差,事迹
中既有弄错的,又有假造的,他的《苏秦传》就等于后世的传奇小说
了。"②这样本身即具有传奇小说性质的作品,影响所及,必至文言小
说。至于《刺客列传》和《游侠列传》中的小说因素及其对后世武侠小
说的影响,那就更明显了。

东汉班固的《汉书》直承《史记》体例,南北朝以来就比肩《史记》,
合称"史汉"。其对文言小说的影响除与上述《史记》相同的几个方面
以外,最值得注意、对文言小说影响最大的则是《汉书》把《史记》的"八
书"改为"十志",从而对笔记小说尤其是志怪小说产生了不容低估的
影响,而影响最著者则是《天文志》和新增的《五行志》。《天文志》承
《史记·天官书》,然明显强调了"其本在地,而上发于天","政失于此,
则变见于彼",而志之目的则是让"明君睹之而寤,饬身正事,思其咎
谢,则祸除而福至",天人感应思想已非常明显。故而其志便多具志怪
色彩。如卷二十六末志曰:

> 元延元年四月丁酉日铺时,天暒晏,殷殷如雷声,有流星头大

---

① 杨宽:《马王堆帛书〈战国纵横家书〉的史料价值》,见文物出版社 1976 年出版的《战国纵
横家书》第 156 页。

② 唐兰:《司马迁所没有见过的珍贵史料——长沙马王堆帛书〈战国纵横家书〉》,见文物出
版社 1976 年出版的《战国纵横家书》第 127 页。

　　如缶,长十余丈,皎然赤白色,从日下东南去。四面或大如盂,或
　　如鸡子,耀耀如雨下,至昏止。郡国皆言星陨。《春秋》星陨如雨
　　为王者失势诸侯起伯之异也。其后王莽遂逮颛国柄。王氏之兴
　　萌于成帝〔时〕,是以有星陨之变。后莽遂篡国。

这样的作品在《天文志》中俯拾皆是,影响所及,必至刚刚取得独立的
文体地位的文言小说,尤其是志怪小说。《五行志》就更典型了,作者
一开始便开宗明义,于《五行志序》中说:

　　汉兴,承秦灭学之后,景、武之世,董仲舒治《公羊春秋》,始推
　　阴阳,为儒者宗。宣、元之后,刘向治《穀梁春秋》,数其祸福,传以
　　《洪范》,与仲舒错。至向子歆治《左氏传》,其《春秋》意已乖矣;言
　　《五行传》,又颇不同。……

可见班固之创《五行传》,显然是受汉儒阴阳五行思想——谶纬经学思
想的影响。这一思想对汉代小说的影响,我们在上一节已经论及,兹
不赘述,而对史家的影响,亦间接至于小说。《汉书·五行传》依五行
述天人感应之事,显然更直接地影响了后世文言小说,尤其是志怪小
说的创作和发展。检今本《搜神记》,本事见于《汉书》的作品有四十多
篇,其中就有三十多篇源自《五行志》。如《汉书》卷二十七中之上《五
行志》第七中之上载:

　　景帝三年二月,邯郸狗与彘交。悖乱之气,近犬豕之祸也。
　　是时赵王遂悖乱,与吴、楚谋为逆,遣使匈奴求助兵,卒伏其辜。
　　犬,兵革失众之占;豕,北方匈奴之象。逆言失听,交于异类,以生
　　害也。京房《易传》曰:"夫妇不严,厥妖狗与豕交。兹谓反德,国
　　有兵革。"

今本《搜神记》卷六亦载此曰:

　　汉景帝三年,邯郸有狗与彘交。是时赵王悖乱,遂与六国反。
　　外结匈奴以为援。《五行志》以为犬,兵革失众之占;豕,北方匈奴
　　之象。逆言失听,交于异类,以生害也。京房《易传》曰:"夫妇不
　　严,厥妖狗与豕交。兹谓反德,国有兵革。"

仔细对读,两汉谶纬经学对《汉书·五行志》的影响,《汉书·五行志》
对志怪小说的影响,直可谓历历在目,非常清晰。中国文化的主流儒
家文化敬鬼神而远之,而汉以后却特多志怪小说之疑,判然冰释。

两汉杂史别传上承史汉,下启史传小说,可以说是历史散文与小说之间的过渡和桥梁,在中国小说史上占有非常重要的地位。若详而类之,杂史别传实由两类文体组成——杂史与别传。杂史指非正统史家著作,以别于正史者也。《隋书·经籍志》史部杂史类序曰:"自秦拨去古文,篇籍遗散。汉初,得《战国策》,盖战国游士记其策谋,其后陆贾作《楚汉春秋》,以述诛锄秦、项之事。又有《越绝》,相承以为子贡所作。后汉赵晔又为《吴越春秋》。其属辞比事,皆不与《春秋》《史记》、《汉书》相似。盖率尔而作,非史策之正也。灵、献之世,天下大乱,史官失其常守,博达之士,愍其废绝,各记闻见,以备遗亡。是后群才景慕,作者甚众。又自后汉以来,学者多抄撮旧史,自为一书,或起自人皇,或断之近代,亦各其志,而体制不经。又有委巷之说,迂怪妄诞,真虚莫测。然其大抵,皆帝王之事。通人君子,必博采广览,以酌其要,故备而存之。谓之杂史。"马端临则更为简要地说:"杂史者,正史、编年之外,别为一家。体制不纯,事多异闻,言过其实。"①概而论之,可见所谓"杂史"即相对正史而言,指那些"率尔而作","体制不经","迂怪妄诞,真虚莫测","事多异闻,言过其实","又有委巷之说"的已经具有了某些小说性质的所谓史书。所谓别传,又称杂传、传记(正史之人物传记称列传)、杂传记等,"别传"是唐刘知幾《史通》对此类文体的称呼。② 有关别传之兴,《隋书·经籍志》史部杂传类序曰:"古之史官,必广其所记,非独人君之举。《周官》:'外史掌四方之志。'则诸侯《史记》兼而有之。……是以穷居侧陋之士,言行必达,皆有史传。自史官旷绝,其道废坏,汉初始有丹书之约,白马之盟。武帝从董仲舒之言,始举贤良文学。天下计书,先上太史。善恶之事,靡不毕集。司马迁、班固撰而成之。股肱辅弼之臣,扶义俶傥之士,皆有记录。而操行高洁,不涉于世者,《史记》独传夷齐,《汉书》但述杨王孙之俦,其余皆略而不记。又,汉时阮仓作《列仙图》,刘向典校经籍,始作《列仙》《列士》《列女》之传。皆因其志尚,率尔而作,不在正史。后汉光武,始诏南阳撰《风俗》,故沛、三辅有《耆旧》《节士》之序;鲁、庐江有《名德》《先贤》之

---

① 〔元〕马端临:《文献通考》卷一九五。
② 唐刘知幾《史通·杂述》将近于小说的杂史区分为十类,其一为别传。此类作品多记载一人之逸闻,如《董卓别传》、《华佗别传》等。

赞。郡国之书，由是而作。魏文帝又作《列异》，以序鬼物奇怪之事。嵇康作《高士传》，以叙圣贤之风。因其事类，相继而作者甚众，名目转广，而又杂以虚诞怪妄之说。推其本源，盖亦史官之末事也。载笔之士，删探其要焉。鲁、沛、三辅序赞并亡，后之作者，亦多零失，今取其见存，部而类之，谓之杂传。"刘知幾《史通·杂述》则曰："贤士贞女，类聚区分，虽百行殊途，而同归于善。则有取其所好，各为之录。若刘向《列女》、梁鸿《逸民》、赵采《忠臣》、徐广《孝子》，此之谓别传者也。"可见别传即正史列传之外那些"因其志尚，率而而作，不在正史"，"而又杂以虚诞怪妄之说"的已经具有了小说性质的各种各样的人物传记。

从《隋书·经籍志》看，杂史别传在两汉极多，仅杂传类即著录二百一十七部一千二百八十六卷，通计亡书合二百一十九部一千五百三十卷。然而历史的长河大浪淘沙，民族典籍历经劫难，存于今者已寥寥无几，仅《越绝书》《吴越春秋》《说苑》《新序》《列女传》《列仙传》《风俗通义》等，其余或仅存佚文，或片简难觅。

《越绝书》原本十六卷，二十五篇，今本十五卷，十九篇（或二十篇）。关于作者及成书年代，因其《外传·本事》曾言及子贡、伍子胥两种假说，故旧本多题子贡或子胥撰。宋人陈振孙因见其内容"下及秦汉，直至建武二十八年"，首言"盖战国后人所为而汉人又附益之"[1]。至明，杨升庵首次破译了《篇叙》中"以去为姓，得衣乃成；厥名有来，覆之以庚，禹来东征，死葬其疆。不直自斥，托类自明。写精露愚，略以事类，俟告后人。文属辞定，自于邦贤，邦贤以口为姓，丞之以天；楚相屈原，与之同名"这段隐语之后，人们方恍然大悟，原来其作者乃会稽人袁康和吴平。[2] 近人或谓非一人一时之作，更有人专论其作者及成书年代，认定"袁康在两汉之际著成原《越绝》即今本内篇，吴平又在东汉初年辑成外篇，形成今本《越绝书》"[3]。关于此书内容，清姚范称"此书多属耳食，又加以委巷流俗之谈，虚言虚事，润饰无当于故实者也。其中叙事猥鄙。与后世稗官所述不殊"[4]。稗官野史，等同小说，尤其

① 〔宋〕陈振孙：《直斋书录解题》卷五。
② 〔明〕杨慎：《升庵全集》卷一《跋〈越绝〉》。
③ 晁岳佩：《也谈〈越绝书〉的作者及成书年代》，见《经史散论》第172页，济南，山东大学出版社，2007。
④ 〔清〕姚范：《援鹑堂笔记》卷三五《越绝书》条。

是文言的笔记小说,已成为今日小说史研究界的共识,可见姚范心目中的《越绝书》,已具小说性质。《四库全书总目》则谓"其文纵横曼衍,与《吴越春秋》相类,而博丽奥衍则过之。"今人晁岳佩以史家视角作《〈越绝书〉内外经传考释》,称其有两个显著特征:"一是各篇相互独立,缺乏内在的有机联系,只求单篇情节相对完整,各篇之间内容难免重复甚至相互矛盾;二是各篇内容都有比较可靠的材料来源,同时,因作者对材料进行了加工,难免有拼凑或改写的痕迹。"①同时对其中的许多单篇进行了考证,如认为《吴内传》素材来自《公羊传》《国语·越语》,而原书尤其是后者本身即已具有小说性质,上文第一章第三节已经论及,兹不赘述。又如《记吴王占梦》述公孙圣与太宰嚭为夫差占梦,《记宝剑》叙薛烛与风胡子论剑及相关历史故事,《记军气》叙行军打仗之军气先兆,均"内容多属虚构,充满迷信,实为演义故事"。如此,则显然已出历史散文的范畴而进入了小说的领域。这样的作品,怎么会不影响到文言小说的发展呢?

《吴越春秋》十二卷,今本十卷,东汉赵晔(一作煜)撰。记吴国自太伯至夫差、越国自无余至句践间史事。从全书看,在时间上分别以两国之君在位先后系统纪年,体例上明显是一部编年体史书;从单篇看,又显然是一个个吴越君主的传记,又显然属纪传体史书。从内容看,《吴越春秋》与《越绝书》大部分相同,而且凡内容相同处文字亦均雷同,可见二者之间明显地存在着继承关系。如上所述,《越绝书》成书于两汉之际,而赵晔约卒于汉章帝建初八年(公元83年),则《吴越春秋》成书在《越绝书》之后,且赵晔亦为会稽人,与袁康、吴平同乡,因此借鉴乃至抄录了《越绝书》部分内容的可能性更大。《越绝》已为杂史别传且体近小说,则《吴越春秋》当不例外。检历代史志,《隋书·经籍志》已隶之史部杂史类,新旧《唐志》同,《四库全书总目》虽改隶载记类,却于提要中说:"煜所述虽稍伤曼衍,而词颇丰蔚。其中如伍尚占甲子之日、时加于巳,范蠡占戊寅之日,时加日出,有腾蛇青龙之语,文种占阴画六、阳画三,有元武、天空、天关、天梁、天一、神光诸神名,皆非三代人卜筮之法,未免多所附会。至于处女试剑,老人化猿,公孙圣

_____

① 晁岳佩:《经史散论》,第154页,济南,山东大学出版社,2007。

三呼三应之类,尤近小说家言。然自是汉晋间稗官杂记之体,徐天祐以为不类汉文,是以马、班史法求之,非其伦也。"不但明指其与正史不同的"稗官杂记"(杂史别传)之体,为汉晋间作品,且直称其"尤近小说家言"。通览全书,可见"其特点便是以真实的历史人物为线索,广集民间传说,结构成篇。如卷四《阖闾内传》,一篇之中竟集中了《干将莫邪》《吴钩》《要离刺庆忌》《孙子操演女兵》《湛卢剑飞楚》《万民殉女》《风胡子论剑》《望齐门》等近十个民间传说,确乎'迂怪妄诞,真虚莫测'"①。其他各篇,如《句践入臣外传》《句践归国外传》《句践阴谋外传》等亦均如此。新版《辞源》称其"收集了不少民间传说,颇近小说",良然。当然,这些材料有不少取自《越绝书》,但《吴越春秋》在艺术形式上显然有了进步。这种全书为杂史、单篇为别传的艺术形式,对于历史散文向小说的过渡肯定会产生巨大的影响。此后《汉武内传》《飞燕外传》等史传小说的出现,显然直承《吴越春秋》。北京大学中文系《中国小说史稿》论及《越绝书》和《吴越春秋》时说:"(二书)内容梗概略本《国语·越语》,吸收了《左传》《史记》的记载却不拘泥于史实。如《左传》中伍子胥故事,在《吴越春秋》中就增加了浣纱女和南城悬头等人物情节。在情节的铺写和人物的刻画上,两书更有夸张和虚构,而且吸收了不少民间神话传说,如夏禹化熊、干将莫邪铸剑、伍子胥显灵等,都富有神怪色彩。语言通俗浅显,人物刻画较生动,如申包胥哭秦庭等场面都活灵活现,结构规模都宏大而完整。"因此,这样的作品不但会影响志怪小说、史传小说(传奇小说)、甚至"具有演义类雏型的历史小说"②。

在两汉杂史别传中,刘向的作品在文言小说史上也占有重要的一页。向字子政,汉高祖弟楚元王刘交四世孙。宣帝时官散骑谏大夫等。元帝时曾因反对宦官弘恭、石显,被捕下狱。成帝时官光禄大夫,负责校阅秘府所藏经传诸子诗赋典籍,成《别录》一书,为我国最早的分类书目。另著《说苑》《新序》《列女传》《洪范五行传论》等,旧虽不隶杂史别传之列,然核实定名,实均为此类。二书均为向校书秘府时编纂,他自己将之列入《诸子略》中的儒家类。后世史志除《宋志》列于杂

---

① 王恒展:《中国小说发展史概论》,第147页,济南,山东教育出版社,1996。
② 殷孟伦:《中国古典文学名著题解》"吴越春秋"条,北京,中国青年出版社,1979。

家外,多从刘向。马端临曾云:"向以区区宗臣,老于文学穷经之苦,崛出诸儒。先秦古书甫脱烬劫,一入向笔,采撷不遗。至其正纲纪、迪教化、辨邪正、黜异端,以为汉规鉴者,尽在此书,号《说苑》《新序》之旨也。"①通览二书,体例方面明显地继承了先秦诸子《晏子春秋》《吕氏春秋》等而又有所发展。《说苑》分为君道、臣术、建本、立节等二十类二十篇,《新序》分为杂事(五篇)、刺奢、节士、义勇、善谋(二篇)等五类十篇。《说苑》在题目上也明显受《韩非子·说林》的影响,而在思想内容方面则显然受儒家思想影响。明洪武十五年颁发《说苑》,要求天下学校讲读,也从一个侧面反映了这一点。这种"正纲纪、迪教化"的创作动机,分类编排的编撰体例,明显地影响了后世以《世说新语》为代表的志人类笔记小说的发展。另外,《说苑》和《新序》均分类纂辑先秦至汉初史事与传说,杂以议论,以"正纲纪、迪教化",所采史事,多与诸子散文、史书相出入,且不乏时代舛误、异说并存之处,而"书中辑录之传说与寓言,其中有不少故事生动,意味深长者。……均有相当之文学意味,是为魏晋小说之先声"②。难怪黄震指其"凡欲言其臣之节,必先甚其君之恶,形容文致,殆非人情",并列举了大量事实加以论证。③ 吴组缃等选注的《历代小说选》从《新序》中选取了《孙叔敖埋两头蛇》《扁鹊见齐桓侯》《梁尝有疑狱》三篇,从《说苑》中选取了《国患社鼠》《挂牛头卖马肉》二篇,则更见其小说性质。这样的作品,肯定会对两汉及后世文言小说产生直接而深远的影响。这样的作品,理应属于介乎历史散文与小说之间的杂史别传而非诸子散文。丁锡根编著,人民文学出版社出版的《中国历代小说序跋集》更于第一编笔记之杂录类中收录二书序跋,直接以之为小说,尚值得探讨。

《列女传》今本八卷,《汉书·艺文志》隶诸子略儒家类。《隋志》以后均隶史部杂传类,可见其杂史别传性质。关于刘向创作《列女传》,《汉书》称"向睹俗弥奢淫,而赵、卫之属起微贱,逾礼制。向以为王教由内及外,自近者始。故采取《诗》、《书》所载贤妃贞妇,兴国显家可法

---

① 〔元〕马端临:《文献通考·经籍考》卷三六。
② 赵善诒:《说苑疏证前言》,上海,华东师范大学出版社,1985。
③ 〔宋〕黄震:《黄氏日抄》卷五六。

则,及孽嬖乱亡者,序次为《列女传》,凡八篇,以戒天子"①。作品"屡经传写,至宋代已非复古本"②。今本分母仪、贤明、仁智、贞顺、节义、辩通、孽嬖七类,共记古代妇女事迹一百零四则,每则均附赞语,以见向宣扬礼教之旨。《四库全书总目》称《古列女传》七卷,《续列女传》一卷。后人考证,《古列女传》基本符合刘向原作。向虽称其传主为"诗书所载",然通览全书仍可发现大量的传说成分和明显的虚构痕迹,因而其中的许多作品便显然具有了杂史别传抑或小说的性质。吴组缃等《历代小说选》从中选取了《齐御相妻》《鲁漆室女》《赵将括母》《齐管妾婧》《齐太仓女》五篇,成相泉《古代文言短篇小说选注》也从中选了《珠崖二义》,恐怕正是基于这一点。尤其是卷六之《齐钟离春》"为人极丑无双,臼头深目,长指大节,卬鼻结喉,肥项少发,折腰出胸,皮肤若漆。行年四十,无所容入,衒嫁不售,流弃莫执"而自荐为后。时齐宣王方置酒渐台,"左右闻之,莫不掩口大笑曰:'此天下强颜女子也,岂不异哉!'"然而就是这样一位丑女,竟然以隐形术规谏宣王,纳之为后,而使"齐国大安"。齐宣王公元前319—前301年在位,人物事迹先秦典籍不见记载,显然出自稗官野史或民间传说、作者虚构。这样的作品必然影响两汉文言小说。另外值得特别注意的是,《列女传》是中国文学史上第一部专写女性的文学作品,不但影响了其他女性题材的文学作品,也影响了此类文言小说。仅据《四库全书总目·古列女传提要》所列就有无名氏的《续列女传》、项原《列女后传》、赵母注《列女传》、高氏《列女传》、皇甫谧《列女传》、綦毋邃《列女传》、曹植《列女传》等数种。后来专写女性的文言小说如《妒记》《教坊记》《北里志》《妇人集》《青楼集》等等,无疑都直接或间接地受到《列女传》的影响。

《洪范五行传论》今佚,有清王谟辑《汉魏遗书抄》、陈寿祺辑《左海全集》、黄奭辑《黄氏逸书考》等本,均题《洪苑五行传》,汉刘向辑。据班固《汉书》记载,时外戚专权,成帝元舅王凤为大将军秉政,兄弟七人皆封为列侯,"时数有大异"。向领校秘书,"见《尚书·洪范》,箕子为武王陈五行阴阳休咎之应。向乃集合上古以来历春秋六国至秦汉符瑞灾异之记,推迹行事,连传祸福,著其占验,比类相从,各有条目,凡

---

① 〔汉〕班固:《汉书》卷三六《楚元王传》附《刘向传》。
② 〔清〕纪昀等:《四库全书总目》卷五七,史部传记类一。

十一篇,号曰《洪范五行传论》,奏之"①。《洪范》乃《尚书》篇名,杂记大禹治水时所见怪异之事,传为箕子所作,颇具志怪性质。刘向集合历史上的符瑞灾异之事,分列条目,附会朝政祸福,宣扬董仲舒的灾异说,可以说首开《汉书·五行志》之先河。联系刘向生平,笃信神仙方术之事,并曾因献"神仙使鬼物为黄金之术,及邹衍重道延命方"的淮南《鸿宝》、《苑秘书》而系狱等事,可见乃当时风气。这样的作品,必然与谶纬经学一起,对志怪小说产生巨大的影响。

《列仙传》和《列士传》班固《汉书·艺文志》均未著录,《隋书·经籍志》史部杂传类序始称"刘向典校经籍,始作《列仙》《列士》《列女》之传"。故后人多有属之刘向者。原书二卷,记神仙七十二人。今本二卷,"纪古来仙人自赤松子至元俗凡七十一人。人系以赞,篇末又为总赞一首,其体全仿《列女传》"②。"本书所记神仙,或为神话中仙人,如黄帝、赤松子、彭祖等。彼虽形貌古怪,而思想行为却颇具人味。此外以历史现实中人为多,如老子、吕尚、介子推、范蠡、东方朔等。诸传往往以其奇特生活方式和莫测法术反映现实生活。"③他们或不食五谷,炼形升仙;或返老还童,飞举变化;或常驻人间;或优游仙境;总之都充满了两汉时期方士们神奇瑰丽的奇异想象,已经脱离了历史散文的纪实原则,而带有了道家小说的种种特色。尤其是其中那些人神恋的作品,如《赤松子传》《犊子传》《萧史传》;世人偶入仙境得遇仙人的作品,如《邗子传》;世人救治神物而得善报的作品,如《子英传》《马师皇传》等等,显然都为后世文言小说和其他艺术形式提供了原型和母题。后世葛洪的《神仙传》,陶潜《搜神后记》中的《桃花源记》,刘义庆《幽冥录》中的《刘晨阮肇》《黄原》,《穷怪录》中的《刘子卿》《萧总》,甚至唐代张鷟的《游仙窟》等,显然受其影响。这样的杂史别传,实际上已经进入了文言小说的领域,这种以传记体的艺术形式写志怪内容的创制,为后世此类小说的创作开辟了先路,奠定了基础。

《列士传》亦佚,至今尚无人辑录。《后汉书》卷二十九《申屠刚传》唐李贤注、《文选》卷五十五《广绝交论》唐李善注、唐李亢《独异志》、宋

---

① 〔汉〕班固:《汉书》卷三六《楚元王传》附《刘向传》。
② 〔清〕纪昀等:《四库全书总目》卷一四六子部道家类。
③ 宁稼雨:《中国文言小说总目提要》,第4页,济南,齐鲁书社,1996。

张敦颐《六朝事迹编类》卷下等均引《烈士传》所载左伯桃、羊角哀事，冯梦龙以之为本事，写成话本小说《羊角哀舍命全交》，收入《古今小说》即《喻世明言》之中。古"烈"与"列"通用，故《烈士传》有可能即《列士传》。又《艺文类聚》卷九一鸟部"鹬"字条引《列士传》魏公子无忌为鸠杀鹬事，言公子按剑至笼，曰："谁获罪无忌者耶？"一鹬竟独低头，不敢仰视。乃取而杀之，尽放其余。故从书名和上述佚文看，应当是一部叙"列士"侠义行为的作品，理当属杂史别传的范畴。惜原书亡佚，难以具论，然仅从书名及佚文，即可见其与后世小说的关系。

东汉末年，应劭著《风俗通义》，又名《风俗通》。原本十卷，梁代被分为三十卷，今本十卷，已非全帙。"就今存文字看，此书内容博杂，或记述各种人物的言行乃至一些传闻怪异故事，或记述典章礼仪制度，或记述风俗习惯，或记述山川河流及器物植物、姓氏等等。可谓研究汉代社会历史及文学史的重要资料。"①所以尽管《隋书·经籍志》将其归于子部杂家类，实际上仍属杂史别传的范畴。通览全书，其对两汉及后世文言小说的影响主要在两个方面：其一在志人。应劭为了评论是非，记述了许多现实生活中的人物故事。这些故事多简洁生动，或情节曲折，细致动人；或人物性格鲜明，如在目前，已露六朝志人小说之先声。如卷三《愆礼》写薛恭祖曰：

> 山阳太守薛恭祖，丧其妻不哭，临殡，于棺上大言："自同恩好，四十余年，服食禄赐，男女成人，幸不为夭，夫复何恨哉！今相别也！"

愆礼狂放，何差魏晋名士！余嘉锡曰："老庄之学，在后汉之末已盛行。《庄子·大宗师》曰：'子桑户、孟子反、子琴张三人相与友。子桑户死，未葬；孔子使子贡往待事焉。或编曲，或鼓琴，相和而歌。子贡趋而进曰：'敢问临尸而歌，礼乎？二人相视而笑曰：是恶知礼意！'……居丧与王戎、和峤不谋而合。蓋魏、晋人一切风气，无不自后汉开之。"②仅此，即可见庄老之学、《风俗通义》等与魏晋风度、《世说新语》的关系。另如同卷叙"太原郝子廉，饥不得食，寒不得衣，一介不取诸人。曾过姊饭，留十五钱，默置席下去。每行饮水，常投一钱井中。"亦个性突

---

① 卞孝萱、王琳：《两汉文学》，第349页，合肥，安徽教育出版社，2001。
② 余嘉锡：《世说新语笺疏》，第21页，北京，中华书局，1983。

出,颇具"世说体"志人小说风味。《四库全书总目》称其"因事立记,文辞清辨,可资博洽,大致如王充《论衡》。而叙述简明,则胜充书之冗漫。"①正是看到了这一点。其二在志怪。应劭尽管是一个无神论者,但为了破除迷信,特于卷九撰《怪神篇》,集中了二十个有关鬼神怪异的故事,颇具志怪小说的文体特征。其中如《鲍君神》、《李君神》两篇便记叙了二神的由来。特别是《鲍君神》,商人取猎人之麛而留一鲍鱼,猎人归而大惊,以为神,竟至"转相告语,治病求福,多有效验。因为起祀舍,众巫数十,帷帐钟鼓,方数百里皆来祷祀,号鲍君神。"后商人至,询问其故,方真相大明。此外,卷八《祀典》记祭祀的雨师、风伯等各种神灵;卷二《正史》订正各种神怪传说,也涉及了"东方朔""淮南王安神仙"等大量后世志怪小说的内容。又,《太平御览》卷七八引今本《风俗通》不载的有关女娲造人的传说;《后汉书·南蛮传》中关于槃瓠的故事,据《后汉书考证》,亦"本于《风俗通》",显然要比干宝的《搜神记》所记槃瓠故事早得很多;严可均《全后汉文》辑有《风俗通》佚文一条,叙李冰开成都两江故事,其中江水有神,岁取童女二人以为妇及李冰与江神俱化为苍牛斗于岸旁等等,显然也都在志怪小说的范围。总而言之,"虽然应劭以儒家思想为评论是非的原则,对此类迥异正常人情的狂放人物持否定态度,但他记述这类人物的怪诞轶事以及简洁的笔法,无疑对以后的《世说新语》之类著作产生了一定的影响。为破除人们的某些拘忌和迷信观念,应劭还记载了一些怪异故事作为批驳的对象,这些怪异故事影响到东晋干宝之《搜神记》的写作。某些关于南蛮西南夷祖先的传说的记载,亦颇富传奇色彩,对六朝任昉《述异记》等书有明显的影响"②。由此可见,清人王鸣盛称"《风俗通义》,小说家也"③,龚自珍称"《风俗通义》,小学之旁支,小说之别祖也"④,甚有道理。

在两汉杂史别传中,值得注意的还有《蜀王本纪》和《徐偃王志》。《蜀王本纪》成书情况复杂,晋人常璩尝云:"司马相如、严君平、扬子

---

① 〔清〕纪昀等:《四库全书总目》卷一二〇,子部杂家类四。
② 卞孝萱、王琳:《两汉文学》,第351页,合肥,安徽教育出版社,2001。
③ 〔清〕王鸣盛:《二十七史商榷》卷三六。
④ 〔清〕龚自珍:《定庵诗文集·最录汉官仪》。

云、阳成子玄、郑伯邑、尹彭城、谯常侍、任给事等,各集传记,以作《本纪》,略举其隅。"①然诸书至宋多亡,今本旧题扬雄撰,有严可均《全汉文》等辑本。从今存佚文看,主要记载古蜀国蚕丛、柏濩、鱼凫、杜宇、开明五位国君的故事,故《隋志》、两《唐志》等虽隶之史部地理类,但明显是一部多集神话传说的杂史别传,带有明显的志怪色彩。其中最精彩的当数望帝杜宇与开明帝鳖灵以及五丁力士的传说。望帝名曰杜宇。"从天堕,止朱提。有一女子名利,从江源井中出,为杜宇妻。"望帝以鳖灵为相,"鳖灵治水去后,望帝与其妻通,惭愧。自以德薄不如鳖灵,乃委国授之而去,如尧之禅舜。鳖灵即位,号曰开明"。"宇死,俗说云宇化为子规。子规,鸟名也。蜀人闻子规啼,皆曰望帝也。"许慎《说文解字》于"雟(规)"字下注曰:"一曰蜀王望帝,淫其相妻,惭亡去,为子雟鸟,故蜀人闻子雟鸣,皆起云望帝。"②当出于《蜀王本纪》。而"天为蜀王生五丁力士,能徒蜀山","五丁力士拖(石)牛成道","秦王知蜀王好色,乃献美女五人于蜀王。蜀王爱之,遣五丁迎女,还至梓潼,见一大蛇入山穴中。一丁引其尾不出,五丁共引蛇,山崩,压五丁。五丁踏地大呼秦王,五女及迎送者皆上山,化为石"。如是等,更是脍炙人口。鳖灵治水事,类大禹治水;五丁徙山事,近愚公移山:本之神话传说无疑。刘知幾斥"雄晒子长爱奇多杂,……观其《蜀王本纪》,称杜魄化而为鹃,荆尸变而为鳖,其言如是,何其鄙哉!"③正从史家的视角证明了《蜀王本纪》的杂史别传乃至小说性质。《徐偃王志》久佚。魏晋之际,学问驳杂、颇喜神怪方术的张华著《博物志》,曾引其文曰:

> 《徐偃王志》云:徐君宫人娠而生卵,以为不祥,弃之水滨。独孤母有犬名鹄苍,猎于水滨,得所弃卵,衔以东归。独孤母以为异,覆暖之,遂蟺成儿,生时正偃,故以为名。徐君宫中闻之,乃更录取。长而仁智,袭君徐国。后鹄苍临死生角而九尾,实黄龙也。偃王又葬之徐界中,今见狗垄。偃王既其国,仁义著闻,欲舟行上国,乃通沟陈、蔡之间,得朱弓矢,以己得天瑞,遂因名为弓,自称徐偃王。江淮诸侯皆伏从,伏从者三十六国。周王闻,遣使乘驷,

---

① 〔晋〕常璩:《华阳国志》卷一二《序志》。
② 〔汉〕许慎:《说文解字》卷四隹部。
③ 〔唐〕刘知幾:《史通·杂说》。

一日至楚,使伐之。偃王仁,不忍闻言,其民为楚所败,逃走彭城武原县东山下。百姓随之者以万数,后遂名其山为徐山。山上立石室,有神灵,民人祈祷。今皆见存。①

张华为魏晋间人,所以当为汉人作品。偃王为周穆王时徐国之君,历史人物而杂志怪传说,显然性质与《蜀王本纪》同。

综上所述,可见两汉历史散文,无论是正史还是杂史,无论是正传还是别传,显然都孕育着大量的小说文体的因素。这样的作品,必然要影响到刚刚取得独立的文体地位的小说,尤其是部分杂史别传,若以今天的文体标准重新分类,直可归之于小说之列。

第三节　两汉诸子散文对文言小说的影响

两汉诸子散文的创作虽不及百家争鸣的春秋战国时期那样繁荣,但仍然出现了不少优秀的诸子散文著作。今流传较广的《诸子集成》即列《新语》《淮南子》《盐铁论》《扬子法言》《论衡》《潜夫论》《申鉴》七种,而搜罗较全的《百子全书》更列两汉诸子散文二十余种。其中除我们在上一节中已经论及的《说苑》《新序》《风俗通义》之外,陆贾的《新语》、贾谊的《新书》、淮南王刘安的《淮南子》、王充的《论衡》等均孕含着大量的小说文体的因素,对两汉文言小说均曾产生过一定的影响。

汉初,刘邦汲取秦代教训,矫正秦代弊政,先后废除了挟书律以及妖言、诽谤之法,采取多种措施,鼓励士人指陈阙失,以期长治久安。文人谋士亦上承战国余风,响应号召,畅所欲言,出谋划策,参与国是。陆贾的《新语》、贾谊的《新书》等,即是在这一历史背景下产生的。

两汉诸子散文的创作当以陆贾为最早。贾从刘邦定天下,以能言善辩著称,曾两度出使南越,招谕尉佗,拜太中大夫。又劝陈平深结太尉周勃,谋诛诸吕,立汉孝文帝。著有《新语》十二篇,今存。又有颇具小说性质的杂史《楚汉春秋》九篇,赋三篇,已佚。

据《史记·郦生陆贾列传》记载:贾常于高祖面前说《诗》《书》,曾

---

① 〔晋〕张华:《博物志》卷七。

遭到高祖的斥骂。贾据理力争,为讲文武并用之道,竟让高祖"不怿而有惭色,乃谓陆生曰:'试为我著秦所以失天下,吾所以得之者何? 及古成败之国。'陆生乃粗述存亡之征,凡著十二篇。每奏一篇,高帝未尝不称善,左右呼万岁,号其书曰《新语》。"可见是一部应刘邦之命,为总结秦亡之教训,探寻长治久安之道的作品。既然要探究"秦所以失天下,吾所以得之"的原因,又要"及古成败之国",所以《新语》论事的突出特点便是喜欢引用历史故事和民间传说,以为寓言,议论说理,从而便具有了一定的叙事成分和小说因素。如开篇《道术第一》,为了说明"天生万物,以地养人,圣人成之,功德参合而道术生焉"的道理,便引用了神农尝百草,教民食五谷;黄帝作宫室;后稷列封疆,教民种桑麻;大禹治水;奚仲造车;皋陶立狱制罪等一系列神话传说和历史传说。《术事第二》为了说明"善言古者,合之于今;能术远者,考之于近。……圣人贵宽而世人贱众,五谷养性而弃之于地,珠玉无用而宝之于身"的道理,便引用了舜弃黄金于崭嵩之山,禹捐珠玉于五湖之渊的历史传说。《无为第四》为了论证无为而治,"道莫大于无为,行莫大于谨教"之理,便引用了"昔虞舜治天下,弹五弦之琴,歌《南风》之诗,寂若无治国之意,漠若无忧民之心。然天下治"等一系列历史故事。至于笔者在《中国小说发展史概论》中论及的赵高"指鹿为马",扁鹊"退而不用"等,小说因素就更明显了。① 除上述叙事因素之外,《新语》在思想内容方面也影响了两汉乃至后世的文言小说创作。尽管《汉书·艺文志·诸子略》儒家类著录有《陆贾》二十三篇(《新语》当在其中),然详观《新语》则可以发现,陆贾在宣扬儒家仁德的同时,也汲取了无为而治的黄老思想,《无为第四》即是明证。尤其应该指出的是,陆贾为了告诫刘邦慎虑怀微,在《明诫第十一》集中论述了"持天地之政,操四海之纲,□□不可以失度,动作不可以离道。谬语出于口,则乱及万里之外,况刑及无罪于狱,而杀及无辜于市乎! 故世衰道亡,非天之所为也,乃国君者有所取之也。恶政生于恶气,恶气生于灾异。蝮虫之类,随气而生;虹蜺之属,因政而见。治道失于下,则天文度于上;恶政流于民,则虫灾生于地"。显然已露董仲舒"天人感应""灾异"说之先声。

---

① 王恒展:《中国小说发展史概论》,第128～129页,济南,山东教育出版社,1996。

显然担当了由先秦儒家的"子不语怪力乱神"到董仲舒的"天人感应"说,再到两汉经学谶纬盛行之间的过渡与桥梁。而这一思想的转变,正可以解释从两汉开始,文言小说中的志怪小说特盛的原因。

比陆贾后出的杰出政治家、文学家是贾谊。贾谊(前 200—前 168),洛阳人,少以博学能文,为郡守吴公所赏识。文帝即位,二十岁的贾谊被召为博士,次年迁太中大夫,可谓少年得志。但后因力倡改革,遭到朝中权贵周勃、灌婴等人的忌毁,贬长沙王太傅。四年后又改梁怀王太傅。文帝十一年,王坠马而夭,谊自伤失职,一年后郁郁而死,年仅三十三岁。所著文章五十八篇,《汉书·艺文志》隶诸子略儒家类。《贾谊传赞》引西汉后期著名学者刘向曰:"贾谊言三代与秦治乱之意,其论甚美,通达国体,虽古之伊、管来能远过也。使时见用,功化必盛。为庸臣所害,甚可悼痛。"《隋书·经籍志》子部儒家类著录《贾子》十卷,注称"录一卷,汉梁太傅贾谊撰。"宋晁公武《郡斋读书志》已著录贾谊《新书》十卷。今本亦十卷,"但多取本传之文,割裂章段,颠倒次序,又加以标题而成,实非原本"①。详其内容,大致可以分为三类:一是《过秦论》之类的专题论文。二是《陈政事疏》之类的奏疏。三是引用各种各样的历史故事、民间传说陈述事理的杂篇,后六卷中之"连语""杂事"等是也。尽管前二类中也引用了一些历史故事,如《陈政事疏》中所举豫让为主复仇的故事等,但对两汉乃至以后文言小说影响最大的还是第三类。《四库全书总目》云:"其中为《汉书》所不载者,虽往往如《说苑》《新序》《韩诗外传》,然如青史氏之记,具载胎教之古礼……"②《说苑》《新序》《韩诗外传》均具小说性质,上文已经论及,毋庸赘述。《青史子》亦先秦小说,《汉书·艺文志》已经著录。仅此即可见《新书》与小说文体的关系。通阅全书,可以发现与小说关系最密切的当属"连语"类的作品。如卷五之《连语》篇即连续讲述了纣王失国;梁王以二白璧之厚薄喻"狱疑则从去,赏疑则从予"上(尧舜)、中(齐桓)、下(桀纣)三种君主的不同以探求长治久安之道。卷六之《春

---

① 《辞源》修订本第 1374 页,北京:商务印书馆,1979。
② 〔清〕纪昀等:《四库全书总目》卷九一,子部儒家类一。

秋连语》更连续讲述了楚惠王食寒菹，为了不让侍从获罪而吃下菹中的水蛭；卫懿公好鹤亡国；邹穆公以二石粟换民一石粃以食凫雁，从而使民获利；晋文公出畋，见大蛇当道而思检讨为政等一连四个历史故事告诫文帝及其他封建统治者。我们在第一章中已经论及"语"是一种与后世文言小说关系极为密切的文体，《国语》《论语》均属此类。贾谊《新书》中这类名之以"语"而冠之以"连"的篇章，显然是以连续之"语"探求治国安民之策，从而便具有了相当的小说因素。

综上所述，可见无论是陆贾的《新语》还是贾谊的《新书》，大旨均为"惩秦之失"，而探求长治久安之道，而方法均如先秦诸子，喜欢大量引用历史故事、民间传说，以为寓言，议论明理。他们当大汉初定，全国一统之时，虽未能像先秦诸子那样各抒己见，畅所欲言，自成一家，然就其均隶之子部儒家类的归属看，恰恰适应了当时大一统的社会需要，不但露"罢黜百家，独尊儒术"之先声，亦开大汉明教化、寓劝戒一代文风。后世文言小说长于议论，宣扬儒家思想，显然与两汉诸子散文的这一特色有关，而志人类笔记小说表现尤为明显，《世说新语》分三十六门，开篇四门即德行、言语、政事、文学。①

汉武帝"罢黜百家，独尊儒术"之后，大汉王朝的大一统得以巩固和加强，诸子散文的内容显然也有了相应的变化——为大一统的大汉王朝服务。然而在"舆论统一"之中也有例外，其中最典型的便是淮南王刘安的《淮南子》。刘安（前179—前122），汉文帝弟淮南厉王刘长之子，汉高祖刘邦之孙。初封阜陵侯，文帝十六年袭父封淮南王。史称好读书鼓琴，善属文，不喜弋猎狗马驰骋，颇受汉武帝敬重。喜养士，曾招致宾客方士数千人，著《内书》《外书》《中篇》等。又善辞赋，《汉书·艺文志》著录"淮南王赋八十二篇，淮南王群臣赋四十四篇。"另有《离骚传》《长安都国颂》《谏伐闽越书》等，多佚。汉武帝元狩元年（前122），涉谋反自杀。《淮南子》为刘安与宾客集体创作，原名《鸿烈》，后经刘向校订，名之曰《淮南》，《汉书·艺文志》诸子略杂家类著

---

① 《论语·先进》曰："子曰：'从我于陈、蔡者，皆不及门也。'德行：颜渊、闵子骞、冉伯牛、仲弓。言语：宰我、子贡。政事：冉有、季路。文学：子游、子夏。"后世遂以德行、言语、政事、文学为"孔门四科"。

录《淮南内》二十一篇,注"王安";《淮南外》三十三篇。① 唐颜师古注:"内篇论道,外篇杂说。"所谓内篇即《鸿烈》。《隋书·经籍志》子部杂家类始著录《淮南子》二十一卷,书名遂为后世所通用。仔细研究今本《淮南子》,可以发现其对两汉乃至后世文言小说的影响主要有三个方面:其一,《淮南》论道,涉及大量神话传说、历史故事,从而便具有了相当的小说因素。如卷一开篇之《原道训》为了说明"道"的博大与高深,便引用了冯夷、大丙乘云车而入云霓;夏鲧作三仞之城以备诸侯之叛,禹坏池平城,散财物,焚甲兵,施之以德;共工力触不周之山,使地东南倾;越王翳逃山穴,越人熏而出之;舜耕历山,钓于河滨等一系列神话故事和历史传说,以见得道者昌,失道者亡的道理。而"《览冥训》一篇,则前后共引用了《师旷奏白雪之音》《庶女叫天》《武王伐纣》《鲁阳挥戈止日》《雍门子见孟尝君》《黄帝治天下》《女娲补天》《羿请不死之药》等十几个神话传说和历史故事,来说明览观幽冥变化的道理,文风新异瑰奇"②。其中,《女娲补天》《羿请不死之药》等均为著名神话传说,古今中外,妇孺皆知,经常为各种文学史、小说史所引用。如《女娲补天》:

> 往古之时,四极废,九州裂。天下兼覆,地不周载。火爁炎而不灭,水浩洋而不息,猛兽食颛民,鸷鸟攫老弱。于是女娲炼五色石以补苍天,断鳌足以立四极,杀黑龙以济冀州,积芦灰以止淫水。苍天补,四极正,淫水涸,冀州平,狡虫死,颛民生。背方州,抱圆天,和春阳夏,杀秋约冬,枕方寝绳。阴阳之所壅沉不通者,窍理之逆气戾物、伤民厚积者,绝止之。

有故事情节,有人物形象,有典型环境,显然是母系氏族时期先民的集体创作。而《本经训》所载尧、舜、禹、羿等人的故事,则显然是父系氏族时期先民们所集体创作的历史英雄传说:

---

① 汉高诱《淮南子叙》曰:"……于是遂与苏飞、李尚、左吴、田由、雷被、毛被、伍被、晋昌等八人,及诸儒大山、小山之徒,共讲论道德,总统仁义,而著此书。其旨近老子,淡泊无为,蹈虚守静,出入经道。言其大也,则焘天载地;说其细也,则沦于无垠。及古今治乱,存亡祸福,世间诡异瑰奇之事。其义也著,其文也富,无事之类,无所不载。然其大较,归之于道,号曰《鸿烈》。鸿,大也;烈,明也。以为大明道之言也。故夫学者不论淮南,则不知大道之深也。……光禄大夫刘向校定撰具,名之《淮南》。"

② 袁行霈主编:《中国文学史》(第一卷),第178页,北京,高等教育出版社,1999。

逮至尧之时，十日并出，焦禾稼，杀草木，而民无所食。猰貐、凿齿、九婴、大风、封豨、修蛇，皆为民害。尧乃使羿诛凿齿于畴华之野，杀九婴于凶水之上，缴大风于青丘之泽，上射十日而下杀猰貐，断修蛇于洞庭，禽封豨于桑林。万民皆喜，置尧以为天子。于是天下广狭险易远近，始有道里。舜之时，共工振滔洪水，以薄空桑，龙门未开，吕梁未发，江淮通流，四海溟涬。民皆上丘陵，赴树木。舜乃使禹疏三江五湖，辟伊阙，导廛涧，平通沟陆，流注东海。鸿水漏，九州干，万民皆宁其性。是以尧、舜以为圣。

这样的作品，影响所及，必至文言小说。其二，《淮南子》继承了先秦诸子散文的优良传统，善以寓言议论说理。许多寓言有故事情节，有人物形象，已近文言小说。这样的作品除大家熟知的《人间训》中的《塞翁失马》之外，《道应训》，以及其中的《子发用偷》《卢敖游北海》等也非常典型。关于《道应训》，汉高诱注曰："道之所行，物动而应。考之祸福，以知验符也。故曰'道应'。"文章开头，托名太清与无穷、无为、无始问答以论"道"，已具寓言色彩，接下来便引用、编造了《白公之问孔子》《惠子为惠王为国法》《田骈以道术说齐王》（其中又插叙了白公胜得荆国，不能以府库分人而致败亡的寓言故事）《赵简子以襄子为后》《齧缺问道于被衣》《赵襄子攻翟而胜之》《惠孟见宋康王》《厉》《薄疑说卫嗣君》《子赣赎鲁人于诸侯》等近六十则寓言，以明老子之道，堪谓古今少见。其中许多优秀的寓言故事显然为《淮南子》所独创。如《子发好求技道之士》：

楚将子发好求技道之士。楚有善为偷者，往见曰："闻君求技道之士，臣偷也，愿以技赍一卒。"子发闻之，衣不给带，冠不暇正，出见而礼之。左右谏曰："偷者，天下之盗也。何为之礼？"君曰："此非左右之所得与。"后无几何，齐兴兵伐楚。子发将师以当之，兵三却。楚贤良大夫，皆尽其计而悉其诚，齐师愈强。于是市偷进请曰："臣有薄技，愿为君行之。"子发曰："诺。"不问其辞而遣之。偷则夜解齐将军之帱帐而献之。子发因使人归之，曰："卒有出薪者，得将军之帷，使归之于执事。"明又复往，取其枕。子发又使人归之。明日，又复往取其簪。子发又使归之。齐师闻之，大骇。将军与军吏谋曰："今日不去，楚君恐取吾头！"乃还师而去。

故曰:"无细而能薄,在人君用之耳。故老子曰:不善人,善人之资也。

这样的作品不但本身极具文言小说的文体特征,且略有小说史常识的人不待探究就会发现,显然堪为唐人传奇袁郊《甘泽谣》中《红线》之本事,也就是说,直接影响了后世文言小说中武侠题材的作品。类似的还有"卢敖游北海":

卢敖游乎北海,经乎太阴,入乎玄阙,至于蒙谷之上。见一士焉,深目而玄鬓,泪注而鸢肩,丰上而杀下,轩轩然方迎风而舞。顾见卢敖,慢然下其臂,遁逃乎碑。卢敖就而视之,方倦龟壳而食蛤梨。卢敖与之语曰:"唯敖为背群离党,穷观于六合之外者,非敖而已乎? 敖幼而好游,至长不渝,周行四极,唯北阴之未闚。今卒睹夫子于是,子殆可与敖为友乎?"若士者奓然而笑曰:"嘻! 子中州之民,宁肯而远至此? 此犹光乎日月而载列星,阴阳之所行,四时之所生,其比夫不名之地,犹窔奥也。若我南游乎冈㝔之野,北息乎沈墨之乡,西穷窅冥之党,东开鸿濛之光,此其下无地而上无天,听焉无闻,视焉无眴,此其外,犹有汰沃之汜。其余一举而千万里,吾犹未能之在。今子游始于此,乃语穷观,岂不亦远哉? 然子处矣。吾与汗漫期于九垓之外,吾不可以久驻。"若士举臂而竦身,遂入云中。卢敖仰而视之,弗见。乃止驾柸治,悖若有丧也,曰:"吾比夫子,犹黄鹄与壤虫也。终日行不离咫尺,而自以为远,岂不悲哉?"故庄子曰:"小年不及大年,小知不及大知,朝菌不知晦朔,蟪蛄不知春秋。"此言明之有所不见也。

卢敖游北海,自以为经多见广而遇异人北海若士,若士形容怪异而身怀绝技,不但充分说明了人外有人,天外有天,宇宙无终极,学识无穷尽的道理,显然也为后世文言武侠小说提供了一种原型、母题和模式。

其三,"汉初去战国未远,刘安宾客尚存战国游士畅所欲言、高谈阔论之遗风"。"淮南国是道家文化的盛行之地,作为战国中期以来道家文化的代表著作,《庄子》一书在淮南的影响,尤其是对淮南文人的影响当是颇深的,所以《淮南子》借鉴吸收了其'意出尘外,怪生笔端''寓直于诞,寓实于玄'(刘熙载《艺概·文概》)的长处,较多地运用超现实的瑰丽的神话传说题材,通过夸张手法虚构奇幻怪诞的寓言,而于神奇境界的构造中，又往往能够将神话故事与《庄子》寓言与屈骚意境浑融在一起。"①简而言之，即《淮南子》想象丰富，构思奇诡，铺陈夸张，超越现实的浪漫主义艺术手法的运用，明显地影响了两汉乃至后世文言小说的创作。如前所述，刚刚取得独立的文体地位的两汉文言小说虽隶子部，但仍然具有明显的"史才"特征。而中国先秦史官文化又以实录为基本原则，故而具有先天性不足——缺乏艺术想象。而《淮南子》的这一特点，恰恰即可弥补这一缺陷。如开篇《原道训》写伏羲、神农之得道，便曰：

> 泰古二皇，得道之柄，立于中央。神与化游，以抚四方。是故能天运地滞，轮转而无废，水流而不止，与万物终始。风兴云蒸，事无不应；雷声雨降，并应无穷；鬼出电入，龙兴鸾集；钧旋毂转，周而复匝；已彫已琢，还反于朴。无为为之而合于道，无为言之而通乎德……

写冯夷、大丙之御，亦曰：

> 昔者冯夷、大丙之御也，乘云车，入云蜺，游微雾，骛恍忽，历远弥高以极往，经霜雪而无迹，照日光而无景，扶摇抟抱羊角而上。经纪山川，蹈腾昆仑，排阊阖，沦天门。末世之御，虽有轻车良马，劲策利锻，不能与之争先。

这样的文字，近则浸润汉赋，远则影响小说。两汉至南北朝有关汉武帝与东方朔的文言小说，如《洞冥记》《十洲记》《汉武帝故事》《汉武帝内传》等，显然亦蒙其雨露。

时至东汉，诸子散文仍有一定程度的发展。其初，有桓谭之《新论》，全书虽佚，但就其佚文看，显然涉及小说。《文选》卷三十一江文通杂体诗《李都尉从军》诗"袖中有短书，愿寄双飞燕"句下唐李善注即引《新论》注曰："桓子《新论》曰：'若其小说家，合丛残小语，近取譬论，以作短书，治身理家，有可观之辞。'"严可均《全后汉文》卷十二至卷十五所辑佚文中也有不少引用历史故事以为议论的作品，惜非完璧，难以具论。而纵观东汉诸子散文，与小说文体关系最切者当数王充的《论衡》。

---

① 卞孝萱、王琳：《两汉文学》，第 218～219 页，合肥，安徽教育出版社，2001。

王充（27—约97），会稽上虞人，字仲任。自言祖籍魏郡元城（今河北大名），一姓孙。先世以军功封会稽阳亭，因家焉。又因"世祖勇任气"，"怨仇众多"，先"就安会稽"，后"举家徙处上虞"。① 充自幼聪慧好学，后至洛阳，就业太学，首师事班彪。贫无书，常游洛阳市肆，阅所卖书，辄能诵忆，遂通诸子百家之学。加之性格恬淡，不慕富贵，贬黜抑屈，与世不偶；又喜"淫读古文，甘闻异言。世书俗说，多所不安，幽处独居，考论虚实"②，故一生著述颇富，计有《论衡》《讥俗书》《政务》《养生》诸书。今仅存《论衡》，其余亡佚。《论衡》，今本三十卷，八十五篇，其中《招致》仅存篇目，实存八十四篇。《隋书·经籍志》与《淮南子》《风俗通义》同隶子部杂家类，然仅二十九卷。《四库全书总目》列子部杂家类杂说之属之首，且于杂说之属末加案语曰："案：杂说之源，出于《论衡》。其说或抒己意，或订俗伪，或述近闻，或综古义。后人沿波，笔记作焉。大抵随意录载，不限卷帙之多寡，不分次第之先后，兴之所至，即可成编。故自宋以来，作者至夥，今总汇之为一类。"③阅其目，则《东坡志林》《曲洧旧闻》《嬾真子》《春渚纪闻》《岩下放言》《齐东野语》等十余种，已为宁稼雨《中国文言小说总目提要》收录。众所周知，作为中国古代文言小说的重要一类——笔记小说，是笔记之体，而《论衡》既为"杂说之源"，"后人沿波，笔记作焉"，故其在中国笔记文体史、笔记小说史上的作用和地位当不容低估。通览《四库全书总目》，其治学之长在"析流别派，追本溯源"。既然如此，则《论衡》显然为笔记源头之一。仅此，即可知其在两汉文言小说史上的地位.在中国文言小说史上的地位。其次，王充作《论衡》，已与先秦诸子、两汉诸子大异，既非阐述自己的治国安邦、修心养性之道，又非探究国家长治久安之策，而主要是阐己意，"疾虚妄"，故而在这一过程中便不能不涉及大量的含有虚妄成分的神话传说、历史故事和民间传说。如《吉验篇》为了说明"凡人禀贵命于天，必有告验见于地"，便引用了黄帝"妊二十月而生，生有神灵，弱而能言"等"性与人异"的"传言"；后稷之母"履大人迹"而妊身，弃之不成，"庆集其身"的神话传说等。而北夷橐离国王侍婢生子故事则直可视为小说：

---

① ② 〔汉〕王充：《论衡》卷三〇《自纪篇》。
③ 〔清〕纪昀等：《四库全书总目》卷一二三。

北夷橐离国王侍婢有娠，王欲杀之。婢对曰："有气大如鸡子，从天而降，我故有娠。"后产子，捐于猪溷中，猪以口气嘘之，不死；复徙置马栏中，欲使马借杀之，马复以口气嘘之，不死。王疑以为天子，令其母收取奴畜之，名东明，令牧牛马。东明善射，王恐夺其国也，欲杀之。东明走，南至掩淲水，以弓击水，鱼鳖浮为桥。东明得渡，鱼鳖复散，追兵不得渡，因都王夫余。故北夷有夫余国焉。

一篇之中，十二个贵人吉验的故事，可见小说因素，《首相篇》亦如之。详阅《论衡》，可以发现其中不但有大量的神话传说和历史故事，而且为了"宣汉"之"验符"，还征集抑或创作了不少宣扬大汉祥瑞的时事，堪称中国文学史、中国小说史上最早的时事小说。如《验符篇》中就记载了这样一个故事：

永平十一年（公元 68 年，时作者四十一岁），庐江皖侯国民际有湖。皖民小男曰陈爵、陈挺，年皆十岁以上，相与钓于湖涯。挺先钓，爵后往。爵问挺曰："钓宁得乎？"挺曰："得。"爵即归取竿纶，去挺四十步所，见湖涯有酒樽，色正黄，没水中。爵以为铜也，涉水取之，滑重不能举。挺望见，号曰："何取？"爵曰："是有铜，不能举也。"挺往助之，涉水未持，樽顿衍更为盟盘，动行入深渊中，复不见。挺、爵留顾，见如钱等正黄数百千枚，即共掇摭，各得满手，走归示其家。爵父国，故免吏，字君贤，惊曰："安所得此？"爵言其状，君贤曰："此黄金也。"即驰与爵俱往，到金处，水中尚多，贤自涉水掇取。爵、挺邻伍并闻，俱竞采之，合得十余斤。贤自言于相，相言太守。太守遣吏收取，遣门下掾程躬奉献，具言得金状。诏书曰："如章则可。不如章，有正法。"躬奉诏书归示太守，太守以下思省诏书，以为疑隐，言之不实，苟饰美也，即复因却上得黄金实状，如前章。事寝。十二年，贤等上书曰："贤等得金湖水中，郡牧献讫，今不得直。"诏书下庐江，上不畀贤等金直状。郡上贤等所采金自官湖水，非贤等私渎，故不与直。十二年，诏书曰："视时金价，畀贤等金直。"汉瑞非一，金出奇怪，故独记之。金玉神宝，故出诡异。金物色先为酒樽，后为盟盘，动行入渊，岂不怪哉！

详其内容,有可能当时真有乡民湖中得金,献之郡守之事。然民间传说,愈传愈讹,渐生怪异。王充"故独记之",以为汉瑞,以明验符,显然不但为文人笔记,且具志怪小说色彩。详《西京杂记》《异闻记》等汉代笔记小说所记,多有与之相类者,影响明显。今人论王充,多注意其唯物主义思想、无神论思想,其实生活于谶纬经学盛行的东汉,"天人感应""符瑞灾祥"之思想亦难于避免。人的思想是复杂的,此一时也,彼一时也。这样的思想本身,就容易产生志怪小说。所以《论衡》中虽有《书虚》《变虚》《异虚》《惑虚》等一组九篇"疾虚妄"的专论,然观其所记,亦不免以讹传讹,虚诞妄说之作,而这恰恰是小说文体的主要因素。至于寓言,那更是诸子散文之共性,《论衡》中自不会少,更不足道也。另外,《论衡》中还有一组三篇文章值得注意,那就是第七卷之《语增第二十五》,第八卷之《儒增第二十六》《艺增第二十七》。三篇文章均从语言本身的文学性出发,分别论述了民间传说、儒家诸子、六艺文中的增饰失实成分,从而为我们探讨各种文体中的小说因素,开辟了一条新路。如《语增》篇开头即云:

> 传语曰:"圣人忧世深,思事勤,愁扰精神,感动形体,故称尧若腊,舜若脯,桀纣之君垂腴尺余。"夫言圣人忧世念人,身体羸恶,不能身体肥泽,可也。言尧、舜若腊与脯,桀、纣垂腴尺余,增之也。

接下来又十引"传语"(个别亦称"传言")分别加以分析驳斥,力证"语增"。而《儒增》篇和《艺增》篇则分别辨驳了儒家诸子散文、历史散文及六艺文中的增饰成分,且于《艺增》篇篇首概括曰:"世俗所患,患言事增其实;著文垂辞,辞出溢其真,称美过其善,进恶没其罪。何则?俗人好奇。不奇,言不用也。故誉人不增其美,则闻者不快其意;毁人不益其恶,则听者不惬于心。闻一增以为十,见百益以为千。使夫纯朴之事,十倍百判;审然之语,千反万畔。墨子哭于练丝,杨子哭于歧道,盖伤失本,悲离其实也。蜚流之言,百传之语,出小人之口,驰闾巷之间,其犹是也。诸子之文,笔墨之疏,大贤所著,妙思所集,宜如其实,犹或增之;况经艺之言如其实乎? 言审莫过于圣人,经艺万世不易,犹或出溢增过其实。"由此亦可以看出《论衡》及其他两汉诸子散文中何以存在诸多小说因素。影响所及,必及小说。由此亦可以看出,要写一部全面反映中国小说发展历程的大小说史,必须要触及经、史、子集等各种文献,必须深入研究各种文献中附益增饰的各种小说因素。

第四节　两汉诗赋对文言小说的影响

在两汉典籍之中,影响文言小说"诗笔"特征发展的主要文体是两汉诗赋。我们今天将诗和赋划分为两种区别比较明显的文类,但在汉人心目中,则往往看作一大类,诗赋并称。《汉书·艺文志》就将诗与赋归为一类,总称"诗赋略",总举诗赋一百零六家,一千一百一十八篇。其中诗二十八家,三百一十四篇;赋七十八家,一千零四篇。

赋是两汉的代表文体,费振刚先生就说:"赋作为中国传统文学的一种样式,产生于战国时代,特盛于汉代,……正因为赋特盛于汉代,是两汉四百年间的主要文学现象,故有'汉赋'的专名,以至后人把它与楚辞、唐诗、宋词、元曲并列,作为一个时代文学的代表。"[1]关于赋这一文体的源流,汉人班固称为"古诗之流也"[2]。清人章学诚亦主此说而进一步注意了它与其他各种文体的关系,故而在《文史通义·诗教》中说:"古之赋家者流,原本《诗》、《骚》,出入战国诸子。假设问对,《庄》《列》寓言之遗也;恢廓声势,苏、张纵横之体也;排比谐隐,韩非《储说》之属也;征材聚事,《吕览》类辑之义也。"也就是说赋虽源于诗,亦具诸子散文的各种特点,然而若再进一步,则可谓"叙述事迹,或通于史"者也。因此,赋像小说一样,也具有"文备众体"的文体特征。而这一特征,无疑会影响到两汉及其以后的小说创作。胡士莹先生就曾经说过:"我们从文学发展来看,赋是由口头文学向书面文学转变的重要途径之一。它在中国文学史上的地位相当重要,因为它善于用华丽的字句,铿锵的声调,细致地客观地描写各式各样的大小事件,而又富于想象(指较优秀的作品而言),最能起着刻画的作用,所谓'写物图

---

① 费振刚:《全汉赋前言》,第 1 页,北京,北京大学出版社,1993。
② 〔汉〕班固:《两都赋序》,见《全汉赋》,第 311 页,北京,北京大学出版社,1993。

貌,蔚似雕画'。所以,它不但丰富了说话艺术,对其他种类的文学作品的影响也很显著。唐代传奇小说的委曲婉丽的作风,是从赋里汲取养料的。宋代话本小说和元明以来的章回小说中,遇到描写人物的服装体态行动或环境时,也往往采用赋体来丰富它的语言和风格。"①总括汉赋对两汉乃至后世文言小说的影响,大致在以下几个方面。其一,即骈散结合的语言形式和假设其事,主客问答的结构形式。赋发展到汉代以司马相如为代表的汉大赋,多在赋前有一段散文的序,假设主客,以为问答,以引出下文。如枚乘的《七发》,开头即云:

　　楚太子有疾,而吴客往问之,曰:"伏闻太子玉体不安,亦少间乎?"太子曰:"惫,谨谢客。"客因称曰:"今时⋯⋯"

司马相如《子虚赋》开头亦云:

　　楚使子虚使于齐,齐王悉发车骑,与使者出畋。畋罢,子虚过姹乌有先生,亡是公存焉。坐定,乌有先生问曰:"今日畋乐乎?"子虚曰:"乐。""获多乎?"曰:"少。""然则何乐?"对曰:"仆乐王之欲夸仆以车骑之众,而仆对以云梦之事也。"曰:"可得闻乎?"子虚曰:"可。王驾车千乘,选徒万骑,畋于海滨⋯⋯"

显然,这里的吴客与楚太子、子虚、乌有、亡是公均为虚构假托的人物。赋的主体为有韵的骈文,通过主客问答,高谈阔论,铺张夸饰以构成赋的主体,最后再以散文收尾。如《七发》结尾曰:

　　于是太子据几而起,曰:"涣乎若一听圣人辩士之言。"涊然汗出,霍然病已。

《上林赋》(《子虚赋》与《上林赋》紧密相接,可视为一篇)结尾亦曰:

　　于是二子愀然改容,超若自失,逡巡避席曰:"鄙人固陋,不知忌讳,乃今日见教,谨受命矣。"

这种骈散结合的语言形式和假设问对、主客问答的结构形式显然不但本身具有小说的文体因素,也明显地影响了两汉乃至后世的小说创作。所以王瑶先生就说:"赋本身最初即是属于俳优性质的,是供帝王消遣的东西。所以作者们在铺张那些夸饰的言辞时,也常常假设客主,互相唯诺,使它带有故事的性质。中国'小说'一词的意义本来很

---

① 胡士莹:《话本小说概论》上册,第10页,北京,中华书局,1980。

广，《汉志》所谓‘街谈巷语，道听途说者之所造’，自然也可包括乌有先生和亡是公问答的赋体。而且如《西京杂记》《博物志》《世说新语》等书，传统认为是小说，则赋的内容实际还要比较更接近些。所以在当时人的眼中看起来，赋中所托的古人本来即不必实有其事，自然在叙述中也不必力求其与史传相合，这只是一种‘俳优小说’，并不是历史的实录。"①并引用了浦江青先生的观点，认为所谓"俳优小说"，就是指《洛神赋》《七启》之类的赋作。其二，即汉赋中的许多作品具有一定的故事情节和人物形象，从而便具有了小说的文体因素。这一点除上文论及的"子虚乌有"等明显虚拟假托的人物及主客问答的情节之外，司马相如的《美人赋》《长门赋》，汉武帝刘彻的《李夫人赋》，东方朔的《非有先生论》，扬雄的《逐贫赋》、桓谭的《仙赋》，王逸的《机妇赋》，蔡邕的《青衣赋》《短人赋》，杨修的《神女赋》等等，都具有明显的小说因素。司马相如的《美人赋》前半段从情节到人物均仿题名宋玉的《登徒子好色赋》而作，其小说因素及在中国小说史上的影响和作用笔者在《中国小说发展史概论》中已有较为详细的论述，兹不赘论。② 而赋的后半段，特别是相如抚琴，美人歌罢："玉钗挂臣冠，罗袖拂臣衣。时日西夕，玄阴晦冥，流风惨洌，素雪飘零，闲房寂谧，不闻人声。于是寝具既设，服玩珍奇，金锤薰香，黼帐低垂。裀褥重陈，角枕横施，女乃驰其上服，表其亵衣。皓体呈露，弱骨丰肌。时来亲臣，柔滑如脂。臣乃气服于内，心正于怀，信誓旦旦，秉志不回，翻然高举，与彼长辞"一段，显然有着历史上司马相如琴挑卓文君的影子，影响所及，不但涉《赵飞燕外传》《莺莺传》《娇红记》等文言小说，恐怕许多白话色情小说如《金瓶梅》之流也不例外。而从总体上讲，这类作品对文言小说影响最大的还是人物形象的塑造，尤其是人物形象的肖像描写。东方朔的《非有先生论》在人物形象塑造方面比较突出。作品主要塑造了能言善谏的非有先生和从善如流的圣明君主吴王两个艺术形象。"非有先生仕于吴，进不称往古以厉主意，退不能扬君美以显其功，默然无言者三年"，特别是三年无言，显然以《尚书·说命》中的殷高宗武丁和《史记·滑

① 王瑶：《中古文学史论·拟古与作伪》，第 205～206 页，北京，北京大学出版社，1986。
② 参阅王恒展：《中国小说发展史概论》，第 62～64 页，济南，山东教育出版社，1996。

稽列传》中淳于髡为形象原型。① 接下来便写吴王怪而问之,通过二人的问答,写出了这两个艺术形象。吴王询问三年不言之原因,非有先生以"谈何容易"相推透,并以"非有明王圣主,孰能听之"相拒绝,写出了这一形象与一般臣僚之不同。而在吴王的要求下,引经据典、口若悬河地讲述进谏之难以及君主纳谏与拒谏之利害,更写出了这一形象的满腹经纶,能言善辩。而吴王听了非有先生之弘论,则先是"惧然易容,捐荐去几,危坐而听"。继之则"穆然,俛而深惟,仰而泣下交颐,曰:'嗟乎! 余国之不亡也,绵绵连连,殆哉! 世之不绝也!'于是正明堂之朝,齐君臣之位,举贤才,布德惠,施仁义,赏有功;躬节俭,减后宫之费,捐车马之用,放郑声,远佞人,省庖厨,去侈靡;卑宫馆,坏苑囿,填池堑,以予贫民无产业者;开内藏,振贫穷,存耆老,恤孤独,薄赋敛,省刑辟。行此三年,海内晏然,天下大治。阴阳和调,万物咸得其宜;国无灾害之变,民无饥寒之色,家给人足,畜积有余,囹圄空虚;凤凰来集,麒麟在郊,甘露既降,朱草萌芽;远方异俗之人,乡风慕义,各奉其职而来朝贺"。不但写出了一个明王圣主的典型,也写出了作者心中的理想,时至今日,仍不减其现实意义。肖像描写在此类作品中更是随处可见,司马相如《美人赋》中的美人是"云发丰艳,蛾眉皓齿,颜盛色茂,景曜光起"。王逸《机妇赋》中的机妇是"尔乃窈窕淑媛,美色贞怡。解鸣佩,释罗衣,披华幕,登神机,乘轻抒,览床帷。动摇多容,俯仰生姿"。蔡邕《青衣赋》中的青衣更是"盼倩淑丽,皓齿蛾眉。玄发光润,领如蟠蛴。纵横接发,叶如低葵。修长冉冉,硕人其颀。绮袖丹裳,蹑蹈丝扉。盘珊蹴蹀,坐起低昂。和畅善笑,动扬朱唇。都冶斌媚,卓跞多姿"。如果我们稍加注意就会发现,在汉魏六朝的许多文言小说作品中,显然有不少类似的肖像描写。如《西京杂记》中之"相如死渴",虽篇幅简短,但仍写卓文君之肖像曰:"文君姣好,眉色如望远山,脸际常若芙蓉,肌肤柔滑如脂,十七而寡,为人放诞风流,故悦长卿之才而越礼焉。"《汉武帝》内传写西王母之肖像更曰:"王母上殿,东向

---

① 《尚书·说命》云:"王宅忧,亮阴三祀,既免丧,其惟弗言。"唐孔颖达《疏》引《正义》曰:"言王居父忧,信任冢宰,默而不言,已三年矣。"《史记·滑稽列传》言齐威王"好为淫乐长夜之饮,沉缅不治,委政卿大夫"。淳于髡乃以隐语谏之曰:"国中有大鸟,止王之庭,三年不蜚又不鸣。"齐威乃以"此鸟不飞则已,一飞冲天;不鸣则已,一鸣惊人"答之。

坐。着黄金裙襦，文采鲜明，光仪淑穆。带飞灵大绶，腰佩分景之剑，头上太华髻，戴太真晨婴之冠，履玄璚凤文之舄，视之可年三十许。修短得中，天姿掩蔼，容颜绝世，真灵人也。"仔细品味，均具汉赋气息，显然是受汉赋肖像描写的影响。其三，即汉赋征材聚事，铺张扬厉的创作方法。前者指广征博引，驰骋想象；后者指极尽铺张，穷形尽相，对偶排比，骈散结合的语言表述。即司马相如所谓"合綦组以成文，列锦绣而为质，一经一纬，一宫一商，此赋之迹也。赋家之心，包括宇宙，总览人物，斯乃得之于内，不可得而传"①。中国文言小说主要源于历史散文，而真正的历史散文必须以实录为原则，故而便十分简略，《春秋》所谓"郑伯克段于鄢"之类是也。流而为文言小说，亦呈现出一种记录见闻、粗陈梗概的原始状态。而汉赋广征博引、驰骋想象的创作方法正可弥补这一缺陷。而极尽铺张、穷形尽相、对偶排比、骈散结合的语言特色则正好表现广征博引、驰骋想象的丰富内容，这对于文言小说从粗陈梗概的笔记小说，向写人物讲故事的史传小说、传奇小说发展，无疑会起到促进作用。《燕丹子》《赵飞燕外传》《汉武帝内传》等即显然汲取了汉赋的这一文体特点。

与盛极一时的汉赋相比，西汉诗歌则明显地较为冷落，尤其表现在数量上，而流传至今的汉代诗作更是少得可怜。仅就流传至今的两汉诗歌看，基本上可以分为两大部分：文人诗和乐府诗。据逯钦立《先秦汉魏晋南北朝诗》，两汉有诗作流传下来的诗人共五十余人，诗作百余首（其中还包括许多仅存一句或几句的作品）。就现在能见到的这些作品看，汉初诸作，如刘邦《大风歌》《鸿鹄歌》，项羽《垓下歌》，美人虞《和项王歌》，戚夫人《春歌》等等，多见之正史，且往往伴随着一个动人的历史故事，而诗歌的作者又恰恰是故事的主人公，故而便具有了小说的文体因素。其他诸作，与文言小说关系最密切者当数东汉辛延年的《羽林郎》和蔡琰的《悲愤诗》以及学界屡有争议而托名蔡琰的《胡笳十八拍》等。辛延年的《羽林郎》与乐府诗《陌上桑》同一机杼，叙写了霍家奴冯子都依仗将军权势，光天华日之下调戏妇女和十五岁的当垆胡姬不畏强暴、勇敢反抗的故事。作品对小说的影响主要在两个方

---

① 〔晋〕葛洪撰：《西京杂记》卷二。

面：一是故事情节，二是形象塑造。《羽林郎》对文言小说故事情节的影响主要是为两汉及后世小说提供了一个权豪势要、恶霸流氓调戏良家妇女的母题和原型。这一情节原型不但影响了汉代文言小说《西京杂记》中的《秋胡戏妻》及魏晋南北朝至唐宋众多的此类作品，即《本事诗》中《崔护求浆》之类作品亦有它的影子，只不过作者站在风流才子的立场上执笔，以流氓为才子而已。对形象塑造的影响主要表现在当垆胡姬这一形象身上。首先是美女肖像描写，诗云："胡姬年十五，春日独当垆。长裾连理带，广袖合欢襦。头上蓝田玉，耳后大秦珠。两鬟何窈窕，一世良所无。一鬟五百万，两鬟千万余。"有总体描写，有特写镜头，生动形象，如在目前，与汉赋的肖像描写难分伯仲，共同影响了文言小说的肖像描写，尤其是热衷美女的肖像描写。其次，是胡姬"不惜红罗裂，何论轻贱躯。男儿爱后妇，女子重前夫。人生有新故，贵贱不相逾"的个性和勇于反抗的艺术形象。众所周知，小说文体最突出的特色便是叙事写人，通过生动形象的人物塑造以表现作者想要传达给读者的思想文化意蕴。像《羽林郎》中当垆胡姬这样鲜活生动、性格突出的人物形象，影响所及，必达小说，后世小说中之节妇烈女形象，均受其影响。蔡琰的《悲愤诗》真实地记录了作者在战乱年代被虏受辱的悲残生活，塑造了一个催人泪下的悲剧妇女形象。肖驰《中国诗歌美学》在论及西汉叙事诗戏剧化叙事特征时，便举了这一作品为例。① 凡熟悉中国古代文言小说的人大概也都会记得，在两汉以后的文言小说中，不乏因战乱离井别乡的良家妇女形象，这些形象身上，或多或少都常有主人公蔡琰的身影。宋洪迈《夷坚志》中《太原意娘》等就属此类。

真正代表两汉诗歌成就的当然非两汉乐府诗莫属。这些"感于哀乐，缘事而发"，"饥者歌其食，劳者歌其事"的现实主义诗歌，仅班固《汉书·艺文志》即著录两汉歌诗二十八家，三百一十四篇，其中基本上都是乐府诗。东汉俗乐兴盛，作品应当更多。可惜历经战乱，大都亡佚，流传至今者只有大约五六十篇了（其中以作于东汉者为多）。两汉乐府诗对后世文言小说的影响主要在两个方面：其一是叙事，其二

---

① 肖驰：《中国诗歌美学》，第 111 页，北京，北京大学出版社，1986。

是写人。这一点勿需论证,只要翻一翻各种文学史及诗歌美学方面的专著都可以发现。游国恩等《中国文学史》在汉代乐府民歌部分论及其思想性,具体分为:一、对阶级剥削和压迫的反抗,二、对战争和徭役的揭露,三、对封建礼教和封建婚姻制的抗议。其他讽刺统治者卖官的政治丑剧和权门豪家的荒淫生活,全是叙事内容。而在汉乐府民歌的艺术性一节中,开篇第一句话就是:"汉乐府民歌最大、最基本的艺术特色是它的叙事性。"而在具体的论述中,所举第一个方面便是:"(一)通过人物的语言和行动来表现人物性格。"并从对话、人物行动和细节的刻划两个方面,列举《东门行》《上山采蘼芜》《孤儿行》《妇病行》《陌上桑》等进行了论述。① 袁行霈先生主编的《中国文学史》作为"面向 21 世纪课程教材",更是列两汉乐府诗"娴熟巧妙的叙事手法"一节,所用关键词即"生活镜头的选取""故事情节完整曲折""人物形象各具特色""叙事详略得当""寓言诗的创作"。② 这样的特色,这样的表述,这样的关键词,倘若不是放在论述两汉乐府诗的范畴之中,人们肯定以为是在论述小说,因为叙事、写人、娴熟巧妙的叙事手法、故事情节完整曲折、人物形象各具特色、叙事详略得当、生活镜头的选取等无疑都是论述小说文体时经常使用的关键词。由此可见两汉乐府诗与小说文体之间的密切关系。肖驰《中国诗歌美学》更于第五章"中国古典诗歌艺术史论之一:人间哀乐的宣叙"中列"戏剧化的两汉叙事诗"专题,以论述两汉乐府诗为主体的两汉叙事诗。这种戏剧化的叙事特征,不但标志着中国叙事诗的日趋成熟,而且必将对刚刚取得独立的文体地位的中国小说的叙事特征产生不容低估的影响。关于戏剧化的叙事特征,美 W.C.布斯在其叙述学名著《小说修辞学》中曾经说过:"……戏剧化就是显示彼此戏剧化交往的人物,与动机相冲突的动机,以及取决于动机解决的结局。……戏剧化是要造成这样的一种印象,即故事是自己发生的,人物处在一种与观众面对面的戏剧关系中,而无叙述者介入其间,只有通过对话对对话和对话对行动的推论

① 游国恩、王起、萧涤非、季镇淮、费振刚主编:《中国文学史》(第一册),第 158~166 页,北京,人民文学出版社,1981。
② 袁行霈主编:《中国文学史》(第一卷),第 231 页,北京,高等教育出版社,1999。

比较才可理解故事。"①详阅两汉乐府诗,可见《东门行》《上山采蘼芜》《陌上桑》《孔雀东南飞》等无疑都合乎这一叙事特征。也就是说,汉以后的文言小说,不但遗传了历史散文的叙事传统,也汲取了两汉乐府诗的戏剧化叙事特征。正因如此,此后的魏晋南北朝才能够出现中国文言小说史上的第一个创作高潮。

第五节　文体独立时期的文言小说

我们之所以把两汉时期称之为中国文言小说的文体独立时期,最重要的根据便是两汉时期已经出现了独立的具有文体学意义的文言小说作品。通观古今图书目录及有关两汉小说的研究成果,这一时期的文言小说从文体认定的角度讲,大略可以分为两部分,即汉人著录认定的小说和汉以后人著录认定的小说。这一划分方法不但可以让我们从中领略古今小说概念内涵和外延的不同与相通,同时也让我们看到中国小说发展的历史轨迹和研究进程。

汉人著录认定的小说首先是班固《汉书·艺文志·诸子略》小说家类著录的小说,二是两汉典籍中有蛛丝马迹可寻而不同于杂史别传的小说。《汉书·艺文志·诸子略》小说家类共著录"小说十五家,千三百八十篇"。根据这十五家小说的排列顺序和班固自注,可以断定有六家,千一百一十三篇为汉代作品,目录如下:

《封禅方说》十八篇。(武帝时)②

《待诏臣饶心术》二十五篇。(武帝时)

《待诏臣安成未央术》一篇。

《臣寿周纪》七篇。(项国圉人,宣帝时)

《虞初周说》九百四十三篇。(河南人,武帝时以方士侍郎〔号〕黄车使者)

《百家》百三十九卷。

---

① 〔美〕W. C. 布斯著,华明、胡苏晓、周宪译:《小说修辞学》,第182页,北京,北京大学出版社,1987。

② 括号内文字为《汉书·艺文志》班固自注。

以上作品虽然久已亡佚,但鲁迅《中国小说史略》、日前野直彬《中国小说史考》、袁行霈《〈汉书·艺文志〉小说家考辨》、王培元《汉代小说作品辨证》等仍进行了深入细致的研究。综合前人研究成果,参以两汉史料,我们可以将以上六篇作品分为二组:《封禅方说》《待诏臣饶心术》《待诏臣安成未央术》为一组,就其作者、创作动机、内容诸方面看,可以称之为方术小说或方士小说。《臣寿周纪》《虞初周说》《百家》为一组,可以称之为轶事小说或杂记小说。在第一组作品中,《封禅方说》久佚,今人均据书名揣摩其内容及性质。袁行霈、侯忠义先生《中国文言小说书目》称“武帝时方士多燕齐之士,此书或即武帝时齐地方士献上之书,言封禅之方术者”。宁稼雨《中国文言小说总目提要》亦综合《史记·封禅书》、余嘉锡《小说家出于稗官说》、袁行霈《汉书艺文志小说家考辨》之观点,以为提要。① 据此,笔者于《山东分体文学史》小说卷中进行了较为详细的考论:从封禅的历史传说,齐鲁名山大川的神话传说,海上蓬莱仙山的神话传说,齐鲁方士传说四个方面进行了论述,并引王瑶《小说与方士》一文的观点进行了总结,从而论证了山东历史上多志怪小说史上大家的历史原因。读者倘感兴趣,自可查阅。②《待诏臣饶心术》亦佚。因唐颜师古注称“刘向《别录》云饶齐人也,不知其姓,武帝时待诏,作书名曰《心术》也。”所以笔者亦于《山东分体文学史》小说卷中进行了论述。其中除以诸家目录所云与《管子·心术》篇之关系为线索,征引《傅子》、《周氏涉笔》、《黄震日抄》、郭沫若《宋钘尹文遗著考》等,进一步论述了饶与宋钘(《汉书·艺文志·诸子略》小说家亦列《宋子》十八篇)的关系;征引《管子·心术》《史记·乐书》《汉书·礼乐志》等,进一步论述了“心术”即“感物而动”的心理学内容。最后归纳说:“这种‘感物而动’的文艺心理学理论显然是中国古代文论的基础理论之一。‘感物而动’可以形于声产生音乐,自然也可以生事,产生小说。如果《待诏臣饶心术》所载均为‘感物而动’的故事,记叙时人‘感于物而动’心所生之哀乐喜怒,那么必然有人物形象,有故事情节,有典型环境,也就是说必然具有小说文体的主

---

① 宁稼雨:《中国文言小说总目提要》,第 34 页,济南,齐鲁书社,1996。
② 王恒展主编:《山东分体文学史》小说卷,第 149～157 页,济南,齐鲁书社,2005。

要因素,从而不但符合当时的小说概念,也符合今天的小说概念。"①
《待诏臣安成未央术》亦佚,汉末应劭注曰:"道家也,好养生事,为未央
之术。"余嘉锡《小说家出于稗官说》认为虽不知未央为何术,但黄老之
学,本清静无为,庄子虽言养生,亦未尝有术。所谓待诏臣安成,殆为
方士。应劭误以为后汉之道士为道家。宁稼雨承其说,认为"本书当
为方士之言。而方士所言养生之道,应包括长生和房中术两种"②。此
说极是,未央,无尽也。《诗·小雅·庭燎》云:"夜如何其? 夜未央。"
《笺》称:"夜未央,犹言夜未渠央也。"屈原《离骚》亦云:"及年岁之未晏
兮,时亦犹其未央。"亦为未到尽头之意。故未央术实即长生术。汉有
未央宫,王莽时改寿成宫,亦为长寿、长生之意。道家、道士、方士均涉
养生长寿之术,大概后人所谓房中、气功、炼丹、修仙等均未央术之内
容。如此,那么《待诏臣安成未央术》便是一部杂记以上诸说内容的
书,显然应该有不少志怪小说的内容。总而言之,我们将上述三种归
为一组,且称之为方术小说或方士小说,原因在此。

在第二组作品中,《臣寿周纪》久佚,内容、形式俱不可考。清姚振
宗《汉书艺文志条理》曰:"《周考》,考周事也。此《周纪》,大抵亦纪周
代琐事,同为街谈巷议之流欤?"汉代人而纪周代琐事,显然有类后世
之轶事小说。《虞初周说》九百四十三篇,均佚。汉应劭注:"其说以
《周书》为本。"可能见过原书,大概与《臣寿周纪》性质相同,为记载周
代轶事的作品。唐颜师古注:"《史记》云:'虞初,洛阳人。'即张衡《西
京赋》'小说九百,本自虞初'者也。"吴薛综《西京赋注》云:"小说巫厌
之术,凡有九百四十三篇。言九百,举大数也。持此秘术,储以自随,
待上所求问,皆常具也。"虞初之名,又见于《史记·封禅书》:"丁夫人,
雒阳虞初等,以方祠诅匈奴、大宛焉。"可见恰如班固所注,亦为方士一
流人物。武帝时方士而集周代轶事,小说性质可以想见。朱右曾《逸
周书集训校释》卷十一从《太平御览》《山海经注》《文选》李善注辑得三
则佚文,原书注出《周书》,朱氏以为与《逸周书》不类,疑出自《虞初周
说》,学者多以为是。如《太平御览》卷三所引:

  玠山,神蓐收居之。是山也,西望日之所入,其气圆,神经光

---

① 王恒展主编:《山东分体文学史》小说卷,第160~161页,济南:齐鲁书社,2005。
② 宁稼雨:《中国文言小说总目提要》,第34页,济南,齐鲁书社,1996。

之所司也。

另外两则一记天狗所止之光电烛天之状，一记穆王畋猎，鸟惊马佚，伤帝左股。窥一斑而见全豹，想全书亦为多具志怪色彩的周代轶事。《百家》不称篇而著录为百三十九卷。篇，简也，古时文字著之于篇，因称首尾完整的一段文字为篇。多片简牍连缀成册，卷而藏之，称卷。后来文字著于帛，亦卷而藏之，因习称卷，故今人虽多认为篇、卷义同，但由《汉书·艺文志》篇、卷分别著录看，当有区别，似一卷可分为多篇为是。若果真如此，百三十九卷亦长篇巨制也。作者刘向自称：

> 护左都水使者光禄大夫臣向言：所校中书《说苑杂事》及臣向书、民间书，复校雠，其事类众多，章句相混，上下谬乱，难见次序。除去与《新序》复重者，其余者浅薄不中义理，别集以为《百家》后，今以类相从，一一条列篇目，更以造新事，十万言以上，凡二十篇，七百八十四章，号曰《说苑》，皆可观。[1]

向自将其《说苑》《新序》等列于诸子略儒家类，而将《百家》列于小说家，可见其为刘向校书秘府时汇集诸家"浅薄不中义理"者而成。故鲁迅亦认为"《说苑》今存，所记皆古人行事之迹，足为法戒者，执是以推《百家》，则殆为故事之无当于治道者矣"[2]。可见其性质不但在当时为小说，且与今之小说概念同义。全书虽佚，但从今存的两条佚文看，亦足以说明这一点：

> 公输般之水，见蠡，曰："见汝形！"蠡适出头，般以足画图之。蠡引闭其户，终不可得开。般遂施之门户，云："人闭藏如是，固周密矣。"（《艺文类聚》卷七四"画"字条引《风俗通》所引《百家》）
>
> 宋城门失火，因汲取池中水以沃灌之。池中空竭，鱼悉露死。（《太平御览》卷九三五引《风俗通》所引《百家》）

可见《臣寿周纪》《虞初周说》《百家》均后人纪前代轶事，间杂志怪、传说，宁稼雨《中国文言小说总目提要》隶之杂俎类，良然。可见此类作品不但符合当时的小说概念，也符合今之文言小说概念。从今存佚文看，其中的作品虽仅具小说雏形，显得颇为稚嫩，但已从孕育它们的母

---

①〔汉〕刘向：《说苑叙录》。引自丁锡根《中国历代小说序跋集》，第229页，北京，人民文学出版社，1996。

②鲁迅：《中国小说史略》，第18页，北京，人民文学出版社，1973。

体中独立出来,取得了独立的文体地位,直接影响了后世文言小说则是不争的事实。

汉人认定的文言小说应该还包括《燕丹子》和《东方朔别传》。《燕丹子》今本分上、中、下三卷,《隋书·经籍志》始于小说家类著录。至于其成书年代,或以为成于战国,①或以为成于秦汉之间,②或以为成于汉代,③或以为成于南北朝。④ 然《史记·刺客列传》文末云:

> 太史公曰:世言荆轲,其称太子丹之命,"天雨粟,马生角"也,太过。又言荆轲伤秦王,皆非也。始公孙季功,董生与夏无且游,具知其事,为余道之如是。

唐司马贞《索隐》曰:"《燕丹子》曰:'丹求归,秦王曰:乌头白,马生角,乃许耳。丹乃仰天叹,乌头即白,马亦生角。'《风俗通》及《论衡》皆有此说,仍云'廐门木乌生肉足'。"也就是说,太史公的这段话向我们传达了两个信息:一是当时社会上流传着《燕丹子》的故事,即《燕丹子》可能已经成书。二是《燕丹子》故事要么形容太过,要么不合历史,也就是说小说而非历史散文。而《刺客列传》中荆轲刺秦王的故事显然参考了《燕丹子》。另如《淮南子》卷二十之《泰族训》所述易水送别。王充《论衡》卷第五之《感虚篇》更云:

> 传书言:燕太子丹朝于秦,不得去,从秦王求归。秦王执留之,与之誓曰:"使日再中,天雨粟,令乌白头,马生角,厨门木象生

---

① 清孙星衍《燕丹子序》云:"其书长于叙事,娴于辞令,审是先秦古书,亦略与《左氏》《国策》相似,学在纵横、小说两家之间。"近人胡怀深《中国小说研究》亦认其为"周、秦时小说之一种"。

② 明宋濂《宋濂全集·诸子辨》称"其辞气颇类《吴越春秋》、《越绝书》,决为秦、汉间人所作无疑。"霍松林《燕丹子》成书的时代及在我国小说发展史上的地位》(《文学遗产》1982年第四期)认为其"是在取材历史事实的基础上汲取民间传说写成的。从对秦王'虎狼其行'的揭露看,从对燕丹、荆轲刺秦及其失败所流露的赞颂、同情和惋惜的强烈情绪看,它应该是秦并天下以后至覆亡以前十余年间的产物。"杜贵晨《中国古代短篇小说史》亦认为"《燕丹子》成书当在秦灭燕国(前222年)的前后,是今存唯一秦汉间的短篇小说,它的作者很可能是燕丹生前的门客。"

③ 程毅中《〈燕丹子〉点校说明》历述关于《燕丹子》成书的种种考证,认为"《燕丹子》产生于汉代甚至更早,是完全可能的。"王培元《汉代小说作品辨证》更加肯定地说:"仔细考察起来,它实为汉代作品无疑。"

④ 李慈铭《越缦堂读书记》子部小说家类云:"末篇记荆轲刺秦事……所言与《国策》、《史记》大异,以情理度之,皆非事实。然文甚古雅,孙氏(星衍)谓审是先秦古书,诚未必然,要出于宋齐以前高手所为,故至《隋志》始著录。"罗根泽《〈燕丹子〉真伪年代之旧说新考》亦认为"其时代上不过宋,下不过梁,盖在萧齐之世。"(《古史辨》第六册,上海古籍出版社,1982年版)

肉足,乃得归。"当此之时,天地祐之,日为再中,天雨粟,乌白头,马生角,厨门木象生肉足。秦王以为圣,乃归之。此言虚也。
……

可见亦辨《燕丹子》故事为虚构之作,为小说。今本《燕丹子》上卷叙燕丹质于秦,秦王遇之无礼,辗转归燕,谋刺秦王,为刺秦之原因。中卷叙田光荐荆轲,为刺秦之准备。下卷叙荆轲刺秦王,事败而死。故事完整,人物形象生动,情节曲折,因果明显,至其虚构处,汉人司马迁、王充等具已考论,毋庸赘记,可见已是较为成熟的历史小说。其他民族多兴爱情小说,独吾中华历史小说特盛,无论是文言小说还是白话小说,追根求源,本自历史散文。而历史小说《燕丹子》,正是历史事实与民间传说相结合,加之作家的创作而成。可见在中国文言小说的文体独立时期,其"史才"特征已经显露,影响所及,不可估量。

《东方朔传》八卷,《隋书·经籍志》史部杂传类始著录,未题撰人。因列任昉《杂传》之后,且原书已佚,而《世说新语》刘孝标注已广为征引,故今人多认为"魏晋间人所为"①。而今传《说郛》本、《五朝小说》本等"显系后人由各书撮录而成"②。然班固《汉书·东方朔传》赞云:

> 朔之诙谐,逢占射覆,其事浮浅,行于众庶,童儿牧竖,莫不眩耀。而后世好事者因取奇言怪语附著之朔,故详录焉。

于此,唐颜师古注曰:

> 言此传所以详录朔之辞语者,为俗人多以奇异妄附于朔故耳。欲明传所不记,皆非其实也。而今之为《汉书》学者,犹更取他书杂说,假令东方朔之事以博异闻,良可叹也。

由此可见,从当时起,东方朔这一传奇人物,一直都是奇言怪语附著的对象。"而后世好事者因取奇言怪语,附著之朔"的作品,无疑是小说而不是历史散文。也就是说,在班固著《汉书·东方朔传》之前,肯定有这样的小说作品,故班固乃"详录朔之辞语","欲明传所不记,皆非其实也"。而《隋志》著录的《东方朔传》八卷,便很可能是此类作品中的一种抑或此类作品的集大成者。复旦大学中文系编《中国文学史》认为它是"比较可靠的汉人小说",颇有见地。且详阅《汉书·东方朔

---

① 宁稼雨:《中国文言小说总目提要》,第31页,济南,齐鲁书社,1996。
② 袁行霈、侯忠义编:《中国文言小说书目》,第13页,北京,北京大学出版社,1981。

传》,亦不乏"逢占射覆",诙谐滑稽之事,如:

> 上尝使诸数家射覆,置守宫盂下,射之,皆不能中。朔自赞曰:"臣尝受《易》,请射之。"乃别蓍布卦而对曰:"臣以为龙又无角,谓之为蛇又有足,跂跂脉脉善缘壁,是非守宫即蜥蜴。"上曰:"善。"赐帛十匹。复使射他物,连中,辄赐帛。

> 时有幸倡郭舍人,滑稽不穷,常侍左右,曰:"朔狂,幸中耳,非至数也。臣愿令朔复射,朔中之,臣榜百,不能中,臣赐帛。"乃覆树上寄生,令朔射之。朔曰:"是窭薮也。"舍人曰:"果知朔不能中也。"朔曰:"生肉为脍,干肉为脯;著树为寄生,盆下为窭薮。"上令倡榜舍人,舍人不胜痛,呼謈。朔笑之曰:"咄!口无毛,声謷謷,尻益高。"舍人恚曰:"朔擅诋欺天子从官,当弃市。"上问朔:"何故诋之?"对曰:"臣非敢诋之,乃与为隐耳。"上曰:"隐云何?"朔曰:"夫口无毛者,狗窦也;声謷謷者,鸟哺鷇也;尻益高者,鹤俯啄也。"舍人不服,因曰:"臣愿复问朔隐语,不知,亦当榜。"即妄为谐语曰:"令壶龃,老柏途,伊优亚,狋吽牙。何谓也?"朔曰:"令者,命也。壶者,所以盛也。龃者,齿不正也。老者,人所敬也。柏者,鬼之廷也。途者,渐洳径也。伊优亚者,辞未定也。狋吽牙者,两犬争也。"舍人所问,朔应声辄对,变诈锋出,莫能穷者,左右大惊。上以朔为常侍郎,遂得爱幸。

这大概即班固"详录"之者。若不在正史传记中,何异于小说!详后世传奇小说之先驱——杂史别传小说,多以奇异之事妄附于某一历史人物,如《汉武帝故事》《汉武帝内传》《赵飞燕外传》等。若寻根溯源,这一艺术形式及创作方法则始于两汉,而《东方朔传》当为始作俑者之一,所以虽然亡佚,仍需抉出,以引起小说史家的注意。且是后魏晋南北朝文言小说中,题材、人物涉及东方朔、汉武帝者尤夥,寻根溯源,恐亦与此有关。

汉以后人著录认定的两汉小说总计约二十余种,其中流传至今的十种左右,亡佚者亦仅十余种。

流传至今的作品计有:一、《神异经》一卷,《隋志》入史部地理类,《旧唐志》同,《新唐志》入丙部道家类,宋陈振孙《直斋书录解题》始入小说家类。二、《十洲记》一卷,《隋志》入史部地理类,《旧唐志》《宋志》

同,《新唐志》入丙部道家类,宋晁公武《郡斋读书志》入传记类,《直斋书录解题》始入小说家类。三、《西京杂记》二卷,《隋志》入史部旧事类,《旧唐志》入史部起居注类,《新唐志》故事类、地理类互见,《郡斋读书志》入杂史类,《直斋书录解题》入传记类,清《四库全书总目》始入小说家类。四、《汉武帝故事》二卷,《隋志》入史部旧事类,《旧唐志》入起居注类,《新唐志》同,《崇文总目》入杂史类,清《四库全书总目》始入小说家类。五、《汉武帝内传》一卷,《隋志》入史部杂传类,作《汉武内传》三卷;《旧唐志》同,已为二卷;《新唐志》入道家类神仙之属;清《四库全书总目》始入小说家类。六、《汉武洞冥记》四卷,《隋志》入史部杂传类,作一卷,题郭氏撰;《旧唐志》入传记类,已作郭宪撰,四卷;《新唐志》入道家类;《直斋书录解题》始入小说家类。《四库全书总目》同。七、《赵飞燕外传》一卷,旧题汉伶元撰,《郡斋读书志》、《宋志》、《直斋书录解题》均入史部传记类,《四库全书总目》始入小说家类。八、《西王母传》一卷,旧题后汉桓骥撰,清顾櫰三《补后汉书艺文志》始入子部小说家类。九、《汉杂事秘辛》一卷,旧题汉佚名氏撰,《四库全书总目》始入小说家类。有关这些作品的时代和真伪,鲁迅认为"现存之所谓汉人小说,盖无一真出于汉人,晋以来,文人方士,皆有伪作,至宋明尚不绝。文人好逞狡狯,或欲夸示异书,方士则意在自神其教,故往往托古籍以炫人;晋以后人之托汉,亦犹汉人之依托黄帝伊尹矣。"[1]并对《神异经》《十洲记》《汉武帝故事》《汉武帝内传》《汉武洞冥记》《西京杂记》《飞燕外传》《汉杂事秘辛》等一一作了简单的考证,认为前六种为魏晋南北朝人伪托,《飞燕外传》"恐是唐宋人所为",《杂事秘辛》乃明人杨慎"一时游戏之作也"。中国人历来崇尚权威,此说一出,特别是随着鲁迅名声、地位的日益高大,论小说史者多沿袭此说,很长一段时间几乎已成定论。直至近几十年来,方始有所突破。如关于《神异经》,李剑国《唐前志怪小说史》即征引大量史料,经过详细考证,定为汉人作品,称"看来出于西汉成、哀前后,是不会有多大问题的"[2]。关于《西京杂记》,明人孔天胤《西京杂记序》、近人李慈铭《孟学斋日记》乙集、余嘉锡《四库总目提要辨证》等都有考证,认为《西京杂记》虽经

---

①　鲁迅:《中国小说史略》,第19页,北京,人民文学出版社,1973。
②　李剑国:《唐前志怪小说史》,第151～153页,天津,南开大学出版社,1984。

晋葛洪编纂,但具体内容"皆必出于两汉故老所传,非六朝人所能凭空伪造"①。也就是说,在后人著录认定的上述作品中,起码可以确认《神异经》和《西京杂记》为汉代作品。

《神异经》今本一卷,旧题东方朔撰,显系伪托。"书仿《山海经》,但于山川道里叙述简略,于异物奇闻则较详备。"②全书分为《东荒经》《东荒南经》《南荒经》《西南荒经》《西荒经》《西北荒经》《北荒经》《东北荒经》《中荒经》等九篇,所叙虽多本《山海经》,但增加了许多新的内容,且想象丰富,文笔流畅,多加藻饰,故而故事新奇,情趣盎然,从小说文体学的角度讲有了明显的进化。如《东荒经》述东王公居大石室,"恒与一玉女投壶。每投千二百矫。设有入不出者,天为之嘘嘘;矫出而脱悮不接者,天为之笑"。《中荒经》述昆仑山有铜柱,其高入天,围三千里,上有大鸟,名希有。东王公与西王母于其翼上相会曰:

> 张左翼覆东王公,右翼覆西王母。背上小处无羽,一万九千里。西王母岁登翼上,会东王公也。故其柱铭曰:"昆仑铜柱,其高入天,圆周如削,肤体美焉。"其鸟铭曰:"有鸟希有,碌赤煌煌,不鸣不食。东覆东王公,西覆西王母。王母欲东,登之自通。阴阳相须,唯会益工。"

这样的描写,显然比《山海经》等进步了不少。东王公、西王母形象多见于汉画像石,与这样的文字描写相互认证,对于研究这对配偶神的故事显然不无帮助。另如《东荒南经》述朴父夫妇因导护百川失职而遭受惩罚,明显受大禹治水神话的影响而加以渲染铺张。《东南荒经》述尺郭食鬼。《西荒经》述时人以爆竹恐吓山臊,明显地在民间传说的基础上进行了艺术加工。尤应注意的是,《东荒经》述东方有人,一名敬,一名美,恭坐不犯,相誉而不相毁,见人有患,投死救之。《中荒经》述天立不孝鸟,羿以显忠孝等等,都明显地带有儒家惩恶扬善、忠孝仁爱思想观念的色彩,可见汉代"罢黜百家,独尊儒术"之后的社会思想,可见两汉小说已明显地流露出中国小说重议论、重教化的"议论"特色。总而言之,《神异经》已明显地从《山海经》等地理博物书中分化出来,向着志怪类笔记小说的方向迈进了一大步。

---

① 李慈铭:《孟学斋日记》乙集。
② 袁行霈、侯忠义编:《中国文言小说书目》,第9页,北京,北京大学出版社,1981。

《西京杂记》今本六卷,一百三十八则。旧题晋葛洪撰,然葛洪《西京杂记跋》曰:

> 洪家世有刘子骏《汉书》一百卷,无首尾题目,但以甲乙丙丁纪其卷数。先父传之。歆欲撰《汉书》,编录汉事,未得缔构而亡,故书无宗本,止杂记而已,失前后之次,无事类之辨。后好事者以意次第之,始甲终癸为十帙,帙十卷,合为百卷。洪家具有其书,试以此记考校班固所作,殆是全取刘书,有小异同耳。并固所不取,不过二万许言。今抄出为二卷,名曰《西京杂记》,以裨《汉书》之阙。

由是观之,书虽成于葛洪之手,然内容多为两汉旧抄,则是经许多学人辨明的事实,诚如程毅中先生所说:"《西京杂记》是一部杂载西汉轶事传闻的笔记小说,举凡帝后公卿的奢靡好尚,宫室苑囿,珍玩异物,以及舆服典章,文人轶事,高文奇技和风俗民情等等,多有记述。"①因此,此书当为早期志人类笔记小说,故而在中国文言小说史上占有非常重要的一页。据上述葛洪跋语,汉刘歆撰《汉书》,班固所不取者"不过二万许言",从中抄取二卷为《西京杂记》,则可见早期志人类笔记小说与历史散文的关系。志人小说之"史才"特征,当源于此。故王瑶在《小说与方术》一文中也说:"《史通·杂述篇》以《西京杂记》为逸事类,论云:'国史之任,记事记言,视听不该,必有遗逸,于是好奇之士,补其所亡。'小说的根据是传说,自然也是搜求遗逸,和历史的关系本来很密切。"②宁稼雨《中国文言小说总目提要》一方面承认"本书系葛洪据刘歆原书抄录二卷",一方面又因书出葛洪之手,仍将其列于晋代志人小说之属,且于其内容分为四类:一为宫廷生活,二为西汉历史名人轶事,三为下层民众种种事迹,四为少数怪异故事。并分别举出《画工弃市》《赵后淫乱》《相如死渴》《李广射虎》《凿壁偷光》《秋胡戏妻》《东海黄公》等为例加以说明。则其志人小说的性质更为明显。③ 鲁迅亦称"若论文学,则此在古小说中,固亦意绪秀异,文笔可观者也"④。可见

---

① 程毅中:《西京杂记出版说明》,见《西京杂记》,第1页,北京,中华书局,1985。
② 王瑶:《中古文学史论》,第125页,北京,北京大学出版社,1986。
③ 宁稼雨:《中国文言小说总目提要》,第39页,济南,齐鲁书社,1996。
④ 鲁迅:《中国小说史略》,第26页,北京,人民文学出版社,1973。

《西京杂记》在中国文言小说史上的地位。因此,《西京杂记》的出现,不但标志着笔记小说中的志人小说已经产生,且为后世此类小说的创作奠定了内容和艺术形式的基础。

后人著录的两汉小说,亦大都亡佚。其中有《隋书·经籍志》小说家类《燕丹子》附注的《宋玉子》一卷,录一卷,题楚大夫宋玉撰。至隋已佚,后人均以为后人伪托,作者既非宋玉,亦非汉人,且只字无存,故无可置论。其他见于清姚振宗《〈汉书艺文志〉拾补》小说家类者八种:一、陆贾《南越纪行》(无卷数)。二、许博昌《六博经》一篇。三、《上林禽兽簿》(无撰人,无卷数)。四、《上林草木名》(无撰人,无卷数)。五、《汉武帝禁中起居注》一卷(无撰人)。六、《方士传》(无撰人,无卷数)。七、《李陵别传》(无撰人,无卷数)。八、《东方朔别传》八卷(无撰人)。这八种作品虽佚,但《南越纪行》晋嵇含《南方草术状》曾引。姚振宗按曰:"陆大夫两使南越,宜有此作。嵇含生于魏末,距汉未远,所见当得其真。"然无人物形象与故事情节,即真亦非小说。《六博经》虽佚,然《西京杂记》卷四云:

> 许博昌,安陵人也,善陆博。窦婴好之,常与居处。其术曰:"方畔揭道张,张畔揭道方,张究屈玄高,高玄屈究张。"又曰:"张道揭畔方,方畔揭道张,张究屈玄高,高玄屈究张。"三辅儿童皆诵之。法用六箸,或谓之究,以竹为之,长六分。或用二箸。博昌又作《大博经》一篇,今世传之。

《大博经》当为《六博经》之讹。然据此推断,内容当为研究陆博的专著,介绍一种游戏,亦非今日小说之研究范畴。而《上林禽兽簿》和《上林草木名》一看便知亦非今日之小说。后四种中,《汉武帝禁中起居注》最早见于葛洪《西京杂记跋》,称"洪家复有《汉武帝禁中起居注》一卷,《汉武帝故事》二卷,世人稀有之者。"清孙诒让《札迻》疑即《汉武帝内传》,然据书名,当为起居注体。汉明帝明德马皇后曾撰《明帝起居注》,故《隋志》据此认为本书当为汉宫人所作,并隶之史部起居注类。今葛洪《抱朴子·论仙篇》《太平御览》卷六六四均引《汉起居注》李少君病死解去事,袁行霈、侯忠义《中国文言小说书目》、宁稼雨《中国文言小说总目提要》均据此以为所引即本书。宁氏且以为"姚振宗以为汉代起居注大抵皆备汉著纪百九十卷中,见《汉志》春秋家,故事则录在尚书。本书与《汉武帝故事》皆当时别行之本,大都小说家言为多。观本书佚文,则可证姚说"①。然葛洪家有其书,引用时不当误题《汉起居注》;新旧《唐志》均未录《汉武帝禁中起居注》,可见其至唐已亡,故《太平御览》所引《汉起居注》亦未必即本书。若果真如此,则难见佚文,故亦难置论,不如存疑。《方士传》,刘向父子《七略》《别录》已著录。姚振宗据以认为"当作于战国时",我们虽于上章第五节论及,但联系汉代,尤其是汉武帝以后方为方士盛行之时,《汉志》所录汉人小说六种,有四种出方士之手。因此,《方士传》也极有可能出自汉代方士之手,尤应出自邹衍活动过的燕齐方士之手。《李陵别传》据《太平御览》卷四八九所引佚文为《李陵与苏武书》,宁稼雨《中国文言小说总目提要》谓:"此书今见《文选》收载,虽有人以为六朝人拟作,然无确证。姚氏《拾补》以为本当为西汉人作。并谓李陵不得已投降匈奴,汉朝人士颇有悯惜者,故为此传以志悲戚焉。"颇有道理。据此,则《李陵别传》当与上文所论《东方朔传》性质相同,为纪传体小说,显然已露魏晋南北朝史传小说甚或唐传奇之先声。

　　见于姚振宗《后汉艺文志》小说家类者四种:一、王充《讥俗书》十二篇。二、《郭林宗著书》一卷。三、许劭《月旦评》(无卷数)。四、陈实《异闻记》(无卷数)。其中,王充的《讥俗书》又见于曾朴《补后汉书艺文志并考》著录,入子部杂家类。此书虽佚,但王充《论衡·自纪篇》云:

　　　　俗性贪进忽退,收成弃败。充升擢在位之时,众人蚁附;废退穷居,旧故叛去。志俗人之寡恩,故闲居作《讥俗节义》十二篇。
　　　　冀俗人观书而自觉,故直露其文,集以俗言。

可见是作者有了切身的体会之后,用当时俗语写成的一部具有教化性质的作品。"志俗人之寡恩",当不会用真名实姓,难免虚构成分。归之于小说,甚有道理。想其内容,当为志人小说之先声。《郭林宗著书》最早见于《世说新语·政事篇》注引《郭泰别传》,谓其"自著书一卷,记取士之本末"。郭泰字林宗,东汉太原介休人。博通经典,居家教授,弟子至千人。《后汉书》卷六十八有传,范晔以父名泰,改作郭

———————————

① 宁稼雨:《中国文言小说总目提要》,第 29 页,济南,齐鲁书社,1996。

太。传末称"其奖拔士人,皆如所鉴。后之好事,或附益增张,故多华辞不经,又类卜相之书。今录其章章效于事者,著之篇末"。如其一曰:

> 孟敏字叔达,巨鹿杨氏人也。客居太原。荷甑堕地,不顾而去。林宗见而问其意。对曰:"甑已破矣,视之何益?"林宗以此异之,因劝令游学。十年知名,三公俱辟,并不屈云。

而唐李贤等注更引《谢承书》曰:

> 泰之所名,人品乃定,先言后验,众皆服之。故适陈留则友符伟明,游太学则师仇季智,之陈国则亲魏德公,入汝南则交黄叔度。初,太始至南州,过袁奉高,不宿而去;从叔度,累日不去。或以问太。太曰:"奉高之器,譬之泛滥,虽清而易挹。叔度之器,汪汪若千顷之陂,澄之不清,扰之不浊,不可量也。"已而果然,太以是名闻天下。

显然已具《世说新语》的韵味。正史尚且如此,那么"后之好事附益增张","华辞不经","又类卜相之书"者便肯定像上述《东方朔传》一样,是小说——"世说体"志人小说,而不是正史了。想《郭林宗著书》当为此类,多品评人物,当为"世说体"志人小说之滥觞。《月旦评》既属于许劭名下,许劭与郭泰齐名,亦品评人物之高手。《后汉书·许劭传》即称"天下言拔士者,咸称许、郭"。并言其从兄许靖"俱有高名,好共核论乡党人物,每月辄更其品题,故汝南俗有'月旦评'焉"。书名当即源于此。评曹操"清平之奸贼,乱世之英雄"即见于本传。可见是一部与《郭林宗著书》性质相近的一部品评人物之作。"汉末士流,已重品目,声名成毁,决于片言。"在汉代以举荐为主的选官制度影响下,"人伦鉴识"之学应运而生。上述二书,当为此类作品。这样的著作,即令不是今天意义上的小说,也肯定会对以《世说新语》为代表的志人小说产生直接而巨大的影响,因此在中国文言小说史上显然占有重要一页。

如果说《讥俗书》《郭林宗著书》《月旦评》是志人小说的滥觞,那么陈实的《异闻记》便是六朝志怪小说的嚆矢。是作早已亡佚,且未见著录,故鲁迅称"陈实此记,史志既所不载,其事又类方士常谈,疑亦假托。"且因佚文见于葛洪之《抱朴子·对俗篇》,因言"葛洪虽去汉未远,而溺于神仙,故其言亦不足据"①。并因此于《古小说钩沉》中将其列于《妒记》之后,《玄中记》之前,未隶之汉代。然其佚文除见于《抱朴子》外,亦见于唐李亢《独异志》和段公路《北户录》。故李剑国《唐前志怪小说史》通过佚文对读,确认"《异闻记》确为陈作,断非葛洪依托"。葛洪《抱朴子·对俗篇》曰:

> 故太丘长颍川陈仲弓,笃论士也。撰《异闻记》云:其郡人张广定者,遭乱常避地。有一女年四岁,不能步涉,又不可担负,计弃之。固当饿死,不欲令其骸骨之露。村口有古大塚,上巅先有穿穴,乃以器盛缒之,下此女于塚中,以数月许干饭及水浆与之而舍去。候世平定,其间三年,广定乃得还乡里。欲收塚中所弃女骨,更殡埋之。广定往视,女故坐塚中,见其父母犹识之,甚喜。而父母犹初恐其鬼也,入就之,乃知其不死。问之从何得食。女言粮初尽时,甚饥。见塚角有一物,伸颈吞气,试效之,转不复饥。日月为之,以至于今。父母去时所留衣被,自在塚中,不行往来,衣服不败,故不寒冻。广定乃索女所言物,乃是一大龟耳。女出食谷,初小腹痛,呕逆久许,乃习。

后世志怪小说,晋张华《博物志》、南朝刘义庆《幽明录》甚至苏东坡的《东坡志林》中均有此事或类似的作品,可见其影响。另一则佚文见《北户录》,云:"东城池有王余鱼,池决,鱼不得去,将死。或以镜照之,鱼看影,谓其有双,于是比目而去。"由上述两则佚文看,确如书名《异闻记》,系采摭当时民间流传的各种异闻奇事,汇纂而成。与《山海经》系统的地理博物类志怪小说明显不同,从内容到形式均自成一体。这一形式的出现,在中国文言小说史,尤其在志怪小说史上占有非常重要的一页,恰如李剑国所云:"汉末杂记体志怪的出现,是志怪史上一个新情况。杂记体志怪有别于杂史杂传体志怪,它不是用史传形式记录一代或数代,某一人物或某一类人物的事迹,它也有别于地理博物体志怪,不专门记载山川动植及远国异民传说,而是杂记今古各种异怪故事。杂记体志怪是志怪小说的一个重要突破和创新,在题材和手法上获得极大的自由,因而一经出现便成为志怪的主要形式。杂记体

---

① 鲁迅:《中国小说史略》,第 27 页,北京,人民文学出版社,1973。

志怪的出现标志,是汉末陈寔的《异闻记》。"①通观中国文言小说史,确如其论。此后志怪小说,如曹丕的《列异传》、干宝的《搜神记》、王嘉的《拾遗记》、陶渊明的《搜神后记》、刘义庆的《幽明录》、任昉的《述异记》、颜之推的《冤魂志》……甚至清代蒲松龄的《聊斋志异》等等,从书名、内容,到形式、风格,无不受其影响。

除上述作品外,尚有顾櫰三《补后汉书艺文志》著录的《丽娟传》《庞娥亲传》,曾朴《补后汉书艺文志并考》著录的《峨眉山神异记》等。《丽娟传》一卷,题郭宪撰。如前所述,署名郭宪的几种所谓汉人小说均后人假托,故而同署郭宪的《丽娟传》当亦属此类。《庞娥亲传》无卷数,署名梁宽撰。原注"事见《后汉书·列女传》"。本传载庞娥为父复仇事,甚简略,则此作当据本传敷衍而成,惜已亡佚,无可置论。《峨眉山神异记》三卷,题张道陵撰。张道陵原名陵,东汉沛国丰人。天师道创始人。曾为江州令。顺帝时客蜀,学道鹤鸣山中,作道书二十四篇,并以符水咒法为人治病。后世奉为张天师。可见本身就是一个传奇人物。葛洪《神仙传》、陶弘景《真诰》等载其道书,未及此作。郑樵《通志》入道家外丹类。从题目看,当有志怪内容,可惜原书无存,难以具论。

综上所述,可见时至两汉,中国文言小说不但确实已经从孕育它们的母体中产生出来,取得了独立的具有文体意义的文体地位,而且已经具备了后世文言小说的主要类型和形式特点,具备了后世各类文言小说的形式雏形——《燕丹子》《东方朔传》等为代表的杂史别传小说已经具备了传奇小说的雏形,《神异经》《异闻记》等已经具备了志怪小说的雏形,《西京杂记》《郭林宗著书》《讥俗书》《月旦评》等已经具备了志人小说的雏形。可见两汉小说虽不免幼稚,却为中国文言小说的发展奠定了内容与形式的基础。

---

① 李剑国:《唐前志怪小说史》,第 213 页,天津,南开大学出版社,1984。

第三章
第一次创作高潮时期——魏晋南北朝

概　说

　　我们之所以将魏晋南北朝划分为中国文言小说的第一次创作高潮时期，着眼点主要在于创作实际。也就是说这一时期的文言小说创作不但超先秦，越两汉，取得了辉煌的成就，而且与后世的文言小说创作相比，也自有其骄人之处，故而在中国文言小说史上出现了第一个创作高潮，占有十分重要的地位。

　　魏晋南北朝文言小说创作的辉煌业绩首先表现在笔记小说的创作方面。在中国文学史上，笔记大概是数量最多，内容最复杂，形式最随便的古代文体之一。关于笔记，刘叶秋概括曰："'笔记'二字，本指执笔记叙而言。如《南齐书·丘巨源传》所说'笔记贱伎，非杀活所待'的'笔记'，即系此意，由于南北朝时崇尚骈俪之文，一般人称注重词藻讲求声韵、对偶的文章为'文'，称信笔记录的散行文字为'笔'。梁刘勰《文心雕龙·总术》云：'今之常言，有文有笔，以为无韵者笔也，有韵者文也。'所以后人就总称魏晋南北朝以来'残丛小语'式的故事集为'笔记小说'，而把其他一切用散文所写零星琐碎的随笔、杂录统名之为'笔记'。"①注意,这里称"一切用散文所写零星琐碎的随笔、杂录统名之为'笔记'",则其数量之多、内容之杂、形式之多样便可以想见。且文中虽"称魏晋南北朝以来'残丛小语'式的故事集为'笔记小说'",然统阅其他"笔记",其中亦不乏有故事情节,有人物形象,有典型环境的作品,故而"笔记小说"的范围便更大,更复杂。因而便给今人的研究带来巨大的困难。而褚斌杰先生的概括就更为简捷:"笔记文,是一种随笔而录、杂谈琐语性质的散文,它的特点是内容广泛,遇有可写,随笔而书,可长可短,不拘形式。"②请注意,这里所说的"笔记文"已不但专指"丛残小语"式的随笔和杂录,也包括一些篇幅较长的作品。而关于笔记体之源流,褚斌杰先生《中国古代文体概论》亦云:"笔记之体肇始于魏晋,而宋明以后最为繁富。'笔记'的名称,始见于刘勰《文心雕龙》中的《才略》篇:'路粹、杨修,颇怀笔记之工,丁仪、邯郸,亦含论述之美。'但这里所说的'笔记',并非指杂录、随笔之文,而是指公牍奏记类文字。至于把随笔杂录、杂谈琐语性质的文字称为'笔记',大约始于宋人,北宋宋祁有《笔记》三卷,南宋龚颐正有《芥隐笔记》、陆游有《老学庵笔记》,从而后世有了'笔记文'之称。……长久以来,对于古代笔记论著又称为'笔记小说'。这是因为关于'小说'的概念古今不同。……后世文人,往往承袭班固的观点,把搜神志怪、野史旧闻、考据辨证、丛谈杂录等不好归类的零星文字,统称为小说。"而关于笔记的类型,刘叶秋分为三:

> 第一是小说故事类的笔记:始魏晋迄明清的志怪、轶事小说从干宝的《搜神记》、南朝宋刘义庆的《世说新语》到清纪昀的《阅微草堂笔记》、王晫的《今世说》等,都属于这一类。

> 第二是历史琐闻类的笔记:始魏晋迄明清的记野史、谈掌故、辑文献的杂录、丛谈,从晋人伪托汉刘歆的《西京杂记》、唐刘悚的《隋唐嘉话》、李绰的《尚书故实》到清王士禛的《池北偶谈》、褚人穫的《坚瓠集》等,都属于这一类。

> 第三是考据、辨证类的笔记:始魏晋迄明清的读书随笔、札记,从晋崔豹的《古今注》、唐封演的《封氏闻见记》、宋沈括的《梦

---

① 刘叶秋:《历代笔记概述》,第1页,北京,中华书局,1980。
② 褚斌杰:《中国古代文体概论》,第462页,北京,北京大学出版社,1990。

溪笔谈》、戴埴的《鼠璞》到清钱大昕的《十驾斋养新录》、孙诒让的《札迻》等,都属于这一类。

请注意:以上三类,均肇始于魏晋,可见魏晋南北朝在笔记小说史上的地位。褚斌杰先生则分为四类:

一、小说故事类——这一类主要是一些情节简单、篇幅短小的故事,它包括自秦汉以来,在道家神仙之说影响下而产生的一些搜神志怪的故事,也包括一些专门记录社会人物轶闻琐事的故事。……

二、野史旧闻类——这一类主要是一些史料性质的笔记,所记录的是正史以外的某些朝廷掌故、历史人物言行、历史事件始末等。……

三、丛考杂辨类——这一类主要是学术性的读书札记,其内容或证经考史,或说史评文,以至于杂考名物,训诂文字,多属治学中的一得之见,具有学术价值。

四、杂录丛谈类——这一类主要写人情、记风土、谈时俗、明器用、探技艺,以至或记一时之戏谑,或述对某事之感触,凡所遇杂事、杂识,皆信笔记之,特别显示出笔记文内容多样性的特征。①

在汗牛充栋的笔记文中,刘叶秋、褚斌杰先生均认为只有第一类为笔记小说。② 其实,笔记文的特点本来就是"以内容论,主要在于'杂':不拘类别,有闻即录;以形式论,主要在于'散',长长短短,记叙随宜"③。所以其他类型的笔记中那些有故事情节,有人物形象,有典型环境,有文学情趣的作品,都应该隶属于笔记小说的范畴。例如,被刘叶秋先生视为历史琐闻类的《西京杂记》《隋唐嘉话》《尚书故实》《池北偶读》《坚瓠集》,视为考据、辨证类的《封氏闻见记》《梦溪笔谈》《鼠璞》等等,袁行霈、侯忠义先生所编《中国文言小说书目》、宁稼雨《中国文言小说总目提要》(仅缺《封氏闻见记》与《鼠璞》)等均已归之小说

---

① 褚斌杰:《中国古代文体概论》,第 463 页,北京,北京大学出版社,1990。

② 刘叶秋《历代笔记概述》第 4 页云:"这里的第一类,即所谓的'笔记小说',内容主要是情节简单,篇幅短小的故事,其中有的故事略具短篇小说的规模。"褚斌杰先生《中国古代文体概论》曰:"以上四类中,第一类和第四类文学性较强,而第一类作为古代小说的一体——笔记小说,可归为小说类。"

③ 刘叶秋:《历代笔记概论》,第 5 页,北京,中华书局,1980。

类,即均为笔记小说。关于"笔记小说"这一小说文体概念,苗壮考证说:"今见首先提出笔记小学概念的,是北宋史绳祖的《学斋占毕》。但它不曾作出解释,而在其实际运用中,所指则为一般笔记。其卷二《蕹菠二物》条曰:'前辈笔记小说因有字误或刊本之误,因而后生末学不稽考本出处,承袭谬误甚多。'讲的是知识考证,而非人物故事,故不曾产生什么影响。本世纪二十年代,上海进步书店刊行《笔记小说大观》,汇集自晋至清二百余种作品,开始引起人们的重视。……目前,多数研究者把文言小说中传奇之外的志怪、志人及杂俎等均归之笔记小说,但也有不同意见。"①其实这种不同意见的主要成因是因为对小说概念的不同认识所至。因为"小说之名虽同,而古今之别,则相去天渊。"②以今律古,则分歧自见,然研究中国古代小说史,又不能不古今兼顾,故而见仁见智,势成必然。我们之所以将魏晋南北朝时期划分为中国文言小说的第一次创作高潮时期,首要原因即是因为笔记小说这一文体形式在这时已经成熟,而且出现了大量具有代表性的作品。

笔记小说从大处讲当今研究者多分为两大类:志怪与志人。若详而厘之,又可分为志怪小说、志人小说、杂俎小说、诙谐小说四类。在这一时期首先成熟的是志怪小说。象征志怪小说成熟的标志和代表作便是东晋鬼董狐干宝的志怪名作《搜神记》。"志怪"一词,最早见于《庄子·逍遥游》:"齐谐者,志怪者也。谐之言曰:鹏之徙于南冥也。水击三千里,抟扶摇而上者九万里,去以六月息者也。"李剑国《唐前志怪小说史》综合各家释文,解释"说齐谐是专门记载怪异故事的人"。而最早将"志怪"与"小说"连用,称"志怪小说"者,当推唐段成式:"夫《易》象一车之言,近于怪也;诗人南冥之兴,近乎戏也。固服缝掖者肆笔之余,及怪及戏,无侵于儒。无若诗书之味大羹,史为折俎,子为醯醢也。炙鸮羞鳖,岂容下箸乎?固役而不耻者,抑志怪小说之书也。"③"'志怪'与'小说'相合,揭示出志怪书的小说性质,这是一个十分明晰准确的概念。唐后,或称'志怪''志怪之书''志怪小说',或又称'语怪

---

① 苗壮:《笔记小说史》,第2~3页,杭州,浙江古籍出版社,1998。
② 〔清〕刘廷玑:《在园杂志》,转引自黄霖、韩同文选注《中国历代小说论著选》,第382页,南昌,江西人民出版社,1982。
③ 〔唐〕段成式:《酉阳杂俎·序》,北京,中华书局,1981。

之书''语怪小说''神怪小说',虽尚多歧称,但志怪的名称大抵在许多人那里已定了下来。"①在魏晋南北朝时期,志怪小说最为繁盛,数量多、质量高,影响深远。如曹丕的《列异传》、王浮的《神异记》、郭璞的《玄中记》、干宝的《搜神记》、葛洪的《神仙传》、王嘉的《拾遗记》、陶潜的《搜神后记》、刘义庆的《幽明录》、颜之推的《冤魂志》等等,堪为代表,从而为文言小说创作的第一次创作高潮推波助澜。至于兴盛的原因,则主要有以下几个方面。首先是文体自身发展的必然结果。历经先秦两汉时期的长期发展,笔记小说这一文体已从其他文体中独立出来,取得了独立的文体地位,而在志怪小说方面最有代表性的便是汉末陈寔的《异闻记》。有了成熟的艺术形式,而这一形式在题材和手法上又获得了极大的自由,其他因素一旦出现,则繁荣自不待言。其次是社会原因。关于这一点,笔者在《中国小说发展史概论》中归纳了四个方面:一是社会动乱的影响。二是传统的巫文化与佛教、道教的影响。三是文人队伍思想变化的影响。四是因上层人物的爱好而形成的社会风气的影响。感兴趣的读者自可参阅。②

　　志人小说也在这一时期定型并在创作上取得了空前的成就。象征志人小说成熟的标志和代表作品便是南朝宋临川王刘义庆的《世说新语》。"志人小说这种题材类型最早可以追溯到先秦诸子散文,《论语》和《孟子》记载了孔丘和孟轲的某些言行,许多片断言论和行为汇集成书,这种言行录方式成为志人小说文体的基本特征之一。"③其实何止诸子散文?历史散文本身即历史人物言行之记录。上古左史记言,右史记事的史官文化当为笔记文体、志人小说之远源。所以笔者在《中国小说发展史概论》中概括说:"志人类笔记小说(后世又称志人小说或轶事小说)是史官文化的产物。详其内容,不外二端:一是志人之轶事琐闻、高言异行,多为人物的生活片断;二是兼记典章制度、风俗民情、传说故事。同是写人,魏晋南北朝志人小说却与史传文学、史传小说有着很大的不同。它不是写人物的生平经历、文治武功、赫赫业绩,而是撷取人物特定情势下的神情举止、只言片语,主要采用传神

---

① 李剑国:《唐前志怪小说史》,第 10~11 页,天津,南开大学出版社,1984。

② 王恒展:《中国小说发展史概论》,第 163~164 页,济南,山东教育出版社,1996。

③ 石昌渝:《中国小说原流论》,第 112 页,北京,三联书店,1994。

写照的写意手法,描绘人物的音容笑貌,表现人物的个性特点和内在人格。"这里需要补充的是:笔记小说尤其是志人小说与其他种类小说相比,写意性更强,它不是依靠曲折复杂、惊险离奇的故事情节和完整生动的人物形象打动读者,而是依靠耐人寻味的趣味——理趣、情趣、韵趣打动读者。至于志人小说在魏晋南北朝时期兴盛的原因,亦如志怪小说,从文体自身的原因讲,经先秦至两汉的长期发展,不但两汉时期已经出现了刘向的《说苑》《新序》等已具小说性质的杂史别传,已经出现了刘向的《百家》、后经葛洪编纂成书的《西京杂记》等具有志人小说性质的小说,而且出现了具有"世说体"志人小说性质的志人小说《世说》。其书虽佚,但余嘉锡《四库提要辨证·世说新语辨证》中便考证说:"刘向《世说》虽亡,疑其体例,亦如《新序》《说苑》(按指分类编纂),上述春秋,下记秦汉。义庆即用其体,托始汉初,以与向书相续,故即用向之例,名曰《世说新书》,以别于向之《世说》。其《隋志》以下但题《世说》者,省文耳。"至于社会原因,笔者亦曾概括为四点:一是品目,即汉代以荐举为主的选官制度影响之下的"人伦鉴识"之学。二是清议和清谈。三是社会生活及思想的复杂性。四是史学观念的变化与文学的自觉。① 值得注意的是,志人小说虽有刘义庆《世说新语》等堪称经典的上乘之作以与志怪小说相抗衡,但从数量上讲却远逊志怪小说,漫漫三百六十余年之间,见于著录的只有寥寥二十余种。想其原因,盖志怪多街谈巷语,社会流传,上至帝王将相,下至乡野小民均可口耳相传,笔而记之,即成志怪小说,上上下下均可为之,故而数量大。志人则多为历史人物高言异行、琐闻轶事,上层易传则民间难道,笔而记之者则文人雅士易而俚儒野老难,故而数量鲜。

在笔记小说中,还可分出杂俎与诙谐二类。前者宁稼雨《中国文言小说总目》唐前编虽列出自战国至唐前近三十种,然多数早佚,未见征引;个别如《铜剑赞》《古今刀剑录》等虽有传本,但从后世文言小说发展看,亦影响甚微。若以唐代杂俎小说的代表作,段成式的《酉阳杂俎》之例类推,倒是晋张华的《博物志》影响更大。诙谐小说或称谐谑小说,实即我们平常所说的笑话。宁稼雨《中国文言小说总目提要》唐

---

① 参阅王恒展:《中国小说发展史概论》,第 177~179 页,济南,山东教育出版社,1996。

前编只列魏邯郸淳《笑林》、晋陆云《笑林》、晋鲁褒《钱神论》、隋魏澹《笑苑》、隋侯白《启颜录》五种,缺隋阳玠松《解颐》。数量与其他类型大相径庭,故附于志人小说可也。

与笔记小说内容杂——不拘类别,有闻即录;形式散——长长短短、记叙随宜相比,魏晋南北朝时期还出现了另一种体裁的文言小说——史传小说。史传文学本身即蕴含着明显的小说因素,世移事迁,则流变为杂史别传。汉末"天下大乱,史官失守其常。博达之士,愍其废绝,各记闻见,以备遗亡。是后群才景慕,作者甚众"①。"爰及近古,斯道渐烦,史氏流别,殊途并骛。"②因而不但出现了大量具有小说性质的杂史别传,同时也出现了大量史传小说。据《隋书·经籍志》著录,这一时期的此类著作竟多达三百余种,其中杂史一百三十余种,杂传二百余种。而今天毫无疑问应归之于小说的《王子年拾遗记》《西京杂记》《汉武帝故事》《汉武帝内传》……甚至《列异传》《搜神记》《搜神后记》等均赫然在目。这一方面反映了古今小说概念之不同,同时也可见史传文学逐步向小说方面发展的演变轨迹:史传文学一变而为杂史别传,再变则为史传小说。在这些作品中,除应归之于笔记小说类的志怪小说、志人小说之外,还有相当一部分应归之于史传小说。因为从小说文体发展的视角看,史传小说无论从内容方面看还是从形式等方面看都有它自己的特点,显然别是一类。从内容方面看,史传小说写的尽管都是历史上确实存在过的历史人物或历史事件,但作者的写作动机已显然不是叙述历史而是编造故事,已经逐步摆脱了对历史事实的依傍,失去了历史散文的纪实性,具有了更多的虚构成分,因而具有了小说的性质,从而进入了小说文体的范畴。从艺术形式方面看,以叙述历史故事为主的作品以事件为结构中心,显然上承汉代《燕丹子》的传统,有类杂史;以描绘历史人物为中心的作品则以历史人物的生平为结构主线,显然上承汉人《东方朔传》的传统而甚类别传。而从写作方法方面看,则显然既不是历史散文的记录笔法,也不是笔记小说的有闻必录,而是以悬想事势、设身处地的艺术想象,将民间传说或者作者有意虚构的奇言怪语、特行异事附着于历史人物或历史事

---

① 〔唐〕魏征、长孙无忌等:《隋书·经籍志》史部杂史类序。
② 〔唐〕刘知幾:《史通·杂述篇》。

件,已经完全失去了历史散文的纪实性,而以表现作者自己的思想感情和审美情趣为主旨。伪托汉人的许多魏晋南北朝小说,如《海内十洲记》《汉武帝故事》《汉武帝内传》《汉武洞冥记》《赵飞燕外传》《西王母传》等之外,其他如《神仙传》、《高僧传》、《文士传》、《拾遗记》以及《三国志》裴松之注、《世说新语》刘孝标注中引用的大量作品亦属此类。显然就学术界目前情况看,后者尚未引起小说史界的特别关注。

综上所述,可见魏晋南北朝时期不但出现了形式上已经成熟,堪称经典的志怪小说和志人小说,不但出现了笔记小说的第一个创作高潮,而且已经出现了为数不少的史传小说,已经出现了被胡应麟称为"传奇"之首的《赵飞燕外传》①,由此论定,我们将这一时期划分为中国文言小说的第一个创作高潮时期并不过分,还是符合文言小说创作实绩的。

第一节　志怪小说的嬗变(上)

魏晋南北朝时期,可以说是志怪小说的鼎盛时期。三百六十年间,见于各种著录的作品多达百种以上,真可谓"作家作品,云蒸四海,霞蔚苍穹。"纵观魏晋南北朝志怪小说的发展嬗变,大致可以分为魏晋和南北朝两个阶段。

魏晋是志怪小说渐趋成熟的阶段。这一时期虽延续二百年,但见于著录的志怪小说仅二十余种。其中,以魏文帝曹丕的《列异传》、西晋司空张华的《博物志》、东晋鬼董狐干宝的《搜神记》最有代表性。

《列异传》三卷,《隋书·经籍志》史部杂传类著录,题"魏文帝撰",称"魏文帝又作《列异》,序鬼物奇怪之事"。唐初虞世南《北堂书抄》、徐坚《初学记》等均题魏文帝作。《旧唐志》虽仍列于史部杂传类,但作者已作"张华撰"。《新唐志》入丙部小说家类,仍题张华撰。曹丕卒于魏黄初七年(226),然书中有甘露年间(256—259)事,"在文帝后,或后人有增益,或撰人是假托,皆不可知。两《唐志》皆云张华撰,亦别无佐

---

① 明胡应麟《少室山房笔丛·九流绪论下》曰:"《飞燕》,传奇之首也。"

证,殆后有悟其牴牾者,因改易之。惟宋裴松之《三国志》注,后魏郦道元《水经注》,皆已征引,则为魏晋人作无疑也。"①清人姚振宗《〈隋书经籍志〉考证》则综合诸家之说,认为是"张华续文帝书,而后人合之",很有道理。

曹丕(187—226),字子桓,曹操次子。沛国谯(今安徽亳县)人。先为五官中郎将,副丞相。建安二十二年立为魏太子,操死,袭位魏王。延康元年(220),代汉称帝,史称魏文帝。平生博学多才,酷爱博物。汉末神仙方术盛行,其父曹操喜招引方术之士,其《典论》中亦有关于方士辟谷行气、补导之术的记载,其诗亦多有吟咏神仙事者。李剑国《唐前志怪小说史》、欧阳健《中国神怪小说通史》等均引其《游仙诗》以证其有"以序鬼物奇怪之事"的《列异传》。

《列异传》原书已佚,佚文散见于《水经注》、《三国志》裴松之注、《文选》李善注、《初学记》、《太平广记》、《太平御览》等。鲁迅《古小说钩沉》辑得佚文五十条,是比较完备的辑本。就现存佚文看,大致可以分以下几类:

第一是反映古代人民思想感情的民间传说。如《三王冢》述干将莫邪为楚王铸剑,剑成后干将为楚王所杀,后莫邪生子赤鼻,为父复仇,是中国小说史上较早的武侠小说,明显地表现了下层人民强烈的复仇精神和侠客(山中客)见义勇为的侠义行为。其他如《望夫石》述武昌新县北山望夫石的传说,称"传云:昔有贞妇,其夫从役,远赴国难;妇携幼子饯送此山,立望而形化为石"。既写出了徭役给人民带来的妻离子散,又歌颂了古代男女间真挚的爱情。

第二是数量较多的鬼小说。《蒋济亡儿》述领军蒋济之子死后为泰山伍伯,憔悴困辱,不可复言;托梦其母,嘱为通融,显然以阴写阳,反映了当时官场托关系、走后门的腐败现象。《宋定伯捉鬼》以对话为主要艺术手法,塑造了宋定伯这一不怕鬼,敢捉鬼的艺术形象,是一个典型的不怕鬼的故事。《谈生》述其与睢阳王亡女之间的爱情故事。女鬼"可年十五六,姿颜服饰,天下无双",为谈生生子后谈生负其所嘱,以火照视,使其不能复活。谈生辞谢,"涕泣不可复止",分手之言,

---

① 鲁迅:《中国小说史略》,第 29 页,北京,人民文学出版社,1973。

真切动人,是中国文言小说史上较早的人鬼恋小说。总而言之,《列异传》中的鬼小说确如张稔穰所言:"这一时期写鬼的志怪小说,与后世同题材的小说也有一个很大的不同,那就是很少出现后世志怪小说常常描写的面目狰狞的恶鬼,也很少具有恐怖气氛,而是着重探索鬼世界的奥秘,探索鬼的生活状态、生活方式。"①

第三是直承两汉《列仙传》之类的神仙小说。如"费长房能使神,后东海君见葛陂君,淫其夫人,于是长房敕系三年,而东海大旱。长房至东海,见其请雨,乃敕葛陂君出之,即大雨","费长房又能缩地脉,坐客在家,至市买鲊;一日之间,人见之千里之外者数次",想象丰富,不但为后世《西游记》《封神演义》等神魔小说开辟了思路,同时也从时间和空间等方面开拓了人类的视野。特别是费长房的缩地术,欧阳健便称"费长房的缩地之术,能'一日之间,人见之于千里之外数次'。时间和空间,是人类生存的物质条件,又是束缚人类开拓进取的最大障碍,努力缩小空间和时间,是人类争得自由的重要前提。费长房的缩地术,堪称人类的幻想最有意义的创造物之一。包函着未来科学技术的意念萌芽。"②也就是说,这样的作品已经有了今天科幻小说的某些因素。另如《神仙麻姑》:

> 神仙麻姑降东阳蔡经家,手爪长四寸。经意曰:"此女子实好佳手,愿得以搔背。"麻姑大怒;忽见经顿地,两目流血。

麻姑献寿是后来家喻户晓的神话传说,想流传甚广而甚早。蔡经以凡人之躯而欲神人搔背,显然有亵渎神灵之嫌,这就难怪惹得麻姑大怒,使之顿地而两目流血了。然见美女而想入非非,亦人之常情,掩卷沉思,亦颇有情趣。不论雅俗,勿言是非,追求趣味,不正是笔记小说特征之一吗?

第四个方面是大量的精怪故事。这大概正是曹丕将书名定为《列异传》的主要原因,所谓"异",实即精怪也。秦穆公时,陈仓人掘地得异物,不类猪,不似羊,其名为"媪";媪言二童子名陈宝,为雌、雄二雉,怪上加怪。《怒特祠》记神本南山大梓树,斫之不断。后依鬼言斫之,树断又化为牛,入水。《鲁少千》篇言蛇精。《汝南有妖》篇言鳖成精,

---

① 张稔穰:《中国古代小说艺术教程》,第29页,济南,山东教育出版社,1991。
② 欧阳健:《中国神怪小说通史》,第68页,南京,江苏教育出版社,1997。

常作太守服,诣府门椎鼓。《周南》篇述"有鼠衣冠从穴中出",不但能说话,且能预言人之生死。尤为令人深思的是,金银也可以成精为怪,如《细腰》:

> 魏郡张奋者,家巨富。后暴衰,遂卖宅与黎阳程家。程入居,死病相继,转卖与邺人何文。文日暮,乃持刀上北堂梁上坐。至二更,忽见一人,长丈余,高冠黄衣,升堂呼问:"细腰!舍中何以有生人气也?"答曰:"无之。"须臾,有一高冠青衣者,次之,又有高冠白衣者,问答并如前。及将曙,文乃下堂中,如向法呼之,问曰:"黄衣者谁也?"曰:"金也!在堂西壁下。""青衣者谁也?"曰:"钱也!在堂前井边五步。""白衣者谁也?"曰:"银也!在墙东北角柱下。""汝谁也?"曰:"我杵也!在灶下。"及晓,文按次掘之,得金银各五百斤,钱千余万。仍取杵焚之,宅遂清安。

凶宅、窖藏、掘宝、金银变化是志怪小说中常见的类型和母题。王立《宗教民俗文献与小说母题》便专列"掘宝风习与古代小说金银变化母题"一章,讨论此类作品的发展演变。可惜在讨论"金银变化神秘崇拜来源及演变阶段"时过分强调了佛经故事的启发作用。[①] 众所周知,据可靠文献记载,佛教于东汉明帝永平年间(58—75)传入中国,而先于此的王充(27—约97)已有"物之老者,其精为人;亦有未老,性能变化,象人之形"[②]的议论。魏文帝曹丕亦生活在一个喜谈神仙方术的时代而非佛教盛行的时代,所以这种"物老成精"的观念,金银变化的母题更应来自于中国传统的巫文化而非佛教的启发。同样,上文言及的《怒特祠》显然便属于"植物崇拜与古代小说树神遭害母题",完全符合这一母题"伤树血出与植物遭害体现的血崇拜观念","伐树的要诀与树种的厄运"等要素。[③] 除上述四个方面之外,《列异传》中的许多作品,在中国文言小说史、志怪小说史上都占有十分重要的地位。如《鲁少千》中楚王少女为蛇精所魅而病,请少千以仙人符治之的故事,是较早的蛇精故事,可为以后《白蛇传》等传说张本。《鹄奔亭》述亭长龚寿

---

① 王立:《宗教民俗文献与小说母题》第110页论及《列异传·细腰》时引用了杨义《中国古典小说史论》的观点,但却于引文后说:"这里的论列,显然与不少议论一样,忽视了佛经故事的启发作用。"(吉林人民出版社,2001)。

② 〔汉〕王充:《论衡》第二二卷《订鬼第六十五》。

③ 参阅王立:《宗教民俗文献与小说母题》,第42~53页,长春,吉林人民出版社,2001。

杀苍梧广信女子苏娥;交阯刺史周敞行部宿亭,觉寿奸罪,奏而杀之;此当为志怪小说中公案小说之先声。《胡母班》述其为太山府君赍书请河伯,堪为唐传奇《柳毅传》之本事等等,都在文言小说史上有开辟之功。详阅全书,可见《列异传》不但志怪内容丰富多彩,而且在艺术方面也较两汉志怪小说如《神异经》《异闻记》等有了明显的进步,或三言五语而意趣盎然,耐人寻味,如《弦超》《麻姑》等;或篇幅较长而已具故事情节、艺术形象、典型环境,且结构较为完整,注意叙述描写,形象塑造,颇具后世短篇小说性质,如《蒋济亡儿》《宋定伯》等。从而不但在内容方面起了承前启后的重要作用,在艺术方面也为此后志怪小说的发展树立了榜样。再加上魏文帝曹丕特殊的社会地位,所以《列异传》便成了中国文言小说史、志怪小说史上影响巨大的作品之一。这一时期的志怪小说还有无名氏的《神异传》和《异说》。二者不但作者阙名,且均已亡佚。前者唯存一条"由拳县",见《水经注·沔水注》,记秦始皇时一老妪言城门有血,城陷为湖事,他书多有类似记载,亦流传较广的民间传说。后者仅存二条:一见《博物志》卷三,叙舜少时为瞽叟与继母虐待事。一见《初学记》卷七,叙临邛县火井随时代兴亡变化,蜀亡时息灭。可见人微书轻,影响与曹丕《列异传》不可同日而语。

西晋仅三十五年,志怪小说当以司空张华的《博物志》为代表。张华(232—300),字茂先,范阳方城(今河北涿州)人。父张平,曾任魏渔阳郡守。然华少孤贫,曾自牧羊为生。而力学博闻,被阮籍叹为有"王佐之才"而声名卓著。被魏范阳守鲜于嗣荐为太常博士,迁长史、中书郎。入晋历黄门侍郎、中书令、散骑长侍、中书监等,官至司空。后赵王伦谋废贾后,华不从,被杀。身死之日,家无余财,唯有文史溢于机箧。张华强记默识,博学多闻,当时推为第一。《晋书》本传即载其辨海凫毛、龙肉鲊、蛇化为雉,以及"吴郡临岸崩,出一石鼓,槌之无声。帝以问华,华曰:'可取蜀中桐材,刻为鱼形,扣之则鸣矣。'于是如其言,果声闻数里。"至于那流传千载的《丰城剑气》《延津剑合》等故事,就更著名了。这样的一位博物学家,写出地理博物类的志怪小说《博物志》,自然是水到渠成、情理之中的事了。

《博物志》十卷,今存。《隋书·经籍志》隶子部杂家类,十卷,与本传合,新、旧《唐志》改隶小说家,《四库全书总目》入子部小说家类琐语之属,均作十卷。然东晋王嘉《拾遗记》卷九云张华"造《博物志》四百卷,奏于武帝。帝诏诘问:'卿才综万代,博识无伦,远冠羲皇,近次夫子,然记事采言,亦多浮妄,宜更删翦,无以冗长成文!昔仲尼删《诗》《书》,不及鬼神幽昧之事,以言怪力乱神;今卿《博物志》,惊所未闻,异所未见,将恐惑乱于后生,繁芜于耳目,可更芟截浮疑,分为十卷!'……帝常以《博物志》十卷置于函中,暇日览焉。"王嘉是东晋人,去张华所处的时代未远,所载当不会是空穴来风。想华博学多才,勤于著述,著《博物志》四百卷,删为十卷,完全有这种可能。今本虽云十卷,但其他典籍中仍存有不少佚文,也可以从另一个侧面说明这一点。现在流行的中华书局《古小说丛刊》本为今人范宁校证,正文凡三百二十三条,其后附佚文二百一十二条,一方面可见今本阙失之重,然而也不能排斥佚文中有原四百卷本内容的可能。

从性质而言,《博物志》显然上承《山海经》和《神异经》的传统,为地理博物类志怪小说,凡"天地之高厚,日月之晦明,四方人物之不同,昆虫草木之淑妙者,无不备载"①。以今天的小说观念看,《博物志》虽内容庞杂,并非佳作,有的甚至并非小说,然仔细研读,卷一分"地理略""地""山""水""山水总论""五方人民""物产"七目,且序曰:

> 余视《山海经》及《禹贡》、《尔雅》、《说文》、地志,虽曰悉备,各有所不载者,作略说。出所不见,粗言远方,陈山川位象,吉凶有征。诸国境界,犬牙相入。春秋之后,并相侵伐。其土地不可具详,其山川地泽,略而言之,正国十二。博物之士,览而鉴焉。

可见所述主要为地理博物小说中之地理传说故事,直承《山海经》等。卷二分"外国""异人""异俗""异产"四目,卷三分"异兽""异鸟""异虫""异鱼""异草木"五目,实为卷一之附庸,述与地理有关的异人、异物、异俗。虽多为采撷旧籍之作,然亦不乏生动的民间传说。如卷三之《蜀山猴獲》:

> 蜀山南高山上,有物如猕猴,长七尺,能人行,健走,名曰猴獲,一名化,或曰猳獲。同("伺"字之讹)行道妇女有好者,辄盗之以去,人不得知。行者或每遇其傍,皆以长绳相引,然故不免。此

---

① 〔明〕崔世节湖广楚府刻本:《博物志跋》,见《古小说丛刊》本《博物志》,第150页,北京,中华书局,1980。

得男女(应作"子")气,自死,故取男(应作"女")也。取去为室家,其年少者终身不得还。十年之后,形皆类之,意亦迷惑,不复思归。有子者辄送还其家,产子皆如人,有不食养者,其母辄死,故无敢不养也。及长,与人无异,皆以杨为姓,故今蜀中西界多谓杨,率皆猳玃、〔马〕化之子孙,时时相有玃爪也。

朱一玄、刘毓忱编《西游记资料汇编》,列唐无名氏《补江总白猿传》为《西游记》本事之一,且注云:"鲁迅《稗边小缀》云:'《补江总白猿传》《太平广记》题曰《欧阳纥》,注云:出《续江氏传》'。文中写窃妇'神物',形貌如'美髯丈夫六尺余,白衣曳杖',遍体如铁,动如匹练,'晴昼或舞双剑,环身电飞',十分奇特,而'所居常读木简,字若符篆,了不可识',尤为神异,实际上,是一个大白猿。这个白猿精在特征方面较之无支祁有更接近《大唐三藏取经诗话》所写的猴行者的地方。"①然《补江总白猿传》要比《博物志》中《蜀山猳玃》的故事晚得多,故而猿窃妇人的故事当以《博物志》所记为本事之源,所以李剑国将此类故事综合排比后说:"猿猴传说古来很多,《吴越春秋》卷五即有袁公之事,猿盗妇人传说又给猿猴传说增添了新异内容,成为后世小说袭用的幻想情节。唐初《补江总白猿传》,宋初徐铉《稽神录》'老猿窃妇人'条,《清平山堂话本》的《陈巡检梅岭失浑家》,明瞿佑《剪灯新话》中的《申阳洞记》等,都以此为题材。孙悟空在元末明初杨景贤《西游记》杂剧中,也干过抢金鼎国公主为妻的不光彩事,显见也是祖袭猿盗妇人传说。"②卷四分"物性""物理""物类""药物""药论""食忌""药术""戏术"八目。前二目记事物之奇性怪理,后六目涉方士之事,如烧丹、医药等,物则博矣,涉人者极少。卷五分"方士""服食""辨方士"三目,多涉汉魏方士之事,如华佗、费长房、左慈等,"皆能断谷不食,分形隐没,出入不由门户。左慈能变形,幻人视听,厌刻鬼魅,皆此类也。《周礼》所谓怪民,《王制》称挟左道者也"。前此,《异闻记》《列异传》此类故事颇少,《博物志》张扬之,实开后世志怪小说中"异人"(卷二"异人"之目略同)之先河。卷六为考证文字,分"人名考""文籍考""地理考""典礼考""乐考""服饰考""器名考""物名考"八目,显见张华之博物知识,以今

---

① 朱一玄、刘毓忱编:《西游记资料汇编》,第28~29页,天津,南开大学出版社,2002。
② 李剑国:《唐前志怪小说史》,第265页,天津,南开大学出版社,1984。

之小说观念看,则极少小说作品。然"人名考"之记高阳生伯鲧,取帝息壤以填洪水;"文籍考"之考《神农经》《山海经》作者;"地理考"之言盗跖冢在大阳县西;"器名考"之考欧冶子作剑等,显然也具有"街谈巷语,道听途说者之所造也"的小说性质。卷七曰"异闻",卷八曰"史补",卷九曰"杂说上",卷十曰"杂说下",均无细目,所记多古今神话传说、奇闻异事,既见张华之博物,又多具小说性质,是全书最合今人小说观念的部分,其中的许多作品在中国文言小说史上占有重要的一页。卷七有三条记人死而复生事,为后世同类题材的文学作品提供了原型与母题。明李祯文言小说《剪灯余话》中的《贾云华还魂记》,明汤显祖的戏剧《牡丹亭》,清蒲松龄《聊斋志异》中的《莲香》《鲁公女》等等,均此类作品之佼佼者。人生苦短,追求长生、还魂,死而复生是人类共同的美好愿望,由《列异传》中的人鬼恋小说《谈生》之类发展到《博物志》中人死而复生的故事,显然是上述美好愿望的艺术表现。另如卷十《杂说下》之"千日酒"和"八月槎"也非常美妙。

> 昔刘玄石于中山酒家沽酒,酒家与千日酒,忘言其节度。归至家当醉,而家人不知,以为死也,权葬之。酒家计千日满,乃忆玄石前来酤酒,醉向醒耳。往视之,云玄石亡来三年,已葬。于是开棺,醉始醒。俗云:"玄石饮酒,一醉千日。"

既反映了中国古代高超的酿酒技艺,又反映了魏晋文人在政治动乱、荣辱无常的社会环境中寄情诗酒、寻求解脱的思想状况。且唐传奇《无双传》之古押衙救无双,清刘鹗《老残游记》第二十回之"千日醉"药水,似均受此影响。"八月槎"则显然是后世四大民间传说之一"天仙配"故事形成过程中的重要一环。全文如下:

> 旧说云天河与海通。近世有人居海渚者,年年八月有浮槎去来,不失期。人有奇志,立飞阁于查(槎)上,多赍粮,乘槎而去。十余日中犹观星月日辰,自后茫茫忽忽亦不觉昼夜。去十余日,奄至一处,有城郭状,屋舍甚严。遥望宫中多织妇,见一丈夫牵牛渚次饮之。牵牛人乃惊问曰:"何由至此?"此人具说来意,并问此是何处。答曰:"君还至蜀郡访严君平则知之。"竟不上岸,因还如期。后至蜀,问君平,曰:"某年月日,有客星犯牵牛宿。"计年月,正是此人到天河时也。

牛女的传说由来已久,由星辰至人事,"八月槎"将古老的天河海槎传说与牛郎织女以及天宫传说巧妙地结合在一起,奇思妙想,影响至今。总而言之,以今天的小说观念看,《博物志》内容驳杂,许多作品都不具备人物形象、故事情节、典型环境等小说文体的主要因素,"丛脞芜杂,鸡零狗碎,几乎成了一盘大杂烩"①。但以古代的小说观念看,则不亏为一部优秀的文言笔记小说集,因此在中国小说史上仍颇有影响。不但出现了宋李石的《续博物志》、明游潜的《博物志补》、董斯张的《广博物志》等仿作,而且突破了《山海经》《神异经》,甚至《汉武洞冥记》等地理博物小说的樊篱,开后来杂俎小说之先河。胡应麟在言及古代小说特盛独传之原因时曾经说过:"子之为类,略有十家,昔人所取凡九,而其一小说弗与焉。然古今著述,小说家特盛;而古今书籍,小说家独传。何以故哉?怪力乱神,俗流喜道,而亦博物所珍也;玄虚广莫,好事偏攻,而亦洽闻所昵也。"并进一步明确地说:"《博物》,《杜阳》之祖也。"②《杜阳》即《杜阳杂编》,唐人苏鹗撰,《四库全书总目》谓其"大抵祖述王嘉之《拾遗》,郭子横之《洞冥》,虽必举所闻之人以实之,殆亦俗语之为丹青也。所称某物为某年某国所贡者,如日林、大林、文单……《唐书》外国传皆无此名,诸帝本纪亦无其事。"可见亦《博物志》一类杂俎小说。

西晋时期的志怪小说尚有郭璞的《玄中记》、无名氏的《外国图》以及《陆氏异林》三种。《玄中记》宋前史志未著录,始见于宋《太平御览·经史图书纲目》和《太平广记引用书目》,题《郭氏玄中记》。南宋初人罗苹注《路史》,考证为晋人郭璞撰,后人多从其说。书久佚,辑本以叶德辉《观古堂所著书》本和鲁迅《古小说钩沉》本为善。从今存七十余则佚文看,颇类张华《博物志》,凡神话传说,山川动植,鬼神精怪,无所不备,然与当时的许多作品一样,多属辑录,类乏独创。其中"炎火山"当是有关火焰山的早期传说。"桃都山"记山下有"左名隆,右名窦"二神,"并执苇索,伺不祥之鬼,得而煞之。今人正朝作两桃人立门旁",显然是后世门神的原型。全部佚文中最引人注意的当属精怪类作品,其中的优秀作品,对后世小说颇有影响。"姑获鸟"便是很有代

---

① 李剑国:《唐前志怪小说史》,第 269 页,天津,南开大学出版社,1984。

② 〔明〕胡应麟:《少室山房笔丛·九流绪论下》。

表性的精怪故事：

> 姑获鸟夜飞昼藏，盖鬼神类。衣毛为飞鸟，脱毛为女人。一
> 名天帝少女，一名夜行游女，一名钩星，一名隐飞。鸟无子，喜取
> 人子养之，以为子。今时小儿之衣不欲夜露者，为此物爱以血点
> 其衣为志，即取小儿也。故世人名为鬼鸟，荆州为多。昔豫章男
> 子，见田中有六七女人，不知是鸟，匍匐往，先得其毛衣，取藏之，
> 即往就诸鸟。诸鸟各去就毛衣，衣之飞去。一鸟独不得去，男子
> 取以为妇，生三女。其母后使女问父，知衣在积稻下，得之，衣而
> 飞去。后以衣迎三女，三女儿得衣亦飞去。

此当是中国文言小说史上第一个人鸟恋故事，甚有情趣。不但干宝
《搜神记》、唐句道兴《搜神记》都选辑此事，后世之人鸟恋小说，如《聊
斋志异》中之《竹青》《秦吉了》等，显然均蒙其启发。另如"狐五十岁能
变化为妇人。百岁为美女。或为丈夫，与女人交接。能知千里外事，
善蛊魅，使人迷惑失智。千岁即与天通，为天狐。"则显然上承《吴越春
秋》所载禹娶九尾狐涂山氏的神话传说，下启源远流长的狐精故事系
列，唐戴孚之《广异记》发扬光大，至清蒲松龄的《聊斋志异》蔚为大观。
惜原书已佚，难见全豹。《外国图》亦佚，亦未见史志著录。李剑国认
为"当出于《博物志》之前"，且"全拟《括地图》，材料亦多取《括地》。又
多出入《博物》《玄中》"之间①，故不具论。《陆氏异林》或称《异林》，亦
未见著录。今仅存佚文一则，见《三国志·魏书·钟繇传》裴松之注，
《太平御览》卷八一九、八八七。鲁迅辑入《古小说钩沉》中。虽仅一则
佚文，然颇耐人寻味，全文如下：

> 繇尝数月不朝会，意性异常，或问其故，云："常有好妇来，美
> 丽非凡。"问者曰："必是鬼物，可杀之。"妇人后往，不即前，止户
> 外。繇问何以，曰："公有相杀意。"繇曰："无此。"乃勤勤呼之，乃
> 入。繇意恨，有不忍之心，然犹斫之伤髀。妇人即出，以新绵拭血
> 竟路。明日使人寻迹之，至一大冢，木中有好妇人，形体如生人，
> 着白练衫，丹绣裲裆，伤左髀，以裲裆中绵拭血。叔父清河太守说
> 如此。（清河，陆云也。）

---

① 李剑国：《唐前志怪小说史》，第 278 页，天津，南开大学出版社，1984。

作者即称陆云为叔父,显然即陆机之子。陆机兄弟及二子均于西晋惠帝太安二年(303)被成都王司马颖所杀,则书肯定成于西晋。钟繇史有其人,汉末举孝廉,官至侍中、尚书仆射,入魏,进太傅,以书法著称于世。上举佚文即见于魏文帝曹丕称华歆、王朗、钟繇"此三公者,乃一代之伟人也,后世殆难继矣"句之裴松之注。陆云以此事说与其侄,上距钟繇在世仅几十年(钟繇卒于公元230年),虽为人鬼恋之传说故事,但事主为一代伟人钟繇,想来不会空穴来风。钟繇贪恋美色,致意性异常,数月不朝。知为女鬼,隐有杀心。女鬼知之,竟仍赴约,可见对爱情之执着。而结果却被斫伤左髀,露其原型。与魏文帝曹丕《列异传》之《谈生》所述人鬼恋故事相比,显然已削减了不少人情味,尤其是以悲剧结局,明显开后世小说鬼魅祸人,人鬼殊途之先河,值得注意。

　　时至东晋,志怪小说已渐趋成熟,而标志成熟的代表作便是史称"鬼董狐"干宝的《搜神记》。干宝,《晋书》卷八二有传。少勤学,博览群书,西晋末以才器召为佐著作郎。东晋初,中书监王导表为史官,领国史。后因家贫,补山阴令,迁始安太守。后王导又请为司徒右长史,历官至散骑常侍。宝一生勤于著述,除志怪小说《搜神记》外,尚有《晋纪》二十卷,《百志诗》九卷,《干宝集》四卷,又著《春秋左氏义外传》,注《周易》《周官》数十篇,多亡佚。其《晋纪》虽时称良史,然详其佚文,率多搜奇志异之作。如"元康至太安间,江淮之域,有败屦自聚于道。多者或至四五十量。干宝尝使人散而去,或投林草,或投坑谷。明日视之,悉复如故。民或云:'见狸衔而聚之。'亦未察也。干宝以为夫屦者,人之贱服,最处于下面当劳辱,下民之象也。败者,疲弊之象也。道者地理,四方所以交通,王命所由往来也。今败屦聚于道者,象下民罢病,将相聚为乱,以绝四方,而壅王命之象也,在位者莫察。太安中,发壬午兵,百姓怨叛,江夏男子张昌遂首乱,荆楚从之者如流。于是兵革岁起,天下因逆大破坏。此近服妖也。太安元年。"又如"丹阳湖熟县夏架湖有大石浮二百步而登岸。民惊噪相告曰:'石来!'干宝曰:'寻有石冰入建邺。初,洛中名服有白石绮。识者尤之曰:'石非缯彩之称。'太安二年。"①可见干宝喜好。正史尚且如此，小说《搜神记》就更不用说了。

《搜神记》原本三十卷，《隋书·经籍志》《旧唐书·经籍志》史部杂传类著录。《新唐书·艺文志》改隶子部小说家类，可见至宋初原书尚存。宋以后目录或称十卷，或称二卷，或称"一部一册"，当均为残卷。现存明胡震亨《秘册汇函》本、毛晋《津逮秘书》本、清张海鹏《学津讨源》本及中华书局汪绍楹校注本均为二十卷，据学界研究，为明胡应麟辑录本②。且段熙仲先生认为原书系分类编排，现知曾有《感应》《神化》《变化》《妖怪》诸类。③ 至于干宝创作《搜神记》的动机，《晋书·干宝传》及《孔氏志怪》等均言宝感其亡父殉妾及兄死而复生事而撰，近小说家言，颇为荒唐。然谬误流传，后人不辨，故多有信以为真者。若详其自序，则不难见知。其《序》曰：

虽考先志于载籍，收遗逸于当时，盖非一耳一目之所亲闻睹也，又安敢谓无失实者哉。卫朔失国，二传互其所闻；吕望事周，子长存其两说，若此比类，往往有焉。从此观之，闻见之难一，由来尚矣。夫书赴告之定辞，据国史之方册，犹尚如此；况仰述千载之前，记殊俗之表，缀片言于残阙，访行事于故老。将使事不二迹，言无异途，然后为信者，固亦前史之所病。然而国家不废注记之官，学士不绝诵览之业，岂不以其所失者小，所存者大乎？今之所集，设有承于前载者，则非余之罪也。若使采访近世之事，苟有虚错，愿与先贤前儒分其讥谤。及其所述，亦足以发明神道之不诬也。群言百家，不可胜览；耳目所受，不可胜载。今粗取足以演八略之旨，成其微说而已。幸将来好事之士，录其根体，有以游心寓目而无尤焉。

详其文意，动机有三：一曰力辩小说难免"失实"。这在中国小说理论史上当属创见，意义极大。干宝之所以能写出代表志怪小说成熟的代表作《搜神记》根于此！是后文言小说创作云蒸霞蔚，从而形成了中国文言小说史上的第一个创作高潮，亦与此有关。二曰"发明神道之不

① 见《丛书集成初编》本《晋纪辑本》第22～23页，商务印书馆中华民国二十六年六月初版。
② 见余嘉锡《四库提要辨证》卷一八，汪绍楹校注《搜神记·附录》等。
③ 段熙仲：《〈搜神记〉与〈世说新语〉》，载《南京师院学报》1981年第三期。

诬"。这一思想来源于"子不语怪力乱神"的儒家文化。《周易·观卦》曰:"观天之神道,而四时不忒。圣人以神道设教,而天下服矣。"疏曰:"神道者,微妙无方,理不可知,目不可见,不知所以然而然,谓之神道。"可见并非如今人所望文生义者也。三曰指明所撰《搜神记》亦即小说之社会功用为"游心寓目"。"游心寓目"实即寓目游心,看在眼里,想在心里是也。实际上也就是我们今天所说的精神食粮,精神享受,亦道前人之未见。由此可见,《搜神记序》之小说理论价值,不可忽视。正因如此,干宝才写出了集汉魏以来志怪小说之大成的《搜神记》,从而奠定了他在中国文言小说史上的地位。干宝的理论与实践还可以证明,从此以后,一些伟大的小说家已开始有意为小说,而不是无心插柳柳成荫了。这在中国文言小说史上无疑是空前的,具有划时代的意义!

我们之所以认为《搜神记》超越汉末陈实的《异闻记》、魏文帝曹丕的《列异传》而集汉魏以来笔记小说尤其是志怪小说之大成,我们之所以将《搜神记》作为志怪小说已经成熟的标志,作为志怪小说的代表作,不仅是因为它内容丰富,凡神话传说、鬼神精怪、奇闻逸事、地理博物传说等无所不包,且已有理性的分类编排;也不仅仅是因为它揭露了统治阶级的荒淫残暴,如《三王冢》《韩凭妻》等,歌颂了人民的反抗精神和高尚品质,如《李寄》《东海孝妇》等,描绘了人民的理想和爱情,如《董永》《紫玉》等等,更重要的是因为它在创作动机、艺术形式、编排体例、艺术技巧诸方面均已趋向成熟,为后世志怪小说的创作树立了榜样,具体论述如下:

首先,干宝明确地以他认定的小说观念,亦即小说难免失实——虚构和"游心寓目"的社会作用作为自己的指导思想,选材记事,编撰成书,也就是他自己所说的"成其微说"。"微"者,小也。"微说"者,亦即小说也。干宝自序称其素材来源有二:一曰"承于前载",二曰"采访近世之事"。前者指选自前贤典籍,后者指蒐集当时传说故事。观今中华书局版汪绍楹校注本《搜神记》,正文凡四百六十四则,"承于前载"者竟多达近二百则。[①] 其中既有来自《史记》《汉书》等典籍者,也有

---

① 汪绍楹校注本《搜神记》每则后均注明本事,如第 1 则注:"本事见《太平御览》九八四引《本草经》,亦见司马贞补《三皇本纪》。"第 2 则注曰:"本事见《列仙传》。"非常清楚是"承于前载"者。

采自《列仙传》《博物志》《列异传》等志怪小说者。采自当时传说故事者则既有《郭璞》《张茂先》等名人传说,也有《张小小》《大青小青》等民间传说。但是这些故事"不管来自何方,这些作品的一个共同特点都是:'盖非一耳一目之所亲闻睹也,又安敢谓无实失者哉!'不以信实为准,而以'游心寓目'为目的,与历史散文划清了界限,为后世小说创作和同类小说集的编撰树立了榜样。"①承于前载者如开篇首则:"神农以赭鞭鞭百草,尽知其平毒寒温之性,臭味所主。以播百谷。故天下号神农也。"神农故事是中国历史上著名的神话传说,可能史有其人,但他那支鞭百草的赭鞭则显然传闻失实。然而也正是这一神物,这一细节,使作品趣味盎然。后世小说中各种各样的神鞭,当原型于此。采访近世之事者如卷十九首则《李寄》,斩蛇事可能实有,但大蛇"长七八丈,大十余围",李寄"先将数石米餈,用蜜麨灌之,以置穴口。蛇便出,头大如囷,目如二尺镜。闻餈香气,先啖食之"(蛇吃小动物,未闻食米餈者),"寄入视穴,得其九女髑髅,悉举出,咤言曰……"(蛇吞动物,并不吐骨头)则显然是传闻失实,然而也正是这些传闻失实亦即虚构夸张的情节和细节,使作品生动有趣,使读者"游心寓目"。

其次,笔记小说的艺术形式已经基本成熟,志怪小说的体例已经定型,从而为后世笔记小说尤其是志怪小说的创作奠定了基础,树立了榜样。通观中国志怪小说,从文体方面看例有二类:一类篇幅简短,侧重志异,重在选取那些迥异寻常的事物或事件,运用独具韵味的文言,三言五语,勾勒成篇,不注重故事情节的完整、典型环境的描绘和艺术形象的塑造,但却别有情趣,自然动人,可以说是一种以趣动人——以情趣、意趣、韵趣动人的小说文体。一类则有一定长度的篇幅,故事比较完整,内容比较复杂,情节比较曲折,已经开始注意环境的描写和艺术形象的塑造,已经开始突破"丛残小语"式的结构,已经开始以人物形象或故事情节作为作品的结构中心,谋篇布局已经与后世的短篇小说十分接近。而《搜神记》便明显地已经具备了这两类小说文体。前者占了作品中的大多数,是典型的笔记小说。上文所举之"神农"便很有代表性。后者显然从历史散文尤其是纪传体历史散文

---

① 王恒展:《中国小说发展史概论》,第 168 页,济南,山东教育出版社,1996。

和杂史别传文体中汲取了营养,明显呈现出由笔记小说向传奇小说过渡的趋向。此类作品虽然数量上不及第一类多,但却代表了文言小说的发展趋势,所以在文言小说发展史上特别值得关注。如《左慈》《玄超》《三王墓》《紫玉》《崔少府墓》《李寄》等都属此类。其中《左慈》以人物形象为结构主线,将铜盘钓鲈、蜀中买姜、行酒百官、壁中隐形、市人皆放、化羊藏身等七八个小故事串联到一起,形成一种典型的"联珠体"结构,开唐传奇《古镜记》之类结构之先河。而《崔少府墓》已洋洋洒洒近九百字,写范阳人卢充出猎至崔少府墓,就婚其亡女,别后四年,女送儿归卢事,故事情节曲折离奇,显然又开"传体传奇"之先河。卷四之《胡母班》围绕胡母班过泰山,被泰山府君召唤,为之传书于河伯一事结构故事,亦极尽曲折,颇具章法,不但可为《柳毅传》本事,且亦具唐传奇笔法。更为重要的是,这两种形式一长一短,一简一繁,有机结合,相映成趣,为后世志怪小说的创作,志怪小说集的编撰开创了体例。

再次,《搜神记》明显地已经开始注意人物形象的塑造。众所周知,小说是一种通过相对完整的故事情节和具体环境的描写,塑造各种各样的人物形象,广泛地多方面地反映社会生活的文学样式,因此,人物形象便成了小说文体要素中的要素,是这一文体是否成熟的标志。纵观《搜神记》的形象塑造,有三个方面似乎特别引人注目:其一,纵观全书,除志怪这一特点之外,《搜神记》已十分注意写人,注意在志怪的故事情节中表现人物,表现人物的个性特征和思想情感,使许多人物形象具有了相当的立体性、生动性和可感性,因而颇为动人。今本《搜神记》多数篇目以人名命名,大概原因就在于此。如四大民间传说之一《天仙配》之本事"董永",便通过卖身葬父、为奴偿债,织女相助等情节,写出了董永这一孝子形象,不但感动了天帝、织女,也感动了历代读者。另如《弦超》中的天上玉女,《紫玉》篇中一往情深的少女紫玉,《李寄》篇中智勇双全、为民除去蛇害的姑娘李寄等等,无不生动感人。其二,与此前的志怪小说相比,《搜神记》明显地增加了许多场面和人物言行的细节描写,使人物形象更加有血有肉,生动传神。如"三王墓",曹丕《列异传》亦载。两相比较,《列异传》于干将献剑后仅"及至君觉,杀干将"七字,而《搜神记》则增加了"相剑"这一场面的描写:

"王大怒,使相之:'剑有二,一雄一雌。雌来,雄不来。'王怒,即杀之",增加到二十余字,强调了楚王因怒杀干将,形象便生动了许多。后楚王购求干将之子赤比(《列异传》作赤鼻)甚急,赤比于山中遇侠客一段,《列异传》仅云:"购求甚急,乃逃朱兴山中。遇客,欲为之报;乃刎首,将以奉楚王。"后面便直接叙"客令镬煮之"。而《搜神记》则曰:"王即购之千金。儿闻之,亡去。入山行歌。客有逢者,谓:'子年少,何哭之甚悲也?'曰:'吾干将、莫邪子也。楚王杀吾父,吾欲报之!'客曰:'闻王购子头千金,将子头与剑来,为子报之。'儿曰:'幸甚!'即自刎,两手捧头及剑奉之,立僵。客曰:'不负子也。'于是尸乃仆。"后才接"客持头往见楚王"。显然,《列异传》只是概述故事,而《搜神记》已是场面描写。尤其是增加了赤比自刎之后"两手捧头及剑奉之,立僵"这一细节,等山中客保证"不负子也"之后"尸乃仆",更使这一复仇形象生动感人,千年后犹凛凛然。其他如《弦超》篇写玉女与弦超相会的场面、分别的场面,特别是分别时的言辞,下酒饮啖,发篚赠衣,赠诗,"把臂告辞,涕泣流离,肃然升车,去若飞迅"的一连串细节;《紫玉》篇写韩重与紫玉的鬼魂相会时的场面,"玉乃左顾宛颈而歌"的细节等等,都形象生动,十分感人。其三,注意运用对话刻画人物形象,如果说《宋定伯》等还是继承了《列异传》中《宗定伯》运用对话刻画人物之传统的话,那么许多篇幅较长的作品,如《胡母班》《紫玉》《崔少府墓》等便显然在继承的基础上有了进一步的发展。其中许多人物形象、人物的性格特征,都是通过对话表现出来的。如《紫玉》篇叙"玉魂从墓出,见重,流涕谓曰:'昔尔行之后,令二亲从王相求,度必克从大愿。不图别后,遭命奈何!'玉乃左顾宛颈而歌曰:……歌毕,歔欷流涕,要重还冢。重曰:'死生异路,惧有尤愆,不敢承命。'玉曰:'死生异路,吾亦知之。然今一别,永无后期,子将畏我为鬼而祸子乎?欲诚所奉,宁不相信。'重感其言,送之还冢。玉与之饮谦,留三日三夜,尽夫妇之礼。"这样的痴情女子,不要说当时的韩重被感动,千年后之读者,宁不动容乎?而紫玉的这种舍生忘死的痴情,正是通过发自肺腑的语言,通过与情人韩重的对话表现出来的。

第四,值得特别指出的是,《搜神记》上承文言小说散韵结合的语言特色,上承文言小说在散文叙述中穿插诗歌的艺术传统而有所发展,注意用诗歌渲染气氛,刻画人物,尤其是表现人物难于言表的心理活动和复杂细微的感情,使文言小说的诗化特征得到进一步的发展,为形成中国小说尤其是文言小说"文备众体,可以见史才、诗笔、议论"的民族风格做出了自己的贡献。在此之前的文言小说中,《燕丹子》仅穿插"易水送别"与"罗縠单衣"两处诗歌。《西京杂记》今本一百三十八则,涉及诗歌者仅五则。鲁迅《古小说钩沉》辑《列异传》五十则,穿插诗歌者仅《鲍宣》一则而已,且只是简单的几句。至干宝《搜神记》就大不相同了。今本四百六十四则中,穿插诗歌者竟然有近三十则,且其中篇幅较长者所穿插的诗歌,已经达到了相当的水平。如卷一之《杜兰香》,全文仅二百五十余字,却穿插了两首诗歌,均为小说的主人公仙女杜兰香所作。其一曰:

> 阿母处灵岳,时游云霄际。
>
> 众女侍羽仪,不出墉宫外。
>
> 飘轮送我来,岂复耻尘秽。
>
> 从我与福俱,嫌我与祸会。

第一人称,直抒胸臆,显然是心理描写。其二曰:

> 逍遥云汉间,呼吸发九嶷。
>
> 流汝不稽路,弱水何不之。

亦不似民谣风格而通透一股文人气,品味之,亦可旁征魏晋志怪小说亦多有文人加工创作之迹也。另如卷十六之《紫玉》和《崔少府墓》二则所穿插的诗歌也显然是文人诗而非民间歌谣。如前所述,《紫玉》述韩重与情人紫玉鬼魂相见,玉乃左顾宛颈而歌曰:

> 南山有乌,北山张罗。乌既高飞,罗将奈何!
>
> 意欲从君,谗言孔多。悲结生疾,没命黄垆。
>
> 命之不造,冤如之何!羽族之长,名为凤凰。
>
> 一日失雄,三年感伤。虽有众鸟,不为匹双。
>
> 故见鄙姿,逢君辉光。身远心近,何当暂忘。

歌毕,歔欷流涕。真乃字字血泪,千载后读之,犹能催人泪下。像这样的诗歌,显然是文人之作。《崔少府墓》中之女鬼抱儿还卢充,又与一金碗,并赠诗曰:

> 煌煌灵芝质,光丽何猗猗。

　　　华艳当时显,嘉异表神奇。

　　　含英未及秀,中夏罹霜萎。

　　　荣耀长幽灭,世路永无施。

　　　不悟阴阳运,哲人忽来仪。

　　　会浅离别速,皆由灵与祇。

　　　何以赠余亲?金碗可颐儿。

　　　恩爱从此别,断肠伤肝脾。

亦哀婉动人,颇具汉魏风韵,亦显然是文人创作而非民歌风味。凡此
种种都足以说明,《搜神记》创作素材虽来源于两个方面:"承于前载"
和"采访近世之事",但绝不是抄录,绝不是汇辑类编,而显然是进行了
艺术的再创造,是"有意为小说",尤其是那些篇幅较长的作品。

　　总而言之,《搜神记》不但在题材和内容方面具有多而全的特点①,
在艺术上也颇多继承与创造,显然已是"有意为小说"。重史实、重教
化是儒家文化抑即传统文化的两大重要特色,而小说则恰恰要重虚
构、重娱乐。从这一角度讲,干宝的小说理论与实践恰恰在这两个方
面,有所突破,独树一帜。也正因如此,他才能写出象征志怪小说成熟
的代表作——《搜神记》,从而奠定了他在中国小说史,尤其是志怪小
说史上的不朽地位。清代著名小说家蒲松龄称"才非干宝,雅爱搜神;
情类黄州,喜人谈鬼。"②当是对干宝、对《搜神记》由衷的推崇与肯定。
我们将这一时期定为中国笔记小说的成熟时期,定为中国文言小说的
第一次创作高潮时期,此乃重要标志之一。

　　除《搜神记》外,东晋志怪小说尚有《搜神总记》(或作《搜神摭

----

　　① 关于《搜神记》的题材和内容,李剑国概括为九个方面:"第一,神仙术士及法术变化之
事。""第二,神灵感应之事。""第三,妖祥卜梦之事。""第四,物怪变化及灵奇之物。""第五,鬼事及
还魂事。""第六,精怪事。""第七,报应故事。""第八,神话和其它怪异传说。""第九,历史传说。"
(《唐前志怪小说史》第292～313页,南开大学出版社,1984)。王枝忠则概括为十一个方面:"1.
神仙方术之事,即原本的'神化'目:卷一——卷三;2. 神灵感应之事,即原本的'感应'目:卷
四——卷五;3. 妖怪灾异之事,即原本的'妖怪'目:卷六——卷七;4. 妖梦祯祥事:卷八——卷
一〇;5. 历史传说:卷一一;6. 物怪变化之事,即原本的'变化'目:卷一二;7. 各种灵奇之物:卷
一三;8. 各种怪异传说:卷一四;9. 鬼魂之事:卷一五——卷一六;10. 各种精怪之事:卷一
七——卷一九;11. 各类报应之事:卷二〇。"(《汉魏六朝小说史》第82～83页,浙江古籍出版社,
1997)。

　　② 〔清〕蒲松龄:《聊斋自志》。

记》)、曹毗《志怪》、孔约《志怪》、殖氏《志怪》、许氏《志怪》、祖台之《志怪》、王浮《神异记》、戴祚《甄异传》、荀氏《灵鬼志》、佚名《怪异志》、佚名《志怪集》、佚名《杂鬼神志怪》、谢敷《观世音应验记》和荀氏《灵鬼志》等多种。这些作品虽多亡佚，今存佚文也不出《搜神记》范围，然而却与干宝的《搜神记》共同掀起了一个志怪小说的创作高潮。从其中许多作品或名"志怪"，或题目中有"志怪"二字看，即可想见当年的志怪风气。且西晋志怪小说仅寥寥几种，而东晋时则明显数量激增至十余种，亦见当时志怪小说创作已渐趋高潮。在这些作品中，值得注意，颇显变化的是谢敷的《观世音应验记》和荀氏《灵鬼志》。谢敷，《晋书》卷九四《隐逸》有传，东晋简文帝、孝武帝时隐士，王琰《冥祥记》载其"字庆绪，会稽山阴人也。……少有高操，隐于东山，笃信大法，精勤不倦。"可见是一个虔诚的佛教徒。其《观世音应验记》未见著录，唐唐临志怪小说《冥报记自序》始言及。书早佚，未见佚文。王琰《冥祥记》之《窦传》载窦传被俘入狱，锁械甚严，从沙门支道山语，至心属念观世音，遂得脱狱。文末云"道山后过江，为谢居士敷具说其事"。又《徐荣》条载琅琊人徐荣水行遇险，"唯至心呼观世音"，遂脱险于波涛。文末亦云"荣后为会稽府督护，谢敷闻其自说如此"。故李剑国"疑二事皆出自谢氏《观世音应验记》。"遂称"鲁迅称这类志怪为'释氏辅教之书'，谢氏此作是今可考见的第一部"①。众所周知，佛教故事是后世小说的重要题材之一，那么作为文言小说的《观世音应验记》，则显然是此类小说的开山之作。荀氏名字无考，今传佚文中有晋末义熙时事，故当生活于东晋末年。《灵鬼志》三卷，《隋书·经籍志》史部杂传类著录，题荀氏撰。旧《唐志》同，《新唐书·艺文志》入子部小说家类。南宋已无征引，当亡于北宋。从鲁迅《古小说钩沉》所辑佚文二十四条看，是书作为志怪小说，有二点值得注意：一是开头四条均有民歌民谣，与《搜神记》一样，见东晋文言小说之"诗笔"特征。如第三条：

> 庾文康初镇武昌，出石头，百姓看者于岸歌曰："庾公上武昌，翩翩如飞鸟；庾公还扬州，白马牵旒旐。"又曰："庾公初上时，翩翩如飞鸦；庾公还扬州，白马牵旒车。"后连征不入，寻薨下都，葬焉。

---

① 李剑国：《唐前志怪小说史》，第 336 页，天津，南开大学出版社，1984。

二是佛教故事明显增多,谢敷的《观世音应验记》发其嚆矢,荀氏《灵鬼志》继为滥觞。其尤为著名者,一为取材于古印度《旧杂譬喻经》十八《壶中人》、《观佛三昧海经》的《外国道人》。一为《张应妇》。前者叙外国道人入担人小笼,吐饮食器物及女子共食。道人卧,女子又吐外夫共食。道人欲醒,女子吞外夫,道人复吞女子及饮食器物,情节极尽变幻。后写道人以法术惩罚为富不仁的悭吝富翁,颇觉痛快。此后梁吴均《续齐谐记》之《阳羡书生》条,即以此为本事创作。只不过外国道人变成了中国书生。显见"魏晋以来,渐译释典,天竺故事亦流传世间,文人喜其颖异,于有意或无意中用之,遂蜕化为国有"①。后者则述竺昙镜请佛为张应妻治病,张应"把火作高座,及鬼子母座。"鬼子母为佛教神名,梵名诃梨帝南,义泽为欢喜。本喜食人子,经佛度化,转为儿童保护神。此当是后世超度故事之原型,《灵鬼志》当颇有开辟传播之功。

第二节 志怪小说的嬗变(下)

历史进入南北朝时期,在短短的一百六十九年里,南朝竟然接连更换了宋、齐、梁、陈四个朝代。其中宋五十九年,齐五十一年,梁二十七年,陈三十二年。同时,北朝也经历了北魏(148 年)、东西魏(22年)、北齐(27 年)、北周(20 年)五个朝代。走马灯似的政权更迭,同时多方的政权割据,社会动荡,人心惶惶,思想混乱,可想而知。乱世多怪事,这就为志怪小说的发展创造了条件。所以"宋齐梁陈四朝凡一百六十九年,志怪之作约有三十多种。以时间而论,短于魏晋三十一年,以作品论,却超过一半以上,足见南朝志怪之兴盛。"②再加上北朝的十余种,总数约在四十种以上,足见繁荣。

与魏晋志怪相比,南北朝志怪小说的嬗变主要体现在三个方面:一是"承于前载"的题材明显减少,而"采访近世之事"者明显增多,因

---

① 鲁迅:《中国小说史略》,第 37 页,北京,人民文学出版社,1973。
② 李剑国:《唐前志怪小说史》,第 343 页,天津,南开大学出版社,1984。

而时代感和现实性比较明显。二是人们生活在与死为邻的水深火热之中,因而企盼和平安定的社会生活,故而理想性也明显地有所增强。三是当时佛教盛行,"南朝四百八十寺,多少楼台烟雨中"①,所以侈谈因果的"释氏辅教之书"——佛教故事明显增加。与以上变化相适应,艺术表现方面也自然有了进一步的发展。这从南北朝志怪小说的代表作《搜神后记》《幽明录》《冥祥记》《冤魂志》《穷怪录》等作品中可以看得很清楚。

先看题名陶潜的《搜神后记》。是书十卷,又名《续搜神记》,今存。《隋书·经籍志》史部杂传类著录,已题陶潜撰。然自明代以来,多以为伪托,均证据不足。梁释慧皎《高僧传序》已有"陶渊明《搜神录》"之语,"余嘉锡《四库提要辨证》"又进一步考定此书题作陶潜撰'自梁已然,远在《隋志》之前'",②所以陶渊明对于此书的著作权未可轻予否定。然今本并非陶潜原本,渊明卒于宋元嘉四年(公元 427 年),而今本中有元嘉十四、十六年事,故学界认定原本亡佚,今本为后人辑录。今十卷本有《秘册汇函》本、《津逮秘书》本、《学津讨原》本、《百子全书》本等,以中华书局"古小说丛刊"1981 年版汪绍楹校注本最为完备。

与魏晋志怪小说相比,《搜神后记》有三点比较明显的变化。

一、魏晋志怪虽有不少"采访近世之事"的作品,但"承于前载"者仍占有相当的比重,故许多作品,如《宗定伯》(或作《宋定伯》)、《紫玉》等均多书重出、给人以陈陈相因之感,即扛鼎之作《搜神记》亦难免俗。而《搜神后记》除少数作品"承于前载",见于《搜神记》等魏晋志怪之外,多数作品则是根据当时的传闻加工创作的。检汪绍楹校注本《搜神后记》,正文共一百一十七则,有五十余则汪注"本事他书未见",显然多数来自耳目所及的近世之事。另有四十余则注明"本事见《幽明录》"等时序在《搜神后记》之后的志怪作品,可见题材来源变化之大。其中有的作品,甚至述及现实生活中的人物,以证其实。如卷四首篇之《徐玄方女》,便于篇末云:"征士延世之孙云"。此篇"本事见《幽明录》",延世即济南人刘兆(见《魏志·王脩传》注引《汉魏春秋》),不但增加了作品的现实性和真实感,亦开唐人传奇小说"假实证幻"之先

---

① 〔唐〕杜牧:《樊川文集》卷三《江南春绝句》。
② 汪绍楹校注:《搜神后记·出版说明》,第 1 页,北京,中华书局,1981。

河。

二、与魏晋志怪小说相比,《搜神后记》最为显著的艺术特色便是以丰富的艺术想象,表现作者和当时人民追求社会安定、企盼生活美好的愿望和理想。如众所周知,脍炙人口的《桃花源记》,便显然以世外桃源的迷人描述,反映了作者和当时劳动人民在那样的年代里"对苛税、战乱的憎恶和对安定理想生活的向往"①。其他如写凡人山中遇仙的《仙馆玉浆》《刘驎之》,写人神恋的《剡县赤城》《白水素女》,写人鬼恋的《徐玄方女》《李仲文女》等等,无不如此。其中尤为动人,引人注目者为卷五的《白水素女》:

> 晋安帝时,侯官人谢端,少丧父母,无有亲属,为邻人所养。至年十七八,恭谨自守,不履非法。始出居,未有妻,邻人共愍念之,规为娶妇,未得。端夜卧早起,躬耕力作,不舍昼夜。后于邑下得一大螺,如三升壶。以为异物,取以归,贮瓮中。畜之十数日,端每早至野还,见其户中有饭饮汤火,如有人为者,端谓邻人为之惠也。数日如此,便往谢邻人。邻人曰:"吾初不为是,何见谢也。"端又以邻人不喻其意。然数尔如此,后更实问。邻人笑曰:"卿已自娶妇,密著室中炊爨,而言吾为之炊耶?"端默然心疑,不知其故。后以鸡鸣出去,平早潜归,于篱外窥其家中。见一少女,从瓮中出,至灶下燃火。端便入门,径至瓮所视螺,但见女(明抄本"女"作"壳",是)。乃到灶下问之曰:"新妇从何所来? 而相为炊?"女大惶惑,欲还瓮中,不能得去,答曰:"我天汉中白水素女也。天帝哀卿少孤,恭慎自守,故使我权为守舍炊烹。十年之中,使卿居富得妇,自当还去。而卿无故窃相窥掩,吾形已见,不宜复留,当相委去。虽然,尔后自当少差。勤于田作,渔采治生。留此壳去,以贮米谷,常可不乏。"端请留,终不肯。时天忽风雨,翕然而去。端为立神座,时节祭祀。居常饶足,不致大富耳。于是乡人以女妻之,后仕至令长云。今道中素女祠是也。

此事最早见于晋束皙的《发蒙记》,是一个流传久而广的民间传说。与《搜神记》中董永的传说同一机杼,显然意在表彰那些勤劳、守法、善

---

① 宁稼雨:《中国文言小说总目提要》,第 11 页,济南,齐鲁书社,1996。

良、孝悌、诚实的人。纵观一部中国小说史,在人神恋的作品中,美丽的仙女们每每眷顾董永、谢端这样的青年男子,至蒲松龄《聊斋志异》(如《蕙芳》)仍然如此,可谓一以贯之,显然是表现了下层劳动人民的愿望和理想。

三、与魏晋志怪小说相比,《搜神后记》中与佛教有关的作品明显增加。如卷二之《比邱尼》《三蔷茨》《佛图澄》《胡道人》《昙游》,卷三之《蜜蜂螫贼》,卷五之《清溪庙神》,卷六之《竺法师》等,皆为此类。《比邱尼》投桓温为檀越,每浴必移时。桓温疑而窥之,"见尼裸身挥刀,破腹出脏,断截身首,支分脔切"。及"尼出浴室,身形如常"。温以实问,尼答曰:"若逐凌君上,形当如之。"时温方谋问鼎,闻之怅然,终守臣节。这样的故事显然上承晋谢敷的《观世音应验记》而别开生面,开佛教志怪小说之先河,"渐离'释氏辅教之书'的范畴而向传奇志怪的方向迈进了一大步"①。任何宗教都可以分为神秘、哲理、世俗三个层次。佛教大量的神秘成分显然为中国志怪小说的发展输入了新鲜的血液,从而促进了志怪小说的进一步发展。从这一方面讲,《搜神后记》显然功不可没。"东晋末年,江州寻阳是个道教、佛教、经学、玄学各种思潮互相矛盾斗争的典型地区。生活在这个地区的陶渊明,受着上述各种思想的影响和制约。从社会关系看,他的亲友或交往的人,有各种思想的信奉者和代表者。他的上司江州刺史王凝之是道教徒,他的从弟陶敬远也是道教徒(见《祭从弟敬远文》)。以佛教说,庐山释慧远和他有来往(见《莲社高贤传》)。同他并称为'寻阳三隐'的朋友刘遗民、周续之也都是佛教徒。以玄学来说,他的上司桓玄是坚持自然观的玄学派。以经学来说,他的朋友祖企、谢景夷等都是研治《礼经》的。"②这样的经历,对于他创作《搜神后记》,尤其是其中的佛教故事,显然会有帮助。

在中国文言小说史上,南朝宋临川王刘义庆可以说是一个直追"鬼董狐"干宝的重要作家。他不但有志人小说的代表作《世说新语》,在志怪小说的领域内也以著有《幽明录》和《宣验记》而蜚声中国小说

---

① 王恒展:《中国小说发展史概论》,第 171 页,济南,山东教育出版社,1996。
② 逯钦立:《关于陶渊明》,见逯钦立校注《陶渊明集》,第 213～214 页,北京,中华书局,1979。

史。《幽明录》二十卷,《隋书·经籍志》入史部杂传类。《旧唐书·经籍志》同,然作三十卷。《新唐书·艺文志》入丙部小说家类,亦作三十卷。宋初《太平御览》《太平广记》尚大量引录,至南宋洪迈时已世无传本。① 宋以后目录失载,当佚于宋。今传《琳琅秘室丛书》本、《玉函山房辑佚书补编》本,均非全本。鲁迅《古小说钩沉》辑佚文 266 则,较为完备,但亦有误收、漏收者。② 今人郑晚晴以《钩沉》为底本,整理出版辑注本《幽明录》,较为完善。

鲁迅曾经指出:"(《幽明录》)其书今虽不存,而他书征引甚多,大抵如《搜神》《列异》之类;然似皆集录前人撰作,非自造也。"③通阅今存佚文,虽有少数作品"承于前载",如《望夫石》《文翁》《东方朔》等,然"采自旧书者不足四分之一,绝大部分是首出,而且主要是晋宋事,因而全书有较强的时代感"④。所以与此前的志怪小说相比,《幽明录》虽然仍以搜神志怪为主,但仔细品味,却明显地具有了一些新的特色。

首先,《幽明录》一反魏晋志怪取材多"承于前载"的传习,所采多为晋宋间现实生活中士民僧俗的奇闻异事,题材更加广泛,内容更加丰富,贴近时代,切入现实。尤其值得注意的是,美妙动人的爱情故事明显增加。细细读来,确能给人以既虚幻离奇,又近在耳目之间的亲切感,具有较为强烈的现实性和时代感。在此类作品中,如果说《刘晨阮肇》《黄原》等还有些《桃花源记》式的理想性的话,那么《卖胡粉女子》《庞阿》等便显然更倾向于现实性和生活化了。如《卖胡粉女子》:

> 有人家甚富,止有一男,宠恣过常。游市,见一女子美丽,卖胡粉,爱之。无由自达,乃托买粉,日往市,得粉便去。初无所言,积渐久,女深疑之。明日复来,问曰:"君买此粉,将欲何施?"答曰:"意相爱乐,不敢自达,然恒欲相见,故假此以观姿耳。"女怅然有感,遂相许以私,克以明夕。其夜,安寝堂屋,以俟女来。薄暮果到,男不胜其悦,把臂曰:"宿愿始伸于此!"欢踊遂死。女惶惧,不知所以,因遁去,明还粉店。至食时,父母怪男不起,往视,已死

---

① 〔南宋〕洪迈《夷坚三志辛序》云:"《幽明录》今无传于世。"
② 参阅李剑国:《唐前志怪小说史》,第 357 页,天津,南开大学出版社,1984。欧阳健《中国神怪小说通史》,第 125 页,南京,江苏教育出版社,1997。
③ 鲁迅:《中国小说史略》,第 35 页,北京,人民文学出版社,1973。
④ 李剑国:《唐前志怪小说史》,第 357 页,天津,南开大学出版社,1984。

矣。当就殡敛。发箧笥中,见百余裹胡粉,大小一积。其母曰:
"杀吾儿者,必此粉也。"入市遍买胡粉,次此女,比之手迹如先。
遂执问女曰:"何杀我儿?"女闻呜咽,具以实陈。父母不信,遂以
诉官。女曰:"妾岂复吝死?乞一临尸尽哀!"县令许焉。径往,抚
之恸哭,曰:"不幸致此,若死魂而灵,复何恨哉!"男豁然更生,具
说情状。遂为夫妇,子孙繁茂。

这个故事中既没有鬼神,也没有物怪,人物全是当时现实生活中的平
民百姓,除痴情男子的死而复生外,别无怪异,全是现实生活中完全可
能发生的平民爱情故事。所以今天读来,仍能给人以亲切之感。《聊
斋志异》卷七之《阿绣》据以为本事,反生怪异矣。

其次,《幽明录》在搜神志怪的故事中增加了许多极富生活气息的
情节和细节,赋予神怪形象以极具人情味的音容笑貌,使形象格外生
动传神,平易近人。鲁迅在论及《聊斋志异》的形象塑造时曾经说过:
"明末志怪群书,大抵简略,又多荒怪,诞而不情,《聊斋志异》独于详尽
之外,示以平常,使花妖狐魅,多具人情,和易可亲,忘为异类,而又偶
见鹘突,知复非人。"①若追本溯源,恐怕《幽明录》在塑造志怪形象时就
已经具有了这一特色的萌芽。在《幽明录》中,仙女见刘晨、阮肇"持杯
出,便笑曰:'刘、阮二郎,捉向所失流杯来。'"不但使刘、阮感到"如似
有旧,乃相见忻喜",今日读者,不读下文,当亦不知其为神仙也(《刘晨
阮肇》)。《新死鬼形疲瘦颜》,其"死及二十年"的友人可以教其得食之
法,终于使其"果大得食"(《新死鬼》)。《费升》条述狸怪化为素衣女子
来就吴县九里亭吏费升,升弹琵琶令歌,女云:"有丧仪,勿笑人也。"歌
音甚媚。若非后来猎人至,为猎犬所杀,洵难知其非人。当然,具有这
一特色的典型作品当数《吕球》:

东平吕球,丰财美貌,乘船至曲阿湖,值风不得行,泊菰际。
见一少女,乘船采菱,举体皆衣荷叶。因问:"姑非鬼邪?衣服何
至如此?"女则有惧色,答云:"子不闻'荷衣兮蕙带,倏而来兮忽而
逝乎?'"然有惧容,回舟理棹,逶巡而去。球遥射之,既获一獭。向
者之船,皆是萍繁蕰藻之叶。见老母立岸侧,如有所候,望见船

① 鲁迅:《中国小说史略》,第 179 页,北京,人民文学出版社,1973。

过，因问云："君向来，不见湖中采菱女子邪?"球云："近在后。"寻
射，复获老獭。居湖次者咸云："湖中常有采菱女，容色过人，有时
至人家，结好者甚众。

獭女乘船采菱，"举体皆衣荷叶"，问答间有惧色，以楚辞对客问，雅致
而楚楚动人，被射杀现形前我见尤怜! 确是"荷雨蒲风，小舟丽人，极
有诗情画意。此外所记獭精言语心理，刻画生动，自有特色，引用《九
歌》诗句，尤增佳趣。然此獭遇人不淑而殒命，读后深感遗憾"①。倘若
是千年之后的蒲松龄执笔，当又是一个缠绵动人的爱情故事。

　　再次，刘义庆生当南朝，当时，"一种诗化的散文即骈文的兴盛，成
为这个时期重要的文学现象，中国文学增添了一种新的、抒情性很强
的、可以充分发挥汉语语言形式美的文体"②。在这一风气之下，《幽明
录》显然自觉不自觉地吸收了这一新文体的表现手法，不但具有小说
文体自身情节起伏跌宕，形象生动传神的文体特点，而且具有骈文叙
述铺张、文笔细腻、语言流畅优美的艺术特点，明显地提高了志怪小说
的文学水平，向传奇小说的方向迈出了可喜的一步(其实前此的《搜神
后记》便发出了向这一方向发展嬗变的嚆矢)。这主要表现在两个方
面:一是语言优美，对偶排比，四字句明显增多。二是诗歌穿插这一传
统有了进一步的发展。前者如《黄原》写其随犬逐鹿，行数里，至一穴，
"入百余步，忽有平衢，槐柳列植，行墙回匝。"黄原随犬入门之后，所见
皆女子，"姿容妍媚，衣裳鲜丽;或抚琴瑟，或执博棋"。黄原与她们一
番邂逅，数日后分别，则是"解珮分袂，临阶涕泗，后会无期，深加爱
敬"。这样的语言，显然经过文人的有意锤炼加工，决非民间传说语言
之本色。文学是语言的艺术，这样的语言，显然可以提高作品的文学
水平。至于诗歌穿插，虽然穿插诗歌的作品只有八篇，但大都穿插自
然，体裁多样，显然是文人诗而非出自街谈巷语的民歌，是文人的有意
创作。在穿插的诗歌中，第三十一则《藻兼》与第一百六十九则《吕球》
为骚体诗，第三十三则《董仲舒》为四言诗，其余均为南北朝时期最流
行的五言诗。其中，第一百八十则《费升》竟然在一篇仅一百六十余字
的文言小说中穿插了狸精所唱的三首诗。上曲云:

---

① 李剑国:《唐前志怪小说史》，第 367 页，天津，南开大学出版社，1984。
② 袁行霈主编:《中国文学史》(第二卷)，第 22 页，北京，高等教育出版社，1999。

> 精气感冥昧，所降若有缘；
>
> 嗟哉遘良契，寄忻霄梦间。

中曲云：

> 成公从义起，兰香降张硕；
>
> 苟云冥分结，缠绵在今昔。

下曲云：

> 仁我风云会，正俟今夕游；
>
> 神交虽未久，中心已绸缪。

其余几首亦同一机杼，显然是南朝文人作品而非民歌风味，亦可见刘义庆已经有意为小说。

除上述三个方面之外，《幽明录》中的少数篇章明显地篇幅增长，显然汲取了史传文学的艺术营养，开始突破笔记小说不拘类别、有闻即录、丛残小语、粗陈梗概的格局，透露出文言小说由笔记小说向传奇小说发展的消息。如第三十一则《藻兼》便长达七百余字，有故事情节，有人物形象，有环境描写，具有了"史传小说"的某些特点。而第二百四十七则《赵泰》，更是长达一千二百字左右，即使在传奇小说中也算是篇幅较长的作品。总而言之，"可见《幽明录》不仅继承了陈实的《异闻记》、曹丕的《列异传》、干宝的《搜神记》、陶潜的《搜神后记》等志怪小说的艺术传统，同时也汲取了史传文学、史传小说、佛教文化的艺术营养；其中不仅有产生于街谈巷语、道听途说者之所造也，作者只是记录的粗陈梗概的笔记小说，也有作者倾注自己的思想感情，按自己的审美理想而创作的开传奇小说先声的作品"①。正因如此，所以《幽明录》不仅为后世文言小说提供了大量的创作素材，如第二十四则《眩潭》对《柳毅传》的影响，第六十六则《阮德如》对《聊斋志异·青凤》之影响，第七十则《易脚》和第一百四十则《易头》事对《聊斋志异·陆判》的影响，第八十二则《舒礼》对后世地狱描写的影响，第二百零三则《卖胡粉女子》对《聊斋志异·阿绣》的影响等等，在故事情节的设置、人物形象的塑造、语言等艺术方面也产生了巨大的影响。

刘义庆晚年笃信佛法，竟然至"奉养沙门，颇致费损"②。其佛教志

---

① 王恒展：《已始"有意为小说"——〈幽明录〉散论》，载《蒲松龄研究》，2002 年第 4 期。

② 〔南朝梁〕沈约：《宋书》卷五一《宗室传·临川烈武王道规传》附《刘义庆传》。

怪小说《宣验记》从今存佚文看虽多乏情趣,与《幽明录》不可同日而语,但却是南北朝第一部专明因果的作品。北朝颜之推的《冤魂志》显然蒙其雨露。因果报应在后世文言小说(其实白话小说也不例外)创作中久盛不衰,佳作频出,刘义庆《宣验记》功不可没。南朝志怪小说此外尚有刘敬叔的《异苑》、东阳无疑的《齐谐记》、祖冲之的《述异记》、郭季产的《集异记》、任昉的《述异记》、吴均的《续齐谐记》、王琰的《冥祥记》等三十余种。其中最引人注目的便是大量佛教志怪小说。除上述刘义庆的《宣验记》之外,尚有刘宋僧人齐谐的《异记》、宋傅亮的《观世音应验记》、宋张演的《续观世音应验记》、宋齐间王延秀的《感应传》、齐陆杲的《系观世音应验记》、齐萧子良的《冥验记》(《宣验记》)、齐朱君台的《征应集》、梁王琰的《冥祥记》、梁王曼颖的《补续冥祥记》,以及阙名的《祥异记》、《因果记》、《志怪录》等等,几乎占了南朝志怪的一半。这些作品虽多亡佚,然单从其数量上亦可见"魏晋好长生,故多灵变之说;齐梁弘释典,故多因果之谈"①也。欧阳健则因曹道衡、孙昌武等人的观点,认为这些作品"在编者的观念中,这些故事可以作为对经文的通俗解说的,与后世的'俗讲'以通俗故事来解说经文,有相当近似之处,对后来的俗讲和佛教讲唱文学,产生了一定的影响"②。其实何止如此？佛教徒们"意在自神其教"的许多佛教故事,尤其是佛教神通故事,对于开扩志怪小说的视野,丰富志怪作者的想象,丰富志怪小说的内容,说实话还是功不可没的,单单是因果报应思想就为后世小说的创作贡献不小。

与南朝志怪小说的繁荣相比,北朝则不免有几分凋零,即使将隋代的作品计算在内,也不过寥寥十余种,其中以颜之推的《冤魂志》和作者佚名的《穷怪录》较有代表性。

《冤魂志》三卷,北齐颜之推(531—约590后)撰。《隋书·经籍志》史部杂传类著录,《旧唐志》同,《新唐书·艺文志》始入丙部小说家类。《崇文总目》作《还冤志》,现存《增订汉魏丛书》本题《还冤记》。余嘉锡《四库提要辨证》以为当以《冤魂志》为正。今通行本多三十五则,而《法苑珠林》引《冤魂志》四十一则,《太平广记》引四十六则,可见今

---

① 〔明〕胡应麟:《少室山房笔丛·九流绪论下》。
② 欧阳健:《中国神怪小说通史》,第 124 页,南京,江苏教育出版社,1997。

本多非足本。颜之推字介,琅琊临沂(今山东省临沂市)人。父协,曾官梁湘东王萧绎镇西府谘议参军,撰志怪小说《晋仙传》五卷,可见家风。颜之推承其家学,博览群书,词情典丽,甚得萧绎赏识。绎称帝,以之为散骑侍郎。西魏破江陵,被掳往关中,为阳平公李远掌书翰。后投奔北齐,官至黄门侍郎、平原太守。齐亡入周,为御史上士。隋开皇中,太子杨勇召为东宫学士,以疾卒。有文集三十卷,《颜氏家训》二十篇。小说除《冤魂志》外,尚有《集灵记》二十卷(《隋书·经籍志》史部杂传类著录),书亡于宋,今存佚文一则,鲁迅辑入《古小说钩沉》。

据李剑国考证:"《冤魂志》成书年代在隋世,是晚年之作。"①其《颜氏家训》以儒家传统思想为立身治家之本,大概历经动乱,尤其是由南入北的非凡经历,所以晚年的颜之推笃信佛法,《法苑珠林·传记篇》即载其有《承天达性论》《戒杀训》等佛学著作。他的其他著作中也曾论及佛家教义和因果报应之说。《冤魂志》正是在这一思想的指导下完成的。《冤魂志》顾名思义,多写屈死的冤魂报复仇人的故事,以佛家因果报应思想为主旨,上起周宣王屈杀杜伯,下至作者生活的南北朝时期。其中既有反映阶级压迫、阶级剥削的《弘氏》《太乐伎》,也有反映统治阶级内部矛盾的《杜伯》《彭生》;既有揭露官场黑暗、官吏贪横的《支法存》《魏辉儁》,也有歌颂清官平反冤案的《鹄奔亭》《王忱》;既有反映佛门冤屈的《昙摩忏》《牧牛寺僧主》,也有反映战乱年代社会灾难和家庭问题的《江陵士大夫》《徐铁臼》。值得特别注意的是,《冤魂志》中的冤魂,大都是被压迫、被剥削、被统治的弱者含冤而死之后不散的阴魂。而《冤魂志》所宣扬的因果报应思想,恰恰多是这些冤魂报仇雪恨的故事的基本思想。其中最典型的莫过于《太乐伎》《弘氏》《江陵士大夫》。其中,《太乐伎》是宋元嘉中一桩冤狱:

> 宋元嘉中,李龙等夜行劫掠。于是丹阳陶继之为秣陵县令,微密导捕,遂擒龙等。取龙引一人,是太乐伎,忘其姓名。劫发之夜,此伎推同伴往就人宿,共奏音声。陶不详审,为作款列,随例申上。及所宿主人、士贵宾客,并相明证,陶知枉滥,但以文书已行,不欲自为通塞,遂并诸劫十人于郡门斩之。此伎声伎精能,又

---

① 李剑国:《唐前志怪小说史》,第444页,天津,南开大学出版社,1984。

殊辨慧，将死之日，亲邻知识看者甚众，伎曰："我虽贱隶，少怀慕善，未尝为非，实不作劫。陶令已当具知，枉见杀害。若死无鬼则已，有鬼必自陈诉。"因弹琵琶歌曲而就死。众知其枉，莫不殒泣。经月余，陶遂夜梦伎来至案前，云："昔枉见杀，实所深怨！诉之得理，今故取君。"便入陶口，乃落腹中。陶即惊寤。俄而绝倒，状若风癫，良久方醒。有时而发，辄天矫头反著背，四日而亡。亡后，家便贫悴，一儿早死，余有一孙，穷寒路次。

陶继之身为父母之官，明知冤屈而草菅人命，千载后犹令人切齿。太乐伎身为贱隶，含冤而死，临刑之言，慷慨悲愤，因弹琵琶歌曲而死，《广陵散》从此绝矣！当时"众知其枉，莫不殒泣"，千载后犹令人同情。死后报冤，应该！《弘氏》则直接将批判的矛头指向了当时的最高统治者：

> 梁武帝欲为文皇帝陵上起寺，未有佳材，宣意有司，使加采访。先有曲阿人姓弘，家甚富厚。乃共亲族多赍财货，往湘州治生。经年，营得一筏，可长千步，材木壮丽，世所稀有。还至南津，南津校尉孟少卿，希朝廷旨，乃加绳墨。弘氏所卖衣裳缯彩，犹有残余，诬以涉道劫掠所得，并造作过制，非商贾所宜，结正处死，没入其财充寺用。奏遂施行。弘氏临刑之日，敕其妻子可以黄纸笔墨置棺中，死而有知，必当陈诉。又书少卿姓名数十吞之。经月，少卿端坐，便见弘来。初犹避捍，后乃款服，但言乞恩，呕血而死。凡诸狱官及主书舍人，预此狱事署奏者，以次俎殁。未及一年，零落皆尽。其寺营构始讫，天火烧之，略无纤芥。所埋柱木，亦入地成灰。

此作报复甚过，不但主犯孟少卿呕血而死，即"诸狱官及主书舍人，预此狱事署奏者"，亦于一年内零落皆尽。梁武帝为文皇帝陵上所起之寺，不但"营构始讫，天火烧之，略无纤芥"，且"所埋柱木，亦入地成灰"。至于《江陵士大夫》，则很可能是作者在江陵被西魏攻破后听说甚至亲历的一幕人间悲剧。因为作者也在那一历史事件中被掳往关中，所以感同身受，特别动人。

> 江陵陷时，有关内人梁元晖，停虏一士大夫，姓刘。此人先遭侯景丧乱，失其家口。唯余小男，始数岁。躬自担负，又值雪泥，

不能前进。梁元晖监领入关，逼令弃儿。刘甚爱惜，以死为请。遂强夺取，掷之雪中，杖棰交下，驱蹙使去。刘乃步步回顾，号叫断绝。辛苦顿毙，加以悲伤，数日而死。死后，元晖日见刘伸手索儿，因此得病；虽复悔谢，来殊不已。元晖载病，到家而卒。

作品语言质朴，寥寥数语，字字血泪，令人不忍卒读，可见作者执笔时的切肤之感。善恶报应思想在中国历史上由来已久，所谓"衔环结草，定当图报"，显然即这一思想的形象概括。"结草"典出儒家经典《左传·宣公十五年》魏颗事；"衔环"事见梁吴均《续齐谐记》，云汉杨宝少时救一黄雀，后夜梦一黄衣童子，云乃西王母使者，为报拯救之恩，赠白玉环四枚，且令子孙清白，位登三公，一如此环。均在佛教传入中国之前。其实，这种善恶报应思想与儒家经典《左传·隐公元年》所谓"多行不义必自毙"的思想是完全一致的，无非是教育人们远恶向善。佛教传入中土，因中国传统文化之善恶报应思想，辅以释氏因果之说，于是因果报应思想生焉。再加以三生之说以解释人生，颇能服人，故得弘扬。而以今日心理学的视角看，因果报应思想之所以得到广大人民，尤其是下层人民的拥护，说到底是被压迫、被剥削、被统治的弱者在现实生活中负屈衔冤，无处投诉，不得报复的不平心理的产物。《冤魂志》所写大量的冤魂报冤故事，显然是这种不平心理的宣泄。从这一视角讲，颜之推显然堪称为人民的代言人。因此，从历史的视角看，《冤魂志》所弘扬的因果报应思想，实际上反映了任何时代人民尤其是下层人民的善良愿望——善有善报，恶有恶报，不是不报，时候未到，时候一到，一切都报。这应该是中华民族传统思想的精华。另外，从中国文言小说发展史的角度讲，因果报应思想还对后世文言小说的思想内容，篇章结构，乃至艺术形式等都产生了十分重要的影响。而颜之推的《冤魂志》则显然是中国文言小说史上弘扬这一思想的力作，具有开辟道路的重要作用。另据《隋书·经籍志》史部杂传类著录，颜之推尚有《集灵记》二十卷。《旧唐志》已作十卷，《新唐志》入小说家类，宋以后书目不载，当亡于宋。鲁迅《古小说钩沉》从《太平御览》中辑得佚文一则，述琅邪王谞亡后数年，妻子困于衣食，谞于岁暮见形，念妻女贫困，以金指环一双相寄事。人鬼殊途，旧情仍在，是一篇典型的志怪笔记小说，惜仅此一则，难窥全豹。然从二十卷之篇幅论，亦足以与

《冤魂志》一起，奠定颜之推在中国文言小说史上的地位。

　　《穷怪录》早佚，史志无目，撰者不详。又有《八朝穷怪录》，疑为一书。八朝盖指南朝的宋、齐、梁、陈和北魏、北齐、北周和隋，作者似应为隋人。各家文学史多将隋唐五代归为一个文学史时期，但以文言小说史而论，将隋归之南北朝似更为合适。《太平广记》引《穷怪录》佚文三篇，曰《刘导》《茅崇丘》《柳镇》；《八朝穷怪录》佚文六篇，曰《顾光宝》《赵文昭》《刘子卿》《萧总》《萧岳》《首阳山》（注称出《八庙穷怪录》，疑亦为一书）。从上述佚文看，故事多出自南北朝，其中最引人注目的便是几篇描写儒雅文士与风流仙女爱情的人神恋作品。如《太平广记》卷二九五之《赵文昭》写赵文昭遇清溪神女，《刘子卿》写刘子卿遇庐山康王庙二女神；卷二九六之《萧总》写萧总遇巫山神女，《萧岳》写萧岳遇东海姑；卷三二六之《刘导》写刘导遇西施等，都非常典型。这些作品多取材于《续齐谐记》《稽神异苑》等前人志怪，然而与此前的作品相比，《穷怪录》中的作品却有两个方面特别引人注目。其一，显然已经洗去了民间传说的风味而增加了文人的书生气。描写的重点，显然已由搜神志怪转向了男女爱情，而爱情的男主角，则明显地增加了文人的儒雅气质，颇有了一些才子佳人的意味。其二，篇幅明显增长，且故事优美，结构完整，叙述委曲，描写细腻；明显地注意了情节安排，人物刻画，环境描写，气氛渲染；语言清丽典雅，传神写意，如在目前。如《刘子卿》写其"临玩之际，忽见双蝶，五彩分明，来游花上，其大如燕。"写神女则是"衣服霞焕，容止甚都"。《萧总》写景之"山鸟晨叫，岩泉韵清"，"烟云正重，残月在西"。《刘导》写环境之"于时秦江初霁"，写时间之"闻京口晓钟"等等，显然是文人的有意创作之语，而绝非"一如写新闻"，恰如李剑国所言："遇仙之事早已有之，《穷怪录》所记较为集中，又都是风流儒雅的才子，反映了当时受神仙思想影响的读书人的心理。……这类故事上承刘阮之类传说，但已脱去神仙气而带上文士气，重在爱情而不在成仙，成为《游仙窟》一类唐传奇的先导。"①明显地表现出由志怪类笔记小说向唐传奇过渡的迹象。北朝其他志怪小说尚有多种，然多亡佚。从现存的少数佚文看，成就与《冤魂志》《穷怪

　　① 李剑国：《唐前志怪小说史》，第 453 页，天津，南开大学出版社，1984。

录》相去甚远,兹不赘论。

综上所述,可见魏晋南北朝时期志怪小说不但在编辑体例、艺术形式等方面已经全面成熟,而且有的作品显然已经汲取了史传文学、杂史别传、文学散文和诗赋等韵文的艺术营养,取得了进一步的发展,从而兴成了中国文言小说创作的第一个高潮。在这个文言小说尤其是笔记小说创作的丰收季节,不但出现了《列异传》《博物志》《搜神记》《搜神后记》《幽冥录》《冤魂志》《穷怪录》等志怪小说的代表作,而且其中的许多作品显然已篇幅逐渐增长,描写日趋细腻,明显地呈现出向传奇小说发展的趋势。其中以《冤魂志》为代表的宣扬《因果报应》思想的作品,影响所及,显然已经超越了文言小说的范畴,进而为后世的话本小说和章回小说树立了榜样。

第三节　志人小说的发展与定型

与志怪小说渐逐成熟的同时,魏晋南北朝的志人小说也取得了骄人的成就,一步步发展,渐趋成熟,定型。如果说在志怪小说的范畴里,后出的《聊斋志异》还能超越《搜神记》的话,那么在志人小说的范畴里,后来还没有一部作品能够超越刘义庆的《世说新语》。单凭这一点,就可以确立魏晋南北朝志人小说在中国文言小说史上的地位。

魏晋南北朝的志人小说可以分为"笑林体"诙谐小说和"世说体"轶事小说两类。"笑林体"诙谐小说实可单列一类,但因魏晋南北朝时期仅寥寥几种,故附于此处论及。在这一时期,最早出现的"笑林体"志人小说即魏给事中邯郸淳的《笑林》。从冯沅君先生始即认为此类作品是古优影响的产物,认为"这类著作每被人视为小说之支流。"[①]邯郸淳以撰曹娥碑文名闻当时,深得曹操赏识。据《魏略》记载:"太祖(曹操)素闻其名,召与相见,甚敬异之。时五官将博延英儒,亦宿闻淳名,因启淳欲使在文学官属中。会临淄侯植亦求淳,太祖遣淳诣植。植初得淳甚喜,延入坐,不先与谈。时天暑热,植因呼常从取水,自澡

---

① 冯沅君:《古优解》,见《冯沅君古典文学论文集》,第 65 页,济南,山东人民出版社,1980。

讫,傅粉,遂科头拍袒,胡舞五椎锻,跳丸击剑,诵俳优小说数千言讫,谓淳曰:'邯郸生何如耶?'"①可见邯郸淳实亦俳优一类人物。《笑林》原本三卷,《隋书·经籍志》已入小说家类,两《唐志》同,已佚。鲁迅《古小说钩沉》辑得佚文二十九则,且称其"举非违,显纰缪,实《世说》之一体,亦后来诽谐文字之权舆也"②。从现存佚文看,所述当为当时流行民间的笑话,作品中人物多属下层,无名无姓,但故事情节诙谐幽默,人物形象滑稽可笑,行文简明直捷,与后出之"世说体"志人小说有明显的区别。如"鲁有执长竿入城门者"几乎家喻户晓,妇孺皆知。另如《楚人》:

> 楚人居贫,读《淮南》,方得"螳螂伺蝉自障叶可以隐形",遂于树下仰取叶。螳螂执叶伺蝉,以摘之,叶落树下;树下先有落叶,不能复分别,扫取数斗归。一一以叶自障,问其妻曰:"汝见我不?"妻始恒答言"见",经日乃厌倦不堪,绐云:"不见。"嘿言大喜,赍叶入市,对面取人物,吏遂缚诣县。县官受辞,自说本末。官大笑,放而不治。

不止官大笑,恐读者亦大笑。然正是在人们的笑声中,一个妄想不劳而获,学隐身术以取人物的愚人形象便活脱脱地站在了我们面前。而"甲啮乙鼻"则既讽刺了一个偷换概念,强词夺理,不近情理的典型形象,又讽刺了官吏的愚蠢可笑:

> 甲与乙斗争,甲啮下乙鼻。官吏欲断之,甲称乙自啮落。吏曰:"夫人鼻高耳,口低,岂能就啮之乎?"甲曰:"他踏床子就啮之。"

通观现存佚文,可见《笑林》均篇幅简短,主题明确,以民间故事的形式,夸张的漫画手法,诙谐幽默的语言风格,叙事写人,极有特点。它的出现,不但可以说明笑话这一广大群众喜闻乐见的艺术形式已从其他各种文体中独立出来,加入到文言小说,尤其是志人小说的行列,而且形成了所谓"笑林体"志人小说,对后世同类小说的创作起到了榜样和模范的作用,从而在中国文言小说史上占据了重要的一页。

由于《笑林》为时人所喜闻乐见,所以此后不乏继作。据《隋书·

---

① 《三国志》卷二一《魏书·王粲传》宋裴松之注引。
② 鲁迅:《中国小说史略》,第 50 页,北京,人民文学出版社,1973。

经籍志》子部小说家类著录,有《笑苑》四卷、《解颐》二卷。《笑苑》原不注撰人,清人姚振宗《隋书经籍志考证》引《隋书·魏澹传》证为隋人魏澹撰,今一字不存。《解颐》原注杨松玢撰,或以为阳玠松撰,亦佚。值得注意的是《旧唐书·经籍志》小说家类著录的隋代"笑林体"志人小说《启颜录》。作者侯白,《隋书》有传,附卷五八《陆爽传》。称其字君素,好学,有捷才,性滑稽,尤辩俊。举秀才,为儒林郎。通悦不恃威仪,好为诽谐杂说,人多爱狎之。所在之处,观者如市。杨素甚狎之。素尝与牛弘退朝,白谓素曰:"曰之夕矣。"素大笑曰:"以我为牛羊下来邪?"高祖闻其名,召与语,甚悦之,令于秘书修国史。每将擢之,高祖辄曰"侯白不胜官"而止。后给五品食,月余而死。时人伤其薄命云云。《启颜录》虽佚,但《太平广记》引六十九则,敦煌遗书有开元十一年抄本,存《论难》《辨捷》《昏忘》《嘲诮》四目,四十则。今上海古籍出版社有曹林娣、李泉辑注排印本,辑各家佚文一百零四则,最为完全。然其中杂有唐代故事三十余则,当系后人传录撺入,然亦有人据此对侯白的著作权提出怀疑。鲁迅认为《启颜录》:"上取子史旧文,近记一己之言行,事多浮浅,又好以鄙言调谑人,诽谐太过,时复流于轻薄矣。其有唐世事者,后人所加也;古书中往往有之,在小说尤甚。"①然详今本内容,虽有不少"流于轻薄",然更多的则是不乏认识价值和启发、教育意义的作品。如第四十一则《优旃》:

> 秦优旃善为笑言,然合于道。始皇尝议欲大苑囿,东至函谷,西至陈仓。优旃曰:"善,多纵禽兽于其中,寇贼从东方来,令麋鹿触之足矣。"始皇乃止。
>
> 及二世立,欲漆其城。优旃曰:"善,虽百姓愁费,然大佳哉!漆城荡荡,寇来不能上。既欲漆之,极易。难为荫室。"二世笑之而止。

此文实为两则,均取材于《史记·滑稽列传》,显然是借优旃之诙谐滑稽,幽默地讽刺了古今统治阶级的好大喜功,穷奢极欲,绝非轻薄之作。另如第十六则《柳真》述其为洛阳令,审案时有客来访,送客后竟忘却犯人,致令犯人出门径走,更不寻问。显然亦讽刺封建社会之庸

---

① 鲁迅:《中国小说史略》,第51页,北京,人民文学出版社,1973。

官庸吏,颇有价值。而第八十三则《刘道真》就更有意思了:

> 晋刘道真遭乱,于河侧与人牵船。见一老妪操楫,道真嘲之曰:"女子何不调机弄杼? 因甚傍河操楫?"女答曰:"丈夫何不跨马挥鞭? 因甚傍河牵船?"又尝与人共饭素盘草舍中,见一妪将两小儿过,并著青衣。嘲之曰:"青羊引双羔。"妇人曰:"两猪共一槽。"道真无语以对。

轻薄书生,嘲弄妇女,被人反嘲,至无语以对,咎由自取,显然是一个反面典型。刘道真名宝,晋高平(今山东微山县)人。侠义不拘礼法,善歌啸,后为吏部郎。作者写其二事,显然是站在妇女的立场上让其当场出丑,以惩戒那些恃才自傲,不知尊重别人,尤其是女性的轻薄书生,颇有意义。从艺术方面讲,敦煌抄本仍残存四目,可见艺术形式与编写体例与《世说新语》相类。"书中多用重复、误会和倒置等手法,扩大了笑话文学艺术手法。……本书继邯郸淳《笑林》后,将笑话文学传统发扬光大,对此类小说发展意义重大。"[1]

"世说体"志人小说源出杂史,晋葛洪整理成书的汉代志人小说《西京杂记》虽已发其嚆矢,然从编辑体例、艺术风格等方面讲,西晋郭颁的《魏晋世语》实开其先河。《魏晋世语》,《隋书·经籍志》史部杂传类著录,题"晋襄阳令郭颁撰"。新、旧《唐志》同。《旧唐书·经籍志》因避太宗讳,题《魏晋代语》。郭颁生平事迹不详。据《三国志》裴松之注,知其曾任"晋之令史","出为官长"。《世说新语·方正篇》刘孝标注亦仅云:"按郭颁,西晋人。"《魏晋世语》又省称《世语》,原书十卷,《宋史·艺文志》已不著录,可见宋即已亡佚。宁稼雨《中国文言小说总目提要》云:"现存佚文较少。《世说新语》刘孝标注引十六条,《水经注》引六条,《初学记》引五条,《北堂书钞》引七条,《艺文类聚》引二条,《太平广记》引一条。所引最多者为《三国志》裴松之注,共八十八条。"然笔者20世纪90年代初参与《全古小说》整理,负责该书辑佚,尚有《太平御览》引十四条,《说郛》引十二条(其中后条显系后人撺入),《文选》李善注引一条,去其重复,共辑佚文一百四十条,数量可观。至于其性质,史学界历来以之为杂史,如今《中国历史大辞典》之史学史卷

---

① 宁稼雨:《中国文言小说总目提要》,第48页,济南,齐鲁书社,1996。

著录,仍称:"书名。西晋郭颁撰。十卷。杂记魏晋时事。东晋干宝、孙盛等著史,多采其言。已佚。"今文学史界多有以之为小说者,其中当以杜贵晨《中国古代短篇小说史》(1991)为较早。宁稼雨则称:"佚文多记魏至两晋初朝廷政治事件和遗闻轶事。其中多为朝政军国大事,难称小说。少数故事或见人物,或有情节,可以小说视之。"①然而通观今存佚文,确如《三国志·魏书·三少帝纪》裴松之注所云:"(郭颁)撰《魏晋世语》,蹇乏全无宫商,最为鄙劣,以时有异事,故颇行于世。干宝、孙盛等多采其言以为《晋书》,其中虚错如此者,往往而有之。"裴松之为南朝宋人,东晋时历官殿中将军、吴兴故鄣令、尚书祠部郎、零陵内史、国子博士等,相对于后人,当更为熟悉《魏晋世语》的内容。云其"蹇乏全无宫商,最为鄙劣",当对于当时文笔之辨中之"文"、"笔"而言,相对于句法整敕,讲究对仗、音韵的骈文而言,笔记小说属于"笔"的散文范围,从语言方面讲当然就是"蹇乏全无宫商"了,至于是否"最为鄙劣",则是裴氏一家之言。而内容"时有异事","其中虚错如此者"云云,亦正说明小说之不拘于历史事实。就现存佚文看,《魏晋世语》杂记魏晋时事,已颇有具魏晋风度者,如《三国志·魏书·钟会传》裴注所引一则云:

> 司马景王命中书令虞松作表,再呈辄不可意,命松更定。以经时,松思竭不能改,心苦之,形于颜色。会察其有忧,问松,松以实答。会取视,为定五字。松悦服,以呈景王,王曰:"不当尔邪?谁所定也?"松曰:"钟会。向亦欲启之,会公见问,不敢饕其能。"王曰:"如此,可大用,可令来。"会问松王所能,松曰:"博学明识,无所不贯。"会乃绝宾客,精思十日,平旦入见,至鼓二乃出。出后,王独拊手叹息曰:"此真王佐才也!"

语言简约含蓄,寥寥数语而景王之知人,虞松之诚朴,钟会之才华,均跃然纸上。又如《北堂书钞》卷一百四十八所引一条:

> 诸阮皆能饮酒。常与宗人共集,不复用常杯,以大瓮盛酒,围坐,相向大酌。

虽寥寥数语,情节简单,但诸阮之任诞豪放,不拘小节已栩栩如生。

---

① 宁稼雨:《中国文言小说总目提要》,第38页,济南,齐鲁书社,1996。

《世说新语·任诞第二十三》第十二则即用此文,改为:

> 诸阮皆能饮酒,仲容至宗人间共集,不复用常杯斟酌,以大瓮盛酒,围坐,相向大酌。时有群猪来饮,直接去上,便共饮之。

任诞则任诞矣,然改为与群猪共饮,终觉不雅,反不如《魏晋世语》雅洁。仅此即可见其对《世说新语》及此后之"世说体"志人小说的影响。另,现存佚文,虽多简略(疑非全文,古人引用,多取原文中合于己意之一端),然亦有有故事情节,有人物形象,有典型环境描写的优秀作品,符合小说的文体特征。如《三国志·魏书·武帝纪》裴注,《太平御览》卷三七八所引佚文一则:

> 嵩在泰山华县(汉置,后汉并入费县,故城在今山东省费县东北六十里)。太祖令泰山太守应劭送家诣兖州,劭兵未至,陶谦密遣数千骑掩捕。嵩家以为劭迎,不设备。谦兵至,杀太祖弟德于门中。嵩惧,穿后垣,先出其妾,妾肥,不时得出;嵩逃于厕,与妾俱被害。阖门皆死。劭惧,弃官赴袁绍。后太祖定冀州,劭时已死。

此肯定据传闻写成,决非实录。生动形象,曹嵩之狼狈,其妾之肥胖,因而丧命,很有特色。另如《三国志·魏书·吴质传》裴注所引:

> 魏王尝出征,世子及临淄侯植并送路侧。植称述功德,发言有章,左右属目,王亦悦焉。世子怅然自失,吴质耳曰:"王当行,流涕可也。"及辞,世子泣而拜,王及左右咸歔欷。于是皆以植辞多华,而诚心不及也。

如果说以上两则还多有史书成分的话,那么《北堂书钞》卷一百四十八所引的一条便毫无疑问属小说的范畴了。全文如下:

> 白子高少好隐沦之术,尝为美酒给道客。一旦,有四仙人赍药集其舍求酒,子高知非凡,乃欲取他药杂之。仙人云:"吾亦有仙药。"于是宾主各出其药。仙人谓子高曰:"卿药陈久,可服吾药。"子高服之,因随仙人飞去。子高仙酒,至今称之。

像这样的作品,恐怕那些认为"古小说"不是小说的人也很难称其为"史"了。再,《三国志·魏书·裴潜传》裴注引韩宣事后曰:"案本志,宣名都不见,惟《魏略》有此传,而《世语》列于名臣之流。"可见《魏晋世语》原书当按人物事迹分类编排,"名臣"为其中一类。由此可见,《世说新语》不但素材大量来自《魏晋世语》,而且在全书的编排体例方面也受郭颁《魏晋世语》的影响和启迪。恰于王枝忠引"近人叶德辉据此而下断语:'临川此书或即以为蓝本也'"①。

《魏晋世语》之后,东晋处士裴启搜集"汉魏以来迄于今时言语应对之可称者,谓之《语林》"②,显然明显地受《魏晋世语》的影响,而突出了"魏晋风度",向《世说新语》为代表的"世说体"志人小说又迈进了一步。裴启一生未仕,有才气,好议论人物。据《世说新语·文学篇》第九十则载:"裴郎作《语林》始出,大为远近所传。时流年少,无不传写,各有一通。载王东亭作《经王公酒垆下赋》,甚有才情。"后因"说太傅(谢安)事不实,而有人于谢坐叙其黄公酒垆,司徒王珣为之赋,谢公加以与王不平,乃云:'君遂复作裴郎学。'自是众咸鄙其事矣。"③其书遂不传。然《隋书·经籍志》子部小说家《燕丹子》条下附注云:"《语林》十卷,东晋处士裴启撰,亡。"鲁迅《古小说钩沉》辑佚文一百八十则,其中《五侯鲭》之类尚见《西京杂记》等轶事小说之遗风,而《王子猷》等则显然上承《魏晋世语》,已露《世说新语》潇洒俊逸风格。如:

> 王子猷尝暂寄人空宅住,使令种竹。或问:"暂住何烦尔?"啸咏良久,直指竹曰:"何可一日无此君!"

宋苏东坡《于潜僧绿筠轩》诗云"宁可食无肉,不可居无竹。无肉令人瘦,无竹令人俗。"显然典出于此。又如:

> 士衡在坐,安仁来,陆便起去。潘曰:"清风至,尘飞扬。"陆应声答曰:"众鸟集,凤凰翔。"

亦颇具《世说新语》文风,开"世说体"先河。

《隋书·经籍志》小说家类还著录《郭子》三卷,注:"东晋中郎郭澄之撰。"据《齐书·贾渊传》记载,宋孝武帝曾敕贾渊注《郭子》,可见影响之大。《旧唐书·经籍志》著录此书(唐人避李渊讳,贾渊作贾泉),宋以后目录无载,可见当亡于宋。鲁迅《古小说钩沉》辑佚文八十四则,最为完备。内容多为晋代士大夫言行轶事,与《语林》相似。然详《古小说钩沉》所辑佚文,多有一人而数事相从者,如许允妇、王浑、王夷甫、陆士衡、刘道真等。想原著或本为一篇,或联缀成文,如此则情

① 王枝忠:《汉魏六朝小说史》,第143页,杭州,浙江古籍出版社,1997。
②③〔梁〕刘孝标:《世说新语·轻诋篇》,第24则注引《续晋阳秋》。

节曲折，形象生动，结构完整，非复《语林》多记一个生活片断可比。如《许允妇》，上则叙其貌奇丑而才智过人。新婚交礼竟，许永无复入理。后经桓范劝说，勉强入洞房。妇提裙裾待之，极尽妇道。面对丈夫"妇有四德，卿有几"的挑衅，从容答曰："新妇所乏唯容"，且马上以守为攻，针锋相对地问"士有百行，君有其几?"在许允回答"皆备"后，立即反问："君好色不好德，何谓皆备?"终于使"许有惭色，遂雅相重"。下则则叙许允为吏部郎，多用其乡里，为帝遣虎贲往收。妇出阁戒允："明主可以理夺，难以情求。"晋明帝核之，许允遵妇嘱答以"举尔所知"，且请明帝检校所举是否称职。结果非但无罪，且诏赐新衣。前后辉映，使许允妇这一形象更加鲜活生动。郭澄之生当崇尚清淡、品藻人物之风盛行的东晋，又多写时人时事，故更多见魏晋风度。今存佚文八十四则，七十余则为《世说新语》所收，可见影响。《世说新语》中的许多名篇，如《韩寿偷香》《王浑妇》《王夷甫妇》等，均出自《郭子》。更为重要的是，《郭子》的语言精炼准确，言约旨远，生动传神，也为《世说新语》作出了榜样。"尤其是那些品评人物的用语，诸如'蒹葭倚玉树'、'朗如明月入怀'、'炯然若明珠之在我侧，朗然来照人'等，寥寥数字，短短一句话，被品评者的神态风韵恍在面前。"①总而言之，"本书为继《语林》之后志人小说之继往开来者。它在小说观念、故事题材、写作手法等方面均为《世说新语》作了准备"②。

　　魏晋"世说体"志人小说尚有西晋张华的《张公杂记》，东晋孙盛的《杂语》（又名《异同杂语》《孙盛杂语》），何氏《杂记》数种，均亡佚，且从现存极少数佚文看与上述三种相去甚远，不可同日语，确如其名，均杂记、杂语而已，在文言小说史上大可略之。

　　文言小说史的长河进入南北朝时期，出现了魏晋南北朝乃至中国志人小说的代表作，象征志人小说成熟的标志——宋刘义庆的《世说新语》。刘义庆（403—444），彭城（今江苏省徐州市）人。南朝宋宗室，袭封临川王，历任平西将军、荆州刺史、南兖州刺史、都督加开府仪同三司。卒后追赠司空，谥康王。《宋书》《南史》有传，称其性简素，好文学，多著述，文辞"足为宗室之表"。所著小说除志人小说《世说新语》、

---

① 王枝忠：《汉魏六朝小说史》，第155页，杭州，浙江古籍出版社，1997。
② 宁稼雨：《中国文言小说总目提要》，第41页，济南，齐鲁书社，1996。

《小说》(两《唐志》小说家类著录,已佚。宁稼雨疑即《世说新语》①)外,尚有上文论及的志怪小说《幽明录》和《宣验记》,因此在中国文言小说史上是一个特别值得注意的大家。

《世说新语》,《隋书·经籍志》子部小说家类著录为八卷,仅题《世说》,并录刘孝标注本十卷。因《汉书·艺文志》儒家类著录刘向《世说》一种,故唐人多称刘著者为《世说新书》,自刘知几《史通·杂说》及王方庆《续世说新语》,始称《世说新语》。传本有八卷、十卷、三卷、六卷之别,分门别类亦有三十六门、三十八门、三十九门、四十五门之分。今本三卷,分三十六门,以中华书局1983年版余嘉锡《世说新语笺疏》和1984年版徐震堮《世说新语校笺》最佳。

《世说新语》从内容看多数采自旧文,确如鲁迅先生所说:"然《世说》文字,间或与裴郭二家书所记相同,殆亦犹《幽明录》《宣验记》然,乃纂缉旧文,非由自造。"②除《语林》《郭子》外,《魏晋世语》等志人小说,史传故事,甚或民间传说无所不采,广泛地反映了汉魏两晋时期的社会现实和时代风尚,具有极高的认识价值。其中犹以颂扬"魏晋风度"、"名士风流"与揭露批判豪门士族的穷奢极欲和凶残暴虐最为突出。前者主要集中在"言语""文学""雅量""赏誉""品藻""豪爽""容止""任诞""排调"等门类中,其中犹以王羲之《坦腹东床》《阮籍别嫂》《子猷访戴》《刘伶醉酒》等最为典型。后者主要集中在《假谲》《汰侈》《仇隙》等门类中,其中,《汰侈》篇述王武子家"以人乳饮狄",故蒸狄肥美,异于常味",以至于令晋武帝"甚不平,食未毕,便去"。述王君夫与石崇斗富,王"以粃糒澳釜",石"用蜡烛作炊";王"作紫丝布步障碧绫里四十里",石"作锦步障五十里以敌之"等等,都十分典型。而《石崇燕集》,"客饮酒不尽者,使黄门交斩美人"等事,统治者之凶残暴虐,更令人发指。又,因书中所写人物,大都是汉至宋初之王公贵族、帝王将相、社会名人,所以反映社会面极广,确如王枝忠所言:"它以大量事实反映了汉末以迄宋初的社会政治、军事、思想、文化、社会风尚、文人精神风貌与个性才情,称得上一部翔实的中国古社会文化百科全书。"③

---

① 宁稼雨:《中国文言小说总目提要》,第43页,济南,齐鲁书社,1996。
② 鲁迅:《中国小说史略》,第47页,北京,人民文学出版社,1973。
③ 王枝忠:《汉魏六朝小说史》,第166页,杭州,浙江古籍出版社,1997。

　　然而我们之所以将《世说新语》视为志人小说成熟的标志和代表作品，决不只是因为思想内容方面的原因，更重要的则是艺术形式和艺术手法的成熟与创新，代表了志人小说的最高水平。不要说在其之前和同时期，即便到了今天，恐怕也没有一部志人小说在艺术上可与之比肩颉颃。这主要表现在以下五个方面：其一是继承了前人的体例而加以改造创新，将自己的指导思想与作品的内容水乳交融地结合在一起，开创了"世说体"志人小说体例，那就是分门别类，以类相从的编辑体制。全书分为三十六门（今本），若就某一门类看，重点突出，因多涉魏晋风度，所以许多人便错误地认为《世说新语》的主旨便在于此，其实通观目录就可以发现，开篇四门即"德行""言语""政事""文学"，这种分类，显然来源于儒家经典《论语·先进篇》所载孔子当年教学之"孔门四科"①。接下来的"方正""雅量"等，显然也属于儒家文化的范畴。也就是说，全书以儒家思想为统摄，广泛地反映了当时的各种思想，从而避免了一些不必要的矛盾。确如宁稼雨所言，这种体例"将书中故事按内容分为若干门类，类中故事性质相似，人物各异；单个人物事迹，又散见各门类中。于是其门类与人物互为经纬，形成庞大的网状结构。既可据门类加强对某一方面内容认识，亦可将人物在各门中故事合成其完整形象，颇能体现中国民族审美观念"②。后世"世说体"志人小说在全书的编辑体例方面无不如是，只不过分类多寡不同而已。其二，与全书以类相从的总体例相呼应，在每一则笔记的写作中则体现了一种顺其自然的结构意识和长短随宜、长短结合的篇章结构。这一结构意识和由此形成的看似随意的结构形式，正是"世说体"志人小说主要的单篇形式特征。这一艺术形式与以《搜神记》为代表的志怪小说相同，同样可以分为两类：一类是典型的笔记体，以篇幅简短为形式特征，像今日影视艺术的特写镜头一样，重点突出，不及其余，三言两语，勾勒成篇，不追求故事情节的完整，不追求人物性格的全面。如"赏誉"门之第二则：

　　　世目李元礼："谡谡如劲松下风。"

---

　　①《论语·先进篇》曰："德行：颜渊，闵子骞，冉伯牛，仲弓。言语：宰我，子贡。政事：冉有，季路。文学：子游，子夏。"宋范晔《后汉书》卷三五《郑玄传》曰："仲尼之门，考以四科。"
　　② 宁稼雨：《中国文言小说总目提要》，第 42 页，济南，齐鲁书社，1996。

仅十二字即可使人想见其风采。另如"俭啬"门之第四则：

> 王戎有好李,卖之,恐人得其种,恒钻其核。

通篇仅十六字,然王戎之俭啬如在目前,人物栩栩如生,呼之欲出。今有所谓"小小说"之体,恐怕亦难"小"若如此者。另一类则篇幅较长,已经开始突破笔记小说片断式的结构,情节相对曲折,结构相对完整,具备了后世短篇小说的特征,呈现出明显的发展趋势。像"自新"门中的《周处》,"假谲"门中的《温峤娶妇》《诸葛令女》,"惑溺"门中的《韩寿》等都具有这一特点。如《温峤娶妇》：

> 温公丧妇。从姑刘氏,家值乱离散。唯有一女,甚有姿慧,姑以属公觅婚。公密有自婚意,答云："佳婿难得,但如峤比云何?"姑云："丧败之余,乞粗存活,便足慰吾余年,何敢希汝比?"却后少日,公报姑云："已觅得婚处,门地粗可,婿身名宦,尽不减峤。"因下玉镜台一枚。姑大喜。既婚,交礼,女以手披纱扇,抚掌大笑曰："我固疑是老奴,果如所卜!"玉镜台,是公为刘越石长史,北征刘聪所得。

此则在中国文学史上影响颇巨,元关汉卿有杂剧《温太真玉镜台》;明有传奇《玉镜台》三种,作者分别为朱鼎、清远堂、孙某;宋元南戏亦有《温太真》,均以此为本事。至于《韩寿》,情节就更为复杂曲折了。全文如下：

> 韩寿美姿容,贾充辟以为掾。充每宴会,贾女于青琐中看,见寿,说之。恒怀存想,发于吟咏。后婢往寿家,具述如此,且言女光丽。寿闻之心动,遂请婢潜修音问。及期往宿。寿蹻捷绝人,踰墙而入,家中莫知。自是充觉女盛自拂拭,说畅有异于常。后会诸吏,闻寿有奇香之气,是外国所贡,一著人,则历月不歇。充计武帝唯赐己及陈骞,余家无此香,疑寿与女通,而垣墙重密,门阁急峻,何由得尔?乃托言有盗,令人修墙。使反曰："其余无异,唯东北角如有人迹。而墙高,非人所逾。"充乃取女左右婢考问,既以状对。充秘之,以女妻寿。

关于此则,刘孝标注云："《郭子》谓与韩寿通者,乃是陈骞女,即以妻寿,未婚而女亡。寿因娶贾氏,故世因是充女。"可见乃有本事,《世说新语》据以创作。而将一连串的故事情节有机地结合在一起,在注重人物个性的同时明显地也注意了情节结构的安排,已大非《郭子》中的片断式结构可比,演进之迹甚明。元人李子中取为本事,著《贾充宅韩寿偷香》杂剧,佚名作者有同名南戏;明沈鲸取以为传奇《青琐记》,陆采取以为传奇《怀香记》。若非篇幅较长,故事情节较为复杂,怕很难有如此影响。犹应指出的是,这两种形式一长一短,一简一繁,相互映衬,相得益彰,正是“世说体”志人小说在体例方面的重要特征之一。其三,《世说新语》多志帝王将相,社会名流,但写人记事的重点却不像历史散文那样,重点写这些人物的文治武功、赫赫业绩等身外之物,而是重点刻画作为人物生命内蕴的个性和人格。尤其是注意人物个性中最突出、最典型、最超凡脱俗的某一侧面,并善于从现实生活中选取最足以表现这一个性、这一侧面的典型情节和典型细节,运用浓笔重墨、勾勒点染的写意手法予以表现,传神写照,使人物形神兼备、个性突出。这种突出重点不及其余的艺术手法,给读者留下了非常深刻的印象,往往使人寓目游心,没世不忘。如王逸少坦腹东床、王子猷雪夜访戴、嗣宗别嫂、刘伶醉酒等等,都生动地体现了《世说新语》的这一特色。其四是简约含蓄、玄远冷峻、朴素隽永、优美传神的语言特点。“文学是语言的艺术”,《世说新语》这一语言特色如写意大师之水墨,点染时代风尚,勾画人物形神,自然贴切,真有鬼斧神工之妙。具体讲,则叙述语言质朴简洁,委婉含蓄,言约旨远,写意传神;而人物语言则个性突出,应对巧妙,意境高远,耐人寻味,总之,甚具诗化特征。如“言语”门之写《过江诸人》:

> 过江诸人,每至美日,辄相邀新亭,藉卉饮宴。周侯中坐而叹曰:“风景不殊,正自有山河之异!”皆相视流泪。唯王丞相愀然变色曰:“当共戮力王室,克复神州,何至作楚囚相对?”

真可谓字字珠玑。其他如“赏誉”门之“世目李元礼:‘谡谡如劲松下风’”。“王戎云:‘太尉神姿高彻,如瑶林琼树,自然是风尘外物。’”“容止”门称“时人目夏侯太初朗朗如日月之入怀,李安国颓唐如玉山之将崩”等等,俱比喻象征,极具诗意。其五是善于运用对比与衬托的艺术手法,将人物个性刻画得更加鲜明生动。对比如秋后溪涧,水落而石出;衬托则如雨后之春江,水涨而船高,二者交互使用,则回合映带,更显容冶多姿。“德行”门之述管宁、华歆割席分坐,华歆、王朗乘船避难;"言语"门之述钟毓、钟会之捷辩,谢道韫咏雪;"汰侈"门之述石崇燕客时王导、王敦面对杀人的不同态度等,都属此类。其他如虚构想象等,刘孝标注、余嘉锡笺疏等已言之凿凿,兹不赘述。

总而言之,《世说新语》丰富的思想内容,高超的艺术成就,奠定了它在中国文言小说史,尤其是志人小说史上的崇高地位,并由此形成了"世说体"志人小说一派,源远流长,千年不歇。是后,梁刘孝标有《续世说》《世说抄》,沈约有《俗说》;唐刘肃有《大唐新语》,李垕有《续世说》,王方庆有《续世说新书》;宋王谠有《唐语林》,孔平仲有《续世说》,汪藻有《世说叙录》;明何良俊有《何氏语林》,焦竑有《明世说》,李绍文有《明世说新语》;清吴肃公有《明语林》,李清有《女世说》,章抚功有《汉世说》,章继泳有《南北朝世说》,王晫有《今世说》,黄汝琳有《世说补》,严蘅有《女世说》,颜从乔有《僧世说》;近世以来,易宗夔有《新世说》,甚至当代编纂的许多民国笔记,多亦蒙其雨露。除此之外,《世说新语》还为《三国志通俗演义》等白话小说,为《玉镜台》《除三害》等戏剧提供了大量的创作素材,影响之广大深远,在中国文学史上堪树丰碑。

《世说新语》之后,志人小说高峰已过,嗣后的一百七十余年中,仅有《妒记》《续世说》《世说抄》《俗说》《小说》等寥寥几种,且无论思想内容和艺术成就,均远逊《世说新语》。其中梁刘孝标的《续世说》十卷,《旧唐书·经籍志》小说家类著录,《世说抄》一卷,《通志·艺文略》小说类著录,均已亡佚,无可置论。然刘氏为平原(今属山东省)世家,博学多才,注释《世说新语》,"所引经史杂著四百余种,诗赋杂文七十余种,可谓弘富"[①]。固此并非文字训诂之注,而是注历史,注故事情节,注人物形象,注思想内容,故而与裴松之《三国志注》、郦道元《水经注》齐名,成为古代三大名注。从文言小说史的角度讲,则从四个方面对后世文言小说产生了影响:一、引书极多,其中便引用了许多早已亡佚的小说和具有小说性质的杂史别传,这样便保存了大量的小说史资料,从而为我们研究其前的文言小说提供了文献。二、注文与正文相互认证,使《世说新语》的许多作品故事情节更加完整,更加丰富,更加

---

① 周祖谟:《世说新语笺疏·前言》,第1页,北京,中华书局,1983。

生动。三、与原文相映衬,使原文中的艺术形象更加生动,个性更加突出。四、为《世说新语》中的许多作品补注了典型环境,使人物更加立体化。① 刘孝标注为《世说新语》的传播做出了贡献。

《妒记》又名《妒妇记》,《隋书·经籍志》史部杂传类著录,二卷。《宋书·后妃传》云:"宋世诸主,莫不严妒,太宗每疾之。湖熟令袁慆妻以妒忌赐死,使近臣虞通之撰《妒妇记》。"可见作者乃奉敕编撰。从今存七条佚文看,内容主要是讽谕上层妇女的妒忌行为,维护一夫多妻制度,思想上无甚可取之处,然而艺术上却文笔细腻,形象生动,甚至有的已颇具唐人小说韵味。如《李势女》:

> 桓大司马平蜀,以李势女为妾。桓妻南郡主凶妒,不即知之;后知,乃拔刀率数十婢往李所,因欲斫之。见李在窗前梳头,发垂委地,姿貌绝丽;乃徐下地结发,敛手向主曰:"国破家亡,无心以至今日;若能见杀,实犹生之年。"神色闲正,辞气凄惋。主乃掷刀,前抱之曰:"阿姊见汝,不能不怜,何况老奴。"遂善遇之。

其他如《刘夫人》篇之周公周姥之问,《士人妇》篇之郎君变羊之谋,则幽默夸张,颇具喜剧色彩,在小说史上不无借鉴作用。

《俗说》三卷,《隋书·经籍志》杂家类著录。梁著名文学家、音韵学家沈约撰。从现存五十余则佚文看,多记东晋至刘宋上层人物的轶闻琐事,内容与《世说新语》相类而没《世说新语》"记言则玄远冷俊,记行则高简瑰奇"的独特风格。其中仅少数作品略具《世说新语》的韵味,如《顾虎头》:

> 顾虎头为人画扇,作嵇、阮都不点眼睛,便送还扇主,曰:"点眼睛便欲能语。"

《小说》十卷,《隋书·经籍志》子部小说家类著录,并注云:"梁武帝敕安右长史殷芸撰。梁目三十卷。"后又著录《小说》五卷,未注撰人,已亡佚。且刘义庆亦有《小说》十卷,故后人多称是书为《殷芸小说》。原书亦佚,最完善的辑本是周楞伽在前人基础上辑成的163则,仍分十卷的上海古籍出版社1984年校点本。关于它的编撰,余嘉锡考证说:"《史通·杂说篇》云:刘敬叔《异苑》称:晋武库失火,汉高祖斩

---

① 具体论述可参阅王恒展、徐文军编著:《山东分体文学史》小说卷,第201~207页,济南,齐鲁书社,2005。

蛇,剑穿屋而飞,其言不经,梁武帝令殷芸编为小说。'姚振宗曰:'案此殆是梁武作通史时凡不经之说为通史所不取者,皆令殷芸别集为小说,是小说因通史而作,犹通史之外乘。'(见《隋书经籍志考证》卷三十二。)其说是矣。"①可见当时已经清楚地知道了小说与历史散文不同的文体特点,清楚地划出了小说与历史散文的文体界限——历史散文以纪实为宗旨,而那些内容荒诞不经的作品则只能"编为小说"。这种明确地按当时小说的文体观念编撰小说,而又明确地命名为《小说》的创制,不但为后世小说著作的创作和整理树立了榜样,而且在中国小说理论史上也具有划时代的意义。这一事件可以充分说明,当时殷芸乃"有意为小说",而决非"一如写新闻"了。《小说》所集,虽基本上是"采集群书"而成,但内容多是"不经之说为通史所不取者",恰恰符合当时小说"街谈巷语","道听途说者之所造也"的文体特点。后世《太平广记》等小说总集、选集的编纂,显然受其影响。

从中国文言小说发展史的角度讲,《殷芸小说》还有三点值得特别注意:一是全书体例自秦汉迄宋齐,以历史发展为线索结构全书,从而便打破了"世说体"志人类笔记小说的体例,具有了通史的性质。二是内容有所开拓,志人之外,兼记民间传说,鬼神怪异、地理博物等,上承《博物志》而有所发展,开唐宋杂俎小说之先河。三是艺术风格上已渐离"世说体"记言则玄远冷俊,记行则高简瑰奇的文人情趣,具有了更多的民间情趣、志怪色彩和诙谐趣味。最典型的是卷五第一百零七则,述一贫人穷困至夜宿瓮中,心计以瓮资为本,贩瓮发财,"遂喜而舞,不觉瓮破",已决非"世说体"可比。惜其多抄旧文,故而缺乏统一的旨趣,难以形成自己的特色,因而仍难望《世说新语》之项背。

综上所述,可见这一时期的志人小说虽不及志怪小说数量多,但在中国文言小说史上仍占有非常重要的一页。以《世说新语》为代表的"世说体"和以《笑林》为代表的"笑林体"志人小说,此后一直在中国文言小说史上双星并耀,经久不衰。特别是《世说新语》,此后一直为历代文人所推崇,在志人小说的范围里直可谓前无古人,后无来者。且惟其意在志人,所以特别注重人物形象的刻画,而这正是古今小说

---

① 余嘉锡:《余嘉锡论学杂著·殷芸小说辑证序言》,北京,中华书局,1977。

文体的主要任务。所以影响所及,决非单在志人小说一类!

第四节 传奇小说的先驱——史传小说

史传文学是小说的主要母体,不但孕育了笔记小说,也孕育了中国文言小说的另一种形式——传奇小说。寻其发展演变的轨迹,则史传文学一变而为杂史别传,再变而为史传小说,而史传小说再进一步便变为传奇小说。

杂史别传经过了两汉时期的长期发展,至汉末"天下大乱,史官失守其常。博达之士,愍其废绝,各纪见闻,以备遗亡。是后群才景慕,作者甚众"①。因而到魏晋南北朝时期,杂史别传取得了长足的发展。据《隋书·经籍志》著录,这一时期的杂史、杂传多达三百余种,其中的许多作品实际上已经摆脱了对历史的依傍,失去了历史散文的纪实性,具有了更多的民间传说甚或作者虚构的成分,进入了小说文体的范畴。我们所界定的史传小说,即指此类作品中隶属于笔记小说之外的作品。在这些作品中,除前人称之为汉代小说而考无实证,实际上是魏晋南北朝人伪托的《汉武洞冥记》、《海内十洲记》、《汉武帝故事》、《汉武帝内传》、《西王母传》和《赵飞燕外传》等之外,尚有《神仙传》、《拾遗记》、《文士传》、《高僧传》以及《三国志》(裴松之注)、《世说新语》(刘孝标注)等著作中保存下来的部分作品。

《汉武洞冥记》,又称《汉别国洞冥记》《别国洞冥记》等,今存。《隋志》史部杂传类著录为一卷,题郭氏传。两《唐志》均著录为四卷,始题郭宪撰。后人多持怀疑态度而以为六朝人依托。② 其实《隋志》仅题"郭氏撰",并未明指郭宪。宪生于西汉末,旧本多题后汉郭宪撰,伪作的《自序》亦署"东汉郭宪序",显系作伪者纰漏。两汉以后人方有所谓"东汉""西汉""前汉""后汉"之称,当时人何以称"后汉""东汉"? 今本

---

① 〔唐〕魏徵等:《隋书·经籍志》卷三三史部《杂史类序》。

② 宋晁载之《续谈助》卷一录《洞冥记》佚文二十余条,跋云唐张柬之已称梁元帝作。明胡应麟《少室山房笔丛·四部正讹下》疑为"六朝人假托"。清纪昀等《四库全书总目》称"或六朝伪托之"。袁行霈、侯忠义《中国文言小说书目》明确指其"显系六朝人伪作"。

四卷,卷一述汉武帝始生、东方朔之神异;卷二述汉武帝与西王母、东王公故事;卷三述东方朔献梦草,汉武帝怀之而梦李夫人;卷四述汉武帝召见方士,方士言远国遐方之事。内容确如《自序》所言,"今藉旧史之所不载者,聊以闻见,撰《洞冥记》四卷,成一家之书"。从艺术形式方面讲,虽受《山海经》《神异经》等影响,但所有情节均围绕汉武帝进行组织,将大量的民间传说和地理博物传说附着于汉武帝、东方朔等人物形象,从形式方面讲显然已开始由地理博物类志怪小说向史传小说发展。另外,《洞冥记》想象颇丰,注意铺衍,描写细致,确实"辞藻丰缛,有助文章","字句妍华,足供采摭"。而究其旨义,则显然接受了道教的神仙方术思想,理应归之道教小说的范畴。

《海内十洲记》一卷,又称《十洲记》或《十洲三岛记》,今存。《隋志》史部地理类著录,题东方朔撰,后人多以为伪托。《中国文言小说书目》概括说:"刘向所录朔书,无此。所记祖洲、瀛洲等十洲风物,大抵恍惚支离,文字亦浅薄,盖出自六朝方士之手。"其书首称汉武帝闻西王母说八方巨海之中,有祖洲、瀛洲等十洲,又知东方朔非世常人,乃延至曲室相问。东方朔为之详道十洲情况及方丈、扶桑等仙境福地、仙官真人、神液仙草、珍禽异兽等,皆荒诞不经之说。如述祖洲曰:

> 祖洲近在东海之中,地方五百里,去西岸七万里。上有不死之草,草形如菰苗,长三四尺。人已死三日者,以草覆之,皆当活也。服之令人长生。昔秦始皇大苑中多枉死者,横道,有鸟如乌者,衔此草覆死人面,当时起坐而自活也。有司闻奏,始皇遣使者赍草,以问北郭鬼谷先生。鬼谷先生云:"此草是东海祖洲上……一株可活一人。"始皇于是慨然言曰:"可采得否?"乃使使者徐福,发童男女五百人,率摄楼船等入海寻祖洲。遂不返。福,道士也,字君房。后亦得道也。

徐福,又作徐市,史有其人。《史记·秦始皇本纪》二八年载其为方士,齐人,上书始皇,言海中有蓬莱、方丈、瀛洲三神山,仙人居之。始皇于是遣徐市发童男女数千人,入海求仙人。《汉书·郊祀志》则云此三神山在渤海中,"去人不远,盖曾有至者。诸仙人及不死之药皆在焉"。通观全文,《十洲记》正是在这些史料的基础上广收民间传说创作而成的——这也正是史传小说的创作特点。书中多道教故事,道教人物,如太玄都、紫府宫、太上真人、西王母、太真东王父等,确如清末陆绍明所言:"《海内十洲记》好言神仙,字字脉望",乃"道家小说"①。其实就内容而论,魏晋南北朝史传小说之中,道家小说占了相当的比重,其他如《洞冥记》《汉武帝故事》《汉武帝内传》《西王母传》《神仙传》、《拾遗记》等均属此类。道家小说称道神仙、驰骋想象的思维方式,张皇夸饰、文辞华赡的艺术特点,对于中国文言小说摆脱史官文化纪实特色的束缚,进入思维上驰骋想象,内容上不泥史实,形式上任意结构,语言上铺张华缛的文学殿堂,无疑具有明显的催化作用。

从中国文言小说艺术形式的发展方面讲,如果说《洞冥记》和《十洲记》完成了由地理博物类志怪小说向杂史体史传小说的演变的话,那么《汉武帝故事》、《汉武帝内传》和《西王母传》则明显地完成了由杂史别传向传记体史传小说的演变。

《汉武帝故事》(又称《汉武故事》)二卷,《隋书·经籍志》史部旧事类著录,不著撰人。葛洪《西京杂记跋》:"洪家复有《汉武帝禁中起居注》一卷,《汉武故事》二卷,世人希有之者。"亦未言撰者姓名。经六朝人整理的《三辅黄图》卷五征引,已称班固《汉武故事》,可见当时已有班固撰的说法。两《唐志》起居注类均著录二卷,未题撰人。《崇文总目》、《郡斋读书志》等题班固撰。唐宋以来,作者及成书年代一直众说纷纭:或以为汉,或以为六朝;或以为葛洪,或以为王俭;而非班固撰则几成定论。今人刘文忠综合前人所论,又考书中有图谶语,预言魏当代汉,认为作者当为建安前后人,近是。② 原书亡佚,今本一卷。鲁迅《古小说钩沉》辑佚文五十三条,较为完备。今本虽分条分则,形式上似笔记小说,然故事始于景帝王皇后有娠,梦日入怀,武帝生于猗兰殿;终于崩葬茂陵,屡显灵异;末几条涉宣、成、哀、平帝时,显系后人妄增。作品以汉武帝生平为线索,除述其琐闻轶事外,旁及宫廷杂事、殿堂苑囿、奇珍异宝等,而其中涉及修道求仙、长生之术者竟多达三十余条,占了全书佚文的一半以上,可见为全书中心。其中涉及刘安、李少君、李少翁等人的故事多与《史记》等历史散文相表里而扑朔迷离,虚实相参。其中尤以汉武帝、西王母、东方朔三人的故事最为精彩。如:

---

① 见《晚清文学丛钞·小说戏曲研究卷·月月小说发刊词》,北京,中华书局,1961。
② 刘文忠:《汉武故事写作时代新考》,载《中华文史论丛》1984年第二辑。

王母遣使谓帝曰:"七月七日我当暂来。"帝至日,扫宫内,然九华灯。七月七日,上于承华殿斋,日正中,忽见有青鸟从西方来,集殿前。上问东方朔,朔对曰:"西王母暮必降尊像,上宜洒扫以待之。"上乃施帷帐,烧兜末香。香,兜渠国所献也。香如大豆,涂宫门,闻数百里;关中尝大疫,死者相系,烧此香,死者止。是夜漏七刻,空中无云,隐如雷声,竟天紫色。有顷,王母至,乘紫车,玉女夹驭,载七胜,履玄琼凤文之舄,青气如云,有二青鸟如乌,夹侍母旁。下车,上迎拜,延母坐,请不死之药。母曰:"太上之药,有中华紫蜜、云山朱蜜、玉液金浆;其次药有五云之浆、风实云子、玄霜绛雪,上握兰园之金精,下摘圆丘之紫奈;帝滞情不遣,欲心尚多,不死之药,未可致也。"因出桃七枚,母自啖二枚,与帝五枚。帝留核着前。王母问曰:"用此何为?"上曰:"此桃美,欲种之。"母笑曰:"此桃三千年一著子,非下土所植也。"留至五更,谈语世事;而不肯言鬼神,肃然便去。东方朔于朱鸟牖中窥母,母谓帝曰:"此儿好作罪过,疏妄无赖,久被斥退,不得还天;然原心无恶,寻当得还。帝善遇之。"母既去,上惆怅良久。

这样的叙事写人,显然源于《穆天子传》而大事铺衍,已非笔记小说的粗陈梗概相比。三人的故事虽各独立,然内部联系可以相见。此作在艺术形式、艺术手法、语言三个方面均露唐传奇篇幅曼长、叙述委曲、注意文彩之先声,在中国文言小说史上不容忽视。关于以上三点,笔者在拙著《中国小说发展史概论》中已有论述,感兴趣的读者自可参阅。①

《汉武帝内传》,又称《汉武内传》、《汉武帝传》,今存。北魏贾思勰《齐民要术》卷十已征引。《隋书·经籍志》史部杂传类著录三卷,两《唐志》著录二卷,均未题撰人。《宋志》明注"不知作者"。明清旧本多题班固撰,鲁迅以为"至明乃并《汉武故事》皆称班固作,盖以固名重,因连类依托之"②。宋晁载之《续谈助》卷一《洞冥记跋》云唐张柬之称晋葛洪撰,《中兴书目》则题郭宪撰,均不可靠。至于创作年代,自明胡

---

① 王恒展:《中国小说发展史概论》,第193~194页,济南,山东教育出版社,1996。
② 鲁迅:《中国小说史略》,第23页,北京,人民文学出版社,1973。

应麟以后,考证者更多。因西晋张华《博物志》已引用①,故《四库全书总目》总括诸家考证,认为"殆魏、晋间文士所为",大致不差。详其内容,写汉武一生异闻琐事,而与西王母相会犹详,显然与《洞冥记》《十洲记》《汉武故事》关系密切,当是杂采其中部分情节敷衍增饰而成,故成书当在三书之后。与前者相比,《汉武帝内传》虽然仍以汉武生平为主线,杂述与之相关的求仙修道之事,但显然已突破了笔记体例而具备了纪传的文体因素,而全书的重点,则是极力突出西王母降承华殿会汉武帝的故事。此事见于《汉武故事》,情节大同小异。但在《汉武故事》中仅是不足四百字的一条,占不到全书的十分之一,而《内传》却洋洋洒洒,长逾万言,几乎占了全书的五分之四以上。如西王母遣使一段,《汉武故事》曰:

> 王母遣使谓帝曰:"七月七日,我当暂来。"

仅寥寥十五字。而《汉武帝内传》就大不相同了,踵事增华,竟然用了一百八十余字:

> 至四月戊辰,帝闲居承华殿。东方朔、董仲君(一作舒)在侧。
> 忽见一女子,着青衣,美丽非常。帝愕然问之,女对曰:我墉宫玉
> 女王子登也。向为王母所使,从昆仑山来。"语帝曰:"闻子轻四海
> 之禄,寻道求生,降帝王之位,而屡祷山岳,勤哉! 有似可教者也。
> 从今日清斋,不闲人事,至七月七日,王母暂来也。"帝下席跪诺。
> 言讫,玉女忽然不知所在。帝问东方朔:"此何人?"朔曰:"是西王
> 母紫兰宫玉女,常传使命。往来扶桑,出入灵州,交关常阳,传言
> 玄都阿母。昔出配北烛仙人,近又召还,使领命禄,真灵官也。"

想象丰富,铺叙描写,显然已露传奇手笔,大非笔记小说之粗陈梗概可比。此外,《汉武帝内传》的语言对偶排比,铺陈夸张,色彩绚丽,声韵朗朗,显然吸收了汉大赋语言艺术的营养,促进了中国文言小说语言艺术的发展。如写西王母为汉武帝讲解长生之道一段:

> 王母曰:"夫欲修身,当营其气,太仙真经所谓行益易之道:益
> 者益精,易者易形,能益能易,名上仙籍。不益不易,不离死厄。
> 行益易者,谓常思灵宝也:灵者神也,宝者精也。子但爱精握固,

---

① 《文选》第十九卷曹子建《洛神赋》唐李善注引:"《博物志》曰:汉武帝好道,西王母七月七日漏七刻,王母乘紫云车来。"

闭气吞液，气化为血，血化为精，精化为神，神化为液，液化为骨。行之不倦，神精充溢。为之一年易气，二年易血，三年易精，四年易脉，五年易髓，六年易骨，七年易筋，八年易发，九年易形。形易则变化，变化则成道……"

如是等等，极尽铺张，又非笔记小说语言简约之可比，亦具传奇韵味。这样的语言，再加以诗歌穿插，显然也加强了中国文言小说的诗化特征，在中国文言小说史上自占重要一页。

此类作品中值得注意的还有《西王母传》。此书一卷，史志无著录。明陶珽增辑本《说郛》卷一一三题汉桓骥撰，但文末云："穆王持白圭重锦，以为王母寿，事具《周穆王传》。至汉武帝元封元年七月七日夜，降于汉宫，语在《汉武帝传》内，此不复载焉。"却透露了个中消息。按《周穆王传》即《穆天子传》，晋太康二年出自汲冢；《汉武帝传》即上述《汉武帝内传》，亦成书于魏晋；故其成书不可能在此之前，题汉桓骥撰，显系伪托。此书虽杂采《山海经》《穆天子传》《汉武故事》《汉武帝内传》等有关西王母的各种故事，以东王公为配偶神，依"传记体"结构写成，为西王母故事之集大成者，然形象苍白，故事平直，语言乏味，远不及上述诸作。

在这一时期的"传记体"史传小说中，题汉伶玄撰的《飞燕外传》在中国文言小说史上影响最大。此书一卷，今存，又称《赵飞燕外传》、《赵后外传》等。宋以前未见著录，《郡斋读书志》、《直斋书录解题》入史部传记类，清《四库全书总目》方入子部小说家类。《直斋书录解题》云："称汉河东都尉伶玄子于撰，自言与扬雄同时，而史无所记。或云伪书也。然通德拥髻等事，文士多用之；而祸水灭火一语，司马公载之《通鉴》矣。"后之学者，多承其说。然何时何人所为，则或以为唐宋，或以为六朝，或以为两汉之际。侯忠义综合众家材料，"估计当为东晋或南朝作品，"①颇有道理。

赵飞燕史有其人，《汉书》卷九七下有《孝成赵皇后传》。但《外传》所叙，多与正史相出入，"纯为小说家言，不可入之于史部，与《汉武内传》诸书，同一例也"②。详其内容，叙飞燕姊妹生平，以入宫之前的贫

---

① 侯忠义：《汉魏六朝小说史》，第37页，沈阳，春风文艺出版社，1989。
② 〔清〕纪昀等：《四库全书总目》，卷一四三子部小说家类存目《飞燕外传》提要。

贱流离与入宫后的恃宠淫奢相对比,一方面反映了作者富贵无常的人生观念,一方面客观地反映了帝后宫闱生活的腐朽,有一定的典型性。同时,露骨的色情描写,宣扬"女人祸水论"的思想等,亦开后世此类小说之先河。不但传奇小说《长恨歌传》《杨太真外传》《迷楼记》等承其余绪,即通俗小说《水浒传》《金瓶梅》等亦受其影响。戏曲《长生殿》之明皇窥浴、小说《金瓶梅》之西门庆之死等,更显然以《飞燕外传》中的相关情节为本事。

从中国文言小说艺术发展史的角度讲,《飞燕外传》有以下几点值得特别注意:一、篇幅曼长,情节曲折,叙述委曲,结构完整。全文以飞燕姊妹的生平为主线,以淫乱的男女关系(开篇即言江都中尉赵曼妻江都王孙女姑苏主与编习乐律冯万金私通,一产二女。长宜主,次合德)尤其是帝后荒淫的宫闱生活为重点,首尾照应(结尾以汉成帝纵欲而亡,归罪合德,合德呕血而死止),起伏跌宕,已基本具备了传奇小说的形式和体制。明胡应麟将中国古代文言小说分为志怪、传奇等六类,传奇类中即首列《飞燕外传》,并进而称:"《飞燕》,传奇之首也。"①甚有见地。这也就是说,在中国文言小说史上,《飞燕外传》与《汉武帝内传》等史传小说一起,同开传奇小说之先河。二、作为小说文体的主要任务,《飞燕外传》已十分注意艺术形象的塑造。如汉成帝之昏庸好色,赵飞燕之淫乱妒嫉,合德之柔媚承顺等,都各具情态,个性鲜明。如姊妹二人为情人燕赤凤而生隙一段:

> 后谓昭仪曰:"赤凤为谁来?"昭仪曰:"赤凤自为姊来,宁为他人乎?"后怒以杯抵昭仪裙曰:"鼠子能啮人乎?"昭仪曰:"穿其衣,见其私足矣,安在啮人乎?"昭仪素卑事后,不虞见答之暴;熟视不复言。樊嬺脱簪,叩头出血,扶昭仪为拜后。昭仪拜,乃泣曰:"姊宁忘共被夜长,苦寒不成寐,使合德雍姊背邪?今日垂得贵,皆胜人,且无外搏,我姊弟且忍内相搏乎?"后亦泣,持昭仪手,抽紫玉九雏钗,为昭仪簪髻,乃罢。帝微闻其事,畏后,不敢问,以问昭仪。昭仪曰:"后妒我尔,以汉家火德,故以帝为赤龙凤。"帝信之,大悦。

---

① 〔明〕胡应麟:《少室山房笔丛·九流绪论下》。

描写细腻,三个人物均个性鲜明,如闻其声,如见其人,已大非笔记小说之抓住一点,不及其余相比。三、语言细腻生动,文笔幽雅优美,叙事记言,娓娓栩栩,描写入画。如"窥浴"一段:"兰汤滟滟,昭仪坐其中,若三尺寒泉浸明玉。"确如胡应麟所云:"百世下读之,犹勃然兴,矧亲炙耶?"①钱钟书谓其"章法笔致酷肖唐人传奇。……熨贴安便,遂与《会真记》《霍小玉传》《李娃传》方驾;托名班固撰之《汉武内传》,浮文排比,不足比数也。"②仅此数端,即可以奠定其在中国文言小说史上的重要地位。也正因如此,《飞燕外传》于宋后盛传,风流之士,纷纷模仿。宋秦醇拟之为《飞燕别传》,已趋色情而突出"闺闱媟褻之状";明杨慎托名汉人著《汉杂事秘辛》,更以宣扬色情为旨。确如近人李慈铭《越缦堂读书记》所云:"导媟宣淫,莫此为甚,聪俊子弟,尤不宜观。"

除上述作品外,这一时期的史传小说中堪称为"道家小说"的还有内容方面隶属于志怪范畴的《神仙传》和《拾遗记》。《神仙传》十卷,晋葛洪撰,今存。洪字稚川,自号抱朴子,丹阳句容(今属江苏省)人,《晋书》有传。少贫穷而勤奋好学,"遂以儒学知名",历官都尉,伏波将军,且以平乱有功赐爵关内侯,升咨议参军。然自幼好道,曾拜从祖葛玄弟子郑隐为师,学道炼丹。又曾师从精于内丹的鲍玄,并娶其女为妻,而尽"传玄业",故精通方术,本身就是一个多具道家传说的"神仙"。所著除收入《诸子集成》等的《抱朴子》七十卷外,尚有诗赋百卷,表章三十卷,神仙、良吏、隐逸、集异传各十卷,《金匮药方》一百卷,《肘后方》四卷,并杂抄《五经》、《史记》、《汉书》、百家之言、方技杂事三一〇卷,亦为《西京杂记》之整理者。

《神仙传》原本述神仙一百余人③,而今本则仅收九十二人(《广汉魏丛书》本、《龙威秘书》本、《说库》本等)或八十四人(《说郛》本、《四库全书》本),可见并非原本。据其《抱朴子外篇·自叙》,知此书作于东晋建武中,时年三十余岁。而据书前《神仙传自序》,则知其编撰目的一是宣扬"仙化可得,不死可学"的道教神仙之说。二是为了弥补汉刘

<hr>

① 〔明〕胡应麟:《少室山房笔丛·四部正讹下》。
② 钱钟书:《管锥编》,第三册,第 965 页,北京,中华书局,1979。
③ 唐梁肃《神仙传论》谓"凡一百九十人",五代王松年《仙苑编珠序》则称:"葛洪更撰《神仙传》一百一十七人。"

向《列仙传》之"殊甚简略,美事不举",即其所云"此传虽深妙奇异,不可尽载,犹存大体,窃谓有愈于刘向多所遗弃也"。通观全书,他的确做到了这一点。如叱石变羊的黄初平,济世救人的壶公、三见沧桑之变的麻姑、为民除害的栾巴等传,均篇幅曼长,情节曲折,内容丰富,结构完整,均是以传记体形式写成的道教小说。即使那些篇幅不太长的作品,也大非《列仙传》和笔记体志怪小说能比。如《焦先》:

> 焦先者,字孝然,河东人也,年一百七十岁。常食白石,以分于人,熟煮如芋食之。日日入山,伐薪以施人。先自村头一家起,周而复始。负薪以置门外,人见之,铺席与坐,为设食。先便坐,亦不与人语。负薪来,如不见人,便私置于门间,便去。连年如此。及魏受禅,居河之湄,结草为庵,独止其中,不设床席,以草褥衬坐。其身垢污,浊如泥潦。或数日一食,行不由径,不与女人交游。衣敝,则卖薪以买故衣著之,冬夏单衣。太守董经因往视之,又不肯语,经益以为贤。彼遭野火烧其庵,人往视之,见先危坐庵下不动。火过庵烬,先方徐徐而起,衣物悉不焦灼。又更作庵。天忽大雪,人屋多坏。先庵倒,人往,不见所在。恐已冻死,乃共拆庵求之。见先熟卧于雪下,颜色赫然,气息休休,如盛暑醉卧之状。人知其异,多欲从学道,先曰"我无道也"。或忽老忽少,如此二百余岁,后与人别去,不知所适。所请者竟不得一言也。

通篇所叙,几乎全以行动写人,仅说了四个字"我无道也"。然而也正因如此,一个助人为乐,沉默寡言,不慕荣华的民间神仙才树立于吾人面前。可见葛洪为了自神其教,正是通过广泛搜集仙道之书、百家之说和当时流行的神仙故事,通过道教独特的艺术想象,通过生动而细致的描述,编撰了这部纪传体的道教小说——《神仙传》,不但在道教史上留下了重重的一笔,也在中国文言小说史上开"用传奇法而以志怪"的先河,很值得进一步深入研究。

《拾遗记》十卷,东晋王嘉撰,梁萧绮录,今存。据《晋书·王嘉传》记载,嘉字子年,陇西安阳(今甘肃渭源)人。好方术,不食五谷,清虚服气,穴居东阳谷,弟子数百。言未然之事,辞如谶记。后赵石虎末,隐于终南山、倒兽山。人往拜谒,至心则见,否则隐形不见。衣服在架,杖履犹存而人不能取。前秦苻坚累征不起,后秦姚苌颇礼之,后因预言不吉被杀。而嘉死之日，人有陇上见之者。可见本人即葛洪之流的神仙。

《拾遗记》最早见于《隋书·经籍志》史部杂史类著录，有《拾遗录》二卷，注称"伪秦姚苌方士王子年撰"。并录《王子年拾遗记》十卷，注："萧绮撰。"两《唐志》杂史类两种并录，唯《拾遗录》作三卷。后《崇文总目》《通志》入传记类，《直斋书录解题》《宋志》《通考》《四库全书总目》等均入小说家类。据本书卷首萧绮《序》，原书"凡十九卷，二百二十篇，皆为残缺"，"今搜捡残遗，合为一部，凡一十卷，录而序焉"。故而明胡应麟认为"盖即萧绮撰，而托之王嘉"①。袁行霈、侯忠义先生也称："观其文笔绮丽，颇类齐、梁以下小说，胡氏之说，不为无见。"②但更多的人还是持王嘉撰、萧绮录的传统观点。今传十卷本有明世德堂翻宋刻本，《古今逸史》本、《稗海》本、《汉魏丛书》本等，中华书局1981年出版的齐治平校注本集众家之长，最为完善。今本前九卷按时代顺序，以人物传记的形式记载神话传说、逸闻遗事，故属史传小说的范畴。卷一述庖牺、神农至唐尧、虞舜八代，卷二至卷四述夏、商、周、秦四代，卷五、卷六述汉，卷七述魏，卷八述吴、蜀，卷九述晋时事。卷十则记昆仑、蓬莱等道教八名山，渲染景物，间及道教神话传说，略近《汉武洞冥记》。从前九卷的内容看，周代以前多传记体神话传说，以神话传说人物之生平为叙事线索，旁搜博采，熔冶成篇。如开篇之"春皇庖牺"：

> 春皇者，庖牺之别号。所都之国，有华胥之洲。神母游其上，有青虹绕神母，久而方灭，即觉有娠，历十二年而生庖牺。长头修目，龟齿龙唇，眉有白毫，须垂委地。或人曰：岁星十二年一周天，今叶以天时。且闻圣人生皆有祥瑞。昔者人皇蛇身九首，肇自开辟。于时日月重轮，山明海静。自尔以来，为陵成谷，世历推移，难可计算。比于圣德，有踰前皇。礼义文物，于兹始作。去巢穴之居，变茹腥之食，立礼教以导文，造干戈以饰武，丝桑为瑟，均土为埙，礼乐于是兴矣。调和八风，以画八卦，分六位以正六宗。于时未有书契，规天为图，矩地取法，视五星之文，分晷景之度，使鬼神以致群祠，审地势以定川岳，始嫁娶以修人道。庖者包也，言包

---

① 〔明〕胡应麟：《少室山房笔丛·四部正讹下》。
② 袁行霈、侯忠义编：《中国文言小说书目》，第20页，北京，北京大学出版社，1981。

含万象；以牺牲登荐于百神，民服其圣，故曰庖牺，亦谓伏羲。变混沌之质，文宓其教，故曰宓牺。布至德于天下，元元之类，莫不尊焉。以木德称王，故曰春皇。其明叡照于八区，是谓太昊。昊者明也。位居东方，以含养蠢化，叶于木德，其音附角，号曰"木皇"。

关于此文，齐治平注曰："按我国古史传说有'三皇五帝'之称，其说不一。孔安国《尚书序》、皇甫谧《帝王世纪》以伏羲、神农、黄帝为三皇、少昊、颛顼、高辛、尧、舜为五帝。本书'文起羲、炎以来'，记古帝名次与《书序》及《世纪》相合。"①与其他七篇排列成一组，恰为"三皇五帝"。可见为受史传文学影响的史传小说而非笔记体的志怪小说。而有历史记载的周代以后，则多历史人物的传说，如周穆王、老子、介之推等，大都假借真实的历史人物而附会荒诞不经的民间传说，甚至作者的艺术想象，撰为传记。确如《四库全书总目·拾遗记提要》所云："其言荒诞，证以史传皆不合，如皇娥宴歌之事，赵高登仙之说，或上诬古圣，或下奖贼臣，尤为乖迕。"关于作品在中国文言小说史上的地位，至少有四点值得注意：一是以通史的体例，以传记体的艺术形式搜撰异同，于志怪小说之外另辟途径，与《神仙传》等作品一道，开"用传奇法而以志怪"之先河。二是以历史事件、历史人物为题材或叙事线索，附会以荒诞不经的民间传说或艺术想象，"编言贯物，使宛然成章"②。显然已开"有意为小说"之先河。三是在六朝文笔之辨的文化环境中，明显地已追求形式美和语言美，确实做到了文存靡丽，辞采丰茂，"亦刘勰所谓事丰奇伟，辞富膏腴，无益经典，而有助文章者欤"③。四是许多作品穿插了不少谣、谚和诗歌，进一步加强了中国文言小说的诗化特征。这一点在卷一之《少昊》篇中表现得尤为突出："帝子与皇娥并坐，抚桐峰梓瑟。皇娥倚瑟而清歌曰：'天清地旷浩茫茫，万象回薄化无方。洿天荡荡望沧沧，乘桴轻漾著日旁。当其何所至穷桑，心知和乐悦未央。'俗谓游乐之处为桑中也。《诗》中《卫风》云：'期我乎桑中。'盖类此也。白帝子答歌：'四维八埏眇难极，驱光逐影穷水域。璇宫夜静当轩织。

---

① 齐治平校注：《拾遗记》，第2页，北京，中华书局，1981。
② 〔梁〕萧绮：《拾遗记序》。
③ 《四库全书总目·拾遗记提要》。

桐峰文梓千寻直,伐梓作器成琴瑟。清歌流畅乐难极,沧湄海浦来栖息。'"这样的作品,确如齐治平所言:"如果把它当作少昊父母的作品,那是谁也不会相信的,因为不但少昊有无其人都非常渺茫,七言诗也绝对不会产生于上古之世。但是这两首歌的本身却辞采艳发,情致缠绵,再配上'沧茫之浦'的清幽浩渺景色,一对青年以这样美妙的情歌互相赠答,无疑起了锦上添花的作用。这歌或采自汉魏以来的民歌,或系王嘉自作,总之都不失为艺术精品,比起《穆天子传》中西王母与周穆王的唱和之作,进步多了。"①这一点对于中国文言小说诗化特征的形成,无疑会起到促进作用。总之,"这种靡丽的文辞与夸诞的内容相结合的创作手法,使《拾遗记》在魏晋小说史上占有重要的地位,并直接影响了唐传奇的创作"②。

　　除上述"道教小说"外,《三国志》裴松之注、《世说新语》刘孝标注中也保存了大量的史传小说,如许多小说史中提及的《名士传》、《文士传》、《曹瞒传》等等。《隋书·经籍志》史部杂史、杂传、旧事类中,也有许多作品在内容上都已失去了历史散文的纪实性;形式上多以历史人物、历史事件为叙述线索而附会以民间传说和艺术想象,铺叙委婉而文辞华美;实际上已经脱离了历史散文的范畴,进入了史传小说的范围。另外,这一时期的许多高僧大德为了自神其教,也创作了诸如《高僧传》之流的"佛教小说"。"《高僧传》中志怪小说用意与其他佛教小说没有什么不同,都在于弘教护法,但它以传记体,每篇叙一僧之灵迹,写其异禀异能,法术变化,比一般扬塔寺经像灵验的作品更具小说特点,引人入胜。"③加以高僧传之传主均史有其人,所以亦属于史传小说的范围。以上大量作品除在少数小说史著作中有所涉及之外,尚缺乏全面、系统、深入的研究,然而仅从所涉数量上,已可见魏晋南北朝时期史传小说的蓬勃发展。史传小说的蓬勃发展为唐传奇的出现和繁盛准备了充分的条件,堪称唐传奇之先驱。史传小说若甩掉对历史的依傍,甩掉历史的尾巴,便会由蝌蚪变为青蛙,由史传小说嬗变为传奇小说了。

---

① 齐治平:《拾遗记前言》,见齐治平校注《拾遗记》第16～17页,北京,中华书局,1981。
② 侯忠义:《汉魏六朝小说史》,第109页,沈阳,春风文艺出版社,1989。
③ 杜贵晨:《中国古代短篇小说史》,第130页,郑州,中州古籍出版社,1991。

第四章
第二次创作高潮暨进士化时期——唐五代

概　说

　　唐五代（618—960）时期是中国文言小说的又一个创作高潮时期。在这三百四十二年中，仅唐朝就占了二百九十年，也就是说，唐五代时期显然以唐代为主。与魏晋南朝时期相比，这一时期的社会环境发生了巨大的变化，最大的不同即大唐承隋余绪，统一全国，不但结束了长期的战乱，带来了一度繁荣，而且政治相对开明，禁锢较少，思想相对自由，从而促进了文言小说的创作和发展。

　　小说是反映社会的一面镜子，而社会则是小说发展和繁荣的基础。纵观唐五代社会，促进文言小说繁荣的社会因素主要有三个方面：首先是天下一统，经济繁荣，为唐五代文言小说的发展奠定了经济基础。唐初，开明的统治者顺应天下思治的民心，采取了与民休息，无为而治的政策，使自魏晋南北朝以来四百余年的分裂以及隋末战乱中遭到严重破坏的农村经济得到逐渐的恢复和发展，先后出现了中国历史上著名的"贞观之治"和"开元盛世"。不但农业空前发展，"忆昔开元全盛日，小邑犹藏万家室。稻米流脂粟米白,公私仓廪俱丰实"①,而且商品经济亦呈现一派繁荣景象,甚至出现了国际性的大都市。如当时的长安即人口超过百万,坊市遍城,各色人物摩肩接踵,社会生活五光十色。这无疑为文言小说的发展和繁荣提供了大量的素材,奠定了坚实的基础。其次是政治开明。唐朝虽仍然是一个封建专制的时代,但相对于"罢黜百家,独尊儒术"的汉代,实际上已经宽松了许多。崇尚儒学而标榜道教,除唐武宗一度灭佛外佛教也很盛行。这种儒、释、道并重的思想流风所及,便是文人的思想相对自由。"我本楚狂人,凤歌笑孔丘。"李白的诗句与孤傲狂放最能形象地说明这一点。正是在这一前提下,大唐一代方能文化繁盛,这就为文言小说的发展与繁荣提供了文化环境。再次是科举制度的直接影响。科举制度虽创于隋文帝,然从唐高宗始方设为常科,逐渐完善。唐代科举以六科取士,特重"进士科",以至于有"三十老明经,五十少进士"之谓②,且考卷尚未有糊名密封之制,所以举子们往往在考前千方百计笼络考官,进献诗文,呈才弄巧。以至于宋人赵彦卫云:

> 唐之举人,先藉当世显人以姓名达之主司,然后以所业投献。逾数日又投,谓之"温卷",如《幽怪录》《传奇》等皆是也。盖此等文备众体,可以见史才、诗笔、议论。至进士则多以诗为赘,今有唐诗数百种行世者是也。③。

关于这一说法,"自陈寅恪先生据此立唐人传奇繁荣之新解,大多论者也以此断定进士行卷制是贞元、元和间传奇繁荣的重要原因,有人进而肯定传奇中有诗有议论的格式也是以进士行卷的要求而形成的"④。后来虽有人反对此说,并考证《玄怪录》《传奇》及许多著名传奇小说如《任氏传》《莺莺传》等均作于作者及第之后,但行卷、温卷及此风推动了传奇小说创作的繁荣,促进了文言小说诗化特征的发展,当是不容否定的。另外,"十年寒窗无人问,一朝成名天下知"。这就使许多中下层知识分子前途有望,从而激发了他们的功名事业之心,从而使大

---

① 〔唐〕杜甫:《忆昔》诗。
② 〔五代〕王定保:《唐摭言·散序进士门》。
③ 〔宋〕赵彦卫:《云麓漫钞》卷八。
④ 李宗为:《唐人传奇》,第134页,北京,中华书局,1985。

量的人加入到科举行列中来。科举制度不但为大唐统治者提供了大批安邦治国的政治人才,同时也进一步提高了全民族的文化素质,为唐代文学、唐代小说的繁荣培养了一支颇具文学修养的作者队伍。概而论之,唐代文学基本上是进士化的文学,唐代文言小说的主流也基本上是进士化的小说。因此,唐五代时期的文言小说,无论是志怪小说、志人小说,还是作为唐五代小说主流的传奇小说,都呈现出一种明显的进士化特征。

唐五代文言小说的进士化特征首先表现在作者队伍方面。查《中国文言小说书目》《中国文言小说总目提要》:作者队伍的进士化在唐代小说发展的初期便已开始,《朝野佥载》《游仙窟》的作者张鷟,《冥报记》的作者唐临,《灵怪集》的作者张荐,《传记》《隋唐嘉话》的作者刘𫗧,《广异记》的作者戴孚等都科举及第。其他如狄仁杰、姚元崇、苏瓌、张说等就更不必说了。《古镜记》《补江总白猿传》《离魂记》等作者生平虽不可考,但从作品的内容看,亦皆是进士圈中之人。中唐亦即唐传奇的鼎盛时期,进士化特征更加明显。唐传奇创作队伍的主体——元白文人团体的成员,诸如元稹、白居易、白行简等都是进士,主流已定,风气可知。晚唐以至五代时期,文言小说的题材、形式、风格等虽然发生了较大的变化,但作者队伍的进士化特征依旧,著名的文言小说作家如薛用弱、房千里、李复言、韦瓘、郑还古、卢肇、李玫、陆勋、张读、裴铏、袁郊、薛调、段成式、温庭筠、康骈、皇甫枚、王定保、徐铉、王仁裕等等,都是进士或进士圈里的人。而冯沅君先生更于1948年即"统计六十种传奇与杂俎作者的出身。由于一部分作者的姓名无考,或一人而成数种,作品虽称六十,作者却只四十八人。在这四十八人中,确知曾举进士的凡十五人,举明经的一人,擢制科的一人,应进士试而落第的一人,因其为翰林学士或校书郎遂推想他们可能是进士或制科出身的三人。其余二十七人里,二十四人因行事难详,不知他们是否曾应科举,行事可考而无科名的只有三人。此外还有一点值得我们注意,就是唐传奇的杰作与杂俎中的知名者多出进士之手。"①由此可见唐五代文言小说作者队伍的进士化特征。

---

① 冯沅君:《冯沅君古典文学论文集·唐传奇作者身分的估计》,第303页,济南,山东人民出版社,1980。

其次是创作动机的进士化。进士化的创作队伍必然促使创作动机的进士化。就创作动机而言,唐前文言小说多注重教化。虽然其中也有少数具有"游心寓目"的娱乐功能的作品,但多数作品,如汉之《说苑》《新序》,魏晋南北朝的志人小说和带宗教性的志怪小说等等,总体上仍偏重于教化。因此,从总体上讲唐前小说作者的创作动机仍以教化为主。唐五代时期就大不相同了,因为政治开明,禁锢较少,思想相对自由,所以创作动机也开始复杂起来。由于作者队伍的进士化,因而创作动机也出现了相应的变化。志怪小说的作者们已由搜奇志异,逐渐专向关心社会,关心政治,许多作品显然已堪称披着志怪外衣的政治讽刺小说。薛用弱的《集异记》、李枚的《纂异记》堪称代表。志人小说的作者们上承《世说》遗风,在唐五代编辑史书的风气下亦有所变化,许多作品显然开始干预政治,开政治小说之先河。《大唐新语》之述武则天害王皇后,周兴与来俊臣罗织他人罪名即是一例。当然,最有时代特点、最典型的还是唐五代文言小说的主体——传奇小说的创作动机。通阅唐五代传奇小说,可见其中虽然也不乏"谈祸福以寓劝惩"①的作品,但主要的创作动机则不外两点:一是逞才延誉,以期在科举道路上求得春官一第。上文所及,以传奇为行卷、温卷者最为突出,当然也不排除通过传奇小说的创作展示才华,以求社会知名,从而得到考官垂青的可能。二是抒情言志,表现青年进士们的花前月下之情或科举得意与失意之感。张鷟的《游仙窟》、元稹的《莺莺传》、李公佐的《南柯太守传》等堪称代表。当然,也不排除青年进士们游宴时以为谈助的娱乐动机。总之,他们的创作动机均可归之于颇具现代性的表现自我的范畴。

作者队伍的进士化特征还扩大了唐五代小说的内容和题材,使之同样具有了进士化的特征。那时的进士虽然是一个上层知识分子阶层,但就其出身和成分讲则相当复杂。进士们既有出身名门的纨绔,也有出身贫寒的穷人;既有身居闹市的公子,也有世居穷乡的书生。他们中式前或寒窗苦读,或负笈游学,互相切磋琢磨;中式后履历官场,或出将入相,或黜陟贬谪,生活范围之广,可谓无所不至。穷居僻

---

① 鲁迅:《中国小说史略》,第55页,北京,人民文学出版社,1973。

壤,寒窗苦读,多闻街谈巷语、民间传说。离乡赴考,孤栖逆旅,风流韵事,在所难免。加之城市繁华,北里兴盛,登科前后,又多作狭邪之游,思想解放,相沿成习,不以为耻,反以为荣。如是等等,为唐五代文言小说的创作提供了广泛而切身的现实题材,再不需一味地假借神怪,敷衍历史。即便后期武侠题材的兴盛,也是因为社会动乱,军阀割据,而不是搜奇志异,以诧视听。总而言之,在题材广泛的基础上,由历史转向现实,由搜神志异转向现实生活中的男女爱情,便成了唐五代文言小说的主流。题材广泛,以现实生活中的男女爱情题材占主流,这就是唐五代文言小说进士化特征的主要表现。

作者队伍的进士化特征不但扩大了唐五代文言小说的题材,也改变了唐五代文言小说的形象体系。唐前小说的人物形象从总体上讲不外乎神话传说形象、历史英雄形象及与之相关的人物,很少常人形象。与之相比,唐五代文言小说的形象体系则明显地以现实生活中的人物为主,其中尤以才子佳人形象体系最为突出。才子即唐五代现实生活中的进士——作者们的自我写照;佳人则多为妓女——进士们心目中的“梦中情人”。这一特征在唐传奇初期的《游仙窟》就已经有所显示。作品貌似刘阮遇仙的人神恋故事,但奉使河源的张文成即作者张鷟,十娘、五嫂实际上也是现实生活中的女子。第一人称叙事,使这一特征更为明显。唐传奇鼎盛时期那些动人的艺术形象,如韩翊与柳氏、张生与莺莺、郑生与李娃、李益与霍小玉等等,无不是现实生活中的“才子佳人”。其他如任氏、龙女、唐明皇、杨贵妃等等,虽以神怪或历史人物的面目出现,但却都具有平常人的属性,在爱情故事中仍具有“才子佳人”的性质。更有趣的是,唐五代文言小说中大多数爱情故事的男主人公多是进士类的才子,而女主人公则多是娼妓类的佳人。莺莺貌似名门之女,但从其互通书信而无所顾及的描写,及元稹暗咏其事的《古决绝词》:“刿桃李之当春,意众人而攀折”等句意揣测,亦娼妓之流。进士是才子无可非议,这些女子虽地位低下,但大都聪明美丽,多才多艺,注重感情,故仍属佳人,而这一形象体系因此便可称为“才子佳人”形象体系。后期小说中的形象体系虽有了一定的变化,出现了红线、聂隐娘等侠女形象,然亦可视为佳人形象的进一步发展,从总体上讲仍属“才子佳人”形象体系。这一特征,显然与作者队伍的进士化密不可分。

唐五代文言小说上述种种进士化特征落实到艺术特征方面,便使之呈现出"文备众体,可以见史才、诗笔、议论"的艺术特征,即"形成了唐代传奇以诗歌与散文结合,抒情与叙事结合的独特风格:既有美妙的意境,又有细致的刻划;既有丰富的想象,又有如实的描绘。因此无论就现实意义或美感价值来看,唐代传奇都超过了六朝志怪小说。"①并议论间出,为形成中国小说"文备众体"的民族形式做出了巨大的贡献。

所谓"史才",指唐五代文言小说在叙事方面已经具备了历史散文的文体特长——长于叙事。历史散文与小说俱属叙事文体,而叙事从叙述学的角度讲又可以分为多种叙事类型:从人称的角度讲可以分为第一人称与第三人称叙事,从感情介入的角度讲可以分为主观与客观叙事,从视角的角度讲可以分为全知视角与限知视角的叙事,从表现方式的角度讲可以分为呈现式与讲述式叙事,从时间顺序的角度讲可以分为顺叙与倒叙(包括插叙),从叙述者身分的角度讲又可以分为戏剧化与非戏剧化叙事等等。唐五代以前,中国叙事文学的叙述模式和叙述方法基本上可以分为两大类:一类是历史散文、杂史别传和史传小说的叙述模式——第三人称全知视角的戏剧化客观呈现式叙述。一类是笔记小说的叙述模式——看似第三人称实为第一人称的限知视角的非戏剧化主观呈现式叙述。关于后者,清人盛时彦曾引纪昀批评《聊斋志异》的话说:"小说既述见闻,既属叙事,不比戏场关目,随意装点。伶元之传,得诸樊嬺,故猥琐具详;元稹之记,出于自述,故约略梗概。……今燕昵之词,媟狎之态,细微曲折,摹绘如生,使出自言,似无此理;使出作者代言,则何从而闻见之,又所未解也。"②可见古人对这两种叙述模式的理解。唐五代传奇小说显然继承了这两种叙述模式而又有所发展。这主要表现在以下两个方面:首先,唐传奇直接继承了第一种叙述模式而有所发展。那就是作品的主要叙事部分都是通过一个个场面的客观描述,把人物和故事情节客观地呈现在读者面

---

① 游国恩、王起、萧涤非、季镇淮、费振刚主编:《中国文学史》(第二册),第196页,北京,人民文学出版社,1981。

② 〔清〕盛时彦:《阅微草堂笔记·姑妄听之跋》。

前。优秀的传奇小说如《任氏传》《李娃传》等等无不如此。其次,唐传奇也继承了第二种叙述模式而有所发展。这有三种表现:一是出现了比较典型的第一人称叙述模式的作品,如《游仙窟》《谢小娥传》等。二是在第三人称戏剧化客观呈现式叙述的过程中加进一段第一人称的介入,以"假实证幻",如《离魂记》《任氏传》等。这种介入,无疑会增加故事的真实性。三是在以上两种叙述模式的基础上有所综合,有所发展,从而成功地运用了第三人称限知视角的戏剧化客观呈现式叙述,《柳毅传》便是一个成功的范例。总而言之,唐传奇充分显示了进士们的"史才",从而标志着中国文言小说叙述方式的成熟。

　　所谓"诗笔",指唐五代文言小说兼有诗歌文体的抒情性和写意性。宋洪迈曰:"大率唐人多工诗,虽小说戏剧,鬼物假托,莫不宛转有思致。"①又说:"唐人小说,小小情事,凄婉欲绝,洵有神遇而不自知者,与律诗可称一代之奇。"②都是指这一特征。唐五代文言小说的"诗笔"特征大凡包括两个方面:一指小说具有诗意,具有诗的意境和神韵。二指小说中穿插诗歌,直接以诗歌入小说。一个时代有一个时代的文学,唐代即以诗名世。因此可以说唐五代小说就是在诗歌文化的背景下发展的。其时小说的作者们多是进士,是小说家,同时又是诗人,特别是在唐传奇鼎盛时期的贞元、元和年间,元稹就是一个非常典型的代表,元白文人团体的其他成员亦大都如是。这一时期小说的"诗笔"特征特别突出,与这一直接原因是分不开的。诗人执笔写小说,诗情画意自出笔端。《游仙窟》之以骈文描绘人情,写景状物,《枕中记》之卢生"衣短褐,乘青驹"行邯郸道上,《柳毅传》之述柳毅于泾滨遇洞庭龙女,《莺莺传》之崔莺莺拂琴别张生,如是等等,虽以散文娓娓道来,但却无不情真意切,诗意盎然,充分体现了唐传奇的"诗笔"特征。至于小说中穿插诗歌,诗歌与散文结合以成篇,更是唐五代文言小说中常见的文学现象。纵观唐五代文言小说诗歌穿插的形式和作用,大略有两种情况:一类以作品主人公作品的形式出现,其作用主要是抒情言志,以塑造人物,可以说是唐五代文言小说尤其是传奇小说诗歌穿插的主要形式,在爱情类作品中表现尤为突出。《游仙窟》《柳氏传》

---

①〔宋〕洪迈:《容斋随笔》卷一五。
②《唐人说荟·凡例》引。

《李章武传》《莺莺传》等堪为代表。这类穿插影响所及,非止后世文言小说,即白话小说如《红楼梦》、才子佳人小说亦蒙其雨露。第二类以神仙梦幻或叙述者直接插入的方式出现,作用则多是以诗歌暗示情节的发展、人物的命运和发表评论。前者以《传奇》中的《裴航》及《郑德璘传》为代表,作品虽不多,但在中国小说史上却影响极大,占有重要的一页。《金瓶梅》第二十九回"吴神仙贵贱相人"、第四十六回"妻妾笑卜龟儿卦",《红楼梦》第五回"游幻境指迷十二钗 饮仙醪曲演红楼梦"俱以诗歌预示情节的发展和人物的命运,就小说论,实滥觞于此(中国古代历史散文中早有占卜的记载)。这种形式上承谐讔谜语,汲取了占卜、谶语的有益营养,利用了读者的求知心理而制造悬念,引人入胜,具有独特的东方神秘文化的民族特色。穿插诗歌以进行评论的作品较多,如《南柯太守传》《长恨歌传》《东城老父传》等都有这种情况。这一形式上承《列女传》等之赞论而有所变化,下启白话小说之开场、收场诗词,明显地增加了中国小说的"诗笔"特征。

所谓"议论",指唐五代文言小说的议论特征。这一点显然受诸子散文和历史散文诸如《史记》"太史公曰"等议论的影响。纵观唐五代文言小说,"议论"大致分为四类:一类即上述以诗歌穿插的形式进行议论。一类为寓言小说,如《枕中记》《南柯太守传》《杜子春》《定婚店》等。或论人生如梦,或论人情世态,或论命中注定,或褒贬人物以寓劝惩,特点是注重共性而忽略个性,讽谕寄托,主旨即在于议论而非其他。这类作品显然上承阮籍之《大人先生传》、陶渊明之《五柳先生传》及秦汉寓言的艺术传统,而后世之寓言小说多承其流风。一类并非以议论为主旨,但往往意到笔随,在第三人称客观呈现式叙述中突然插进一段第一人称的主观评论,或者在作品的开头、结尾涉笔议论,《任氏传》《莺莺传》《李娃传》《柳毅传》等堪为代表。显然上承史传文学的议论传统而下启通俗小说的议论形式。最后一类表面上看似乎没有什么议论,阅后却令人不由得不掩卷沉思,而细细想来,乃作者通过故事情节和人物形象进行议论。这一类最典型的代表作便是蒋防的《霍小玉传》。此类作品在唐五代文言小说中虽然不多,但在中国小说发展史上却影响极大。话本小说中《杜十娘怒沉百宝箱》之类的作品,《聊斋志异》中《窦女》一类作品,甚至旨涉因果的《金瓶梅》《红楼梦》等长篇章回小说,都或多或少地受其影响。

总而言之,唐五代文言小说的进士化特征对于中国传统小说艺术形式的民族特色——"文备众体,可以见史才、诗笔、议论"的形成,明显地起了十分重要的作用。

第一节　志怪小说到传奇小说的演变

上承六朝余绪,唐五代志怪小说在文言小说中仍是一个重要的门类。今之研究唐五代小说者虽然多注目传奇小说,然而查袁行霈、侯忠义先生编著的《中国文言小说书目》,在总数二百三十三种文言小说中,诸家称为传奇者竟不足六十种,充其量占四分之一强,而且从文体方面讲,一部分唐人传奇集中仍然夹杂着许多笔记小说。宁稼雨此后编撰的《中国文言小说总目提要》于唐五代编虽然吸取了此后的研究成果,列"志怪类"一百零九种,"传奇类"一百一十九种,然如上所述,许多传奇集中仍杂有为数不少的志怪小说,更何况所列"杂俎类""志人类"中亦有不少志怪作品。近人汪辟疆曾言:"风会既开,作者弥众。才杰之士,各拾所闻,搜奇则极于《山经》《十洲》,语怪则逾于《齐谐》《列异》。于是道箓三清之境,佛氏轮回之思;负才则自放于丽情,推强则酣讴于侠义。罔不经纬文心,奔赴灵囿,繁文绮合,缛旨星稠;斯亦极辞海之伟观,迈齐梁而轶两京者欤!"①其所云"搜奇""语怪"者,显然即志怪小说。因此,研究唐五代文言小说的发展,志怪小说仍然是一个不容忽视的方面。

通观唐五代志怪小说,再参以诸家文学史、小说史对唐代传奇小说分期的论述,为了进一步探讨志怪小说与传奇小说的关系,进一步探讨志怪小说自身的发展对传奇小说发展演变的影响,我们不妨也将这一时期志怪小说的发展演变分为三个时期:唐初时期,唐传奇蓬勃发展的肃宗至代宗时期,唐传奇兴盛之后的唐德宗建中年间至唐末五代时期。

---

① 汪辟疆:《唐人小说序》,第1页,上海,上海古籍出版社,1978。

　　唐初时期文言小说的创作情况,顾况在《戴氏〈广异记〉序》中言及:"国朝燕公《梁四公记》、唐临《冥报记》、王度《古镜记》、孔慎言《神怪志》、赵自勤《定命录》,至如李庾成、张孝举之徒,互相传说。"①其中张说的《梁四公记》、王度的《古镜记》为传奇小说,留待后论,其他三种为志怪小说。其中孔慎言的《神怪志》久佚,未见著录。《太平御览》卷五五九引"将军王果葬古棺"一事,注出《神怪志》。而《太平广记》卷三九一引称"唐左卫将军王果",无出处,当即出《神怪志》。故事亦见唐刘𫗱之《隋唐嘉话》卷下。鲁迅《古小说钩沉》将此条辑入六朝《神怪录》中,显然是误收。② 其余二种,《定命录》见于《新唐志》子部小说家类,作《定命论》,亦佚。《太平广记》收佚文六十二条,恐与吕道生《定命录》难分彼此。且据李时人考证,赵自勤"肃宗时尚在世"③,故当归之于中期。这样,顾氏言及的作品,就志怪小说而言,就只有唐临的《冥报记》一种了。检李时人编校的《全唐五代小说》,虽还有释道宣《续高僧传》、释道世《法苑珠林》、道士胡慧超《十二真君传》中的部分作品,但从文体讲当属传奇而非笔记,故而便只有郎馀令的《冥报拾遗》例属志怪小说的范围了。

　　《冥报记》二卷,《旧唐书·经籍志》著录。《新唐志》子部小说家类、史部杂传类重出。《法苑珠林》《崇文总目》《通志》《直斋书录解题》《宋志》等亦著录二卷。原书散佚。今本十卷(涵芬楼秘笈本三卷),系近人杨守敬以日本三缘山寺抄本为基础,辑录《法苑珠林》、《太平广记》佚文,将其与郎馀令《冥报拾遗》合编而成,较为完备。从内容方面看,二书均多释证、报应、再生、神怪事,大率以佛家思想为主,间涉其他。从艺术方面讲,与魏晋南北朝志怪小说相比,郎馀令的《冥报拾遗》无甚变化,唐临的《冥报记》却篇幅明显增长,叙事渐趋详尽,描写显见细腻,明显地透露出由笔记体志怪向传奇小说发展的趋势。《太平广记》载其佚文二十九篇,六七百字以上的作品多达十篇。《全唐五代小说》选其作品三十八篇,六七百字以上的作品更多达二十六篇。其中如《陈严恭》《睦仁蒨》《马嘉运》《孔恪》《王璹》《张法义》《柳智感》

① 见《文苑英华》卷七三七。
② 鲁迅:《古小说钩沉》,第136页,济南,齐鲁书社,1997。
③ 李时人编校:《全唐五代小说》,第284页,西安,陕西人民出版社,1998。

《兖州人》《杨师操》等均千字以上，堪称传奇小说。其中《睦仁蒨》竟长达一千八百余字，情节曲折，形象生动，极尽铺张，远非笔记体志怪小说之粗陈梗概可比。另如《王璹》篇述其冥间对质一段：

> 吏引璹出东门，南行，度三重门。每门皆勘视臂印，然后听出。至第四门，门甚大，重楼朱粉，三户并开，状如宫城门。守卫严密，验即听出门。东南行数十步，闻有人后唤璹。璹回顾，见侍郎宋行质，面惨黑色，露头散腰，著故绯袍，头发短垂，如胡人者，立于听事阶下，有吏卒守之。阶西近城有大木牌，高丈余，广二尺许。大书牌上"此是勘当拟过王人"。其字大尺余，甚分明。……

有环境描写，有肖像描写，具体而生动，颇具传奇小说注意刻画人物、描绘细节的特征。其时单篇唐传奇尚刚刚出现，这类作品的大量涌现，显然不是受传奇小说的影响，而是志怪小说自身汲取其他文体尤其是史传文学、史传小说的艺术营养的结果。这足见唐初作者已不满笔记体制，开始了超越旧体的探索与尝试。这在唐五代乃至中国文言小说史上无疑是重要的一页，理应引起文学史家、小说史家的重视。

龙朔百年之后，志怪小说（笔记体）经过了长时间的消沉与探索之后，终于出现了一大批颇具新意的作品，从而进入了第二个时期。这一时期的作品与唐传奇互相影响，互相渗透，清楚地展现出志怪小说向传奇小说过渡的趋势。代表作便是牛肃的《纪闻》、赵自勤的《定命论》、戴孚的《广异记》以及张荐的《灵怪集》。

《纪闻》十卷，《新唐志》《崇文总目》小说家类著录。《通志略》入传奇冥异类。原书早佚，今本"亦从《广记》辑出，非其旧也"[1]。《太平广记》载其佚文一百余则，以开元二十八、二十九年事最多，最晚有唐肃宗乾元年间事，可见非一时之作。内容十之八九为鬼神佛道，妖异再生，其中尤以佛教故事为多，从叙述口吻看，确为"纪闻"[2]。从中国文言小说发展史的视角看，《纪闻》虽多数篇幅简短，是"丛残小语"式的笔记文体，但也有不少作意好奇，叙述委曲，篇幅漫长的作品。从《太平广记》所存的近二十篇这样的作品看，与六朝志怪小说、唐临《冥报

---

① 汪辟疆：《唐人小说》，第288页，上海，上海古籍出版社，1978。
② 宁稼雨《中国文言小说总目提要》谓其"书名取《史记·封禅书》述怪异事'其详不可得而纪闻云'之意"。可备一说。

记》的最大不同在于此类作品直袭史传文学、史传小说的艺术形式，详尽曲折地描述了一些志怪异闻和当时著称于时的现实人物，写作目的确为传"奇"。前者如《郗鉴》《王贾》《洪昉禅师》，从艺术形式到写作手法，显然已与《补江总白猿传》《古镜记》同类，可能受其影响。后者如《裴佃先》《吴保安》等，显然又开辟了以史传小说、传奇小说的艺术形式描述人间近事的新领域，促进了传奇小说由志怪、历史题材向现实题材的发展，尤其是《广记》卷一六六所引之《吴保安》，不但篇幅已长达二千五百余字，且情节曲折，人物鲜活，生动地记叙了唐遂州义方尉吴保安十年经营，终于赎出了被掳的朋友郭仲翔，而吴保安死后，郭仲翔又倾尽全力厚葬保安，并让官于其子，被后人传为美谈。欧阳修纂《新唐书》，以之入《忠义传》，明人收入《古今说海》，清人收入《唐人说荟》，冯梦龙《古今小说》敷衍为《吴保安弃家赎友》，郑若庸、沈璟之传奇《大节记》、《埋剑记》亦以之为本事，在文学史上影响之大，直堪比传奇小说之佼佼者。《纪闻》以笔记体的志怪小说为主体，兼容传奇小说的编纂体例，一方面开"用传奇法而以志怪"之先河，一方面清楚地显示了笔记小说与史传文学、史传小说合流，从而演化为传奇小说的演变轨迹。

《定命论》十卷，赵自勤撰，《新唐书·艺文志》小说家类著录。原书早佚，《宋史·艺文志》著录赵自勤《定命录》二卷，论者多以为吕道生增订续作。如上文所叙，顾况《戴氏〈广异记〉序》已误《定命论》为《定命录》，故"今存《定命录》佚文，多数为初、盛唐事，其中赵作为数倍于吕作"①。内容概如书名，宣扬万事命定的宿命论思想。从形式看虽大多为笔记体，但《太平广记》卷二二一所载《袁天纲》《张冏藏》二篇，均为当之无愧的传奇小说。尤其是《袁天纲》，不但篇幅长逾二千五百余字，直追牛肃《纪闻》之《吴保安》，且内容丰富，情节曲折，一连用了九个故事，将袁天纲之"精于相术"描绘得活龙活现，以至于两《唐书》之《方伎传》均取自此作，且于散文叙事中穿插了两首诗歌，极具"诗笔"特征。一为袁为杜淹、王珪、韦挺相面，后均应验。及淹至京，拜御史大夫、检校吏部尚书。赠天纲诗曰：

---

① 李时人编校：《全唐五代小说》，第284页，西安，陕西人民出版社，1998。

伊吕深可慕，松乔定是虚。

系风终不得，脱屣欲安如？

且珍纨素美，当与薜萝疏。

既逢杨得意，非复久闲居。

一为为李义府相面后，义府蒙太宗召见，试立咏鸟，立成。其诗曰：

日里飏朝彩，琴中伴夜啼。

上林多少树，不借一枝栖。

"太宗深赏之曰：'我将全树借汝，岂但一枝。'自门下典仪，超拜监察御史。其后寿位皆如天纲之言。"这样的诗歌穿插不但真实地反映了大唐崇尚诗歌的社会现实和唐代士人即进士们的诗歌修养，同时也增加了作品本身进士化的"诗笔"特征。这对于唐五代文言小说进士化特征的形成，无疑会起促进作用。

　　戴孚的《广异记》是代宗大历至德宗建中初年的作品。原书二十卷，而唐宋书目未见著录，可见早佚。然与戴孚同科登进士第的顾况在其《戴氏〈广异记〉序》中谓《广异记》二十卷，"用纸一千幅，盖十万余言"。而今本《太平广记》载其佚文二百七十八篇，近十万言，犹见原书大概。阅其佚文，除内容丰富，志怪所涉，几无所不有外，有三个方面在中国文言小说史上当占有一席之地：其一，通阅《广记》所载二百七十八篇佚文，其中笔记体二百一十七篇，体近传奇者仅六十一篇，占五分之一强，可见从总体上讲仍属志怪小说之列，非传奇小说集。尽管如此，但这些体近传奇的作品却仍像《纪闻》《定命论》中的传奇小说一样，大都叙事委曲而内容新颖，情节曲折而结构完整，所以对此后唐代传奇小说的发展影响颇大。尤其是那些故事雷同，堪称本事者，如《三卫》对《柳毅传》的影响，《颍阳里正》对《李卫公靖》的影响等等。其二，《广异记》中穿插诗歌的作品虽不算多，但比较典型的作品如《王法智》《韦璜》等，显然比此前的志怪小说，包括赵自勤《定命论》中的《袁天纲》有所发展，为唐五代文言小说进士化的"诗笔"特征做出了自己的贡献。如《王法智》叙桐庐女子王法智，幼事郎子神，县令郑锋好奇，常呼法智至舍，请神交谈，尝赠人诗二首：

卓立不求名出家，常怀片志在青霞。

今日英雄气冲盖，谁能久坐宝莲花。

> 平生才不足，立身信有馀。
>
> 自叹无大故，君子莫相疏。

"六月二十五日夜，戴孚与左卫兵曹徐晃……集于锋宅。会法智至，令召滕传胤(郎子神)，……众求其诗，率然便诵二章云：

> 浦口潮来初渺漫，莲舟摇扬采花难。
>
> 春心不惬空归去，会待潮平更折看。

云：'众人莫厮笑，'又诵云：

> 忽然湖上片云飞，不觉舟中雨湿衣。
>
> 折得莲花浑忘却，空将荷叶盖头归。"

《韦璜》篇叙潞城县令周混之妻韦璜死后显灵，制五言诗与姊、嫂、夫云：

> 修短各有分，浮华亦非真。
>
> 断肠泉壤下，幽忧难具陈。
>
> 凄凄白扬风，日暮堪愁人。

又二章寄夫，题"泉台客人韦璜"云：

> 不得长相守，青春天舜华。
>
> 旧游今永已，泉路却为家。
>
>
> 早知别离切人心，悔作从来恩爱深。
>
> 黄泉冥窦虽长逝，白日屏帏还重寻。

赠嫂一章云：

> 赤心用尽为相知，虑后防前只定疑。
>
> 案牍可申生节目，桃符虽圣欲何为。

这样的作品，再经曾奖掖过著名诗人白居易的长安名士顾况写《戴氏〈广异记〉序》张扬①，不能不对此后的元白文人团体产生直接的影响。也就是说，《广异记》中的此类作品，不但自身具有进士化的"诗笔"特征，肯定也会影响当时的文言小说创作，使当时的文言小说更具这一特征。其三，《广异记》中动物成精作怪的故事颇多，其中尤以狐狸精

---

① 唐张固《幽闲鼓吹》云："白尚书(居易)应举，初至京，以诗谒顾著作况。顾睹姓名，熟视白公，曰：'米价方贵，居亦弗易。'乃披卷首篇(指白居易《赋得古原草送别》)，即嗟赏曰：'道得个语，居即易矣。'因为之延誉，声名大振。"

故事多而集中,仅《太平广记》之"狐"类中即收有关狐狸精的作品三十三篇,其中有九篇情节曲折,形象生动,体近传奇小说,如《上官翼》《杨伯成》等。这些狐狸精故事不但一跃而成为《广异记》精怪类故事的主流,且其中的许多狐狸精已"颇具人情",开唐传奇《任氏传》乃至《聊斋志异》之先河,在中国文言小说尤其是志怪小说发展史上理应占有重要的一页。总而言之,在传奇小说尚处于发展初期的肃宗、代宗年间,在一部志怪小说集中出现大量这样的作品,显然不是受传奇小说影响的产物,而可能是志怪小说与史传小说合流的结果。这一小说史现象的出现,说明唐代的小说作家们经过长期的努力,此时已经踏上了传奇体的康庄大道。戴孚之后不久,便出现了陈玄佑、沈既济、李朝威、许尧佐等大量优秀的传奇小说作家,相信绝不是历史的偶然。

戴孚之后,还有初期传奇小说作家《游仙窟》作者张鷟之孙张荐的《灵怪集》。原书二卷,已佚。张荐字孝举,两《唐书》有传,即顾况《戴氏〈广异记〉序》所言"张孝举之徒,互相传说"者。从其生平看,作品当出于代宗大历年间。从现存佚文看,内容形式与《纪闻》《广异记》相类,多为笔记体志怪小说,间杂叙述委曲、描写细腻、结构完整的传奇小说。其中最有代表性的作品当为《郭翰》,全文千字左右,叙郭翰与织女初会云:

> 当盛暑,乘月卧庭中。时有清风,稍闻香气渐浓。翰甚怪之,仰视空中,见有人冉冉而下,直至翰前,乃一少女也。明艳绝代,光彩溢目。衣玄绡之衣,曳霜罗之帔,戴翠翘凤凰之冠,蹑琼文九章之履。侍女二人,皆有殊色,感荡心神。

叙二人欢会又云:

> 女为敕侍婢净扫室中,张霜雾丹縠之帏,施水晶玉华之簟。转会风之扇,宛若清秋。乃携手升堂,解衣共卧。其衬体轻红绡衣,似小香囊,气盈一室。有同心龙脑之枕,覆双缕鸳文之衾。柔肌腻体,深情密态,妍艳无匹。

叙二人对话则云:

> 翰戏之曰:"牵郎何在?那敢独行。"对曰:"阴阳变化,关渠何事?且河汉隔绝,无可复知。纵复知之,不足为虑。"因抚翰心前曰:"世人不明瞻瞩耳!"翰又曰:"卿已托灵辰象,辰象之门,可得

闻乎?"对曰:"人间观之,只见是星,其中自有宫室居处。群仙皆
游观焉。……

远承《汉武帝内传》余风,近似乃祖《游仙窟》意旨笔法,同时又吸收了
辞赋虚构想象、夸言饰辞的艺术特点,以之写唐人之男女关系,显然非
笔记体之粗陈梗概可比。确如李宗为所言:"此文上承《游仙窟》的笔
意,以骈语描写人和事物的外形,又杂以诗歌,在结构上又吸收了史传
的形式,这些对后代的唐人传奇都有深远的影响。"[①]这里所说的"又杂
以诗歌",乃二人赠答的五言爱情诗四首,置于文末,余韵袅袅,极具
"诗笔"特征。另如《姚康成》写其奉使汧陇,假人旧宅暂住,夜见三人
饮乐,称"近日时人所作,皆务一时巧丽,其于托情喻己,体物赋怀,皆
失之矣"。于是各为诗一首。一曰:

> 昔人炎炎徒自知,今无烽灶欲何为?
>
> 可怜国柄全无用,曾见人人下第时。

一曰:

> 当时得意气填心,一曲君前直万金。
>
> 今日不如庭下竹,风来犹得学龙吟。

一曰:

> 头焦鬓秃但心存,力尽尘埃不复论,
>
> 莫笑今来同腐草,曾经终日扫朱门。

俟晓寻之,乃是铁铫子、破笛、秃黍穰帚为怪而已。此作不但颇具进士
化的"诗笔"特征,且对后来传奇小说《玄怪录·元无有》《东阳夜怪录》
等作品产生了直接的影响。而《许至雍》写其与亡妻鬼魂相会,对《李
章武传》等传奇小说的影响也十分明显。

　　唐德宗建中之后,传奇小说蓬勃发展,盛极一时,完全占据了唐代
小说的主流。风气所及,志怪小说也发生了很大的变化。牛僧孺《玄
怪录》和陈邵《通幽记》发其端,薛用弱《集异记》、李复言《续玄怪录》等
继其后,至唐末五代,志怪类的传奇小说集便占据了当时小说史的主
流。对于这些作品,今学界多笼统地称之为传奇小说集,但仔细阅读、
认真推究一下便不难发现,这些作品实际上可以分为三类:一类以《玄

---

① 李宗为:《唐人传奇》,第24页,北京,中华书局,1985。

怪录》《续玄怪录》《传奇》《甘泽谣》等为代表，内容虽多志怪，但从艺术形式方面讲则已是当之无愧的传奇小说集。一类以陆勋的《集异记》、李冗的《独异志》为代表，是典型的志怪小说（笔记体）集。而更多的则是第三类，即二体杂糅，既有笔记体，又有传奇体的志怪小说集。如《集异记》（薛用弱）、《河东记》《博异志》《逸史》《宣室志》《原化记》《剧谈录》《潇湘录》《三水小牍》等都属此类。三类之中，第一类均为传奇，故留待后文论述。第二类多刻意摹仿《博物志》《搜神记》等六朝志怪，陈陈相因，无甚可取。唯陆勋《集异记》多以人名篇，如《汪凤》《刘惟清》《金章友》等。行文虽尚不类传奇，然篇幅明显比笔记加长，内容相对丰富，情节相对曲折，结构完整，明显地吸收了传奇体的营养。且有的篇章在志怪的同时已明显地涉及现实，揭其黑暗。如《李佐文》，述其夜行迷途，宿殡间。离开后逢村妇，村妇便言及当时农人之苦："我僦居袁庄七年矣。前春，夫暴疾而卒，翌日，始龀之女又亡。贫穷无力，父子同瘗焉。守制嫠居，官不免税，孤寡无托，遂意再行。今夕将适他门，故来夫女之瘗告诀耳。"读之令人鼻酸，颇有现实意义。最值得研究的是第三类。此类二体杂糅，虽然在笔记、传奇两种文体的发展史上均属沿用，无甚贡献，但在文言短篇小说集的编撰体例方面却有所创制：即打破了笔记、传奇二体的界限，将二者自然地搭配在一起，长短结合，互相映衬，使人读来，颇有峰回路转之妙。这一体例看似与前一时期的《纪闻》《广异记》等相近，然稍加比较就会发现：《纪闻》等仍是以笔记体为主，偶杂体近传奇的作品，而薛用弱的《集异记》等则明显地是二体相间，难分主次，组织合理，结合巧妙。这恐怕只有在二体均已成熟的基础上才能做到。另外，二体相间还必然导致相互影响，这样便必然会出现一种集二体之长，既结构完整，又记叙随宜，既讲究文采与意想，又追求自然与质朴的界于二者之间的作品。如薛用弱《集异记》中的《集翠裘》：

> 则天时，南海郡献集翠裘，珍丽异常。张昌宗侍侧，则天因以赐之。遂命披裘，供奉双陆。宰相狄梁公仁杰时入奏事，则天令升座，因命梁公与昌宗双陆。梁公拜恩就局，则天曰："卿二人赌何物？"梁公对曰："争先三筹，赌昌宗所衣毛裘。"则天谓曰："卿以何物为对？"梁公指所衣紫绝袍曰："臣以此敌。"则天笑曰："卿未

知,此裘价逾千金,卿之所指,为不等矣。"梁公起曰:"臣此袍乃大
臣朝见奏对之衣,昌宗所衣乃嬖幸宠遇之服,对臣之袍,臣犹怏
怏。"则天业已处分,遂依其说。而昌宗心貌神沮,气势索莫,累局
连北。梁公对御就褫其裘,拜恩而去。及至光范门,遂付家奴衣
之,乃促马而去。

从内容到形式,皆大非以往之志怪可比。全文不到三百字,又难称传
奇体,颇具新意。尤其是张读的《宣室志》,写人叙事,从实际出发,可
长则长,可短则短,既重点突出,简洁明快,又叙事委曲,结构完整,笔
墨纵横,潇洒自如,丝毫不受形式的限制,与六朝志怪小说相比,显然
有所进步。这显然是受传奇小说影响的结果。后世《聊斋志异》等文
言短篇小说集,显然继承了这一体制。这一点,在中国文言小说发展
史上,无疑是很有意义的。

第二节　史学兴盛与志人小说的繁荣

唐五代时期,是中国历史上史学兴盛的时代,编辑史书的风气非
常普遍。今存廿四史中,有九种成于此时,它们是:唐初房玄龄、褚遂
良、许敬宗等纂录的《晋书》,唐贞观三年敕姚思廉撰的《梁书》,唐贞观
十年姚思廉撰成的《陈书》,唐贞观十年李百药撰成的《北齐书》(原名
《齐书》,宋时加"北"字),唐贞观十年令狐德棻等撰成的《周书》,唐贞
观十年魏征、颜师古、孔颖达、许敬宗等撰成的《隋书》,唐贞观十七年
李延寿撰成的《南史》和《北史》,五代后晋刘昫等撰的《旧唐书》(初称
《唐书》,后为别于宋欧阳修、宋祁所修之《唐书》,始加"旧"字)。在这
样的文化背景下,文人多喜整理史料,采辑轶闻,搜罗稗说,志人小说
因此上承六朝遗风而有所变化,范围扩大,呈现出又一次繁荣。从内
容方面划分,唐五代志人小说大抵可以分为四类:其一,上承《世说新
语》,分门别类,叙事写人的"世说体",如《大唐新语》《隋唐嘉话》等。
其二,专辑一朝遗闻,不涉其他的断代体,如《明皇杂录》《开元天宝遗
事》等。其三,专辑某类故事而不及其他的类编体,如《北里志》《教坊
记》《唐摭言》等。其四,受志怪小说影响,名为志人小说而侈谈鬼神怪

异,近于志怪,近于杂俎的驳杂体,如《朝野佥载》《阙史》等等。下面分别予以论述。

在上述四类志人小说中,以"世说体"作品最多,代表作当为《隋唐嘉话》、《大唐新语》和《唐国史补》。《隋唐嘉话》,今有一卷本和三卷本两种,唐刘𫗠撰。据诸家考证,又名《国朝传记》《国朝杂记》《国史纂异》《传记》《小说》等。① 可见情况非常复杂。刘𫗠字鼎卿,彭城(今江苏铜山)人。唐著名史学家刘知幾(《史通》的作者)之子。天宝时历官右补阙、集贤院学士,修国史。事迹见两唐书《刘子玄传》。可见史学兴盛与志人小说创作之关系。唐李肇云:"昔刘𫗠集小说,涉南北朝至开元,著为《传记》。"②其中尤以隋末唐初事最多,故后人多名《隋唐嘉话》。故事倾向性比较明显,于唐初事尤其是太宗时事多有褒奖,而于武周时事则显有微辞。如卷上叙太宗与李靖、魏征情同手足,英公徐绩自言经历,尉迟敬德三夺槊、闯敌营等等,均如在目前,令人敬佩。而卷下所载娄师德教其弟"唾面自干",既见人物性格,亦见武周时期的政治气候以及人际关系的险恶。作品形式、体裁、文字均直承《世说新语》而才力不逮。然文字质朴无华,尤注意人物语言的口语化,故事情节的戏剧性,所以许多作品对后世颇有影响。如关汉卿杂剧《唐太宗哭魏征》、尚仲贤杂剧《尉迟恭三夺槊》、赵善庆杂剧《褚遂良掷笏谏》、庾天锡杂剧《常何荐马周》、湛然传奇《妒妇记》等等,均以《隋唐嘉话》为本事。今称妒嫉为"吃醋",即源于卷中所述房玄龄妻妒极而"吃醋"事,可见其在中国文言小说史上之作用和地位。

《大唐新语》(又名《唐新语》《大唐世说新语》《唐世说新语》《唐世说》等)十三卷,唐刘肃撰。旧志多入杂史类,《四库全书总目》始入小说家类。而中华书局1984年排印许德楠、李鼎霞点校本又收入《唐宋史料笔记丛刊》中,今仍有少量佚文见于《太平广记》等。作品主要记载唐初至大历(766—779)年间人物的言行故事,仿《世说新语》,分为"臣赞"、"规谏"、"极谏"、"刚正"以至"酷忍"、"谐谑"、"记异"、"郊禅"

---

① 程毅中:《隋唐嘉话校点说明》,北京,中华书局1979年版。宁稼雨:《中国文言小说总目提要》,第111页,济南,齐鲁书社1996年版。李时人:《全唐五代小说》,第3029～3030页,西安,陕西人民出版社,1998。

② 〔唐〕李肇:《国史补序》。

等三十门。末有"总论",表明旨在鉴戒。从文言小说史尤其是"世说体"志人小说史的视角看,《大唐新语》有三点值得注意:一是叙事多具首尾,结构比较完整,叙述比较丰赡,显然吸收了史传文学、史传小说的叙述方法,显然突破了《世说新语》多片断式叙事的体例。如"持法"门之《张行岌》条,述则天朝有人诬告驸马崔宣谋反而围绕一妾布置情节,极尽曲折。"政能"门《李杰》条叙河南尹李杰智断寡妇与道士通奸而诬告其子不孝事,亦曲折离奇而又合情合理,为凌濛初于《初刻拍案惊奇》中演为白话公案小说《西山观设箓度亡魂　开封府备棺追活命》正话。如是等等,堪为后来公案小说之先声(公案小说多情节曲折离奇,故事动人)。二是若干门类描述人物多性格鲜明,个性突出,如"刚正""清廉""谀佞""酷忍"等。特别是写反面人物,直可谓"入木三分"。如"酷忍"门之写武则天害王皇后,周兴与来俊臣罗织他人罪名等,不但为后世小说写此类人物树立了榜样,亦且直接为后来戏剧小说提供了素材。三是特设"谐谑""记异"等门类,足见此时之"世说体"志人小说已具与"笑林体"志人小说、志怪小说合流之倾向,已开杂俎小说之先河。

《唐国史补》(又名《国史补》)三卷,存,唐李肇撰。旧志多归史部,或入杂史类,或入传记类。《四库全书总目》始入小说家类,且谓:"书中载开元至长庆间事,乃续刘𫗪《小说》(即《隋唐嘉话》)而作。上卷、中卷各一百三条,下卷一百二条,每条以五字标题。所载如王维取李嘉祐水田白鹭之联,今李集无之。又记霓裳羽衣曲一条,沈括亦辨其妄。又谓李德裕清直无党,谓陆贽诬于公异,皆为曲笔。……欧阳修作《归田录》,自称以是书为式,盖于其体例有取云。"仅据此,则是书在文言小说史上亦有三点为十分可取。其一即《四库》所云体例。"每条以五字标题",这就不但使每篇作品都有标题,使内容重点更加突出,使作品结构更为完整,而且开后世《青琐高议》等标题之先河。后来的话本小说和章回小说多以整齐的五言或七言对句标目,《唐国史补》当首发嚆矢。其二即前人"亦辨其妄"的内容和"皆为曲笔"的写法。此以史的眼光看为"妄"为"诬",从小说文体特点的角度讲则恰恰是不受真人实事之局限而进行创作。正因是创作,所以许多作品生动形象,备受后世青睐,甚至被用作进行再创作的本事。如《李白脱靴事》《刺客报恩事》等即分别被《警世通言》之《李白醉草吓蛮书》和《醒世恒言》之《李汧公穷邸遇侠客》用为本事。其三即扩大范围，不但志人，亦且多记风土人情，典制掌故，如《叙进士科举》《狮子国海舶》等。不但为欧阳修《归田录》所取式，亦见向杂俎发展之趋向。其他如王方庆的《续世说新书》、题张说的《五代新说》等亦属此类，兹不一一具论。

　　唐代一统，历经二十帝且外加武周，古人云一朝天子一朝臣，故历朝历代尤其是时间长、事故多的年代，必多故事，于是记一朝一代故事的志人小说应运而生。唐玄宗李隆基在位四十四年，前期励精图治，后期荒淫奢侈，终于导致"安史之乱"，被迫退位。其间大故叠起，加之他与杨贵妃的故事又极尽风流，带有很浓的传奇色彩，轶闻特多。所以第二类中尤以记玄宗一朝作品特多，也水平较高，其中又以《次柳氏旧闻》《明皇杂录》《开天传信记》《开元天宝遗事》等最具代表性。

　　《次柳氏旧闻》（又称《柳氏旧闻》《柳氏史》《柳史》《明皇十七事》等）一卷，唐李德裕撰。宋代以来传本多为十七事，故许多版本题《明皇十七事》。旧志多入史部杂史类，《四库全书总目》始入小说家类。今以上海古籍出版社1985年《开元天宝遗事十种》本较为完备（除十七事外，又增《补遗》七则）。据作者自序，"本篇内容盖记高力士所述玄宗宫中之事，高力士以之语于柳芳，芳传之其子柳冕，冕告诉于德裕之父李吉甫，德裕则记其父言以成书，进于唐文宗，以备史官之阙"[1]。然"中如元献皇后服药、张果饮堇汁、无畏三藏祈雨、吴后梦金甲神、兴庆池小龙、内道场素黄文事，皆涉神怪。其姚崇、魏知古相倾轧及乳媪以他儿易代宗事，亦似非实录，存以备异闻可也"[2]。可见为小说而非历史散文，且显然可见与志怪小说合流的趋势。此作与其他描述唐玄宗作品的最大不同是："作者避开对玄宗与杨贵妃关系及杨氏兄妹恃宠跋扈的描写，主要从玄宗前期知人善任，胸怀宽广，同时喜好神仙术士，以及安史之乱当中和返京后凄凉悲苦等方面落笔描写。"[3]前后显然有对比之意。"兴庆宫"叙安史乱军逼近长安，玄宗幸蜀之前复登兴庆宫花萼楼："四顾凄怆，乃命进玉环。玉环者，睿宗所御琵琶也。异

---

①《开元天宝遗事十种·次柳氏旧闻按语》，上海，上海古籍出版社，1985。
②〔清〕纪昀等：《四库全书总目》子部小说家类《次柳氏旧闻提要》。
③ 宁稼雨：《中国文言小说总目提要》，第115页，济南，齐鲁书社，1996。

时,上张乐宫殿中,每尝置之别榻,以黄帕覆之,不以杂他乐器,亦未尝持用。至,俾乐工贺怀智取调之,又命禅定寺僧段师取弹之。时美人善歌从者三人,使其中一人歌《水调》。毕奏,上将去,复留眷眷,因使视楼下有工歌而善《水调》者乎? 一少年心悟上意,自言颇工歌,亦善《水调》。使之登楼且歌,歌曰:

山川满目泪沾衣,富贵荣华能几时。

不见只今汾水上,唯有年年秋雁飞。

上闻之,潸然出涕,顾侍者曰:'谁为此词?'或对曰:'宰相李峤。'上曰:'李峤真才子也。'不待曲终而去。"叙事娓娓栩栩,辅以凄怨的音乐《水调》(按:《水调》及《新水调》并商调曲名。唐曲凡十一叠,前五叠为歌,后六叠为入破,其歌第五叠五言,声调最为怨切。)配以李峤"山川满目泪沾衣"的诗句,不要说行将幸蜀的唐玄宗,即吾人今日读来,亦觉凄怨。此文诗情画意,哀乐离人,足见唐代文言小说进士化的"诗笔"特征,显然是汲取了传奇小说和唐诗的艺术营养,颇值得研究。

《明皇杂录》二卷,补遗一卷,唐郑处诲撰,存。旧志著录略同《旧闻》,《四库全书总目》始入小说家类。处诲字延美(一作廷美),荥阳人,宰相郑余庆之孙。大和八年(834)进士,官至检校刑部尚书、汴州刺史、宣武军节度观察使等,两《唐书》有传。处诲博雅好古,勤于著述。据《直斋书录解题》,知原书有作者大中九年(855)自序。称因见《旧闻》叙述未详,故有此作。书中所记,多玄宗一代杂事,偶及肃、代两朝,故名《明皇杂录》。然玄宗百年之后乃称详述前朝故事,以补《旧闻》之不足,自然难免采摭传说,抑或向壁虚构,故不实之迹颇多,小说特点尽显。《四库全书总目》在引叶梦得《避暑录话》之辨玄宗赐张九龄白羽扇事后说:"乃知小说记事,苟非耳目亲接,安可轻书也云云。则处诲是书,亦不尽实录。然小说所记,真伪相参,自古已然,不独处诲。"所见极是。尤应指出的是,《杂录》不但"真伪相参",而且多"房琯前身""孙生相术""李适之鼎怪""李林甫宅妖"等志怪内容,明显地表现出唐代志人小说与六朝志人小说之不同,表现出向杂俎小说发展的趋向。《杂录》继承了《旧闻》的构思,或述明皇前期的励精图治,勤于国事;或述明皇后期的骄奢淫泆,荒于政事,显然意在抒发作者兴亡之感。然而《杂记》也的确纠正了《旧闻》叙述未详的缺陷,不乏结构完整,情节曲折,叙述委曲,文笔细腻之作。如卷上之《苏璟荐子》《韦诜择婿》《死姚崇算生张说》等。特别是卷下之《张果》和补遗中的《一行》,俱洋洋洒洒,达千言以上,显然受传奇小说的影响。尤应指出的是,其中的许多作品明显地受唐代诗词歌赋的影响,带有明显的时代气息。如补遗篇末述唐玄宗自蜀回,"夜阑登勤政楼,凭栏南望,烟云满目,上因自歌曰:'庭前琪树已堪攀,塞外征夫久未还。'益卢思道之词也"。然后又命高力士潜求梨园弟子,"其夜,上复与乘月登楼,唯力士及贵妃侍者红桃在焉。遂命歌《凉州词》,贵妃所制,上亲御玉笛为之倚曲。曲罢相睹,无不掩泣。上因广其曲,今《凉州》传于人间者,益加怨切焉"。至德中,明皇复幸华清宫,又召当年"杨贵妃遇之甚厚"的舞女谢阿蛮,为舞《凌波曲》。"舞罢,阿蛮因出金粟装臂环,云:'此贵妃所与。'上持之出涕,左右莫不呜咽。"又述明皇幸蜀,霖雨涉旬,于栈道雨中闻铃,音与山相应,上既悼念贵妃,採其声为《雨霖铃》曲以寄恨焉,与《旧闻》之述兴庆宫唱《水调》相比,有过之而无不及焉。可见至《明皇杂录》,唐文言小说进士化的"诗笔"特征已更上一层楼矣!正因如此,所以书中故事对后世文学颇有影响:宋词《雨霖铃》、元杂剧《梧桐雨》、传奇《长生殿》等,无不沾其雨露。

《开天传信记》一卷,唐郑綮(一作棨)撰,存。宋代书目多入杂史类,《宋志》《四库全书总目》入小说家类。綮字蕴武,晚唐进士及第,历官监察御史、左司郎中、给事中、散骑常侍。因好以诗谣托讽,故落格调,作歇后语,且行五,故时号"歇后郑五""郑五歇后体"。昭宗意其有所蕴蓄,擢礼部侍郎同中书门下平章事,拜相。綮闻帝命,叹曰:"歇后郑五作宰相,事可知矣!"可见其为人、风格。书记开元、天宝旧事三十二条,志怪内容却占了十四条,如玄宗华阴见岳神、梦游月宫、罗公远隐形、叶法善符箓等,都是典型的志怪小说。可见"传信"未必可信。从全书内容看,记开元事,多写玄宗之圣明治国,至天宝时则多记其荒淫误国,可见与《旧闻》《杂录》同旨。从艺术方面讲,个别篇章亦颇具诗情画意,如记上幸蜀条曰:

> 上幸蜀回,车驾次剑门,门左右岩壁峭绝。上谓侍臣曰:"剑门天险若此,自古及今,败亡相继,岂非在德不在险耶?"因驻跸题诗曰:"剑阁横空峻,銮舆出守回。翠屏千仞合,丹障五丁开。灌

木萦旗转,仙云拂马来。乘时方在德,嗟尔勒铭才。"其诗至德二
年普安郡太守贾深勒于石壁,今存焉。

这样的作品,显然具进士化的"诗笔"特征,叙事与抒情、写人结合,很
有特点。再,因其许多内容与《旧闻》《杂事》大同小异,尤其是唐玄宗
与杨贵妃的情事,所以共同对后世杂剧《梧桐雨》、传奇《长生殿》及小
说《隋唐演义》等产生了巨大的影响。

直至唐末五代,玄宗一朝故事仍为人们所津津乐道,五代王仁裕
的《开元天宝遗事》四卷即其类。宋晁公武《郡斋读书志》云:"仁裕仕
蜀至翰林学士,蜀亡,仁裕至镐京,采摭民言,得开元天宝遗事一百五
十九条。"是书与上述几种的最大不同是多记宫中轶闻琐事,尤重风俗
习尚,如"金冠蟋蟀""斗花""乞巧楼""击鉴救月"等,为研究古代民俗
风习留下了弥足珍贵的资料。从全书内容看,多为民间传说,宋洪迈
《容斋随笔》已摘其舛谬者四事:"步辇召学士""牵红丝娶妇""向火乞
儿""文阵雄帅"而诘之,可见多为"委巷相传,语多失实"①的小说而非
历史。从艺术形式方面讲,该书每条皆有标题,与《唐国史补》一同为
志人小说形式上的完善做出了贡献。另外,在传奇小说已经成熟的五
代时期,王仁裕仍直承六朝,以较为纯粹的笔记体叙事,多三言五语以
成篇,是一部典型的轶事类笔记小说,便显得颇有特点。然其中也有
少数作品,如"鹦鹉告事"、"传书燕"等,亦颇有巧思,出人意表。除上
述作品外,其他如《因话录》《尚书故实》《中朝故事》等一二十种,虽
非记玄宗一朝,但亦可归于此类。

在唐代志人小说中,最有时代特色的是第三类,即虽为笔记小说,
但却内容单一,专记某一类故事的作品。其中,专记娼家故事的《教坊
记》和《北里志》,专记诗歌故事的《云溪友议》《本事诗》《抒情诗》,专记
科举故事的《唐摭言》等颇有代表性。

《教坊记》一卷,唐崔令钦撰,存。《新唐志》入甲部乐类,《四库全
书总目》入子部小说家类。作者自言:"开元中,余为左金吾仓曹,武官
十二三是坊中人。每请俸禄,每加访问,尽为予说之。今中原有事,漂

① 〔清〕纪昀等:《四库全书总目·开元天宝遗事提要》。

寓江表,追思旧游,不可复得。粗有所识,即复疏之,作《教坊记》。"①书
中多记开元中教坊琐事,所列曲调三百二十五名,足为词曲家考证。
所述裴大娘私通长人赵解愁谋杀亲夫事,隋乐人王令言听〔安公子〕曲
而知炀帝南巡不归事等等,已颇具志人小说性质。然此书在中国文言
小说史上最重要的一笔即开此类志人小说之先河,为专述娼家创制之
作。

　　《北里志》一卷,唐孙棨撰,存。诸家目录均入小说家类。作者于
《北里志序》中言:"自大中皇帝好儒术,特重科第,……上往往微服长
安中,逢举子则狎而与之语。时以所闻,质于内庭,学士及都尉皆耸
然,莫知所自。故进士自此尤盛,旷古无俦。然率多膏粱子弟,平进岁
不及三数人。由是仆马豪华,宴游崇侈,以同年俊少者为两街探花使,
鼓扇轻浮,仍岁滋甚。自岁初等第于甲乙春闱开送,天官氏设春闱宴,
然后离居矣。近年延至仲夏。京中饮妓,籍属教坊,凡朝士宴聚,须假
诸曹署行牒,然后能致于他处。惟新进士设筵顾吏,故便可行牒。追
其所赠之资,则倍于常数。诸妓皆居平康里,举子、新及第进士、三司
幕府但未通朝籍,未置馆殿者,咸可就诣。如不吝所费,则下车水陆备
矣。其中诸妓,多能谈吐,颇有知书言话者。自公卿以降,皆以表德呼
之。其分别品流,衡尺人物,应对非次,良不可及,信可辍叔孙之朝,致
杨秉之惑。比常闻蜀妓薛涛之才辩,必谓人过言,及睹北里二三子之
徒,则薛涛远有渐德矣。予频随计吏久寓京华,时亦偷游其中,固非兴
致。每思物极则反,疑不能久,常欲纪述其事,以为他时谈薮。顾非暇
豫,亦窃俟其叩忝耳。……静思陈事,追念无因,而久罹惊危,心力减
耗,向来闻见,不复尽记,聊以编次为太平遗事云。时中和甲辰岁,无
为子序。"睹此,则唐代科举之盛,社会之开放,进士之风流,娼妓之盛
况,妓女之社会地位及文化修养,进士与妓女之关系等等,均跃然纸
上。此序不惟可见作者之创作动机,作品之内容及时代风尚,亦可见
唐代文言小说作为进士文学之一部分的社会背景,故引之而不厌其
烦。作品开头"海论三曲中事",总述长安北里概况,然后因人为传,各
有篇名,如《天水仙哥》《楚儿》《郑举举》等。叙述长短随宜,有的已近

_____

　　①《全唐文》卷三九六崔令钦《教坊记序》,转引自袁行霈、侯忠义编《中国文言小说书目》,第
40页,北京,北京大学出版社,1981。

传奇。如《天水仙哥》《楚儿》人物个性之鲜明,《颜令宾》抒情之凄惋动人,《张住住》情节之起伏跌宕等,俱称佳构。尤应指出的是,因所叙多进士与妓女之交往,故许多作品多穿插诗歌,既见唐代风气,又可见唐代志人小说吸收诗歌、传奇小说的艺术营养,叙事与抒情结合、散文与诗歌结合之"文备众体,可以见史才、诗笔、议论"的进士化特征。详阅全文,正文 12 篇,穿插诗歌竟多达 31 首,除《牙娘》、《王莲莲》外,均杂诗歌。其中,《颜令宾》杂五首,《王团儿》竟多达十首,"诗笔"特征可见。不惟穿插诗歌,其优秀作品且叙事与抒情水乳交融,情真意切,感人至深,确乎为中国文言小说中之翘楚。如《颜令宾》写其"疾病且甚,值春著,景色晴和,命侍女扶坐于砌前,顾落花而长叹数日,因索笔题诗云:'气余三五喘,花剩两三枝。话别一樽酒,相邀无后期。'"因教小童持以邀集新进士及举子一会。其日,令宾与到客张乐欢饮,"至暮,涕泗交下,曰:'我不久矣,幸各制哀挽以送我。'"颇能催人泪下。及卒,各得挽词数篇。其邻人刘驼驼取以教挽枢前同唱之,声甚悲怆。像这样的作品,直使人过目难忘。而《王团儿》就更值得研究了。本为第三人称客观呈现式叙述,中间忽变为第一人称主观呈现式叙述,曰:

> ……予在京师,与群从少年习业,或倦闷时,同诣此处(北里)。与二福(妓女)环坐,清谈雅饮,尤见风态。予尝赠宜之(妓女福娘,字宜之)诗曰:
>
>> 彩翠仙衣红玉肤,轻盈年在破瓜初。
>>
>> 霞杯醉劝刘郎饮,云髻慵邀阿母梳。
>>
>> 不怕寒侵缘带宝,每忧风举倩持裾。
>>
>> 漫图西子晨妆样,西子元来未得如。
>
> 得诗甚多,颇以此诗为称惬,持诗于窗左红墙,请予题之。及题毕,以未满壁,请更作一两篇,且见戒无艳。予因题三绝句,如其自述。其一曰:
>
>> 移壁回窗费几朝,指环偷解薄兰椒。
>>
>> 无端斗草输邻女,更被拈将玉步摇。
>
> 其二曰:
>
>> 寒绣红衣饷阿娇,新团香兽不禁烧。
>>
>> 东邻起样裙腰阔,刺蹙黄金线几条?

其三曰：

> 试共卿卿戏语粗，画堂连遣侍儿呼。
>
> 寒肌不奈金如意，白獭为膏郎有无。

尚校数行未满，翼日诣之，忽见自札后宜之题诗曰：

> 苦把文章邀劝人，吟看好个语言新。
>
> 虽然不及相如赋，也直黄金一二斤。

宜之每宴洽之际，常惨然悲郁，如不胜任，合坐为之改容，久而不已。静询之，答曰："此踪迹安可迷而不返耶？又何计以返？每思之，不能不悲也。"遂呜咽久之。他日忽以红笺授予，泣且拜。视之，诗曰：

> 日日悲伤未有图，懒将心事话凡夫。
>
> 非同覆水应收得，只问仙郎有意无。

余因谢之曰："甚识幽旨，但非举子所宜，何如？"又泣曰："某幸未系教坊籍，君子傥有意，一二百金之费尔。"未及答，因授予笔，请和其诗。予题其笺后曰：

> 韶妙如何有远图，未能相为信非夫。
>
> 泥中莲子虽无染，移入家园未得无。

览之，因泣不复言，自是情意顿薄。

仅此一段，即足以奠定其在中国文言小说史、中国小说史上的地位。故事情节之曲折，人物形象之生动，感情之真挚动人，文笔之简捷流畅，诗歌穿插之天衣无缝，叙事与抒情结合之水乳交融……直可与《莺莺传》《杜十娘》媲美。第一人称叙述，更增真切，更加感人，妓女宜之期盼过正常人生活之心胸，合盘托出。其诗、其言，真字字血泪！若非作者亲历，率难为之，如此亦如《莺莺传》同一机杼矣！这样的作品，显然已突破了志人小说的藩篱，进入了传奇小说的范围。此亦可见中唐以后，笔记体与传奇体结合的大势与趋向。总而言之，《北里志》上承《教坊记》，下启《青楼集》之类乃至专叙狭邪游的"狭邪小说"，在中国文言小说史上理应占有重要的一页。

《云溪友议》三卷，唐范摅撰，存。《新唐志》以后书目均入小说家类。据作者自序，知其少游吴楚，每逢寒素之士，常作清苦之吟。感于"街谈巷议，有裨王化；野老之言，圣人采择"，因所闻记，"或以篇翰嘲谑,率尔成文。亦非尽取华丽,固事录焉,是曰《云溪友议》"。可见乃有意为小说。然《四库全书总目》等明知其"不免草野传闻,近于街谈巷议"①,却仍以史家之惯技,多方考证其不实,甚为不伦。书中所叙,"六十五条之中,诗话居十之七八,大抵孟棨《本事诗》所未载。逸篇琐事,颇赖以传"②。可见特点突出。论其在中国文言小说史上的贡献,大略有四个方面:其一,即《四库总目》所言,"六十五条之中,诗话居十之七八",从而开孟棨《本事诗》、卢瓌《抒情诗》等"诗话小说"之先河。其二,因诗话占十之七八,所以多数篇章杂以诗歌。中国文言小说本来即具有穿插诗歌的艺术传统,经唐代诗风熏陶,进士化的"诗笔"特征更加明显,终成中国小说民族特色之一。其三,作品虽仍属志人小说之列,但其中的不少篇章构思新颖,情节曲折,结构完整,叙述委曲,显然受传奇小说影响而颇具传奇特色,从而对后世叙事文学颇有影响。如《题红怨》《玉箫化》等即属此类,宋刘斧《青琐高议》中之《流红记》,元杂剧《两世烟缘》即取以为本事。其四,志人而多杂志怪内容,颇现唐代志人小说向志怪、杂俎小说靠拢的趋向。如《胡钉铰》之梦中划腹置书即是一例,《聊斋志异·陆判》即以之为本事。至于《金仙指》等宣扬佛法之作,更自不待言。

明胡应麟尝云:"他如孟棨《本事》、卢瓌《抒情》,例以诗话文评,附见集类,究其体例,实小说者流也。"③指的就是与《云溪友议》同类的《本事诗》和《抒情诗》。

《本事诗》一卷,唐孟棨(一作启)撰,存。确如胡应麟所言,《新唐志》《崇文总目》《通志略》《郡斋读书志》《直斋书录解题》《通志》《宋史·艺文志》等均入集部总集类,然究其内容、体例,实志人小说。孟棨于《自序》中云:"诗者,情动于中而形于言。……其间触事兴咏,尤所钟情。不有发挥,孰明厥义?因采为《本事诗》,凡七题,犹四始也。情感、事感、高逸、怨愤、徵异、徵咎、嘲戏,各以其类聚之。亦有独掇其要,不全篇者。成为小序以引之,贻诸好事。"可见意在发挥诗歌"情动于中而形于言","触事兴咏,尤所钟情"的文体特色、创作特色。这大

---

① 余嘉锡:《四库提要辨证·云溪友议》,第1029页,北京,中华书局,1980。
② 〔清〕纪昀等:《四库全书总目·云溪友议提要》。
③ 〔明〕胡应麟:《少室山房笔丛·九流绪论》。

概也是历代书目均归之集部的原因。书中所记,除《乐昌公主》《宋武帝》二条外,多为唐代诗坛轶事,有故事情节,有人物形象,有环境描写,又多出唐人小说而逞才敷衍,故应属小说而非"诗话文评",所以对后世叙事文学影响极大。如"情感"类之《崔护》条,叙"人面桃花相映红"诗事,后世之话本、杂剧、戏文、传奇即经常搬演。同类《顾况》条汇流红叶事,亦为《青琐高议》之《流红记》、元白朴杂剧《流红记》用为本事。当然,作为"诗话小说"的代表作,在中国文言小说史上的最大贡献还是诗歌穿插,围绕诗歌构思情节、刻画人物,故而突出了唐代文言小说进士化的"诗笔"特征。《本事诗》不但篇篇有诗,且有的作品诗歌给人印象相当突出。如"情感"类中的《韩翃》篇即穿插《章台柳》等唐诗三首,而"高逸"类中的《杜牧》更穿插《遣怀》等名诗四首。诗歌与叙事的小说相映衬,文以诗名,诗借文传,故而形成了一种独特的文学现象。而"情感"类中的《窈娘》、《太平广记》卷二七三所引《本事诗》(与今本有较大出入)中的《李逢吉》等篇,诗歌竟占了作品的主要部分,"诗笔"特征更加明显。尤其是《李逢吉》,叙事部分仅一百八十二字,而穿插的诗歌《拟四愁》诗四章,四首七言律诗竟然多达二百二十四字,进士化的"诗笔"特征可见。这样的作品,既反映了大唐诗歌盛极一时的时代特征,又影响了中国文言小说"诗笔"特征的发展,开后世"诗文小说"之先河。

《抒情诗》(又称《抒情集》)二卷,唐卢瓌撰,原书已佚。历代书目著录颇同《本事诗》,入集部。从《太平广记》等所引佚文看,多为唐代文人吟咏轶事。如《广记》卷一八一所引《李翱女》,叙进士卢储向李翱投卷,李女见其文卷,谓小青衣曰:"此人必为状头。"翱知之,选以为婿,已而果然。"才过关试,径赴嘉礼,催妆诗曰:'昔年将去玉京游,第一仙人许状头。今日幸为秦晋会,早教鸾凤下妆楼。'后卢止官舍,迎内子,有庭花开,乃题曰:'芍药斩新栽,当庭数朵开。东风与拘束,留待细君来。'"可见其进士化的"诗笔"特征,余均类此。

唐代诗歌繁荣与科举制度密切相关,故此类志人小说中亦不乏专述科举之作,其中最有代表性的便是五代王定保的《唐摭言》。定保唐光化三年(900)进士,唐末南迁,先入刘隐幕府,继为南汉刘龑宁远节度使、中书侍郎、同平章事。《唐摭言》十五卷,存。诸家目录多入小说家类。书题"唐光化进士琅琊王定保撰",可见祖籍为琅琊(今山东省临沂市)。全书按内容分为一百零三门,大部分篇幅述与唐代科举制度有关的活动,其他亦多见当时的文坛风气。诚如《四库全书总目》所言:"是书述有唐一代贡举之制特详,多史志所未及;其一切杂事,亦足以觇名场之风气,验士习之淳浇。"个别篇章,如《神助卢钧》《裴度还带》等,则显然宣扬因果报应,对后世戏曲小说等颇有影响。从艺术方面讲,作品的最大特点是善于选择最足以表现内容的情节或场面,以简洁朴素的语言准确地加以表述,故不加修而生动传神。如卷三之《卢肇》条记卢肇贫而黄颇富,入举日,郡牧为黄饯行,卢只能绕道相候。次年卢及第而归,则刺史以下官吏均出迎接,极见人情浇薄及"十年寒窗无人问,一朝成名天下知"的举子景况。又如卷八之《公乘亿》条记其入举十年,妻子寻夫与之途中相会,竟然不敢相认,可见科举制度对举子家庭生活的影响。其他如罗隐的《广陵妖乱志》专记高骈晚年迷信求仙,何光远的《鉴诫录》专集唐以来君臣事迹可为鉴诫者等等,亦可隶属此类。

如上所述,以上三类虽曰志人小说,然而却均多杂志怪内容,充分反映了唐五代人的审美意向。然而最能反映这一点的还是第四类,即志人而侈谈怪异,几近志怪小说的轶事小说。《朝野佥载》《尚书故实》以及近人另分为一大类的所谓"杂俎小说"如《酉阳杂俎》等等较有代表性。

《朝野佥载》二十卷,唐张鷟撰,佚。《新唐志》杂传类著录。今本六卷,为明人陈继儒自《广记》录出,然多有挂漏。著名成语"请君入瓮"最早即见于该书所载周兴、来俊臣事(见《太平广记》卷一二一引),为志人小说无疑。然详其内容,却沾沾于搜奇志异。摭其怪异事,大略可分为二类。一类纯系志怪,如:

> 周如意中,洛下有牛三足。

> 唐先天年,洛下人牵一牛,左腋下有一人手,长尺余,巡方而乞。

另一类则系人世间骇人听闻的怪异事。如写周定州刺史孙彦高被突厥围城,乃藏入柜中,令奴曰:"牢掌钥匙,贼来索,慎勿与。"真千古奇人、奇文。又如写诸葛昂性豪,与高瓒斗宴,竟至蒸妾而食,骇人听闻。

然张鷟作为著名传奇小说《游仙窟》的作者,诗文万选万中,有"青钱学士"之目,故《朝野佥载》中亦不乏具进士化"诗笔"特征的作品。如《广记》卷二六七所引《武承嗣》:

> 周补阙乔知之,有婢碧玉,殊艳,能歌舞,有文章。知之特幸,为之不婚。伪魏王武承嗣暂借教姬人妆梳,纳之,更不放还。知之乃作《绿珠怨》以寄之,其词曰:
>
> > 石家金谷重新声,明珠十斛买娉婷。
> > 此日可怜偏自许,此时歌舞得人情。
> > 君家闺阁不曾观,好将歌舞借人看。
> > 意气雄豪非分理,骄矜势力横相干。
> > 辞君去君终不忍,徒劳掩袂伤铅粉。
> > 百年离恨在高楼,一代容颜为君尽。
>
> 碧玉得诗,饮泣不食三日,投井而死。承嗣出其尸,于裙带上得诗,大怒,乃讽罗织人告之,遂斩知之于南市,破家籍没。

可见传奇风格,"诗笔"特征。

《尚书故实》一卷,唐李绰撰,存。旧志均入小说家类,《四库全书总目》改隶杂家类。书中所记,虽也有唐太宗以《兰亭序》陪葬等史事,但司马承祯之云车、尚书表弟见碧空中仙人乘鹤而过、相州廨宇灾异、刺猬对打等显系志怪内容,虽曰《故实》而实非故实。作品仅一卷,名似志人而多杂志怪内容,作者自序称唐末避难时得闻于"宾护尚书河东张公",可见亦街谈巷语之流。作品语言简约,叙事不事雕饰,而自有韵味。如《李约》叙其江行遇一胡商,病而约见,托以二女皆绝色,又遗一夜光珠。胡商死,财宝数万,李约悉籍而送官,以二女求配。始殓胡商,约自以夜光含之等等,十分感人。《李勉》叙其少年贫苦,与一书生同店。书生疾作,以囊金百两托后事。勉主丧事,以余金置于墓而同葬之。高风亮节,俱见传统美德,直令今人汗颜。

时至唐末,志人而侈谈怪异之作越来越多,许多小说集更形式上笔记与传奇相间,内容上志人与志怪相杂,如《原化记》《剧谈录》《潇湘录》等等。今人多以传奇集目之,而实际上都属于此类,若就其体例论之,倒有点儿近乎"杂俎小说"了。杂俎小说上承《博物志》的传统,近受当时风气影响,于志人、志怪、传奇小说之外卓然独立,自成一家。

段成式的《酉阳杂俎》、苏鹗的《杜阳杂编》、金利用的《玉溪编事》、冯翊子的《桂苑丛谈》等概属此类，其中以《酉阳杂俎》最具代表性。

《酉阳杂俎》前集二十卷，续集十卷，唐段成式撰，存。旧志均入小说家类。段成式（803？—863），字柯古，祖籍临淄邹平，侨居荆州。父文昌，元和末宰相。成式自幼苦学精研，尤深佛理。历官秘书省校书郎，集贤院修撰，著作郎，出任长州、处州、江州刺史，终太常少卿。咸通四年卒于长安。复杂的阅历，广博的学识，为其小说创作提供了条件。《酉阳杂俎》内容方面的最大特点就是杂，诚如明李云鹄所言："尔其标记唐事，足补子京、永叔之遗。至于《天咫》《玉格》《壶史》《贝编》之所赅载，与夫《器艺》《酒食》《黥盗》之琐细，《冥迹》《尸㢋》《诺皋》之荒唐，《昆虫》《草木》《肉攫》之汗漫，无所不有，无所不异。使读者忽而颐解，忽而发冲，忽而目眩神骇，愕眙而不能禁。"①也就是说天文地理，历史传说，儒释道，广动植，古今中外，无所不有。从艺术形式和体例方面讲，则确如鲁迅所讲："以类相聚，有如类书，虽源或出于张华《博物志》，而在唐时，则犹之独创之作矣。每篇各有题目，亦殊隐僻，如纪道术者曰《壶史》，钞释典者曰《贝编》，述丧葬者曰《尸㢋》，志怪异者曰《诺皋记》，而抉择记叙，亦多古艳颖异，足副其目也。"②《四库全书总目》则论之曰："其书多诡怪不经之谈，荒渺无稽之物，而遗文秘籍，亦往往杂出其中。故论者虽病其浮夸，而不能不相征引。自唐以来，推为小说之翘楚，莫或废也。"可见其在中国小说史上的地位与影响。用今天的小说史观念看，所谓"杂俎小说"，即指那些既包括笔记小说，也包括传奇小说，既包括志怪小说，也包括志人小说，既包括史传小说，也包括地理博物小说，内容丰富多彩，形式不拘一格的文言小说集。段成式的《酉阳杂俎》即其典型的代表作。正因如此，所以其中也不乏佳作，如《玉格》中之《裴沆》、《壶史》中之《卢山人》、《盗侠》中之《飞飞》、续集《支诺皋上》中的《叶限》（中国灰姑娘）等等，均为此类。特别是《盗侠》，专述剑侠事，虎虎生风，为中国武侠小说史上首次以武侠归为一类者。明人抄《太平广记》伪作《剑侠传》而托名段成式，殆由于此。当然，《羽篇》《毛篇》《虫篇》《木篇》之类，以今之小说观念看多非

---

① 〔明〕李云鹄：《酉阳杂俎序》，见《酉阳杂俎》，第 294 页，北京，中华书局，1981。
② 鲁迅：《中国小说史略》，第 74 页，北京，人民文学出版社，1973。

小说,然无此,殆非"杂俎小说"也。正因为杂,所以便易为成集,故后世作者多受其影响。宋以后笔记小说率多此类,大抵杂俎遗风。

综上所述,可见唐五代笔记小说虽已退出主流,让位于传奇小说,但自身仍有所发展变化。无论是志怪小说、志人小说还是杂俎小说,都上承六朝遗风而又不同程度地与传奇小说相互影响,从内容到形式都发生了不少变化,仍有其文学价值和文学史价值,尤其是在促进中国文言小说进士化的"诗笔"特征方面,功不可没。后世文言小说甚至白话小说,都从中得到了不少营养和启示。

第三节　形成时期的传奇小说

传奇小说的出现,是中国文言小说全面成熟的标志。与笔记小说相比,传奇小说多具有相当的长度,情节相对曲折,形象相对生动,文辞华艳而结构完整。用宋人赵彦卫的话说,就是"文备众体,可以见史才、诗笔、议论"。用我们今天的话说就是"既有美妙的意境,又有细致的刻画;既有丰富的想象,又有如实的描绘",①具有诗歌与散文结合,叙事与抒情、议论结合的独特风格。唐代传奇小说既是唐代文人思想感情、审美情趣的流露,也是可以供人游心寓目、陶冶性情的优秀文学作品,在中国文言小说史上独树一帜。

"传奇小说"这一文体概念的由来,因鲁迅《中国小说史略》表述不甚具体而又影响深远,所以后人多未做深入考察,错误地认为唐人即有此说,这是不合历史事实的。关于这一问题,李宗为做了比较深入细致的研究,认为唐代确有"传奇"这一概念,但一为元稹《莺莺传》的原名(见周绍良《〈传奇〉笺证》),一为裴铏的小说集名,并非文体概念。② 在唐代,此类小说多被泛称为"传记"或"记传",赵璘《因话录》、韦绚《刘宾客嘉话录》中即有此说。到目前为止,还没有发现任何毫无

---

① 游国恩、王起、萧涤非、季镇淮、费振刚主编:《中国文学史》,第二册,第196页,北京,人民文学出版社,1981。
② 李宗为《唐人传奇》第一章绪论所论第一个问题即"'传奇'名称的来历及其含义的演变",北京,中华书局,1985。

争论的资料可以证明唐人即以"传奇"作为一个小说文体概念。宋初，李昉等人奉敕编纂《太平广记》，仍沿唐人之说，将单篇的传奇小说称之为"杂传记"。陈师道《后山诗话》载："范文正公为《岳阳楼记》，用对语说时景，世以为奇。尹师鲁读之，曰：'《传奇》体尔！'《传奇》，唐裴铏所著小说也。"今人每有以此话作为宋代已有"传奇"这一文体概念的证据，然诚如石昌渝所说，陈师道引用的尹师鲁的话，"《传奇》体尔"，不能读成"'传奇体'尔"。"在宋代，'传奇'仍是裴铏的一部作品的名字，不是这类作品的全称。"①即还不是一个文体概念。据《都城纪胜》、《梦粱录》等记载，宋人说话"小说"家中有"传奇"一类，然考《醉翁谈录》所列各类说话目录，传奇类中多《莺莺传》《章台柳》之类，联系其他各类名目如"烟粉""灵怪"等，可见乃按题材区分，专指男欢女爱之类，亦非体裁名目。至元，虞集的一段话中，"传奇"一词方有文体概念之意，然犹妾身未分明，似兼指《长恨歌》一类的诗歌。② 元末明初，陶宗仪在《南村辍耕录》中说："唐有传奇，宋有戏曲、唱诨、词说"，"稗官废而传奇作，传奇作而戏曲继"。始正式以"传奇"作为此类作品的称谓，"传奇"才有了文体概念的含义。从已有的资料看，这是最早用"传奇"作为称谓此类作品的专称。至明，胡应麟《少室山房笔丛·九流绪论》分文言小说为志怪、传奇、杂录、丛谈、辨订、箴规六类，并在传奇类后举"《飞燕》《太真》《崔莺》《霍玉》之类是也"。并称："《飞燕》，传奇之首也。"所指已与今人所说的文体概念基本一致。此后，虽有人仍将戏曲小说统称为传奇，但多数人已自觉不自觉地从陶、胡之说，至鲁迅《中国小说史略》之后，便相沿成习，无甚异议了。

关于传奇小说的源流，自鲁迅提出"传奇者流，盖源出于志怪"③的说法以后，很长一段时间，学界多从其说而略加补充。游国恩等主编的《中国文学史》便称："虽说'传奇者流，源出于志怪'，但终与志怪不同，这在很大程度上还取决于其他文学体裁对它的影响。"20世纪80年代之后，学界思想解放，始渐有别说。李宗为就认为"唐人传奇的起

---

① 石昌渝：《中国小说源流论》第144页，北京，三联书店，1994。

② 元虞集《道园学古录·写韵轩记》云："唐之才人，于经艺道学有见者少，徒知好为文辞。闲暇无可用心，辄想象幽怪遇合、才情恍惚之事，作为诗章答问之意，傅会以为说。盍簪之次，各出行卷，以相娱玩。非必真有是事，谓之'传奇'。元稹、白居易犹或为之，而况他乎？"

③ 鲁迅：《中国小说史略》，第55页，北京，人民文学出版社，1973。

源与六朝志怪有关,但其来源并不仅仅是志怪一端,有其独特的渊源流变。"①并进一步说:"作者们或师汉代大赋,或采杂赋,民间赋,或效史传笔法,上下求索,四方冲突,才终于在志怪小说的样式上创建出一种以史传体为主而辅以赋体某些特征的新的小说样式——传奇。"②石昌渝则说:"志怪小说的一支演进为传奇小说,传奇小说则并非仅仅来源于志怪小说,它的另一个重要来源是杂史杂传。志怪小说与杂史杂传只存在题材、篇幅和体例的差别,就其本性而言,它们都是史传的分支。"③总括各家之说而论,唐五代传奇小说的渊源主要有三个方面:一、源于志怪小说。唐代传奇,尤其是形成时期的传奇小说,如《古镜记》、《补江总白猿传》、《游仙窟》及《冥报记》等志怪小说集中的传奇作品,在内容、题材、形式、写法上显然都沿袭了六朝志怪的传统。这从《左慈》与《古镜记》、《萧总》、《刘子卿》及《游仙窟》的关系中看得尤为清楚。二、源于史传文学、杂史别传和史传小说。详细分析,传奇小说从文体方面实际上又可以分为二体——"记"体传奇和"传"体传奇。《古镜记》《枕中记》等属"记"体,《任氏传》《李娃传》等则属"传"体。如果说"记"体传奇主要源于志怪小说的话,那么作为传奇小说主体的"传"体传奇便主要来源于史传文学、杂史别传和史传小说。胡应麟称"《飞燕》,传奇之首也"正是基于这一点。三、其他文学体裁的影响。如话本、变文、词文等通俗文学作品以及传统的诗文辞赋等。从《游仙窟》中,我们不但能看到志怪小说的传统,也能看到《神女赋》《高唐赋》等的影子;从《梁四公记》中,也可以看到汉大赋假设问对、铺张夸饰的痕迹;从《柳氏传》等作品中,也可以看到类似说唱文学的散韵结合的文体特点。而唐传奇的现实主义精神、诗歌与小说结合甚至相辅相成的关系,许多作家如元稹、白行简等与古文运动、新乐府运动的关系等等,又可见传奇创作与诗文创作的关系等等。其实正因如此,才能形成唐传奇甚至中国文言小说"文备众体,可以见史才、诗笔、议论"的民族特色。

　　唐五代传奇小说的发展大致可以分为三个时期:自唐初至代宗大

---

① 李宗为:《唐人传奇》,第8页,北京,中华书局,1985。
② 李宗为:《唐人传奇》,第29页,北京,中华书局,1985。
③ 石昌渝:《中国小说源流论》,第143页,北京,三联书店,1994。

历年间为初期——唐传奇的形成时期;自德宗建中初至宪宗元和末为中期——唐传奇的鼎盛时期;自穆宗长庆初至五代为后期——传奇小说数量上的丰收和艺术上的没落时期。

虽然唐人小说与诗歌一样,在唐代并称"一代之奇",然而从唐初至大历末的一百六十年间,小说创作却始终未出六朝规模,仍以各种笔记小说为主。作家们虽多方探索,力求突破原有的格局,但历检《中国文言小说书目》《中国文言小说总目提要》《中国古代小说总目》等,真正称得上传奇小说的作品却寥若晨星。除我们在上文中论及的《冥报集》《纪闻》《广异记》《灵怪集》等笔记中的少量作品外,单篇传奇小说仅只《古镜记》《补江总白猿传》《游仙窟》《梁四公记》《离魂记》等数种。

《古镜记》是唐代现存最早初具传奇小说特征的作品。"它以志怪兼顾人事的题材,表明了比六朝小说的进步。同时,它以三千余字的'长篇巨制',突破了六朝小说的'尺寸短书';以饱满、流畅的古文,改变了六朝小说'粗陈梗概'的面貌,强有力地宣告了传奇的诞生。"①作品开头写古镜的来历、形制和灵异,然后以王度失镜后回顾的口吻,用第一人称戏剧化的叙述方式,历述了关于古镜灵异的十二段故事。全书以王度为叙述线索,将有关古镜的十二个故事有机地串联在一起,结构形式颇似《搜神记》中的《左慈》而有所发展。作品不但故事情节曲折起伏,结构相对完整,而且个别段落已开始注意人物形象的刻画,如狐精鹦鹉一段:从被照乞命、自陈身世,到"惟希数刻之命,以尽一生之欢",再到致酒大醉,"奋衣起舞而歌",歌讫再拜而死,已颇为动人。从叙述学的角度讲,《古镜记》是中国文言小说史上第一篇将叙述者戏剧化之后进行叙述的第一人称"记"体传奇小说,中间以豹生之口插叙古镜源流,以鹦鹉之口插叙狐精身世,更见叙述方式的复杂与进步,颇露唐人小说进士化的"史才"特征。汪辟疆称其"上承六朝志怪余风,下开有唐藻丽之新体。洵唐人小说之开山也。"②清楚地说明了它在唐五代乃至中国文言小说史上的地位和作用。关于作者,古今学界颇有歧议,或以为隋人,或以为隋末唐初人,或以为中唐人。周楞伽据王福

---

① 侯忠义:《隋唐五代小说史》,第33页,杭州,浙江古籍出版社,1997。
② 汪辟疆:《唐人小说》,第12页,上海,上海古籍出版社,1978。

時《王氏家书杂录》(载《全唐文》卷一六一)考证,王度生平事迹与小说所记吻合,今人多从其说。① 王度,太原祁(今山西祁县)人。生于隋开皇初年(581),卒于唐武德年间(618—626)。于隋曾为御史、著作郎,大业九年以御史兼芮城令,持节河北道,后事不详。《古镜记》大约写于隋末唐初。

无名氏的《补江总白猿传》(又名《白猿传》《续江氏传》《集补江总白猿传》等)一卷,存。《新唐志》小说家类著录,后来书目或入传记类,或入小说家类,均未题撰人。《崇文总目》注云:"唐人恶欧阳询者为之。"《直斋书录解题》更叙云:"无名氏。欧阳纥者,询之父也。询貌类猕猴,盖尝与长孙无忌互相嘲谑矣。此传遂因其嘲广之,以实其事。托名江总,必无名子所为也。"后世多传此说,如确系唐人恶欧阳询者所为,当作于欧阳询于贞观(637—649)初任太子率更令、弘文馆学士时。欧阳询生于梁末(557),卒于唐初贞观十五年(641),仕隋为太常博士,入唐官至弘文馆学士。善书,有"率更体"之称。《补江总白猿传》叙梁将欧阳纥携艳妻南征,结果妻子被白猿精盗劫。纥率兵入山,杀死白猿,救出妻子,然妻子已与猿有孕。因欧阳询相貌如猿,小说又有"纥妻周岁生一子,厥状肖焉","及长,果文学善书,知名于时"等语,故书目中多有"唐人以谤欧阳询者"为之之说,影响至今。从小说史的角度讲,作品最主要的贡献即直承志怪小说和史传小说的传统并将二者有机结合,用史传小说的艺术形式叙写志怪内容,故事情节波澜起伏,高潮叠起,布局谨严而文字优美,形象生动而叙述委曲,尤其是对白猿的描写,已大非《博物志·异兽》中"蜀山猳獲"之类可比,是唐五代文言小说史上第一篇比较成熟的"传"体传奇小说。此传虽开"传"体传奇之先河,然以小说的形式诬蔑时人,亦开不良之端,确如鲁迅所说:"是知假小说以施诬蔑之风,其由来亦颇古矣。"②

张鷟的《游仙窟》是唐初传奇小说中作者、创作时间都十分明确的作品,在中国久佚,故在文学史、小说史上了无影响。直至清人杨守敬著《日本访书志》,国人始知张鷟尚有传奇小说《游仙窟》流传域外。书在日本凡数刻,故对日本文学影响颇大。素有日本"此较文学之父"之

---

① 周楞伽:《谈〈古镜记〉及其作者》,《光明日报·文学遗产》第六五一期。
② 鲁迅:《中国小说史略》,第55~56页,北京,人民文学出版社,1973。

称的小岛宪之著《上古文学与中国文学》，列专章论述，称"以大伴旅人、山上忆良为中心的筑紫歌坛充满了浓厚的《游仙窟》情趣"。山上生当圣武天皇天平之世，正当唐开元年间，而张鷟生于唐高宗显庆三年(658)，卒于唐玄宗开元十八年(730)，可见张鷟在世时已传入日本。张鷟字文成，号浮休子，唐深州陆泽(今河北深县)人。两《唐书》有传(附其孙张荐传前)，儿时梦紫文鸑鷟，其祖谓是儿当以文章瑞朝廷，因名张鷟。调露初登进士，"八以制举皆甲科"。调长安尉，迁鸿胪丞，凡四参选，判策均铨府之最，故时人称"张子之文，如青钱万选万中"。目为"青钱学士"。然性褊躁，傥荡不检，姚崇甚薄之。开元初，为御史李全交劾，贬岭南。旋得李日知等救护，内徙龚州长史，入为司门员外郎。开元十八年卒，年七十三。史称鷟下笔敏捷，文行天下，"新罗、日本、东夷诸蕃，尤重其文，每遣使入朝，必出金贝以购其文"。《游仙窟》当于其时为遣唐使购得，东渡日本。小说用第一人称戏剧化的叙述手法，叙述了张文成奉使河源，途中投宿仙窟，邂逅神女十娘和五嫂的浪漫经过，貌似志怪小说中的人神恋故事，实则反映了唐代轻薄文人纵酒狎妓的社会现实，与《北里志》同一机杼，颇具"进士化"特征。在中国文言小说发展史上，《游仙窟》有三点值得特别关注：其一，以第一人称戏剧化的叙述手法直写现实生活中的男女爱情，为传奇小说的发展开辟了广阔的道路。鼎盛时期的传奇小说多现实题材的爱情之作，无疑受其影响。其二，行文骈俪华艳，男女问答多采用五言诗的形式，竟多达近九十首，且情节结构与《高唐》《神女》《青衣》《洛神》《宠郎》诸赋一脉相承，上见诗赋对传奇小说的直接影响，下开唐传奇文辞华艳、诗歌与散文结合的"进士化"风气。甚至漂洋过海，直接影响了一衣带水的日本和歌创作，使以大伴旅人、山上忆良为中心的筑紫歌坛充满了浓厚的《游仙窟》情趣。其三，极力渲染男女爱情，谑戏成分、色情成分极浓，近开唐传奇垂青爱情题材的先河，促进了唐传奇的发展，远露后世性爱小说的先声。

　　《梁四公记》(又称《梁四公传》《梁四公子传》《四公记》等)一卷，《新唐志》著录作"卢诜撰"，注云："一作梁载言。"然顾况《戴氏〈广异记〉序》即云："国朝燕公《梁四公记》。"相比而言，顾况去张说尚为时不远，同时言及的唐初小说还有《古镜记》《冥报记》等，均为确实，故《梁四公记》亦当为张说所作。张说(667—730),字道济,一字说之。祖籍范阳,世居河东,后徙洛阳。武后垂拱四年(688)举词标文苑科,策第一,授太子校书,迁左补阙,擢凤阁舍人,以忤后旨配流钦州。中宗朝,召为兵部员外郎,累迁工、兵部侍郎,兼修文馆学士。睿宗朝迁中书侍郎,同中书门下平章事。玄宗朝拜中书令,封燕国公,开元十三年(725)迁右丞相兼中书令,十七年迁左丞相、集贤院学士,加开府仪同三司。十八年卒。两《唐书》有传。张说为文俊丽,天下词人,咸讽诵之。所著除诗文奏疏外尚有小说《五代新说》二卷、《鉴龙图记》一卷、《梁四公记》、《绿衣使者传》、《传书燕》等。国人历有上行下效之风,张说作为四朝元老的名相而好小说,影响所及,可想而知。《梁四公记》已佚,今存《说郛》本亦非完帙。今从《太平广记》卷八一和卷四一八所引三段较长的佚文《梁四公》《五色石》《震泽洞》结合起来看,大略述梁天监中有四奇人——蜀(音携)闿、𩰚(音万)杰、裘䴈(音蜀湍)、仉肾(音掌睹)诣见梁武帝,故称“梁四公”。蜀闿善卜,为武帝卜鼠;裘䴈因暴风而预知帝女坠阁而亡;𩰚杰为武帝辨高昌、扶桑等国所贡异物;仉肾与崔敏论辨六艺百氏,至敏沮而成疾,中道而卒等等。艺术上则确如李宗为所言:“行文铺张曼衍,实际上是采用问答铺陈的汉大赋的结构形式来连缀六朝《神异经》、《十洲记》和《博物志》那样一类的志怪小说而成。所以它同后来的《古镜记》一样,形同长篇而实乃短制。”①是否在《古镜记》之前恕难定论,然而正是这一点则恰恰可以说明初期唐传奇与六朝志怪的承袭关系。而艺术上的不成熟,则恰恰又可以说明唐朝初年,传奇小说这一新的艺术形式正在形成之中,确如侯忠义先生所言:“它与同时期的许多作品一样,为传奇发展的鼎盛期的到来,积累了经验,奠定了基础。”②

唐代传奇小说形成时期的最后作品当数陈玄祐作于大历末的“记”体传奇《离魂记》。玄祐生平未详,然《离魂记》末云:“玄祐少常闻此说,而多异同,或谓悬虚。大历末,遇莱芜县令张仲规,因备述其本末。……故记之。”因知其作者为陈玄祐,且作品完成于唐传奇形成期之末的大历末年。作品以《幽冥录》中的《庞阿》和《灵怪集》中的《郑

---

① 李宗为:《唐人传奇》,第15页,北京,中华书局,1985。

② 侯忠义:《隋唐五代小说史》,第38页,杭州,浙江古籍出版社,1997。

生》为本事,以"记"体传奇小说的形式,委曲婉转地叙述了张倩娘魂离躯壳,私奔王宙,结婚生子的神奇故事。文末转换叙述模式,以作者的身分出面,假实证幻,更增加了作品的可信度。作品在中国文言小说史上最突出的一点即巧妙地将人的灵魂与肉体分离开来,运用浪漫主义的艺术想象,写出了倩娘的痴情和对爱情生死不渝的追求。"其事故然幻奇,但于幻奇的情节下却真实地反映了当时青年男女对不可企及的自由恋爱的憧憬和追求,歌颂了他们对囿禁身心的封建礼教的反抗。《离魂记》的题材和主题思想,在唐人传奇初期别开生面,透露了爱情主题占极大比重的传奇发展盛期即将来临的消息。"①从艺术方面讲,《离魂记》情节起伏曲折,形象比较生动(特别是作为奔女的倩娘形象),结构完整而叙事饶有趣味,可以说是一篇较为成熟的"记"体传奇小说,不但为后世小说戏剧提供了直接的素材和借鉴,同时也标志着唐传奇的成熟和即将进入鼎盛时期。除上述作品之外,这一时期值得一提的还有不少佛教小说和道教小说,如释道宣的《续高僧传》,释道世《法苑珠林》中的部分作品,道士胡慧超的《十二真君传》等等。这些作品从创作动机来讲虽属自神其教的所谓"高僧传"和"真君传",而从思想内容、艺术形式和体裁方面讲,理应纳入这一时期传奇小说的研究范围。

综上所述,可见唐五代传奇小说发展初期的作者们经过长期努力,多方探索,终于突破了笔记小说的牢笼,创造出一种新的文言小说形式,为中国小说史增添了一种新的文学样式——传奇小说。从文体方面讲,"记"、"传"二体均已形成;从题材方面讲,已开始从搜神志怪、记录遗闻趋向社会现实,开拓出新的领域:为下一时期——唐传奇的鼎盛时期奠定了基础,开辟了道路。

第四节 鼎盛时期的传奇小说

唐德宗建中年间,以沈既济的《任氏传》和《枕中记》为标志,唐五

---

① 李宗为:《唐人传奇》,第27页,北京,中华书局,1985。

代传奇小说的创作进入了鼎盛时期。我们之所以将这一时期划分为唐传奇的鼎盛时期,是因为从德宗建中初年(780)至宪宗元和末年(820)的四十年间,相继涌现出沈既济、牛僧孺、陈邵、许尧佐、李景亮、李公佐、元稹、白行简、陈鸿、蒋防、陈鸿祖、沈亚之、李朝威等一大批青史留名的优秀作家;《任氏传》《枕中记》《玄怪录》《通幽记》《柳氏传》《李章武传》《南柯太守传》《莺莺传》《李娃传》《长恨歌传》《三梦记》《霍小玉传》《东城老父传》《冯燕传》《谢小娥传》《柳毅传》等一大批彪炳千秋的优秀作品,为中国文学、中国文言小说的园圃中增添了绚人耳目的奇花异卉,代表了唐传奇的整体风貌和艺术水平。若详而论之,这一时期的传奇创作又可以细分为三个阶段。

第一个阶段自建中初至贞元十五年(799)前后,约二十年。代表作是沈既济的《任氏传》《枕中记》,牛僧孺的《玄怪录》,陈邵的《通幽记》,许尧佐的《柳氏传》和李景亮的《李章武传》。可见"记"体传奇仍占主流,而"传"体传奇也已经初露华光。

鼎盛初期首先崛起的传奇作家是沈既济。沈既济为吴兴武康人。据《元和姓纂》卷七载曾举进士,大历十四年(779)试太常寺协律郎。德宗建中元年杨炎为相,荐"既济才堪史任,召拜左拾遗,史馆修撰"[1]。建中二年杨炎遭贬赐死,既济坐贬处州司户参军。后复入朝,终礼部员外郎。卒年当在贞元末。事迹《旧唐书》附其子沈传师传下,《新唐书》以既济名立传。史称其"经史该明","史笔尤工"。曾撰《建中实录》十卷、《选举志》十卷,均佚。据其自叙,《任氏传》作于建中二年遭贬之后,《枕中记》约在其后。

《任氏传》写贫士郑六托身妻族韦崟,得狐女任氏为外室。任绝美,崟闻而往逼,任义不就辱,崟终为任氏大义折服,成挚友。后郑在任氏帮助下谋得金城武职,强任以行,途中为猎犬所毙,方知为狐。作品远承源远流长的古代狐文化传统,近承《广异记》中大量的狐精故事,以史传小说的艺术形式写志怪故事,不但情节曲折,层次分明,结构完整,更突出的是以现实主义的笔触详细刻画任氏这一狐精形象,比《广异记》有了明显的进步。作品已不是突出狐精的妖媚和怪异,而

---

① 〔后晋〕刘昫:《旧唐书》卷一四九。

是把它放进大唐长安这样一个市井繁华、思想开放的现实环境中,将其写成一个"家本伶伦"的青年女子,美丽动人,和易可亲,贞洁刚强,聪敏机智。除"唯衣不自制,与人颇异"及鬻饼胡人所言"陨墉弃地"中有一狐诱人之外,其他如初见郑六时之"时时盼睐,意有所受",二见郑六时之"侧身周旋于稠人中以避,……方背立,以扇障其后"等等,均无异常人。《任氏传》清楚地展现出鼎盛时期传奇小说题材上由志怪向现实与爱情,风格上由单纯叙事向叙事、抒情与议论相结合方向演进的进士化特点。任氏死后,郑六"回睹其马,啮草于路隅"的描写极具诗意;"嗟呼!异物之情也有人道焉"的议论情理交融,无限感慨;文末"建中二年,既济自左拾遗于金吾将军裴冀……谪居东南……闻任事之事,其深叹骇,因请既济传之,以志异云"的自叙,乃"假实证幻"。可见传奇小说至此,"文备众体,可以见史才、诗笔、议论"的进士化文体特征已基本形成。近启《柳氏传》《李章武传》《柳毅传》等"传"体传奇小说,远启以叙写花妖狐魅著称的《聊斋志异》,文学史价值有目共睹。可以毫不夸张地说:《任氏传》是中国文言小说史上第一篇写狐名作!影响深远,自不待论。

此后,进士许尧佐的《柳氏传》写韩翊与柳氏悲欢离合的爱情故事,已丝毫不带志怪色彩。韩柳事又见于《本事传·情感第一》,韩翊作韩翃。傅璇琮《唐代诗人丛考·关于〈柳氏传〉与〈本事诗〉所载韩翃事迹考实》考证,韩翊实即唐代诗人韩翃,更可见小说与现实生活的关系。作品中韩翊之《章台柳》诗曰:

> 章台柳,章台柳,昔日青青今在否?
>
> 纵使长条似旧垂,亦应攀折他人手。

柳氏答诗曰:

> 杨柳枝,芳菲节,所恨年年赠离别。
>
> 一叶随风忽报秋,纵使君来岂堪折!

可见小说与唐诗之关系,显然增加了唐传奇进士化的"诗笔"特征。而许俊仗义为韩夺柳,又显然开后来《无双传》等武侠小说与爱情小说相结合的先河。至于文笔之细腻,词彩之华艳,那就更不必说了。以上种种,亦正是唐五代传奇小说尤其鼎盛时期的传奇小说高出六朝志怪和宋金元文言小说的独到之处,在文言小说史上特别值得研究。

《李章武传》的作者李景亮亦进士。贞元十年及第,曾官翰林待诏。著述仅《李章武传》一篇,未见著录,《太平广记》卷三四〇引文末云:"出李景亮为作传。"作品叙李章武与其情人——寓居主人王氏子妇的爱情故事,曲折离奇,凄惋哀绝。尤其是对女鬼的描写,鬼魂特征与现实人性结合至妙,与《任氏传》一鬼一狐,有异曲同工之妙,堪称姊妹篇。小说共穿插了八首诗歌,颇具唐传奇以诗言情写意、描写心理的艺术特点,明显地突破了《游仙窟》以诗歌为对话的和歌体,可见时至此日,"传"体传奇小说的艺术形式已经成熟。文末,述李章武独行数里,又自讽诵与情人之鬼魂赠别之诗,"忽闻空中有叹赏,音调凄恻。更审听之,乃王氏子妇也。自云:'冥中各有地分。今于此别,无日交会。知郎思眷,故冒阴司之责,远来奉送。千万自爱!'章武愈感之。"及至长安,与友人道其事,又感其诚而赋曰:

> 石沉辽海阔,剑别楚天长。
>
> 会合知无日,离心满夕阳。

人虽亡去,然而唐人特有的那种"天长地久有时尽,此恨绵绵无绝期"的离情却永留人间。总而言之,鼎盛时期第一阶段的三篇"传"体传奇小说基本完成了由志怪向现实、爱情,由记事向叙事写人,由单纯叙事向叙事与抒情、议论相结合的演进,为鼎盛时期唐传奇创作高潮的到来打下了坚实的基础,充分显示了这一阶段唐传奇进士化的时代风格。

在"记"体传奇小说中,《枕中记》是一篇典型的寓言小说。"黄粱一梦"的典故众所周知,在中国文学史甚至思想史上很有影响。作品受《幽明录·焦湖庙祝》的启发而大事铺张,真实地再现了当时的官场现实和失意举子们的心态。卢生作为失意举子的代表,个性并不鲜明,但却具有十分明显的共性,而这一点恰恰是寓言小说的突出特点。《枕中记》的出现,不但直接促进了当时"记"体传奇小说的创作和发展,而且必将对此后寓言小说的创作产生积极的影响。牛僧孺的《玄怪录》和陈邵的《通幽记》是这一时期产生的以"记"体传奇小说为主的传奇集。与多为单篇传世的"传"体传奇相比,显然更多地受志怪小说的影响,是典型的"用传奇法,而以志怪"①的产物。宋赵彦卫《云麓漫钞》称《玄怪录》是牛僧孺应举时的行卷之作,不管可靠与否②,然确实具有逞才延誉的特点。作品虽早亡佚,但就现存佚文及程毅中先生校点,中华书局1982年排印本看,内容丰富而叙述委曲,故事隽永而结构谨严,驰骋想象而文辞雅洁,诗情画意,绚丽多姿。确如李宗为所言:"《玄怪录》诸文,较先出诸传奇集更明显地具有不求见信、不寓惩戒、假小说以寄藻思的特点。"③《杜子春》《张老》《元无有》《张佐》等都是其中的名篇。其中的部分作品如《杜子春》等,甚至漂洋过海,在一衣带水的日本都颇有影响。特别是《太平广记》卷八三所引之《张佐》,多用倒叙和插叙,故事环环相扣,进士化的"史才"特征非常明显,在唐代小说史上实为少见。另如《元无有》《柳归舜》《滕庭俊》《顾总》等许多篇章均穿插大量诗歌,进士化的"诗笔"特征也十分明显,且细味其诗,自三言、四言、五言、六言、七言、杂言、绝句、律诗、杂言诗、歌行等均有,水平亦高出一般,显然是逞才之作,至于议论,更是随处可见。开篇之《杜子春》即为寓言小说,以议论为主。《裴谌》议论"神仙之变化",亦别有风味。如是等等,再加之作者后来身居高位,名声显赫:贞元间进士及第;宪宗元和间登贤良方正,对策第一,累官监察御史,集贤殿直学士;穆宗立,以库部郎中知制诰,改御史中丞,长庆三年同中书门下平章事;敬宗即位,封奇章郡公,拜集贤殿大学士,出为武昌军节度使;文宗大和四年还为兵部尚书同平章事,后历官门下侍郎、弘文馆大学士、淮南节度副使知节度事、尚书左仆射等,后贬至循州长史;宪宗朝又还为太子少师。堪称五朝元老,比张说等有过之而无不及,所以对唐代传奇创作,尤其是后期"记"体传奇集的兴盛影响极大。《通幽记》早佚,从《太平广记》所引二十七篇佚文看,十九篇堪称传奇,显然原书为传奇体志怪小说集。许多作品以描写爱情为主,或人神,或人鬼,情节曲折离奇,故事哀婉动人,比较注意人物形象的刻画,显然吸收了"传"体传奇小说的长处。其中《唐晅》篇描写丈夫对亡妻的

---

① 鲁迅:《中国小说史略》,第179页,北京,人民文学出版社,1973。
② 程毅中即认为:"《玄怪录》的写作年代还有待进一步探讨,有人认为它作于牛僧孺未通籍以前,则还有重新考虑的必要。"《玄怪录校点说明》,北京,中华书局,1982。
③ 李宗为:《唐人传奇》,第42页,北京,中华书局,1985。

怀念以及与妻子的鬼魂相会,具体生动,与《李章武传》堪称姊妹篇。通篇穿插诗歌五首,均情真意切,亦见进士化的"诗笔"特征。如是种种,都显示出这一时期的"记"体传奇向"传"体传奇小说靠拢的发展趋势。

第二阶段自唐德宗贞元十五年前后至唐宪宗元和五年前后,虽然只有短短的十五年左右,然而却是真正的唐传奇鼎盛时期。这一阶段的突出特点是以单篇传世的"传"体传奇小说为主,内容上多写现实生活中的男女爱情。作家则多是以元稹、白居易为代表的文人团体的成员或受他们影响的文人。他们会聚长安,宴饮游乐,往往以同一内容为题材,既写传奇小说,也写长篇歌行体的诗歌,相辅相成,相互参行,最能代表唐传奇"文备众体,可以见史才、诗笔、议论"的形式特征和艺术风格;不但促进了传奇小说的创作,也扩大了传奇小说的影响,堪称中国文言小说史上一段佳话。

元稹的《莺莺传》与李绅的《莺莺诗》相配合,首开风气,对这一文人团体的创作无疑具有倡导作用。元稹字微之,洛阳人。贞元十八年(802)进士。历官左拾遗,监察御史,长庆元年(821)拜相。诗与白居易并称"元白"。李绅字公垂,润州无锡人。元和元年(806)进士。因身材短小,人称"短李",与元稹、李德裕号称"三俊",与元稹、白居易为好友,共倡"新乐府"运动。武宗时拜相。《莺莺传》写举子张生与莺莺西厢幽会的爱情故事,约作于元稹中式后的第二年即贞元十九年。据宋人王铚及近人陈寅恪、孙望等考证,与元稹生平及创作一一吻合,可见取材于作者自己的亲身经历。小说末称"贞元岁九月,执事李公垂(李绅)宿于予靖安里第,语及于是,公垂卓然称异,遂为《莺莺歌》以传之。崔氏小名莺莺,公垂以命篇。"似亦可见元稹于故事之关系。作品之所以叙述亲切生动、哀艳动人;莺莺形象之所以神态逼真、呼之欲出,恐怕都与作者亲历有关。完全取材于现实生活而溶入作者自己的亲身经历,已完全摆脱了对历史和志怪题材的依傍。形式虽取自史传文学和史传小说,但因所叙乃自身亲历,所以与前此之"传"体传奇小说也大不相同。宁稼雨曾概括陈寅恪《元白诗笺证稿·读〈莺莺传〉》说:"陈氏又认为'真'与'仙'同义,故'会真'即遇仙或游仙之谓,固以为本篇实为《游仙窟》之遗响。陈氏还认为本篇中忍情之说(即其议论)与会真诸诗堪称诗笔,叙述悲欢离合,可谓史才。故能文备众体,因而远胜韩愈《毛颖传》。"①良然。又因男女爱情乃古今中外永恒的文学主题之一,所以作品能突破时空的界限撞击着每一位读者的心灵。加之历代文人多种形式的改编与传播,宋代话本名目中有之,官本杂剧有《莺莺六幺》,赵德麟有《商调蝶恋花》鼓子词,金有董解元《西厢记诸宫调》,特别是元王实甫的《西厢记》杂剧,大加张扬,几令家喻户晓,妇孺尽知,影响之大,为唐传奇之最。作品原题《传奇》,因中有《会真诗》三十韵,故又名《会真记》,《太平广记》杂传记类收录时改题今名。唐代之"传奇小说"之所以称"传奇",后世凡属现实男女爱情题材的话本、戏剧之所以称"传奇",恐怕都与元稹的这篇传世之作的《传奇》有关。

白居易之弟白行简的《李娃传》与元稹的长诗《李娃行》相配合,是元白文人团体的又一杰作。作品述荥阳公子与平康妓女李娃的爱情故事,极见唐代举子与妓女间的关系。与《莺莺传》一样,这是一篇以唐代现实生活中的男女爱情为题材,彻底摆脱了志怪题和史传题材牢笼的"传"体传奇小说。作品不但情节曲折,结构完整,文笔清丽,描写细腻,而且在人物性格的刻画方面也达到了一个新的高度。李娃对荥阳公子的态度前后不同,十分符合一个妓女的身分和心理,耐人寻味,充分显示了人物性格的发展和变化,合情合理,真切感人。从具体的艺术手法方面讲,小说有四个方面在中国文言小说史上值得注意:其一即构思巧妙,结构严谨。虽情节曲折起伏,波澜叠起,但作者以第三人称客观呈现式的叙述方式,以故事的主人公荥阳公子作为主要的叙述代言人,娓娓道来,确实做到了线索清晰,杂而不乱,同时又便于塑造人物。《李娃传》以李娃为传主,通过荥阳公子这一叙述代言人述其节行瑰奇,十分贴切。其二即对比衬托手法的运用已达化境,大非六朝作品可比。如李娃与荥阳公对公子的态度,前后对比鲜明,水落而石出;而东西两肆斗挽歌的场面描写,互相映带,乃水涨而船高。在中国文言小说史上均罕见其匹。其三即细节描写细致入微,酣畅淋漓。如公子初见李娃一段:

---

① 宁稼雨:《中国文言小说总目提要》,第 82 页,济南,齐鲁书社,1996。

　　至鸣珂曲,见一宅,门庭不甚广,而室宇严邃。阖一扉,有娃
方凭一双鬟青衣立,妖姿要妙,绝代未有。生忽见之,不觉停骖久
之,徘徊不能去。乃诈坠鞭于地,候其从者,敕取之。累眄于娃,
娃回眸凝睇,情甚相慕。竟不敢措辞而去。

堪谓细腻生动,二人形态,活活画出。此乃真所谓"传奇法"也。其四
即语言清新优美,具有极强的表现力。如写荥阳公子被其父鞭后弃之
而去,其师"令二人赍苇席瘗焉。至,则心下微温。举之,良久,气稍
通。因共荷而归,以苇筒灌勺饮,经宿乃活"。写其行乞,则曰:"被布
裘,裘有百结,褴褛如悬鹑。持一破瓯,巡于闾里。以乞食为事。自秋
徂冬,夜入于粪壤窟室,昼则周游廛肆。"均形容入微,如在目前。正因
如此,可以说与《莺莺传》等一道,在中国文言小说史上堪称为划时代
的作品。关于结局,尽管有的文学史颇有微词,甚至对以荣华富贵的
大团圆结局提出批评,称为俗套,①但平心而论,不正是这一结局恰恰
表明了作者对妓女的同情与颂扬,恰恰表明了作者批评封建的婚姻制
度、门阀制度的态度吗?至于俗套,则过错在模仿者,而决不在始创
者。其实,这也从反面证明了《李娃传》的巨大影响。至于他的《三梦
记》,只不过将三个奇梦机械地连缀到一起,就毫无创新可言了。另
外,白居易的《长恨歌》与陈鸿的《长恨歌传》相配合,在当时亦颇有影
响,但从小说史的角度讲,却难以与《莺莺传》《李娃传》比肩。

　　综上所述,可见这一阶段虽然时间不长,作品也不多,但水平之
高,影响之巨,却堪称空前。无论现实和爱情题材的进士化特点,艺术
形象的进士化特点,还是"文备众体,可以见史才、诗笔、议论"的艺术
形式方面的进士化特点,都已达到了前所未有的高度,最能代表唐人
小说的风貌和水平。

　　元和之后,随着元白文人团体成员的步入仕途而各奔东西,唐传
奇的创作便步入了这一时期的第三个阶段。这一阶段的主要作家大
都是元白文人团体原有的成员或受其影响,在传奇小说创作方面大致
有两种情况:一种从事创作的时间较长,因而留下的作品也相对较多,

──────────

　　① 游国恩、王起、萧涤非、李镇淮、费振刚主编的《中国文学史》即说:"但是荣华富贵的团圆
结局,不仅表明了作者的思想局限,也为后世的戏曲、小说提供了一种廉价的俗套。"《中国文学
史》,北京,人民文学出版社,1963。

李公佐、沈亚之为其代表。一种作品很少,但影响却很大,蒋防、李朝威堪称代表。

李公佐,白行简友。据《李娃传》文末白行简叙,知其为陇西人(或为郡望亦未可知)。据其自叙及《神仙感遇传》等,知为贞元、元和间人,曾举进士。今存小说五种:《南柯太守传》《庐江冯媪传》《古岳渎经》《谢小娥传》《燕女坟记》。李公佐是唐五代时期今存单篇传奇小说最多的作家之一。其《南柯太守传》作于贞元十八年,《谢小娥传》作于元和十三年,间隔十六年之久,可见创作热情之持久。白行简《李娃传》末载白为其述李娃故事,"公佐拊掌竦听,命予为传",可见他对传奇创作的热心及与元白文人团体的关系。其《南柯太守传》以六朝志怪小说《妖异记》、《穷神秘苑》中所载卢汾入蚁穴的故事为本事而大加铺衍,与沈既济的《枕中记》同一机杼。一个"黄粱一梦",一个"南柯一梦",都以梦幻题材写现实人生,曲折地反映了科举制度下士子们热衷于功名富贵的心态,暴露了官场险恶,人生无常,宣扬了"人生如梦"的思想,确如汪辟疆所言:"按此文造意制辞,与沈既济《枕中记》,大略从同,皆受道家思想所感化者也。唐时道佛思想,最为普遍。其影响于文学者,随处可见。以短梦中历尽一生,此二篇是为代表,其他皆可略也。"[①]可见其在中国文言小说史上的地位。但与《枕中记》不同的是,《南柯太守传》内容更加丰富,颇多穿插而结构完整、谨严,情节曲折复杂而叙述脉络清晰,述戏弄,写婚礼,细节逼真,如闻謦欬,结尾"假实证幻,余韵悠然"[②]。可见"传"体传奇与"记"体传奇之差别。《庐江冯媪传》名"传"而实为"记"体,与《古岳渎经》俱属志怪内容,颇露后期传奇题材特点。《燕女坟记》叙宋末倡家女姚玉京,夫死守节。梁燕亦失偶孤飞,至秋,翔集玉京之臂,如告别然。玉京以红缕系足,明春果至,因赠诗曰:

　　　昔时无偶去,今年还独归。

　　　故人恩义重,不忍更双飞。

后玉京死,燕亦至坟所而死。后"每风清月明,襄人见玉京与燕同游汉水之滨"。充满了浓郁的抒情色彩,进士化的"诗笔"特征非常明显。

---

① 汪辟疆:《唐人小说》,第 108 页,上海,上海古籍出版社,1978。

② 鲁迅:《中国小说史略》,第 66 页,北京,人民文学出版社,1973。

《谢小娥传》是这一时期颇具特色的作品，述民女谢小娥女扮男装，手刃大盗，为父、夫报仇的故事，是唐五代传奇中较早的武侠公案小说，而谢小娥则是较早的侠女形象。关于作品的命意，以作者主观论，在旌美女子之贞节，而李剑国则云："唐稗议论多酸腐语，此欲旌小娥贞节，实失其轻重，以今观之，所可旌美者，乃其除恶雪恨之志，申张正义之心、刚烈机智之性、持志不舍之行。"①而此再进一步，则褒奖侠义耳！从艺术方面讲，此传最大的特点即作者以戏剧化的叙述方式，身处局中，扮演了一个解梦人的关键角色。第三人称叙述中合情合理地加入第一人称叙述，更增加了作品的现实性，进士化的"史才"特征十分突出。值得注意的是，与上一阶段不同，李公佐的五篇作品中竟没有一篇爱情题材的作品（《燕女坟记》涉爱情，但重在志异），可见创作倾向已经发生了变化，已与前一阶段大不相同。沈亚之也有五篇作品传世：《异梦录》、《湘中怨解》、《冯燕传》、《感异记》和《秦梦记》。亚之字下贤，吴兴人。元和十年进士及第，长庆元年登贤良方正能言极谏科，仕途蹭蹬而以文才得名。曾游韩愈门下，又与李贺、杜牧、贾岛、张祐、李商隐等交往，李贺《送沈亚之歌》称其为"吴兴才人"。观其今传作品，除《冯燕传》外均穿插诗歌，尤其是《感异记》，竟达十二首之多，凡五言、骚体、七言均有，进士化的"诗笔"特征十分明显。值得一提的是，五篇作品中有四篇为志怪题材而杂以爱情，一篇现实题材杂以男女私情而又褒扬侠义（《冯燕传》，《太平广记》即将其归之"豪侠"类中），显然已露后期传奇小说题材方面多志怪、多武侠的趋向。另，五篇作品四篇为"记"体传奇而文辞华美，大事铺张；仅一篇《冯燕传》属"传"体传奇而又只四百余字，显然又透露出传奇小说"记"体与"传"体合流的消息。而其《冯燕传》与司空图的《冯燕歌》相配合，又显然是上一阶段元白文人团体之遗风。承前启后，功不可没。

　　蒋防的《霍小玉传》是唐人传奇又一名篇，胡应麟对文言小说进行分类时已作为传奇类的代表作之一②。汪辟疆亦引胡应麟语曰："唐人小说纪闺阁事，绰有情致。此篇尤为唐人最精彩动人之传奇，故传诵

---

① 李剑国：《唐五代志怪传奇敍录》上册，第 400 页，天津，南开大学出版社，1993。
② 明胡应麟《少室山房笔丛·九流绪论》曰："小说家一类，又自分数种：一曰志怪……一曰传奇，《飞燕》《太真》《崔莺》《霍玉》之类是也。"其《霍玉》即指蒋防的《霍小玉传》。

弗衰。①"防字子微,一作子徵,义兴人。年十八,父友令作《秋河赋》,援笔立就,于简因以女妻之。官右拾遗。元和中,李绅即席令赋《觜上鹰》诗,以"几欲高飞天上去,谁人为解绿丝缘"句为李绅、元稹荐之以司封员外郎,三年加知制诰,进翰林学士。李绅为元白文人团体的主要成员之一,元和中团体成员虽已星散,然流风所及,当不致泯而无存。小说述李益之薄幸,小玉之多情,情节曲折,形象生动,情调哀惋,凄楚动人。李益为大历十才子之一,李肇《唐国史补》称其"少有疑病"。《唐书》更称其"益少痴而忌克,防闲妻妾苛严,世谓妒痴为李益疾"。作品显然以现实生活中的李益为原型,但也明显地受《莺莺传》的影响。其"开帘风动竹,疑是故人来"一联,与《莺莺传》中的"拂墙花影动,疑是玉人来"意境全同。在中国文言小说史上,《霍小玉传》有三点颇具创意:一是上承《诗·卫风·氓》所开创的艺术传统,在传奇小说史上首先冲破了《莺莺传》维护纲常,以薄情寡义为"善补过"的思想局限,站在同情妇女尤其是下层妇女的立场上,成功地塑造了李益这一薄情郎形象,文学史意义极大,影响深远。后世戏剧小说,多写"痴情女子薄情汉",如《杜十娘》《王娇鸾》之类,显然受其影响。即使在今天仍有现实意义,直令那些抛弃糟糠、另图新欢者三思。二是吸收了《冤魂志》等宣扬报应的志怪小说的营养,增加了霍小玉冤魂报复李益的尾声以为议论,不但表现了作者对小玉的同情,对李益的谴责,而且使作品的主旨更加明确,结构更加完整,摆脱了史传文学、史传小说写实主义的框架而自成一体,开后世《杜十娘怒沉百宝箱》、《聊斋志异·窦女》甚至《三国志评话》、《红楼梦》之类报应结构之先河。三是在爱情题材的故事中增加了"黄衫客"这一武侠形象,既显示了唐传奇题材变化的趋势,又发中国小说史上爱情与武侠合流之嚆矢,此后之《无双传》即为此类。至于小说文体最要之艺术形象塑造,则确如李剑国所言:"唐人传奇当推此传第一。情节委曲,性格鲜明,对话见其个性,细节见其心理:皆近于近代小说。小玉形象殊佳,唐稗实属鲜见。……悲悲喜喜、爱爱恨恨,心理隐曲俱现,形象丰厚饱满,今人恒云性格之多层次、多侧面,予于小玉见矣。"②

---

① 汪辟疆:《唐人小说》,第98页引,上海,上海古籍出版社,1978。
② 李剑国:《唐五代志怪传奇叙录》(上册),第454页,天津,南开大学出版社,1993。

　　李朝威,生平未详。李时人概括前人考证云:"李唐宗室多称'陇西',《新唐书》卷七〇上《宗室世系表》上李渊弟蜀王李湛六世孙有李朝威,推其年历,当在贞元时。《柳毅》言其作此篇时盖距开元末四纪,亦在贞元中,或作者当生活创作于贞元前后。"①其《柳毅传》又名《洞庭灵烟传》,以《搜神记》卷四之《胡母班》和《广异记》之《三卫》为本事,铺张演义,叙述了落第举子柳毅仗义为龙女传书洞庭并最终与龙女结为夫妻的故事,是唐五代传奇小说中以"传"体传奇小说的艺术形式表现志怪内容,以奇幻的志怪内容反映社会现实的代表作品。龙女的不幸婚姻反映了封建婚姻制度的不合理,柳毅仗义传书、毫无私心的侠义行为,都是真实的社会现实的反映,有着坚实的现实基础。作品既写缠绵悱恻的男女爱情,又写钱塘君烈火轰雷的个性;既写柳毅的侠义与不畏强暴,又写曲折离奇的婚姻遭遇;不但为鼎盛期传奇小说以社会现实、男女爱情为主旋律的创作增添了不同的艺术情调,也预示了后期传奇小说偏重于志怪和侠义内容的发展趋势。尤应特别指出的是,从叙述学的角度讲,作品一改大多数传奇小说第三人称全知视角客观呈现式叙述为第三人称限知视角客观呈现式戏剧化叙述,将作品主人公柳毅作为叙述代言人,使作品明显地具备了戏剧化叙述模式的特点。这种叙述模式既不同于第三人称全知视角的客观呈现式叙述,也不同于第一人称限知视角的客观呈现式叙述,也不同于《谢小娥传》式的第三人称叙述中穿插第一人称叙述,显然是一种全新的叙述模式,进士化的"史才"特征更加明显。难怪连极力反对用唐宋事入诗的胡应麟亦对其叙述大加赞扬,称:"唐人传奇小说,如《柳毅》、《陶岘》、《红线》、《虬髯客》诸篇,撰述浓至,有范晔、李延寿之所不及。"②传统文人称其叙事高于正史,大不易! 当然鼎盛时期的传奇小说远不止上述诸篇,其他如陈鸿祖的《东城老父传》,柳宗元的《李赤传》《河间传》,王洙的《东阳夜怪录》等亦颇有影响,然与上述诸作相比,终远逊一筹,姑不论。

　　综合上述三个阶段的传奇小说创作,可见鼎盛时期的唐人传奇从艺术形式讲,已经完全成熟,而且"传"体传奇明显地占据了主流。至

---

① 李时人编校:《全唐五代小说》,第 577 页,西安,陕西人民出版社,1998。
② 〔明〕胡应麟:《少室山房笔丛·九流绪论下》。

此,史传文学—杂史别传—史传小说—传奇小说的艺术形式的发展轨迹已经清楚地呈现在我们面前。从内容与题材方面讲,则完全摆脱了志怪和历史的局限,主写现实,主写爱情,尤其是现实生活中进士与其梦中情人——妓女的爱情。这显然也是唐代现实生活,尤其是进士圈的现实生活在作家头脑中反映的表现。从艺术风格、特点方面讲,则真正体现了唐传奇诗歌与散文结合以及叙事与抒情、议论结合的文体特色,真正做到了"文备众体,可以见史才、诗笔、议论"。至于具体的艺术手法水平之高,文辞之幽雅优美,那就更是随处可见了。总而言之,真正呈现出了"进士化"的种种特征。

第五节　后期传奇小说

自唐穆宗长庆初至五代的一百四十余年,是唐五代传奇小说的后期。在这一时期,虽然也有柳珵的《上清传》、房千里的《杨娟传》、韦瓘的《周秦行记》、薛调的《无双传》以及从裴铏《传奇》中流出而单篇传世的《郑德璘传》《虬髯客传》等名篇,但与上一个时期即鼎盛期相比,最令人注目的还是传奇小说集的大量涌现。查各种小说书目及叙录,这一时期的传奇小说集计有薛用弱的《集异记》、李复言的《续玄怪录》、薛渔思的《河东记》、郑还古的《博异志》、卢肇的《逸史》、佚名氏的《会昌解颐录》、李玫的《纂异记》、裴铏的《传奇》、袁郊的《甘泽谣》、李隐的《大唐奇事记》、柳祥的《潇湘录》、杜光庭的《神仙感遇传》等四十余种。值得注意的是,在这四十余种所谓的传奇小说集中,绝大多数是各体杂糅:志怪与传奇杂糅,传奇与笔记杂糅的作品。甚至有的竟是纯粹的志怪类笔记小说。只有李玫的《纂异记》、袁郊的《甘泽谣》、裴铏的《传奇》等极少数作品是真正纯粹的传奇小说集。李剑国《唐五代志怪传奇叙录》就将这些小说集分为"传奇""志怪""传奇志怪""志怪传奇""志怪传奇杂事"五类而叙录之。其中"志怪"与"志怪传奇杂事"(即杂俎小说)及"志怪传奇"类中的一部分我们于上文已有论述,所以本节主要论述"传奇"、"传奇志怪类"及"志怪传奇类"中的部分作品。通观这一时期的传奇小说创作,从题材与内容方面看,与上一个时期相比较,最明显的特点便是现实与爱情题材的作品明显减少,代之而起的则是志怪与侠义题材的作品明显增多。从艺术方面讲则水平明显下降,逐渐走向衰落。

志怪题材的重振不是六朝志怪的复归,而是唐代传奇小说的嬗变。这一时期唐传奇的志怪与六朝志怪的最大不同便是在志怪外衣的掩饰下,充满了对社会现实、黑暗政治的讽刺与抨击。这显然也是社会现实在传奇小说这面镜子中的反映。长庆年间,薛用弱《集异记》中的许多传奇作品首开其端。用弱字中胜,自署河东人。长庆光州刺史,史称为政严而不残,可见亦进士出身,而在志怪类传奇小说中能够首讽现实,恐亦与其为官态度有关。今存以《顾氏文房小说》本为最早,分上下二卷,仅十六事。中华书局 1980 年排印本《集异记》即以此为底本而另辑佚文七十二条,最为完备。作品虽曰“集异”,然与六朝志怪相比,重点不在神鬼妖怪而受志人小说启发,多记名人怪异之事,颇有点志怪志人相结合的味道,而从艺术形式上讲,亦有笔记与传奇相融合的特点。如开篇之《徐佐卿》,即记青城道士徐佐卿化鹤游沙苑而被唐明皇以箭射中事。次篇《王积薪》则记神仙化为妇姑,教翰林善围棋者王积薪围棋事。卷二首篇《集翠裘》,记宰相狄仁杰与武则天幸臣张昌宗博双陆,张昌宗以武则天所赐集翠裘为赌注,狄仁杰以所衣紫绸袍为对。当武则天指出所赌不等时,狄仁杰竟对曰:“臣此袍乃大臣朝见奏对之衣,昌宗所衣乃嬖幸宠遇之服,对臣之袍,臣犹怏怏。”而当张昌宗“心赧神沮,气势索莫,连局累北”,狄仁杰赢得集翠裘,拜恩而出之后,竟然“及至光范门,遂付家奴衣之,乃促马而去”。则显然丝毫不带神怪色彩,而是一篇典型的政治讽刺小说了。次篇《王维》则记著名诗人王维年轻时以岐王为介,以琵琶曲《郁轮袍》进献公主,终获京兆解头而一举登第,深刻地反映了唐代科举制度黑暗的一面,亦具政治讽刺小说意味。当然,在中国文学史、中国诗歌史上传为美谈的还是同卷《王之涣》述其与王昌龄、高适旗亭画壁赛诗的故事。至于《太平广记》卷一九六所引之《贾人妻》,来无踪,去无影,行刺复仇,亦武侠小说中女侠形象之佼佼者,《聊斋志异·侠女》显然受其影响。从艺术方面讲,除上述笔记与传奇融合的形式特点外,语言雅洁,趣味隽永,亦颇具“进士化”的特征。李剑国《唐五代志怪传奇叙录》将其归于

"传奇志怪集",正是看到了《集异记》"用传奇法而以志怪"的特点。

　　约大和至开成间,李复言的《续玄怪录》问世。《续玄怪录》又名《续幽怪录》《搜古异录》《纂异》等。复言尝以之作为行卷,结果竟因"事非经济,动涉虚妄"而罢举,十分可悲。① 原十卷本分仙术、感应等三门,今本四卷,且不分门类,以中华书局 1982 年排印本较为完备(又收佚文六则)。"复言一落魄举子,累举不第,是故书中多言穷达命定之事,以为'人生之穷达,皆自阴骘'(《李岳州》);而'人世劳苦,万愁缠心,尽如灯蛾,争扑名利,愁胜而发白,神败而形羸,方寸之间,波澜万丈,相妒相贼,猛于豪兽'(《卢仆射从史》)之语,感慨亦良深矣。"②亦唐五代传奇小说中科举落第者之代表作,故于社会现实、政治黑暗看得更加清楚,故而以志怪讽喻现实的作品便更多,在讽刺小说史上堪称初张旗鼓。如卷一之《辛公平上仙》,述元和末洪州高安县尉辛公平入冥见阴间使者迎驾皇上驾崩上仙,显然影射宫中隐事。卷二之《韦令公皋》虽旨在宣扬官禄前定,但韦皋发迹,实因"岐帅以西川之贵婿,延置幕中,奏大理评事"。然后平步青云,直至兵部尚书、西川节度使。试想,若非以"西川节度使、兵部尚书、平章事张延赏"为泰山,能如此乎? 显然讽刺揭露了当时的裙带关系,任人唯亲。从艺术方面讲,则汪辟疆选入《唐人小说》中的三篇《定婚店》《薛伟》《李卫公靖》最具代表性。《定婚店》又名《月下老》《月下老人》《赤绳婚姻》等,作者为了说明婚姻前定,巧妙地构思了一位执掌人间婚牍的幽吏月下老人,囊中有一赤绳,以系夫妻之足。"及其生则潜用相系,虽仇敌之家,贵贱悬隔,天涯从宦,吴楚异乡,此绳一系,终不可逭。"悬想之妙,影响至今。《薛伟》记乾元元年蜀州青城县主簿薛伟热病休克后觉已化鱼,被杀而苏事,亦想象奇特。《醒世恒言》卷二六《薛录事鱼服证仙》即以此为本事敷演而成。《李卫公靖》则记李靖微时代龙神行雨事。李靖骑青骢马,"腾腾而行,其足渐高,但讶其稳疾,不自知在云上也。风急如箭,雷霆起于步下",手持一小瓶子,随手滴洒。《西游记》之"魏征梦斩泾河龙"即据此演义而成。然而至于"诗笔"特征,则去鼎盛时期诸作相

---

　　① 宋钱易《南部新书》甲卷云:"李景让典贡年,有李复言者纳省卷,有《纂异》一部十卷。榜出曰:'事非经济,动涉虚妄,其所纳仰贡院驱使官却还。'复言因此罢举。"
　　② 李剑国:《唐五代志怪传奇叙录》,第 705 页,天津,南开大学出版社,1993。

去远矣。

会昌末或大中初，又有郑还古者托名"谷神子"撰《博异志》，今残存一卷，讽世之旨并不明显，然《四库全书总目》卷一四二小说家类《博异志提要》曰："陈振孙《书录解题》（按：当为晁氏《读书志》之误）谓语触时忌，故隐其名，前有自序，亦称'非徒但资笑语，抑亦粗显箴规。或冀逆耳之辞，稍获周身之戒。'今观所载，殊不见触忌之语，而证以《太平广记》引文，又确为本书，非出依托，未审其寓言之旨何在也？"可见原有触忌之语。从艺术方面讲，则"所记神怪之事，叙述雅赡，而所录诗歌颇工致，视他小说为胜"[1]。其中名篇，当数《崔玄微》，《醒世恒言》卷四《灌园叟晚逢仙女》取以为入话，清李汝珍《镜花缘》受其影响，更有多种戏曲搬演。

大中初，李玫的传奇集《纂异记》问世，始一改唐传奇逞才延誉、抒情消闲的特色，将这一时期讽刺与抨击社会现实、政治黑暗的特点推上了高潮。《新唐书·艺文志》著录李玫《纂异记》一卷，注云大中时人。后之著录或讹作"李攻""李政""李纹"。李玫生平未详，据各种史料分析，知其早年曾师从于王涯、舒元舆等，大和元年曾习业于洛阳龙门天竺寺，大和末曾为歙州巡官。大和九年，发生"甘露之变"，李训、王涯、舒元舆、贾悚四相被杀，玫曾私为诗以吊，致有人欲告之。书中多涉政治，当与此有关。又康骈《剧谈录》卷下云："自大中、咸通之后，每岁试春官者千余人，其间章句有闻，亹亹不绝，如何植、李玫、皇甫松……以文章著美，……皆苦心文华，厄于一第。"则知其蹭蹬终身，未获科名。此当又为不满现实，讽刺时弊的原因之一。原书已佚，《太平广记》凡引十四篇，原书一卷，想亦相去不远。今读佚文《嵩岳嫁女》、《陈季卿》诸篇，主人公均甚有文采，通熟群书，然"皆以人昧，不能彰其明"。显然旨在讽刺科举之不公，抒怀才不遇之情。作品多穿插诗歌，如《嵩岳嫁女》竟至十二首之多，炫其才华，亦在显示怀才不遇。"浮梁张令"叙其"贪财好杀，见利忘义"，被冥府召录，竟买岳神延寿，终不脱暴死驿馆，可见官场之黑暗，官吏之贪渎。《许生》叙其于寿安甘棠馆遇白衣叟及四丈夫鬼魂吟诗事，直接影射"甘露之变"，讽刺矛头直指

[1]〔清〕纪昀等：《四库全书总目》，卷一四二小说家类《博异志提要》。

唐代阉宦之弊。其中诗歌即李玫所作，今全唐诗可寻。尤其是"六合茫茫悲汉土，此身无处哭田横"句，四鬼之少年貌扬扬者听后云："我知作诗人矣。得非伊水之上受我推食脱衣之士乎？"即暗指李玫早年受知王涯事。《徐玄之》脱胎于《南柯太守传》而别出心裁，借蚁王之昏聩，王子之淫逸，群臣之阿谀逢迎，大胆而辛辣地讽刺了唐末的政治现实。此书堪称中国文言小说史上第一部政治讽刺小说集。李剑国云："李玫此书，乃唐说部绝佳之作。文均长，一两千字者几占一半，短者亦六七百字，纯为传奇之体，悉心构撰，全除志怪余气。诸篇皆出自创，非依傍闻见。蓄愤懑以发，出以牛鬼蛇神，说部之《离骚》也。《浮梁张令》讽官府关节，《韦鲍生妓》斥贡举弊端。或托蚍蜉抨弹时政，或做歌诗穷究治乱。鬼神泻愤，士子含怨。顾盼指挥，痛心疾首。盖以情生事，非徒肆齐谐之思，此其别乎他书而自张异帜者也。至布局谋篇皆有法度，笔墨酣畅淋漓，文辞俊丽老健，善用排偶不失娓娓之韵，歌诗连篇亦无堆垛之憾。诗皆清婉深隽，足生意境，著《许生》一篇，鬼吟狐鸣，良可动人心魄。作者着意为文，逞才抒怀，康骈云'苦心文华'，诚是矣。"[1]评价若此，亦足矣。李玫魂魄有知，当于地下一洗平生怀才不遇之憾，千年后含笑九泉矣。此后传奇诸集，如裴铏《传奇》、袁郊《甘泽谣》、柳祥《潇湘录》、皇甫枚《三水小牍》等，承其余烈，大都具有以志怪讽刺现实的特点。特别是《潇湘录》，甚至于直接通过作品中的神怪形象的言论大胆抨击黑暗现实。如《益州老父》篇之"又何异君乱于上，臣下不可正之哉"，《张安》篇之言"功烈孝贞"不及"达人之道"，《楚江渔者》篇讽姜尚、严子陵"沽名钓誉"等，俱大胆辛辣，犀利深刻，嬉笑怒骂，涉笔成趣。后世此类作品如《聊斋志异》等无疑都沐其余风。

　　研究唐五代后期传奇小说，尤其是志怪题材的传奇小说，还有一个不得不提的人物，那就是五代后蜀的杜光庭。我们说他值得研究，并非因其作品以志怪讽刺现实，并非因其作品"文备众体，可以见史才、诗笔、议论"的进士化特征特别明显，而是因为其作品数量甚夥而自成系列，堪称道教小说的集大成者。杜光庭（850—933），字宾圣，号

---

① 李剑国：《唐五代志怪传奇叙录》，第 714 页，天津，南开大学出版社，1993。

东瀛子,京兆杜陵人。唐末咸通中两应科举不中,遂隐天台山学道。僖宗时,以郑畋荐,入居上都太清宫,赐号弘教大师,内供奉,充林德殿文章应制。广明元年(880),黄巢入华州,随僖宗奔蜀,僖宗还京,光庭留青城山白云溪。王建为蜀王,赐号光德先生,九召不仕。永平三年(913),授金紫光禄大夫,左谏议,封蔡国公,进号广成先生。通正初,迁户部侍郎,加上柱国。后主王衍乾德三年(921)尊为传真天师,特进检校太傅,太子宾客兼崇真观大学士。未几解官,隐于青城山。后唐庄宗长兴四年(933)卒,寿八十四。光庭博学能文,撰述极丰。计有《古今类聚年号图》一卷,《帝王年代州郡长历》二卷,《续成都记》一卷,《道德经广圣义疏》三十卷,《二十四化诗》一卷,《二十四化图》一卷,《神仙感遇传》十卷,《墉城集仙录》十卷,《应现图》三卷,《仙传拾遗》四十卷,《历代帝王崇道记》一卷,《道教灵验记》二十卷,《道经降传世授年载图》一卷,《录异记》十卷,《历代忠谏书》五卷,《三教论》一卷,《帝王年代小解》一卷,《阴符经》一卷,《老君宝篆》一卷,《王氏神仙传》五卷,《灵宝明真斋仪》一卷,《青城山记》一卷,《武夷山记》一卷,《洞天福地记》一卷,《东瀛子》一卷,《混元图》十卷,《玄门枢要》一卷,《玉函经》一卷,《广成集》一百卷,《壶中集》三卷,另有《经圣赋》。共三十余种,二百六十余卷。其中可列于小说类的即有六种七十卷。被李剑国收入《唐五代志怪传奇叙录》者有五种:曰《神仙感遇传》十卷、《仙传拾遗》四十卷、《录异记》十卷、《嵝岭会真王氏神仙传》四卷、《墉城集仙录》十卷。其中除《录异记》为志怪小说集,非传奇小说外,其余非"传奇志怪集"即"志怪传奇集"。四种之中,《神仙感遇传》与《仙传拾遗》为一个系列,继刘向《列仙传》、葛洪《神仙传》余风,为历代神仙传,前者亡五卷,今尚记九十五事,据李剑国考证,"袭取前人书者约四分之一","自撰者多载蜀事,光庭在蜀,闻见自多,且欲使蜀人有亲近之感也。其旨乃弘扬仙凡通感,一如释氏《感应》诸传。述事可观者尚众,不似《墉城集仙录》之枯槁。"①《仙传拾遗》原书记神仙"凡四百二十九事"(《中兴书目》),多亡佚,今余一百二十八事。此书非拾前此神仙传之遗,乃集其大成者。与前者相似,大都采撷旧籍,唐代则多自作。

---

① 李剑国:《唐五代志怪传奇叙录》,第1024页,天津,南开大学出版社,1993。

"而于蜀仙颇多留意,亦如《感遇》也。先唐之事多不可观,唐事者所取《宣室》《传奇》《集异》等,其重文采自不待言,而光庭自撰者振奇之作时见,承唐人馀风矣。"①《墉岭会真王氏神仙传》专述王氏神仙,原书"集王氏男真女仙五十五人,以谄王建"②。今仅存三十九人。时王建父子当国,故杜光庭"为此书以媚之"③。虽无可观,但此前王氏之涉道教神仙者以此为备,大可资后人参考。《墉城集仙录》专集"古今女子成仙"者,原书共"百九人"(《通志略》),今《道藏》本六十二人,其他佚文二十二人,共八十四人。史载王氏后妃亦好神仙,光庭此录,实亦媚王,故多枯槁不能卒读。然集女仙之大成,当自此始。后之《太平广记》有"女仙"一类,当承其余风。

　　侠义题材的源头可以追溯到史传文学中的刺客形象、游侠列传和《燕丹子》《吴越春秋》等杂史别传、史传小说。在六朝小说中,《干将莫邪》(或名《三王墓》《三王冢》)的故事被多种志怪小说集收录,故事中的山中客来无踪,去无影,路见不平,拔刀相助,已初具后世侠义小说中的武侠雏形。小说史发展至唐,这类作品便逐渐增多起来。传奇小说的形成阶段,张鷟《朝野佥载》中的《柴绍弟》盗取赵公长孙无忌的马鞍、马镫,盗取丹阳公主的镂金枕匣,着吉莫靴徒手攀援城墙,穿越百尺高的楼台殿阁等,已颇具侠盗特征。鼎盛时期,李端言的《蜀妇人传》、李公佐的《谢小娥传》、沈亚之的《冯燕传》、许尧佐《柳氏传》中的许俊、蒋防《霍小玉传》中的黄衫客等,均已颇具侠义特征,可视为唐五代侠义小说的萌芽阶段。中唐以后,由于政治腐败、藩镇割据,统治者往往蓄养刺客以对付政敌,处于水深火热中的人民对统治阶级失去了希望,也盼望侠客横空出世、仗义锄奸,加之神仙方术之风盛行而赋于剑侠刺客以各种神秘色彩,于是侠义题材的传奇小说便在前期已经萌芽的基础上蓬勃发展起来。柳珵约成书于宝历间的单篇传奇小说《上清传》,述陆贽派刺客行刺丞相窦参;袁郊约成书于咸通间之《甘泽谣》中的《红线》述侠女红线为潞州节度使薛嵩制止魏博节度使田承嗣的吞并等,都是这一时期社会现实的反映。

① 李剑国:《唐五代志怪传奇叙录》,第 1040 页,天津,南开大学出版社,1993。
② 〔宋〕晁公武:《郡斋读书志》卷九"传记类"。
③ 〔宋〕陈振孙:《直斋书录解题》卷一二"神仙类"。

纵观唐传奇后期侠义小说的发展,薛用弱《集异记》中的《贾人妻》来去无踪,手刃仇敌,飘然而去,开后世侠女复仇母题之先路,影响所及,直至《聊斋志异》之《侠女》。已大非许俊、黄衫客作为陪衬人物之可比。中经柳珵之《上清传》、张祜之《侠客传》、李复言《续玄怪录》中之《尼妙寂》等发扬煽动①,至唐宣宗大中以后便一发而不可收,进入了侠义类传奇小说的兴盛时期。在短短的四五十年间,仅流传至今的武侠名作便有段成式《酉阳杂俎·盗侠》中的《京西店老人》《兰陵老人》《僧侠》,裴铏《传奇》中的《昆仑奴》《聂隐娘》《虬髯客传》《周邯》《韦自东》《陈鸾凤》《蒋武》,袁郊《甘泽谣》中的《红线》《陶岘》,皇甫氏《原化记》中的《嘉兴绳技》《车中女子》《崔慎思》《义侠》,康骈《剧谈录》中的《潘将军失珠》《田膨郎偷玉枕》《张季宏逢新恶妇》等数十篇之多。尤应注意的是,段成式《酉阳杂俎》中已单列"盗侠"一类,可见时人已注意到此类作品不同于其他的特殊性,堪称最早的武侠小说集。前已论及,兹不赘述。总而言之,这一时期各种武侠形象如侠女形象、侠盗形象、奇侠形象、豪侠形象等大都具备,后世之文言小说甚至白话的话本小说、章回小说,乃至今天以金庸为代表的新武侠小说,无不受其影响。另外,后期传奇小说对人生哲理的探讨也在《枕中记》《南柯太守传》的基础上有了进一步的发展,《续玄怪录》中的《杜子春》对人性的探索,《定婚店》透过男女婚姻对人生命运的关注等都可以说明这一点。

从艺术形式和艺术风格方面讲,唐五代后期传奇小说有三点在中国文言小说史上占有比较重要的地位。

其一,与鼎盛期传奇小说相比,单篇传世的作品明显减少,而以结集的形式传世的作品明显增加甚至占据了这一时期的主流。因为笔记小说,无论是志怪小说还是志人小说,均以结集的形式传世,所以二者便不可避免的杂糅甚至混淆。与第一个时期即唐传奇形成时期笔记小说集中出现个别的传奇小说不同,这一时期的文言小说集大致可

---

① 李剑国《唐五代志怪传奇叙录》尝曰:"夫豪侠之事晚唐小说恒见,而大和前许俊、冯燕、谢小娥之属有侠行而实非侠,《上清传》之刺客亦非侠,且属次要人物,即名姓亦无,专叙侠客者乃元和中《蜀妇人传》及长庆中薛用弱《集异记·贾人妻》,继则张祜此传(按指《侠客传》)。祜以名士而叙侠客,于豪侠小说之兴当有煽扬之功,惜文亡事没,不可详矣。"

以分为三种情况。一是传奇小说集,如《纂异记》《传奇》之流,这在上两个时期是没有的。二是传奇小说集中杂糅一部分笔记小说,大率李剑国《唐五代志怪传奇叙录》中所分的"传奇志怪集"概属此类。牛僧孺《玄怪录》、李复言《续玄怪录》之类是也。可以说此类是这一时期传奇集的主流,也是最有特色、最值得深入研究的部分,尤其是小说文体学的研究。三是笔记小说集中杂糅一部分传奇小说集,大率李剑国所分的"志怪传奇集"与"志怪传奇杂事"概属此类。吕道生的《定命录》、张读的《宣室志》、段成式的《酉阳杂俎》之类是也。此类与第一个时期的文言小说集颇类,只不过是笔记小说受传奇小说影响的产物,而并非像第一个时期那样是笔记小说向传奇小说方向发展而已。正是这三种情况的同时并存,才使这一时期文言小说的花园里繁花似锦,繁荣昌盛。

其二,正因为这一时期的传奇小说以结集形式传世成为主流,所以便出现了传奇小说笔记化,笔记小说传奇化,二体合流的文体现象。也就是说,这一时期一改鼎盛时期以"传"体传奇小说为主的状况,大都合"传"体传奇、"记"体传奇甚至笔记小说之长。这样便既突破了"传"体传奇小说长于写人、短于叙事的局限,又弥补了笔记小说、"记"体传奇小说短于细致地刻画人物、写景抒情的不足,三种文体进一步融会贯通,不但我中有你,你中有我,甚至同一篇作品亦你我不分。也正是这一点,使后世的小说史研究者,尤其是小说文体研究者颇为无所措手。其实对于这种从文体上水乳交融的作品。我们大可不必胶柱鼓瑟,不妨称之为"笔记化的传奇小说"或"传奇化的笔记小说"。其实后来的许多文言短篇小说集如《聊斋志异》等,正是这种情况。

其三,从小说集的编撰方面讲,这一时期的许多传奇小说集进一步从笔记小说集中汲取营养和经验,以传奇小说为主体,杂采笔记小说以入集,从而克服了文体单一、缺乏变化的缺陷。传奇小说与笔记小说相辅相成,相互映衬,相映成趣,极尽变化之妙。清人冯远村曾评价《聊斋志异》中之笔记体作品云:"聊斋短篇,文字不似大篇出色,然其叙事简净,用笔明雅,譬诸游山者,才过一山,又问一山,当此之时,不无借径于小桥曲岸,浅水平沙,然而前山未远,魂魄方收,后山又来,耳目又费。虽不大为着意,然正不致遂败人意,又况其一桥,一岸,一水，一沙，并非一望荒屯绝徼之比。晚凉新浴，豆花棚下，摇蕉尾，说曲折，兴复不浅也。"①妙绝！真会阅小说者。其中传奇体若名山大川，使人惊心动魄，荡气回肠；而笔记体则如小桥曲岸，浅水平沙，使人闲庭信步，悠然自得。古人云："文似看山不喜平"，此之谓也。殊不知这一文言小说集的编撰体例，正自唐五代后期传奇小说集，尤其是李剑国所云"传奇志怪集"之类始。

　　总而言之，上述种种笔记小说与传奇小说，"传"体传奇小说与"记"体传奇小说合流的文学现象，一方面促进了中国文言小说的发展，使小说集大量涌现，从而一度繁荣，带来了数量上的丰收，为后世开一体例，树一榜样；另一方面则使许多人不思提高，流于平庸，从而导致了艺术方面的没落；加之题材方面的逐渐趋俗（志怪、武侠等题材从总体上讲是通俗的），这就必然导致中国文言小说史从唐五代进士化的高峰上滑落下来，进入宋金元的通俗化时代。

---

① 〔清〕冯镇峦：《读聊斋杂说》，见张友鹤辑校《聊斋志异》，第16页，上海，上海古籍出版社，1962。

第五章
文言小说的转型暨通俗化时期——宋金元

概　说

　　宋金元时期（960—1368），实际上指宋、辽、金同时并立时期与元朝两个时期，而从总体上讲则以宋代的文言小说为主流，为这一时期文言小说的代表。总览宋金元时期文言小说的发展过程，大致可以分为三个阶段：第一个阶段为北宋前期，可以称之为唐五代文言小说的延续阶段。这一阶段初期作者基本上都是由五代入宋的封建文人，以及受他们影响的上层士大夫。如《稽神录》的作者徐铉、《江淮异人录》的作者吴淑、《杨太真外传》的作者乐史、《洛阳搢绅旧闻记》的作者张齐贤等等。这一时期的作品虽然已经开始转型，但总体上仍规范唐人。第二个阶级自北宋中期至南宋中期，是宋代的文化政策已经生效，形成这一时期文言小说时代特色的阶段。"其显著特征是雅俗融合，审美心理由士大夫之雅趋向市民之俗。……在作品的题材上，历史故事仍然较多，但描述现实中一般市民日常生活的题材更多了。说话艺人固然受文言小说的熏陶，从中撷取话本题材，反过来话本艺术的成就，也影响文言小说的创作。"①这种由雅趋俗从北宋中期刘斧的《青琐高议》开始，至南宋洪迈的《夷坚志》、罗烨《醉翁谈录》中所辑的大部分作品（罗烨虽为宋末甚或元初人，但《醉翁谈录》中所辑的传奇小说当大多是南宋中期甚至以前的作品）已经大致完成。第三个阶段自南宋后期至元末，是这一时期乃至中国文言小说的低谷时期。在这一阶段，传奇小说可谓凤毛麟角。除宋梅洞的《娇红记》等少数作品之外几乎无可论述；而笔记小说亦无可与唐五代时期比较，就更不用说魏晋南北朝了。

我们说宋金元时期中国文言小说的总体特征是通俗化，是相对于唐五代文言小说的进士化特征而言的。最早发现这一问题的是明人胡应麟。他在《少室山房笔丛》中曾用比较的方法说："小说，唐人以前，纪述多虚，而藻绘可观。宋人以后，论次多实，而彩艳殊乏。盖唐以前出文人才士之手，而宋以后率俚儒野老之谈故也。"②从作品和作家两个方面指出了唐以后中国文言小说的通俗化现象以及产生这一现象的原因。尽管有人对这一说法提出异议③，但从总体上看还是符合事实的。总括宋金元时期文言小说的通俗化特征，主要表现在作者队伍、创作动机、作品的题材和思想内容、作品的形象体系、作品的艺术形式和艺术风格等五个方面。

第一是作者队伍的通俗化。如果说汉魏六朝时期文言小说作者队伍的主体是王公贵族、社会名流，唐五代文言小说作者队伍的主体是青年进士，那么宋金元时期文言小说作者队伍的社会地位和文化层次则明显下移。虽然胡应麟称之为"俚儒野老"多少有些片面。但仔细研究一下就会发现，宋初虽有一部分文言小说作者如徐铉、吴淑、乐史、张齐贤等仍可归之进士的范围，但这种现象显然仍是唐五代小说史进士化特征的贯性延续，而不是宋金元时期的特征，所以并没有代表性。后来虽然"欧阳修、苏轼、司马光、陆游、洪迈等大家亦染指笔记小说"，但他们显然不是"有意为小说"，只不过是涉笔成趣的"笔记"而

---

① 吴志达：《中国文言小说史》，第 595 页，济南：齐鲁书社，1994。
② 〔明〕胡应麟：《少室山房笔丛·九流绪论下》。
③ 苗壮云："胡应麟因为这一时期小说多平实，便断言'率俚儒野老之谈故也'。这不符合事实。如欧阳修、苏轼、司马光、陆游、洪迈等大家亦染指笔记小说，不能说是'俚儒野老'。"《笔记小说史》，第 253 页，杭州，浙江古籍出版社，1998。

已,因而他们的文言小说作品也就没什么成就可言,更不用说有宋金元时期文言小说的代表作了。南宋洪迈的《夷坚志》看似例外,但其中的大部分恐怕并非洪迈执笔,确如《直斋书录解题》所言:"晚岁急于成书,妄人多取《广记》中旧事,改窜首尾,别为名字以投之,至有数卷者,亦不复删润,径以入录,虽叙事猥酿,属辞鄙俚,不恤也。"①陈振孙亦南宋人,相去不远,所言当有所闻。至于许多颇有影响而具代表性的作品,传奇小说如《青琐高议》《李师师外传》《娇红记》等,笔记小说如《搜神总记》《穷神记》等等,要么作者佚名,要么名不见经传,显然乃"俚儒野老"之属。另外,还有一个值得注意的问题,那就是文言小说创作的普及性。如前所述,上自欧阳修、苏轼那样的文人学士,下至名不见经传的"俚儒野老"都信笔写文言小说,那就很难保持唐五代那种进士化的高雅了。这正如现今的收藏,人人都去收藏,那就很难避免"曾子移簀"之"簀",与"相如鼻裈"之"裈"那样的事了。普及本身便是一种"俗"的表现。

第二是创作动机的通俗化。作者队伍的通俗化必然带来创作动机的通俗化。与唐五代文言小说尤其是唐人小说逞才延誉,抒情言志的进士化创作动机相比,宋金元文言小说的创作动机也有两点值得注意:一是近乎庸俗的劝诫教化,二是在劝诫的同时以满足他人的阅读暨娱乐要求。显然已经由唐代进士们的表现自我,逐渐演变为宋金元"俚儒野老"及其他人写给别人看的从俗的创作动机。关于这一点,吴组缃、沈天佑做了这样的概括:

> 由于不以艺术形象的教育为文学创作的任务,所以往往作了些虚伪的封建主义的说教。像《绿珠传》、《拾遗记》、《海山记》等,都是撷拾前人的野史记载拼凑而成的,目的无非是满足人们的好奇、趣味,内容庸俗低下。其余亦多简陋芜杂,繁复而没有文采②。

而石昌渝则进一步从这一时期传奇小说创作的角度概括说:"所谓传奇小说的俗化,即意指传奇小说从士大夫圈子里走出来,成为下层士人写给一般人民欣赏的文学样式。"③关于这两个方面,无论从笔记小

---

① 〔宋〕陈振孙:《直斋书录解题》,第一一卷。
② 吴组缃、沈天佑:《宋元文学史稿》,第220,北京,北京大学出版社,1989。
③ 石昌渝:《中国小说源流记》,第191页,北京,三联书店,1994。

说还是传奇小说的创作还是作品中，也都可以看得十分清楚。

　　第三是题材和思想内容的通俗化。宋金元笔记小说题材的通俗化主要表现在两个方面：一是志怪小说的题材出现志怪与侠义、公案、爱情题材相结合的现象，从而表现了平民的思想感情和审美情趣。二是志人小说的题材多热衷于名人轶事、侠义公案、男女关系、志怪传奇等内容，这一点从话本小说与志人小说的关系以及话本小说多取之以为本事的文学现象中也可以看得很清楚。传奇小说题材的通俗化则主要表现在三个方面：一是以民间的思想观念处理历史题材，使传统的历史题材的作品呈现出明显的平民化倾向。二是侠义公案题材的作品大量涌现。三是婚恋题材的作品适应平民思想和市民情趣，要么以大团圆结局，要么津津于色情描写，显然已开明代通俗化传奇小说之先路。思想内容的通俗化则主要表现在三个方面：一是以平民的观念看待历史，解释历史，将复杂的历史现象简单化，在传统的历史题材文言小说中表现平民的历史观念。众所周知，一个朝代的灭亡往往有着复杂的历史原因，但在宋金元文言小说中却大都表现出一种“女色亡国论”的平民思想，从隋炀帝到唐玄宗，再到宋徽宗，均亡于好色，显然是一种平民思想。二是相互矛盾的是非观念。这一点在婚恋题材的作品中尤为突出。如罗烨的《醉翁谈录》，便既有歌颂男女私情的《张氏夜奔吕星哥》，也有歌颂传统婚姻观念的《黄季仲不挟贵以易娶》。三是许多作品明显地反映了当时的市民理想，反映了平民的是非观念和人生哲理。有的甚至可以说俗不可耐。如《醉翁谈录》丙集卷一中的《僧行因祸致福》，写一好色之僧中意一民女，无缘以会，乃使其侍者法庆还俗娶之，僧因而往来，后为法庆所获，竟逼索其白金而阉之。文末作者竟云：

　　　　僧既遭刑而归，治疗获安。得高寿，享年九十六，戒腊七十一年，剃度小师凡五人，岂非因祸致福也？法庆自获财之后，经营建缔，广增田产二千余亩，至今子孙享之不替。可谓双美矣。

不以为耻，反以为荣，俗不可耐！

　　第四是形象体系的通俗化。这一特征主要表现在两个方面：一是平民形象尤其是市井形象的增加；二是其他形象的平民化倾向，尤其是历史英雄形象所体现的浓郁的平民意识。如上所述，由于宋金元时期文言小说的创作队伍发生了很大的变化,社会地位和文化层次明显下移,由唐五代时期的进士转变为民间文士甚至"俚儒野老",这就使在漫长的历史岁月中一向处于下层的平民尤其是市民有机会进入小说艺术形象的画廊。文学是社会生活在作家头脑中反映的产物,小说自不例外。既然平民成了宋金元时期文言小说创作队伍的主体,那么他们便自然而然地熟悉平民,熟悉他们的生活,熟悉他们的思想感情和审美情趣;并且同情他们、尊重他们,进而便会用自己的艺术才华去表现他们,颂扬他们。这样,平民形象作为一个新的艺术形象体系,便合情合理,浩浩荡荡,堂而皇之地跨进了这一时期的文言小说,代替了以往的神怪形象、帝王将相形象、英雄传奇形象和才子佳人形象,成了这一时期文言小说真正的主人公。其中尤以作为爱情主人公的妓女、商人、市民形象最为突出。这在《青琐高议》《绿窗新话》《醉翁谈录》等作品中表现得最清楚。其他形象包括历史形象、才子佳人形象等。历史形象主要在传奇小说中,这些形象虽多来自"前代书史文传",但经过平民作家的艺术加工,都已具有了比较明显的平民意识。《骊山记》中的安禄山与杨贵妃,《赵飞燕别传》中的汉成帝与赵飞燕姊妹,《李师师外传》中的宋徽宗与李师师等等,实际上都有平民形象的影子。才子佳人形象的平民色彩就更明显了。

最后是艺术形式和艺术手法的通俗化。这一点显然源于通俗文艺尤其是说话艺术、话本小说对文言小说的影响。这一点在刘斧的《青琐高议》、皇都风月主人的《绿窗新话》、罗烨的《醉翁谈录》三种文言小说集中表现得最明显。吴志达《中国文言小说史》便以《青琐高议》为例,总结了三个方面①。"一是'垂诫'性的议论,虽然唐人传奇于篇末也有,这是受《史记》中人物传记的影响;但是唐人传奇作者的议论,是从故事中很自然受到启发、产生的感想,而且极简短;宋人传奇作者的议论,颇有借题发挥的教训意味。""二是该集中于每篇标题下,都注有正名性质的七言题目,例如《流红记》题下注'红叶题诗娶韩氏',……这大概与说话艺人于演出之前,要把说话题目在瓦肆前用七言标题张榜有关,犹如元杂剧演出前所张贴的'花招儿',即节目预告。

---

① 吴志达:《中国文言小说史》,第596~597页,济南,齐鲁书社,1994。

明人的话本、拟话本,一般都沿用七言标题,传奇小说集《剪灯新话》中的每篇也都采用这种标题方式,显然是受话本的影响。""三是随着市民思想意识的解放,女子对婚恋方面要求自由幸福的愿望强化了。显得主动。"并以《张浩——花下与李氏结婚》为例说明人物形象塑造的艺术方法,并称"这是市民要求个性解放的思想冲破理学束缚的表现"。其实除上述三点之外,强调故事性、戏剧性也是这一时期文言小说通俗化的艺术形式、艺术手法的突出特色之一。

　　至于形成宋金元时期文言小说通俗化的原因,主要有以下几个方面:其一是政治原因,大宋太祖赵匡胤以后周殿前都点检掌握兵权之后代周自立,并总结晚唐以来军阀割据、国家分裂的历史教训,采取了一系列措施,强化中央集权,以防止地方将领作乱和地方势力兴起。对于各地原有的地方统治者招降纳叛,对自己的将帅亦"杯酒释兵权",对于这些失去了权力的将帅重臣,则或优游颐养,或编史修书,并给以崇高的名号地位,于是社会风气也自上而下地发生了变化。如果说武将们的优游促进了安逸享乐之风,轻歌曼舞,促进了宋词的繁荣,那么文臣们的编书修史则促进了文化的发展,引起了文言小说的转型。据《宋稗类钞·君范》记载:"太平兴国中,诸降王薨,其群臣或宣怨言。太宗尽收之,置之馆阁,使修群书,如《册府元龟》《文苑英华》《太平御览》《广记》之类,卷帙既浩博,并丰其廪膳赡给,以役其心。后多老死于文字之间云。"其中的《太平广记》即中国小说史上第一部文言小说总集,不但集此前文言小说之大成,即对此后的文言小说甚至白话小说创作产生了巨大的影响,尤其是传奇小说和志怪小说。而宋承唐制,特重修史,又使许多文人学士厕身其间,因而又促进了志人小说的发展。

　　其二是经济原因。与唐五代相比,宋金元时期的商品经济有了突飞猛进的发展,城市经济极为繁荣。唐代的坊市制度限制了商业的发展:如长安、洛阳都分为若干坊,各坊之间以墙路相隔并设有坊门,长安虽有一百零八坊,但却只有东西二市,且集市只限于白天,入夜则关闭,既不利于商业发展,也不利于娱乐活动。"说话"等通俗的说唱技艺便很难繁荣。入宋,坊市制度逐渐废弛,商品经济迅猛发展,市民大量增加。京城禁军亦数量可观,加之统治者提倡享乐,广大市民日益增长的精神文化需求等等,都进一步促进了文化娱乐事业的发展,"说话"伎艺便出现了空前繁荣的局面,这在《东京梦华录》《都城纪胜》《梦粱录》《古杭梦游录》《武林旧事》等著作中都有记载,因而以"话本"为主体的通俗小说也随之蓬勃发展。在这一文化背景之下,文言小说必然受其影响,随波逐流,出现通俗化的倾向。

其三是思想文化原因。关于宋代的社会思潮,鲁迅曾概括说:"宋代虽云崇儒,并容释道,而信仰本根,夙在巫鬼。"①因为崇儒,所以出现了程颐、程颢、朱熹等中国历史上著名的理学大师,出现了所谓的"程朱理学",近一个世纪来,程朱理学虽备受批判,尤其是朱熹的"存天理,灭人欲",近乎十恶难赦,但平心而论,朱熹乃对士大夫而言,士大夫大权在手,倘不"存天理,灭人欲",权力失去了道德的制约,其结果必然会导致各种各样的腐败现象。"理学"讲理论道,影响所及,不但宋诗长于议论说理,文章多策论,文言小说亦受其影响,概无例外。恰如苗壮所云:"程朱理学和文学关系密切。唐代韩愈主张文道并重,而道学家则反对以文害道,主张尽去虚饰,辞达而已。这对宋代的文风也有影响。唐代韩柳之文'文从字顺'与'沉浸酣郁'兼重,而宋代仅发展其文从字顺的一面。欧阳修论文反对怪诞,主张平淡;苏轼之文也是'长于议论而欠弘丽'。在这种文化氛围下产生的宋代文言小说,如鲁迅所说:'宋一代文人之志怪,既平实而乏文采,其传奇,又多托往事而避近闻,拟古且远不逮,更无独创可言矣。'也就不足为怪了。"②宋代又是一个崇尚道教的时代,尤其是北宋真宗至徽宗这一时期,徽宗甚至自称教主道君皇帝。对于佛教,除徽宗朝一度遭遇排挤外,亦兼容并蓄,这就形成了一个儒释道大融合的时代。而元代"一官,二吏,三僧,四道,五医,六工,七猎,八农,九儒,十丐"的"十等",也充分说明了道教、佛教的兴盛。在这样的文化背景下,志怪小说数量的繁荣,出现洪迈《夷坚志》那样的宏篇巨制,也就不足为怪了。可惜的是,自六朝至唐此类作品太过丰富,又没有出现蒲松龄那样天才加学者型的作家,所以也就只能陈陈相因了。

其四是科举制度与士林风气转变的原因。宋代重文轻武,士大夫

---

① 鲁迅:《中国小说史略》,第81页,北京,人民文学出版社,1973。
② 苗壮:《笔记小说史》,第248页,杭州,浙江古籍出版社,1998。

俸禄优厚,备受重视与礼遇。而宋代士大夫除宋初由五代入宋的降王臣佐外,大多以科举入仕。宋代科举与唐代有很大的不同。其一是名额大增,这就促使更多的士子加入竞争的行列,让更多的人不再进入或脱离文言小说的创作队伍,从而削弱了文言小说的创作力量。这种釜底抽薪,显然会削弱文言小说的创作,"所以宋元传奇和志怪小说作家作品明显减少,而且多为作家晚年遣兴之作。倒是出于'资治体'的需要,整理前代小说遗产取得了显著成绩。"①其二是制度更加完善,增加了弥封、誊卷、锁院等环节,加强了保密措施,从而杜绝了唐代开卷考试带来的干谒、投献之风,使考试更加公平合理。然而从文言小说史的角度讲,却因而使"行卷""温卷"失去了必要性,固而士子们也就不必用"文备众体,可以见史才、诗笔、议论"的文言小说去逞才延誉了,从而也影响了他们从事文言小说创作的积极性。其三是改革考试内容,改考试文学诗赋为经义、策论,经义促进了理学的发展,策论则增加了宋人的议论特色,而这两方面无疑都对文言小说创作产生影响。科举制度也改变了宋代的士林风气,而宋代士林风气最突出的一点就是好议论,诗文如此,小说自不例外。宋代重文轻武、重视科举还促进了教育的发展。京师有国子学,宋仁宗又明令全国各州县均置学官,建学校,同时民间的书院也蓬勃发展,遍地开花,大概在学的士子们是不会像唐人那样去创作文言小说以展示才华,沽名钓誉的。总而言之,宋代的社会现实发生了很大的变化,无论是政治、经济、文化思想还是科举制度和士林风习。小说是反映现实的一面镜子,物像发生了变化,反映到镜子里的影像也必然会随之发生变化。这种变化便促使这一时期的文言小说发生转型,倾向通俗化。

第一节 《太平广记》的编纂及影响

《太平广记》的编纂,是中国小说史、文言小说史上的一件大事。早在 1923 年,鲁迅在中国小说史的开山之作——《中国小说史略》中

---

① 杜贵晨:《中国古代短篇小说史》,第 220 页,郑州,中州古籍出版社,1991。

就给予了高度的评价：

> 《广记》采摭宏富，用书至三百四十四种（今人统计，实际为519种），自汉晋至五代之小说家言，本书今已散亡者，往往赖以考见，且分类编纂，得五十五部（实为九十大类），视每部卷帙之多寡，亦可知晋唐小说所叙，何者为多，盖不特稗说之渊海，且为文心之统计矣。①

20世纪90年代，笔者在《中国小说发展史概论》中曾说："长期以来，学术界对这样一部十分重要的大书，仿佛还没有进行过十分深入的研究。"以期引起小说史界的关注，然而十几年过去了，就笔者所见，研究专著仍仅有张国风的《〈太平广记〉版本考述》（中华书局，2004）、卢锦堂的《〈太平广记〉引书考》（花木兰文化出版社，2006）、郑宣景的《神仙的时空：〈太平广记〉神仙故事研究》（中央民族大学出版社，2007）、牛景丽的《〈太平广记〉的传播与影响》（南开大学出版社，2008）四种。硕博士论文亦仅二十篇，其中大陆十篇，台湾地区十篇。尽管有的博士论文题《〈太平广记〉研究》②，但研究亦很难称深入、广泛。十余年来，研究《太平广记》的单篇论文倒不少，但众所周知，这样一部大书，单凭几篇论文更难以进行系统研究。

《太平广记》五百卷，目录十卷，宋太平兴国二年李昉等奉敕编纂。《郡斋读书志》《直斋书录解题》《文献通考》《宋志》《四库全书总目》等均入子部小说家类。《崇文总目》入类书类。《郡斋读书志》曰："皇朝太平兴国初，诏李昉等取古今小说，编纂成书，同《太平御览》上之。"《直斋书录解题》曰："太平兴国二年，诏学士李昉、扈蒙等修《览》，又取野史、传记、故事、小说撰集，明年成书，名《太平广记》。"记载更为详尽。在中国文化史、中国文学史上，由皇帝敕命编纂小说总集，堪谓空前之举；时至今日，亦谓绝后之事。宋统一天下之后，注重文治，不但制定了比较完善的文官制度，又尽收诸国之书，集于京师，将诸降王臣佐，招致馆阁，使之修书。据《宋稗类钞·君范》记载："太平兴国中，诸降王薨，其群臣或宣怨言。太宗尽收，置之馆阁，使修群书，如《册府元龟》《文苑英华》《太平御览》《广记》之类，卷帙既浩博，又丰其廪膳赡

---

① 鲁迅：《中国小说史略》，第78页，北京，人民文学出版社，1973。
② 山东大学2003年张华娟博士的论文题目即《〈太平广记〉研究》。

给,以役其心。后老死于文字之间云。"因《广记》成书于宋太宗太平兴国年间,并与《太平御览》等同时奉诏编纂,故名《太平广记》。

《太平广记》是李昉等人奉诏集体编纂的。从太平兴国二年(977)三月奉诏撰集,至次年八月十三日书成表进,八月二十五日奉敕送史馆。前后不到一年半即成书,效率之高,令人瞠目,亦从一个侧面反映了参与其事者的水平和积极性。太平兴国六年(981)奉圣旨雕版开印。虽然后来有人称"言者以《广记》非后学所急,收板藏太清楼,于是《御览》盛传而《广记》之传鲜矣"①,然而从大量相关的历史资料看,事实也并非完全如此。北宋末年,已有蔡蕃节录其中资料编纂而成的《鹿革事类》和《鹿革文类》各三十卷流行。② 南宋尤袤《遂初堂书目》中也著录有《京本太平广记》,可见南宋时已有翻刻本传世。今传各本中有的将"构"字改为"御名",避宋高宗赵构讳,显然也是沿袭南宋刻本的证据。尤应特别指出的是,宋元之际的罗烨在《醉翁谈录》中盛赞当时说话艺人知识之渊博,说他们"幼习《太平广记》,长攻历代史书。烟粉奇传(似应作传奇),素蕴胸次之间;风月须知,只在唇吻之上。《夷坚志》无有不览,《琇莹集》所载皆通。动哨、中哨,莫非《东山笑林》;引倬、底倬,须还《绿窗新话》"③。这段话向我们透露了两个消息:第一,从读者的角度讲,当时的说话艺人虽然都"非庸常浅识之流,有博览该通之理"④,但从总体上讲大都应归之民间知识分子的范畴,仍属社会下层。既然社会下层的说话艺人都能"幼习《太平广记》",则可见其在南宋时已经广为流传了。第二,从文献亦即图书的角度讲,罗烨提到的《夷坚志》《琇莹集》《东山笑林》《绿窗新话》都是当时广泛流传的通俗化文言小说,而将官修的《太平广记》与之列在一起,可见在当时亦应是带有普及性的流行读物了。由此看来,谈恺所谓当时《广记》之传鲜矣"的说法并不可靠,鲁迅亦称其:"后以言者谓非后学所急,乃收版贮太清楼,故宋人反多未见。"⑤大概亦本之谈恺等所云,故亦未必可信。所以,尽管编纂《太平广记》的目的是"伏以六籍既分,九流并起,

---

① 明嘉靖丙寅刊本《太平广记》谈恺按语。
② 〔南宋〕晁公武:《郡斋读书志》卷一三著录。
③ 〔南宋〕罗烨:《醉翁谈录》甲集卷一《舌耕叙引·小说开辟》。
④ 〔南宋〕罗烨:《醉翁谈录》中集卷一《舌耕叙引·小说开辟》。
⑤ 鲁迅:《中国小说史略》,第 78 页,北京,人民文学出版社,1973。

皆得圣人之道，以尽万物之情。足以启迪聪明，鉴照今古。伏惟皇帝陛下，体周圣启，德迈文思，博综群言，不遗众善。以为编帙既广，观览难周，故使采摭菁英，裁成类例。"①但一经社会流传，便超越了统治者的原旨，成了影响中国文学史，中国小说史，尤其是中国文言小说发展史上的一部重要著作，成为中国文言小说之渊海。

《太平广记》的总监修李昉（925—996），字明远，深州饶阳（今属河北省）人。五代后汉进士，历仕后汉、后周两朝。入宋，累官右仆射、翰林院学士、两任中书侍郎平章事（宰相）。他奉旨监修（主编）的《太平御览》《太平广记》《文苑英华》与王钦若等编纂的《册府元龟》，合称"北宋四大书"。在中国文化史、中国文学史上彪炳千秋。《宋史》本传称其"为文章慕白居易，尤浅近易晓"。有文集五十卷，已佚。亦曾参与编纂《旧五代史》。这样泰斗式的人物，这样的人物的著作，对宋代小说，尤其是文言小说的通俗化，无疑会产生不可低估的重要影响。

与李昉同修《太平广记》的尚有吕文仲、吴淑、陈鄂、赵邻几、董淳、王克贞、张洎、宋白、徐铉、汤悦、李穆、扈蒙等十二人，其中吴淑、张洎、徐铉等都有文言小说集行世。徐铉（917—992），字鼎臣，扬州广陵人。少善为文，与韩熙载齐名。初仕吴，又仕南唐，官至吏部尚书。随后主李煜归宋，累官太子率更，散骑常侍。铉精小学，尝与人重校《说文解字》。与其弟锴齐名，时号"二徐"，铉称"大徐"，锴称"小徐"。又参编《文苑英华》《太平广记》等，有文集三十卷。他在南唐时已开始作志怪小说，历二十年而成《稽神录》六卷，入宋已经成书。李剑国尝引宋人袁褧《枫窗小牍》云："太宗命儒臣辑《太平广记》，时徐铉实与编纂。《稽神录》铉所著也，每欲采撷，不敢自专。取示宋白，使问李昉。昉曰：'徐率更以博信天下，乃不自信而取信于宋拾遗乎？讵有率更言无稽者？中采无疑也。'于是此录遂得见收。"②可见其在中国文言小说史上的地位。吴淑（947—1002），字正仪，润州丹阳（今属江苏）人。徐铉的女婿。幼有俊才，深为当时名士韩熙载等器重。应进士举，徐铉推以高第，妻之以女。于南唐，累官丹阳府，校书郎直内史；入宋，授大理评事，充史馆，历太府寺丞，著作郎。参与编修《太平御览》《太平广记》

---

① 〔宋〕李昉、吴淑、陈鄂等：《上〈太平广记〉表》。
② 李剑国：《唐五代志怪传奇叙录》，第1126页，天津，南开大学出版社，1993。

《文苑英华》《太宗实录》。又有《事类赋注》三十卷、文集十卷（一作二十卷）。所著小说有《江淮异人录》三卷（或作一卷、二卷）、《异僧记》一卷，《秘阁闲谈》五卷。在文言小说史上亦占一页。张洎字思黯，全椒（今属安徽）人。南唐举进士，累官礼部员外郎、知制诰。入宋累官给事中、参知政事。所著小说《贾氏谈录》（又名《贾黄中谈录》《贾公谈录》）一卷，成于宋开宝三年（公元 970 年）。为其为南唐使宋时记录、整理贾黄中所谈故事，故名。史称贾黄中娴于前朝台阁故事，谈论娓娓，听者忘倦，故此录所述，多唐末轶闻，且语言简洁流畅，描述生动，颇富文采。这些人博闻强记，学问渊博，既有编纂大书的经验，又熟悉、喜爱文言小说，所以能在不到两年的时间内编成这部搜罗宏富、体例得当，集宋前文言小说之大成的中国文言小说总集，成就中国文学史、中国小说史尤其是文言小说史上的一大伟业。

在中国文言小说史上，在中国所有的小说集中，《太平广记》的最大特点便是搜罗广博，内容宏富。这主要表现在两个方面：其一是引书广博，这从其引用书目中可以窥见一斑。旧刻本在书前有《太平广记引用书目》，共列书目三百四十四种，详其所列，几乎涵盖了经、史、子、集，儒、释、道、杂诸家。经部如小学类之《说文》；史部如正史类之《史记》《汉书》，杂史类之《晋阳秋》《越绝书》；子部如《庄子》《墨子》《论衡》；集部如《白居易集》《顾云文集》《郑谷诗集》；儒家如号称"春秋外传"的《国语》、旧时家喻户晓的《颜氏家训》；佛家如《辨正论》《法苑珠林》《高僧传》；道教如《神仙传》《洞仙传》《十二真君传》；至于子部杂家那就更是不胜枚举了，真是无所不包。但实际上远不止三百四十四种。据燕京大学《太平广记引得》统计，在其所列书目中，有目而实未引及者有十五种，无目而实际引入者竟多达一百四十七种，共计引书四百七十五种。中华书局 1982 年出版的《太平广记索引》所列引用书目又多达五百一十九种。尚有九十二条未注出处者。实际上这些统计还不是十分准确，因为《太平广记》引书并不十分规范、精确，有的一书有两种或几种书名，有的则把两种或几种同名的书混为一谈。《世说》《志怪》《后汉书》《拾遗记》等都有上述情况，另外还有书名错讹的现象，因此很难做出精确的统计。然而就是这五百余种，亦足以见其搜罗之广，内容之富。其二是分类细致全面，可以涵盖宋前文言小说之大概。全书按题材分为九十大类：

1.神仙五十五卷，2.女仙十五卷，3.道术五卷，4.方士五卷，5.异人六卷，6.异僧十二卷，7.释证三卷，8.报应三十三卷，9.征应十一卷，10.定数十五卷，11.感应二卷，12.谶应一卷，13.名贤（讽谏附）一卷，14.廉俭（吝啬附）一卷，15.气义三卷，16.知人二卷，17.精察二卷，18.俊辩（幼敏附）三卷，19.器量二卷，20.贡举（氏族附）七卷，21.铨选二卷，22.职官一卷，23.权倖一卷，24.将帅（杂谲智附）二卷，25.骁勇二卷，26.豪侠四卷，27.博物一卷，28.文章三卷，29.才名（好尚附）一卷，30.儒行（怜才、高逸附）一卷，31.乐三卷，32.书四卷，33.画五卷，34.算术一卷，35.卜筮二卷，36.医三卷，37.相四卷，38.伎巧（绝艺附）三卷，39.博戏一卷，40.器玩四卷，41.酒（酒量、嗜酒附）一卷，42.食（能食、菲食附）一卷，43.交友一卷，44.奢侈二卷，45.诡诈一卷，46.谄佞三卷，47.谬误（遗忘附）一卷，48.治生（贪附）一卷，49.褊急一卷，50.诙谐八卷，51.嘲诮五卷，52.嗤鄙五卷，53.无赖二卷，54.轻薄二卷，55.酷暴三卷，56.妇人四卷，57.情感一卷，58.童仆奴婢一卷，59.梦七卷，60.巫厌（咒附）一卷，61.幻术四卷，62.妖妄三卷，63.神（（淫祠附）二十五卷，64.鬼四十卷，65.夜叉二卷，66.神魂一卷，67.妖怪（人妖附）九卷，68.精怪六卷，69.灵异一卷，70.再生十二卷，71.悟前生二卷，72.冢墓二卷，73.铭记二卷，74.雷三卷，75.雨（风虹附）一卷，76.山（溪附）一卷，77.石（坡沙附）一卷，78.水（井附）一卷，宝（金、水银、玉等附）六卷，79.草木（文理木等附）十二卷，80.龙八卷，81.虎八卷，82.畜兽十三卷，83.狐九卷，84.蛇四卷，85.禽鸟四卷，86.水族九卷，87.昆虫七卷，88.蛮夷四卷，89.杂传记九卷，90.杂录八卷。

其中许多大类中又分为许多细目，如"报应"类中又分为"金刚经""法华经""观音经""崇经像""阴德""异类""冤报""婢妾""杀生""宿业畜生"等十小类，"妇人"类又分为"贤妇""才妇""美妇""妒妇""妓女"等五小类，如是等等，共一百五十余小类。不但可见《太平广记》搜罗之富，内容之广，后人亦可从中找到自己感兴趣的部分。在九十大类中，仅"神仙""女仙""道术""方士""神""鬼""妖怪"等志怪题材就占了三百余卷，"狐"一类就占了九卷，则志怪小说在中国文言小说史上的地位便一目了然。这样，只要我们打开《太平广记目录》，就不但可以知道整个宋前文言小说的概貌和题材特点，也可以知道某一类题材文言小说的创作情况及其在中国文言小说史上的地位，确乎"不特稗说之渊海，且为文心之统计矣"。

《太平广记》的编纂是中国文言小说史上的一件大事，在中国小说发展史上占有非常重要的一页，对中国小说史的发展产生了不同寻常的影响。

第一，《太平广记》的编纂是中国文言小说的第一次大规模文献整理，为后来乃至今天的小说文献整理提供了十分宝贵的借鉴和经验。要而论之，主要有两个方面：一是入集标准问题，二是编排体例问题。关于入选标准，只要认真研究一下《太平广记引用书目》就可以发现，当时的整理者并没有受自《汉书·艺文志》以来至《旧唐书·经籍志》为止的传统史志和目录学著作中小说观念的羁约，没有仅仅局限于已有的史志和目录学著作所提供的小说目录，而是根据当时以及他们自己对小说这一文体概念的理解，放开眼界，将搜罗的范围扩展到更加广阔的领域。因此《引用书目》中既有隶属于儒家经学范畴的《说文》、《韵对》等小学著作，也有《史记》《汉书》《后汉书》《三国志》等正史；既有《庄子》《墨子》《管子》《淮南子》等诸子散文，也有《白居易集》《顾云文集》《郑谷诗集》《皮日休集》等文人的诗文集；既有《金刚经》《观音经》等佛教经典，也有《神仙传》《真诰》等道教名著；既有《书评》《画品》《名画记》等书画研究专著，也有《元稹长庆集序》《李琪集序》《贾逵碑》《刘琢碑》等序文和碑志；……更不用说《小说》《世说》《搜神记》《幽明录》等唐宋人普遍承认的小说了。这就扩大了小说概念的覆盖范围、扩大了小说文献的征集领域。只有这样，才能更加广泛地展示中国文言小说发展史的全貌，才能更加清晰地展示中国文言小说的来龙去脉、发展轨迹。关于编排体例，主要表现在分类上。一部文言小说总集如何编排，是决定成败的关键。从现存《太平广记》看，编者们显然没有沿袭已有的小说分类法——按文体形式、体制的分类方法，而是借鉴了《太平御览》按内容和题材的分类方法。关于文言小说的分类，最早的应是唐代著名的历史学家刘知幾。他在《史通》中第一次对小说这一文体进行了分类:"榷而为论,其流有十焉:一曰偏记,二曰小录,三曰逸事,四曰琐言,五曰郡书,六曰家史,七曰别传,八曰杂记,九曰地理书,十曰都邑簿。"①后世胡应麟《少室山房笔丛》的六分法和《四库全书总目》的三分法显然都是在这一基础上进行的,概而论之,都是以小说的文体形式、体制作为主要的依据。如上所述,《太平广记》则按题材将全书分成了九十类,与《史通》所用的分类方法迥别,显然是一种新的分类和编排体例。这种分法虽然略显芜杂,有时也不很准确(其实任何分类方法都是人为的,都是为了研究、编排的需要,都有不尽合理的一面),但部类详细,便于检索,还是有相当好处的。后世的《分门古今类事》、《类说》、《宋人小说类编》、《情史》等大量小说总集,在编排和分类方法上显然受其影响,此后编纂小说总集之风盛行,亦显然受其影响。《太平广记》以及后世文言小说总集的流传和普及,对中国文言小说史的发展,无疑起了推动作用。

第二,《太平广记》的编纂充分说明文言小说发展至宋前的唐五代时期,已经全面成熟。这部文言小说总集的出现,是水到渠成,瓜熟蒂落的必然结果。凡是通阅过《太平广记》的人都可以感觉到,中国文言小说至《太平广记》,无论是笔记小说还是传奇小说,无论是志怪小说还是志人小说,无论是史传小说还是杂俎小说,从内容至形式,从单篇到结集,都已经全面成熟了。尽管后来的文言小说仍有发展,但不管内容还是形式,思想还是艺术,几乎都很难超越《太平广记》。"虽然同时及以后志怪书及传奇的作者仍然产生不少,但他们的文辞既平实而乏文采,事实又多托古而忌谈新,所以作品多模拟而少创造,多陈腐而乏新颖,远不如它在前此时代的志怪书及传奇的动人,更不如同时的通俗文学可以掀动大众了。"②直至清代蒲松龄的《聊斋志异》和纪昀的《阅微草堂笔记》出,方才出现中兴,重振当年雄风。

第三,《太平广记》直接影响了后世的小说创作和其他文学体裁的创作。《太平广记》的编纂不但为文言小说的创作提供了可资借鉴的榜样和创作素材,也为通俗小说的创作提供了大量现成的故事和说话

---

① 〔唐〕刘知幾:《史通·杂述》。
② 郭箴一:《中国小说史》,第173页,上海,上海书店,1984。

资料,从而对此后的小说创作产生了直接的影响。对文言小说的影响,《聊斋志异》堪为代表。查朱一玄《聊斋志异资料汇编》,其本事见于《太平广记》者近七十篇,可见一斑。对说话艺术的影响,首先提到的是南宋的罗烨。他不但称当时的说话艺人"幼习《太平广记》,长攻历代史书",而且所引说话名目中的《崔知韬》《人虎传》《柳参军》《莺莺传》《章台柳》《李亚仙》《崔护觅水》《竹叶舟》《黄粱梦》《西山聂隐娘》《红线盗印》等十余种,故事均见于《太平广记》①。查谭正璧《三言两拍资料》,"三言"中有《穷马周遭际卖𥩲媪》、《葛令公生遣弄珠儿》、《吴保安弃家赎友》、《裴晋公义还原配》等三十余篇本事见于《太平广记》;"两拍"中也有《刘东山夸技顺城门　十八兄踪奇村酒肆》《程元玉店肆代偿钱　十一娘云岗纵谭侠》《感神媒张德容遇虎　凑吉日裴越客乘龙》《唐明皇好道集奇人　武惠妃崇禅斗异法》等近二十篇素材来自《太平广记》。仅此即可见其与通俗小说的关系。另外,后来的杂剧、诸官调、传奇等戏剧中,也经常采用《太平广记》中的故事。可见其在中国文学史、中国小说史上的影响和作用。

　　第四,《太平广记》为中国小说史的研究保存了大量的非常宝贵的研究资料。《太平广记》的编纂是中国文言小说文献的第一次大规模整理,是宋前文言小说的检阅和总结,是先秦至宋初各种形态文言小说的大结集。凡神话传说、民间故事、杂史别传、笔记小说、史传小说、传奇小说等,几乎无所不备。尤应指出的是,由于战乱等种种原因,《太平广记》所引的五百余种作品大都亡佚,因而大都依赖《太平广记》的保存而流传于世。我们今天研究中国小说,尤其是文言小说,尤其是宋前的文言小说的第一手资料,可以说主要来源于《太平广记》。其实后来传世的宋前小说,如《搜神记》《幽明录》《玄怪录》《传奇》等等,大都是以《太平广记》所存资料为基础辑佚而成的。这样,《太平广记》便不但为后世的文言小说史研究提供了大量的原始资料,实际上也为后世提供了大量的精神食粮。"宋代文人编纂的一些小说选本,如《类说》《绿窗新话》《鬼董》等,即有选自本书者。明人冯梦龙又据本书编为《太平广记钞》八十卷。明清人所编《古今说海》、《五朝小说》、重编

---

① 〔宋〕罗烨:《醉翁谈录》甲集卷一《舌耕叙引·小说开辟》。

《说郛》、《唐人说荟》等，也往往转录本书，而改题篇名，假托作者。"①可见其在中国文言小说史上的地位与作用。

第二节　转型时期的志怪小说

关于宋代的文言小说，鲁迅评价颇低："宋一代文人之为志怪，既平实而乏文采，其传奇又多托往事而避近闻，拟古且远不逮，更无独创之可言矣。"②若通观宋金元之文言小说创作亦大致如此。其中颇为重要的原因，即中国小说史整体上进入了转型时期——由文人的文言小说到平民化的通俗小说的转型时期。关于这一时期的志怪小说，数量上讲已远非唐五代时期可比（据宁稼雨《中国文言小说总目提要》统计，唐五代时期有志怪小说一百零九种，而宋金元时期仅六十七种），更不用说志怪鼎盛的魏晋南北朝了。而在这为数不多的作品中，则不但"既平实而乏文彩"，而且多陈陈相因，"更无独创之可言矣"。在这种情况下，在文言小说史上比较重要的作品便只有徐铉的《稽神录》、章炳文的《搜神秘览》、李石的《续博物志》、洪迈的《夷坚志》、郭象的《睽车志》、无名氏的《鬼董》及金元时期元好问的《续夷坚志》、周达观的《诚斋杂记》、伊世珍的《琅嬛记》等。

《稽神录》六卷，徐铉撰，存。该书乃徐铉由南唐入宋之前的作品，如上节所述，大都收入《太平广记》中，可以看作由唐五代进士化特征的志怪小说到宋金元通俗化特征志怪小说的过渡作品。《崇文总目》《郡斋读书志》均著录十卷。《直斋书录解题》著录六卷，但云："元本十卷，今无卷第，总作一卷，当是自他书中录出者。"可见今传六卷本并非原书。《四库全书总目》《郑堂读书记》等均谓今传六卷本为后人自《太平广记》中录出，很有道理。今六卷本一百七十五条，有"拾遗"一卷，十三条，故全书共一百八十八条。李剑国又从《广记》及其他典籍中辑得四十三条，故今存二百三十一条。其虽有一部分录自前人之作，但多数来自传闻，故而仍为中国文言小说史增加了不少有价值的作品。

---

① 宁稼雨：《中国文言小说总目提要》，第 160 页，济南，齐鲁书社，1996。
② 鲁迅：《中国小说史略》，第 87 页，北京，人民文学出版社，1973。

如卷二末《陈寨》条述泉州晋江巫陈寨以术为苏氏子疗狂疾,将其"劈为两片,悬之堂之东壁,其心悬北檐下"。方作法而心为犬所食,陈寨乃出门取一驿吏之心,"内于病者之腹,被发连叱,其腹遂合"。想象奇特,堪为《聊斋志异·陆判》换心本事。又如卷六末之《食黄精婢》,叙临川有士人虐待其婢,婢不堪其毒,逃入山中,久之粮尽,饥甚而食黄精,遂至"意有所之,身即飘然而去。或自一峰之一峰顶,若飞鸟焉。后被其家人发现,设计捕获,逼寻黄精,不得而死。""文中所记婢女遭遇,颇似现代白毛女故事,反映下层女子的悲惨命运。其文叙述婉转曲折,凄幽欲绝。"①然而从整体上讲,则确如鲁迅所言:"然其文平实简率,既失六朝志怪之古质,复无唐人传奇之缠绵,当宋之初,志怪又欲以'可信'见长,而此道于是不复振也。"②另据陈振孙《郡斋读书志》载:"杨大年云江东布衣赟亮好大言夸诞,铉喜之,馆于门下。《稽神录》中事,多赟亮所言。"《宋史》本传亦采杨大年之说,称"所著《稽神录》,多出于其客赟亮"。李剑国虽力辩其诬,然仍总括前人意见说:"五代纯志怪传奇之书,最著者传奇则《灯下闲谈》,志怪则鼎臣(铉字)斯作。杂记鬼神精怪,感应灵变,事虽新见,然往往蹈袭前人。岂徐氏嗜怪,宾客僚友摭旧事而改头面,以投其好,犹洪氏《夷坚志》邪? 载事大率尚简,粗陈梗概而已。长者四五篇,稍有传奇意味。"③这样的作品,显然已开始由唐五代的进士化,趋向于宋金元时期的通俗化。

　　至北宋后期,章炳文的《搜神秘览》出,志怪小说的通俗化特征便比较明显了。《搜神秘览》三卷,存,北宋章炳文撰。《直斋书录解题》小说家类著录,称"京兆章炳文叔虎撰。"炳文字叔虎,建州浦城(今属福建)人。叔祖章得象,仁宗朝宰相,封郇国公。父章衡,嘉祐二年(1057)状元,官至宝文阁待制,《宋史》有传。今本书前有政和癸巳(1113)作者自序,称:"予因暇日,苟目有所见,不忘于心;耳有所闻,必诵于口。稽灵即冥,搜神纂异,遇事直笔,随而记之,号曰《搜神秘览》。每开谈较议,博采妖祥,不类不次,不文不饰,无诞无避。性多疏旷,不能无遗,聊缀纪编,以增尘柄。若张读有《宣室志》,不纪常人之娓娓,

---

① 宁稼雨:《中国文言小说总目提要》,第67页,济南,齐鲁书社,1996。
② 鲁迅:《中国小说史略》,第79页,北京,人民文学出版社,1973。
③ 李剑国:《唐五代志怪传奇叙录》,第1149页,天津,南开大学出版社,1993。

徐铉有《稽神录》,悉博物之渊源。类以意推,派别之流,旁行合道,则造诡怪之理者,亦属于劝惩之旨焉,予复何愧?"既见其有意志怪的创作动机,又见其以志怪寓劝惩的宋人时代特征。详书中故事,多为定命、报应、梦兆、灾异、神怪、道术等,主旨一归于劝惩,确如其言。"作者又喜议论,议论中充满迷信观念和封建说教,腐气四溢。在写法上则是直笔而记,'不文不饰',大抵为笔记之体。"①均为通俗化特征。然个别篇章亦情节曲折,故事性强,文笔生动,但同样具有通俗化的某些特点。如卷上之《王旻》条叙善于占卜的费孝先为王旻卜卦,辞云:"教住莫住,教洗莫洗,一石谷捣得三斗米。遇明即活,遇暗即死。"旻归家,其妻与奸夫康七谋,呼旻洗沐而欲乘机杀之。旻记费孝先语,坚不从。其妻怒而自沐,竟被奸夫康七所杀。对簿公堂,旻不能自辩,郡守悟孝先语而破案,果如所言。故事情节曲折离奇,人物形象鲜明生动,极富戏剧性,将传统的志怪与公案题材相结合,明显地具有通俗化的特征。其他如《回山人》《徐神翁》《紫姑神》《杨柔姬》等亦各具特点。正因有这样一些作品,所以宁稼雨称"可见本书在北宋志怪小说集中较为出众"②。

如果说北宋后期章炳文的《搜神秘览》是续《搜神记》而旨在劝惩,那么南宋中期李石的《续博物志》则明显是续晋张华的《博物志》以消磨被罢官时的无聊时光。《续博物志》宋人书目及《宋志》均未著录,明代传本多称唐(或作晋)李石撰。《四库全书总目》以书中引宋事,书末又有李石门人黄宗泰跋语,称"方舟先生",考其作者实为南宋李石。李石(1116—1181),字知幾,号方舟子。资州盘石(今属四川)人。绍兴二十年(1150)进士,官成都司户参军。后历官太学博士、成都通判、黎州知州、眉州知州、成都路转运判官等,一生多次以朝论罢官,仕途颇为蹭蹬,小说《续博物志》正是他罢官闲居时的遣怀之作。著有《方舟集》五十卷,《后集》二十卷等。今存《方舟集》二十四卷,系四库馆臣从《永乐大典》辑出。小说《续博物志》今存,《四库》入子部小说家类。1991年巴蜀书社出版李之亮校点本,颇便检阅。全书内容绝大多数摘自前人载记,总体上讲确如李剑国《宋代志怪传奇叙录》所言:"总的来

① 李剑国:《宋代志怪传奇叙录》,第216页,天津,南开大学出版社,1997。
② 宁稼雨:《中国文言小说总目提要》,第135页,济南,齐鲁书社,1996。

看,作者择材滥而不精,信手抄录,积久成编,鸡零狗碎,不成大观。从小说角度说,不是有价值的作品。"其实这也是宋金元中国志怪小说创作底潮时期的通病。然而详其内容,亦有少量得自传闻,在小说史上有一定价值。如卷二载国王小夫人生一肉团,被大夫人妒而弃之,被人于河边见而破之,中有小儿一千,欲伐父王。小夫人以乳射小儿口,遂驰弓仗,号"贤劫千佛"事,当来自佛教传说(《敦煌遗书总目索引·斯坦因劫经录》载有《贤劫千佛名经》,《敦煌遗书总目索引·伯希和劫经录》载有西晋竺法护译《贤劫经》),后世通俗小说《西游记》《封神演义》中哪咤出身及与其父关系事,当以此为本事。卷九载一逆子一生连逆,其父临终希望安然入土,便嘱其葬于水中,不意逆子突发顺心,竟遵父嘱,葬入水中事,后世亦多有流传,冯梦龙《古今谈概》即据以收录。

与李石《续博物志》同属南宋中期而在中国文言小说史上值得大书一笔的,是洪迈的《夷坚志》。洪迈(1123—1202),字景卢,号容斋,晚年号野处老人。饶州鄱阳(今属江西)人。绍兴十五年(1145)中博学宏词科,赐同进士出身,授两浙转运司干办公事,踏入仕途。绍兴末,假翰林学士使金,持书用敌国礼,金令其在表中改称陪臣,不从,被金拘于使馆。七月放还,八月坐奉使辱命罢官。孝宗时历官泉州知州,起居舍人兼权直学士院,兼同修国史、实录院同修撰,集英殿修撰,敷文阁待制,翰林学士,知制诰兼修国史,焕章阁学士,龙图阁学士,以端明殿学士致仕,未几卒,年八十岁。赠光禄大夫,谥文敏。洪迈名声卓著,与兄洪适、洪遵号称"三洪",《宋史》称其"文满天下,……而迈学尤高"。他博览经史百家,医卜星算无不涉猎,尤熟宋代掌故。曾手抄《资治通鉴》三遍。故《宋史》称其"以博洽受知孝宗,谓其文备众体"。又勤于著述,计各种著作一千余卷,十分罕见。

《夷坚志》最早著录于尤袤的《遂初堂书目》小说家类,无撰人、卷数。尤袤卒于绍熙五年(1194),时洪迈七十岁,《夷坚志》全书未竟。淳祐中陈振孙《直斋书录解题》小说家类始著录全书:"《夷坚志》甲至癸二百卷,支甲至支癸一百卷,三甲至三癸一百卷,四甲四乙二十卷,大凡四百二十卷。"因卷帙浩繁,全书问世后又逢世多乱,故不久即散佚。至《宋史·艺文志》,已仅录甲乙丙六十卷,丁戊己庚八十卷。近人张元济广为搜集,编为《新校辑补夷坚志》二百零七卷。中华书局1981年出版何卓校点本,即以此为底本,且增三补一卷,是目前所能见到的最为完备的版本,然披沙捡金,尤有滥误,李剑国《宋代志怪传奇叙录》论证颇为详尽,好事者自可参阅。①

《列子·汤问》曰:"大禹行而见之,伯益知而名之,夷坚闻而志之。"后人注释,称夷坚为古之博物者,以志怪闻名,洪迈取以为书名,盖亦明搜奇志怪之意。关于《夷坚志》的创作过程,李剑国《宋代志怪传奇叙录》考证:"《夷坚》四志历时六十年,其创作过程可划为四段。甲志为第一段,此间以写作为余事,故历时长达二十年(《甲志之成当在绍兴三十二年(公元1162年),时洪迈刚四十岁)……'自乙至己,或七年,或五六年',速度加快,此为第二段。……自庚至癸为第三段,五岁而完成四志。盖作者急于完成一部空前未有的'巨编',故而大大加快速度,……从《支甲》到绝笔为第四段,凡二十二集二百二十卷,历时只九年。此时闲居在家,时间充裕,而于'掇录怪奇','未尝少息',……已到痴迷的地步。"而其写作方法,则"无宁说是一种集体成果,因为除极少数故事是他亲身经历见闻外,绝大部分是他人提供的材料,或口述,或写示,由洪迈整理记录下来。据对今存残本的不精确统计,故事提供者多达四百八十余人,大抵是作者的亲朋好友,'群众姻党'(《支乙序》)。"故《直斋书录解题》称其"晚岁急于成书,妄人多取《广记》中旧事,改窜首尾,别为名字以投之,至有数卷者,亦不复删润,径以入录,虽叙事猥酿,属辞鄙俚,不恤也"。至南宋末,周密更讥其"贪多务得,不免妄诞"②。其实,不要说宋金元通俗化的大社会背景,但就其创作动机和这样的创作过程、创作方法,也足以决定《夷坚志》与进士化的唐五代志怪小说的不同。试想,"故事提供者多达四百八十余人",而其中又有"妄人多取《广记》中旧事,改窜首尾,别为名字以投之",欲免俗,恐亦难矣。

在中国文言小说史上,《夷坚志》最突出的特点即规模宏大,卷帙浩繁,内容丰富,题材广泛。即博览群书的胡应麟亦叹曰:"读者率以《广记》五百卷所辑,上自三皇,下迄五季,宜灵怪充斥简编。而洪以一

---

① 参阅李剑国:《宋代志怪传奇叙录》第341~347页,天津,南开大学出版社,1997。
② 〔南宋〕周密:《癸辛杂识自序》。

人耳目,一代见闻,逐千载而角之,其诞曼亡征,固势所必至也。今阅此书记载,不仅止语怪一端,凡机祥梦卜、琐杂之谈,随遇辄录。以逮诗词谑浪,稍供一笑,靡不成书。其卷帙易盈而速就,职此故也。"①这样的内容,固不乏文人之雅致,恐亦不乏从俗之供笑。清陆心源《新编分类夷坚志又跋》叙其分类曰:"甲集分忠臣、孝子、节义三门,乙集分阴德、阴遣、禽兽三门,丙集分冤对报应、幽明二狱、欠债、妒忌四门,丁集分贪谋、诈谋、骗局、奸淫、杂附妖怪五门,戊集分前定宴婚、嗣息、夫妻三门,己集分神仙、释教、淫祀三门,庚集分神道、鬼怪二门,辛集分医术、杂艺、妖巫、卜相、梦幻五门,壬集分奇异、精布、坟墓三门,癸集分设醮、冥官、善恶、僧道恶报、入冥五门。每门又各为子目。"共计达三十六门之多。确如作者自称:"天下之怪怪奇奇,尽萃于是矣。"②这样的内容,通俗化不可避免。可见至洪迈的《夷坚志》,中国文言小说由唐五代的进士化,至宋金元时期通俗化的转型已基本完成。

在中国文言小说史上,《夷坚志》的通俗化倾向不止表现在卷帙浩繁,内容丰富、贪多务得、诞曼无征方面,也不止表现在"叙事猥酿,属辞鄙俚"方面,更明显地表现在思想内容、审美情趣和价值取向的平民化倾向方面。李剑国就明确地指出:"(《夷坚志》)在数千故事中,有相当多的是取材于平民百姓的市井委巷之说,这本是宋人小说在取材方面比较普遍的倾向,而于洪迈来说尤见突出。洪迈在照例关注于士大夫阶层的同时,对于来自下层的传闻也同样予以关注,以致有人讥讽他取材'非必出于当世贤卿大夫,盖寒人野僧、山客道士、瞽巫俚妇、下隶走卒,凡以异闻至,亦欣欣然受之,不致诘'(《丁志序》)。这种取材角度的变化,一定程度上反映着洪迈审美趣味、审美价值取向的变化,反映着排斥了审美偏见的包容精神。市井传闻往往带有质朴通俗、新鲜活泼的特征,这就为《夷坚志》增添了许多光彩和生气。"③而洪迈取材角度的变化,洪迈审美趣味、审美价值取向的变化,实际上代表了宋金元时期志怪小说乃至文言小说的总体倾向——通俗化。在这一总

---

① 〔明〕胡应麟:《少室山房类稿·读夷坚志》,转引自中华书局 1981 年标点本《夷坚志》第 1828~1825 页。

② 〔南宋〕洪迈:《夷坚乙志序》,第 185 页,北京,中华书局,1981 年标点本。

③ 李剑国:《宋代志怪传奇叙录》,第 353 页,天津,南开大学出版社,1997。

体倾向之下,因报应思想已决不是宗教宣传,而更多地带有民间的感情色彩;忠孝思想已决不止是儒家教化,亦带有中华民族、中华文化的普遍色彩。在这一总体倾向之下,许多市井故事不但质朴通俗,新鲜活泼,而且出现了许多将传统的志怪内容与带有通俗化色彩的公案故事和武侠故事相结合的作品。如《乘氏疑狱》《毛烈阴狱》《袁州狱》《侠妇人》《花月新闻》《解洵娶妇》《郭伦观灯》等均为此类。志怪之外,也杂有不少宋代现实的市井故事。如《太原意娘》《蓝姐》《张锐医》等,均为此类。由此可见,洪迈的《夷坚志》所代表的通俗化倾向,通俗特征,实际上填平了雅、俗之间的鸿沟,扩大了志怪小说的领域,为下一时期——明清志怪小说的中兴开辟了一条康庄大道。

最后,从艺术方面讲,洪迈实际上是坚持了魏晋文人志怪小说的传统,并没有走唐人传奇小说作意好奇、注重意想与文采的进士化之路。笔墨简洁,文辞畅达,不事雕琢而自有韵味。《夷坚志》成书后不径而走,洪迈生前即在文人圈中引起轰动,固然与作者的地位、名声有关,但亦不能排除传统文人传统的审美情趣在其中的作用。陆游《题夷坚志后》诗云:

> 笔近《反离骚》,书非《支诺皋》。
>
> 岂惟堪史补,端足擅文豪。
>
> 驰骋空凡马,从容立断鳌。
>
> 陋儒那得议,汝辈亦徒劳。[①]

虽不免溢美之嫌,亦可见其影响。其实,这与通俗化的总体特征并不矛盾,陆游所谓"陋儒那得议,汝辈亦徒劳",实际上已经透露了当时即有人议其上述通俗化特征了。而这一通俗化特征反映在艺术上,即作品的人物语言"喜用口语俚调。"如《甲志》卷一开篇:"孙九鼎",字国镇。叙其出访乡人,沿汴水北岸行,忽遇金紫人,骑从甚都,呼之曰:"国镇,久别安乐?"孙九鼎视之,乃其姊夫张烋,指街北一酒肆请孙邀其饮酒。孙曰:"公富人也,岂可令穷措人买酒?"张曰:"我钱不中使。"遂入肆而饮,少顷,孙方悟其已死。这段人物对话中,"穷措大","我钱不中使"数语,均当时方言土语,不惟于当时为"口语俚调",即今日读

---

① 〔南宋〕陆游:《剑南诗稿》卷三七。转引自李剑国《宋代志怪传奇叙录》,第 353 页,天津,南开大学出版社,1997。

之,亦觉其口角亲切,如聆市井中语。

综上所述,可见洪迈的《夷坚志》无论从哪一方面讲,都已完成了由唐五代时期的进士化特征到宋金元时期志怪小说通俗化特征的转型,因而在中国文言小说史上具有里程碑式的标志意义。故其影响不啻卷帙浩繁,更重要的则是比较全面地体现了这一时期文言小说的通俗化特征,体现了这一时期的时代潮流、时代风尚。正因如此,所以《夷坚志》在中国文学史、中国小说史上的影响不但反映在王质的《夷坚别志》、陈昱的《夷坚志类编》、元好问的《续夷坚志》、吴元复的《续夷坚志》以及无名氏的《湖海新闻夷坚志》等直接受其影响的续书方面,更重要的则是反映在对后世小说戏曲的重大影响方面。对文言小说的影响有两个方面:一是为后世的文言小说总集直接提供了大量现成的作品,如元代无名氏的《异闻总录》、明代梅鼎祚的《青泥莲花记》、王世贞的《艳异编》、詹詹外史的《情史》等都从《夷坚志》中选取了不少作品。二是为后世文言小说的创作提供了本事。如朱一玄《聊斋志异资料汇编·一本事编》考证,仅《聊斋志异》中就有《夜叉国》《续黄粱》《小猎犬》《酒虫》《大人》《小翠》《禽侠》《五通》等八篇本事见于《夷坚志》。其他文言小说集尚无人进行认真的本事考证与研究。如有,肯定会更多。对通俗小说的影响也有两个方面:一是对宋元话本的直接影响。罗烨《醉翁谈录》称当时的说话艺人“《夷坚志》无有不览”,即可见对当时说话艺术的影响,宋元说话多有话本,今可考者如《夷坚丁志》卷九之《太原意娘》就被演为烟粉类话本《灰骨匣》(《醉翁谈录》著录)。二是对明清话本小说和章回小说的影响。据谭正璧《三言两拍资料》考证,仅“三言二拍”中就有《闲云庵阮三偿冤债》、《王娇鸾百年长恨》等三十余篇本事见之于《夷坚志》。而章回小说《水浒传》第四十三回“黑旋风沂岭杀四虎”的故事亦明显以《夷坚甲志》卷十四之“舒民杀四虎”为本事。对戏剧的影响也不容忽视。元代杂剧《郑玉娥燕山逢故人》、金代院本《金明池》、明代杂剧《死生缘》、传奇《闹樊楼》、清代杂剧《续四声猿》等等许多戏剧也取材于《夷坚志》。可见其在中国文学史上的作用。可以这样说,《太平广记》是中国小说之渊海,而《夷坚志》则堪称文言小说之宝山。

《夷坚志》之后,南宋较有代表性的志怪小说还有郭象的《睽车志》

和沈氏撰的《鬼董》。《睽车志》六卷，南宋郭彖撰，存。最早著录于陈振孙《直斋书录解题》小说家类，作五卷。叙云："知兴国军历阳郭彖次象撰。取《睽》上六（按《易》，当作《睽》上九）'载鬼一车'之语。"是后，《宋志》作一卷，《汲古阁书目》《也是园书目》均作五卷，《四库全书总目》作六卷，今传本亦为六卷。郭彖字次象，和州历阳（今属安徽）人。绍兴二十四年中张孝祥榜进士。淳熙中知兴国军。又曾从监左藏南库任贡举点检试卷官。亦曾与《野客丛书》的作者王楙交往，王称其"多闻"，而《睽车志》正可说明。全书一百四十四条（《稗海》本）、每卷十余条至三十余条不等，多记北宋末至南宋高宗、孝宗朝鬼神怪异之事，立意多在以因果报应劝善惩恶，取材广而杂，有闻必录；写法直而简，鲜事润饰；可以说也是在《夷坚志》影响下出现的一部志怪小说。"书中有些佳作或有社会思想意义，或写作手法较新，或对后代小说戏曲产生影响。"①其中最典型的当数卷四的《马绚娘》。叙三衢郡倅亡女马绚娘鬼魂与士人相爱，士人掘墓发棺，绚娘竟复生与之结合，想象奇特。清俞樾《茶香室丛抄》卷一七《马绚娘即杜丽娘事所本》云："此事乃汤临川《牡丹亭》传奇蓝本，绚娘即丽娘，但姓不同耳。"良然。另，卷一之《刘尧举》、卷五之《陆大郎》亦被《初刻拍案惊奇》用为本事，可见其通俗化特征。而卷三之《常州村媪》因孝而得一小布囊，能米尽复满，又与陶渊明《搜神后记》中《白水素女》之大螺壳同一机杼，直如民间盛传之聚宝盆故事，更见民间思想。其他如卷二之《闽中士人》、卷四之《绍兴郎官》、卷五之《李通判女》《靳瑶》等亦颇可观，故在中国文言小说史上亦应占有一席之地。

《鬼董》五卷，存。不见于宋元书目。清黄虞稷《千顷堂书目》小说家类、钱大昕《补元史艺文志》小说家类著录五卷，题关汉卿撰。然今传本末元临安钱孚泰定丙寅（1326）跋云："《鬼董》五卷，得之毗陵杨道芳家。此只抄本，后有小序，零落不能详。其可考者，云太学生沈，又云孝、光时人，而关解元之所传也。"据此，清鲍廷博认为"为宋孝、光时沈某著，特传之者关汉卿耳。考第四卷有'嘉定戊寅予在都'之语，则其人宁宗时尚存。"②知作者为南宋人。而书中记事下迄绍定己丑

---

① 宁稼雨：《中国文言小说总目提要》，第 140 页，济南，齐鲁书社，1996。

② 〔清〕鲍廷博：《知不足斋丛书·鬼董跋》。

(1229),可见作者理宗时尚在世。全书四十八事,有十三事取自《太平广记》,其余记宋事者显然受通俗小说影响,往往与宋元话本相出入。所以李剑国认为:"本书一个显著特色是有浓重的市井味,三十余宋事中,出于里闾委巷的传闻占去大半,所写为胥吏、僧尼、术士、客旅、屠夫、乡民、娼优等下层人众,展现出市井社会的风情,体现着市井细民的思想感情和审美趣味。上流社会则罕有描写。"①而这一切,显然都是志怪小说通俗化的表现。正因如此,所以其中的许多作品情节曲折而传奇性强,语言俚俗而口吻毕肖,颇具话本小说的通俗化特征。如卷五"裴端夫"条写裴问女鬼为何人,女鬼即回答说:

> "绯衣爹爹,绿衣叔叔也。妈妈、姐姐、养娘、奶奶辈,三四十口,在宅堂后,避嫌不敢相见,都教传语先生。"问何姓何官?女曰:"奴奴小孩儿,都不理会得。"

如闻謦欬,如见其人,简直与通俗小说无疑。

金代志怪当以元好问的《续夷坚志》为代表。元好问(1190—1257),字裕之,号遗山,太原秀容(今山西省忻州市)人。七岁能诗,少有神童之号。十四从学于郝天挺,礼部尚书赵秉文见其诗,称"少陵以来无此作",从而名动京师,人称"元才子"。金兴定五年(1221)登进士,金正大元年(1224)试宏词科,历官儒林郎、权国史院编修、内乡令、南阳令,内迁尚书都省掾、左司都事、吏部主事、翰林学士、知制诰。金亡不仕,以著作为事。有《元遗山先生集》、《中州集》等行世。事迹见《金史》本传。《续夷坚志》原书四卷,有自序。元代已有刻本,以后书目或著录二卷,或著录四卷,《四库全书总目》小说家类存目著录二卷。中华书局1986年出版的常振国校点本,即以得月簃刻本为底本的四卷本,但卷四《宣靖播越兆》条后有四则有目无文,可见仍有残缺。书中"所记皆金泰和、贞祐间神怪之事"②,也有少量一般人物逸事和"古钱""古鼎"等考据内容。从总体上看,本书内容琐碎,且陈陈相因者居多,故颇乏新意,观赏性不高。只有少数市井闻见颇具现实性,颇具通俗化特征。如卷二《范元质决牛讼》写其明辨是非,用刺血的实验方法巧判窃犊案。卷四《王子明获盗》写其以蛛丝马迹,顺藤摸瓜,抓获盗

---

① 李剑国:《宋代志怪传奇叙录》,第375页,天津,南开大学出版社,1997。

② 〔清〕纪昀等:《四库全书总目》,卷一四四,小说家类存目。

贼。均与当时及以后通俗公案小说中的清官形象相近,颇具通俗化特征。书中影响最大的当数卷一之《京娘墓》,叙王元老与杨京娘的鬼魂遇合,最终为京娘所救,颇有情致。元代戏文《京娘怨燕子传书》、杂剧《京娘怨》(或作《金娘怨》《荆娘怨》,乃音近致误,民间俗作,往往如是)、《月夜京娘墓》(或作《月夜金娘怨》《月宫金娘怨》)等均据此敷演。其他如卷二之《天赐夫人》叙金代名医梁肃娶大风飘来之女子为妻,人称"天赐夫人";卷四之《盗谢王君和》颇同元杂剧《同乐院燕青博鱼》等等,亦颇有新意。再加之元好问为金代诗文大家,行文流畅,故在金代志怪小说中堪为代表。

元代是中国历史上第一个少数民族入主中原的时代,也是中国历史上最没有文化的时代之一,所以隶属于中国传统文化范围的志怪小说亦十分凋敝。宁稼雨《中国文言小说总目提要》仅著录《湖海新闻夷坚续志》《异物考》《闲居录》《异闻总录》《缉柳编》《江湖纪闻》《子不语》七种而已。且其中《异物考》分"水异""火异""眚异""木异""金石异""人异""虫异"七门,每门引正史中灾异事数则,虽具志怪色彩而小说性质颇差。《异闻总录》多辑自唐宋志怪小说,只有极少数作品来源不明,颇有新意。如卷一之《郭银匠》叙其与鬼投女尸所化之女出走,情节颇类话本《碾玉观音》。孙楷第《小说旁征》即以为话本所本。卷三之王轩见西施事,卷四之闹鬼诸事,均被明末周清源《西湖二集》所用。《缉柳编》已佚,仅余佚文四条,难窥全豹。《子不语》已佚,内容不详。

其余三种,《湖海新闻夷坚续志》又称《续夷坚志》,吴元复撰,《千顷堂书目》著录二十卷,注云:"一作四卷。"并云吴元复字山谦,鄱阳(今属湖北)人。宋德祐中进士,入元不仕。今有中华书局 1986 年出版的张均衡校点本,以《适园丛书》四卷本为底本,颇为完备。书系续洪迈《夷坚志》,元好问《续夷坚志》而作,书中所记,多为辑录或改写前人之作,以鬼神佛道及奇异之事为主;此外以宋代故事为多,间有元事。其价值主要在后者。如前集卷二天谴类《欺君误国》条,记秦桧与其妻王氏于东窗下密谋杀害岳飞而遭报应,当为"东窗事犯"(或作"东窗事发")故事的最早记载。元人孔文卿《地藏王证东窗事犯》、金仁杰《秦太师东窗事犯》杂剧均晚于此。贾仲明在挽孔文卿词中有"捻《东窗事犯》,是西湖旧本"之语,其"西湖旧本"亦为元代早期作品,①亦在本书之后。另如后集卷二神明门之《鲁班造石桥》条叙鲁班造赵州桥及八仙之一张果老骑驴过桥的故事,亦流传久远、家喻户晓的民间传说。鲁班为先秦人,张果老为唐代人,八仙传说出现更晚,作品将二者合为一时,可见民间传说的通俗化特征。其他勤俭类记苏轼等官吏居官节俭,杨万里妻持家节俭的故事,显然也体现了平民百姓的平民观念,亦见通俗化特征。从艺术方面讲,《湖海新闻夷坚续志》虽素材来源于多种渠道,但作者都经过了重新加工,所以故事完整、语言简洁、风格一致,可读性较强。

《闲居录》(又名《闲中编》)二卷,存。《千顷堂书目》著录,吾丘衍(1268—1311)撰。《四库全书总目》入杂家类,作一卷。今传本均为一卷。内容确如宁稼雨所言:"书中记载怪异故事,兼及杂物考证。其志怪者可稍见元代世相。如记宋末姑苏某卖饼家得冥币,遂寻迹至一冢,见有小儿在侧,被好事者收养。实可见宋末战乱所造成的民间疾苦。又记大德间州学设经师竟不知《礼记》为何人所述,越士王荣仲见《楚辞》而叹其文涩,谓作者可投水死,则可见元代异族统治所造成文化衰退。"②这样的社会,这样的内容,通俗化特征可想而知。

《江湖纪闻》(又名《新刊分类江湖纪闻》)十六卷,元郭霄风撰。《百川书志》《国史经籍志》《千顷堂书目》小说家类著录。今存本全称《新刊分类江湖纪闻》,分前后二集,十六门,门为一卷,共四百四事。是书虽亦辑录前人著述(此乃元人通病),但有不少作品被明人收入公案小说《百家公案》,如前集之"义妇复仇"事,即被采入《百家公案》第五十三回,题《义妇为前夫报仇》。因此,在中国小说史上具有从文言小说向通俗小说过渡的桥梁作用,其通俗化特征自然便不言自喻了。

除上述作品之外,尚有周达观(一作林坤)的《诚斋杂录》二卷。作品虽亦多来自唐宋旧作,无甚创造,但因明毛晋《跋》称其"新异可喜,绝无腐气,颇似《太平广记》",故后人较为重视。伊世珍的《琅嬛记》三卷,亦存。《千顷堂书目》《补元史艺文志》等均入于小说家类。此书虽亦汇集诸书而成,且各注明出处,但所引书名,多真伪相杂,可见其中

---

① 参阅邵曾祺编著:《元明北杂剧总目考略》,第292页,郑州,中州古籍出版社,1985。
② 宁稼雨:《中国文言小说总目提要》,第142页,济南,齐鲁书社,1996。

夹杂着撰者的创作。尤应特别指出的是：此书文字、内容均能自成一格，与上述辗转抄袭、陈陈相因者大异其趣。如言"秋海棠"乃妇人思所欢不见，泪洒北墙下而生；"秦吉了"乃小鸟为情人传书，忽言"情急了"之音转等，俱构思奇特，异想天开。清蒲松龄《聊斋志异》中的许多作品显然受其启发。堪称宋金元志怪小说中的后起之秀。

综上所述，可见在北宋前期，以徐铉为代表的由五代入宋的作家们虽然仍保留着一些唐五代时期志怪小说进士化的某些特征，但已经出现了由进士化到通俗化特征转型的许多迹象。而从章炳文的《搜神秘览》到洪迈的《夷坚志》，也就是说从北宋中后期到南宋中后期，则雅俗合流，基本上完成了由唐五代时期的进士化到宋金元时期通俗化特征的转型，这在洪迈的《夷坚志》中表现得最为典型。从南宋中期以后至元末，尤其是少数民族入主中原的元代，伴随着民族文化的整体衰退，志怪小说也明显地进入了中国文言小说史上的一大低谷时期。在这样的社会背景之下，志怪小说便理所当然地以通俗化为主要特征了。我们之所以将宋金元时期划分为中国文言小说的转型暨通俗化时期，原因正在于此。

第三节 转型时期的志人小说

与志怪小说的总体衰落相比，宋金元时期的志人类笔记小说却仍然延续着唐五代时期数量上众多繁盛的境况。"宋代史学较唐代更加昌盛，流风所及，士大夫多喜辑录故事，故宋代笔记最为发达。"[1]然而也正因如此，所以这一时期的志人小说从内容到形式都出现了明显的变化，即"世说体"逐渐衰落而杂记前代或当代朝野人物遗闻轶事，带有"史补"性质的轶事小说逐渐兴起，占了这一时期志人小说的主流。另外，以杂记人物轶事为主而搜罗广博，体近杂俎小说的作品则更为可观，仅宁稼雨《中国文言小说总目提要》即列出一百四十九种。然详其内容，其中小说性质比较明显者仍在志人小说的范畴之中。至于

---

[1] 杜贵晨：《中国古代短篇小说史》，第 239 页，郑州，中州古籍出版社，1991。

"笑林体"的作品,我们在魏晋南北朝部分已经论及,自然亦在志人小说的范畴之内了。

　　与魏晋南北朝和唐五代时期相比,宋金元时期的"世说体"志人小说简直少得可怜,只有王辟之的《渑水燕谈录》、孔平仲的《续世说》、王谠的《唐语林》和李垕的《南北史续世说》四种。如果再从时序的视角看又可以发现,前三种均集中在北宋,南宋一种,元代全无。而南宋的一种亦并非创作,几乎全从李延寿的《南北史》中取材。可见随着时局的发展,文化的衰落,带有文人性质的"世说体"志人小说亦渐趋没落。也就是说这一时期志人小说中的"世说体"的转型不是体现在自身的内容和形式方面,而是体现在数量的递减上。

　　《渑水燕谈录》十卷,《郡斋读书志》《直斋书录解题》《文献通考》《宋史·艺文志》《四库全书总目》等均入子部小说家类。今存《稗海》本、《知不足斋丛书》本、《笔记小说大观》本,又《涵芬楼辑宋人小说》本有补遗一卷,中华书局1981年校点本集各本之长,较为完备。王辟之字圣途,青州(今属山东)人。治平四年(1067)进士,仕神宗、哲宗两朝,忠尚博雅。绍圣四年(1097)致仕,退居齐之渑水,治先人旧庐,与田夫樵叟闲燕而谈,有可取者辄记之。久而得三百六十余事,编为十卷,故名之为《渑水燕谈录》。所记多为北宋哲宗以前故事,仿《世说新语》分为"帝德""谠论","名臣""知人"等十七类。与此前的"世说体"志人小说相比,没有关于妇女的门类,可见理学的影响;歌功颂德的作品明显增加,可见作者正统思想。其中有些门类如"官制""贡举""书画"等多涉典章制度、博物知识,以今天的小说观念看并非小说,亦可见与前此"世说体"小说的不同,可见变化与转型。就其可读性较强的部分作品看,是书有两点值得注意:一是继承了"世说体"的传统,善于选择典型情节和典型细节表现人物的典型性格;二是善写异人奇事,颇具志怪特色。前者如"奇节"类记曹州于令仪捉盗而赠以钱十千,留之天明始去,盗被感化。"才识"类记渤海胡旦之文辞敏丽,尚气凌物,语人以"应举不作状元,仕官不作宰相,乃虚生也。""高逸"类叙相者史延寿视贵贱如一,怒叱相公阍者。"文儒"类叙晏殊七岁文章敏妙,真宗召见,命题试赋,殊曰:"臣尝私为此赋,不敢隐,乞易题"等等,均具有这一特点。后者如"知人"类之叙陈抟语人祸福,若合符契。"先兆"

类首叙艾颖侍郎少以乡贡入京,途逢一叟,言其相贵必中,且授以《春秋左氏传》,而后礼部试题正在其中,遂擢甲科。末叙术士李某传管辂轨格法,画卦影颇验,人问之,为画水边一月,中有口,后果除知湖州等等。而"谈谑"类则滑稽幽默,均可属"笑林体"诙谐小说。如"士大夫好讲水利"条叙其欲涸梁山泊以为农田,有人追问若遇水灾,水流向何处?刘贡父恰在坐,徐曰:"却于泊之旁凿一池,大小正同,则可受水矣。"使坐中皆绝倒,士大夫大惭沮等等,均属此类。可见宋代"世说体"志人小说已经转型,出现了向通俗化发展的趋势。而"士大夫好讲水利",今日读之,亦类俗语。大概也正因如此,所以其中的部分作品对后世戏曲和通俗小说颇有影响。如卷二之"谏议大夫陈省华生三子,皆登进士第,而伯仲皆为天下第一。晚年燕国夫人冯氏俱康宁"事,显然是关汉卿杂剧《状元堂陈母教子》之本事。上文所言陈抟事,卷八"事志"所叙柳永作词忤仁宗事,则被冯梦龙用为素材,创作了《古今小说》中的《陈希夷四辞朝命》和《众名姬春风吊柳七》。而卷四"才识"所叙"三苏"事迹,也被冯梦龙用为《苏小妹三难新郎》的本事之一,收入《醒世恒言》之中。

《续世说》十二卷,存,宋孔平仲撰。《直斋书录解题》小说家类著录三卷,《宋史·艺文志》作十二卷,今传本亦十二卷。孔平仲字义甫(一作毅夫),临江新喻(今属江西)人。生卒年不详。宋英宗治平二年(1065)进士及第。官秘书丞、集贤校理。绍圣中,被人告诉附会当道,讥毁先烈,贬知衡州。又因不推行新法再贬惠州别驾。徽宗立,起为户部金部郎中,提举永兴路刑狱,帅鄜延、环庆。党论再起,再被罢免,卒于兖州景灵宫主管任上。平仲擅史学,工文辞,所著除本书外尚有《孔氏杂说》《孔氏谈苑》《释稗》等与文言小说有关的作品及文集二十一卷。《续世说》在清代以前罕见,王士禛《居易录》称其失传,《四库全书》未收。后经《委宛别藏》《守山阁丛书》《粤雅堂丛书》等刊行,方传于世。此书全仿《世说新语》体例,几乎完全沿袭《世说新语》"德行""言语""政事""文学"等三十六门(仅缺《世说》之"豪爽"门),另增"直谏""邪谄""奸佞"三门,共三十八门。上承《世说新语》,杂记宋齐梁陈及隋唐五代遗闻琐语,材料几乎全部取自正史及前代野史笔记。然详其内容,亦可见作者思想及宋代现实。如卷八之"贤媛",虽名目与《世说新语》全同，但《世说》重在表彰女子才华，而此书则大力鼓吹贞节（其实唐代并不乏才华横溢的才女），显然与宋代理学盛行有关，显然是由文人化特征向通俗化特征转型的表现。另如平仲平生仕途偃蹇，屡以党论被贬，所以"其新增的三门，尤能表现其社会理想与人生体验。……对官场的虚伪奸邪、勾心斗角、尔虞我诈深为厌弃，而赞颂唐初的直臣犯颜敢谏，英主从谏如流，体现其对政治民主的向往。"①从艺术方面讲，《续世说》虽力追《世说》而未逮，但所选多注重故事性，注意以精彩典型的生活片断展现历史人物的道德品质，思想感情，所以仍具有不容忽视的文学价值。如卷一"德行"门之《李光颜》条，叙唐淮西节度使吴元济叛乱时，朝廷任命韩弘为淮西诸军行营都统平叛。韩拥兵自重，对忠武军节度使李光颜英勇奋战不满，便妄图用美人计动摇其斗志。美女送到之时，李曰："今日已暮，明旦纳焉。"第二天，"诘朝，光颜乃大宴军士。三军咸集，命使者进妓。妓至，则容止端丽，殆非人间所有，一座皆惊。光颜谓来使曰：'令公怜光颜离家室久，舍美妓见赠，诚有以荷德也。然光颜受国家恩深，誓不与逆贼同生日月下。今战卒数万，皆弃妻子，蹈白刃。光颜乃何以美色为乐！'言讫，泣涕呜咽。堂下兵士数万，皆感激流涕。乃厚以缣帛酬其来使，俾领其妓自席上而回。自此兵众弥加激励。"此虽录自旧史（见《旧唐书·李光颜传》），但略改数字而颇为动人。然亦正因如此，也失去了《世说新语》玄远冷俊的韵味而表现出轶事小说的特征，表现出由"世说体"志人小说向轶事小说转型的特点。孔平仲的其他小说类作品，如《孔氏谈苑》等，亦具有上述特点，颇值得研究。

《唐语林》，宋王谠撰。王谠字正甫，长安（今陕西西安市）人。故武宁军节度使王令斌五代孙，武胜军节度观察留后王凯孙。父王彭曾任凤翔府都监。哲宗元祐宰相吕大防女婿。以泰山之力，历官京东排岸司、国子监丞、少府监丞、彬州通判等。约卒于宋徽宋崇宁、大观年间。《唐语林》南宋书目著录有十卷、八卷、十一卷等。今通行本八卷，前四卷为明嘉靖二年（公元 1523 年）齐之鸾刻残本二卷，析为四卷；后四卷系清四库馆臣从《永乐大典》中辑出。古典文学出版社、中华书

---

① 苗壮：《笔记小说史》，第 289 页，杭州，浙江古籍出版社，1998。

局、上海古籍出版社均出过校点本。中华书局 1987 年排印的周勋初校证本以四库本为底本，又从其他各本中补辑佚文，考其出处，详加校勘，是目前最为完备的版本。今本尚有王谠《唐语林原序目》，首列《国史补》《补国史》《因话录》《谈宾录》等五十种书中所收唐人小说书目，次列"德行"、"言语"、"政事"、"文学"等本书所分五十二门类之目，且曰："右正甫集五十家之说，分为五十二门，其上三十五门出《世说》（按，今本《世说三十六门》），下十七门正甫所续，总号《唐语林》云。"所收五十种唐人小说，有二十种左右已经亡佚，其他未佚者亦可借此校勘，故本书于唐人小说颇有辑佚及校勘价值。此书虽辑自唐人小说，并非原创，然所选多生动精彩，故有较强的可读性。如今本卷五《补遗》所载李白事：

> 李白开元中谒宰相，封一板，上题曰："海上钓鳖客李白。"宰相问曰："先生临沧海，钓巨鳌，以何物为钩线？"白曰："风波逸其情，乾坤纵其志，以虹霓为线，明月为钩。"又曰："何物为饵？"白曰："以天下无义气丈夫为饵。"宰相竦然。

不但可见李白之孤傲狂放，思维敏捷，应对巧妙，亦可见作者对世俗庸俗风习之鄙视，今天读来仍觉历历在目。另外，此书续《世说》体例而增十七门，继承又有创新，不仅重记言，亦且重记事，比较全面地反映了唐代的社会面貌；从政治经济到文化教育，从宫廷逸事到市井遗闻，均有所涉及，不失为了解唐代社会的有用材料，《四库全书总目》谓其"虽仿《世说》，而所记典章故实，嘉言懿行，多与正史相发明，视刘义庆之专尚清谈者不同。且所采诸书，存者正少，其裒集之功，尤不可没。"良然。至于南宋李垕的《南北史续世说》，情况与《唐语林》相去无几。唯此书不见于明代以前书目，明代方有俞安期序本，故《四库全书总目》认为是俞安期伪作。宁稼雨多方考证，定其为南宋李垕所撰。① 垕字仲信，眉州（今属四川）人。著名史学家《续资治通鉴长编》的作者李焘之子。制科出身。淳熙二年（公元 1175 年）官翰林院正字，四年至翰林院著作郎，后历官国史院编修、实录院检讨。《南北史续世说》（或题《续世说新语》）十卷。前八卷分三十六门，全袭《世说新语》旧目。

---

① 宁稼雨：《中国文言小说总目提要》，第 204 页，济南，齐鲁书社，1996。

后二卷新增十一门,曰"博洽""介洁""兵策""骁勇""游戏""释教""言验""志怪""感动""痴异""凶悖",共四十七门。所记自刘宋至隋故事,材料均取自李延寿《南史》和《北史》,内容丰富,题材广博。虽非创作,但与孔平仲《续世说》、王说《唐语林》一样,选材多注重故事性,行文亦凝炼流畅。俞安期序称其"片语微辞,标新旅异,淡而旨,简而丰蔚,诚足雁行临川矣"。辞或溢美,亦足见成就。

综观宋金元"世说体"志人小说,一个共同特点即少创作而多采旧籍,并受史学发达之影响。史学之影响于志人小说,不唯"世说体"数量递减,多采旧籍,渐趋衰落,更明显的则是杂记前代或当时朝野人物遗闻轶事,带有"史补"性质的轶事小说、搜罗广博而体近杂俎的杂记小说逐渐兴起,取代了"世说体"而成为志人小说的主流。宋金元轶事小说,尤其是宋代轶事小说,恰如清桃源居士在明人选《五朝小说·宋人小说序》所言:"古史亡而后小说兴,……魏晋而下,搜神志怪,冥通异苑,为宛委,为庚除,赤绦玄黎,莫可殚记。尤莫盛于唐,盖当时长安逆旅,落魄失意之人,往往寓讽而为。然子虚乌有,美而不信。唯宋则出士大夫手,非公馀纂录,即林下闲谭,所述皆生平父兄师友相与谈说,或履历见闻,疑误考证。故一语一笑,想见先辈风流,其事可补正史之亡,裨掌故之阙。较之段成式、沈既济,虽奇丽不足,而朴雅有余。彼如丰年玉,此如凶年谷;彼如柏叶菖蒲,虚人智灵,此如嘉珍法酒,饫人肠胃:并足为贵,不可偏废耳。"[1]立场虽偏重于史,然不但言及了有宋一代轶事小说兴起的原因及通俗化特征,亦涉及宋代轶事小说与魏晋志怪、唐人传奇的不同。轶事小说的发展历程,与志怪小说大体一致:从宋初到仁宗朝为第一阶段,作者大都由五代入宋,故延续五代遗风,重在追记前朝。从北宋中后期到南宋中期为第二阶段,由追记前朝而逐渐转向现实,亦即桃源居士所云"非公余纂录,即林下闲谭,所述皆生平父兄师友相与谈说,或履历见闻,疑误考证。"南宋后期至元为第三阶段。由于国家分裂,民族矛盾日趋尖锐,故多抚今追昔之作,亦不乏对现实的不满与针砭。

第一阶段的轶事小说以孙光宪的《北梦琐言》、张洎的《贾氏谈录》

---

① 转引自丁锡根编著:《中国历代小说序跋集》,第1790页,北京,人民文学出版社,1996。

等开其端，郑文宝的《南唐近事》、钱易的《南部新书》等继其帜，王曾的《王文正笔录》等殿其后而启下一阶段之转型。孙光宪（900？—968），字孟文，号葆光子，陵州贵平（今属四川）人。五代时仕荆南高从诲为从事，累官至检校秘书监兼御史大夫。后劝高继冲献地降宋，得太祖嘉许，任为黄州刺史。家中藏书千卷，孜孜校勘，老而不辍。著述甚丰而大都散佚，今仅存《北梦琐言》一种。《郡斋读书志》、《直斋书录解题》入子部小说家类，作三十卷。自序亦称三十卷。元以后书目均作二十卷（《宋史·艺文志》作十二卷，疑误），今存本均二十卷，盖有残阙。1981年上海古籍出版社排印林艾园校点本为目前较为完备的版本。书中所记，多中晚唐至五代轶事，以针砭时弊者为多，于宦官窃权专制，抨击尤力。其他则以揭露统治阶级内部矛盾和名人轶事者较为突出。书中许多故事，尤其是涉及失意文人的故事，清新别致，对后世通俗文学影响较大，可见其通俗性。如卷三之《段相踏金莲》条记《酉阳杂俎》的作者段成式之父段文昌贫时闻曾口寺斋钟讨饭，为群僧所厌，改为斋后敲钟事，为"斋后钟"故事之早期记载。此事王定保《唐摭言》记为王播事，元马致远杂剧《吕蒙正风雪斋后钟》（"斋"一作"饭"）又移之吕蒙正名下。邵曾祺则云"但这一故事自宋以来民间传说都把它加于吕蒙正身上，'吕蒙正赶斋'的传说，在民间盛行，远过于王播"[1]。未知何据，或许孙光宪的《北梦琐言》在这一故事的民间传播中也起过作用。另如卷七之《孟浩然赵韩以诗失意》、卷八之《卢沆遇宪宗私行》二条，也分别被冯梦龙《古今小说》用于《众名姬春风吊柳七》、《赵伯升茶肆遇仁宗》入话之中。而更能体现由进士化向通俗化转型的则是上承晚唐遗风，对武侠题材的作品特感兴趣。如《荆十三娘》《许寂》《丁秀才》等即为其中名篇。2001年笔者参加"文言小说白话类编"项目，即将其选入《游侠剑客》之中。[2]

《贾氏谈录》（又名《贾黄中谈录》《贾公谈录》）一卷，存，宋张洎撰。洎字思黯，后改字偕仁，全椒（今属安徽）人。南唐举进士，初为上元尉，累官礼部员外郎，知制诰中书舍人。入宋为史馆修撰，翰林学士，曾参与《太平广记》的编纂。淳化中官至参知政事。《宋史》有传。其

---

① 邵曾祺编著：《元明北杂剧总目考略》，第105页，郑州：中州古籍出版社，1985。

② 见王恒展选译：《游侠剑客》，第60～64页，济南，齐鲁书社，2002。

《贾氏谭录自序》云:"庚午岁,余衔命宋都,舍于怀信舍,左补阙贾黄中,丞相魏公之裔也。好古博雅,善于谈论。每款接,常益所闻。公馆多暇,偶成编缀,凡六条,号曰《贾氏谈论录》,贻诸好事者云尔。"可见成书于宋开宝三年(970)。乃于为李煜使宋时录贾黄中所谈而成,故名。《郡斋读书志》小说家类著录三十条,《直斋书录解题》小说家类著录二十六条,且云"(贾)黄中,晋开运中以七岁为童子关头,十六岁进士及第第三人"。今存《四库》本系馆臣从《永乐大典》中辑出,并参考《说郛》与《类说》,共二十六条,恰合陈氏所云之数。贾黄中《宋史》有传,"史称黄中多知台阁故事,谈论亹亹,听者忘倦,故此录所述,皆唐代轶闻"①。至于张洎所记《贾氏谈录》的特点,萧相恺综合前人研究,概括云:"一是全书的体例很杂,故实、典章制度、杂事轶闻一并记载,这一点很像唐李肇的《国史补》;二是记载的内容大多真实可信。还有一个特点《四库全书总目》没有指出,那便是集中所载的每一则都文字简短,未脱六朝小说那种'粗陈梗概'的风格。"②而这三点则恰恰是后来宋金元轶事小说的总体特征,可见《贾氏谈录》的"史补"特征,可见其转型趋向。

嗣后,继孙光宪、张洎所开辟的道路前进而又较著代表性的轶事小说是郑文宝的《南唐近事》和钱易的《南部新书》。二人均晚于上述二人。与孙光宪、张洎之五代成名,入宋已携其著作相比,二人虽亦由五代入宋,但成名仕宦,小说创作均在北宋初,是真正的宋初文言小说作者。郑文宝字仲贤,宁化(今属福建)人。南唐镇海节度使郑彦华之子。初仕南唐为校书郎。入宋,举太平兴国进士,历官陕西转运使、兵部员外郎。据《宋史》本传载,文宝留恋故国,有志撰修国史,故采集旧闻,排纂叙次,以朝廷(南唐)大政编为《江表志》,其馀轶闻琐事,别为辑缀,成《南唐近事》。二者一为史书,一为小说,界限分明。自序题太平兴国二年(977)丁丑,盖入宋之后,仕宋之前所作。《直斋书录解题》伪史类著录,二卷。《宋史·艺文志》入霸史类,一卷,题《南唐近事集》,未知何据。《四库全书总目》始入小说家类,一卷。现存各丛书本亦均一卷。关于思想内容,作者自序云:"南唐烈祖、元宗、后主三世,

① 〔清〕纪昀等:《四库全书总目·贾氏谈录提要》。
② 萧相恺:《宋元小说史》,第229页,杭州,浙江古籍出版社,1997。

共四十年,起天福丁酉之春,终开宝乙亥之冬。君臣用舍,朝庭典章,兵火之余,史籍荡尽,惜乎前事,十不存一。余匪鸿儒,颇常嗜学,耳目所及,志于缣缃,聊资抵掌之谈,敢望获麟之誉。好事君子,无或陋焉。"①可见是一部有意而作的专述南唐三代君臣轶事的轶事小说。其最著称者为记陶谷为宋使南唐、倚国势而傲慢无礼。韩熙载以妓女扮驿卒侍奉,致使陶谷落入圈套,为赋《风光好》词以赠之。次日后主宴之,陶神色如故。及妓以《风光好》词劝酒,方知上当,即日狼狈北归。把一个伪君子写得活灵活现,栩栩如生,故后世广泛流传。元代南戏有无名氏的《陶学士》,元代杂剧有戴善夫的《陶学士醉写风光好》,明代杂剧有沈采的《陶秀实邮亭记》(陶谷字秀实)、程士廉的《醉学士韩陶月宴》等,均以此为本事。另如写刘仁赡夫妇镇守寿春,幼子疑有叛志,刘执法如山,斩之以正军法。夫人深明大义,予以支持。后世通俗小说戏剧中"辕门斩子"事,当以此为本事。其他如《何敬洙》("敬"一作"教")、《潘崀》等武侠小说,《昇元格》等公案故事,亦均见其通俗化趋向,转型更加明显。

钱易(968?—1026),字希白,钱塘(今浙江杭州)人。吴越王钱琮之子。真宗成平二年(999)进士及第。除蕲州通判。景德中举贤良方正。大中祥符间以户部度支员外郎直集贤院,权知开封府。《宋史》有传。希白擅长书画,博学多才,勤于著述。计有《金闺集》《瀛洲集》《西垣制集》《青云总录》《青云新录》等大量著作,惜多亡佚。今唯志怪小说《洞微志》、轶事小说《南部新书》存世,另有传奇小说《桑维翰》《越娘记》等收入《青琐高议》中,《直斋书录解题》又著录诙谐小说《滑稽集》四卷:可见其对文言小说的喜好,可见其在中国文言小说史上的地位。《南部新书》十卷,存。《郡斋读书志》小说家类著录五卷,题《南郡新书》。《宋史·艺文志》子部小说家类著录十卷。《国史经籍志》《四库全书总目》同,题《南部新语》。书记唐代故事,间及五代;轶闻琐语,间及朝典,堪称杂乱。宁稼雨《中国文言小说总目提要》认为:"其小说成分有两部分较有特色。一为道德公案类,往往通过人们各种行为过失及处理结果,进行道德探讨。……二是企慕人才之想。"宋初文人经历

---

① 转引自丁锡根编著:《中国历代小说序跋集》,第 341 页,北京,人民文学出版社,1996。

五代乱离之痛,故轶事小说,多露以古鉴今之旨,"此书即可见一斑"。钱氏世居吴越,"唐代故老,多居其地。故所记旧闻,如亲历其事,生动有致"①,加以作者文学功力及见识极高,故所记往往栩栩如生,跃然纸上,多为后世文人青睐。再加以钱氏于赵宋王朝影响颇大,故而在志人小说转型的历史过程中亦颇有影响。

在宋代轶事小说转型的过程中,王曾官高位重,应属于承前启后的人物。王曾字孝先,青州益都(今山东省青州市)人,少孤,鞠于仲父宗元。咸平五年(1002)进士。由乡贡试礼部廷对皆第一,杨亿见其赋,叹曰:"王佐器也。"以将作监丞通判济州,代还召试,宰相寇准奇之,特试政事堂,授秘书省著作郎、直史馆、三司户部判官。景德初,迁右正言知制诰兼史馆修撰,迁翰林学士、尚书主客郎中知审官院通进银台司勾管三班院,遂以右谏议大夫参知政事。寻以市贺皇后家旧第罢为尚书礼部侍郎判都省出知应天府。天禧中,徙天雄军,复参知政事,迁吏部侍郎兼太子宾客。真宗驾崩,奉命入殿庐草遗诏。仁宗立,迁礼部尚书。时真宗初崩,内外汹汹,曾正色独立,朝廷倚以为重,拜中书侍郎兼本官同中书门下平章事,集贤殿大学士,寻以门下侍郎兼户部尚书为昭文馆大学士监修国史。后因太后不悦,又会玉清昭应宫灾,出知青州,以彰信军节度使复知天雄军,改天平军节度使同中书门下平章事,判河南府。景祐元年为枢密使,明年拜右仆射兼门下侍郎平章事,集贤殿大学士,封沂国公。后因与吕夷简交论,俱罢,以左仆射资政殿大学士判郓州,宝元元年(1038)薨,年六十一岁,谥文正。皇祐中,仁宗为篆其碑曰"旌贤之碑",后又改其乡曰旌贤乡。大臣赐碑篆,自王曾始。仁宗既祔庙,诏择将相配享,以王曾为第一。著有轶事类笔记小说《王文正笔录》三卷。以这样的经历、功业、地位、名声而撰轶事小说,在"楚王好细腰,宫中多饿死"、上行下效的封建时代,影响可想而知!《王文正笔录》(又题《王文正公言行录》《王文正公笔录》《沂公笔录》)三卷、《郡斋读书志》传记类著录,自《直斋书录解题》以后书目均作一卷,《四库全书总目》入子部小说家类。今存本一卷,"乃所记朝廷旧闻凡三十余条,皆太祖、太宗、真宗时事,其下及仁宗初者,仅

---

① 宁稼雨:《中国文言小说总目提要》,第190页,济南,齐鲁书社,1996。

一二条而已"①。王曾官高位重,故所记多帝王将相,朝廷轶事,详其旨则一言以蔽之曰歌功颂德。颂皇恩者如记大中祥符九年秋稼将登而蝗虫为灾,真宗一日于便殿中用晚膳,见蝗虫漫天飞来,连云翳日,莫见其际,遂意甚不安,命撤匕箸。显然是颂扬真宗仁慈之心。颂大臣者如"尚书左丞陈公恕"条记陈恕总领计司,每奏事为太宗诮让,则敛裾踧踖,退至殿壁,负墙而立,若无所容。但俟上意稍解,则复进奏,终不改易,有时竟至三四次。终至"上察其忠,多从其议"。显然是颂扬大臣之峭直无私,忠亮敢谏。尤应指出的是,《王继忠》条记其战败被俘,契丹授以官爵,为之婚娶,大加委用。王继忠在取得信任后却不忘国家利益,从容晓以利害,终于促成南北和议。对于这种李陵式的人物,作者不但没有诋之以"投敌变节"等污词,反而于文末议论说:

> 继忠为人有诚信,北境甚重之,封河间王。彼土人士或称之曰:"古人尽忠,止能忠于一主。今河间王南北欢好若此,可谓尽忠于两国主。"然则继忠身陷异国,不能即死,与夫无益而苟活者异矣!

在那以"文死谏,武死战"为荣的封建专制时代,能写王继忠这样的人物,发表这样的议论,实在难能可贵。王曾熟悉前代故事,故所记又多合史实,李焘撰《续资治通鉴长编》,多采此书。从另一方面讲,许多作品又颇具传说性质,故事性强,形象生动,颇具轶事小说特点。其实不止是王曾,第一阶段末期官高位重的轶事小说作者还有:累官尚书左仆射门下侍郎平章事,兼太子少师,拜司空,封晋国公的丁谓有《晋公谈录》(又题《丁晋公谈录》《丁谓谈录》《谈录》等)三卷。官至翰林学士的彭乘有《墨客挥犀》十卷,《续墨客挥犀》十卷。累官检校太尉平章事,枢密使,封莒国公,以司空致仕的宋庠有《杨文公谈苑》(又题《南阳谈薮》《杨公谈苑》《杨亿谈苑》《谈苑》)十五卷。宋庠之弟,累官工部尚书,翰林学士承旨,卒谥景文,人称"红杏枝头春意闹"尚书的宋祁有《宋景文笔记》三卷,《鸡跖集》十卷。如是等等,流风所及,便是下一阶段轶事小说的进一步普及,亦即进一步通俗化。

第二阶段的轶事小说以欧阳修的《归田录》、司马光的《涑水纪闻》

---

① 〔清〕纪昀等:《四库全书总目·王文正公笔录提要》。

等承前启后，释文莹的《湘山野录》《玉壶清话》，魏泰的《东轩笔录》等弘其中，陆游的《老学庵笔记》、岳柯的《桯史》等殿其后。这一阶段是宋金元轶事小说蓬勃发展，广泛普及，因而也是逐渐通俗化的阶段，上至朝廷高官，下至俚儒野老，提笔濡墨，随手而记，因而作品极为丰富。

欧阳修（1007—1072），字永叔，号醉翁，晚号六一居士，庐陵（今属江西）人。少孤家贫，母亲教读。天圣八年（1030）进士，历仕仁宗、哲宗、神宗三朝。累官翰林学士、枢密副使、参知政事。以太子少师致仕，卒赠太子太师，谥文忠。为北宋文史巨匠，亦官高位重一流人物。著有《毛诗本义》《新五代史》《集古录》《欧阳文忠公集》《六一词》《六一诗话》等。又尝奉诏修《新唐书》。《归田录》二卷，存。《直斋书录解题》《文献通考》《四库全书总目》均入子部小说家类，作二卷。《宋史·艺文志》入史部传记类，作八卷。今存本均二卷。中华书局1981年李伟国校点本以涵芬楼本为底本，校以他本，又增辑佚文，为目前最为完备的版本。书前有治平四年（1067）自序，称"《归田录》者，朝廷之遗事，史官之所不记，与夫士大夫笑谈之馀而可录者，录之以备闲居之览也。"而详其内容，则当时遭群小攻击，"怨嫉谤怒，丛于一身"，决计归田时所作，故名《归田录》。欧阳文忠公以文史家巨笔写小说，再加之博学多才，阅历丰富，故能写人叙事，生动传神。宁稼雨称"本书文笔在北宋杂记体志人小说中堪称翘楚。"良然。其中篇章，最为著名者为卷一之《卖油翁》与《邓州花腊烛》二条。前者以陈尧咨善射与卖油翁酌油对比，以说明熟能生巧的道理。人物栩栩如生，对话口吻毕肖，"无他，但手熟尔"六字，人在目前，言犹在耳，且见通俗性特征，今被选入中学课本，影响可想而知。而《邓州花腊烛》叙寇准夜宴剧饮，燃烛达旦，腊泪遍地事，显然即清人杨潮观《吟风阁杂剧》中《寇莱公思亲罢宴》之本事。而写人之妙者，卷二之《石曼卿》条，犹见手笔，抄录如下：

> 石曼卿磊落奇才，知名当世，气貌雄伟，饮酒过人。有刘潜者，亦志义之士也，尝与曼卿为酒敌。闻京师沙行王氏新开酒楼，遂往造焉。对饮终日，不交一言。王氏怪其所饮过多，非常人之量，以为异人。稍献肴果，益取好酒，奉之甚谨。二人饮啖自若、傲然不顾。至夕，殊无酒色，相揖而去。明日，都下喧传："王氏酒楼有二酒仙来饮！"久之，乃知刘、石也。

寥寥数语,二位酒仙之奇异与豪饮,王氏之陪衬,都下之喧传,直令人过目不忘。非欧公巨笔,殊难及也。值得注意的是,欧阳修对王曾非常敬佩,卷一记曰:

> 王文正公曾,为人方正持重,在中书最为贤相。尝谓大臣执政,不当收恩避怨。尝语尹师鲁曰:"恩欲归己,怨使谁当?"闻者叹服,以为名言。

孔子曰:"不知言,无以知人也。"①寥寥数语,不但写出了王曾的方正持重,敬佩之情,亦溢言表。轶事小说创作,受其影响亦在情理之中。上文所云王曾之影响,欧阳修之承前启后,非无根之言也。

司马光(1019—1086),字君实,陕州夏县(今属山西)涑水乡人。人称涑水先生。宝元元年(1038)进士,历仕仁宗、英宗、神宗、哲宗四朝,官至尚书左仆射兼门下侍郎,卒赐太师,追封温国公,谥文正。事具《宋史》本传。为北宋著名政治家、史学家、文学家。著有《切韵指掌图》《易说》《潜虚》《稽古录》《涑水纪闻》《传家集》及文集等。与刘恕等所编《资治通鉴》二百九十四卷,为我国历史上重要的编年史著作。其轶事小说《涑水纪闻》十六卷,存。《直斋书录解题》入史部杂史类,十卷,可见"史补"的轶事小说特征更明显。《宋史·艺文志》入史部故事类,作三十二卷。《四库全书总目》始入子部小说家类,作十六卷。凡众本分卷不同而文无大异。中华书局 1989 年出版的邓广铭、张希清校点本以二卷抄本为底本,以他本校补,依《学海类编》本分卷,并辑以他书佚文,为目前最为完备的版本。"此编杂录宋代旧事,起于太祖,迄于神宗。"以军国大事为多,间及遗闻琐事。各条长短不一而多注明何人所说,失名者则注"不记所传",故曰《纪闻》。采自他书者,亦各注明出处。作品主旨虽在表彰君臣,歌功颂德,但仍有两点在中国文言小说史上颇有影响。一是善于选择典型事件、典型情节描写人物,使人物个性鲜明,活灵活现。如卷一之《太祖弹雀》条:

> 太祖尝弹雀于后园,有群臣称有急事请见。太祖亟见之。其所奏乃常事耳。上怒诘其故,对曰:"臣以尚急于弹雀。"上愈怒,举柱斧柄撞其口,堕两齿。其人徐俯,拾齿置怀中。上骂曰:"汝

---

① 语见《论语·尧曰》。

怀诋欲讼我耶?"对曰:"臣不能讼陛下,自当有史官书之。"上悦,
赐金帛慰劳之。

寥寥数语,宋太祖之粗暴专横而知错即改,不忌前嫌;下臣之忠心耿
耿,犯颜直谏,均跃然纸上。"小说极言人主之不能身耽逸乐,指出国
事再小也急于帝主的玩乐,具有很深的借鉴意义。"①二是其中的公案
小说多情节曲折,引人入胜,颇具通俗化特征。如卷二之《钱若水》述
其为推官时勘破积年冤案。卷七《向相在西京》叙向敏中明察秋毫,侦
破疑案等,均属此类。特别是后者,"倘是以往的笔记小说,必仅写其
下属上报奸杀案,以缺赃证致疑,遣吏专访,卒获真凶。此篇则突出案
情的曲折奇诡,具述案件始末及查访过程,一改既往情节单纯的传统,
引人入胜,反映在文言小说与白话小说分化中,白话小说所体现的市
民审美情趣对文言小说创作的影响,构成了宋代笔记小说的又一特
点。"②后来,有人将其收入《百家公案》,凌濛初又据以创作了《拍案惊
奇》中的《东廊僧怠招魔　黑衣盗奸生杀》。试想,像司马光这样的大
政治家、大史学家、大文学家尚且受通俗小说的影响,致使自己的作品
具有了通俗化的特征,其他人能免乎哉! 风之所过,草必偃之,这就是
中国文言小说转型时期的总体风尚。欧阳修、司马光俱官高位重,名
声显赫;《归田录》和《涑水纪闻》均具有转型时其文言小说"史补"性质
的轶事小说通俗化特征,而"宋元时代许多轶事类小说,实际上都是在
沿着这两书的路子往前走"③。这就难怪要由唐五代时期的进士化特
征,转型为通俗化特征了。当然,这一阶段曾巩的《曾南丰杂志》,苏轼
的《东坡志林》《仇池笔记》,苏辙的《龙川略志》《龙川别志》等等,无疑
也起了推波助澜的巨大作用。

轶事小说洪波涌起之后,继之而起而颇有成就的是释文莹和魏
泰。文莹字道温,钱塘人。生卒年及俗家姓名不详。所著轶事小说三
种:《湘山野录》三卷、《续湘山野录》一卷,《玉壶清话》十卷,均存。中
华书局 1984 年将三书合刊排印,是目前较为方便通行的版本。《湘山
野录》成书于熙宁年间。时作者住荆州金銮寺,故以湘山为名。书中

① 萧相恺:《宋元小说史》,第 241 页,杭州,浙江古籍出版社,1997。
② 苗壮:《笔记小说史》,第 282 页,杭州,浙江古籍出版社,1998。
③ 萧相恺:《宋元小说史》,第 242 页,杭州,浙江古籍出版社,1997。

杂记五代以来朝野轶事,简明生动,人物也颇有个性,如卷中记吴越王钱镠衣锦还乡,"一邻媪九十余,携壶浆角黍迎于道。镠下车呕拜。媪抚其背,犹以小字呼之曰:'钱婆留,喜汝长成!'盖初生时,光怪满室,父惧,将沉于丫溪,此媪酷留之,遂字焉。"又大宴乡亲,自唱《还乡歌》,颇似汉高祖之豪。歌罢,"父老虽闻歌进酒,都不之晓。武肃觉其欢意不甚浃洽,再酌酒,高揭吴喉唱山歌以见意,词曰:'你辈见侬底欢喜,别是一般滋味子,永在我侬心子里。'歌阕,合声赓赞,叫笑振席,欢感闾里。今山民尚有能歌者"。不但有声有色,鲜活生动,如在目前,且通俗畅晓,极具转型之后的通俗特征。明冯梦龙《古今小说》中《临安里钱婆留发迹》,即据此改编。《续湘山野录》虽佛家味较浓,但亦不乏佳作。如《柳开轻言自衒》条记柳开独居旷室,大言不畏鬼神。其友潘阆闻之,假扮狞鬼,夜入其室,终使柳开无地自容。"文中对柳肆言之状及潘夜入旷室的描写,均笔到意现,游刃有余,堪称大手笔。"①《玉壶清话》又名《玉壶野史》,"书成于元丰戊午(1078)八月十日",在前二书之后。据作者自序,乃从宋初至熙宁间文集二百余家,近数千卷中,"取其未闻而有劝者,聚为一家之书",欲其传于后世者也。与前二书一样,书中虽不乏歌功颂德之作,但许多作品明显地具有民间的审美情趣。如卷六之记柴公女自愿嫁给沟旁的乞丐郭威,而后竟成周太祖,与话本小说中那些出身微贱而通过个人才干、奋斗发迹变泰的形象如出一辙。冯梦龙《古今小说》中的《史弘肇龙虎君臣会》取以为本事,也正是看到了这一点。同例,卷八之记陈抟辞太宗而隐居华山事,也成了《陈希夷四辞朝命》的本事之一。总而言之,"从小说的角度说,文莹超过了欧阳修、司马光,也超过了稍后于他的苏辙、刘延之,是北宋轶事小说史上又一个值得重视的作家"②。

魏泰字道辅,襄阳(今属湖北)人,生卒年不详。因在试院中与主考官发生争执并殴打了考官,所以未能应举。据说此后又喜欢冒用别人的名字著书,故宋人称其无行而有口。徽宗时,宰相章惇曾荐其为官,泰拂袖而去,以隐居终老。《东轩笔录》十五卷,《郡斋读书志》小说家类著录,称"元祐中纪其少时公卿间所闻成此编"。时间约太祖至神

---

① 宁稼雨:《中国文言小说总目提要》,第165页,济南,齐鲁出版社,1996。
② 萧相恺:《宋元小说史》,第247页,杭州,浙江古籍书社,1997。

宗间。因为性格及经历的原因，此书所记虽亦朝野轶闻，但文字褒贬鲜明，极力颂扬那些性格耿直，清正廉明之人，而对北宋朝臣之趋炎附势、贪渎贿赂的丑恶现象则多无情揭露。如卷二之写张齐贤当年宴会时见一家奴暗窃银器，三十年置而不问。后为宰相，家奴多得提携，而此人未得。等此人当面求官，张齐贤才告其原委，且云："吾备位宰相，进退百官，志在激浊扬清，安敢以盗贼荐耶！"事已讲明，恐此人留在府中不便，又给钱三百千，令其自去谋生。足见张齐贤之为人。其他如写范仲淹、吕夷简等，均大力颂扬。而对王钦若、丁谓等则极力贬斥。这种是非观念，颇类通俗小说之写忠奸斗争，更具民间通俗思想。另外，此书许多故事叙述委曲，显然吸收了通俗小说的某些艺术手法，所以对后世通俗文学颇有影响。如卷二所记章睿太后之弟杨景宗为役夫时荷土所筑之地，发迹后竟赐为己有，"其正寝乃向日荷土所筑之地也。世叹异之"。被冯梦龙用为《古今小说·杨八老越国奇逢》之入话。卷十二所记祖母所言县令钟离君与邻县县令许君结姻，买婢而为前任县令之女，即致书许君，欲先为此女择婚而后嫁己女。而许令则愿以前令女配其子事，影响更大，不但《厚德录》《从善心鉴》《括异志》《报应录》《国色天香》等辗转抄录，且明人冯梦龙通俗小说《醒世恒言》开卷第一篇《两县令竞义婚孤女》、觉非子传奇《增寿记》及《百寿图》杂剧等均敷演此事。类似这样的作品，当然更具通俗化特征。

这一阶段后期是轶事小说遍地开花的繁荣阶段。仅萧相恺《宋元小说史》就论及了赵令畤的《侯鲭录》、叶梦得的《石林燕语》等二十余种。其中较有代表性的是陆游的《老学庵笔记》和岳珂的《桯史》。陆游字务观，号放翁，越州山阴（今浙江绍兴）人。南宋著名爱国诗人。少能诗文，以荫补登仕郎，礼部试为前列，因喜论恢复为秦桧黜落。桧死，始为宁德主簿。孝宗继位，赐进士出身，除枢密院编修。曾因支持北伐，数度被罢官，几起几落，坚持抗战之初心不改。八十岁时以宝章阁待制致仕。《老学庵笔记》为其晚年退居镜湖时所作。《直斋书录解题》小说家类著录十卷，称"陆游务观撰，生识前辈，年登耄期，所记见闻，殊可观也"。历代版本甚多，中华书局1980年排印本较为方便完备。通阅全书，像他爱国主义诗作一样，最突出的即表现抗战爱国思想的作品。具体讲，则是两个方面：一是正面歌颂爱国志士，爱国思想。如卷一之记"秦桧之杀岳飞于临安狱中,都人皆涕泣,是非之公如此"。卷二之记施全刺杀秦桧未果被斩。同卷记汴都炒栗名手李和,其子被掳至金,挥泪向南宋使金使节献栗,望其莫忘故土,凄楚感人。爱国之情,见于言表。二是大胆揭露、斥责祸国殃民的秦桧奸党。如卷三记秦桧孙女尚幼,即封为夫人,谓之"童夫人"。其所爱狮猫走失,竟下令临安府全城官兵访求,闹得满城不得安宁。卷五记秦桧妻族人王子溶仗势欺人,胡作非为,竟至数辱郡守等等,可见当时政治腐败及投降派的骄奢淫泆。即使今日读之,仍不失为进行爱国思想教育,反腐败教育的好教材。

《桯史》十五卷,《直斋书录解题》小说家类著录。岳飞之孙岳珂撰。岳珂(1183—1234),字肃之,号亦斋、倦翁,相州汤阴(今属河南)人。历仕光宗、宁宗、理宗三朝,曾官嘉兴知府、户部侍郎、淮东总领兼制置使。长于经学,工于词章,著有《金陀萃编》、《九经三传沿革例》、《愧郯录》、《玉楮集》、《棠湖诗稿》及轶事小说《桯史》等。《桯史》十五卷,存。《直斋书录解题》《文献通考》《四库全书总目》均入子部小说家类。现存明刊本多种及《津逮秘书》《学津讨源》等丛书本。中华书局1981年出版吴企明点校本以《四部丛刊续编》影元刊本为底本,校以他本,是目前最为方便、完备的版本。在唐宋轶事小说中,明末毛晋很看重此书,称:"唐迨宋元,稗官野史,盈箱溢箧,最著者《朝野金载》《桯史》《辍耕录》者,不过数种,人尤脍炙《桯史》。"①珂《桯史序》云:"亦斋有桯焉,介几间,髹表可书,余或从搢绅间闻闻见见归,倦理铅椠,辄记其上,编已,则命小史録臧去,月率三五以为常。每窃自想,以谓公是公非,古之人莫之废也。见睫者不若身历,縢口者不若目击,史之不可已也审矣。"可见乃有意为"史补"性质的轶事小说。"岳珂一生正处于南宋王朝偏安江左,国势积弱的时期,岳家又直接遭受到南宋统治集团中投降派的严酷迫害,因此,他每议论时政,总是义愤填膺,意绪激越。'情见乎词',这种思想感情,必然渗透在他的著作中。以'公是公非'为写作目的的《桯史》,正是通过许多目击耳闻的朝野各阶层人物的言行,愤怒揭露了两宋政治的腐败黑暗,南宋统治集团中投降派祸

①〔明〕毛晋:《津逮秘书跋》。

国殃民的罪恶,热情歌颂了净臣战将,布衣义士的抗金热忱和凛凛气节,辞严义正,爱憎鲜明。"①其中最突出的是对家国仇人大奸臣秦桧的揭露与贬斥。如卷三之《天子门生》、卷七之《朝士留刺》、卷十二之《秦桧死报》等均为此类。尤其是卷七之《优伶诙语》,记优伶借"二胜环"与"二圣还"谐音,影射秦桧将"二圣还"抛在脑后,痛快淋漓,深得民心。从艺术方面讲,《桯史》中的不少篇章注重谋篇布局,故事曲折跌宕,显然吸收了话本注重故事性的通俗化艺术特点。如卷一的《南陔脱帽》条记王寀元夕观灯被歹人盗拐,机智逃脱事,萦回曲折,引人入胜,被凌濛初《二刻拍案惊奇》敷演为《襄敏公元宵失子　十三郎五岁朝天》。卷六之《汪革谣谶》条记汪革(字信之)被污谋反,终至被杀事,故事曲折复杂,叙述委曲婉转,长达二千六百余字,实际上已是一篇典型的传奇小说。冯梦龙《古今小说》中《汪信之一死救全家》即据此写成。另外,记优伶故事也比较突出,卷七之《优伶诙语》、卷十之《万春伶语》等"均写优伶借表演嘲讽时政,从中均可见市民文学对笔记小说的影响"②。可见宋金元文言小说发展至此,转型已经完成,已经具备了这一时期的通俗化特征。

　　第三阶段是轶事小说由盛转衰的阶段,作品大幅度减少,代表作是周密的《齐东野语》《癸辛杂识》,杨瑀的《山居新话》和陶宗仪的《辍耕录》。周密(1232—1298),字公瑾,号草窗,祖籍济南,故又号华不注山人。曾祖扈从高宗南渡,定居吴兴弁山,故又自号弁阳老人,四水潜夫,弁阳啸翁等。于南宋曾官临安府幕属,监和济药局,充奉礼部,两浙运司掾,监丰储仓,义乌令等。宋亡不仕,以抗节著称。词讲格律,与吴文英(号梦窗)齐名,并称"二窗"。亦能文、能诗、能画,著有《草窗韵语》《草窗词》《武林旧事》《癸辛杂识》《齐东野语》《浩然斋杂谈》《云烟过眼录》《志雅堂杂抄》《澄怀录》《浩然斋意抄》《浩然斋视听抄》等,又尝选南宋词人佳作,集为《绝妙好词》。其中小说则以《齐东野语》和《癸辛杂志》为代表。

　　《齐东野语》二十卷,存。《国史经籍志》《千顷堂书目》入子部小说家类,《四库全书总目》入子部杂家类。今存版本较多,中华书局1983

---

① 吴企明:《桯史·点校说明》,第1页,北京,中华书局,1981。
② 苗壮:《笔记小说史》,第285页,杭州,浙江古籍出版社,1998。

年出版张茂鹏点校本,为当今最流行最方便的版本。据载,周密的父亲曾言:"身虽居吴,心未尝一饭不在齐。而密亦自署历山,书中又自署华不注山人。据此以《齐东野语》名,本其父志也。"①是书为周密晚年经意之作,许多内容来源于作者的亲历亲闻及其先人的旧闻,执笔之时,又"参之史传诸书,博以近闻胠说,务求事之实,不计言之野也。"②所以像其他轶事小说一样,此书首先具"史补"的性质,具有相当的史料价值。中华书局将其列入《唐宋史料笔记丛书》中,原因在此。然而从中国文言小说史,尤其是轶事小说史的角度看,有三点应该指出:一、既非亲历,便属传说;追叙往事,必以想象,因此其中的许多作品便不可避免地具有了小说文体的特征。如卷二之《张魏公三战本末略》叙张浚事,曲折详尽,显非实录。其中《淮西之变》叙张浚与岳飞对话,口吻毕肖,当时"既无录音之具,又乏速记之方,驷不及舌,何其口角亲切,如聆謦欬欤?"③显然是一种小说写法。二、书中许多作品描摹人情,回肠荡气,感人至深。如卷一之《放翁钟情前妻》,自然而又巧妙地将陆游的《钗头凤》词和有关沈园的三首诗穿插于他与前妻唐氏的婚姻悲剧之中,不但展示了这一悲剧的始末,而且写出了诗人对前妻的钟情,终生不移,老而弥笃,感动了历代读者,文人轶事小说而堪与唐传奇名篇《莺莺传》比美。尤应指出的是,《齐东野语》中的许多此类作品均故事性强,叙述委曲,传奇色彩浓,颇具市民情趣,因而为后世戏曲、小说等通俗文学提供了本事,从而在中国小说史上占据了重要一页。如卷六之《王魁传》为后世王魁题材戏剧小说的研究提供了原型的珍贵资料。卷八的《吴季谦改秩》条所叙与《大唐大慈恩寺三藏法师传》所载玄奘事颇类,均为《西游记》小说、戏剧提供了借鉴。卷十一之《慈懿李后》、卷十三之《甄云卿》、卷十八之《二张援襄》,则分别被周清源敷演为《西湖二集》中的《李凤娘酷妒遭天谴》《巧书生金銮失对》《徐君宝节义双圆》。卷二十之《莫氏别室子》、卷十七之《朱唐交奏本末》、卷二十之《台妓严蕊》则显然是凌濛初《二刻拍案惊奇》卷十《赵五虎合计挑家衅　莫大郎立地散神奸》、卷十二《硬勘案大儒争闲气

---

① 〔清〕纪昀等:《四库全书总目·齐东野语提要》。
② 周密:《齐东野语自序》,见中华书局1983年版《齐东野语》。
③ 钱钟书:《管锥编》,第一册,第164页,北京,中华书局,1979。

甘受刑侠女着芳名》的本事。卷十二、十五、十七、十九所叙贾似道事，则被冯梦龙敷演为《古今小说》中的《木绵庵郑虎臣报冤》。尤其是卷二十之《莫氏别室子》所叙家庭诉讼事，民间情趣极浓，不但"二拍"直接用为本事，冯梦龙《古今小说·滕大尹鬼断家私》亦化而用之。宁稼雨《中国文言小说总目提要》有所考证，可以参见。① 三、《齐东野语》中许多隶属志怪题材的"齐东野语"，但与一般的志怪小说大异其趣，怪而不怪，极具人情。如卷七之《毕将军马》写兖州将军毕再遇战功卓绝，以至金兵避其旗帜。其战马号黑大虫，亦骏驵异常。将军老去后，其家以铁绳羁马圈中。遇岳祠迎神，闻金鼓声，意谓赴敌，于是长嘶奋迅，断绳而出。其家虑伤人，命健卒十余，挽之而归，且好言戒之曰："将军已死，汝莫生事累我家。"马竟耸耳以听，汪然出涕，喑哑长鸣数声而死，催人泪下！作者复于文末云："呜呼！人之受恩而忘其主者，曾异类之不若，能不愧乎？"在中国文言小说史上，写义犬、义牛之类者不鲜，其意均在以兽写人。周密此作十分动人，显然为同类作品中的优秀篇章，当时投降派阅之，不知作何感想？ 此外如卷八之《韩恺奇卜》《小儿疤痘》，卷九之《富春子》，卷十一之《朱芮杀龙》等等，均亦有为而作，迥非为志怪而志怪，荒诞不经者也。

《癸辛杂识》，历代各家书目著录卷数不一，《国史经籍志》著录四卷。《千顷堂书目》子部小说家类著录《癸辛杂识》一卷、《癸辛新识》四卷、《癸辛后识》四卷、《癸辛续识》二卷，共十一卷。《四库全书总目》则著录前后集各一卷，续别集各二卷，共六卷。版本亦多，中华书局 1988年排印本择善而从，最为完备。《四库全书总目》谓之曰："是编以作于杭州之癸辛街，因以为名，与所作《齐东野语》大致相近。然《野语》兼考证旧文，此则辨订无多，亦皆非要义；《野语》多记朝廷大政，此则琐事杂言居十之九，体例殊不相同。"然详阅全书，考证、辨订亦屡见不鲜，如《杜子美不喜杜诗》、《杨太真小字玉环》、《三建汤》、《多面》等均属此类。涉朝廷大政者亦复不少，如前集之《施行韩震》记贾似道与韩震勾结，专权误国；续集《张世杰忠死》、别集《襄阳始末》颂抗敌英雄等均属此类。当然，比数最多者为琐事杂言，在这类作品中，前集《郑仙

----

① 宁稼雨：《中国文言小说总目提要》，第 183 页，济南，齐鲁书社，1996。

姑》条颇为引人注目。作品叙瑞州高安县旌义乡郑千里之女定二娘甚孝,已定婚而与人有奸而孕。千里丑之,遂将其售之傍邑而诡称乘仙而去。州县不知,竟乞奏旌表。千里亦为之立仙姑祠,且祈祷辄应。作者于文末议曰:"世俗所谓仙姑者,岂皆此类也耶?"显然有破除迷信、讽谕礼教及贞节观念的效应。从艺术方面讲,则极尽曲折,婉而成章,引人入胜,定二娘以孝女的面貌出场,继而为仙姑,继而为与人有奸而孕,起伏跌宕,出人意外,叙事显然受说话艺术通俗化注重故事特色的影响。另外,书中有不少作品穿插诗歌,显然弘扬了中国文言小说"文备众体,可以见史才,诗笔,议论"的传统。如《杨昊》条叙其死后化蝶,徘徊回翔于妻子之傍,本身已颇具诗情画意,然作者又引李商尝作诗记之曰:

碧桐翠竹名家儿,今作翩翩蝴蝶飞。

山川阻深罗网密,君从何处化飞归。

作者亦作诗悼之云:

帐中蝶化真成梦,镜里鸾孤枉断肠。

吹散玉箫人不见,世间难免返魂香。

缠绵悱恻,诗化特征十分明显。而续集之《宋江三十六人赞》条涉《水浒》故事的演化过程,更早已为《水浒》研究界所熟知,为通俗小说《水浒》研究提供了弥足珍贵的重要资料,亦见通俗化特征。

由宋金入元的一批轶事小说作者谢世之后,由于斯文扫地,致使汉族文人沉沦社会底层,因而直接影响了文言小说尤其是轶事小说的创作。在一片萧条,寥寥无几的轶事小说中,杨瑀的《山居新话》和陶宗仪的《辍耕录》就较为显眼了。杨瑀(1285—1361),字元诚,杭州人。天历中擢中瑞司典簿。文宗爱其廉慎,超授奉议大夫、太史院判官。至正十五年(1355)江浙兵乱,迁建德路总管。行省表功,进中奉大夫、浙东道宣慰使、都元帅。《山居新话》(又题《山居新语》)四卷,存。首有杨维桢至正二十年(1360)序,称杨瑀"归田后著"。书中所记多作者见闻,有朝廷轶事,民间传说,师友言行,兼涉神怪。自序称写作此书是为了"他日有补于信史",故既可见其"史补"之轶事小说性质,又决定了他质朴无华的文笔。然注重写人物轶事,故小说性质明显,其中最为人称道者即卷二之《聂以道》条。作品叙一卖菜人半途拾钞一束,共十五定,乃买肉而归。母知原委,令其原处候还失主。失主贪鄙,讹称原失三十定,争至县衙。县尹聂以道查证清楚,判将十五定给菜农贤母养老,失钞者到别处寻找丢掉的三十定钞。赞扬了下层人民的忠厚善良,批判嘲讽了失主的贪鄙无赖,歌颂了聂以道的处置方法,是一篇精彩的公案小说,极具民间情趣。冯梦龙《古今小说·陈御史巧勘金钗钿》即以此为本事。另外,杨瑀身处元末,政治腐败,所以《山居新话》中也时有反映,尤是对伯颜及其党羽。

在元代轶事小说中,以陶宗仪的《辍耕录》最为著名,也最具代表性。陶宗仪字九成,号南村,元末明初浙江黄岩人。生卒年不详。元代科举不中,隐居松江,躬耕自给。博览群书,勤于著述,耕种常带笔砚,有所得则辍耕树荫,摘叶以书之,贮破盎中,前后十年,积十数盎,后开盎一一录之,编以成书,故名《辍耕录》。颇带传奇色彩。另有《南村诗集》《沧浪棹歌》《书史会要》《草莽私乘》等,又尝辑录前人笔记小说为大型丛书《说郛》一百卷,为研究中国文言小说史的重要资料。确如萧相恺所言:"陶宗仪是元末一位最重要的小说家,他与元初的周密,一头一尾,遥相对应,是元代小说家中的两颗明星。"①

《辍耕录》(又题《南村辍耕录》)三十卷,存。《国史经籍志》《千顷堂书目》《明史·艺文志》《四库全书总目》小说家类著录。版本较多,自元迄今历代不乏。1959 年中华书局排印本较为普遍。书前有"至正丙午(公元 1366 年)夏六月,江阴孙作大雅序",书中又称明兵为"集庆军"或"江南游军",可见成书于元末。《辍耕录》杂记见闻,内容丰富,体例颇杂。凡朝野轶闻、文人琐事、典章制度、甚至书画文艺、风俗掌故无所不有,具有较高的史料价值和小说史价值。与前所述宋元轶事小说相比,《辍耕录》最明显的特点就是汲取了通俗文学,尤其是通俗小说的艺术特点,具有通俗化的特征,无论是题材还是文笔。毛晋称其"上自廊庙实录,下逮村里肤言,诗话小说,种种错见"②,《四库全书总目》贬其"多杂以俚俗戏谑之语,闾里鄙秽之事,颇乖著作之体",李慈铭说它"惟好载鄙俚之词,委琐之事,殊不免市井家言,有甚可笑者"③,其实都是说的这一特征。因陶宗仪隐居松江,躬耕田亩,所以他像话本小说的作者一样,熟悉下层人民,了解他们的苦衷和审美情趣,

---

① 萧相恺:《宋元小说史》,第 325 页,杭州,浙江古籍出版社,1997。

② 〔明〕毛晋:《南村辍耕录跋》。

③ 〔清〕李慈铭:《越缦堂读书记·辍耕录》,转引自侯忠义编《中国文言小说参考资料》,第487 页,北京,北京大学出版社,1985。

所以能将这种"闾巷鄙秽之事"写得真切感人。如卷三之"贞烈"篇,将大量烈妇放在元兵南下的历史背景中,她们的义不受辱在一般贞节观念之外实际上又增加了赞扬民族气节的成分。其中写王氏妇全家被掳,元兵杀其姑舅、丈夫而欲霸占她。王氏妇誓死不从,过清风岭时以指血题诗于崖,然后投崖而死,十分壮烈。诗云:

> 君王无道妾当灾,弃女抛男逐马来。
>
> 夫面不知何日见,此身料得几时回?
>
> 两行清泪偷频滴,一片愁眉锁未开。
>
> 回首故山看渐远,存亡两字实哀哉!

在四库馆臣门看来,言词不免鄙俚,然而正是这鄙俚的言词,方能写出那种典型环境中下层妇女的共同心声。若设身处地,当催人泪下。当然,最为人称道的还是卷四的《贤妻致贵》条。作品写程鹏举宋末被掳,于兴元板桥张万户家为奴。张以所掳宦家女妻之。既婚三日,便暗中劝夫逃回南宋。程误会妻子奉主命试探自己,即报告主人。反复几次,终致张万户将其妻卖于他人。临别,妻子以绣鞋一只,交换鹏举之鞋一只,以期后会。鹏举方知妻子真心,感悟奔宋,以荫补官。入元,程官至陕西行省参知政事,派人持鞋至兴元寻访,终于从尼姑庵中迎回守节出家的妻子,夫妻团圆。故事曲折,形象饱满,歌颂了程妻的民族思想和对爱情的忠贞不贰,客观上反映了宋末元初人民的苦难生活,在文学史上影响极大。冯梦龙据以改编为话本小说《白玉娘忍苦成夫》,收入《醒世恒言》中。明人董应翰、陆采的传奇《易鞋记》《分鞋记》,近人梅兰芳的京剧《生死恨》等,均以此篇为本事。其他如周清源《西湖二集》中的《徐君宝节义双圆》《会稽道中义士》,卜世臣的《冬青记》、蒋士铨的《冬青树》戏曲等,本事亦取自本书,均可见其影响之大。

第四节　转型时期的传奇小说

历史的长河进入宋金元时期,传奇小说这一在唐五代时期盛极一时的文言小说品种,明显地跌入低谷。据袁行霈、侯忠义编《中国文言小说书目》统计,单篇行世的传奇作品仅只《海山记》《迷楼记》等十二篇。另外尚有托名唐颜师古的《大业拾遗记》以及混迹于《青琐高议》、《谐史》等小说集中的《骊山记》《温泉记》《我来也》等一部分作品，数量、质量与上一个时期相比，均不可同日而语。宁稼雨《中国文言小说总目提要》旁搜博采，且总集与集中单篇并列，亦仅列七十种。① 可喜的是，明确地列《丽情集》《洛阳缙绅旧闻记》《续前定录》《豪异秘纂》《青琐高议》等传奇小说集十九种，从而扩大了这一时期传奇小说的研究范围。李剑国《宋代传奇集》列三百九十一种，但其"所录作品其途有三：一为单篇传奇文，二为小说集中之传奇体作品，三为一般笔记中之格近传奇者"②。又云："此其中第二类实其大宗。然小说集中多为志怪杂事传奇俱存，而以传奇标准绳之，每有游移难定之窘。大凡具传奇笔意，篇幅较长者即取之。既出臆裁，难免取舍失当，顾亦别无良法可循。"诚然。故检其目录，仅辑自众所公认的志怪小说集南宋洪迈之《夷坚志》者即多达一百五十五篇。至于其他如《江淮异人录》《茅亭客话》《友会谈丛》等集中的作品，就可以想见了。

若从中国小说发展史的角度讲，宋金元传奇小说的发展亦如志怪小说、志人小说，处于由唐五代的进士化向宋金元通俗化的转型期。而这一转型过程亦如其他种类之小说然，可分为三个阶段：第一个阶段为北宋前期，代表作家有吴淑、乐史、张齐贤、黄休复、上官融等。这一阶段的前期作者大都是由五代入宋的封建文人，主要创作活动在太祖、太宗两朝；后期作者则成长于宋初，主要创作活动在真宗、仁宗两朝。第二个阶段自北宋中期至南宋中后期，代表作品有刘斧的《青琐高议》、李献民的《云斋广录》、王明清的《投辖录》、廉布的《清尊录》、洪迈的《夷坚志》等，是宋代传奇小说最有时代特征亦即通俗化特征的阶段。第三个阶段从南宋后期到元末，是传奇小说的衰落阶段，不唯通俗化特征明显，亦且凤毛麟角，为数罕见。代表作有罗烨的《醉翁谈录》、皇都风月主人的《绿窗新话》以及佚名的《李师师外传》、元人的《娇红记》等。而从转型时期的通俗化特征方面讲，则主要体现在思想内容亦即题材的通俗化方面。概而论之，最能代表这一特征的作品可

---

① 如刘斧《青琐高议》已单列，而其中的《王榭传》《王幼玉记》《流红记》《谭意歌传》《赵飞燕别传》亦与之并列。

② 李剑国：《宋代传奇集·凡例》，第1页，北京，中华书局，2001。

分为历史、侠义公案、婚姻爱情三类。

这一时期历史题材的作品在单篇传奇中所占比例最重。此类作品均取材于历史,颇似汉魏六朝的史传小说而多寓劝惩,明显地具有平民化的通俗化特征。多集中在隋炀帝和唐明皇两位风流天子的身上,颇类汉魏六朝之以汉武帝为热门话题。写隋炀帝的有四篇:《海山记》《开河记》《迷楼记》《大业拾遗记》,无一"传体"传奇,前三记各一卷,李剑国称"隋炀三记分记隋炀三事,鲜有重复,风格一致,当出同一人。《说郛》云《海山记》唐阙名撰,陶宗仪多见唐宋古本,必有据。《四库提要》、《郑堂读书记》、鲁迅《中国小说史略》皆以为宋人撰。"①但仍隶之唐人。然三记中的《海山记》首见于北宋刘斧的《青琐高议》后集卷之五,题《隋炀帝海山记》,分上下二卷,未著撰人,但上卷首有序云:"余家世好蓄古书器,故炀帝事亦详备,皆他书不载之文。乃编以成《记》,传诸好事者,使闻其所未闻故也。"文中口气,显然是《青琐高议》的撰辑者刘斧。将他书所不载的隋炀帝事迹编为《海山记》的,显然即刘斧本人,最起码是《海山记》成书的最后集大成者。因此将"隋炀三记"置于宋代,还是比较合理的。《海山记》述炀帝生平,自生至死,尤以筑西苑事为详。西苑"辟地周二百里","聚土石为山,凿为五湖四海",故名《海山记》。文中所录隋炀帝《湖上曲望江南》八阕,乃唐李德裕所作。张冠李戴,实乃通俗小说之常技。《四库全书总目提要》曰:"考刘斧《青琐高议》后集,载有此记,分上下二篇,其文较详,盖宋人所依托。"是。《迷楼记》(又题《炀帝迷楼记》)一卷,见于《说郛》。述炀帝幸江都,建迷楼,沉湎女色。末称唐帝见迷楼,曰:"此皆民膏血所为!"乃命焚之,竟误以迷楼在长安,乖谬更甚,真"俚儒野老所为故也"。《开河记》(又题(炀帝开河记)一卷,《宋史·艺文志》史部地理类著录。最早亦见于《说郛》。述麻叔通奉帝命开汴河事。词尤鄙俚,几近民间传说。所以周中孚称:"此三书大都宋人不学者为之,流俗习于所闻,遂相传不废耳。"②文人多狃于史实,其实此正见其小说特色、通俗化特色也。《大业拾遗记》(又题《大业拾遗录》《隋遗录》《南部烟花录》)二

① 李剑国:《唐五代志怪传奇叙录》,第895页,天津,南开大学出版社,1993。
② 〔清〕周中孚:《郑堂读书记、海山记、迷楼记、开河记》,转引自侯忠义编《中国文言小说参考资料》,第326页,北京,北京大学出版社,1985。

卷。旧题唐颜师古撰。宋前书目未见著录,宋元时方流行,故宋以后人均疑伪托。鲁迅称其"本文与跋,词意荒率,似一手所为。而托之颜师古,其术与葛洪之《西京杂记》,谓抄自刘歆之《汉书》遗稿者正等。然才识远逊,故罅漏殊多,不待吹求,已知其伪。"①且将其与隋炀三记列在一起。观其文辞、旨意,亦颇类隋炀三记,故其作伪时间亦当相去不远(侯忠义编《中国文言小说参考资料》将其列于孙光宪之后,徐铉之前)。上述四篇集中暴露了隋炀帝的荒淫无度,穷奢极侈,拒谏饰非,不问政事,终至身死国灭。旨意颇与宋元讲史话本相通,而与唐之传奇小说大异其趣矣。

与唐玄宗有关的作品亦四篇:《杨太真外传》《梅妃传》《骊山记》《温泉记》。《杨太真外传》二卷,存,乐史撰。乐史(930—1007)。字子正,号南阳生,抚州宜黄(今属江西)人。仕南唐为秘书郎,入宋后历仕平原主簿,诸道掌书记,后赐进士及第。历官著作佐郎,三馆编修、迁著作郎,直史馆。博览群书,阅历复杂。著作宏富,前后献书至四百卷。所著小说除本篇外尚有《绿珠传》《广卓异记》《续广卓异记》《小名录》《总仙传》《诸仙传》及杂有小说性质的地理书《太平寰宇记》等十余种,可见对小说的爱好。其中志怪小说、志人小说、传奇小说均有,可见对中国文言小说的贡献,堪称中国文言小说史上的一流作家。《杨太真外传》系采撷李唐有关唐明皇、杨贵妃的历史资料及《明皇杂录》《开天传信记》《长恨歌传》等各种小说中的资料编撰而成,第一次以小说的形式完整地表现杨贵妃的一生经历,是一篇典型的历史题材、虚实相间的传奇小说。它不但集李杨故事之大成,为后世相关题材的戏剧小说创作提供了素材,且上卷极写富贵繁华,下卷极写衰亡凋零,两相辉映,充满了浓郁的悲剧气氛,哀婉动人。末以"史臣曰"的形式进行评论,不但开宋人传奇长于议论之始,且矛头直指封建皇帝,大旨虽不出《长恨歌传》"惩尤物,窒乱阶"的垂诫范围,但似乎已超越了"女人祸水论"的局限,难能可贵。《梅妃传》作者不详,首见于《说郛》。述玄宗宠妃江采蘋,以爱梅被戏呼为梅妃,后因与杨妃争宠被贬,死于安史乱中。其人其事不见于正史,未必实有其人。文末言明皇晚年残忍,

① 鲁迅:《唐宋传奇集·稗边小缀》。

"至一日杀三子",且称其奔窜后"穷独苟活",是"报复之理,毫忽不差",垂诫而归之报应思想,可见民间之俚俗观念。跋称此传得自万卷朱遵度家,"惟叶少蕴与予得之",鲁迅据以认为"则南渡前后之作矣"①。历史背景与梅妃生活之安史之乱相似,加之文笔细腻,故令人颇感真切。《骊山记》与《温泉记》均见于刘斧的《青琐高议》,作者秦醇,据《青琐高议》题署,仅知其字子复,亳州谯县(今属安徽省)人。生平事迹不详。有特色的是,二作虽写李唐事,却没有采用史传手法直写历史,而是通过大宋举子张俞落第还蜀,就问故老及梦中为贵妃相召事,将历史人物,历史故事嵌入现实题材之中,在此类传奇小说中颇有新意。

其他历史题材的传奇小说还有《绿珠传》《赵飞燕别传》《李师师外传》等,多写前代后妃名姝。乐史的《绿珠传》写石崇宠婢绿珠坠楼,秦醇的《赵飞燕别传》写飞燕姊妹共惑成帝,大旨均假借古人古事写统治阶级之荒淫致败,宣扬"女色亡国"的世俗见解,可见通俗化特征。其中值得注意的是无名氏撰的《李师师外传》。作品写宋徽宗与汴京名妓李师师的故事,以娼妓之贱,比帝王之尊;以妓女的超尘出俗、见地气节,反衬昏君的荒淫误国、奸臣的卑鄙无耻,显然翻了"女人祸水论"的旧案。尤其是写徽宗退位后李师师将所得财宝捐给官府,作为抗金军饷,并请准其出家为道士;金人攻陷汴京后奸臣张邦昌将其献于金兵主帅,李师师痛斥张邦昌后吞金自尽,更写出了一个妓女的民族气节,直令投降派汗颜,堪与莫泊桑名著《羊脂球》媲美。从艺术方面讲,写二人之交往,并非一见功成,而是循序渐进,一次比一次亲近,一次比一次倾心,深得恋情之真谛。尤其是第一次见面,从出宫到入其居,从李姥与之分庭抗礼到引至小轩,从引至后堂到耳语请浴……极尽曲折之妙,堪称"千呼万唤始出来"且语言雅而艳,似非俚儒野老之所能为。影响所及,直至通俗小说《水浒传》。总之,此类传奇小说多写荒淫无度、丧权亡国的帝王,突出地表现"女色亡国论"的世俗思想,无疑具有明显的通俗化特征。作者大都佚名,抑或生平事迹不详,显然多属"俚儒野老"的范畴。

---

① 鲁迅:《中国小说史略》,第86页,北京,人民文学出版社,1973。

　　侠义公案类传奇小说上承晚唐五代余绪,在内容和形式两方面都有了进一步的发展,通俗化特征更为明显。但因多数散见于各类笔记、小说集中,所以没有引起学界足够的重视,缺乏系统的整理研究。笔者曾参加齐鲁书社组织的《文言小说白话类编丛书》之《游侠剑客》卷的编选,故稍有涉猎。宋初,曾参与编纂《太平广记》的吴淑有《江淮异人录》二卷,"载道流、侠士、奇女、异童二十五人,各著小传"①。其中之《李胜》《潘扆》《张训妻》《洪州书生》等均可隶于此类。其中的《洪州书生》叙其夜间往断恶少之首,掷之于地,出少药傅头上,头化为水。"重门皆锁闭,而失所在",奇异动人,亦唐传奇中聂隐娘一流人物。鲁迅曰:"唐段成式作《酉阳杂俎》、已有《盗侠》一篇,叙怪民奇异事,然仅九人,至荟萃诸诡幻人物,著为专书者,实始于吴淑,明人钞《广记》伪作《剑侠传》又扬其波,而乘空飞剑之说日炽;至今尚不衰。"②可见其在中国武侠小说史上的地位。

　　在传奇小说转型的第二阶段,北宋刘斧的《青琐高议》前集卷四有《王寂传》《王实传》《任愿》三篇,李剑国《宋代传奇集》均收录。《王寂传》写侠士王寂乘酒怒杀贪官,啸聚山林,遇赦入京,悟道而死。《王实传》写侠士孙立为朋友王实报仇,斗杀其母奸夫张本,从容就死,已开水浒英雄之先河。《任愿》述其被殴,一青巾者仗义相救,后乃知其为刺客,颇类《洪州书生》。后集卷四有《陈叔文》《卜起传》二篇。前篇题下注"叔文推兰英堕水",后篇题下注"从弟害起谋其妻",其旨虽在明因果报应,从内容方面讲实为公案小说。自五代和凝之案例《疑狱集》问世以来,宋代又有郑克的《折狱龟鉴》、桂万荣的《棠阴比事》,风气所及,小说自不例外。"说话"既有"说公案"一门,传奇小说自然有相应的作品。时至南宋,沈俶《谐史》中有《我来也》,述临安黠盗"我来也"名传京邑,被逮后又贿赂狱卒,外出作案,书"我来也"而归狱,终以犯夜罪从轻发落,从杖出境。此盗飞檐走壁,显然为武侠与公案合流之作。纵观这一阶段的此类作品,南宋洪迈的《夷坚志》颇引人注目。如乙志卷一之《侠妇人》、支庚卷四之《花月新闻》、《夷坚志补》卷十四之

---

① 〔明〕高儒:《百川书志·江淮异人录》。
② 鲁迅:《唐宋传奇集·稗边小缀》。

《解洵娶妇》《郭伦观灯》等,都是不错的侠义小说。至于其中公案之作,第一节已有论述、兹不赘叙。侠义公案题材雅俗共赏,犹为通俗小说所青睐,可见这一阶段传奇之通俗化特征。

元代此类作品不多,然侠义题材的传奇小说有龙辅、常阳《女红馀志》中的《香丸夫人》《侠姬》,公案类传奇小说有宋本的《工狱》,均颇为突出,在侠义公案小说史上值得研究。《女红馀志》二卷,存。有《绿窗女史》《香艳丛书》等本。据书前武康常阳序称,乃其妻龙辅所作,原书四十卷,后精选为二卷刊行。二人事迹无考,仅知系夫妻,为元人。《香丸夫人》与《侠姬》的最突出特点即二篇主人公均为女侠,均杂诡异莫测的道术。女作者而写女侠,视角自与男人不同,在武侠小说史上并不多见,值得研究。《工狱》是一篇情节曲折离奇的公案类传奇佳作。作品见《旧小说》,宋本撰。本字诚夫,《元史》有传,官至国子祭酒。作品写一木工与工长有隙,工妻与奸夫害死木工,嫁祸工长,因系狱,屈打成招。仵作因官府逼寻工尸,乃杀一老翁冒充。一人得翁驴,杀之而负皮道中,被老翁族人告发,瘐死狱中。工长问斩,众工仗义筹金,悬赏寻工尸。一偷夜入工宅,闻其妻烛下自语"体骸异处土榻下",遂告发,真相大白。凶犯就刑,废原办案官吏。情节曲折复杂而线索清晰分明,足见叙述才能。后世武侠公案小说均属通俗小说范畴,宋金元传奇小说中此类作品明显增加,足见通俗化倾向。

婚姻爱情类传奇小说数量最多,且多涉娼妓,但与唐五代相比,不但多陈陈相因,无甚创造,且明显地表现出由进士化特征向通俗化转型的趋向。值得研究的作品多见于《青琐高议》《云斋广录》《醉翁谈录》《绿窗新话》等小说集中,元代作品则唯《娇红记》引人注目。《青琐高议》中此类作品的代表作是秦醇的《谭意歌》和柳师尹的《王幼玉记》。前者言意歌本良家女,流落长沙为娼。以工诗得运使周公怜,许其脱籍。与汝州张正宇相悦,婚约甚坚,而张迫于母命,竟别娶。三年后其妻谢世,会有客自长沙来,述意歌之贤,责张负义。张遂至长沙,明媒正娶。后其子中进士,意歌为命妇。显然是取谭意歌这一妓女形象,"窃取《莺莺传》《霍小玉传》等为前半",①又取《李娃传》之大团圆结

————————————————

① 鲁迅:《唐宋传奇集·稗边小缀》。

局,结撰而成。然情事动人,叙述委婉,语言浅近易晓,行文散韵结合,颇具宋人传奇通俗化特征。《王幼玉记》述衡阳名妓王幼玉有志从良,遇东都柳富,情甚相得,约为夫妻。而富"终以亲年老,家又多故,不得如其约",幼玉相思而死。男女相约,互不相负,事与《谭意歌》相类,而结尾变团圆为悲剧,分外动人。已露《杜十娘怒沉百宝箱》《王娇鸾百年长恨》等通俗小说之先声。《谭意歌》与《王幼玉记》情节、人物大致相类而结尾各具特色,堪称宋人传奇小说中描写妓女爱情姊妹篇;又且语言俚俗,所穿插诗词浅近,不但充分体现了宋人传奇小说之通俗化风格,亦且开启明清《剪灯新话》一类传奇小说之先河。

与《青琐高议》相比,《云斋广录》中的婚姻爱情类传奇小说则多具志怪色彩。此书十卷,存。作者李献民名不见经传,据书目及传本署名,仅知其字彦文(或作元文),廪延(今属河南)人。今传本九卷,分"士林清话""诗话录""灵怪新说""丽情新说""奇异新说""神仙新说"六门,最有代表性的作品为"丽情新说"门中的《西蜀异遇》。作品述宣德郎李褒之子李达道与狐女宋媛悲欢离合的爱情故事,最后不但得到了姑舅之承认,且为之诞一子,颇为动人。宋人话本《李达道》(见《醉翁谈录》卷一著录)当以此为本事。从艺术方面讲,则如宁稼雨所言:"本书与《青琐高议》诸书性质相似,杂采佳篇,又以华艳为宗,讲究辞章,偏重诗笔,与宋人小说多以史才为重者已有不同。多数作品上承晚唐传奇缛丽之风而又有所发展。如'四和香'……《盈盈传》等,均颇能施展小说家之铺演虚构之长,情节辞章屡见新意。书中所选作品较能注重清新奇异,追求情节离奇,曲折多变。很多故事能波澜迭起,又不落俗套,如《西蜀异遇》……《华阳仙姻》诸篇,均在艺术上有所创新,有前人所未用者。书中所选传奇文篇幅漫长,文辞华艳,然也有文字繁冗,词章浅俗者。此种文风对元明间《娇红记》及《剪灯新话》一类小说颇有影响,并能体现出传奇与话本小说互相渗透融合的趋势。"[①]

元代此类传奇小说的代表作是《娇红记》(又名《娇红传》《王娇》)。关于它的作者,一说为元代文学家虞集,明高儒《百川书志》外史类著录,二卷。题"元儒邵庵虞伯生编辑,闽南三山明人赵元晖集览"。虞

---

① 宁稼雨:《中国文言小说总目提要》,第151页,济南,齐鲁书社,1996。

伯生即虞集,今人多以为书贾伪托,然缺乏考证。一说为宋远,元末明初刘东生杂剧《娇红记》丘汝乘《序》云"元清江宋梅洞尝著《娇红记》一编"。宋远号梅洞,涂川(今属江西)人。生平不详。另据庄一拂《古典戏曲存目汇考》、邵曾祺《元明北杂剧总目考略》,元王实甫、元末明初金文质、汤式、刘东生都有《娇红记》杂剧,可见无论作者是谁,作品产生于元代则是可以肯定的。小说写书生申纯客居舅家,与表妹王娇娘相爱,私订终身。申纯使父母央媒求婚,舅父未许。后纯及第,赴任前在舅家小住,仍与娇娘往来,但因舅妾飞红之嫉而受阻;中经娇娘周旋,方遂所愿。中又插进一女鬼化为娇娘迷惑申纯,幸为飞红发觉,方予驱除。舅母去世,申纯为舅父料理家务,又经飞红撮合,舅父终于允婚。而帅府公子亦慕名求婚,威逼利诱,舅父不得已允之。娇娘无奈,绝食而死。申纯闻讯,以娇娘所赠香罗帕自缢,双双殉情。两家将二人合葬濯锦江边,祭奠时有双鸳鸯翔于冢上,后人故名"鸳鸯冢"云。石昌渝评价《娇红记》说:"这篇小说的情节脱胎于《莺莺传》,结局又受《搜神记》之《韩凭妻》的影响,中间穿插鬼魅纠缠实在是多余的,总览全篇,既缺乏丰富的想象力,又没有迸发的激情,不能说不是一篇平庸之作。叙述中夹杂许多诗词……大有作者卖弄之嫌。从作品的内容,情调和笔力来看,作者当是一位多情的才疏学浅的读书人。"①清楚地指出了它的通俗化特征。然平心而论,这篇作品在中国文言小说发展史上仍占有相当重要的地位。它虽然受《莺莺传》等唐传奇的影响,但仍然有其创造性和开拓性。首先,小说在家庭这一典型环境中淋漓尽致地描写了申纯与表妹之间爱情的发生、发展、成熟、终结,且持肯定态度,是前所未有的,也是真挚、大胆的,显然开后世《金瓶梅》、才子佳人小说甚至《红楼梦》等世情小说之先河。其次,从艺术形式和艺术手法方面讲,《娇红记》有三点值得注意:一、在唐传奇同类题材作品的基础上有所发展,情节曲折,描写细腻,极尽铺张,已长达近两万字,显然吸收了话本小说叙事详尽之长,开始了由短篇小说向中篇小说的过渡。二、诗词穿插多达三四十首,多用以抒情或描写人物心理,诗化特征在唐传奇的基础上有了进一步的发展。三、从女主人公的名字

① 石昌渝:《中国小说源流论》,第 192 页,北京,三联书店,1994。

(娇娘、飞红)中各取一字,集成题目《娇红记》,开《金瓶梅》《玉娇梨》《平山冷燕》等题目取法之先路。另外,《娇红记》上承《飞燕外传》,毫不隐讳地直写艳情,直接影响了此类小说的发展,后出之《刘生觅莲记》《祁生天缘奇遇》,甚至《金瓶梅》等都受其影响。总之,《娇红记》的题材和内容,形式和写法实已界于雅俗之间,是传奇小说通俗化过程中的关键作品;它既不是进士文学的产物,也不是俚儒野老的作品,以爱情为题材而津津于艳情描写,用浅近的文言叙述而穿插大量诗词,既继承了唐传奇的成就,又吸收了话本小说的营养,对中国小说史影响颇大——不但有明一代的通俗化传奇小说集如《风流十传》《花阵绮言》《绣谷春容》等都收有《娇红记》并蒙其雨露,就是隶属于通俗小说的才子佳人小说也明显地受其影响。

另外,在间杂志怪的爱情类传奇小说中,除《云斋广录》之外,其他小说集中也间杂不少这样的作品。《青琐高议》中的《小莲记》写"小莲狐精迷郎中",《王榭传》受刘禹锡《乌衣巷》诗的影响而写王榭与燕女的爱情,都直接影响到后来的《聊斋志异》一类文言小说。值得学界重视的还有两个方面:一是以张齐贤《洛阳缙绅旧闻记》为代表的轶事小说的传奇化,二是以《青琐高议》《绿窗新话》《醉翁谈录》为代表的传奇小说的通俗化。

《洛阳缙绅旧闻记》五卷,存。张齐贤撰。张齐贤(943—1014),字师亮,曹州(今山东曹县)人,后徙居洛阳。太平兴国二年进士。累官兵部尚书、同中书门下平章事。以司空致仕,谥文定,为北宋重臣之一。《宋史》本传谓其"四践两府,九居八座,以三公就第","时罕其比"。为人"姿仪丰硕,议论慷慨,有大略",是一条真正的山东大汉。《洛阳缙绅旧闻记》五卷,凡二十一篇,《直斋书录解题》《文献通考》《四库全书总目》均入子部小说家类。《宋史·艺文志》入史部传记类。《文献通考》作十卷,今传本均五卷。书前自序题乙巳岁,知为真宗景德二年(1005)作者以兵部尚书知青州时所作。内容为"撮旧老之所说,必稽事实";主旨是"约前史之类例,动求劝戒"。然而文学作品,尤其是叙事性文学作品,一经问世,其客观思想往往大于作者创作时所赋于的主观思想,所以作品在"史补"、劝戒的同时,又极具认识价值。如卷一之《梁太祖优待文士》,写诗人杜荀鹤投奔梁太祖朱温,因知其喜怒无常，滥杀无故，因而如履薄冰，战战兢兢。一日召见，至午方退，不设食，荀鹤饥甚欲归，公人不敢放之，只好设食乞留。至未申，朱温果然又至便厅以骰卜事，然数十掷均不惬旨，屡顾左右，以至众人怖惧，缩颈重足，若蹈汤火。至其取骰子在手，大呼"杜荀鹤！"方六只俱赤，乃连声命"屈秀才杜荀鹤"。杜入，竟吓得"恐惧流汗在背"，"惨悴战栗，神不主体"。时天旱，无云而雨。梁祖令其赋诗，大见赞赏，而杜仍"惊悸成疾，水泻数十度，气貌羸绝，几不能起"。而次日又召见，杜竟"顿忘其病，趋走如飞，连拜叙谢数回"。此于作者，乃欲状梁祖之"刚猛英断，以雄数御物，遂成兴王之业"，而客观上却充分暴露了封建官吏在暴君面前伴君如伴虎的景况。而卷三之《白万州遇剑客》、卷四之《水中照见王者服冕》等则形象地写出了当时的欺诈盛行和封建官吏的愚蠢无知。从艺术方面讲，《洛阳缙绅旧闻记》有三点值得注意：其一，将其与同类题材的作品如唐代的《次柳氏旧闻》和同时代的轶事小说如张洎的《贾氏谈录》相比就会发现，张齐贤显然突破了历史的局限，对传说的轶事进行了大胆的艺术加工，是创作而非单纯的记录。像上文言及的《梁太祖优待文士》，不但以生动的情节正面描写了朱温之刚猛，杜荀鹤之惊惧，且以大量的笔墨从侧面描写了左右之人的战战惕惕，从而进一步烘托了主要人物。这种烘云托月的艺术手法是典型的小说笔法而非历史记录。其二，注意故事情节的安排，使作品的故事情节极具戏剧性。这在卷三之《白万州遇剑客》中表现得最为明显。小说写一善锻者知白万州素重道术之士，假扮剑客对其进行诈骗。如平铺直叙，显然达不到引人入胜的效果。作者便借鉴了说话艺术的叙述手法，先写其从兄白廷让廛市遇人问其见没见过剑客。然后领其至一逆旅，见五六人席地环坐，其中一人深目丰眉，紫黑色、黄须，即所谓剑客也。继而写其请廷让共饮，大盆大碗吃酒，鼓刀大脔吃肉，豪气冲天，令廷让气沮。众人散去，黄须取一短剑，弹之有声，且言此剑已杀五七十人，皆吝财轻侮人者，取首级食之，味美异常。接下来写廷让告知白万州，延至府中，取剑数十口，黄须皆曰"凡铁"，后认中一口，取火箸引剑断之，使白万州信以为真，奇而留之。直至文末方写其借银、箧、仆、马而去，点明骗局。叙述委婉，真可与话本小说《简帖和尚》媲美。其三，注意塑造艺术形象。这在卷二的《李少师夫人》中表现得最明显。作品采用传记体的叙事结构,于其一生中选取与夫别院,择姬妾之美妙者侍之;每夫生日,必先蓄童女晓音律者捧觞祝寿,以写其不妒。选取夫朝将归,其裙帔候之中堂,令小苍头探之,迎见如宾;若夫困,一见便退;如夫从容,则动乐迎接,以见其知礼。选取丈夫被人中伤,命悬虎口,夫人直至朝门,叩马当权者,援古论今,且诉且泣,哀怨凄苦,令人感动,终论雪之,以见其智。选取丈夫受命护送东丹丧枢归北房,忧惧无措,竟至"涕泣哽咽",夫人为之定计,多带金珠,厚赂戎主,不但满载而归,且由是迁官,赐赏甚厚,以见其临危不惧,胸有成竹。选取其劝丈夫以小惠啖乱臣贼子赵思绾,且密令思绾之妻来见,厚赐衣物金钱,后赵叛乱,衣冠之族,多遭涂炭,而独公全家免祸,以见其审时度势,见微知著。如是等等,成功地塑造了一个"事迹可为女训母仪"的上层妇女形象,"故而在宋初传奇小说中,本书堪称翘楚之作"。①

在宋金元时期的文言小说中,有三部作品在中国文言小说的通俗化转型过程中起过重要作用,即《青琐高议》《绿窗新话》和《醉翁谈录》。《青琐高议》是一部包括杂事、志怪、传奇的文言小说集,《郡斋读书志》《宋史·艺文志》等均入子部小说家类。上海古籍出版社1983年排印本有前后集各十卷,别集七卷及补遗、《续青琐高议》(八篇),是现存最为方便、完备的版本。作者刘斧,约为北宋仁宗至哲宗朝秀才,生平事迹不详,可见为"俚儒野老"一类人物。书中大都是收集或摘录前人著作、加以改编、依类编排,其中传奇小说仅有作者姓名的就有十余篇。鲁迅《唐宋传奇集》收宋人作品九篇,有五篇选自此书,可见其在中国文言小说史上的地位和作用。书中作品大部语言平易通俗,且多用口语,如"这""那"等等。思想上则多以平民之善恶报应思想贯穿,明显地反映了传奇小说的通俗化倾向。更有意义的是,每篇作品的题目之下,都附有通俗的七字句副标题。如《流红记》下附"红叶题诗娶韩氏",《谭意歌》下附"记英奴才华秀色"等等。这种极类话本小说标题和章回小说回目的形式,俞樾认为"宋刘斧所著《青琐高议》,每

① 宁稼雨:《中国文言小说总目提要》,第148页,济南,齐鲁书社,1996。

条各有七言标目,……颇与平话体相似"①,鲁迅则以为"甚类元人剧本结束之'题目'与'正名',因疑汴京说话标题,体裁或亦如是,习俗浸润,乃及文章"②,并目之为"宋元之拟话本"。胡士莹《话本小说概论》又引证《水浒传》白秀英说书招牌上的《豫章城双渐赶苏卿》,称其"完全是受当时说话的影响"。可见其文体的通俗化特征。其实,不但说话影响了《青琐高议》,《青琐高议》也影响了当时乃至后来的说话和话本小说。罗烨《醉翁谈录》所列宋人说话名目中的《杨舜俞》取材于别集卷三之《越娘记》。检谭正璧《三言两拍资料》,其中《陈希夷四辞朝命》等八篇本事见于本书。除《青琐高议》外,刘斧还有《翰府名谈》二十五卷,《摭遗》二十卷。原书虽佚,但后世之话本小说中也多次提到前者。如《陈巡检梅岭失妻记》中有"虽为《翰府名谈》,编为今时佳话";《五戒禅师私红莲记》中有"虽为《翰府名谈》,编为《太平广记》"。③可见像《青琐高议》一样,《翰府名谈》也是一部在中国文言小说通俗化过程中起过重要作用的文言小说集。

《绿窗新话》上下二卷,题皇都风月主人撰,末见著录。古典文学出版社 1957 年排印本较为方便、完备。作者姓名、生平无考,亦当为"俚儒野老"一类人物。全书 154 篇,内容多男欢女爱故事,间杂文人才女的诗文轶事及与音乐有关的传说。《醉翁谈录·舌耕叙引》载当时说话艺人"《夷坚志》无有不览,《琇莹集》所载皆通。动哨、中哨,莫非《东山笑林》;引倬、底倬,须还《绿窗新话》"。倬有奇特、显著之意,引、底可理解为开头和结尾,可见本书中的故事是宋代说话艺人在开场和收场时常用的材料。书名"新话",内容多是摘录各种文言小说的梗概,可见主要是供说话艺人作为参考或直接取材,表演时再临场发挥。从这一意义上讲,称其为"话本"亦未尝不可。作品俱以七字句标目,如《刘阮遇天台仙女》《裴航遇蓝桥云英》等。如果说《青琐高议》的副标题是受说话或话本的影响,那么这种直接以通俗的七字句标题的形式,就更加接近说话或话本了。另外,此书虽以文言写成,但传统的文言小说书目并未著录(至袁行霈、侯忠义编的《中国文言小说书目》

---

① 〔清〕俞樾:《九九消夏录》卷一二。
② 鲁迅:《中国小说史略》,第 96 页,北京,人民文学出版社,1973。
③ 此以《太平广记》代指话本或话本小说,此亦见《太平广记》之通俗化特征。

尚未著录,至宁稼雨《中国文言小说总目提要》方收入之)。亦可从另一个角度证明它的"话本"性质。就其对说话艺术及话本小说的影响看,《醉翁谈录》所列说话名目中有《锦庄春游》《莺莺传》《章台柳》等十余种取材于本书;谭正璧《话本与古剧》卷上之《绿窗新话与醉翁谈录》考证,"三言二拍"《西湖二集》《欢喜冤家》等取材于本书的也有十三篇之多。如此等等,均可见《绿窗新话》也是一部在中国小说通俗化过程中起过重要作用的文言小说集。

《醉翁谈录》自甲至癸十集,每集二卷,共二十卷,旧题"庐陵罗烨撰"。庐陵即今江西吉安,但罗烨生平却无可考证,可见亦"俚儒野老"一流人物。另有金盈之《醉翁谈录》,《百川书志》著录,与罗烨所撰是不同的两种书。此书与《绿窗新话》一样,传统书目均未著录,各种小说丛书、类书亦未收入。后来在日本发现,称"观澜阁藏孤本宋椠",1957年上海古典文学出版社有排印本。明李诩《戒庵老人漫笔》卷六言及本书,且有引述,与今本同,可见并非伪书。然中有元代事,可见当成书于宋末元初,抑或元代。书与上述二种(《青琐高议》《绿窗新话》)体制相近,都是收集或摘录前人著作,依类编排,但全书开头却首列"舌耕叙引",分"小说引子"与"小说开辟"两部分,比较系统、全面地介绍和总结了宋代说话伎艺从话本创作到内容分类的大体情况。"小说引子"下有注:"演史讲经并可通用。"详其内容,很像说话开场时通用的开场白。"引子"以开场诗开头:

　　　　静坐闲窗对短檠,曾将往事广搜寻。

　　　　也题流水高山句,也赋阳春白雪吟。

　　　　世上是非难入耳,人间名利不关心。

　　　　编成风月三千卷,散与知音论古今。

正文散韵结合,有白有歌。末云:"试将便眼之流传,略为从头而敷演。得其兴废,谨按史书;夸此功名,总依故事。"下注:"如有小说者,但随意据事演说云云。"最后以诗结束:

　　诗曰:

　　　　破尽诗书泣鬼神,发扬义士显忠臣。

　　　　试开夏玉敲金口,说与东西南北人。

　　又诗:

　　　　春浓花艳佳人胆,月黑风寒壮士心。

　　　　讲论只凭三寸舌,秤评天下浅和深。

由此不但可以窥见当时说话的情形及本书的通俗性质,也可以想见
《青琐高议》《绿窗新话》与说话伎艺及话本的关系。就其在小说史上
的影响看,明代《国色天香》一类的通俗化文言小说集大都仿其体制,
此后的话本小说也明显地受其影响。熊龙峰刊话本小说四种之一的
《张生彩鸾灯传》取材于壬集卷一的《红绡密约张生负李氏娘》。"三
言"中的《众名姬春风吊柳七》《张舜美元宵得丽女》《乔太守乱点鸳鸯
谱》等也取材于本书。尤应指出的是,其中许多篇章的思想内容、故
事、人物形象、是非标准、审美情趣等都已远离所谓的正统与高雅,呈
现出无可争议的市民意识、通俗化特征。我们在本章"概说"中所举丙
集卷一之《僧行因祸致福》就很有代表性。

　　总括上述三书,作者生平俱不可考,可见均为"俚儒野老"。内容
都热衷于适合民间情趣的传奇志怪、游戏艳情;语言多散韵结合,通俗
易懂;都与说话伎艺、话本关系密切;都对通俗小说产生过巨大影响:
可见都是在中国文言小说转型的过程中起过重要作用的作品。它们
虽然用文言写成,披着文言小说的外衣,但骨子里却已经通俗化;其编
纂的目的,很可能是供说话人取材,是供说话艺人所用的底本。这些
作品充分说明:"文言小说和话本之类的关系,即由古代文言(志怪、传
奇)扩展到宋元话本,是一个飞跃,犹如幼虫与蝶、蝌蚪与蛙,是一个质
的变化,是小说的一次革命,是我国文学史上标志着小说新阶段的成
长与发展的大事。但另一方面,宋元话本和古代的文言小说又是相通
的,互相联系着的。在革新之中又有所继承的。有人截断了古代文言
小说和宋元话本之间的关系,认为两者根本不相干,这是不符合事实
的。不知白话、文言,只是语言的不同。"①

_____

① 吴组缃、沈天佑:《宋元文学史稿》,第222页,北京,北京大学出版社,1989。

第六章
文言小说的复兴时期——明代

概　说

中国文言小说发展史进入明代(1368—1644)的二百七十六年间,明显地呈现出复兴的种种迹象。根据社会的发展和文言小说的创作情况,我们大致可以将复兴时期的文言小说划分为三个阶段:明代前期、明代中后期和明末。

明朝定鼎,朝廷初立,由于朱元璋出身贫苦,了解社会,尤其是了解广大农民的苦难,所以曾实行了一系列改革措施,如普查户口、丈量土地、兴修水利、置卫屯田等。具体措施主要有两个方面:一是承认农民在战乱中占有的土地为己业,鼓励农村逃亡人口重返家园,移民垦荒、轻赋减税,发展农业生产。二是解放工奴,简约商税,采取一系列具体措施扶持工商业发展。因而从洪武至永乐的三四十年间,人口、土地迅速增加,社会经济得到比较全面的发展,出现了暂时繁荣景象。这就为文化教育事业的发展奠定了坚实的基础。在政治方面,则极力加强封建专制,以巩固皇权统治。朱元璋废除了行施一千多年历史的丞相制度和七百多年历史的中书、门下、尚书三省制度,使军政大权高度集中皇帝一身。为了巩固自己的皇权统治,又杀戮功臣,数兴大狱。永乐即位,又削去诸王之权,建立锦衣卫与东西厂,实行特务统治,使政治环境空前严酷。思想文化方面,则对封建文人采取怀柔与高压两手政策,以加强思想文化专制。朱元璋曾命有司访求古今图书,藏之秘府。又亲自筹划,开设文华堂,延揽人才。思想上则大力提倡程朱理学,规定"四书"、"五经"为国子监及各地学校功课,实行八股取士,钦定八股程式,专从"四书"、"五经"中出题,只能依程朱解释为准,以牢笼文人思想。朱棣又效仿宋室编《太平御览》之例,集天下文士三千,编纂《永乐大典》,凡二万二千八百七十七卷,为我国文化史上一大壮举。同时又制定法律,以干预控制文学创作;大兴文字狱,以压制文人思想自由。在这样的社会环境中,只有早期由元入明的一部分作家在文言小说创作方面颇有成就并开一代之风。在元末明初,首先引起风气变化的是被明太祖朱元璋称之为"开国文臣之首"的宋濂和与之齐名的刘基,而在这一阶段最具代表性的作家则是《剪灯新话》的作者瞿佑和《剪灯余话》的作者李祯。然而等到大明的政权稳定,各种政治措施和思想文化措施奏效之后,中国文言小说复兴的势头便被遏制,直到五六十年后的弘治年间,才又重新抬头,并逐渐兴盛,从而进入了文言小说复兴的第二个阶段。

第二个阶段从明宪宗成化年间已渐露复兴先兆,至明孝宗弘治年间正式开始,一直到明神宗万历末,大约延续了一百三十多年。从明代中期开始,由于统治阶段的反动腐朽、荒淫无道,促使社会矛盾——统治阶段内部矛盾和阶级矛盾普遍激化。其中明武宗(正德皇帝)就非常典型。他不仅在宫内淫奢无度,而且经常外出巡游,甚至劫掠财物,眠妓宿娼,至使"市肆萧然,白昼闭户"。清初蒲松龄小说《促织》、俚曲《增补幸云曲》即反映了这一时期宫廷之腐败情况。《增补幸云曲》开场就有"朝廷赌博又宿娼——光棍"的台词。为了维护他们的腐败,特务统治进一步加强,宦官刘瑾即于东西厂之外增设内行厂,分遣逻卒,四出刺事,一人被逮,全家被累,四邻坐罪。从而不但引发了藩王与中央的矛盾,同时也造成了朝廷内部连续不断的忠奸斗争。正德年间的刘瑾,万历年间的严嵩父子等,都出现在这一时期。统治阶级内部的激烈斗争,必然会削弱封建的专制统治,促使社会思潮的变动,因而便必然会影响文言小说的创作。统治阶级尤其是上层统治者的荒淫腐败,不但会激化统治阶级内部矛盾,同时也会激化统治阶级与被统治阶级之间的矛盾。这在当时主要表现在两个方面:一是激化了地主阶级与农民阶级之间的矛盾,从而引发了大规模的农民起义。如正德年间河北文安人刘六、刘七发动的农民起义便历时三年,纵横了半个中国,甚至进逼京师,从而大大削弱了封建统治阶级的力量。二是统治阶级与新兴的资本主义萌芽之间的矛盾。到明代中叶,整个社会经济经过长时间的休养生息之后,出现了相当繁荣的局面。农业的发展促进了土地兼并,失去土地的农民开始大量涌入城市谋生,从而为城市工商业的发展提供了廉价而充足的劳动力。到明代中叶以后的嘉靖、万历年间,纺织、印染、制盐、冶铁、造纸、印刷、制糖等手工业迅速发展,从而为社会提供了大量的各类商品。而商品的流通无疑又会促进以商业为主的货币经济、市场经济的发展,从而为统治阶级提供了大量的税收。统治阶级的奢侈腐败必然带来对金钱的贪得无厌,而增加赋税无疑是获取大量钱财的合法捷径。然而增加赋税则必然加剧统治阶级与手工业主、手工工人、商人、市民之间的矛盾。所以便出现了大规模的反矿监税使的市民运动。如嘉靖、万历年间山东临清爆发的反税使斗争,万历年间云南爆发的反矿监税使的斗争等,都规模宏大,震动朝野。这些斗争无疑也会进一步削弱统治阶级的专制力量,促使社会的变动,从而影响文言小说的创作。

　　日趋激烈的阶级矛盾和统治阶级内部矛盾,资本主义萌芽的出现,不但削弱了封建统治,也逐渐松动了程朱理学对人们的思想禁锢。因而从明代中叶开始,人们的思想也逐渐活跃起来。弘治、正德年间,王守仁为了挽救政治危机和思想危机,继承、发展了宋陆九渊的“心学”,形成了一套与程朱“理学”相对立的哲学体系,提倡“心即是理”,“心外无物,心外无事,心外无理,心外无义,心外无善”①。因王守仁是浙江馀姚县人,所以学者称“姚江学派”;因王守仁曾筑室于故乡阳明洞攻读,所以学者又称“阳明学派”。王阳明的“心学”虽带有明显的主观唯心主义的色彩,但核心是冲破程朱“理学”的束缚,解放思想,即所谓“圣人之学不是这等捆缚苦楚的,不是妆作道学的模样”②。至嘉靖、

---

①〔明〕王守仁:《王文成公全书·文录·与王纯甫二》。
②〔明〕王守仁:《王文成公全书·传习录下》。

万历年间，随着商品经济的进一步发展，王守仁的得意门生王艮又进一步发展了其师的"心学"思想，世称"王学左派"。因王艮是泰州安丰场人，故又称"泰州学派"。以王艮、何心隐、李贽为代表的"王学左派"猛烈地抨击"程朱理学"，猛烈地抨击封建礼教，公开反对以孔子之是非为是非，公开提倡食色货利，公开以离经叛道的面目反对形形色色的禁欲主义，公开宣扬"吃饭穿衣即是人伦物理。除却吃饭穿衣，无伦物矣。"①具有十分明显的资产阶级启蒙主义的色彩。"其对文学的影响，不仅促进了白话小说、戏剧等通俗文学的繁荣，也使历来文人士大夫视为专利的文言小说发生变化，其视角面向市井，扩大了题材领域，语言也趋于通俗。"②总而言之，这一阶段由于最高统治者多荒淫无道，朝臣宦官多忙于政治斗争和经济掠夺，所以思想文化钳制放松。加之资本主义萌芽的产生，市民思想的发展和王学左派的影响，从而形成了中国思想史上以个性解放为特色的又一次思想解放运动。这一浪潮不但冲决了自明初以来极端专制的文化政策的束缚，也解放了文人的小说观念，因而促进了中国小说的全面发展，文言小说自不例外。然而纵观这一阶段文言小说的创作和发展便不难发现，这种发展不是紧承上一阶段的《剪灯》二话，而是退回到宋金元通俗化的起点，从《娇红记》一类的通俗化传奇小说和文人编纂的通俗化文言小说读物开始的。在这一阶段，首先兴起的是受《娇红记》影响的通俗化传奇小说，弘治年间刊行的《钟情丽集》是现在所能见到的最早的此类小说。在它与《娇红记》的影响下，先后出现了《李娇玉香罗记》《艳情集》《怀春雅集》《双偶集》《双双传》《三妙传》《天缘奇遇》等一大批才子佳人类型的通俗化传奇小说。是后，这些作品又多次改头换面，结集翻刻，仅现存的此类通俗化文言小说读物就有《风流十传》《花阵绮言》《国色天香》《绣谷春容》等十余种。在这一风气影响下，文言小说一时兴起，进入了真正的复兴时期，这主要表现在三个方面：一是小说类丛书、类书大量涌现，如陆楫的《古今说海》、王圻的《稗史汇编》、商浚的《稗海》等。二是文人创作的由俗趋雅的文言小说大量涌现。如邵景詹的《觅灯因话》等。三是各种文人笔记小说大量涌现。诚如鲁迅所说："迨嘉

① 〔明〕李贽：《焚书·答邓石阳》。
② 苗壮：《笔记小说史》，第299页，杭州，浙江古籍出版社，1998。

靖间,唐人小说乃复出。书估往往剽取《太平广记》中文,杂以他书,刻为丛集,真伪错杂,而颇盛行。文人虽素与小说无缘者,亦每为异人侠客童奴以至虎狗虫蚁作传,置之集中。盖传奇风韵,明末实弥漫天下,至易代不改也。"①

　　第三个阶段在明末,从万历末年开始,直到清兵入关,大明王朝灭亡,主要在天启、崇祯二朝。这一阶段虽然只有短短的二三十年,也没有什么著名的文言小说杰作问世,但仍然有大量的文言小说及文言小说丛书、类书出现,文言小说仍处于复兴时期,且为下一个历史时期即文言小说创作的第三个高峰时期进行了思想文化和人才方面的准备。

　　从明代中叶开始,由于大明统治集团的日趋腐败,致使各种社会矛盾日渐激化,衰败的趋势日渐明显,到了明末已无可挽回地进入了大明王朝的崩溃阶段。这一阶段的社会矛盾主要有三个方面:其一是统治阶级内部矛盾。天启年间,宦官魏忠贤勾结明熹宗朱由校的乳母客氏,专权乱政,利用他直接控制的东厂诬陷、刑讯、杀戮忠良,迫害东林党,不但使原有的统治阶级内部矛盾进一步激化,而且引起公愤,引起社会动乱,张溥《五人墓碑记》所述天启七年(1627)苏州市民的抗暴斗争即突出一例。崇祯即位,虽然贬其于凤阳,道死,又磔尸以平民愤,但由此而引起的东林党与阉党之间的矛盾不但没有平息,反而愈演愈烈,一直延续到南明,成了造成大明王朝灭亡的重要原因之一。其二是阶级矛盾进一步加剧,终于暴发了以李自成为代表的大规模农民起义。起义军纵横天下,所向披靡,崇祯八年(1635)攻克明中都凤阳,崇祯十六年(1643)建立大顺政权,次年春攻克北京,明思宗朱由检吊死煤山,宣告了大明政权的灭亡。其三是民族矛盾加剧。明朝中后期满洲建州女真迅速崛起,万历后期已对大明王朝构成巨大威胁。万历四十四年(1616),努尔哈赤称汉登基,建立大金(历史上称为后金),到天启初年已占领了东北大部分地区。到崇祯年间,则从东北向关内进军,直逼北京,大明政权岌岌可危。在这样忽啦啦似大厦倾的社会背景下,大明统治者自顾不暇,已无力钳制人们的思想,控制文学创作,因而在远离战场,苟安一隅的江南地区,尤其是东南沿海一带,作

---

　　① 鲁迅:《中国小说史略》,第 178 页,北京,人民文学出版社,1973。

为文人专利的文言小说仍继续发展。全面考察这一阶段的文言小说史,有以下几个方面颇为引人注目:首先,传奇小说创作继续发展,而且随着社会环境的变化出现了一些新情况,如多写隐逸、游侠、奇人、异事等,为清初奇人传记小说的进一步发展奠定了基础。如王炜《嗒史》中的《大铁椎》、清初张潮编《虞初新志》中明末人所写的一些传记体传奇小说《汪十四传》等等,均属此类。其次,由于社会环境的变化,奇人异事,层出不穷,从而促进了笔记小说的发展和进一步复兴。在种类繁复的笔记小说中,"世说体"志人小说创作的复兴尤其引人注目。受《世说新语》及明代中后期何良俊《何氏语林》,焦竑《玉堂丛语》《明世说》等的影响,仅在明末短短的二三十年中就出现了李绍文的《明世说新语》,贺虞宾的《古语林》《广世说新语》《唐世说》《宋世说》《明世说》,林茂桂的《南北朝新语》等多种。其中尤应指出的是赵瑜的《儿世说》,专记历代儿童颖异之事,开后世《女世说》《僧世说》等"世说体"分类志人小说之先河。第三,官场腐败,人心不古,丑恶现象层出不穷,故而引起许多正直文人的不满甚至愤怒,因而讽刺、抨击官场腐败,社会黑暗,带有强烈的讽刺性的诙谐小说因运而生,在明末掀起了一波创作高潮。从赵南星的《笑赞》、钟惺的《谐丛》,到江盈科的《谈言》《雪涛谐史》,从墨憨斋主人冯梦龙的《笑府》《广笑府》,到无名氏的《时尚笑谈》《笑海千金》等,真有点儿令人目不暇接,借用一句时髦的话说,成了明末文言小说史上一道亮丽的风景线。第四,上承明代中后期整理、编纂出版文言小说丛书、类书的风气,明末仍出现了许多类似的作品,先有陶珽在明初陶宗仪《说郛》一百卷的基础上重新编纂的《说郛》一百二十卷,世称《重编说郛》,然后又自编《续说郛》四十六卷。接下来便有明末著名小说家冯梦龙编纂的《智囊》、《智囊补》、《情史》、《古今谭概》和《太平广记钞》。再加上后世广为流传的《五朝小说》《五朝小说汇编》等,在明末文言小说史上便颇为引人注目了。这些文言小说集虽非创作,但流传甚广,对后世影响颇大,所以仍具有颇为重要的小说史价值。

通观明代文言小说发展史,可以清楚地发现:明初,尤其是明代政权稳固以前,已经出现了文言小说复兴的一阵春风。这从宋濂、刘基的文言小说创作和瞿佑的《剪灯新话》、李昌祺的《剪灯余话》等可以明显地感觉出来。而品味明初的文言小说作品，又可以明显地感觉到这阵春风中浓浓的文人化抑即雅化气息，尤其是《剪灯》二话，其中的许多作品文辞华艳，大量穿插诗词，颇有些唐人小说逞才异巧的韵味。然而伴随着大明政权的稳固，特别是中央集权的加强。"《剪灯新话》、《剪灯余话》等所唤起的文言小说复苏气象，由于行政干预、强制命令，蒙受挫伤，停滞几近百年之久。"①明代中期以后，出现了文艺复兴的新局面，在文艺复兴的浪潮中虽然占据主流的是《西游记》、《金瓶梅》、"三言二拍"为代表的白话小说。但文言小说仍以其顽强的生命力迎来了自己的复兴。以宏观的角度看这一阶段的文言小说，可见其复兴并不是上承《剪灯新话》和《剪灯余话》的方向，而是直承宋金元时期的通俗化特征，又接受了同时代白话小说、戏剧、诗文及其他艺术形成的影响，明显地呈现出雅俗合流的特征。这种雅俗合流既包括题材、内容的互相影响，也包括艺术形式和艺术手法的互相借鉴，互相渗透。这在明代中后期颇有影响的《钟情丽集》等通俗化传奇小说中表现得尤为突出。这一特征表现在笔记小说方面，则是明显的笔记小说市井化。确如苗壮所言："明代笔记小说的最大特点是市井化，向通俗小说靠拢。这在宋代已见端倪，到明中后期就尤为突出。既往的文言小说，其实是文人小说，着重表现文人士大夫的志趣，所写多为历史琐闻，文人韵事，或从好奇出发写神鬼精怪，偶而写及下层平民的，褒贬之间，反映的仍是士大夫文人的思想情趣。到了明中叶，商人、手工业者、奴婢、乞丐、娼妓等普通市民，作为主人公大批出现在包括笔记体在内的文言小说中，民间传说的比例明显加大。"②至于这一阶段出现的整理、编纂、出版文言小说丛书、类书及各种读物的风气，也明显地具有雅俗合流、雅俗共赏的性质。明末实际上已与清初联系在一起。易代之际，往往起着承前启后的过渡作用。奇人异事类传记体传奇小说，如《大铁椎》《汪十四传》之类，不但是明末此类人物的艺术化传神写照，具有明显的时代特征，实际上也为清初此类文言小说的创作开辟了道路。王猷定、魏禧、侯方域、黄周星，李渔等人的传记体传奇小说或者说传奇体的人物传记，张潮《虞初新志》中所收录的许多作品，

---

① 吴志达：《中国文言小说史》，第 723 页，济南，齐鲁书社，1994。
② 苗壮：《笔记小说史》，第 301 页，杭州，浙江古籍出版社，1998。

实际上都属于这一范畴。同理类推,明末同属于志人小说范畴的"世说体"志人小说和"笑林体"诙谐小说的复兴,也明显地带有雅俗合流,雅俗共赏的特点。

第一节　复兴与挫折——明前期文言小说

明代文言小说的复兴发轫于元末明初。引起风气变化,呈现复兴趋势的首先是被明太祖朱元璋称之为"开国文臣之首"的宋濂和与之齐名的刘基,最有代表性的作家则是瞿佑、李祯和赵弼。

宋濂(1310—1381),字景濂,号潜溪,明金华潜溪(今属浙江)人,后迁居浦江。少负文名,业师柳贯既是元代大儒,又是元代知名的诗人,文学家。明太祖起兵,与刘基同被征召,累官至翰林学士。参与制定明开国典章制度。充《元史》总裁官。洪武十三年,因涉胡惟庸案,贬置茂州,中途病死夔州。正德中追谥文宪。《明史》有传。在流传至今的《宋文宪公全集》中,有许多颇具小说文体特征而当时无小说之名的作品。卷六十四的《说》、卷六十六的《寓言》、卷七十三至七十五的《龙门子凝道记》、卷七十六的《燕书》等,都是非常典型的寓言体讽谕小说。如《龙门子凝道记》中的《闽妹》,记叙了一位美貌而性淫的女子误奔曾受过墨刑的美貌男子的故事,生动地告诫人们应自尊自重,不要只看眼前利益和表面现象而轻易许人,可以说是一篇很好的寓言小说。另外,集中的大量人物传记,如《秦士录》《王冕传》《杜小环传》《记李歌》等等,虽一向被视为正统散文,但许多作品中的人物形象和故事情节已经传奇化,实具传奇小说的艺术特征。杜贵晨《中国古代短篇小说史》就将《王冕传》与元徐显《稗史集传·王冕》、明朱彝尊《王冕传》对读,指出了宋濂传记散文的传奇小说性质。① 吴志达则更进一步认为宋濂及高启的传记散文"写作技法上,不像史笔那样简约凝重,而采取铺垫、对比、典型化的细节描写,环境气氛渲染等艺术手法,突出中心人物的性格特征,形象较鲜明。特别是《秦士录》、《王冕传》、《书

---

① 参见杜贵晨:《中国古代短篇小说史》,第276页,郑州,中州古籍出版社,1991。

博鸡者事》(高启),简直就是传奇小说。"①其实,通观宋濂的此类作品,主要的艺术特色即善于抓住一些委曲具体的细节突出地刻画人物个性,对话注意个性化,所以能不事渲染而具有较强的感染力,而这恰恰是传奇小说的艺术特色之一。

刘基(1311—1375),字伯温,明青田(今属浙江)人。元至顺进士,曾官浙东行省元帅都事等,以事去官归里,后曾参加镇压浙江地区的农民起义。元至正二十年与宋濂同受明太祖朱元璋征召,颇受重用,为著名开国功臣之一。参与制定明初制度。官至御史中丞,太史令,封诚意伯。洪武四年辞官,后被胡惟庸构陷,忧愤而死。《明史》有传。诗文雄浑奔放,与宋濂齐名。著有《郁离子》《诚意伯集》。成语"金玉其外,败絮其中"即出自刘基颇具小说性质的寓言散文《卖柑者言》。其寓言小说集《郁离子》分上下二卷,共一百八十二条,除《九难》外,基本上每条叙一事,明一理,设喻精辟,发人深思。内容又所涉极广,从个人、家庭问题到社会、国家大事,从政治、经济到军事外交,从思想、伦理到鬼神、怪异,几乎无所不包。②从艺术方面讲,则取材典型而不受史实局限,想象丰富而叙事简约,形象生动而寓意深刻,洵寓言小说之杰作。如卷上之《晋灵公好狗》条:

> 晋灵公好狗,筑狗圈于曲沃,衣之绣。嬖人屠岸贾因公之好也,则夸狗以悦公,公益尚狗。一夕,狐入于绛宫,惊襄夫人,襄夫人怒,公使狗搏狐,弗胜。屠岸贾命虞人取他狐以献,曰:"狗实获狐。"公大喜,食狗以大夫之俎,下令国人曰:"有犯吾狗者刖之。"于是国人皆畏狗。狗入市取羊、豕以食,饱则曳以归屠岸贾氏,屠岸贾大获。大夫有欲言事者,不因屠岸贾,则狗群嗻之。赵宣子将谏,狗逆而拒诸门,弗克入。他日,狗入苑食公羊,屠岸贾欺曰:"赵盾之狗也。"公怒使杀赵盾,国人救之,宣子出奔秦。赵穿因众怒攻屠岸贾,杀之,遂弑灵公于桃园。狗散走国中,国人悉擒而烹之。君子曰:"甚矣,屠岸贾之为小人也,绳狗以蛊君,卒亡其身以及其君,宠安足恃哉!人之言曰:'蠹虫食木,木尽则虫死。'其如晋灵公之狗矣。"

---

① 吴志达:《中国文言小说史》,第684页,济南,齐鲁书社,1994。

② 参见魏建猷、萧善芗:《郁离子·校点说明》,第1~2页,上海,上海古籍出版社,1981。

篇幅简短而情节曲折,语言简约而形象生动,故事典型而说理透辟,在
寓言小说中绝对属于上品。在中国寓言史上与宋濂的《龙门子凝道
记》齐名,堪称明初寓言小说之双璧。中国人一向崇尚权威,一向有上
行下效的民族传统。宋濂与刘基以其社会地位与名声而创作文言小
说,无疑在文言小说复兴的过程中起了表率作用,对明代文言小说,尤
其是讽喻小的复兴影响极大。"不过,作者是正统的诗文大家,似乎不
屑于用'稗''传奇'之类的文体名称。明初堂而皇之作传奇小说,并敢
于把'涉于语怪,近于诲淫'之作,与《诗》《书》《易》《春秋》等儒家经典
相提并论者,首推瞿佑。他是传奇体文言小说得以复苏的功臣。"①

　　象征明初文言小说复兴并趋向雅化的作品首推瞿佑(一作祐)的
《剪灯新话》。瞿佑(1341—1427),字宗吉,号存斋,钱塘(今浙江省杭
州市)人。少年时代即善香奁诗,十四岁以即席赋《咏鸡诗》闻名。著
名文人杨维桢曾对其长辈称"此君家千里驹也!"张彦复亦有诗称其
"料应高折广寒枝"。为此,其父专筑传桂堂,寄予厚望,瞿佑亦因此名
声远播。然而事与愿违,他一生不但没有蟾宫折桂,飞黄腾达,反而怀
才不遇,仕途坎坷。入明时已年近三十。洪武十年,在文网日密、文字
狱频仍的时代背景下应征至京,次年出任仁和县训导,后来也只做过
教谕、长史一类小官。永乐年间,更因诗蒙祸,下诏狱,谪戍保安十年,
后遇赦放归。所幸长寿,卒年八十七岁。著述甚丰,流传至今者有《天
机云锦》《咏物诗》《归田诗话》《俗事方》《宣和牌谱》等十余种,以文言
小说《剪灯新话》最为著名。

　　《剪灯新话》四卷,附录一卷,存。今传明成化、清乾隆等刻本均非
全帙。1917年,董康诵芬室据日本刊活字本翻刻,始在国内恢复原貌。
1957年古典文学出版社排印周楞伽校注本又据《古今图书集成·贤媛
典》收入《寄梅记》一篇,共二十二篇。书前自序作于洪武十一年
(1378),当在仁和训导任上完成。《序》云:

　　　余既编辑古今怪奇之事,以为《剪灯录》,凡四十卷矣。好事
　　者每以近事相闻,远不出百年,近止在数载,蓁积于中,日新月盛,
　　习气所溺,欲罢不能,乃援笔为文以纪之。其事皆可喜可悲,可惊

①　吴志达:《中国文言小说史》,第684页,济南,齐鲁书社,1994。

可怪者，……虽于世教民彝，莫之或补，而劝善惩恶，哀穷悼屈，其亦庶乎言者无罪，闻者足戒之一义云尔。

可见乃有意所为。乍一看，其创作动机似与传统文言小说无异，但"援笔为文"、"哀穷悼屈"等字里行间，已透露出明显的文人化亦即雅化倾向，透露出明代文言小说复兴的消息。从题材和内容方面看，《剪灯新话》中的作品可以分为两大类：一类主写男女爱情，共八篇，其中《金凤钗记》《渭塘奇遇记》《滕穆醉游聚景园记》均为记体传奇小说。虽事涉怪异，但却以借尸还魂、梦幻、人鬼恋的形式表现了爱情超越生死的力量，已露《牡丹亭》之先声。尤其是《金凤钗记》，显然为凌濛初《拍案惊奇》中《大姊魂游完宿愿 小妹病起续前缘》之本事。《爱卿传》《翠翠传》《秋香亭记》虽然都写爱情悲剧，但造成悲剧的原因并非封建礼教，而是困扰中华民族已久的战乱，具有极强的现实主义精神。爱卿从良后持家孝姑，家庭幸福美满，战乱中终因刘万户逼纳而自缢；翠翠与金生恩恩爱爱，战乱中一同被掳，同在一个屋檐下，相见而不敢相认，双双抑郁而死；商生与杨采采相恋多年，战乱中分离，十年后相遇，采采已为人妻，二人只能抱恨终生：均从一个侧面反映了元末明初社会动乱给人民带来的痛苦，现实主义特色非常明显。《牡丹灯记》写人鬼恋，比较恐怖，如果在今天可属恐怖小说的范畴。《联芳楼记》是才子佳人类传奇小说，穿插大量诗词，显然上承元人《娇红记》的艺术传统而下启明代中后期《风流十传》《花阵绮言》等读物中的同类作品。孙楷第《日本东京所见中国小说书目》中把明代的此类作品称之为"诗文小说"，说："凡此等文字皆演以文言，多羼入诗词。其甚者连篇累牍，触目皆是，几若以诗词为骨干，而第以散文联络之者。……余尝考此等格范，盖由瞿佑、李昌祺启之。"程毅中则进一步考证说："其实这种格范，从元代就已经开始流行了。瞿佑生于元代，《剪灯新话》里可能就有写于元末的作品。元代的新体传奇对明代小说影响很大，出现了大批的这类'诗文小说'，有人称之为'文言话本'，也可以说明古体小说和近代小说交融互补的一面。"①第二类假借鬼神世界描绘讽刺现实社会的黑暗，开《聊斋志异》以花妖狐魅写世态人情之先河。《令狐生

---

① 程毅中：《宋元小说研究》，第 198 页，南京，江苏古籍出版社，1998。

冥梦录》写冥府官吏贪赃枉法,使劣绅复生,令狐生闻而愤曰:"始吾谓世间贪官污吏受财曲法,富者纳贿而得全,贫者无资而抵罪,岂意冥府乃更甚焉。"与《聊斋志异·席方平》中"念阴曹之暗昧尤甚于阳间"之语如出一辙。《永州野庙记》出于柳宗元《捕蛇者说》,写蛇妖窃夺神位,盘据要路,强迫路人设奠,无异于人间关梁强索买路钱。《太虚司法传》写阴司鬼吏吃人害人,更是人间官吏写真。而《修文舍人传》写冥府清廉,任人唯贤,无疑即反衬人间之贿赂而通、门第而进、以外貌而滥充、以虚名而躐取。如是等等,显然表现了作者针砭时弊、愤世嫉邪的慨然之情。而《水宫庆会录》写龙王礼遇文士徐善文。呵斥轻蔑斯文的赤鲩公;《令狐生冥梦录》写其在阎王面前威武不屈,并直言"偶以不平而鸣,遽获多言之咎!"显然指斥了明初统治者轻蔑斯文、大兴文字狱的现实。《修文舍人传》写夏颜在阳间怀才不遇,穷困而死,在阴间却受重用,则显然表现了瞿佑自己和元末明初知识分子的现状和愿望、理想。总而言之,《剪灯新话》已远远超越了"劝善惩恶"的传统范围而具有了针砭时弊、表现自我的文人品格。然而它又显然不同于唐代传奇小说的"表现自我",它所表现的已不是青年进士们的花前月下之情,也不是科举得意或失意之感,而主要是表现元末明初文人的怀才不遇和愤世嫉邪。作品多用传奇小说的艺术形式表现志怪题材,显然在"用传奇法而以志怪"的道路上又向前迈进了一步。从艺术手法及影响方面讲,"本书各篇笔法追摹唐人传奇,诗文相间,骈散并陈,用力颇工。向被认为宋元以来传奇小说衰歇再起的标志。明清很多文言小说均追步其后,除《剪灯余话》《剪灯奇录》《剪灯续录》《剪灯琐语》等形成'剪灯'系列外,像《效颦集》《秉烛清谈》《觅灯因话》等均可从属此列"①。甚至流传到日本和朝鲜,对邻国的小说创作都产生了重要的影响。韩国历史上的《金鳌新话》,简直就是《剪灯新话》的改写本。

在受《剪灯新话》影响而形成的"剪灯"系列文言小说中,首推李祯的《剪灯余话》。李祯(1376—1452),字昌祺,以字行,庐陵(今江西吉安)人。永乐二年(1404)进士,选授翰林庶吉士,参与编修《永乐大

---

① 宁稼雨:《中国文言小说总目提要》,第 231 页,济南,齐鲁书社,1996。

典》，以礼部主客郎中权知部事，出为广西、河南布政使。《明史》有传，称"僻书疑事，人多就质"，可见其博学多才。又称其居官"绳豪猾去贪残，疏滞举废，救灾恤贫"，则可见其为官清正，政绩显著。致仕家居二十余年，足不履公门。著作除《剪灯余话》外，尚有《运甓漫稿》《容膝轩草》《侨庵诗余》等。钱谦益亦称其"生平刚严方直，居官所至有风裁，服食清约，足迹不至公府。富于才情，多所结撰。效瞿宗吉《剪灯新话》，作《余话》一编，借以伸写其胸臆；其殁也，议祭于社，乡人以此短之，乃罢。白璧微瑕，惟在《闲情》一赋，其然岂其然乎！安磐曰：'《余话》记事可观，集句如："不将脂粉浼颜色，惟恨缁尘染素衣"，"汉朝冠盖皆陵墓，魏国山河半夕阳"，对偶天然，可取也。'"①这段话对于研究李祯及其《剪灯余话》非常重要：一见其为官为人，二见其文学创作，三见其《剪灯余话》乃仿效《剪灯新话》而"借以伸写其胸臆"，四见其因写《剪灯余话》而不得享祭于乡贤祠，五见其《余话》记事可观而诗歌"对偶天然"。一段文字而涉及《剪灯余话》者就有三个方面，仅此亦可见其《剪灯余话》之影响。

　　《剪灯余话》五卷，存。《千顷堂书目》子部小说家类著录。《百川书志》小史类著录四卷，二十篇，每卷五篇，另将《还魂记》附于书末，不计卷。明成化丁亥刊本亦作四卷。近人董康诵芬室据日本庆长、元和间所刊活字本翻刻，除恢复二十篇原貌外，又将《还魂记》单列一卷，为五卷二十一篇。1957年上海古典文学出版社排印周楞伽校注本即据诵芬室本，并补进《至正妓人行》一篇，共五卷二十二篇，附于《剪灯新话》之后。而《至正妓人行》并非小说，其实是仿白居易《琵琶行》而作的一首长达一千余言的叙事长诗，所以实际上只有二十一篇。张光启《剪灯余话序》曰："（李祯）暇中因览钱塘瞿氏所述《剪灯新话》，公惜其措词美而风教少关，于是搜寻古今神异之事，人伦节义之实，著为诗文，纂集成卷，名曰《剪灯余话》。"可见从全书的思想内容方面讲仍以敦风教、主劝惩为大旨，然而从上文所引钱谦益《列朝诗集小传》中"作《余话》一编，借以伸写其胸臆；其殁也，议祭于社，乡人以此短之，乃罢"的记载看，当有相当一部分作品并非以劝惩为主。如《鸾鸾传》《芙

蓉屏记》《秋千会记》等主写男女爱情的作品，便从不同的视角歌颂了青年男女之间真挚的爱情和婚姻自主。卷一之《长安夜行录》更直写封建社会的政治黑暗和统治阶级骄奢淫逸的生活。而卷一之《何思明游酆都录》、卷四之《泰山御史传》虽旨在劝惩，然而显然也以阴间地府的各种黑暗现象，抨击了明初的官场现实，显然上承《剪灯新话》中《太虚司法传》《修文舍人传》的传统而下开《聊斋志异》以阴写阳、以精怪写现实的先路。即使在婚姻爱情题材的作品中，也仍然闪烁着现实主义的光辉。如卷二之《鸾鸾传》写赵鸾鸾与柳颖相爱，历经周折，有情人终成眷属。然而好景不长，元末乱起，鸾鸾被掠。柳颖历尽艰辛，终得夫妻团圆，并避居徂徕山中，过上了牛郎织女般"夫耕于前，妻耘在后，同甘共苦，相敬如宾"的美满生活。谁知柳颖出城负米，又被乱军杀于途中，这才造成了鸾鸾殉夫的节烈之举。显然，造成赵鸾鸾婚姻悲剧的主要原因不是通常所谓的封建礼教，而是元末明初的战乱，现实主义因素非常明显。卷三之《琼奴传》更为典型。作品写沈家为女琼奴择婿，以才气而非家景为准，从而选中了家贫的徐苕郎，婚姻观念本身便有其进步性。富有的刘家恼羞成怒，于是便诬陷沈、徐二家，致使徐家役辽阳、沈家戍岭表，琼奴与苕郎劳燕分飞。沈家至岭表，琼奴为当地吴指挥看中，欲纳为妾，便将其逐至李驿卒处安置。恰巧苕郎来南海取军，住于驿中，与琼奴相逢并成婚。吴指挥竟以抓逃军为名，残酷地杖杀苕郎，藏尸于窑中，妄图霸占琼奴。琼奴威武不屈，奋勇上告，终于在为丈夫洗雪冤仇后"自沉于冢侧池中"，以身殉情。在这里，地主恶霸之阴险歹毒，地方军官之凶残暴虐，均暴露无遗，令人发指，显然也超出了婚姻爱情小说思想内容的范围，具有批判现实主义的特点。像这样的作品，显然不愧为明代文言小说史甚至中国文言小说史上的佳作。李祯为官刚严方正，在他的笔下写出这样的作品，显然不是无意的。从艺术方面讲，《剪灯余话》在情节结构，人物描写方面对前人作品特别是《剪灯新话》多有模仿，但仍有一定的艺术水平，叙事宛转曲折，有一定的可读性。在诗词方面，正如钱牧斋在《列朝诗集》中所指出的，书中集句比较成功：《余话》记事可观，集句如'不将脂粉涴颜色，惟恨缁尘染素衣'，'汉朝冠盖皆陵墓，魏国山河半夕阳'，对偶天然,可取也"①。当然,最为突出,对后世文言小说影响最大的还是诗词穿插。如《田洙遇薛涛联句记》《月夜弹琴记》等,题目即充满诗意,内容更诗词连篇累牍,散文反而大有退居连缀地位之势。加之作者官高名重,所以深得封建士大夫揄扬。也正因如此,所以其中的许多作品为后世小说、戏曲用为本事。如《田洙遇薛涛联句记》为凌濛初《二刻拍案惊奇》卷一七《同窗友认假作真　女秀才移花接木》入话所本;《秋千会记》为《初刻拍案惊奇》卷九《宣徽院仕女秋千会　清安寺夫妇笑啼缘》正文所本;《芙蓉屏记》为《初刻拍案惊奇》卷二七《顾阿秀喜舍檀那物　崔俊臣巧会芙蓉屏》所本。而《贾云华还魂记》则被周清源《西湖二集》改写成《洒雪堂巧结良缘》,汤显祖名著《牡丹亭还魂记》亦显然受其影响。

除《剪灯余话》外,明代前期仿效《剪灯新话》的文言小说还有赵弼的《效颦集》。赵弼,字辅之,号雪航,南平(今四川巴县,一说今属福建)人。生卒年不详。曾任汉阳儒学教谕。博学多才,尤邃于《易》。著作除《效颦集》外,尚有《雪航肤见》十卷。《效颦集》三卷,二十五篇,《千顷堂书目》《钦定续通考》《四库全书总目》小说家类著录。有明宣德原刻本,1957年上海古典文学出版社排印本。成书于宣德年间,作者于宣德戊申(1428)所写的《效颦集后序》中说:

> 余尝效洪景庐、瞿宗吉编述传记二十六篇②,皆闻先辈硕老所谈与己目之所击者。初但以为眼中之戏,不意好事者录传于士林中。每愧不经之言,恐贻大方家之诮,欲弃毁其稿,业已流传,收无及矣。因题其名曰《效颦集》,所谓效西施之捧心,而不觉自衒其陋也。

可见乃有意仿效洪迈、瞿佑而作。卷上十一篇,多为人物传记体传奇小说,当是仿效《剪灯新话》。前三篇叙文天祥、袁镛、朗革歹三人以身殉国的壮烈之举。其余均为明初奇士高风异行。中、下卷共十四篇,多为志怪内容,当是仿效《夷坚志》,多宣扬善恶报应之说。作品将历史上的正面人物如司马迁、岳飞,反面人物如赵高、秦桧等分别置于仙界或阴间,以示苍天有眼,赏罚分明,报应不爽。"其崇尚忠节、痛恨奸

---

① 齐裕焜:《明代小说史》,第36页,杭州,浙江古籍出版社,1997。
② 今存《效颦集》实为二十五篇。

佞之情溢于言表。"①与卷上同一旨趣。其中《钟离叟妪传》《续东窗事犯传》《木绵庵记》三篇,分别与《京本通俗小说》中的《拗相公》,《古今小说》中的《游酆都胡母迪吟诗》《木绵庵郑虎臣报冤》题材相同,故而孙楷第《沧州集》认为均是"根据宋元话本小说把白话改成文言"。然《京本通俗小说》近世颇有人提出怀疑,甚至有人认为是近人赝作,《古今小说》也晚于《效颦集》很多,故齐裕焜经过考证说:"认为《效颦集》三篇小说是由话本改成文言的说法似难成立,更大的可能是它为话本提供了改编的蓝本,由此亦可见《效颦集》在小说史上自有其存在的价值。"②

继《剪灯余话》《效颦集》之后,公开宣称仿效《剪灯新话》《剪灯余话》《效颦集》而"较三家得失之端,约繁补略"的还有陶辅的《花影集》。陶辅(1441~?),字廷弼,号夕川,又号海萍道人。袭应天亲卫昭勇之爵,因与时不合,乞致仕。著有《桑榆漫志》《四端通俗诗词》等。《花影集》四卷二十篇,《千顷堂书目》子部小说家类著录。《百川书志》卷六云:"致仕应天卫指挥事夕川老人陶辅廷弼撰述,凡二十篇。"集中多收元代以来传奇故事,虽多数说教味较浓,小说味不强,但亦不乏佳作。如卷一之《刘方三义传》叙刘方、刘奇患难结合,颇似梁祝故事,十分感人,影响颇大。《情史》《燕居笔记》收录,冯梦龙《醒世恒言·刘小官雌雄兄弟》据以敷演,明人杂剧《三义记》、传奇《雌雄旦》、清人传奇《彩燕诗》等亦均演此事。卷二之《心坚金石传》叙元李彦直、张丽容爱情故事。丽容为豪强所夺,彦直倾家荡产亦不能免。丽容母女登舟启行,彦直徒步随行三千余里。后彦直气愤而死,丽容自缢舟中。豪强怒焚其尸,二人心如金石,丽容之心如彦直、彦直之心如丽容。豪强如获至宝,函献右相。右相开函,乃败血一团,臭不可近,豪强因此被杀。想象丰富,十分动人,不但《情史》《燕居笔记》收录,明人传奇《霞笺记》、清人白话小说《霞笺记》等亦据以改编。

除上述传奇集外,明代前期也有部分单篇传奇小说,其中最有代表性的便是丘濬的《钟情丽集》和马中锡的《中山狼传》。丘濬(1418—1495,一说为1420—1495),字仲深,号琼台,琼山(今属海南)人。明景

---

① 宁稼雨:《中国文言小说总目提要》,第 232 页,济南,齐鲁书社,1996。
② 齐裕焜:《明代小说史》,第 37 页,杭州,浙江古籍出版社,1997。

泰五年(1454)进士,历官国子祭酒、礼部尚书、太子太保兼文渊阁大学士。卒谥文庄。濬博览群书,尤熟儒家典籍,为明代著名道学先生。著作多阐述儒学经典,如《朱子学的》《大学衍义补》《丘文庄集》《琼台集》等。传奇有《伍伦全备记》,《钟情丽集》四卷,存。题玉峰主人编辑。《百川书志》史部小史类著录。明吕天成《曲品》、陶辅《桑榆漫志》等均言玉蜂主人即丘濬,叶德均考之甚详①。《宝文堂书目》著录上下两卷。明中后期通俗化传奇小说读物《风流十传》《万锦情林》《花陈绮言》《国色天香》《绣谷春容》《燕居笔记》等均收录,可见其性质及影响。作品写琼州书生辜辂至表叔家探望祖姑,与表妹瑜娘一见钟情。瑜娘守身如玉,终无表白,辜辂费尽心机,瑜娘方以身相许。蒙祖姑成全,方缔婚约。后辜父亡故,家道中落,表叔悔婚,另将瑜娘许配富户符家。瑜娘闻讯,自杀未遂,辜生趣到,在祖姑的帮助下一起逃回琼州,拜堂成亲。符家告官,官府判瑜娘随父回家,被禁冷室,欲令自裁。关键时刻辜生又至,作《钟情赋》以明心迹。又得祖姑之助,逃回琼州,再度举行婚礼。后辜生高中,祖姑亦说服女父,终成百年之好。可见明显地受《莺莺传》《娇红记》等才子佳人类传奇小说的影响。从艺术方面讲,"本篇描写儿女情态,颇为工致传神,因受《娇红记》影响,穿插诗词骈体过多,破坏了故事的流畅,但有些地方则仍属巧妙之笔,例如辜生画莺于壁、题诗托意,瑜娘窥见、和诗寓怀一节,一点也不累赘,反倒妙趣横生,故而赵于礼《画莺记》即据此一精彩剧情命名。除戏曲改编之外,《钟情丽集》的诗词又曾被白话小说《金瓶梅词话》《欢喜冤家》抄用。同时,它也身居推动明代中篇传奇小说创作风气的重要位置,影响颇大,价值匪浅。"②

《中山狼传》见于马中锡《东田集》,可以说是中国文学史、中国小说史上的名篇之一,流播之广,几乎家喻户晓,妇孺皆知。马中锡(约1446—1512),字天禄,号东田,故城(今属河北)人。明宪宗成化十一年(1475)进士,授刑科给事中。明武宗正德年间迁兵部侍郎,因反对太监刘瑾,被捕下狱。刘瑾伏诛,出任大同巡抚。正德六年(1511),以右都御史前往镇压刘六、刘七起义,又因力主"招抚",被同僚中伤,诬

---

① 叶德均:《戏曲小说丛考》卷中《读明代传奇文七种》,北京,中华书局,1979。
② 石昌渝主编:《中国古代小说总目》(文言卷),第678页,太原,山西教育出版社,2004。

以"纵贼"之罪,死于狱中。著有《东田集》。中山狼的故事流传已久,宋谢良即有《中山狼传》传世。马中锡在原有的基础上加以润色,使故事情节更加丰富,语言更为典雅,最终成为一篇不朽的寓言小说名篇。小说总结了人类社会的历史教训,"揭示了狼的奸诈凶残吃人本性,决不会因受恩得救而有所改变,批判了无原则的'兼爱'思想,对墨者东郭先生作了善意而辛辣的讽刺,从而说明对于像狼一样凶狠残暴的坏人,是不能讲仁慈的,'仁陷于愚',就会有被狼吃掉的危险"①。马中锡自己虽然最终被中山狼式的同僚中伤,死于狱中,但他所托喻的哲理却成了中华民族传统文化的一部分,永放光芒。

有上述这样一些十分优秀而颇有影响的作品,有宋濂、刘基、瞿佑、李祯、马中锡这样一些颇有影响的文言小说作者,如果没有什么意外,明代文言小说很可能顺着这一良好的开端发展下去,并很快迎来中国文言小说史上的又一个创作高潮。然而像万事万物的发展一样,文言小说的发展也不会一帆风顺。到正统年间,伴随着大明王朝中央集权的加强,伴随着大明王朝的文化政策逐渐奏效,文化统治也日益严酷。瞿佑去世后不久,国子监祭酒李时勉便以"惑乱人心"为由,奏请禁毁《剪灯新话》。景泰年间,李祯又因《剪灯余话》,不得以庐陵乡贤入祀学宫。正德年间,二书又同时被禁,以至于后来国内竟无足本流传。在很长的一段时间里,虽然也有零零星星的少量文言小说出现,但从总体上来看,文言小说复兴的第一朵浪花,很快便在专制政治的统治下平息了。直到五六十年后的弘治时期,文言小说的创作才重新兴盛,从而进入了第二个阶段。

第二节　复兴大潮与雅俗合流——明中后期文言小说

明代中后期是文言小说复兴的第二阶段。在这一阶段,由于皇帝多荒淫无道,朝臣、宦官则忙于政治斗争和经济掠夺,所以思想文化钳制相对放松。加之资本主义萌芽的产生,市民思想的发展和王学左派

---

① 吴志达:《中国文言小说史》,第 701 页,济南,齐鲁书社,1994。

的影响,从而形成了中国思想史上以个性解放为特色的又一次思想解放运动。这一浪潮不但冲决了自明初以来极端专制的文化政策的束缚,同时也解放了文人的文学观念和小说观念,从而促进了中国小说的全面发展,文言小说自不例外。

通观这一阶段文言小说的发展,断层现象相当明显,即不是紧承"剪灯"二话的发展趋势,而是退回到宋金元时期文言小说通俗化的原点,从《娇红记》之类的通俗化传奇小说和文人编辑的通俗化小说读物开始的。上一个阶段的后期,丘濬的《钟情丽集》实开其端。此作虽存弘治十六年刊本,但叶德均考证说:"按《明史》卷一百八十一《邱濬传》说他于弘治'八年卒,年七十六'。弘治八年是明孝宗弘治乙卯,公元一四九五年;上推七十五年是明成祖永乐十八年庚子,公元一四二○年。《明史》说他中景泰五年(一四五四)进士,就生年推算,那时是三十五岁。《钟情丽集》如是他少年时所作,最迟也当在景泰五年以前;最早也要到正统四年(一四三九)二十岁以后。现在所存的弘治十六年癸亥(一五○三)刊本是他死后八年所刻,不是最早的刊本。"①可见应属于上一个阶段。然丘濬官高位重,又以《伍伦全备记》传奇著称当时,是颇有影响力的人物,所以其《钟情丽集》与《娇红记》、《剪灯新话》一同影响了第二阶段初期即弘治、正德、嘉靖时期的此类小说,且与《娇红记》《李娇玉香罗记》《艳情集》《怀春雅集》《双偶集》一起,被高儒的《百川书志》史部小史类著录。高儒曰:

以上六种,皆本《莺莺传》而作,语带烟花,气含脂粉,凿穴穿墙之期,越礼伤身之事,不为庄人所取,但备一体,为解睡之具耳!

可见其他四种均为受《娇红记》和《钟情丽集》影响而出现的才子佳人类型的通俗化传奇小说。在上述四篇作品中,《李娇玉香罗记》已佚,编辑者赵元晖,事迹未详。《百川书志》载《娇红记》亦"赵元晖集览",题为闽南三山(今属福建)人,余不可考。《艳情集》八卷,雷世清撰。原书亦佚,雷世清事迹未详。《双偶集》三卷,樊应魁撰。原书亡佚,作者事迹未详。《怀春雅集》(又题《寻芳雅集》《金谷怀春》)二卷,《百川书志》署"三山凤池卢民表著,又称秋月著"。《金瓶梅词话》欣欣子序

---

① 叶德均:《戏曲小说丛考》卷中《读明代传奇文七种》,北京,中华书局,1979。

则称卢梅湖作。据此,有人推测名民表,号梅湖,别署秋月,福州人。余不可考。是书明代有单行本盛行于嘉靖、万历年间,曾传至日本,今佚。今存明代版本多种,均在当时通俗类传奇小说读物中,如何大抡、林近扬所编两种《燕居笔记》和《花阵绮言》等。《花阵绮言》改题《金谷怀春》。作品述元末吴廷璋与王娇鸾、王娇凤等众女婚姻爱情故事,与《情史》卷十六之"周廷璋",《警世通言》卷三十四之《王娇鸾百年长恨》男女主角姓名相同(仅改吴作周),可能有一定关系。吴生用情过滥,几近于淫;猥亵描写,亦不足取;逞才异巧,多施诗辞;却是此类作品之通病。然而"它上承《娇红记》《贾云华还魂记》《钟情丽集》等元明中篇传奇小说的创作传统,下启《刘生觅莲记》《融春集》等同类作品的写作风气,在文言小说的发展史上占有一席之地。尤其书中至少有二十首诗词被《金瓶梅》抄改袭用于第五十九回至第八十回,对《金瓶梅》的成书研究很具意义。"①又,作品中曾引用《钟情丽集》中人物事迹,可见其受前者的直接影响。

除上述六篇之外,同类作品还有《双双传》《三妙传》《天缘奇遇》《刘生觅莲记》《双卿笔记》等多种。值得注意的是,这些作品都多次被改头换面、结集翻刻,收于各种通俗性传奇小说选本或叫做读物中。仅今天能见到的这类读物就有《风流十传》(又称《闲情野史风流十传》)、《国色天香》(又称《新锲公余胜览国色天香》《幽闲玩味夺趣群芳》)、《燕居笔记》(又称《新刻增补全相燕居笔记》等)、《万锦情林》(又称《新刻芸窗汇爽万锦情林》)、《绣谷春容》(又称《绣谷春容骚坛摭粹嚼麝谭苑》)等多种。这些读物多为明万历刻本,版式大体一致,分上下两层,一层为上述通俗性传奇小说,一层为诗话、笑话、甚至酒令等,其编辑用意,显然在雅俗共赏,扩大销售量。这种雅俗共赏的读物在当时大量刊刻、传播,显然会促进文言小说的雅俗合流。此类读物中的通俗性传奇小说便明显地具有雅俗合流的艺术风格。这些作品既不像唐代的传奇小说那样是为了逞才延誉,博得春官一第,也不像《剪灯新话》、《剪灯余话》那样抒发作者的怀才不遇、愤世嫉俗,而是着意渲染才子佳人的儿女之情,甚且淫风渐劲,明显地流露出向艳情小说

① 石昌渝主编:《中国古代小说总目》(文言卷),第149页,太原,山西教育出版社,2004。

发展的趋势。故事情节多大同小异,均才子佳人一见钟情,得谐鱼水之欢,中间经历若干曲折,最后终成连理。形式上则篇幅明显加长,基本上具有了今所谓中篇小说的规模。上承中国文言小说诗化特征的传统,大量穿插诗词,上文所引孙楷第所言"诗文小说",盖指此类。此类作品流风所及,约有二端:一为才子佳人小说,这在明末清初的白话小说中最为明显,如《好逑传》《玉娇梨》《平山冷燕》等。一为格调低下,以宣扬色情为主的艳情小说,或者干脆称"黄色小说",《天缘奇遇》便非常典型。其中的男主角祁羽狄虽仍具才子面貌,但先后与妙娘、山茶、徐氏母女、廉氏三姐妹及其侍婢等四五十人淫通,简直是一个色情狂,比《金瓶梅》中的西门庆有过之而无不及。然最后功成名就,娶道芳为妻,纳丽贞、玉胜、晓云等十二人为姬妾,号"金台十二钗",且于宅后建园,园中筑"西池六院",每院居二妾,以六婢事之。生每行游,必令侍妾捧笔砚随之,随处题咏,显然又露《红楼梦》之先声。至于同是产生于嘉靖、万历年间的《如意君传》(又称《阃娱情传》)和《痴婆子传》(又名《痴妇说情传》),就更加淫秽,甚至直接以描述男女性爱为能事了。值得注意的是此类作品内容虽一无可取,但《痴婆子传》叙一七十老妇述说自己一生的性生活史,显然是采用了第一人称倒叙的叙述方式,在中国文言小说史上颇具特色。另外,老妇在自叙时经常言及心理及动机,亦颇具心理分析之特征。这在中国文言小说史上也是不多见的。

大量小说类丛书、类书等小说总集的出现,也是这一阶段文言小说复兴的现象之一。弘治以后,伴随着文化的普及,读者队伍的壮大,书商们为了谋利,除刊印上述通俗化传奇小说读物以外,还大量编辑刊印文言小说类书和丛书。较为重要的有梅纯编纂的《续百川学海》一百卷,《明史·艺文志》子部小说家类著录。顾元庆(1487—1565)的《顾氏明朝四十家小说》《顾氏文房小说》《广四十家小说》(《明史·艺文志》《千顷堂书目》著录为袁褧编,现存明嘉靖中顾氏夷白斋刊本题顾元庆辑)三种。《顾氏明朝四十家小说》收宋元至明弘治间笔记小说四十一种,以明人著作为多。宁稼雨称之为"明代文言小说的重要渊数"①。《顾氏文房小说》收汉魏至宋代文言小说四十种,多为历代名作,颇有价值。《广四十家小说》收汉唐至元明间文言小说四十种,元明以前部分名作颇有价值。一人之力编纂以上三种,既见当时风气,又见编者之爱好与功力。这样的人物,这样的作品,无疑对明代文言小说的复兴起促进作用。是后,袁褧又辑顾元庆《明朝四十家小说》《广四十家小说》为《前后四十家小说》八十卷,更起了推波助澜的作用。在这一风气下,江宁司马泰(1492—1562)又辑《广说郛》八十卷、《古今汇说》六十卷、《再续百川学海》八十卷、《三续百川学海》三十卷,《明史·艺文志》小说家类均予著录,原书虽佚,但当时作用可以想见。至嘉靖间,陆楫又与黄良玉、姚如晦、顾应夫等人旁采冥搜,集"古今野史、外记、丛说、脞语、艺书、怪录、虞初、禆官之流",成《古今说海》一百四十二卷,"凡一百三十五种",并"集梓鸠工,刻置家塾,俾永为士林之公器云"②。可见时至嘉靖,人们对小说的态度,已与明初大不相同了。这种改变,显然乃文言小说复兴所致,而同时也为文言小说复兴创造了条件。潮流兴起,则不乏后劲。王圻编《稗史类编》一百七十五卷,今有万历本传世。所载引用书目竟多达八百零八种之多,颇具文献价值。顾起元编《说略》三十卷(《明史·艺文志》作六十卷),采历代说部,裁截割裂,分类编排,故小说价值被类书价值替代。叶向高编《说类》六十二卷,又经林茂槐增删,摘录唐宋文言小说,分天文、岁时、地理、帝王等四十五部,已是较为典型的小说类书,颇便检索。商濬编《稗海》,《明史·艺文志》子部小说家类著录,达三百六十八卷。今据各种版本卷首所刊总目统计,实多达七十四种,四百四十八卷。所收均晋唐至宋元间志怪、志人、传奇小说及部分笔记杂著,多为名著,又大致以年代为序编排,所以不但当时起了推动文言小说复兴的作用,即今天亦具中国文言小说发展史史料文献价值。万历三十八年(1610)进士陶珽又重编陶宗仪之《说郛》一百卷为一百二十卷,编《续说郛》四十六卷。前者将陶编《说郛》之七百余种各类文言小说增至一千三百余种,今人多称之为《重编说郛》或《重校说郛》,以别于陶宗仪所编《说郛》。"近人研究认为此书(《说郛》)大多刻于明代,与许多明

---

① 宁稼雨:《中国文言小说总目提要》,第 257 页,济南,齐鲁书社,1996。
② 〔明〕唐锦:《古今说海引》。

刻本书版式完全相同,似明代重刻《说郛》卷帙浩繁,后其版片被分别
刻成若干小型丛书,至清初又由分而合,成为宛委山堂本《说郛》,其中
又有部分补刻,如卷一一五《会真记》,较《绿窗女史》本为佳。"①若果真
如此,那么在当时的影响更大,对当时文言小说复兴所起的作用也更
大。后者撮抄明人文言小说五百二十七种,其中多种未见他本,赖此
以传世,在中国文言小说发展史上亦功不可没。此风一直延续到明末
尚未衰减,冯梦龙的《智囊》、《智囊补》、《古今谭概》、《太平广记钞》和
署名詹詹外史评辑的《情史》等均属此类。这些文言小说丛书或类书
虽非创作,但大量刊印流传以后必将促进时人小说观念的变化,促使
一大批造诣较高的文人加入到文言小说创作的行列中来,从而进一步
促进文言小说的复兴和发展。

在上述风气的影响下,首先复兴的是笔记小说。据宁稼雨《中国
文言小说总目提要》统计,在宋金元时期志怪小说六十七种、杂俎小说
一百四十九种、志人小说八十八种、谐谑小说十五种,共三百一十九
种。而明代仅杂俎小说一类即多达三百五十八种之多。如果再加上
志怪小说八十二种、志人小说一百三十种、谐谑小说五十种,总数竟高
达六百二十种,几乎是宋金元时期的两倍。如果采用编年法统计则又
会发现,在明代大量的笔记小说中,绝大部分产生在明代中后期这一
文言小说的复兴大潮阶段。在志怪类的八十二种之中,作者主要活动
在弘治以前的只有刘昌的《悬笥琐探》和陈洙的《湖海摘奇》两种。其
余作者绝大部分生活于弘治至万历年间。在杂俎类的三百五十八种
之中,作者主要活动在弘治之前的也只有宋濂、叶子奇等十余人,作品
二十余种,其余亦大部分产生于弘治至万历年间。志人类一百三十
种,作者主要活动于弘治之前的亦只有王达、杜琼、彭时、梁亿等不到
十人,其余均大部分生活于弘治至万历年间。谐谑类五十种,作者可
确切隶属明前期的亦仅陆焕章、支立、陈相三人而已。以上统计可见,
明初与大明政权稳固时期专制统治加强,文化政策严酷,故作者人人
敛手,故文言小说园地一片荒凉。明代中期即弘治以后,各种原因使
封建统治削弱,文网松弛,于是文化发展,小说复兴,迎来了中国文言

① 宁稼雨:《中国文言小说总目提要》,第280页,济南,齐鲁书社,1996。

小说史上的又一个春天。如果仔细翻检各种小说目录还可以发现,这一阶段不但从事笔记小说的文人大幅度增加,而且许多作者兴趣所致,创作编纂各种类型的文言小说多种。如志怪类中朱孟震有《河上楮谈》《汾上续谈》《浣水续谈》《游宦馀谈》四种,梅鼎祚有《才鬼记》《才妖记》《才神记》《三才灵记》四种。杂俎类中瞿佑有《香台集》《游艺录》《存斋类编》三种,都穆有《谈纂》《玉壶冰》《听雨记谈》《使西日记》《南濠宾语》《奚囊续要》六种,司马泰有《广说郛》《古今汇说》《再续百川学海》《三续百川学海》《史流十品》《河馆闲谈》《护龙河上杂言》《知次录》《西虹视履录》等九种,陈继儒有《见闻录》《珍珠船》《笔记》《太平清话》《偃曝谈余》《群碎录》《秘笈》七种,赵世显有《一得斋琐言》《听子》《赵氏连城》《芝圃丛谈》《客窗随笔》《松亭晤语》等六种,江盈科有《雪涛阁四小书》《雪涛谈丛》《雪涛谐史》《雪涛诗评》《雪涛闲记》五种,茅元仪有《暇老斋杂记》《野航史话》《掌记》《六月谈》《戍楼闲话》《青光》《澄山帛》七种。志人类中贺虞宾有《古语林》《广世说新语》《唐世说》《宋世说》《明世说》五种,且已自成系列。尤其引人注意的是,有的作者还有几类笔记小说,且数量可观。如祝允明就有志怪小说《语怪编》《志怪录》,传奇小说《义虎传》和志人小说《野记》《猥谈》《前闻记》,共六种。陈继儒除上述七种杂俎小说外,尚有志怪小说《香案牍》志人小说《读书镜》谐谑小说《时兴笑话》和传奇小说《闲情野史》《李公子传》《杨幽妍别传》,共十三种。屠本畯有杂俎小说《燕间类纂》《演读书十六观》《山林经籍志》《山林友议》和谐谑小说《聱观》《五子谐册》《憨子杂俎》《艾子外语》,共八种。而王兆云竟有志怪小说《王氏杂记》《湖海搜奇》《挥麈新谭》《白醉琐言》《说圃志余》《漱石闲谈》《乌衣佳话》七种,杂俎小说《王氏青箱余》《绿天脞说》《广莫野语》《惊座撷遗》《客窗随笔》《碣石剩谈》六种。至于那些有三到五种的,那简直就数不胜数了。这显然也从一个侧面反映了明代中后期文言小说的复兴大潮。如果再仔细检索还可以发现,这一阶段中许多著名的诗文作家、书法家、社会名流如祝允明、徐祯卿、王世贞、袁宏道、袁中道、汤显祖、王象晋、赵南星、钟惺之流,均执笔写文言小说,亦可见当时小说观念的变化,文言小说在人们心目中的地位。文言小说在当时尤其是正统文人心目中地位的提高,无疑会进一步促进文言小说的复兴,无疑会进一步促进雅俗合流。

与笔记小说复兴大潮汹涌澎湃相比,这一时期文人传奇小说的创作似乎不太景气,除万历年间邵景詹仿"剪灯"二话创作的《觅灯因话》之外,其他则不是流于世俗化并辗转抄袭,便是流于笔记化,信手捻来。特别是志怪题材,诚如鲁迅所说:"明末志怪群书,大抵简略,又多荒怪,诞而不情。"①而且即使是《觅灯因话》也只有区区二卷,八篇传奇小说,且所叙"非幽冥果报之事,则至道明理之谈",②道学味十足,难与其他二话比肩。《觅灯因话》二卷,《红雨楼书目》《千顷堂书目》小说家类著录。作者生平事迹未详。据书前作者自撰《觅灯因话小引》可知,书成于万历壬辰(万历二十年,公元 1592 年),别号自好子,书斋名遥青阁。书中虽然只有八篇作品,但却有四篇被"三言二拍"等话本小说改编:卷一之《桂迁感梦录》,以桂迁忘恩负义,借人银两不还,梦中变犬,摇尾乞怜,反映了明代中叶以后因金钱势力的增加而导致的世风日下,道德堕落。以告诫世人,拯救颓世。虽然说教味十浓,但颇具现实意义,被冯梦龙改编为《警世通言》中的《桂员外途穷忏悔》。同卷之《姚公子传》叙一个典型的"高干子弟",他"父拜尚书,妻亦宦族","自倚富强,不事生产,酷好射猎,交游匪人",终于荡尽家业,沦为乞儿奴仆。而所交往"见公子饥寒,掉臂不顾,且相与目哂之",又形象地写出了人情冷暖,世态人情,反映了当时的世风日下,人心不古。凌濛初《二刻拍案惊奇》卷二二之《痴公子狠使噪皮钱 贤丈人巧赚回头婿》即据此改编。卷二之《卧法师入定录》写铁生与胡绥互相欲奸人妻,而自己妻子却被人奸的故事,颇似当今之换妻游戏,更见世风日下。凌濛初《初刻拍案惊奇》卷三二之《乔兑换胡子宣淫 显报施卧师入定》即据以改编。另,周清源《西湖二集·会稽道中义士》,亦系据其中的《唐义士传》改编。可见当时影响之大。然而用今天的眼光看,倒是几篇妇女题材的作品更有意义,艺术水平更高。《贞烈墓记》《翠娥语录》《孙恭人传》即属此类,而其中尤以《贞烈墓记》最为典型。作品据元末陶宗仪《辍耕录》卷一二"贞烈墓"改写而成。写郭氏与丈夫少年结发,

---

① 鲁迅:《中国小说史略》,第 179 页,北京,人民文学出版社,1973。
② 〔明〕邵景詹:《觅灯因话小引》,录自丁锡根编著《中国历代小说序跋集》(中卷),第 610 页,北京,人民文学出版社,1996。

情深义重。丈夫为旗卒,本卫千夫长李奇因郭氏色美而起觊觎之心,费尽心机,将旗卒迫害致死。郭氏忠贞不渝,最后亦投水而死。热情地歌颂了郭氏的坚贞不屈,揭露了权贵的下流残暴。"作者采取层层推进的艺术手法,将人物置于矛盾冲突的尖端,从而展现出人物心灵之美。"①从全书看,"《觅灯因话》语言朴素而雅洁,改变了《剪灯新话》等过多穿插诗词的毛病,更集中地塑造人物形象,因此人物形象一般都比较鲜明。"②此后,邵景詹又编选了传奇小说集《剪灯丛话》,署名"自好子"。选录汉唐至明代中叶文言小说一百三十七篇,"多数系将《太平广记》等书中各种小说改题篇目,并妄题撰人。……以致谬种流传,遗害不浅"③。然而遥想当年,肯定还是对文言小说的复兴起过作用的。其时,又有无名氏承其风气撰《剪灯续录》,陈钟盛撰《剪灯纪训》,从而形成了明代文言小说史上的"剪灯"系列小说这一特殊风景线。值得注意的是,在明代中后期文言小说复兴大潮的冲击下,在雅俗合流的氛围中,"一部分士大夫的审美观念也发生变化,对以前瞧不起的文学样式小说,也重视起来了。市民群众中盛行的当然是通俗小说为主,而文化修养较高的知识阶层和上层市民,则对既有娱乐性又较雅洁含蓄的文言小说,更感兴趣,创作或搜集整理出版文言小说,也蔚然成风"④。在文人创作的传奇小说中,除上述《钟情丽集》类的通俗化传奇小说,《觅灯因话》类的传奇小说集外,还有一部分文人创作的单篇传奇,尤其是文人别集中的单篇传奇小说,至今没有引起学界的充分注意。单篇传奇小说如陆粲的《洞箫记》、田汝成的《阿寄传》,袁宏道的《拙效传》《醉叟传》,袁中道的《一瓢道士传》,陈继儒的《李公子传》等较有代表性。特别是袁宏道的《拙效传》,"文叙作者家中四位钝拙仆人,冬、东、戚、奎四人生活轶事,十分别致。作者能将目光视向社会下层人物,并愿为其立传,为作者平等观念和尊重个人思想的表现。由此感情出发,文中所写四仆,都能活灵活现,见出个性。如以冬外出迷路四顾欲哭,性嗜酒而几次均未得饮,以及推门倒地成倒立状的描

---

① 吴志达:《中国文言小说史》,第706页,济南,齐鲁书社,1994。
② 齐裕焜:《明代小说史》,第147页,杭州,浙江古籍出版社,1997。
③ 宁稼雨:《中国文言小说总目提要》,第237~238页,济南,齐鲁书社,1996。
④ 吴志达:《中国文言小说史》,第703页,济南,齐鲁书社,1994。

写等,写其拙朴之态,十分传神。在其貌似调侃的笔调中,隐含作者深深爱怜之情。此作详略处理得当,以冬为详写,他三人均略写,毫无平板之感。本文堪为作者道德文章之具现。"①袁宏道为"公安三袁"之一,"公安派"的代表人物,论诗重妙悟,主张"独抒性灵,不拘格套",这样的人物执笔写小说,自然亦"不拘格套"。通观此类作品,所写主人公均有一定的现实依据而带有某些传奇色彩,实已开明末清初《大铁椎传》《补张灵崔莹合传》《董小宛传》等异人类传奇小说之先河。至于文人别集中的各类文言小说,明初宋濂、刘基等首开风气,成化、正德年间的马中锡等人继张旗鼓,其《东田文集》卷三便收入了著名的寓言体传奇小说《中山狼传》,至明代中后期则几乎蔚然成风。鲁迅所言:"文人虽素与小说无缘者,亦每为异人侠客童奴以至虎狗虫蚁作传,置之集中。盖传奇风韵,明末实弥漫天下,至易代不改也。"②殆指这一小说史现象。其中最有代表性的便是宋懋澄的《九籥集》。

宋懋澄(约1569—1620)③,字幼清,号稚源,一作自源,祖籍汴(今河南开封)人。宋宗室,宋亡后移居华亭(今上海松江)。以国为姓,为华亭望族。万历四十年(1612)举人,三试进士不第。早年"喜交游,慕古烈士风,私习兵法,散财结客,欲建不世之功"④。诗文奇矫俊拔,尤工尺牍及稗官小说。《九籥集》向无刊本,亦未见著录。清初《松江府志》及当时著名文人如陈子龙、吴伟业、王士禛等文集或笔记中均曾提及,其后之诗歌选集、小说选集中亦曾引用。今人王利器收藏旧抄本,1984年中国社会科学出版社据以排印出版,方得面世。全书分《九籥集》与《九籥别集》两大部分。《九籥集》十卷,分为记、序、论、表、笺状、杂文、传、行状、志铭、书、启、跋、赞、议、辩、原、祭文、稗等十八类,目录后注曰:"鲍参军《升天行》云:'五图发金记,九籥隐丹经。'余好养生家言,故以名篇;一名天籥者,以斗宿下有天籥八星,而余斗分也。"《九籥别集》四卷,分为赤牍、稗两类,卷末附录《宋幼清先生传》,但原文亡佚。二集之后附有《九籥集诗辑录》和附录。其中,《九籥集》卷五、卷

① 宁稼雨:《中国文言小说总目提要》,第236~237页,济南,齐鲁书社,1996。
② 鲁迅:《中国小说史略》,第178页,北京,人民文学出版社,1973。
③ 说见吴志达"据陈子龙撰《宋幼清先生传》,谓幼清卒年五十一。"《中国文言小说史》,第709页,济南,齐鲁书社,1994。
④ 〔清〕《松江府志》卷四四《文苑》。

六之"传"类,卷十之"稗类",《九籥别集》卷二、卷三、卷四之"稗"类,多为文言小说。其中不少作品为传奇小说名篇,在中国文言小说史上占有重要的地位。前者卷五之《负情侬传》为脍炙人口的杜十娘故事,系据万历年间轰动一时的真实事件写成,时人宋存标之《情种》、潘之恒《亘史内纪》、刘心学《史外丛谈》、无名氏《文苑楂橘》、冯梦龙《情史》等均有记载。冯氏后又改编为话本小说《警世通言》第三十二卷之《杜十娘怒沉百宝箱》。——对读,显然以《负情侬传》为底本。① 后者卷二之《刘东山》与《珠衫》亦属此类。《刘东山》叙嘉靖时名捕刘东山自号"连珠箭",业贾后于顺城门炫耀武功,后路遇侠盗,先以绝技慑之,然后取其腰间物,三年后原璧奉还。字里行间,充斥对绿林豪侠崇敬之意。《九籥集》编者按曰:"宋存标《情种》卷六收入此文,……《聊斋志异》卷五《老饕》,末云:'此与刘东山事盖彷佛焉。'吕湛恩注:'见宋幼清《九籥集》。'李渔《笠翁文集》卷二《秦淮健儿传》(又收入《虞初新志》卷五),王士禛《池北偶谈》卷二十二《谈异》俱载此事,则此传奇式人物,当时固已脍炙人口矣。……《初刻拍案惊奇》卷三《刘东山夸技顺城门》,则又从《九籥集》出耳。"② 可见其在中国小说史上的影响。而卷十之《侠客》篇叙一侠客冒名顶替一位赴任道亡的官员,不但向其妻言明身分,在任能"宦逾三年,上下咸指为神明。"尤为值得称道的是"与士人妻三年未尝一面,二女依然处子。"作者叙完,亦情不自禁叹曰:"噫,其人亦大可重矣!"与《刘东山》之重侠同一情怀。《珠衫》叙一楚中贾人常年在外经商,妻子在家独守空房,思夫心切,堕于一新安客人局中,日久情深,竟以珍珠衫相赠。楚中贾人知情,遂成婚变。冯梦龙不仅收入《情史》,且改编为话本小说,收入《古今小说》开卷首篇,可见重视。通观宋幼清《九籥集》中小说,虽为文人之作,然以武侠、爱情作品为最,可见雅俗合流之迹。

其实不止《九籥集》,通观这一阶段的传奇小说,亦具有同样的特点,甚至堪成系列。志怪题材的作品,万历之前有吴仲虚编辑的《虞初志》(又名《陆氏虞初志》)。万历间汤显祖又编《续虞初志》,所收虽全

---

① 谭正璧编《三言两拍资料》于所引《负情侬传》后曰:"按《情史》卷一四《杜十娘》条即据此文而字句稍有不同,且全删'宋幼清曰'以下一段文字。"可见其关系。(上海古籍出版社,1980)

② 《九籥集》,第265~266页,北京,中国社会科学出版社,1984。

为唐人传奇小说,但每篇原作后附有汤显祖等明人评语,"每有奇见妙语,为小说批评史的有用材料,可资参考"①。受其影响,邓乔林又编辑《广虞初志》,渐成系列。再加上清代张潮的《虞初新志》、郑澍若的《虞初续志》、黄承增的《广虞初新志》、钱学纶的《虞初新志》,民国初年胡怀琛的《虞初近志》、王葆心的《虞初支志》等,"虞初志"系列文言小说遂成为中国文言小说史上一道别有情趣的风景。武侠题材的作品,从"后七子"之一的王世贞集《剑侠传》之后,胡汝嘉撰《女侠韦十一娘传》(又名《韦十一娘》,凌濛初《初刻拍案惊奇》卷四《程元玉店肆代偿钱 十一娘云冈纵谈侠》即据以铺演),万历间武进《今属江苏》周诗雅又撰《剑侠传》《续剑侠传》,徐广又撰《二侠传》(又名《三侠传》),邹之麟又撰《女侠传》,已渐成系列。再加上清代郑观应的《续剑侠传》,署名酉阳的《女盗侠传》、署名秋星的《女侠翠云娘传》、无名氏的《女侠荆儿记》等等,遂形成一个文言武侠小说系列,与通俗小说系统的侠义公案小说相呼应,在中国小说史上掀起了一波汹涌的武侠浪潮。在艳情小说方面,继上文所述"语带烟花,气含脂粉"的《艳情集》《双偶集》《钟情丽集》等通俗化传奇小说之后,嘉靖间陆树声辑《赵飞燕外传》等成《宫艳》三卷,王世贞又撰《艳异编》四十卷(又有四十五卷、三十五卷等本),吴大震撰《广艳异编》三十五卷(又有《续艳异编》,论者以为此书之精选修订本),陈继儒编辑《闲情野史》、梅鼎祚辑《青泥莲花记》,遂形成了一个"艳情"小说系列。通观上述系列性文言小说,可见不仅均为文言小说复兴大潮的产物,亦均具雅俗合流的特点。

第三节　明末文言小说综述

从万历四十四年(1616)努尔哈赤在满洲称汉登基,建立大金政权,大明王朝的灭亡便进入了历史的倒计时。大明政权内忧外患,忽啦啦似大厦将倾的社会背景,牵动了大明子民的每一根神经,因而奇人异事,大量出现。小说作为反映社会的一面镜子,自然也不乏奇人

① 宁稼雨:《中国文言小说总目提要》,第243页,济南,齐鲁书社,1996。

异事的影子。通阅这一时期的传奇小说,以奇人异事为题材的作品占了相当的份量。现存日本宫内省图书寮藏高丽抄本《文苑楂橘》二卷,孙楷第《日本东京所见小说书目》疑或为朝鲜人翻明本,或为朝鲜人选编印行,其刊印年代,当在万历以后,显属明末。书名取自《庄子·天运》:"故譬三皇五帝之礼义法度,其犹柤梨橘柚邪!其味相反而皆可于口。"其中于明代传奇小说便选了《负情侬》和《韦十一娘》两篇,不但为明代传奇佳作,亦且具奇人异事之特点。尤其是《韦十一娘》,原作为万历间胡汝嘉泄愤之作,不无警世之意。至王炜的传奇小说集《嗒史》,这一特点便十分明显了。《嗒史》一卷,《八千卷楼书目》小说家类著录。今惟见《昭代丛书续集》本。全书收传奇小说《赵尔宏》《大铁椎》《谈仲和》《黄孟道》《蒋龙冈》《内江》六篇,附录《塘报日记节略》一篇。所叙均万历至崇祯间事,则其书似成于明末。书后除自传外,又有张潮《昭代丛书选例》和杨循吉康熙癸卯(公元 1663 年)跋等。宁稼雨《中国文言小说总目提要》、石昌渝主编《中国古代小说总目》均置于明末。书名《嗒史》,足见作者在国破家亡即将降临之际的心态。"嗒",沮丧貌。《庄子·齐物论》:"仰天而嘘,苔焉似丧其耦。"《释文》:"苔焉,本又作嗒,……解体貌。"后多用为沮丧或失魂落魄之意。作者在大明王朝即将崩溃之际,为其著作取名《嗒史》,可见沮丧之情,良苦用心。书中所叙,多明末隐逸游侠故事,如《大铁椎》,写一戟髯大汉先鼾睡大啖,继而蔑视群雄,最后舞动大铁椎,击败百余勇士,不但正面表现了戟髯大汉的武艺高强,鬼神莫测,且通过知名侠士宋将军被其震慑为衬托,进一步写出了这一武侠形象的勇武和雄风。然而就是这样一位英雄,却生不逢时,不能上阵杀敌,保家卫国,显然抒发了作者自己的类似情怀。通观全书,多数主人公怀才不遇,生不逢时,与《大铁椎》相似,显然意在抒发作者"嗒焉似丧其耦"的沮丧之情。纵观明代文言小说史,此前已多有以现实生活中人物为原型创作的传记体传奇小说,如袁宏道的《拙效传》《醉叟传》,陈继儒的《杨幽妍别传》等。"中国的文言小说发展到明末清初,其中的一支沿着史传文学的方向发展,多为奇人立传,成功地将史传文学与传奇小说结合起来,出现了传奇小说的变体——小说化的传记,或者称之为传记性文言小说。它们往往撷取明清嬗代之际社会大变动之中的一些奇人、奇事、奇行、奇技作为描写对象,无论官员仆隶、侠客狂士、市井细民、花工农夫、僧道乞儿、江湖艺人,凡属异行奇人,皆为之立传,构思新奇,布局精巧。此风曾盛极一时,'盖传奇风韵,明末实弥漫天下,至易代不改也。'①此类小说虽然在清初达到高潮,然明末开拓之功,实不可没。另外,《钟情丽集》之类的"诗文小说"在明末仍余风未泯。署冯犹龙增编,余公仁批补的《五金鱼传》和胡永僖撰的《春梦琐言》堪为代表。《五金鱼传》为中篇传奇小说,冯犹龙即"三言"的作者冯梦龙,犹龙为其字。小说以"五金鱼"为线索展开情节,写宋宣和间名士古初龙以金鱼为媒,先后聘娶华玉、如燕、菊娘、桂娘、玉娇五女为妻的故事。显然在宣扬一夫多妻制,且偶涉淫邪,与《天缘奇遇》同一机杼。艺术上颇多捏合之迹,许多情节过渡生硬,从叙事的角度讲并非佳作。然而《五金鱼传》的语言典雅而生动。作品中夹杂了大量诗词,反映出文言传奇的普遍现象。其中诗词多佳句,如'若耶溪上水茫茫,白白红红各逞芳'写莲花;'东风摇曳柳条飞,南陌芊芊草色肥'写离情;'千里关河系梦思,寒林空见月斜时'写相思;'圣泽玉容谐相府,春风燕子下章台'写欢会。清词丽句,为小说添色不少。"②《春梦琐言》未见著录,荷兰学者高罗佩购自日本。原书未署作者。卷首有崇祯丁丑(1637)"沃焦山人"序一篇,称或曰内监胡永僖所作。永僖生平事迹不详。作品叙会稽富春人韩器字仲琏,才貌双全,性爱山水花草。春游时入一山洞,遇李姐、棠娘,曲尽枕席之欢,鱼水之乐。后闻一声鹃啼,大梦惊醒,乃凭石而坐,旁有两树:"一是素李,花如积雪;一是海红(红海棠),英如升霞。"方知二女为树精。小说情节简单,颇似阮刘遇仙。进洞情节,似有《桃花源记》意境。"然而,从整篇的构思与格调来看,显然是受了《游仙窟》的影响。作为一篇文言小说,其文辞简洁而艳美。如写仲琏于一日春气新霁,'曳杖出游,信履而往,可数十里,觉山溪稍奇,青萝垂崖,涧水蓝碧,水底游鱼,瞥瞥乎可数',颇有情致。写两女情态,各有风神,既合人情,又肖其李树、海棠的不同物类:'李姐果敢进取,面

---

① 王恒展、宋瑞彩:《奇人奇技抒奇怀——〈虞初新志〉奇人小说散论》,载《蒲松龄研究》2004年第2期。

② 杨绪容:《五金鱼传赏析》,见《古代小说鉴赏辞典》下册,第1768页,上海,上海辞书出版社,2004。

以白见美；棠娘婉柔窈窕，肌以红呈艳。'（沃焦山人序）可见作者具有相当强的驾驭文字的能力。"①又开《聊斋志异》描摹花妖之先河。又大量穿插诗词歌曲，颇具"诗文小说"特征。

在传奇小说继续发展的同时，笔记小说亦方兴未艾，在这短短的二三十年间，"虽无典范性作品出现，但小说创作数量很多，继续呈现出繁荣的局面"②。在数目繁多的笔记小说中，最引人注目而颇具明末特色的有两类，即"世说体"志人小说和"笑林体"志人小说。

"世说体"志人小说或称"琐言小说"③。在明代中期，何良俊撰《何氏语林》、《世说新语补》，已现此类小说复兴的迹象。稍后的焦竑又撰《玉堂丛话》和《明世说》，堪称推波助澜。至明末，此类笔记小说的创作便达到了中国文言小说史上的又一波高潮。首先，万历至天启间人李绍文撰《明世说新语》八卷，《千顷堂书目》《明史·艺文志》《四库全书总目》小说家类著录。今存万历三十八年（1610）云间李氏原刊本，题《皇明世说新语》，署名"云间李节之绍文甫撰"。绍文字节之，华亭（今上海松江）人。生平不详。其《艺林累百》成于天启三年（1623），可视为明末人。书中记明代朝野轶闻琐语，自明初至嘉靖、隆庆。取材范围极为广泛，凡明代稗官野史，多为所取。又旁及正史、方志、文集等，总数不下千家，且"尽管多为抄录旧文成书，但因所选者多为原书中精品，故能将诸书中小说故事汇萃一峡，质量反在诸书之上。所选故事多有涉及明代社会政治，其中不乏针砭时弊、鞭辟入里者。"④如苗壮《笔记小说史》所举《惑溺》门中一则便十分典型：

> 庐江县有监司某者，谢事归，延方士炼丹，敬信之。其夫人戏之曰："丹成何以谢方士？"监司曰："渠自能点化，不须谢。"夫人曰："何独以丹法传君？"监司曰："渠谓我有仙风道骨。"夫人曰："君垂涎点化，志在贪财。妾未闻蓬莱三岛乃有贪财神仙。"未几，方士窃丹鼎去，夫人又戏之曰："夜来丹士赴蟠桃会，未知其骑黄

---

① 黄霖：《春梦琐言赏析》，见《古代小说鉴赏辞典》下册，第1848～1849页，上海，上海辞书出版社，2004。

② 齐裕焜：《明代小说史》，第312页，杭州，浙江古籍出版社，1997。

③ 苗壮即将《唐语林》、《何氏语林》等"世说体"志人小说称之为"琐言类小说"（《笔记小说史》浙江古籍出版社，1998）。

④ 宁稼雨：《中国文言小说总目提要》，第310页，济南，齐鲁书社，1996。

鹤耶?"监司默然长吁而已。

寥寥数笔,两个人物形象便跃然纸上。苗壮评曰:"'垂涎点化,志在贪财。'既恋今世享受,又期长生不老者,何止某监司一人。嘉靖皇帝亦成年与道士鬼混,封道士为国师,不理朝政,虽未被'窃丹鼎去',却使明朝国势日衰,亦近于此。书中借此小事,反映了明代中后期社会风气。其夫人形象颇值得注意,识见远胜须眉,又诙谐幽默,故事颇耐人寻味。"①良然。嗣后,宁稼雨《中国文言小说总目提要》又著录贺虞宾有《古语林》《广世说新语》《唐世说》《宋世说》《明世说》五种,虽全部亡佚,未见佚文,但从书名看显然为"世说体"志人小说,且自成系列。这样的系列"世说体"志人小说,在当时颇有影响,亦当是顺理成章的事。天启中,林茂桂又撰《南北朝新语》四卷。虽未见著录,但今存明天启刊本,1990年中国书店据以影印,收入《海王村古籍丛刊》中。卷首有作者天启元年(1621)自序,可见当成书于其时。林茂桂生平事迹未详,据书中所涉,知其字德芬,天启中漳浦(今属福建)人。其书内容多采自《南北史》及有关杂著,其体例则摹仿《世说新语》,分孝友、烈义、严正、梗直等六十一类。书中所记,多南北朝士族文人轶事、琐言,堪称齐全。从艺术方面讲,是书的最大特点是语言简洁明快,传神写意,如在目前。宁稼雨称其"为《世说新语》续书中之出色者"②颇有见地。同时同类作品尚有孙令弘撰的《集世说》六卷,《千顷堂书目》小说家类著录。原书已佚,亦未见征引,然仅据书名,即可知为"世说体"志人小说。然而在明末此类小说中,最值得一提的是赵瑜撰的《儿世说》一卷。此书未见书目著录。现存《说郛续》本,题"天水赵瑜"撰,余不详。此书的最大特点即从大量的古代文献中选取历代儿童天资聪颖、立志高远、处事超常、应对巧妙之事,分属对、言语、排调、文学、强记、至性、胆识、自新、恬裕、方正、师友、言志、赏誉、异征、豪爽、将略、纰漏十七类,共计七十七人。自汉至明著名神童故事,几乎囊括殆尽,堪称中国古代神童故事大观。如孔融四岁让梨,陈蕃自幼以扫除天下尘埃为己任,钱镠幼时指挥众儿号令有法,司马光砸瓮救小朋友,文征明以水灌树穴以浮球等等,均为历代神童佳话,至今仍具借鉴价值,但因作者受

① 苗壮:《笔记小说史》,第335页,杭州,浙江古籍出版社,1998。
② 宁稼雨:《中国文言小说总目提要》,第316页,济南,齐鲁书社,1996。

《世说新语》语言简约影响太过,所以部分作品太过简略,仅粗具梗概,因而文学性较差。如"文学"类之《杨炯》条:

> 炯中童子科,授校书郎,十一待制弘文馆。

"强记"类之《王粲》条:

> 粲十四读道边碑,背诵不失一字。

故事情节、人物形象、典型环境均过于简略,几难称小说。然而就其在中国文言小说史上的地位和影响看,仍瑕不掩玉,理应占有一页。

"笑林体"志人小说又称诙谐小说、谐谑小说、俳谐小说、笑话等等。发轫于魏晋,邯郸淳的《笑林》发其端,隋侯白的《启颜录》继张旗鼓;唐五代处于低潮,至宋金元开始复兴,署名苏轼的《艾子杂说》开始重振,周文玘的《开颜集》、吕本中的《轩渠录》、张致和的《笑苑千金》、无名氏的《醉翁滑稽风月笑谈》等摇旗呐喊,一时竟多达近二十种;明代继续了这一势头,达到了"笑林体"志人小说创作的高潮。检宁稼雨《中国文言小说总目提要》可见,先后出现了此类小说五十种,比以前的总和还要多出十余种。在这五十种"笑林体"志人小说中,如果以生于嘉靖二十九年(1550),卒于天启七年(1627)的赵南星作为断代的界限划分前后,就会发现创作于明代中后期的作品只有区区八九种,且陆焕章的《香奁四友传》"前四友曰金亮、木理、房施、白华,乃镜、梳、脂、粉也;后四友曰周准、齐铦、金贯、索纫,乃尺、剪、针、线也。"①显然仿韩愈之《毛颖传》,虽为游戏之笔,尚非严格的"笑林体"志人小说。支立的《十处士传》亦"取布衾、木枕、纸张、蒲席、瓦炉、竹床、杉几、茶瓯、灯檠、酒壶十物,仿《毛颖传》例,各为之姓名里贯,盖冷官游戏(此书为作者任常州学官时无聊之作),消遣日月之计"②。可见与《香奁四友传》同类。其他如陈相的《百感录》、陈中州的《居学余情》、王文禄的《与物传》、舒缨的《黎洲野乘》等,虽多俳谐之作,但仍属游戏之作的文人笔记小说,距"笑林体"志人小说尚有一定距离。这样,在赵南星的《笑赞》之前,实际上就只有张诗的《笑林》、耿定向的《权子杂俎》(书以"杂俎"命名,可见乃非纯粹的"笑林体"志人小说)和李豫亨的《自乐编》可归之'笑林体'志人小说了。时至明末就大不相同了,从赵南星

---

① ② 〔清〕纪昀等:《四库全书总目》卷一四四,小说家类存目二。

的《笑赞》开始,在短短的二三十年间,此类小说竟多达四十余种,且绝大多数是名符其实的"笑林体"志人小说,真正形成了此类小说的创作高峰。而这其中还不包括以笑书著称的江盈科的《雪涛小说》《雪涛谐史》,浮白主人的《破愁一夕话》,中国小说史上大名鼎鼎的冯梦龙的《古今谭概》(又名《古今笑》《古今笑史》等)等。

在明末的"笑林体"志人小说中,江盈科的作品堪称首引。江盈科(1553—1605),字进之,号雪涛,又号绿萝山人,湖广桃源(今属湖南)人。明万历二十年(1592)进士,历官长洲县令、吏部考功主事、大理寺正,官至四川提学副使。为官清正,甚有德声。著有《雪涛阁集》,"笑林体"志人小说有《雪涛小说》《雪涛谐史》《谈言》三种。身处明末前夕,大厦将崩,世风不古,故其作品已开始直接干预政治,大胆讽刺现实,指斥官府,具有较强的政治性,已开明末"笑林体"志人小说直接干预现实之先河。从艺术方面讲则故事诙谐幽默,人物生动形象,语言简洁明快,末附议论,直指现实症结,清楚明白,准确无误,如《雪涛小说》中之《任事》条:

> 里中有病脚疮者,痛不可忍,谓家人曰:"尔为我凿壁为穴。"穴成,伸脚穴中,入邻家尺许。家人曰:"此何意?"答曰:"凭他去邻家痛,无与我事。"

> 又有医者,自称善外科,一裨将阵回,中流矢,深入膜内,延使治。乃持并州剪剪去矢管,跪而请谢。裨将曰:"镞在膜内者,须亟治。"医曰:"此内科事,不意并责我。"

> 噫!脚入邻家,然犹我之脚也;镞在膜内,然亦医者之事也;乃隔一壁,辄思委脚,隔一膜,辄欲分科。然则痛安能已,责安能诿乎?今日当事诸公,见事之不可为,而但因循苟安,以遗来者,亦若委痛于邻家,推责于内科之意!

显然直接揭露、讽刺了明末官场因循苟安、敷衍公事、互相推诿的黑暗现象。"今日当事诸公"六字,直指当时权贵,传统文人以天下为己任之公心,不惧权贵之胆量,直令当今文人汗颜。而同书中流传甚广、几乎家喻户晓的治驼故事,更将矛头指向封建的最高统治者——皇帝,就更见其肝胆了。其文如下:

> 昔有医人,自媒能治背驼,曰:"如弓者,如虾者,如曲环者,延

吾治，可朝治而夕如矢。"一人信焉，而使治驼。乃索板二片，以一置地下，卧驼者其上，又以一压焉，而即蹻焉。驼者随直，亦复随死焉。其子欲鸣诸官，医人曰："我业治驼，但管人直，那管人死！"

呜呼！世之为令，但管钱粮完，不管百姓死，何以异于此医也哉！虽然，非仗明君躬节损之政，下宽恤之诏，即欲有司不为驼医，可得耶？

此事见于《笑林》，然而作者一番议论，却加进了新的寓意，不但鞭挞了封建官吏"但管钱粮完，不管百姓死"的暴虐行为，而且将矛头直接指向了皇帝。爱民之心，直令今天那些只图业绩，不恤民心的官僚们无地自容。

东林党人赵南星的《笑赞》，堪称明末"笑林体"志人小说的开山之作。赵南星（1550—1627），字梦白，号侪鹤，别号清都散客，高邑（今属河北）人。万历进士，历官文选员外郎，上疏陈天下四大害。天启间官至吏部尚书，澄清吏治，引用群贤。东林党重要成员，与邹元标、顾宪成号称"三君"。魏忠贤擅权，东林党失势，被谪戍代州，病卒于戍所。追谥忠毅。著作有《赵忠毅集》《芳茹园乐府》及"笑林体"志人小说《笑赞》等。《笑赞》一卷，见《赵南星遗集》卷一，共七十二则，附一则。据书前作者《笑赞题词》，知其书并非自作，系采撷前人载记和道听途说之传闻。赵景深《中国小说丛考·中国笑话提要》考证，主要来自五代郑文宝的《江南余载》，宋沈俶的《谐史》、惠洪的《冷斋夜话》、罗大经的《鹤林玉露》，旧题苏轼撰的《艾子杂说》，元代镊然子的《拊掌录》等，还有些内容与同时代人冯梦龙的《笑府》，清初人陈皋谟的《笑倒》、石成金的《笑得好》等相近。《笑赞》中的大部分作品虽有所本，但多经作者取舍加工，且每则后均附赞语，借题发挥，所以特点仍十分明显。通阅全书，许多作品或尖锐犀利，深刻地揭露了贪官污吏的丑恶行径，如附录的《孟黄鼬传》（将贪官比为黄鼬）；或含蓄深沉，轻松幽默地写出许多人生哲理，如《神像》条之以踏神像过河安然无恙，扶起神像者反降灾祸，喻"人善人欺，马善人骑"之理；或入木三分，以辛辣的笔触讽刺明末的世风日下，文人无行；如是等等，显然受江盈科的影响。其中《屁颂》一则一针见血地揭露了明末乃至所有专制社会官场阿谀拍马的腐败现象，辛辣地讽刺了那些无耻文人专写马屁文章的下流行径。

全文如下：

> 一秀才数尽，去见阎罗。阎罗偶放一屁，秀才即献《屁颂》一篇，曰："高竦金臀，弘宣宝气，依稀乎丝竹之音，仿佛乎兰麝之味。臣立下风，不胜馨香之至。"阎罗大喜，增寿十年，即时放回阳间。十年限满，再见阎罗。这秀才志气舒展，望森罗殿摇摆而上。阎罗问是何人？小鬼说道："是那做屁文章的秀才。"

> 赞曰：此秀才闻屁献谄，苟延性命，亦无耻之甚矣。犹胜唐时郭霸以尝粪而求富贵，所谓遗臭万年者也。

为了功名富贵，名利场上不惜出妻献子，秀才文人不惜写屁文章，自古至今，屡见不鲜；粉饰太平，喜闻歌颂，统治者古今一辙。上下沆瀣一气，习以为常，则必至世风日下，国将不国。赵南星官高位重而能清醒看透本质，且以形象而夸张的漫画手法，生动而鞭辟入里的语言予以生动表述，十分难得，中国文学史上堪称空前，文言小说史上更属绝后。国人向有跟风之癖，在江盈科、赵南星等人的影响下，渐成风气，一时之间，"笑林体"志人小说的创作甚嚣尘上，短短的二十余年间，竟出现了四十余种，从而形成了中国文言小说史上的一大奇观，从而形成了此类小说的创作高潮。先是著名文人群起向应，与谭元春共创竟陵诗派的钟惺著《谐丛》，今存明茂苑叶舟校《镌钟伯敬先生秘集十五种》本之第十种。前有崇祯戊辰（1628）中秋叶舟凌虚文题辞，共九十二则。书中笑话虽多采自旧籍，但仍不乏干预政治、针砭时弊、讥讽权贵之作。如《大象》则记刘分故意将易卦中之大象说成南御苑中的大象，以抨击神宗的淫逸腐化；《成衣作官》则写嘉靖时裁缝用贿赂的方法当官等等。从艺术方面讲，此书最突出的特点就是"多以谐音近义者制造误会，以产生笑料，引人发笑。如以苑中大象喻卦中大象，以'汗淋学士'喻翰林学士，以一钳喻一钱等，均属此类"[1]。生平喜读书，至老尚手执一卷，自称"吾于书饥以当食，渴以当饮，欠伸以当枕席，愁寂以当鼓吹"[2]的屠本畯更撰《聱观》（又名《憨聱观》）《五自谐册》《憨子杂俎》《艾子外语》四种。在中国小说史上大名鼎鼎的冯梦龙撰《古今笑史》（又名《古今笑》《古今谭概》《谭概》）《笑府》《广笑府》三种，继掀

---

① 宁稼雨：《中国文言小说总目提要》，第 321 页，济南，齐鲁书社，1996。
② 转引自《中国人名大辞典》，第 1144 页，上海，商务印书馆，1921。

波澜。接下来便出现了辗转抄袭,竞相刊刻,笑话漫天飞的极度"繁荣"。在那铁骑声起,大厦将倾的明末,这种嬉笑怒骂皆成文章的"笑林体"志人小说,对于即将国破家亡而又万般无奈的大明子民,显然有着苦中寻乐,麻痹神经的精神鸦片的作用。浮白主人的《破愁一夕话》①、醉月子选辑的《精选雅笑》、无名氏撰的《华筵趣乐谈笑酒令》(又名《博笑珠玑》)、题陈继儒编辑的《时兴笑话》(又名《遣兴佳话》《笑到底》《时尚佳话笑到底》)、无名氏撰的《时尚笑谈》、无名氏撰的《笑海千金》(又名《笑苑千金》《东坡笑苑千金》)等等均属此类。

论及明末文言小说,冯梦龙应该占有特别重要的一页。冯梦龙(1574—1646),字犹龙,又字耳犹、子犹、龙子犹、顾曲散人、墨憨斋主人,自称冯仲子,所用笔名多达十余种。长洲(今属江苏)人。一生科场失意,五十七岁补贡生,崇祯中由贡生选授福建寿宁知县。清兵渡江,不降,并参加过抗清斗争。后死于故乡。受晚明进步思想影响,重视小说、戏曲和民间通俗文学,贡献卓著。著作有话本小说《喻世明言》(原名《古今小说》)、《警世通言》、《醒世恒言》,文学史家合称"三言";改写了章回小说《平妖传》《新列国志》;编辑了时调民歌集《挂枝儿》《山歌》,散曲集《太霞新奏》;编著了文言的"笑林体"志人小说集《笑府》、《广笑府》、《古今谭概》,文言小说总集《智囊》、《智囊补》(又名《增智囊补》、《增广智囊补》、《智囊全集》)、《太平广记钞》、《情史》(又名《情史类略》《情天宝鉴》);戏剧创作有《双雄记》《万事足》,并修改汤显祖、李玉、袁于令等人的作品多种,合称《墨憨斋定本传奇》。仅凭此目,即可见冯梦龙在中国文言小说史上的地位和作用主要在两个层面:其一,对前人文言小说的创作性整理和加工。其二,面向全社会的传播与普及。而这两个方面的结合则不但促进了文言小说创作的进一步复兴,同时也促进了中国小说的雅俗合流。关于第一个层面,如果说刻于天启六年(1626)的《太平广记钞》还只是选其精华,加以评判的话,②那么其他著作则从三个方面(或称为三类)体现了冯梦龙的创

---

① 全书共十种,包括《笑林》《雅谑》《谜语》《嘲妓》《巧偶》《山歌》《酒令》《牌谱》《夹竹桃》《挂枝儿》。其中前两种为笑话集,《嘲妓》等集中亦散见此类作品。

② 明李长庚《太平广记钞序》称其节选《太平广记》是"大约削减什三,减句字复什三,所留才半"。且《太平广记钞》中有大量冯梦龙的评语,"或疏通文字,或阐发己见,较为难得。"(见宁稼雨《中国文言小说总目提要》第285页)。

作性整理加工。一是《智囊》和《智囊补》。前者《苏州府志·艺文志》著录，二十七卷。作者《智囊补自叙》亦称二十七卷，今未见。现存本均二十八卷。据作者《自叙》，知成书于天启六年，书名《智囊》。后有补充修正，称《智囊补》。《智囊》的内容全部为《智囊补》所取，《四库全书总目》小说家类存目著录，二十八卷①。此书均摘自前人著述，内容均为智术计谋之事，分上智、明智、察智、胆智、捷智、术智、语智、兵智、闺智、杂智十部、每部前有总叙。每部之内又分二至四类不等，共二十八类，类各一卷，前系引语，间系以冯氏评论。而取材又极广，凡男女老幼，贫富尊卑，几无所不包，堪称古今智谋故事之大全，前无古人。作者《智囊自叙》曰：

> 冯子曰："人有智，犹地有水；地无水为焦土，人无智为行尸。智用于人，犹水行于地；地势坳则水满之，人事坳则智满之。周览古今成败得失之林，蔑不繇此。何以明之？昔者桀、纣愚而汤、武智，六国愚而秦智，楚愚而汉智，隋愚而唐智，宋愚而元智，元愚而圣祖智，举大则细可见，斯《智囊》所为述也。"

可见其用心。屏蔽愚氓，开启智慧，至今仍不无借鉴意义。这样的作品流播人间，必然会启迪民智。书中的大量故事被作者自己及后人改编为戏剧或白话小说，如卷一〇"察智部·诸奸"类中之《僧寺求子》条，作者即演为《醒世恒言》第三十九卷之《汪大尹火焚宝莲寺》；"临海令"条则改编为卷第十六卷之《陆五汉硬留合色鞋》。影响所及，又至后世之公案小说。"另《古今小说·沈小霞相会出师表》、《警世通言·赵春儿重旺曹家庄》的故事渊源，亦与本书有关。此外，《拍案惊奇》中有七篇，《二刻拍案惊奇》中有二篇，《西湖二集》中有一篇小说的入话和正文等，本事均采自本书，可见其在文言与白话小说间所起的沟通纽带作用。"②二是《情史》。《千顷堂书目》小说家类著录，二十四卷。现存最早也是最好的刊本为明末东溪堂刊本。全称《情史类略》，又名《情天宝鉴》。题"东溪堂藏版"，署"詹詹外史评辑"，"冯梦龙先生原本"。书前有署名"吴人龙子犹序"的《情史序》和署名"江南詹詹外史

---

① 《四库全书总目》小说家类存目将《智囊》与《智囊补》分二目著录。均二十八卷。因二书内容出入不大，加以《智囊》流传不及《智囊补》广泛，故后人多将二者混同。

② 宁稼雨：《中国文言小说总目提要》，第 284 页，济南，齐鲁书社，1996。

述"的《序》。今人据此书与《智囊》,《古今谭概》内容多同等多认为冯梦龙编纂,但也有人持不同意见,认为"事尚可疑"①。全书内容主要选自历代笔记、小说、史籍及其他各种杂著中有关男女之情的故事,经过作者加工编纂而成,部分作品系辑录民间传说。分为情贞、情缘、情私、情侠等二十四类,类各一卷。全书内容广泛,上起周室,下至明末,两千多种人物的男女情事,大致均汇集此编。其中,有历代帝王后妃、豪强权贵荒淫无耻的生活,如卷十七"情秽类"中的《秦宣太后》《飞燕合德》《唐玄宗、杨贵妃》《金废帝海陵(即金主亮)》等;有封建礼教之下的婚姻爱情悲剧,如卷十四"情仇类"中的《王娇》《陆务观(陆游与唐宛的婚姻悲剧)》《莺莺》《杜十娘》等;有的写正式婚姻之外的男女关系,如卷三"情私类"、卷二十二"情外类"等,显然反映了旧婚姻制度及封建礼法之下男女之间的畸形感情;当然,数量最多的还是写历代青年男女忠贞爱情的故事,如卷一"情贞类"、卷二"情缘类"、卷六"情爱类"、卷七"情痴类"、卷八"情感类"、卷十"情灵类"、卷十三"情憾类"等等,其中如《罗敷》、《孟光》、《玉堂春》、《卓文君》、《尾生》、《织锦回文》、《杞梁妻》、《孟姜女》、《崔护》、《祝英台》等等,都是历史上家喻户晓、妇孺均知的爱情名作,至今仍广为流传,特别是《孟姜女》与《祝英台》的故事。除此之外,也有许多志怪类情爱故事,这主要集中在卷十一"情化类"、卷二十"情鬼类"、卷二十一"情妖类"、卷二十三"情通类"中,可见志怪小说在中国文言小说史上之兴,即情爱题材亦不乏此类。也有部分作品宣扬封建礼教,甚且宣扬淫秽色情,显然是其中之糟粕。然而从全书讲,仍不失为男女情爱大全之作,在中国文言小说史上有着继往开来、不可替代的作用和地位。且为后世话本小说如"三言二拍"、《石点头》、《西湖二集》等通俗文学提供了大量的本事和素材。据胡士莹《话本小说概论》、谭正璧《三言两拍资料》、庄一拂《古典戏曲存目汇考》等考证,冯梦龙"三言"中据本书改写的有十四篇,凌濛初"二拍"中据本书改写的有八篇,天然痴叟《石点头》中有三篇,周清源《西

---

① 春风文艺出版社 1986 年排印本《情史·本书出版说明》即云:"《情史》一书,一向认为是冯梦龙编述,即认为詹詹外史是冯梦龙的又一别号。此说,已约定俗成。但,詹詹外史究竟是不是冯梦龙之又一别号?《情史》是否冯梦龙编述? 事尚可疑。故,此排印本仍依明、清版原书题署:詹詹外史评辑。"

湖二集》中有四篇,明清戏曲中也有九部作品的本事来之于此书。可见在中国文学史上的地位和影响。三是《古今谭概》、《笑府》和《广笑府》。《古今谭概》,《千顷堂书目》小说类著录,三十四卷。《四库全书总目》作《谭概》,三十六卷。现存最早刻本为明末苏州叶昆池刻本,题"古吴冯梦龙纂,古亭梅之烦阅",亦三十六卷。庚申(1620)春,冯梦龙有《古今笑自叙》,则知又名《古今笑》。《自叙》曰:

> 人但知天下事不认真做不得,而不知人心风俗皆以太认真而至于大坏。……孰知萤光石火,不足当高人之一笑也。一笑而富贵假,而骄吝忮求之路绝;一笑而功名假,而贪妒毁誉之路绝;一笑而道德亦假,而标榜倡狂之路绝;推之,一笑而子孙眷属皆假,而经营顾虑之路绝;一笑而山河大地皆假,而背叛侵陵之路绝。……则又安见夫认真之必是而取笑之必非乎? 非谓认真不如取笑也,古今来原无真可认也。无真可认,吾但有笑而已矣;无真可认而强欲认真,吾益有笑而已矣。

不但可见作者乃有意纂笑话——诙谐类文言笔记小说;字里行间,亦可见世风日下,大厦将崩之际的文人心态。大概正是这种心态,才形成了明末"笑林体"笔记小说的创作高潮。至清初的康熙年间,朱石钟、朱姜玉、朱宫声兄弟删削明本,卷一首题"湖上笠翁鉴定,竹笑主人删辑",署湖上笠翁(李渔)之序称之为"述而不作,仍古史也",遂加一字,称《古今笑史》,仍三十六卷。全书取材以历代正史为主,兼收稗官野史、笔记杂著、当时传闻,凡二千三百余则,按内容分为迂腐、怪诞、痴绝、汰侈等三十六部,每部一卷,部前有小序,阐明旨意,部分评语在篇尾。"笔墨所及,上自帝王将相,下至市井细民,各类人物的种种笑剧,构成一幅奇谲'笑史'。书中对统治阶级及其附庸,尤多嘲讽鞭挞,暴露其残暴与伪善,侈靡与鄙吝,狂妄与怯懦,骄矜与昏庸,迂腐与顽固,奸狡与愚昧等。间亦写及正直之士的遭遇,及其率性而行的追求,极具认识价值。"①与《智囊》和《情史》一样,书中的许多故事为此后通俗小说的创作提供了本事和素材,"三言二拍"中便有《钝秀才一朝交泰》《吕大郎完金还骨肉》《苏小妹三难新郎》《施润泽滩阙遇友》等多篇

---

① 苗壮:《笔记小说史》,第 339 页,杭州,浙江古籍出版社,1998。

本事来自此书。苗壮《笔记小说史》称"作者纂辑此书,亦有与《情史》
《智囊补》同样作用,为其编辑、创作'三言'作资料准备",颇有道理。
而这种辑文言小说为创作白话小说作资料准备的文学现象,显然有助
于"雅俗融合"。《笑府》二卷,题墨憨斋主人编,未见著录。宁稼雨《中
国文言小说总目提要》称"原本十三卷,日本内阁文库及大连图书馆各
存一部,极不易见"。至今亦然。今存明清刊本上下两卷,分腐流、殊
禀、刺俗、形体、方术(上卷)、谬误、闺风、杂语八类,一百则。作者在其
《笑府序》中说:

> 《笑府》,集笑话也。或阅之而喜,请勿喜;或阅之而嗔,请勿
> 嗔。古今世界,一大笑府,我与若皆在其中,供人笑柄。

可见与其《古今谭概》的创作乃同一机杼。然而不同的是:《古今
谭概》多采自历史,多真人实事,而《笑府》则多采自民间,多传闻虚构;
《古今谭概》机锋所向,多在官场,甚且上至天子,而《笑府》的讽刺矛头
则多在下层,尤其是与百姓生活息息相关的内容。《广笑府》十三卷,
题墨憨斋主人冯梦龙纂集,未见著录。全书分儒箴、官箴、九流、方外、
口腹、风怀、贪吝、尚气、偏颇、嘲谑、讽谏、形体、杂记、隐语十四类。内
容多见于《笑府》和前人笑话集,故赵景深《中国小说丛考·中国笑话
提要》以为系据《笑府》改装,各卷前杂以他文,以掩人耳目。然作者于
《广笑府序》中不但称"古今世界一大笑府",不但称商汤、周武王为"十
字街头小经纪",且径言:

> 我笑那老聃五千言的《道德》,我笑那释迦佛五千卷的文字,
> 干惹得那些道士们去打云锣,和尚们去打木鱼,弄儿穷活计,那曾
> 有什么青牛的道理,白象的滋味。怪的又惹出那达摩老臊胡来,
> 把这些干屎橛的渣儿,嚼了又嚼,洗了又洗。又笑那孔子的老头
> 儿,你絮叨叨说什么道学文章,也平白地把好些活人都弄死。"

把封建时代奉为圣人的偶像逐一嘲弄,可见世纪末心态。二书在内容
方面的最大特点是讽刺面甚广,这从其分类可见。其中最多也最出彩
的是讽刺误人子弟的塾师、坑财害人的庸医以及社会丑恶现象的作
品。从艺术方面讲,则具有浓郁的民间笑话色彩,言简意赅,形象、语
言生动,不加评论而讽刺意旨自现,跃然纸上。如《笑府》上卷"腐流"
类之《没在肚里》:

　　　　一秀才将试,日夜忧郁不已。妻乃慰之曰:"看你作文,如此之难,好似奴生产一般。"夫曰:"还是你每生子容易。"妻曰:"怎见得?"夫曰:"你是有在肚里的,我是没在肚里的。"

又如《广笑府》卷七"贪吝"类之《有钱村牛》:

　　　　春秋间,麟出鲁西郊,野人不知为瑞,乃击杀之。孔子往观,掩袂而泣。门人恐其过伤,乃以铜钱妆一牛,告夫子曰:"麟尚在,可无伤也。"夫子拭泪观之,叹曰:"此物岂是祥瑞,只是一个有钱村牛耳!"

前者讽刺那些不学无术的腐儒,后者讽刺那些倚仗钱财横行乡里的有钱村牛,均形象生动,寓意鲜明,诙谐幽默,故能在民间广为流传。二书后又被改编为《笑林广记》等笑话书,可见影响。总而言之,明末此类文言小说大兴,从而形成了中国文言小说史上的一大奇观。这些作品与明初宋濂、刘基等人的寓言小说遥相呼应,成为明代文言小说史上一道亮丽的风景。

第七章

第三次创作高潮暨雅化时期
——清初至清代中叶

概　说

  大明崇祯十七年（1644），明王朝在内忧外患的飘摇风雨中覆亡。同年五月，吴三桂引清兵入关，打败了刚刚圆了几天皇帝梦的李自成，满洲贵族所建立的清王朝入主中原。清王朝是中国历史上最后一个封建王朝，也是第二个少数民族入主中原的封建王朝。与蒙古族建立的元朝不同的是，清王朝在武力征服、残酷镇压的同时，采取了一系列笼络，甚至联合汉族知识分子的政策和措施。如礼葬崇祯、招降纳叛、废除明末加派的赋税等等。尤为重要的是沿袭了明代的大多数典章制度，尤其是科举取士制度，这就是历史上著名的"清沿明制"。"学成文武艺，售于帝王家"，在清王朝名缰利锁的引诱之下，除顾炎武、傅山等少数颇具民族气节的大明遗民仍在为反清复明奔走呼号外，绝大部分汉族知识分子忘记了"扬州十日""嘉定三屠"的血与火，纷纷入朝为官，为满洲贵族稳定大局。因此，有清一代的政治体制、经济形态、文化政策等等，基本上延续了大明王朝，并没有形成以往朝代更替之际天翻地覆的巨大变化。特别是康熙、雍正、乾隆年间,不但扩大录取名额,开科取士,而且还开设博学鸿词科,以网罗人才。又开明史馆、四库全书馆,广求天下遗书,借整理文献,吸引大量人才,为我所用。思想方面则利用儒家思想,尤其是宋明理学进行统治,重刊明永乐时编纂的《性理大全》,并编纂《性理精义》《五经传说汇纂》《古今图书集成》等,又吸引了一批人才,成为清廷顺民。同时,又明令禁止文人结社,严控文人思想,大兴文字狱。苗壮仅据《清代文字狱档》不完全统计。"从乾隆六年至五十三年前后四十八年间,共兴文字狱六十三起"①,可见一斑。康熙年间的庄廷钺明史案、戴名世《南山集》案,雍正年间的吕留良、曾静狱等等,都是清代历史上著名的文字狱。在这样的政治背景之下,有清一代的学风和文风都发生了很大的变化。学术上再不敢讲儒家的"春秋笔法"和"微言大义",因而汉学大兴,钻古纸堆,运用考据、训诂等方法校勘古籍,考辨真伪,纂辑亡佚,于是形成了乾嘉学派。文学创作方面则回避现实,歌功颂德,这在诗文等正统文体的创作方面尤为显著。影响所及,至于文言小说,则是多志怪而少志人,多笔记而少传奇,多文人之作而少俚儒野老之为,多隐晦而少直白,在规避风险,明哲保身的前提下蓬勃发展,在社会文化的全面复兴中兴成了中国文言小说发展史上的第三次创作高潮。

在中国文学史上,明清向以小说著称。但通观各种各样的文学史和小说史著作,论述所及,多在白话小说,尤其是《三国演义》、《水浒传》、《西游记》、《金瓶梅》、"三言二拍"、《红楼梦》和《儒林外史》等名著,至于文言小说,则多顺便提及,语焉不详。其中恐怕只有蒲松龄的《聊斋志异》像一座绕不过的丰碑式著作,论述较详。从总体上全面而系统的论述少之又少;至于描述其发展轨迹,概括其发展规律,更属麟角凤毛。在这样的学术背景之下,作为一部探讨中国文言小说发展史的专著,便义不容辞地担当起这一重担,以填补在这方面研究的不足。

通观清代文言小说发展的历史,为了论述方便,大致划分为三个阶段为宜。其一为清初阶段,或者叫清代前期。大约从顺治元年

---

① 笛壮:《笔记小说史》,第 348 页,杭州,浙江古籍出版社,1998。

(1644)至康熙中期以后①,共六十年左右。从总体上来看,这一阶段的文言小说创作以大明遗民为主,而尤以传奇小说的创作最为明显。"其中的一支沿着史传文学的方向发展,多为奇人立传,成功地将史传文学与传奇小说结合起来,出现了传奇小说的变体——小说化的传记,或者称之为传记性文言小说,它们往往撷取明清嬗代之际社会大变动之中的一些奇人、奇事、奇行、奇技作为描写对象,无论官员仆隶、侠客狂士、市井细民、花工农夫、僧道乞儿、江湖艺人,凡属异行奇人,皆为之立传,构思新奇,布局精巧。此风曾经盛极一时,……这种颇具"传奇风韵"的传记性文言小说多见于明末清初一些文人的文集中,著名的作家有周亮工、王猷定、黄周星、吴伟业、侯方域、钱谦益、陈鼎、顾彩、钮琇、魏禧、毛奇龄、秦松龄、方亨咸等等。"②康熙二十二年(1683),张潮编《虞初新志》,将其中有代表性的作品多数收入其中。正是在这一形势下,才出现了中国文言小说创作的第三次高潮,才出现了蒲松龄的《聊斋志异》(蒲松龄的《聊斋志异》将列专节论述)。在笔记小说方面,志怪小说毫无疑问应以蒲松龄的《聊斋志异》为代表。杂俎类则首数余怀的《板桥杂记》,王渔洋的《池北偶谈》《香祖笔记》《说部精华》等等;志人小说则有"世说体"系列中李清的《女世说》、梁维枢的《玉剑尊闻》、吴肃公的《明语林》、王晫的《今世说》等等,此外还有陈维崧的《妇人集》和汪琬的《说铃》也颇有影响。

清代中期为第二阶段。时间大约从康熙中期到道光二十年(1840)的鸦片战争,共一百五十年左右。历史上所谓的"康乾盛世",就在这一阶段。此时不但产生了《红楼梦》《儒林外史》等名垂青史的章回小说,代表了明清小说的最高水平,在文言小说创作方面也全面丰收,呈现出一片繁荣。首先是志怪类传奇小说。在《聊斋志异》的巨大影响下,"聊斋型"小说蜂涌出现,镶黄旗人和邦额的《夜谭随录》、同旗长白浩歌子尹庆兰的《萤窗异草》、汉人沈起凤的《谐铎》、曾衍东的《小豆棚》、许奉恩的《里乘》(又名《留仙外史》)等堪称代表。在志怪类

---

① 康熙二十二年六月,施琅率水师破刘国轩军于澎湖。八月,清军入台湾,郑克塽降。全国基本平定。清王朝始确立了在全国的统治地位。

② 王恒展、宋瑞彩:《奇人奇技抒奇怀——〈虞初新志〉奇人小说散论》,载《蒲松龄研究》,2004年第二期。

笔记小说中,王棫的《秋灯丛话》首开其端,袁枚的《子不语》、《续子不语》继张旗鼓,至纪昀的《阅微草堂笔记》乃公开声称另辟蹊径,与《聊斋志异》分庭抗礼,从而形成了中国文言小说史上两军对垒的新局面。许仲元的《三异笔谈》、清凉道人的《听雨轩笔记》,俞鸿渐的《印雪轩随笔》等为其后劲。另外,杂组小说中王应奎的《柳南随笔》《柳南续笔》,徐昆国的《遁斋偶笔》,徐昆的《柳崖外编》,阮葵生的《茶余客话》,俞蛟的《梦厂杂著》等等;志人小说中宋弼的《州乘余闻》,吴长元的《燕兰小谱》,诸联的《明斋小识》,捧花生的《秦淮画舫录》《画舫馀谈》等等,亦颇有特色。

　　在清代中叶的文言小说史上,最引人注目的是出现了一批此前从未谋面的新形式文言小说。在这些作品中,最值得一提的是乾隆年间沈复的第一人称自传体文言小说《浮生六记》。全书分《闺房记乐》《闲情记趣》《坎坷记愁》《浪游记快》《中山记历》《养生记道》六篇记其与妻子的平生,又颇有日记类抄的性质。以传统的文言小说文体概念看,既非笔记,又非传奇,确为中国文言小说史上的创新之作。其次是"我国第一部用文言写成的长篇章回体式的小说"[1]《蟫史》。从语言方面看,显然是文言小说,然而《中国文言小说书目》未予著录。《中国通俗小说总目提要》著录,《中国文言小说总目提要》亦著录,列"传奇类",而首称"清代文言长篇神魔小说"。可见亦为中国文言小说史上的"另类",很难以传统的文言小说体式界定其文体性质。再次是乾嘉时期秀水陈球用骈文写成的文言中篇小说《燕山外史》。此亦如《蟫史》,虽然《中国通俗小说总目提要》未予著录,《中国文言小说总目提要》传奇类著录,但同样首称"清代文言长篇小说",可见与传统文言小说之区别。此类长篇文言小说的出现,不但可以看到通俗小说中的章回小说以及其他文体对传统文言小说的巨大影响,看到文言小说自身的发展变化,尤其是在篇幅和文体方面的发展变化。同时也昭示了文言小说发展的一个新时期即将到来。

　　道光二十年(1840)以后为清末或者叫晚清阶段,为清代文言小说发展的第三阶段。因这一阶段与民国初年的 1912 年至 1919 年,当今

---

[1] 张俊:《清代小说史》,第 327 页,杭州,浙江古籍出版社,1997。

通行文学史多称之为近代文学,所以我们也从众从俗,归于下一章专门进行论述。

第一节　清初文言小说综述

　　像政治社会的"清沿明制"一样,清初文言小说的内容虽然比明末有了一定的变化,但从总体上讲仍然沿着明代中期以后复兴的康庄大道继续发展。纵观这一阶段文言小说的发展,其由复兴达到繁荣,继而进入中国文言小说史上的第三次创作高潮时期,主要表现在传奇小说与笔记小说两个大的方面:

　　在清初传奇小说史上,最引人注目的是一批以真人真事为描写对象的"传记体"传奇小说,或者称之为小说化的人物传记,传记性的文言小说。宁稼雨《中国文言小说总目提要》列出了《董小宛传》《虞山妖乱志》《汤琵琶传》《补张灵崔莹合传》《陈小怜传》《乔复生王再来二姬合传》等十余篇,其实远不止此,仅笔者在参加上海辞书出版社编《古代小说鉴赏辞典》时接触的作品,就不下二三十种之多。如王猷定的《李一足传》、吴伟业的《柳敬亭传》、陆次云的《宝婺生传》等等,都很有典型意义。通观此类作品,从人物或者内容方面讲,大致可以划分为三类:一类是奇人传,如《汤琵琶传》《秦淮健儿传》《大铁椎传》《武风子传》《陈老莲别传》《八大山人传》等是也。一类是以真人实事为基础写成的爱情类传奇小说,如《补张灵崔莹合传》《乔复生王再来二姬合传》《影梅庵忆语》《姗姗传》等是也。三是介于二者之间,既涉男女情事,又属奇人异事的作品,如《董小宛传》《过墟志》《圆圆传》等是也。

　　第一类又可以分为二小类。一是为豪侠立传的作品,王猷定的《李一足传》、徐士俊的《汪十四传》、李渔的《秦淮健儿传》、魏禧的《大铁椎传》等堪为代表。这类传记体传奇小说的特点是极力彰显其超凡气质、高尚言行、浩然正气,与一般武侠小说之多写其超凡武功、离奇情节有着显著的不同。《秦淮健儿传》脱胎于明人宋懋澄《九籥集·刘东山》与《世说新语》卷五《周处自新》,重点不是写健儿之勇武,而是写其被豪侠少年折服后的痛改前非,意在惩恶劝善。《大铁椎传》虽绘声绘色地描绘了大铁椎独身与群贼决斗，连杀三十余贼，隐遁而去的武侠小说情节和人物，但"论者或以为旨在抒发亡国之痛，表现作者对明代君臣的不满和复国复仇意识等"①，同时亦显见作者作为一个正统的封建文人（作者魏禧 1624—1681），字冰叔、叔子，号裕斋、勺庭，江西宁都人。明亡不仕，托病力辞博学鸿词科征辟。与汪琬、侯方域并称清初散文三大家）对理想侠客重武功更重武德的深入认识。而武德的内涵则首先是爱国主义的民族精神。至于《李一足传》，张潮在《虞初新志》编选本文之后更情不自禁地评论说："观一足行事，亦孝子，亦侠客，亦文人，亦隐者，亦术士，亦仙人，吾不得而名之矣。"其实这也正是这一大批以真人真事为基础创作的传奇小说与武侠小说，与隶属于历史散文范畴的人物传记的根本区别。二是为奇人立传的作品，王猷定的《汤琵琶传》、方亨咸的《武风子传》、顾彩的《焚琴子传》、毛奇龄的《陈老莲传》、陈鼎的《八大山人传》《啸翁传》等堪为代表，在这一阶段的文言小说史上特别引人注目。这些作品的主人公不但史有其人，不单一个个身怀独门绝技，而且情性和行为也往往迥异于常人，大多傲岸孤介，放诞自任，行踪不定，出入无时，甚至嗜酒色、善歌笑。鲁颠（朱一是《鲁颠传》）之倒悬，柳敬亭（吴伟业《柳敬亭传》）之说书，马伶（侯方域《马伶传》）之扮演奸臣严嵩，焚琴子（顾彩《焚琴子传》）之鼓琴等等，无不令人拍案叫绝。王猷定（1598—1662），号轸石，南昌（今属江西）人。明贡生，史可法、袁继咸等均曾荐其为官，辞不就。入清不仕，以诗文自娱。其《四照堂集》中的《汤琵琶传》称汤应曾"古今以琵琶名者多矣，未有如汤君者"。叙其演奏《楚汉》一曲：

> 当其两军决战时，声动天地，屋瓦若飞坠。徐而察之，有金声、鼓声、剑弩声、人马辟易声，俄而无声。久之，有怨而难明者，为楚歌声；凄而壮者，为项王悲歌慷慨之声、别姬声；陷大泽，有追骑声；至乌江，有项王自刎声，余骑蹂践争项王声。使闻者始而奋，既而恐，终而涕泪之无从也。其感人如此。

绘声绘色，酣畅淋漓，正面描写与侧面烘托相结合，写出琵琶曲惊天地、泣鬼神的艺术效果，直可与白居易《琵琶行》对琵琶演奏描写相媲

---

① 宁稼雨：《中国文言小说总目提要》，第 349 页，济南，齐鲁书社，1996。

美。当代琵琶名曲《十面埋伏》，显然由此曲发展而来。① 然而小说着重描写的，并非其高超的琵琶技艺，而是至清兵入关之山海关，放声大哭；路遇老猿所变之孀妇，为其乐声所感而嫁其为妻；妇死之后，"掩抑哀痛不自胜，夕陈酒浆，弹琵琶于其墓而祭之"。从此"猖狂自放，日荒酒色"，流落淮浦。小说结尾以第一人称叙曰：

> 人争贱之，予肃然加敬焉。君仰天大呼曰："已矣！世鲜知音！吾事老母后，将投身黄河死矣！"予凄然，许君立传，越五年，乃克为之。呜呼！世之沦落不偶而叹息于知音者，独君也乎哉！

陈鼎（1650—1711），字定九，江阴（今属江苏）人。少任侠，长乃折节读书，与四方士大夫交游。倦游归隐，终生未仕。其《留溪外传》十八卷，一百一十八篇，分隐逸、侠义、廉能、游艺等类别，为人立传，主要表达作者及时人的遗民思想及安贫乐道、反腐倡廉的传统观念。其中遗民题材的作品主要描写了清初遗民的精神痛苦和感情熬煎，其中的《八大山人传》《啸翁传》等都属于奇人传记类传奇小说。八大山人画技精绝：

> 尝写菡萏一枝，半开池中，败叶离披，横斜水面，生意勃然。张堂中，如清风徐来，香气常满室。又画龙丈幅间，蜿蜒升降，欲飞欲动。若使叶公见之，亦必大叫惊走也。

然而像《汤琵琶传》一样，作者所写的重点却不是他精绝的画技，而是八大山人朱耷作为一个大明皇家后裔入清后的傲岸孤介和狂诞怪异。他不但性孤介，病癫，"初则伏地呜咽，已而仰天大笑；笑已，忽跴踞踊跃，叫号痛哭。或鼓腹高歌，或混舞于市，一日之间，癫态万出"，甚至认为自己既已为僧，应以驴名，因而更号曰"个山驴"。其他如武风子制箸"精夺鬼工"，然"嗜酒，日惟谋醉。箪瓢屡空，晏如也"，又"披发佯狂，垢形秽语，日歌哭行市中，夜逐犬豕与处"（方亨咸《武风子传》）。焚琴子善鼓琴，然"为人磊落不羁，伤心善哭"，读韩文公《逐鳄文》，哭之；"悲岭海之烟瘴，思寇莱公谪雷时，枯竹生笋，蜡泪成堆，风流如在也，则又哭之"；听鹧鸪作"行不得哥哥"声，则抗音而哭；"金兰死，抚尸一哭，不胜其悲，吐血数斗"（顾彩《焚琴子传》）。可见"所谓奇人，无非

---

① 参阅缪天瑞、吉联抗、郭乃安主编：《中国音乐词典》，第 355 页，"十面埋伏"条，北京，人民音乐出版社，1985。

是在于行为举止的奇特怪异上。然而,透过'奇'的面纱,不难发现,他们其实本来都属于正统的知识分子阶层,是国家的栋梁,社会的良心。明清易代,使汉族知识分子为了逃避做'贰臣'的屈辱与尴尬,再一次运用了儒家用行舍藏的处世哲学,避世隐遁,'奇'就成了他们的心隐之所。事实上,他们宗教信徒般地信仰的'忠'并非仅仅忠于明王朝,对于他们的行为,我们也不能视之为一种忠于汉族政权的狭隘的民族精神。究其实质,他们固守的是一种文化,一种文明。满族大军的铁蹄践踏的岂止是汉族政权?他们同时也践踏了知识分子经营了千年的文化,信仰了千年的文明!对于汉族知识分子来说,作一个朝代的贰臣固然可耻,作一种文化的贰臣才是真正的精神上的不可救药。所以,手无缚鸡之力的读书人却有为自己的文化勇于献身的大无畏精神。心甘情愿地作了文明的殉葬品。除了把自己当作菲薄的祭品奉献于文明的祭坛上外,奇人们还有什么选择?"①其实,小说中奇人的歌哭颠狂,恰恰是明末清初一代文人的心灵写照。纵观这一时期此类小说的作者群体,魏禧明亡后"号哭不食,剪发为头陀,隐居翠微峰"②。毛奇龄"哭于学宫三日。山贼起,窜身城南山,筑土室,读书其中"③。朱一是入清不仕,避地梅里,饥寒颠沛,百折不回。黄周星隐居江南,性孤冷,寡言笑,人有一言不合,辄漫骂,后自撰墓志铭,投水而死。王猷定、徐芳、陈鼎等入清后均绝意仕进。……即使迫不得已做了贰臣的吴伟业亦至死不忘变节的奇耻大辱,遗言曰:"吾一生遭际,万事忧危。无一时一境不历艰苦。死后敛以僧装,葬我邓尉灵岩之侧,坟前立一圆石,题曰:'诗人吴梅村之墓'。勿起祠堂,勿乞铭。"④并为绝笔词《贺新郎·病中有感》:

　　　　万事催华发。论龚生、天年竟夭,高名难没。吾病难将医药治,耿耿胸中热血。待洒向、西风残月。剖却心肝今置地,问华佗,解我肠千结。追往恨,倍凄咽。　　故人慷慨多奇节。为当年、沉吟不断,草间偷活。艾灸眉头瓜喷鼻,今日须难决绝。早患

---

① 王恒展、宋瑞彩:《奇人奇技抒奇怀——〈虞初新志〉奇人小说散论》,载《蒲松龄研究》2004年第二期。
② 赵尔巽等:《清史稿》卷四八四《文苑》,北京,中华书局,1977。
③ 赵尔巽等:《清史稿》卷四八一《儒林》,北京,中华书局,1977。
④ 赵尔巽等:《清史稿》卷四八四《文苑》,北京,中华书局,1977。

苦、重来千叠。脱屣妻孥非易事,竟一钱不值何须说。人世事,几完缺。①

确如陈廷焯《白雨斋词话》所论:"《贺新郎》一篇,梅村绝笔也。悲感万端,自怨自艾。千载下读其词,思其人,悲其遇,固与牧斋(钱谦益)不同,亦与芝麓(龚鼎孳)辈有别。"对于汉民族而言,明末清初是一个悲剧的时代,民族情绪沉重凄凉。"这种凄凉的色调,浸染了每个有良知的文人的心灵,透彻骨髓,又从他们的笔尖渗出,充溢于字里行间。透过纸面,饮泣呜咽之声隐隐传来。他们为民族命运的苦难深重而醉睡歌哭,为个体生存的举步维艰而佯狂装癫。一句话:他们悲凉的内心远没有表面看上去那么潇洒旷达。"②

以真人实事为基础写成的爱情类传奇小说以黄周星的《补张灵崔莹合传》、李渔的《乔复生王再来二姬合传》、黄永的《姗姗传》、冒襄的《影梅庵忆语》最具代表性。黄周星(1611—1680),上元(今属江苏)人。明末崇祯十三年(1640)进士,官户部主事。明亡不仕,遁迹湖州,后忧愤时事,投水而死。《补张灵崔莹合传》载其《九烟先生遗集》中,后张潮收入《虞初新志》卷十三。这是一篇根据真人实事加工而成的传奇小说,因唐寅曾有《张灵崔莹合传》,作者未见,故传前加一"补"字。小说从内容方面讲虽不出才子佳人的范畴,但却具有丰富的内涵和划时代的思想意义。作者以其强烈的主观感情的笔触,叙述了极具思想解放色彩的才子张灵与崔莹"才色相怜",一见倾心,后崔为宁王献于宫中,张灵痛哭呕血,殉情而死。宁王事败,崔莹放归,知灵死,至墓哭祭,并自缢于墓前。唐寅将二人合葬,并春秋致祭。作品在歌颂二人已具个性解放色彩的男女爱情的同时,揭露了封建统治者的荒淫无道,骄奢淫泆,打破了一般才子佳人小说的大团圆结局,充满了浓郁的悲剧气氛。尤其是小说结尾,作者以浪漫主义的艺术手法写二人周年仲春,唐寅"躬诣墓所拜奠。夜宿丙舍傍,辗转不寐。启窗纵目,则万树梅花,一天明月,不知身在人世"。忽遥闻有人朗吟"花满山中高士卧,月明林下美人来"之句而至,视之,乃张灵、崔莹也,且"携手整

---

① 转引自夏承焘、张璋编选:《金元明清词选》(下册),北京,人民文学出版社,1983。

② 王恒展、宋瑞彩:《奇人奇技抒其怀——〈虞初新志〉奇人小说散论》,载《蒲松龄研究》2004年第2期。

襟,向六如(唐寅号六如居士)拜谢合葬之德。"更"扑朔迷离,感情充溢,增强了作品的悲剧力量。"①李渔(1611—1680),字笠鸿,一字谪凡,号湖上笠翁。原籍兰溪(今属浙江),生于维皋(今属江苏)。明末秀才,入清后以著述为生,初居杭州,后移居南京。著有戏剧《笠翁十种曲》,小说《无声戏》、《十二楼》及《闲情偶记》、《笠翁一家言》等。其《乔复生王再来二姬合传》写其家庭戏班主角,亦为其所蓄姬妾乔、王二氏生平经历,尤以二姬病终之前生离死别场面的描述最为动人。因系第一人称叙事,所写又自己亲身经历,故感情真挚,催人泪下。黄永字云孙,武进(今属江苏)人。清顺治十二年(1655)进士,官至刑部员外郎。工诗文,为"毗陵四子"之一。其《姗姗传》亦叙作者亲历的爱情悲剧故事,略谓姗姗为作者族亲黄夫人侍儿,与作者一见钟情。黄永欲娶以为妾,然后进京应试,然其父却令其先试后娶。分手之后,姗姗一病不起,又闻黄永再次落第,忧伤而死。"故事虽属才子佳人一类,然其中所写科举制度和家长对男女婚姻的危害,比较明显。文中对二人真情的歌颂,较为感人。尤其对作者某些心理活动的描写,较为真切。"②而在此类第一人称写自己爱情经历的传奇小说中,最有特色,最具新意,可以说在中国文言小说史上另辟蹊径,具有开创之功的,当数冒襄的《影梅庵忆语》。后来沈复的《浮生六记》等颇有现代小说韵味的作品,显然均蒙其雨露。冒襄(1611—1693)字辟疆,号巢民,又号朴巢,如皋(今属江苏)人。与方以智、陈贞慧、侯方域并称为著名的"明末四公子",以才高气盛著称于时。明亡,隐居不仕。诗文清丽,著有《水绘园诗文集》《朴巢诗文集》等。其文言小说《影梅庵忆语》,宁稼雨《中国文言小说总目提要》入传奇类,然全文共三十余条,长长短短,记叙随宜。其最长者第四条,一千四百一十字;最短者第十九条,仅五十五字,显然为典型的笔记体。但通观全文,首叙创作缘起;继叙自己与董小宛遇合经历,日常生活,深情密意;再叙明清易代之际的患难与共,更见真情;末叙元旦之卜,癸离之梦,扑朔迷离,戛然而止,馀味无穷;全文共一万余字,主要写二人感情经历,显然又具传奇小说特征,故在艺术形式方面颇有创新。董小宛为明末秦淮名妓,冒辟疆为当时名士,这

---

① 张俊:《清代小说史》,第93~94页,杭州,浙江古籍出版社,1997。
② 宁稼雨:《中国文言小说总目提要》,第349页,济南,齐鲁书社,1996。

样的男女关系本身便引人注目,加之小说结尾语焉不详,明末清初社会动乱,奇事百出,故世间或传小宛为满清权贵所夺,或传即顺治皇帝之董鄂妃,更使这一故事广为传写。吴伟业有《题冒辟疆名姬董白(小宛名白,字小宛,一字青莲)小像八首》,载《梅村家藏稿》卷二十。张明弼有《董小宛传》,余怀《板桥杂记》,陈维崧《妇人集》等亦记其事。后世文言小说集《香畹楼忆语》《秋灯琐忆》《眉珠庵忆语》,戏曲《影梅庵》《山花锦》《朴巢记》等等,均演其事,可见影响。其他如侯方域的《李姬传》、杜濬的《陈小怜传》等亦属此类。

第三类以张明弼的《董小宛传》、墅西逸叟的《过墟志》、陆次云的《圆圆传》等为代表。此类作品虽涉男女情事,但作者笔锋所及,却并非拘于男女之情,而旨在叙奇人,抒奇情,情节近于上述第二类而主旨更近第一类。《董小宛传》情节正如上述,国变之际,颠沛流离,耐人寻味。《过墟志》未见著录,以抄本流传,晚清毛祥麟又加改作,题名《媚姝殊遇》,影响进一步扩大。原作者墅西逸叟生平事迹不详,据书前小序,知其为常熟(今属江苏)人,明遗民,康熙十五年(1676)尚在世。作品前自序称书名本之唐韩愈的《圬者王承福传》,即其所云"吾操镘以入富贵之家有年矣。有一至者焉,又往过之,则为墟矣。有再至三至者焉,而往过之,则为墟矣。问之其邻,或曰:'噫!刑戮也。'或曰:'身既死而其子孙不能有也。'或曰:'死而归之官也。'"显然表达了作者对富贵之家没落为墟的感慨。然而与这一传统思想不同的是,作品的前半部分写女主角刘三秀嫁富豪黄亮功,客观地反映了商品经济的蓬勃发展、金钱势力的迅速漫延;而后半部分则描写了清兵南下时的烧杀掳掠,"既真实地再现了这场地覆天翻的社会变动给普通百姓带来的深重灾难,又深刻地揭示了在国破家亡的局势下汉族地主阶级的种种情态,写出了满汉合流的过程。"①在作品所写的人物中,虽然也有坚持民族气节的正面人物刘赓虞,但更多的还是一些带有现实功利主义色彩的反面典型:如认敌作父,投降清兵并与之一道四处烧杀抢掠的李成栋;不顾廉耻,向清兵摇尾乞怜的刘肇周;为虎作伥,带领清兵抢掠亲姑的刘七等等。当然,最有典型意义的还是先忸忸怩怩,后终于改

---

① 王恒展:《中国古代小说鉴赏辞典·媚姝殊遇鉴赏》(下册),第 2592 页,上海,上海辞书出版社,2004。

嫁满清王爷,平步青云的刘三秀。这些人物的表演不但让我们看到了
封建社会末期的道德沦丧,也让我们看到了满汉合流的具体过程和清
朝政权入主中原的部分原因。这在其他作品中还是很少看到的。作
品虽涉男女之情,但主旨显见遗民情绪。在此类作品中,最为典型的
当数陆次云的《圆圆传》。次云字云士,钱塘(今属浙江)人。康熙时应
试博学鸿词,未遇,官江阴知县,有惠政。工诗,勤于著述,作有《八纮
绎史》《绎史纪余》《荒史》《峒溪纤志》《湖壖杂记》《北墅绪言》《澄江集》
《玉山词》等。《圆圆传》未见著录,载其《北墅绪言》中。传主陈圆圆不
但是一代名妓,且与明清易代之际的吴三桂、李自成等著名历史人物、
与甲申前后的许多重大历史事件有极为密切的关系,因而在当时及以
后影响极大。清初以来,有关这一形象的描述也因而较多。如马梦良
的《昆明风光》,刘健的《庭闻录》,孙旭的《吴三桂始末》以及《平吴录》、
《滇事拾遗》、《小腆纪年附考》等。其中文学性最强,影响最大的是吴
梅村的长诗《圆圆曲》,而陆次云的《圆圆传》,沈虬的《圆圆偶记》、钮琇
的《圆圆传》等显然又受其影响。与同类题材的其他作品相比,陆次云
的《圆圆传》一个很突出的特点便是以一代名妓陈圆圆为叙述线索,比
较详尽地描写了明清易代之际一系列历史事件和历史人物,从而形象
地揭示了明朝灭亡、李自成失败、清兵入关以及吴三桂身败名裂的原
因。崇祯虽有志于力挽狂澜,重振朝纲,面对画眉而入的一代名妓穆
然以待,但统治集团的其他人则显然早已形成了一个腐败的权力集
团。皇亲国戚的代表田畹虽年已耄矣,仍不忘声色,将圆圆据为己有。
李自成攻入北京之前,为了身家性命,又极力交结重兵在握的吴三桂,
甚至不惜献出自己心爱的女人。吴三桂身为总兵,当国家社稷危在旦
夕之际,不思卫城保国,而是慕圆圆之名,"赍千金往聘之"。不得,又
于警报踵至的关键时刻,要挟田畹:"能以圆圆见赠,吾当保公家,先于
保国也。"狼子野心,昭然若揭。李自成攻陷北京,崇祯吊死煤山。李
自成命其父作书招降拥兵山海关的吴三桂,三桂"欣然受命"。然侦者
至,知悉家被籍、父被拘,俱未碍其降李自成之心;然闻圆圆已归李,立
即恼羞成怒,认贼作父,引清兵入关。吴伟业所谓"冲冠一怒为红颜",
盖指此也。其父吴襄,身为大明御营督理,不能御敌于国门之外,降闯
王,献圆圆,作书招降重兵在握的儿子吴三桂,其他可想而知。试想:

崇祯依靠这样的一个腐败集团,大明朝焉有不亡之理! 李自成的失败也因为腐败,郭沫若《甲申三百年祭》已明确指出。《圆圆传》则通过李自成进京后占据宫掖,索寻、宠嬖陈圆圆的具体描写,形象地说明了这一点。明清易代之后,有责任心的汉族文人身历表面繁荣强大的大明王朝几乎一夜之间为政治、经济、文化、军事均不可同日而语的满洲贵族政权所取代,百思不得其解,纷纷从各个方面探寻个中原因,孔子后裔孔尚任的《桃花扇》"借离合之情,写兴亡之感"的艺术构思,成了当时文人戏曲、小说甚至诗文创作的主流,陆次云的《圆圆传》亦不例外。通观清初传奇小说的创作,之所以出现上述以真人实事为描述对象的"传记体"传奇小说创作高潮,原因亦在于此。康熙二十二年(1683)六月,施琅率水师破刘国轩军于澎湖,八月,清军入台湾,郑克塽投降,全国基本平定。同年(或次年),张潮开始辑录清初文言小说,历时约二十年,成《虞初新志》,为此类传奇作品之渊薮,加速了此类小说的传播。同时尚有《艳情逸史》《聊斋志异》等传统传奇小说集。因《聊斋志异》我们将列专节,兹不赘述。

　　清代初期的笔记小说主要有志怪、杂俎、志人三类。志怪除蒲松龄的《聊斋志异》外,尚有徐芳的《诺皋广志》、陆圻的《冥报录》、佟世恩的《耳书》、东轩主人的《述异记》等多种。徐芳字仲光,号拙庵、愚山子,南城(今属江西)人。崇祯十三年(1640)进士,官山西西泽知州。明亡,隐居不仕,康熙间仍在世。其仿段成式《酉阳杂俎》前集《诺皋记》写成的志怪小说集《诺皋广志》一卷,《八千卷楼书目》小说家类著录。是书虽仅一卷,但在清初文言小说史上颇引人注目。宁稼雨称其"寓言深刻,气势浑然。文笔也优美传神。在清初含有政治寓意的志怪传奇小说中,本书占有一定地位。"[①]其中《雷州盗》记盗贼冒充太守,上任后"甚廉干,有治状,雷人相庆得贤太守。其寮属暨监司使,咸诵重之"。尖锐地讽刺了当时官不如盗的现实,被张潮收入《虞初新志》中。《换心》条记以换心之法使人由愚蠢变聪明,显然慨叹人心大坏,且为《聊斋志异》卷二《陆判》之本事。其他如《鹳复仇》、《义犬》等篇,不但为《聊斋志异》卷八之《禽侠》、卷九《义犬》之本事,且明显地具有

---

① 宁稼雨:《中国文言小说总目提要》,第328页,济南,齐鲁书社,1996。

反清复明的倾向。特别是《义犬》，不但记义犬为主复仇，且引历史上若干救亡复仇之事，大发亡国忠义感慨，民族情绪强烈，与上述传奇小说略同。陆圻字丽京，号讲山，钱塘（今属浙江）人。生于明万历四十二年（1614），顺治贡生，有诗名。后因涉庄廷鑨《明史》文字狱案，遁迹山中学道，不知所终。其《冥报录》二卷二十八则，"书中所写，多善恶因果轮回报应故事，旨在劝善惩恶。但因作者生活于明清鼎革之际，胸怀郁闷，故书中亦有所寄托。"①东轩主人生平事迹未详，其成书于康熙中叶的《述异记》三卷，《四库全书总目》小说家类存目著录，显然乃仿南朝梁任昉《述异记》而作。所记均顺治、康熙间事，多鬼神妖狐，确如其自序所言：乃理之所必无而事之所或有，万不可信而不容不信之事。少数作品颇有可读性，如《黠盗妇》《奇女杀贼》《女子奇节》等，均见女子智慧，颇有惩恶扬善之旨。"而叙事委曲详尽，引人入胜，堪称清代志怪书中之佳篇。"②与汉族作家作品不同的是满族佟世恩的《耳书》。佟世恩（1651—1692），字俨若、蕸芷，号退庵，祖籍盛京辽阳（今属辽宁）。先世满洲，后属汉军正蓝旗。康熙二十六年（1687）以荫授广西平乐府贺县知县，后调庆远府思恩县，卒于任上。能诗文，有《与梅堂遗集》行世。集中《耳书》一卷，分人、物、神、异四类记所见奇闻异事。而与一般志怪小说的最大区别则在于寓意深刻，多含人生哲理。如《陆生犬》：

> 武陵陆生，以文字受祸，有司籍其家。家有老犬，哀嗥迎月；道路闻之，莫不泪下。里人啖之以肉，不食，卒饿死。后陆事昭雪，归，唯老犬骷髅在，收葬如人礼。

清初文字狱之恐怖，人情之冷暖，隐隐字里行间。在古今义犬故事中，显然高出一筹。另如《庐陵库中鼠》：

> 庐陵库中神案下有一洞，每朔望，吏人置粥一盂于洞上，呼"太公"者再。寻见一巨鼠，置四足于小鼠背，负之以出；饱啖其粥，仍负之去。群鼠虽多，无敢犯者。倘届期不设盂粥，则县中文案悉为鼠啮矣。

寥寥数语，形象生动，仿佛一黑帮老大立于目前，发人深思。虽无民族

① 张俊：《清代小说史》，第94页，杭州，浙江古籍出版社，1997。
② 宁稼雨：《中国文言小说总目提要》，第330页，济南，齐鲁书社，1996。

情绪,亦见社会黑暗。其他如徐岳的《见闻录》、景星杓的《山斋客谭》、朱象贤的《闻见偶录》等等,亦颇可读。总览清初志怪小说,虽不乏上述有价值的作品,然就总体而言,"多意主劝戒,文不雅驯,其成就不及传奇小说"①。

在清代前期的笔记小说中,以杂俎类最为繁盛。当时许多著名文人,如周亮工、余怀、尤侗、施闰章、毛奇龄、董含、宋荦、王士禛、钮琇等多有所涉足;杂俎类笔记小说更是不胜枚举,汗牛充栋,堪称集历代之大成。就其影响及数量等看,当以周亮工的《书影》、董含的《三冈识略》、王士禛的《池北偶谈》、钮琇的《觚剩》等为代表。周亮工(1612—1672),字元亮、缄斋,号栎园,祥符(今属河南)人。明崇祯十三年(1640)进士,官监察御史。降清后官左布政使,户部右侍郎等。曾因嫌疑,被劾入狱,因于刑部因树屋内,《书影》即写于此时。因狱中无可检阅,故取义"老人读书只存影子"之语为名,全称《因树屋书影》。顺治十六年(1659)成书,康熙六年(1667)赖古堂刊本问世。作者临终前毁版(可见文字狱之烈),雍正三年(1725)其子重刊为怀德堂本。曾收入《四库全书》,旋因"语涉违碍"被抽毁,故流传不广。1981年上海古籍出版社《明清笔记丛刊》本即据怀德堂本整理排印。全书七百八十五则,所叙多为作者所学及见闻。其中不少为考订议论,并非小说。所载奇闻异事,如卷五第五则记戚三郎寻妻,显然揭露了清兵抢掠杀掳的暴行,尤其是夫妻相见一节,直催人泪下:

> 戚见妇,惊悸错愕,未敢往就,摇摇不知悲。其子见母出,突奔母怀,仰视大痛;妇亦俯捧儿,哭失声。戚至是,始血泪迸落。

可见作者虽已降清,仍对铁蹄下的人民充满了同情。其他如卷八之写保定名捕之妻为了夺回被盗贼所劫的贡银而与众贼激战,令其落荒而逃,亦虎虎生风,令人过目难忘。董含(1626—?),字阆石、榕城,晚年自号莼乡赘客,华亭(今属上海)人。顺治十八年进士,观政吏部,因奏销案被黜。著有杂俎小说《三冈识略》《三冈续志略》《莼乡赘笔》三种,尤以《三冈识略》颇有特点。因作者所居在紫冈、沙冈、竹冈之东,故名。全书十卷,所记自顺治元年(1644)至康熙三十一年(1692),共约

---

① 张俊:《清代小说史》,第94页,杭州,浙江古籍出版社,1997。

五十年间事,每五年一卷。这种编年体杂俎类笔记小说实属罕见,在中国文言小说史上颇具新意。所记以志人、志怪为主。志人者或长或短,或详或略。略者为笔记,详者实近传奇而又颇俱现实意义。如卷一之《不义妇》条记清初一妇被清将所掳,其夫寻访,其妇竟欲委身清将而当面唾其丈夫之面,结果被清将刺死。既见清兵入关后奸淫掳掠之暴行,又揭示了当时人心不古、廉耻丧尽之人的丑态。志怪者多因果报应之事,与上述志怪小说略同,如卷五之《义虎》条记虎救樵夫事,与上述《不义妇》对比鲜明,开《聊斋志异·毛大福》等以兽比人,人不如兽写法之先河。另记当时社会风俗诸事,亦颇可采。书前卢元昌题词将此书与岳珂《桯史》、陶宗仪《辍耕录》并称,似有过誉之嫌。

王士禛(1634—1711),避雍正胤禛讳,改名士正,乾隆时又赐改士禎。字子真、贻上,号阮亭、渔洋山人,新城(今山东桓台)人。出身于"四世三宫保,一门六尚书"的新城王家,又自幼聪颖过人,二十五岁中进士,历官扬州推官、翰林院侍讲、詹事府少詹事、都察院副都御史、三朝国史副总裁、户部左侍郎,迁刑部尚书。康熙四十三年(1704)罢职,晚年归乡,居家著述,卒谥文简。诗歌标举神韵,为清初诗坛泰斗,影响极大。笔记小说有《池北偶谈》《陇蜀馀闻》《皇华纪闻》《居易录》《分甘余话》《香祖笔记》《古夫于亭杂录》《说部精华》等多种,共一百余卷。单凭数量,即可在清初文言小说史上占有重要的一页,亦可见第三次创作高潮的形成。以上诸作,多为杂俎类笔记小说,其中尤以《池北偶谈》最具代表性。全书二十六卷,一千二百九十二条,分谈故、谈献、谈艺、谈异四部。据书前作者康熙辛未(1691)秋自序,知书成于作者丁父忧家居期间。因其宅西有圃,圃中有池,池北老屋数栋,有书数千卷庋其中,因取白居易"池北书库"之名而名之。旁有石帆亭,常与宾客聚谈其间,儿辈从旁记录,遂成卷轴。又忆"二十年来官京师所闻见于公卿大夫之间者",总次第为一书,故名《池北偶谈》,以石帆亭故,又名《石帆亭纪谈》。其中"谈故"四卷,记清代典章制度,衣冠胜事,不乏志人之作。"谈献"六卷,多记明清人物事迹,多名臣、奇人、烈女轶事,以志人为大宗。"谈艺"九卷,多评论诗文,品味书画,间及小说。"谈异"七卷,专记鬼神怪异,以志怪小说为主,亦涉名物考证,异域殊俗。其中不少故事如《剑侠》《女侠》《林四娘》等与《聊斋志异》相出入。两相

比较,则可见《池北偶谈》重记叙,轻描写的笔记小说特点。但因作者
倡导神韵,文学修养极高,故语言雅洁,文字隽永,故能三言两语,状物
写人于目前。如卷二十一之《谑语》条:

> 王完虚中丞点,明万历甲辰进士,好诙谑,初仕为邹平知县,
> 县与章丘接境。一日,与章令某相见,令问:"足下以何年生?"对
> 曰:"乙亥。"因问章令,答云:"亦乙亥。"王笑云:"某是邹平一害,
> 兄便是章丘一害。"

言简意赅,耐人寻味。个别篇目篇幅较长,描写细腻,颇具传奇特色,
显然受同乡秀才蒲松龄《聊斋志异》影响,亦可见二人关系。① 一显宦,
一布衣,同为清初名人,同乡而朋友,亦可见齐文化对文言小说创作,
尤其是志怪小说创作之影响。钮琇(? —1704),字玉樵,吴江(今属江
苏)人。康熙十一年(1672)拔贡生,历仕河南项城、陕西白水知县,卒
于广东高明知县任上。为官清廉,甚有政声。勤于著述,秀绮博雅。
有《临野堂集》传世。《清史稿·钮琇传》称其"宰高明时,成《觚剩》一
书,记明末国初杂事,能举见闻异词者折衷之,可补正史之阙。其文幽
艳凄动,有唐人小说之遗。"《觚剩》正编八卷,续编四卷。《四库全书总
目》《清史稿·艺文志》《八千卷楼书目》小说家类著录。正编成书于康
熙三十九年(1700),以地分类,包括吴觚三卷,燕觚、豫觚、秦觚各一
卷,粤觚二卷。续编成书于康熙四十一年(1702),依类分为言觚、人
觚、事觚、物觚各一卷。有康熙四十一年临野堂刊本及大量晚清印本。
从文体方面分,有传奇小说、笔记小说及少量杂记。从内容方面分则
"言其大略,盖有三焉"②。一为轶事琐闻,二为香奁闺秀,三为博物志
怪。从艺术方面讲则类传奇者构思精妙,叙述委曲,语言颇有骈俪之
风;笔记小说则语言简约含蓄,颇多理趣,于香奁闺秀类作品中表现尤
为突出。如卷三之《云娘》记侠女云娘之侠肝义胆,嫉恶如仇。《睐娘》
记其在清兵入关后寄居姑母倩娘家,被骗婚受辱,自缢而死。《河东
君》记名妓柳如是与学士钱谦益的情投意合、幸福美满等均十分动人。

---

① 二人为同乡,所闻略同。王士禛尝为《聊斋志异》题辞云:"姑妄言之姑听之,豆棚瓜架雨
如丝。料应厌作人间语,爱听秋坟鬼唱时。"蒲松龄和诗《次韵答王司寇阮亭先生见赠》云:"《志
异》书成共笑之,布袍萧索鬓如丝。十年颇得黄州意,冷雨寒灯夜话时。"

② 〔清〕钮琇:《觚剩自序》,转引自丁锡根编《中国历代小说序跋集》(上册),第 158 页,北京,
人民文学出版社,1996。

张潮编《虞初新志》，按卷选录其中作品多篇，流传更广。故而在清初文言小说史上占有重要一页。

清初志人小说虽略逊传奇小说与志怪小说，但处在文言小说创作的第三次高潮中，仍然产生了不少在中国文言小说史上颇有影响的作品。李清的《女世说》、梁维枢的《玉剑尊闻》、吴肃公的《明语林》、宫伟镠的《庭闻州世说》《续庭闻州世说》、王晫的《今世说》、章抚功的《汉世说》等掀起了一波"世说体"志人小说的波浪。其中，崇祯辛未（1631）进士，入清不仕的李清取材于历代正史列女传及各种笔记小说，仿《世说新语》体例，分淑德、仁孝、能哲、节烈等三十四门编成的《女世说》，不但可见作者对妇女的尊重与景仰，亦可见其明代遗民的民族情绪。在明代天启年间即已为官，崇祯时政绩斐然，卒祀乡贤祠的真定（今河北正定）人梁维枢，顺治间仿《世说新语》体例撰《玉剑尊闻》十卷，所记多明人事迹。因作者早年"为人又忼爽轩豁，少年好畋猎声酒，驰逐燕赵之郊"[1]。后折节读书，埋头政务，故其内容亦明显分为二类。记文人风流、放荡不羁者如卷九之《唐子畏》，记唐伯虎假扮书佣，与主人婢结合私奔，乃明末清初著名文人趣事，许多作品均有记载，而此书所记"详略得当，格调幽默，颇能引人入胜"。记官场事者则多体现当时文人治国平天下的社会理想和人生价值。吴肃公的《明语林》则通过追念明代人物，表现作者的遗民倾向，在清初志人小说中颇有代表性。而王晫成书于康熙二十二年（1683）之前的《今世说》八卷，全仿《世说》体例，唯避伤人之嫌而去自新、黜免、俭啬、谗险、纰漏、仇隙六门。所记均清初名贤之嘉言懿行，"上自廊庙缙绅，下及山泽隐逸，凡一言一行，有可采录，率猎收而类记之"[2]，歌功颂德之意甚明，可见清政权稳固之后文人心态之变化与不同。除"世说体"之外，在清初志人小说中，专写女性的作品也颇为引人注目。除李清的《女世说》之外，陈维崧的《妇人集》、余怀的《板桥杂记》等堪为代表。陈维崧（1625—1682），字其年，号迦陵，宜兴（今属江苏）人。清初荐应博学鸿辞，试列一等，授翰林院检讨。为清初文学大家，著有《湖海楼集》《迦陵文集》

---

① 宁稼雨：《中国文言小说总目提要》，第 414 页，济南，齐鲁书社，1996。

② 〔清〕王晫：《今世说自序》，转引自侯忠义编《中国文言小说参考资料》，第 540 页，北京，北京大学出版社，1985。

等。其《妇人集》一卷,所记清初女子,可分为二类:一类专记明末清初著名女子的颠沛流离,如陈圆圆、李香君等,颇见清初遗民的故国之思。一类颇类诗话,专记清初才女诗词创作事,如嘉兴女子黄媛介独居杭州西泠桥,以卖诗画为生事等,颇具新意。余怀(1616—1696),字澹心、无怀,号漫翁、鬘持老人,莆田(今属福建)人。明末曾为幕僚,明亡不仕,流寓金陵、苏州等地。诗文多写亡国之痛,艳逸凄丽。《板桥杂记》三卷,《四库全书总目》《八千卷楼书目》小说家类著录。所记为秦淮妓院盛况及人物。自"唐《教坊记》《北里志》开创专记妓女的志人小说先河,此后代有创作,而以清代为最盛,达二十余种。这些作品,多数是以玩弄的态度描写品评妓女的容貌、体态,反映士大夫文人狎妓冶游的风气和庸俗趣味,思想价值并不高。少数则以同情的态度写出妓女的不幸与辛酸,并有所寄托,以《板桥杂记》最为突出。"①全书三卷,每卷一类。卷一为"雅游",记秦淮妓院盛况;卷二为"丽品",载当时名妓小传;卷三为"轶事",记与之相关的轶闻琐事。内容虽为冶游香艳,但作者写作的目的却是"此即一代兴衰,千秋之感慨所系,而非徒狭邪之是述,艳冶之是传也。"②作者于承平之世,"偶为北里之游,长板桥边一吟一咏,顾盼自雄",而"鼎革以来,时移物换,十年旧梦,依约扬州,一片欢场,鞠为茂草,……蒿藜满眼,楼管劫灰,美人尘土,盛衰感慨……"故为此作,以寄托国破家亡之痛。其中给人印象最深的,便是通过明代的繁盛与清初萧索情形的对比,抒发作者的兴衰感慨。如中卷之《李十娘》条记其先前所居,曲房密室,帷帐尊彝,老梅梧竹,翠色可餐。"入其室者,疑非尘境"。鼎革之后,则其家已废为菜圃,老梅竹梧摧为薪柴。其间旨意,不言自明。其次便通过形象的描写,表现了作者对妓女的尊重与同情,当然,也通过她们在清初的命运表现了作者的亡国之痛。前者如《李十娘》篇记其所言曰:

> 儿虽风尘贱质,然非好淫荡检者流,如夏姬、河间妇也。苟儿心之所好,虽相庄如宾,情与之洽也。非儿心之所好,虽勉同枕席,不与之合也。儿之不贞,命也如何?

---

① 苗壮:《笔记小说史》,第 393 页,杭州,浙江古籍出版社,1998。

② 〔清〕余怀:《板桥杂记自序》,转引自丁锡根编著《中国历代小说序跋集》(上册),第 440 页,北京,人民文学出版社,1996。

且言已"泣下沾襟"。令人扼腕。后者则通过《葛嫩》《宋蕙湘》《赵雪华》《董小宛》等名妓的可怜下场,反映了清初女性的悲惨遭遇,显见家国之思。正因如此,所以《板桥杂记》在中国文言小说史上颇有影响,仿作奇多。乾隆间珠泉居士的《续板桥杂记》,嘉庆间捧花生的《秦淮画舫录》《画舫余谈》,张曦照的《秦淮艳品》,近代缪荃孙的《秦淮广记》,俞蛟《梦厂杂著》中的《潮嘉风月》,王韬《淞隐漫录》中的《二十四花史》《十二花神》《三十六鸳鸯谱》等等,从形式到内容显然都受其影响。甚至晚清通俗小说中的狭邪小说,显然也从中吸取了诸多因素。

第二节　蒲松龄及其《聊斋志异》

在中国文言小说史上,蒲松龄的《聊斋志异》是最具代表性的作品。我们之所以将清代作为中国文言小说的第三次创作高潮时期,《聊斋志异》的出现及影响是主要因素之一。我国最权威的古典文学工具书之一,1979年修订版《辞源》列专门词条云:"此书多借狐鬼故事,以抒发对现实的不满,刻划社会的黑暗污浊,官场科举的腐败虚伪。有关爱情故事各篇,抨击不合理的婚姻制度。描写细致委曲,用笔变幻多端,曲折入胜,为我国短篇小说名著。"在以批判传统文化、反对文言文为主要任务之一的新文化运动中,作为新文化运动干将的鲁迅先生也不无钦佩地称"《聊斋志异》虽亦如当时同类之书,不外记神仙狐鬼精魅故事,然描写委曲,叙次井然,用传奇法,而以志怪,变幻之状,如在目前;又或易调改弦,别叙畸人异行,出于幻域,顿入人间;偶述琐闻,亦多简洁,故读者耳目,为之一新。"①在弘扬传统文化的今天,甚至有人称之为"我国古代文言小说发展的高峰和绝响"②。

蒲松龄(1640—1715),字留仙、一字剑臣,号柳泉、柳泉居士,世称聊斋先生,淄川(今山东省淄博市)人。远族相传为元朝世勋,故先世当为蒙古或色目人。明万历以来,亦曾"科甲相继",虽非显宦,堪称

① 鲁迅:《中国小说史略》,第179页,北京,人民文学出版社,1973。
② 张俊:《清代小说史》,第196页,杭州,浙江古籍出版社,1997。

"累代书香"。至其父蒲槃,科举失利,家道衰落,不得不弃儒经商。松龄兄弟四人,均由其父教读。蒲松龄少颖悟,"经史皆过目能了"①。十八岁与同邑名士之女刘氏结婚,十九岁应童子试,以县、府、道三试第一补博士弟子员,颇受山东学政著名诗人施闰章赏识。然以后竟屡试不第,科场蹭蹬,又因家口众多,兄弟析居,家计萧条,不得不于三十一岁时应同邑进士、宝应知县孙蕙之邀,为幕宝应、高邮。期间开阔了眼界,亲历了官场黑暗、豪绅残酷、人民苦难,为《聊斋志异》的创作打下了基础。一年后返回故乡,教读为生,直至七十岁方撤帐归家,度过了近四十年的塾师生涯。值得一提的是,从康熙十九年(1680)开始直至撤帐,在本邑西铺毕际友家坐馆竟达三十年之久,可见二人关系。毕际友曾任知州,通诗文,精鉴赏,藏书甚富,且家中有知名的石隐园、绰然堂,又与诗坛泰斗王士禛为近亲,这一切无疑都为蒲松龄的读书学习、社会交游、文学创作准备了条件。其间他仍不废科举,冀博春官一第,但造物弄人,终未实现他"他日勋名上麟阁,风规雅似郭汾阳"②的宏图大志。结束了漫长塾师生涯的第二年,七十一岁的蒲松龄援例补岁贡生,同时已有"养老之田五十余亩",且子女均已自立,方得以"栖迟偃仰,抱卷自适,时邀五老,斗酒相会,以叙生平,话间阔,差可自娱"③。七十四岁时,夫人刘氏病逝,撰《述刘氏行实》托其哀思。两年后的康熙五十四年(1715),中国文言小说史上巨星陨落,蒲松龄于正月二十二日酉时,倚窗危坐,与世长诀,享年七十六岁。

蒲松龄一生舌耕笔耘,著述丰富。除《聊斋志异》外,尚有《聊斋文集》《聊斋诗集》《聊斋词集》,收文近五百篇,诗九百余首,词百余阕。杂著有《日用俗字》《农桑经》《药祟书》等日用读物,"以备乡邻之急",可见其知识渊博及与下层百姓的关系。另有戏三出,《聊斋俚曲集》中通俗俚曲十四种。其中《墙头记》搬演家庭问题,抨击不孝之子,流传甚广。今人路大荒辑《蒲松龄集》,可以参阅。这些作品可见其与民间

①〔清〕蒲箬:《清故显考岁进士候选儒学训导柳泉公行述》,转引自朱一玄编《聊斋志异资料汇编》,第282页,天津:南开大学出版社,2002。

②蒲松龄诗《树百问余可仿古时何人,作此答之》,引自路大荒整理《蒲松龄集》第二册《聊斋诗集》,第464页,上海:上海古籍出版社,1986。

③〔清〕蒲箬:《清故显考岁进士候选儒学训导柳泉公行述》,转引自朱一玄编《聊斋志异资料汇编》,第284页,天津:南开大学出版社,2002。

文学、民间文艺之关系。如此种种,显然与《聊斋志异》的创作成就密不可分,《聊斋志异》在中国文言小说史上的集大成性特点,显然都与此有关。

　　文言短篇小说集《聊斋志异》无疑是蒲松龄的代表作。作者何时开始创作,实难考证,然四十岁时已初具规模,则从其写于康熙己未年(1679)春日的《聊斋自志》可知。此后仍不断增补、修订,直至晚年,可谓倾毕生精力,呕心沥血。从今存手稿本所载故事年代和字迹看,显然即晚年的修订本。张俊《清代小说史》考证,手稿本中有纪年的作品"最早一篇为作于康熙七年(1668)的《地震》",当时作者年仅二十九岁。"现知集中最晚的两篇作品,是康熙四十六年的《夏雪》和《化男》,时作者已六十八岁。"①显然是最后手订的稿本,这从其《钞书成,适家送故袍至,作此寄诸儿》诗中亦可见其端绪。诗云:

　　　　满院风霜日影寒,朝来薄饮意阑珊。

　　　　衣烦爱惜身为用,书到集成梦始安。

　　　　生苦文章为障孽,老于橘柚识甘酸。

　　　　儿童应念贫中福,坐对蓬窗受亦难。

"书到集成梦始安"一句,尤见作者创作态度,一生心血。《聊斋志异》集中国文言小说之大成,深得古今中外广大读者喜爱,看来不但"梦始安",亦可含笑九泉矣!

　　《聊斋志异》于作者晚年"书到集成"之后,由于家境贫寒,无力刊行,又深受时人热爱,故很快便以抄本流传,直至乾隆三十一年(1766)方有赵起杲刊青柯亭本问世,所以版本极多。以今之视角看,可分为四大类:其一为手稿本。残存半部,八册,共二百三十七篇,存辽宁图书馆,文学古籍刊行社 1955 年出版影印本。如上文所述,此当为作者晚年手订本,是我们今天研究《聊斋志异》的第一手资料,难能可贵。在中国小说史上甚至中国文学史上,一流作家有手稿传世者可谓凤毛麟角,其文物价值、文学价值均称国宝。其二为抄本系列。现存最早的抄本为康熙年间抄本,俗称康熙抄本,残存六册(其中两册已残),二百五十篇。抄写格式,部分评语位置等一如手稿本,显然是手稿的过

---

① 参阅张俊:《清代小说史》,第 198～199 页,杭州,浙江古籍出版社,1997。

录本,且有两册为现存手稿本所无,故十分重要。其次为铸雪斋抄本。系乾隆十六年(1751)历城张希杰(斋号铸雪)据朱氏本过录。朱湘系蒲松龄好友,朱氏本系据手稿过录。此本十二卷四百八十八篇(其中十四篇有目无文),文字、顺序与手稿本基本一致,故十分重要。上海人民出版社1974年影印。三是二十四卷抄本。1962年于距蒲松龄家乡不远的淄博市周村区发现。因此前发现的抄本有八卷本、十二卷本、十六卷本等,独此抄本为二十四卷,四百七十四篇,因篇目、文字与铸雪斋本均有不同,所以可能源于另一抄本系统,有重要的参考价值。据考证,"二十四卷抄本很可能抄于乾隆十五年(1750)至三十年(1765)间;也可能是道光、同治年间,根据乾隆年间的抄本重抄的"①,齐鲁书社1980年影印。四是乾隆黄炎熙选抄本。十二卷,缺二、十二卷,残存十卷,其中《猪嘴道人》《张牧》《波斯人》三篇他本未见。五是清初抄《异史》本。十八卷,四百八十四篇。此本"虽较张氏铸雪斋抄本少数篇,但该本有目缺文十四篇,此本独全。"②上述诸本均名《聊斋志异》,独此本书名《异史》,值得研究。其三为刻本系列。今存最早的刻本是乾隆三十一年(1766)莱阳赵起杲刊青柯亭本,凡十六卷,四百二十五篇。虽比铸雪斋本少四十九篇,但有五篇可补铸雪斋抄本之缺。此本在编排、文字方面虽与稿本有出入,但不失原意,基本保持了本来面目。且因系初刻(后又多次重刻),故为后世多数刻本之祖本,在《聊斋志异》的传播方面贡献卓著。次年,即乾隆三十二年(1767),又有王金范刻分类选辑本,凡十八卷,二百六十五篇,分二十六门编排。因当时交通不便,刊者未见青柯亭本,故亦以第一个刻本自居。是后,刻本系列中又分出评注本、绘图本、选本、补遗本等多种,其中注解以吕湛恩、何垠等较为详尽,评点以王士禛、冯镇峦、何守奇、但明伦诸家较为有名。因此类刻本太多,故不一一列举。其四为排印本系列。其中学术性较强的有三种,一是1962年中华书局上海编辑所排印张友鹤会校会注会评本,简称三会本。1978年上海古籍出版社重印,并收入《中国古典文学丛书》中。二是1989年人民文学出版社出

---

① 二十四卷抄本《聊斋志异·出版说明》,第3页,济南,齐鲁书社,1980。

② 骆伟:《〈聊斋志异〉版本略述》,转引自朱一玄编《聊斋志异资料汇编》,第364页,天津,南开大学出版社,2002。

版朱其铠主编《全本新注聊斋志异》本，并收入《中国古典文学读本丛书》中。三是2000年齐鲁书社出版任笃行辑校的全校会注集评本。尤其是后者，辑校者在广泛研究《聊斋志异》版本的基础上，矻矻终日，一字不苟，倾十数年心血而成，可以说是迄今为止文字最接近原著，辑校清人评注最为完备的版本。

在中国文言小说史上，《聊斋志异》之所以独标孤高，迥出众作，成为中国文言小说史乃至整个中国文学史、世界文学史上的优秀作品，主要是因为它的集大成性。这种集大成性主要表现在以下四个方面：

其一是故事来源的集大成性。通观《聊斋志异》的故事来源，可以说经史子集、神话传说、民间故事无所不包。用作者自己的话说则是："才非干宝，雅爱搜神；情类黄州，喜人谈鬼。闻则命笔，遂以成编。久之，四方同人，又以邮筒相寄。因而物以好聚，所积益夥。"①也就是说，其故事来源大致有三个方面：其一为历史典籍，也就是干宝在《搜神记序》中所说的"考先志于载籍""承于前载"者。关于这一点，朱一玄《聊斋志异资料汇编》专列"本事编"，辑聚其中一百三十九篇作品的"本事"二百六十二则，洋洋洒洒，奠定了"本事"研究的基础。观其内容，多采自历代小说、笔记。近年来，这一方面的研究方兴未艾，陆续有所发现，有所增补，探讨的范围也在不断扩大。如笔者便发现卷十《珊瑚》篇之本事即见于名列"前四史"之一的正史《后汉书·列女传》中的《姜诗妻传》②。相信随着研究的深入，其本事范围定会进一步扩大。其二为各种渠道的民间传说。此类故事作者在作品的开头、结尾或叙事中多明确指出。如开篇之《考城隍》，结尾之《一官员》均为此类。其他如《莲香》《巧娘》《张诚》《林四娘》《五羖大夫》《妾击贼》《姊妹易嫁》《大力将军》等亦得之当时传说。如《张诚》叙明末清初张诚一家之妻离子散、悲欢离合，文末既以"异史氏曰"的形式称"余闻此事至终，涕凡数堕……"。可见乃当时传闻，极具时代性与代表性。《巧娘》篇末亦曰："高邮翁紫霞，客于广而闻之。地名遗脱，亦未知所终矣。"可见乃作于为幕高邮时。其三为记作者亲身经历和个人的艺术创作。前者如卷一之《偷桃》，即记其"童时赴郡试"时所见之魔术表演。后者则

---

① 〔清〕蒲松龄：《聊斋自志》。
② 参阅王恒展、侯晓震：《〈珊瑚〉本事考证》，载《蒲松龄研究》2008年第1期。

为《聊斋志异》之主体,其中尤以写花妖狐魅、男女爱情者居多。

其二是题材方面的集大成性。从题材方面看,中国文言小说例分志怪、传奇、志人、轶事等多种,而《聊斋志异》洋洋洒洒五百篇左右,其中既有《考城隍》《促织》等反映社会问题、作者政治理想之作,也有《叶生》《司文郎》等表现作者孤愤和传统文人拯时救弊精神的作品;既有反映社会黑暗、同情人民苦难的《席方平》《红玉》之流,也有《尸变》《喷水》等并没有什么意义和寄托的笔记之作;既有大量不胜枚举的描写花妖狐魅的志怪小说,也有《胡四娘》《胭脂》等丝毫不涉怪异的现实之作;既有大量描写婚姻爱情的言情小说,也有不少惊险离奇的侠义公案故事,如《侠女》《田七郎》之流;既有不少反映科举弊端和知识分子生活的优秀篇章,也有大量描写官场和平民生活的杰出作品;既有大量有关婚丧嫁娶、风俗民情之作,也有不少涉及节日聚会、游戏娱乐的内容;既有维护纲常观念、人伦道德的“封建”内容,也有歌颂叛逆精神、甚至带有一定民主色彩的进步思想……真可谓上至帝王将相,下至乞丐妓女,各行各业无所不包,三教九流无所不有。基本上包括了传统文言小说乃至通俗小说的几乎所有题材和内容,充分显示了集大成性这一特征。仔细研究还可以发现,这些作品的素材多数来自民间传说,少量来自文人载记,又经过作者的艺术加工,因此,既有浓郁的民间气息,又具明显的文人情趣。细读《聊斋志异》,仅作品中显示出与传说有关的就有三百篇以上,可见作者深厚的生活基础,可见作者与社会基层的关系。《聊斋志异》在题材和思想内容方面的广泛性不但可以说明它是当之无愧的中国文言小说的集大成之作,而且可以满足各种层次读者的思想需求和审美情趣,所以才会有雅俗共赏、百读不厌的艺术效果。

其三是思想内容方面的集大成性。今日言中国传统思想者多称举儒、释、道三个板块,而《聊斋志异》除了具有上述三者之外,还包括明显的平民思想,甚至还有不少作品呈现出明显的略带一点儿启蒙主义思想的初步民主意识。吴志达在论述蒲松龄的思想意识时曾说:“构成他思想意识的主体,是儒家的积极用世,以霍光、郭子仪为仿效的榜样,干一番事业;在科场上屡遭挫折后,抑郁愤慨之余,从佛、道中求得慰藉与解脱,也是很自然的,这可以说是我国古代知识分子的人生秘诀。……在启蒙主义思潮的激荡下,他的儒家思想中,注入了初步民主意识,对君主的绝对权威、男尊女卑观念,有所怀疑和动摇;在生活实践中也认识到封建礼教的不合理。"①而《聊斋志异》思想内容方面的集大成性,正是作者思想意识在其作品中的曲折反映。《聊斋志异》的主导思想是传统的儒家思想。自汉武帝"罢黜百家,独尊儒术",确立了儒家思想的统治地位以后,儒家思想一直是中国传统思想的主流。今之言儒家思想者多称其核心是"仁",然通观儒家经典,则会发现"仁"的核心和根本是"孝"或者扩而大之为"孝悌",也就是《论语·学而》第二则有子所说的"君子务本,本立而道生。孝悌也者,其为仁之本与!"传统儒家思想中无论孝、弟、忠、信的伦理道德,还是"君君、臣臣、父父、子子"的社会秩序,无不以孝悌为核心。《聊斋志异》首列《考城隍》,主人公宋焘便是一个大孝子。本当赴阴间城隍之任,"今推仁孝之心,给假九年"。文后"但评":"考城隍,寓言也。自公卿以至牧令,皆当考之,考之何? 以仁孝之德,赏罚之公而已矣。""一部大文章,以此开宗明义,见宇宙间惟'仁孝'两字生死难渝;正性命,质鬼神,端乎在此,舍是则无以为人矣。""何评":"一部书如许,托始于《考城隍》,赏善罚淫之旨见矣。篇内推本'仁孝',尤为善之首务。"可见与《论语》同一机杼——开宗明义,首务推本仁孝。《聊斋志异》中大量揭露社会黑暗,抨击政治腐败的作品,原其是非标准,多以儒家思想绳之。《席方平》即非常典型。② 至于有关家庭、婚姻问题的作品,更有大量歌颂父慈子孝、兄友弟敬、贤妻良母者,笔者前曾发表拙论《〈聊斋志异〉家庭问题初探》,可以参阅。从佛教思想看,《聊斋志异》中直接涉及佛教题材的作品虽然只有二十余篇,如《画壁》《长清僧》等,但涉及佛教思想文化的作品却决非此数。蒲松龄在康熙十八年(1679)写的《聊斋自志》中说:"五父衢头,或涉滥听;而三生石上,颇悟前因。……松悬弧时,先大人梦一病瘠瞿昙,偏袒入室,药膏如钱,圆粘乳际。寤而松生,果符墨志。且也:少羸多病,长命不犹。门庭之凄寂,则冷漠如僧;笔墨之耕耘,则萧条似钵。每搔头自念,勿亦面壁人果是吾前身耶? 盖

① 吴志达:《中国文言小说史》,第729~730页,济南,齐鲁书社,1994。
②《席方平》篇末"异史氏曰":"忠孝志定,万劫不移,异哉席生,何其伟也!"可见亦颂孝之作。

有漏根因,未结人天之果;而随风荡堕,竟成藩溷之花。茫茫六道,何可谓无其理哉!"当时他刚满四十岁,可见佛教思想自幼对他的影响之深且大。在与佛教思想有关的作品中,既有《画壁》之类写"幻由人生""此言类有道者"之类涉及佛教哲理之文,也有《长清僧》《三生》等言及灵魂不灭,三世轮回的佛教信仰之作;既有《丐僧》《番僧》等叙述高僧大德灵异的颂佛故事,也有《僧孽》《金和尚》等揭露佛门败类的传说。至于《鲁公女》之托人"代诵《金刚经》一藏数"以解脱"射獐杀鹿"之深重罪孽;《江城》之"每早起,虔心诵观音咒一百遍"以超脱恶报,则更属老僧说法,以宣扬佛教的"人生业果,饮啄必报"。而大量写及天堂地狱的志怪之作,显然亦以佛教思想劝善惩恶。其他如《水莽草》《武孝廉》等等,虽通篇无一佛家语,但与《冤魂志》《霍小玉传》等一样,都表现了佛教的因果报应思想。儒、释、道"三教中的道教,是中国古代唯一土生土长的宗教,它对我国封建社会各个时代的政治、经济、学术思想、宗教信仰、文学艺术、科技以及民风民俗等各方面,都有重要的影响,鲁迅先生曾说:'中国的根柢全在道教……以此读史,有多种问题可迎刃而解。'"①道教源于上古的巫官文化、民间迷信,"神仙家"的神仙信仰以及方士法术等,因此修道炼丹、神仙长生、气功法术等便成为道教文化的主要内容之一,从而为志怪小说提供了丰富的素材。《聊斋志异》作为志怪小说的代表作,也有大量作品涉及道教文化。开篇《考城隍》主旨虽在"仁孝",但阴间诸神、城隍等显然亦属道教文化的范畴。而第二篇《耳中人》记邑诸生谭晋玄之"笃信导引之术"以修炼内丹,显然纯系道教思想。尤其值得注意的是,在近六十篇直接涉及道教文化的作品中,像《长治女子》中以左道妖术害人者极少,而绝大数道教中人物多以所学所修度人助人,扮演着救世主的角色。如为人驱狐除灾的关东道士焦螟(《焦螟》),惩治画皮鬼物的道士(《画皮》),驱狐除鬼的石太璞(《长亭》),助青年男女得谐鱼水的巩仙(《巩仙》)以及一些游戏人间而又发人深思的种梨道士(《种梨》)、劳山道士(《劳山道士》)、济南道人(《寒月芙蕖》)等等。如果再加上涉及神仙、长生、法术等道教内容的作品,恐怕总数在百篇之上。除上述传统思想之外,

---

① 中国社科院世界宗教研究所道教室编:《道教文化面面观》,第 1 页,济南,齐鲁书社,1990。

《聊斋志异》中还有不少作品也明显地具有启蒙主义思想的色彩,甚至颇有点儿民主意识的味道,这主要表现在男女关系和对工商业的态度方面。《侠女》与顾生不避男女之嫌,不与之结婚而为之生子,且振振有词曰:"枕席焉,提汲焉,非妇伊何也? 业夫妇矣,何必复言嫁娶乎?"《霍女》三易其主,而作者仍颂之曰:"女其仙耶? 三易其主不为贞;然为吝者破其悭,为淫者速其荡,女非无心者也。"显然颇有点儿个性解放的思想意识。而《黄九郎》、《封三娘》等涉及同性恋的作品,则更是思想堪称"先锋"。儒家思想重农轻商,众所周知,而《聊斋志异》却以大量的篇幅,褒奖的笔墨,描写了许多略带资本主义萌芽色彩的工商业活动,塑造了不少与传统的道德观念、价值观念迥异的工商业者形象。性懒,经商后而以斗鹑致富的王成(《王成》),从事海外贸易得夜叉夫人致富的交州徐姓(《夜叉国》),以货面为业的小商人马二混(《蕙芳》)等均为此类。如果说男性儒商形象的出现是因为作者的父亲曾弃儒经商所致,那么一些女工商业者正面形象的出现则无疑是现实生活中新鲜事物、新鲜思想在作品中的反映。《小二》"为人灵巧,善居积,经纪过于男子。尝开琉璃厂,面进工人而指点之……后数年,财益称雄。"作者生活于陶瓷琉璃业发达的淄川,此显然有现实生活的影子。《黄英》则以卖菊花谋生,面对书生丈夫马子才的揶揄,笑曰:"自食其力不为贪,贩花为业不为俗。人固不可苟求富,然亦不必务求贫也。"言之有理。她不但在当地经营得"市人买花者,车载肩负,道相属也。"而且"门庭略寂,陶乃以蒲席包菊,捆载数车而去。逾岁,春将半,始载南中异卉而归,于都中设花肆,十日尽售。""黄英课仆种菊,一如陶。得金益合商贾,村外治膏田二十顷,甲第益壮。"两位工商界女强人,一个开办工厂,自任领导,财益称雄;一个既搞花卉种植,又搞长途贩运,且与人合资,共同开发,恐怕已不是"儒商"二字所能概括了。总而言之,可见《聊斋志异》的确兼具儒、释、道及资本主义萌芽时期颇带民主意识的启蒙主义思想特征,不但集传统思想内容之大成,且堪称中国封建社会末期思想文化之百科全书。

其四是艺术形式和艺术技巧方面的集大成性。关于《聊斋志异》的创作,作者在《自志》中说:"才非干宝,雅爱搜神;情类黄州,喜人读鬼。闻则命笔,遂以成编。"又说:"集腋为裘,妄续幽冥之录;浮白载

笔,仅成孤愤之书。"可见从创作动机方面讲是自觉地继承了传统志怪
小说的艺术传统,即"闻则命笔,遂以成编"的笔记小说形式。然通观
全书,他在自觉继承的同时显然又有着创造性的发展,那就是在志怪
小说的基础上吸收借鉴了史传文学、传奇小说的艺术形式和艺术技
巧,甚至借鉴了通俗小说特别是话本小说的艺术形式和艺术技巧。首
先发现并指出这一点的是乾隆年间的著名学者纪昀。他说:"《聊斋志
异》盛行一时,然才子之笔,非著书者之笔也。虞初以下,干宝以上,古
书多佚矣。其可见完帙者,刘敬叔《异苑》、陶潜《续搜神记》,小说类
也;《飞燕外传》《会真记》,传记类也。《太平广记》事以类聚,故可并
收。今一书而兼二体,所未解也。小说既述见闻,即属叙事,不比剧场
关目,随意装点。"①此所谓"随意装点"的叙事方法,显然指传奇小说、
通俗小说的叙事。对于纪昀的这一批评,冯镇峦不以为然,他说:"聊
斋以传记体叙小说,仿史汉遗法,一书兼二体,弊实有之,然非此精神
不出,所以通人爱之,俗人亦爱之,竟传矣。虽有乖体例可也。"②对于
这种用传记体写的志怪小说,冯镇峦称之为"史家列传体";鲁迅称之
为"用传奇法,而以志怪"③;石昌渝则说:"冯镇峦的意思是蒲松龄用传
奇小说的方法写笔记小说,这触及到《聊斋志异》的本质,但我以为如
其说《聊斋志异》用传奇小说的方法,不如说是用笔记小说文体写传奇
小说,所以不妨换一种表述方式,说《聊斋志异》是笔记体传奇小说。"④
其实从中国文言小说文体发展的角度讲,《聊斋志异》中的传奇小说既
有"记"体传奇,又有"传"体传奇,而写法上更多的则是以"记"体传奇
小说的形式为主而又汲取了"传"体传奇小说切近现实、长于刻画人
物、长于写景抒情的特点和史传文学的体制特点。而从全书的形式和
体例讲,则显然以传奇小说为主而又杂以笔记小说入集,甚至还有《山
市》那样的叙事散文。笔记小说虽然"文字不似大篇出色,然其叙事简
净,用笔明雅,譬诸游山者,才过一山,又问一山,当此之时,不无借径

---

① 转引自清盛时彦《阅微草堂笔记·姑妄听之跋》,见天津古籍书店 1980 年影印本《阅微草
堂笔记》卷一八。

② 〔清〕冯镇峦:《读聊斋杂说》,见任笃行辑校《全校会注集评聊斋志异》,第 2487 页,济南,
齐鲁书社,2000。

③ 鲁迅:《中国小说史略》,第 179 页,北京,人民文学出版社,1973。

④ 石昌渝:《中国小说源流论》,第 215 页,北京,三联书店,1994。

于小桥曲岸,浅水平沙,然而前山未远,魂魄方收,后山又来,耳目又费。虽不大为着意,然正不致遂败人意。又况一桥、一岸、一水、一沙,并非一望荒屯绝徼之比。晚凉新浴,豆花棚下,摇蕉尾,说曲折,兴复不浅也。"①传奇小说则"描写委曲,叙次井然","变幻之状,如在目前",②与笔记小说之"小桥曲岸,浅水平沙"比,直高山大川,耸然浩然矣。二体合理搭配,巧妙组合,相辅相成,相互映衬,则更有相得益彰之趣;宛如群山起伏,犬牙交错,时而奇峰突起,壁立千仞,高耸入云;时而浅水平沙,烟云竹树,林壑优美。令读者一路读来,颇觉峰回路转,步步胜景,目不暇接。在《聊斋志异》的传奇小说中,有开头点明主人公姓名、籍贯、身份、性格,中间叙事,结尾缀以"异史氏曰"的直承《史记》列传体例的作品;有情节复杂,从结构到内容颇具长篇小说特征的作品,如《张鸿渐》《仇大娘》;也有开头先讲一段与正文有关的故事以导入正题的作品,如《水莽草》《念秧》《晚霞》《织成》等,很像话本小说的"入话"或"头回"。这种形式在此前的文言小说中十分罕见,显然是借鉴了白话小说的形式。确如石昌渝所言:"《聊斋志异》的文体主要承袭传记文,但叙事的方式却也借鉴白话小说,最突出的表现是一些作品的开头颇类话本小说的"入话",还有一些作品在叙述当中插入铨释和评论,这两种方式都不属于史传、传奇小说和笔记小说的传统。"③另外,还有许多作品明显地吸收韵文和骈文的艺术营养。这样看来,《聊斋志异》就远不止"一书而兼二体"了。其实,纪昀所訾之短,从艺术形式方面讲,恰恰是《聊斋志异》之长。蒲松龄"把小说创作当作生命和才华的较量,绝不像那些仕途得意者把小说当成消闲解闷的点缀。这就使他的小说无论在叙事的文体、角度或意兴方面,都务求匠心独运,从而形成了为以往的街谈巷语、残丛琐语所无法比拟的叙事特征。他投入了生命的精华,全面地激发了文言短篇小说机制的活性。"④《聊斋志异》之所以成为中国文言小说雅化的巅峰之作,成为中国文言小说的集大成之作,成为雅俗共赏的艺术珍品,艺术形式上集

---

① 〔清〕冯镇峦:《读聊斋杂说》,见齐鲁书社 2000 年版任笃行辑校《全校会注集评聊斋志异》,第 2487~2488 页。

② 鲁迅:《中国小说史略》,第 179 页,北京,人民文学出版社,1973。

③ 石昌渝:《中国小说源流论》,第 220 页,北京,三联书店,1994。

④ 杨义:《中国古典小说史论》,第 403 页,北京,中国社会科学出版社,1995。

各种文言小说之大成而又借鉴、吸取了史传文学、通俗小说及其他艺术形式的营养也显然是主要原因之一。

《聊斋志异》在其他具体的艺术手法方面也具有集大成性的特点。它的故事情节或起伏跌宕,或纷纭复杂,或神奇荒诞,或真实动人。既有笔记小说之重点突出,传神写意;又有传奇小说之描写委曲,叙次井然。它的人物形象塑造除具备一般小说个性鲜明、栩栩如生等特点外,从总体上看最大的特点便是塑造了一个上至帝王将相,下至乞丐妓女的庞大的形象体系。翻开《聊斋志异》,便宛如走进了中国封建社会晚期的人物画廊:凡王公大臣、清官能吏、贪官土豪、翩翩书生、凛凛侠客、狐魅花妖、窈窕淑女、老老少少、男男女女、妍妍媸媸,真可谓应有尽有。其中尤以花妖狐魅形象为人称道。这些形象的共同点是"独于详尽之外,示以平常,使花妖狐魅,多具人情,和易可亲,忘为异类,而又偶见鹘突,知复非人"①。不同点则是个性突出,人各一面,即便是同一类型的人物也各不相同。如《婴宁》和《小翠》,同是天真烂漫的狐女,但相比之下,一个无忧无虑,无拘无束,笑声朗朗;一个则调皮泼辣,看似无心,实则狡黠。它的描写手法从总体看来,是传统文言小说独具特色的写意手法,以纯熟的笔墨,抓住描写对象的主要特征,浓笔重墨,勾勒点染,留出大片的空白,让读者以个人的驰骋想象予以补充,作者与读者共同完成艺术形象的创造。但仔细阅读就可以清楚地发现,实际上这种写意又可以分为两类:一类是漫画式的粗笔勾勒,夸张渲染——大写意的描写手法,如《梦狼》《考弊司》等大量笔记小说。一类则是既有渲染烘托,又有工笔重彩——小写意式的描写手法,如《婴宁》《王桂庵》等大量传奇小说。当然,文学是语言的艺术。《聊斋志异》在这方面显然是集文言这一语言形式艺术特点之大成者。究其成就,主要在两个方面:一是继承了传统古文的精华而融会贯通,具有语言精炼、词汇丰富、句法多变、骈散结合的特点。真正做到了"绝去町畦,自成一家"。② 散文叙事,生动灵活,穷形尽象,显然继承了史传文学、笔记小说和传奇小说的语言传统。骈文多用于议论,对偶排比,

---

① 鲁迅:《中国小说史略》,第179页,北京,人民文学出版社,1973。
② 〔清〕张元:《柳泉蒲先生墓表》,转引自朱一玄编《聊斋志异资料汇编》第285页,天津,南开大学出版社,2002。

气韵灌注,往往有河决下流而东注的气势,显然又见作者长于制艺、策论、辞赋的深厚修养。如《叶生》篇末的骈文议论,《席方平》篇末的骈言判词等,均激昂慷慨,酸楚悲怆,作者心胸,尽露笔端,若易以散文,便很难达到这样的艺术效果。再加上许多篇章穿插的大量诗词歌赋,显见其"文备众体,可以见史才、诗笔、议论"的集大成性特征。二是适当吸收方言口语而加以提炼,使文章更显得生动活泼,通俗易懂。现实生活中的方言口语与传神写意的文言相去颇远,这就为文言小说叙事,尤其是人物语言的叙述增加了困难。《聊斋志异》在这方面显然吸收了通俗化传奇小说和白话小说的语言特点,大胆吸收方言口语入文,妙笔融会,点铁成金,描绘人物对话,简直到了出神入化的境界。如《狐梦》之写众狐女宴筵戏谑,《蕙芳》之写马二混家婆媳对话,都十分典型。

总而言之,无论是故事题材还是思想内容,无论是艺术形式还是艺术手法,《聊斋志异》在各个方面都达到了文言小说的巅峰,真正代表了清代乃至中国文言小说的最高成就。其影响所及,不但在清代小说史上形成了聊斋体志怪小说一大流派,而且至今仍倍受青睐,戏剧、电影、电视、其他艺术形式的不断搬演即可证明,甚至走出国门,传遍亚洲,得到全世界人民的热爱。

第三节 清代中期的传统文言小说

《聊斋志异》之后,文言小说的创作逐渐进入清代中期。这一时期的文言小说创作首先是受《聊斋志异》的影响而形成的从内容到形式均效仿《聊斋志异》的"聊斋体"小说。这些作品从内容方面讲多写神怪鬼狐之事,而从形式方面讲则以传奇小说为主,间杂志怪类笔记小说。和邦额的《夜谭随录》、沈起凤的《谐铎》、长白浩歌子的《萤窗异草》、曾衍东的《小豆棚》等为其代表作。

《夜谭随录》十二卷,存。《八千卷楼书目》子部小说家类著录。今存乾隆四十四年(1779)本衙刻本,光绪二年(1876)爱日堂刻本等。和邦额(1736—1795 后),字闲斋,号霁园主人,满洲镶黄旗人。少随亲转宦南北,乾隆三十九年(1774)中举,曾官山西乐平县令。博学多才,勤于著述。书前有作者乾隆辛亥(1791)夏六月《自序》,云:"予今年四十有四矣,未尝遇怪,而每喜与二三友朋于酒场茶榻间,灭烛谈鬼,坐月说狐,稍涉匪夷,辄为记载,日久成帙,聊以自娱。"可见其创作动机及过程。书中故事,多写鬼狐妖异,就其内容看,主要有两大类:一类写男女爱情,多以人妖艳遇写青年男女的美好理想,深得《聊斋志异》壶奥。如卷九之《倩儿》写倩儿与表兄江澄恋爱,后被婢女所诬,投缳自尽。江澄中元节祭扫,与女鬼魂结合。后遇异僧,使倩儿复活,终于结为夫妻,有情人终成眷属,肯定了青年男女的自由恋爱。卷十二之《藕花》写男青年宋文学与藕、菱幻化的少女恋爱,也十分优美。一类以鬼狐写世态人情,可见百姓生活之悲惨,权贵之骄奢淫逸,甚至文字狱之严酷。卷八之《谭九》记其探亲途中宿一贫鬼之家,描述了一家三代的贫困生活,显然反映了乾隆年间京城一带下层百姓的实际处境。而卷十一之《铁公鸡》《新安富人》等,显然谴责了剥削者的为富不仁。最具现实意义的是卷七之《陆水部》,直写雍正年间陆生楠因著《通鉴论》而致祸,通过陆生楠之颠沛流离,身死异域,表现了作者对"钦犯"的同情,写出了雍正的残暴,难能可贵。确如昭梿在《啸亭续集》中所说:"有满洲县令和邦额著《夜谭随录》行世,皆鬼神不理之事,效《聊斋志异》之辙,文笔粗犷,殊不及也。"在效仿《聊斋志异》的"聊斋体"诸作之中,此书虽不失为上乘之作,在当时也颇为流行并得到不少人的赞许①,但这种"聊以自娱"的作品,终不能与作者呕心沥血写成的"孤愤之书"《聊斋志异》相媲美。沈起凤的《谐铎》是"聊斋体"一派中成就比较突出的作品。全书十二卷,续一卷,《八千卷楼书目》子部小说家类著录。今存乾隆五十六年(1791)藤花榭初刻本,次年刊巾箱本,清末至民国各种刊本甚多。今以人民文学出版社 1985 年排印乔雨舟校点《中国小说史料丛书》本最流行。沈起凤《1741—1801 后》,字桐威,号蘋渔、红心词客,别署花韵庵主人,江苏吴县(今苏州市)人。乾隆三十三年(1768)二十八岁时中举。后屡试不第。以教读、卖文、为幕谋生。五十岁以后一度在安徽祁门做过县学教官。卒年不详,生平经历与蒲

---

① 清悔堂老人《听雨轩笔记跋》将其与《聊斋志异》《子不语》并举、钱钟书《管锥编增订》称其"模拟《聊斋》处,笔致每不失为唐临晋帖"。

松龄颇为相似。沈起凤亦多才多艺,除小说外,诗词、古文、戏曲亦知名当时。曾为传奇数十种,乾隆下江南,官绅所献新戏,多出其手笔。然多亡佚,流传后世者主要是由其好友石韫玉辑刻的传奇四种:《报恩缘》、《才人福》、《文星榜》、《伏虎韬》及《红心词》等。另北京图书馆尚藏有抄本《粪渔杂著》一种。其妻张灵,亦闺秀诗人。在他所有的著作中,最为人称道的即"聊斋体"文言小说《谐铎》。全书十二卷,一百二十二篇,相连两篇,题目对偶。如卷一之《狐媚》对《虎痴》,卷二之《隔牖谈诗》对《垂帘论曲》,卷三之《老面鬼》对《遮眼神》,卷五之《菜花三娘子》对《草鞋四相公》之类是矣。可见作者用心。沈起凤耽佛,故全书主旨,意在劝惩,确如其友人韩藻所言:"粪渔大兄,夙负异才,近耽净业;发菩提心而度世,运广长舌以指迷。言则白傅谈诗,老妪亦参妙解;事则道元画壁,渔罟尽乐皈依。有裨人心,无惭名教。"①所以谈狐说鬼,描摹精怪,多因果报应之说;书名《谐铎》,寓劝戒于嬉笑谐戏之间。确如其门生马惠所言:"拈《南华》之妙谛,大都寓言;比东方之赡辞,半归谲谏。本恻怛慈悲之念,为嬉笑怒骂之文;借蛇神牛鬼之谈,寄警觉提撕之慨。"②然而作为小说,《谐铎》之所以得到读者的喜爱和后世的好评,主要还是因为其中的许多作品以喜剧的谐谑对那个时代的种种不合理现象进行了揭露和抨击,表现了作者感世伤时的孤愤,与《聊斋志异》同一机杼。如卷四之《桃夭村》,写其俗以考试决定婚姻,以美女配才子,丑妇嫁庸人。然书生蒋某拒绝考官索贿,名列末等;商人马某行贿考官,名列冠首。所幸丑女"以千金献主试,列名第一";美女因拒绝考官索贿,列名末等,结果仍如初愿。作者文末评曰:"钱神弄人,是非颠倒。"显然是对社会现实的抨击。卷十之《蜣螂城》更叙此城无处不钱,无处不臭,显然是运用象征的艺术手法,表达了作者对当时社会铜臭熏天,黑白颠倒的不满。其他如《森罗殿点鬼》《面目轮回》《棺中鬼手》《村姬毒舌》等等,亦均为此类。从艺术方面讲,《谐铎》的最大特点便是"谐",文笔恣肆,嬉笑怒骂,皆成文章。构思奇特,引人入胜;情节曲折,耐人寻味;语言清新,优美动人。如卷五之《恶钱》,写卢生见岳父"形踪诡秘,绝非善类",携妻出逃,其间祖母、嫡

---

① 〔清〕韩藻:《谐铎序》,引自人民文学出版社 1985 年排印乔雨舟校点《谐铎》第 190 页。
② 〔清〕马惠:《谐铎跋》,引自人民文学出版社 1985 年排印乔雨舟校点《谐铎》第 194 页。

母、生母、寡姊等表面以武阻挡,实际暗放生路,既见江湖险恶,又极具人情味,戏剧性极强。京剧《得意缘》搬演,民国向恺然著《江湖奇侠传》,亦采而用之,影响深远。武侠小说之写江湖秘闻,此当为先声嚆矢。正因如此,所以后世评价极高:"蒋瑞藻《小说考证》卷七引《青灯轩快谭》的话说:'《谐铎》一书,《聊斋》以外,罕有匹者。'吴梅(号青厓)在《霱漁四种曲跋》中说他,'生平著述,以《谐铎》一书最播人口,几妇孺皆知。'蒋瑞藻《小说枝谈》卷下引《抟沙录》的评论说:《谐铎》一书,风行海内。其中记载,颇多征实,非若近代稗官,徒以驾虚张诞,眩人耳目者可比。'"①是以后出之《昔柳摭谈》《影谈》《夜雨秋灯录》《浇愁集》等,显然都有摹仿本书的痕迹。长白浩歌子的《萤窗异草》是"聊斋体"一派中最具代表性的作品。《八旗艺文编目》子部稗说类著录,三编十二卷。题注云:"满洲庆兰著。庆兰字似邨,庠生,尹文端公子。"尹文端公即乾隆时大学士尹继善,姓章佳氏,满洲镶黄旗人。庆兰生年不详,卒于乾隆五十三年(1788)。曾参加乾隆御试科考,独蒙钦取,人称"殿试秀才"。终身不仕,与袁枚等有交往,工诗文。然亦有人对其著作权持怀疑态度,尚待考证。② 本书向以抄本流传,现仍存一种,题《聊斋剩稿》。至光绪间始有《申报馆丛书》本。今有中州古籍出版社 1986 年排印本、上海古籍出版社 1989 年排印本较为流行。各本去其重复,共存一百五十四篇,从内容到笔法刻意蹈袭《聊斋志异》,甚至一些篇章即据《聊斋志异》敷衍发展而成。③ "然其立意蕴含又能惨淡经营,匠心独运。书中以爱情故事居多,然亦非重复留仙。"④而与其他"聊斋体"一派作品的最大不同,也是最突出的特点便是"以爱情故事居多"。如《宜织》写书生与宜织相恋,当婚事受阻时,竟发动同学与家长据理力争,颇具民主色彩。《青眉》写狐女青眉与皮匠竺十八相恋结

---

① 乔雨舟:《谐铎校点后记》,北京,人民文学出版社 1985 年排印本《谐铎》第 197 页。

② 清平步青《霞外捃屑》卷六《萤窗异草初集》条云:"按,二编卷三'痴狐'条,仿留仙《小翠》为之,而云同郡吴公晼(戊辰进士,太仆卿)之宠姬也,与杜一鸣云。嘉靖五年进士题名碑,皆无其人。据同郡二字,则必非尹似邨所作明矣。"上海古籍出版社 1989 年版《萤窗异草》前言亦持否定态度。

③ 除平步青所指《痴狐》与《小翠》外,张俊《清代小说史》尚指出"《宜织》之于《婴宁》,《温玉》之于《莲香》,《柳青》之于《狐梦》,《田一桂》之于《马介甫》等。

④ 宁稼雨:《中国文言小说总目提要》,第 356 页,济南,齐鲁书社,1996。

婚,屡次助丈夫化险为夷,转危为安,最终返回家乡,设肆于市,家境日裕。写出了下层人民的境遇,下层妇女的美德。其他如《拾翠》《田凤翘》《袅烟》《秦吉了》等,都写得十分生动。尤其是《秦吉了》,写小鸟为一对恋人传书致情,遇害身亡后灵魂仍为青年报信,救出情人,使成眷属,既写出了封建社会对青年男女的迫害,又表现了有情人终成眷属的理想,构思新颖,叙述委曲,颇为动人。尤为难得的是,个别作品竟能以男女爱情直写现实政治,颇为大胆。如《艳梅》便以康熙平定三藩之乱为背景,通过女主人公的颠沛流离,反映了清王朝内部的互相倾轧。从艺术方面讲,亦深得《聊斋志异》三昧,“用传奇法,而以志怪”,叙述委曲,描写细腻,抒情写景,颇具诗情画意。如《宜织》之写其居住环境,便极似《婴宁》之山村景象,意境幽雅,文采斐然。另,许多篇章结构亦颇新颖,或用倒装结构,如《苦节》和《青眉》;或用镶嵌结构,如《镜儿》和《潇湘公主》,所以在中国文言小说艺术史上颇有影响,在“聊斋体”一派中堪称劲旅。确如梅鹤仙人在《萤窗异草序》中所说:“其书大旨,酷摹《聊斋》,新颖处骎骎乎升堂入室。”“贤于近时所刻见闻随笔远矣。”[①]后出之《影谈》《夜雨秋灯录》《淞隐漫录》等,显然受其影响。在此类作品中,不一味临摹而自有机趣者,要数曾衍东的《小豆棚》。曾衍东(1751—1830),字青瞻,七如,号七如道人、七道人、七道士、铁鞋道人,嘉祥(今属山东)人。曾子后裔。乾隆五十七年(1792)中举,已四十二岁。四十六岁举贤良方正,未就。五十岁时曾任湖北咸宁知县,代理江夏县令,为官清正。六十三岁时因断案与上司发生分歧,被诬革职,流戍温州。道光元年(1820)遇赦,晚境凄凉,以卖字画为生。道光十年(1830)客死温州。曾衍东性落拓不羁,工诗文,善书画,著作除《小豆棚》外,尚有《武城古器图说》《七道士诗集》《长日随笔》《哑然绝句》《七如题画小品》等。《小豆棚》原本八卷,今存抄本二种。光绪六年(1880),方由项震新“校雠付梓”,分为十六部(类)十六卷。今以中州古籍出版社1989年出版杜贵晨校注本、齐鲁书社1991年出版盛伟校点本较通行。“由于作者屡遭磨难,所以在《小豆棚》中经常流露出一种愤郁不平之气。政治的腐败,官场的黑暗,吏役的残暴,流氓、

---

① 〔清〕平步青:《霞外捃屑》卷六“《萤窗异草初集》”条评语。

恶棍、无赖的横行,善良人的忍气吞声,在其《小豆棚》中,都有所反映。"①如卷九《庄仙人》写大学士刘紫村以扶乩决定一切,"凡国家大计,生民休戚,必诹于仙而后入告,即接物居官,一举一动,亦必请命于仙而后行"。卷十二之《杨汝虔》叙其"输资巨万",得叙湖州太守。途中被扬子江大鼋所吞,且变其形,携其妻以赴任,"贪婪甚于寻常",对上司"卑躬折节,几于吮舐",对百姓"掩尽地皮不见土,白占田园千万亩"。文末,作者抨击曰:"今人一入仕途,顿丧生平之素,所谓上台便换面孔者,岂皆鳖嗌之乎? 不宁惟是,而其趋奉势利,莫不古今一辙",生动形象,一针见血,入木三分。"对黑暗政治的不满缩短了他与下层人民的距离。加以本人亦曾'为穷汉、为幕、为客、忙衣食',因而对下层人民的苦难能有较多的了解和同情,写出了一些反映民生疾苦的篇章。"②如卷五《寺壁诗》之写姑嫂逃荒,卷三《张二稜》之写"岁奇荒,人相食,流亡遍野,民不聊生";卷二《张二唠》之颂其仗义返妇,《秃梁》之赞其饥年乞食养弃婴十数人等等。至于赞颂妇女优秀品质,肯定妇女追求婚姻自由之作,如卷十三之《翠柳》、卷十四之《褚小楼》等,亦为数不少。从艺术方面讲,此书最突出的特点是不刻意摹仿《聊斋》而得其精华,笔记体重点突出而语言简约,传奇体叙事委婉而描写传神,故人物形象多栩栩如生。如上举《张二唠》,区区三百余字,张二唠"人与共一事,论一物,必穷诘再再","刺刺不休"的性格及侠义品质均历历在目。文末编者评曰:"此文有声有色,简古可诵。七如慧心绣口,得这一种笔墨。"有眼力。二是诗化特征非常明显,较《聊斋志异》有过之而无不及。如卷一之《封邱陈女纪事》,通篇竟全以四言诗为之,多达二百三十二行。其他穿插诗、词、道情、歌、赋者,亦屡见不鲜。至于语言之骈俪优美,写景之颇见意境,亦见诗化特征。

与"聊斋体"一派相对的是过分雅化的复古派。这一派虽以成书于乾隆末嘉庆初的《阅微草堂笔记》为代表,但此前的《秋灯丛话》《子不语》等已见端倪。"这类作品主要继承了魏晋志怪传统,内容宏广博杂,语言尚质黜华。与拟《聊斋》类作品的旨趣和风格迥然不同。"③然

---

① 盛伟:《小豆棚校点后记》,见《小豆棚》,第 343 页,济南,齐鲁书社,1991。
② 杜贵晨:《小豆棚前言》,见《小豆棚》,第 4 页,郑州,中州古籍出版社,1989。
③ 张俊:《清代小说史》,第 338 页,杭州,浙江古籍出版社,1997。

而仔细品味,其中仍然杂有不少《聊斋志异》的影响。那就是这些作品虽以笔记小说为主,但仍杂有部分叙述委曲,颇近传奇的作品。《秋灯丛话》十八卷,《八千卷楼书目》《清朝文献通考·经籍考》小说家类著录。作者王椷,字凝斋,生卒年不详,山东福山人。乾隆元年(1736)举人,历官直隶临城,湖北当阳、天门知县,有政声。卷首有乾隆二十三年(1758)平原董元度序,时间在椷出仕前。又有乾隆四十二年(1777)胡高望序,可见书乃积岁月而成。有乾隆四十三年(1778)原刊本,乾隆四十五年(1780)积翠山房刊本,嘉庆壬申(1812)刊巾箱本等(按,清戴延年有《秋灯丛话》一卷,与王椷书同名而异书)。可见颇受时人重视。是书内容庞杂,多记闾巷传闻,耳目所接,非唯志怪,亦且记人。志怪者多写人与鬼狐妖魅之恋情,如《画眉鸟》《吴中才女》《狐假亡妇惧见黄生》等。其中《吴中才女》写其不幸早逝,魂仍钟情所恋沈生,结为夫妻。后沈返回故处,仅见孤坟,颇为凄切感人,仍见《聊斋》影响。记人者虽多宣扬忠孝节义、因果报应,但许多作品亦颇具现实意义。如《韩氏苦节》写孀妇韩氏饥年以观音土充饥,至得胀满之症而死,见人民苦难。《官不为幕伸冤惨报》写一民妇被营卒强奸,自缢而死。其夫告状,县令不直其词而怒责其夫,结果使其夫投水而死,其母自尽而亡。县令遂遭报应,暴卒于任,可见社会黑暗。还有许多作品短小精悍,看似信手拈来,却往往寓意深刻。从艺术方面讲:"小说叙事简洁,文亦雅驯可喜,似乎作者耳目所接,笔即随之,不做雕饰。孙楷第《戏曲小说书录解题》谓其'记事有法,其文清淡简雅,体格甚为不俗。……在当时亦不可多得也'。"①良然。紧随其后的是袁枚的《子不语》。袁枚(1716—1797),字子才,号简斋,晚号仓山居士、随园老人,世称随园先生,钱塘(今杭州市)人。乾隆四年(1739)进士,选翰林院庶吉士。后历官溧水、江浦、沭阳、江宁知县。乾隆十四年(1749)借病离江宁任,寓居小仓山之随园,优游山水近五十年,颇为潇洒。他思想解放,倡性灵说,著述甚富,为有清一代文学大家。主要著作有《小仓山房文集》《小仓山房诗集》《随园诗话》等。《子不语》二十四卷,《续子不语》十卷,书成于晚年,书名源于《论语·述而》"子不语怪力乱神"之语。

---

① 张俊:《清代小说史》,第 339 页,杭州,浙江古籍出版社,1997。

后见元人有同名书,改名《新齐谐》,然后人多称原名。今存乾隆五十三年(1788)随园刻本、嘉庆二十年(1815)美德堂刻本等。今以岳麓书社 1985 年排印本、上海古籍出版社 1986 年排印本最为流行。对于此书,清周中孚《郑堂读书记》曰:"是编所记,皆游心骇耳之事,为语怪之尤,多得自传闻,故失实者甚众。或文心狡狯,空际楼阁,且鄙亵猥琐,无所不载,然亦有足资劝戒,可裨识见者在,惟当加以淘汰耳!"鲁迅亦云:"其文屏去雕饰,反近自然,然过于率意,亦多芜秽,自题'戏编',得其实矣。"①所见略同。之所以出现这种"鄙亵猥琐,无所不载","亦多芜秽"的问题,恐怕主要是因其创作动机所致。《子不语》与《聊斋志异》题材上虽均以志怪为主,但二者的最大区别则在于《聊斋》乃"孤愤"之书,为作者呕心沥血著成,故多有寄托。而《子不语》乃"戏编",为作者游戏笔墨,自娱之作,"文史外无以自娱,乃广采游心骇耳之事,妄言妄听,记而存之。非有所感也。"②然正因如此,现其短亦见其长:从思想方面讲,因作者思想解放,又且为游戏文字,所以许多作品对当时奉为圭臬的封建礼教和程朱理学不无揶揄与嘲讽,对社会黑暗和世态炎凉不无揭露与鞭挞。如卷二十二之《狐道学》,借狐之真道学嘲讽人间之假道学曰:"世有口读理学,而身作巧宦者,其愧狐远矣"。续卷五之《麒麟喊冤》更借邱生之口,指斥汉学、宋儒为草包、饭桶,并嘲讽清代儒生为"宋儒之应声虫",称八股文为"腐烂之物",这在乾隆年间,无疑是激进而十分大胆的。续卷二之《沙弥思老虎》,更成了今天人们饭后茶余、耳熟能详的反理学故事。至于抨击官场、揭露黑暗、讽谕世情之作,更是不胜枚举。尤应指出的是,其中不少作品搜神志怪,确实是"非有所感也"。特别是像卷十四《鸠人取香火》、续卷六《凡肉身仙佛俱非真体》等揭露佛、道害人骗人的作品和卷二《鬼畏人拼命》、卷四《鬼有三技过此鬼道乃穷》《陈清恪公吹气退鬼》、卷九《治鬼二妙》等宣扬鬼神并不可怕的作品,都很有现实意义。从艺术方面讲,因系游戏、自娱,所以能"屏去雕饰,反近自然。"无论立意、结构、语言等均具有不事雕琢、自然天成之妙,充分体现了"笔记体"文言小说的特点。如上举《治鬼二妙》,全文如下:

① 鲁迅:《中国小说史略》,第 182 页,北京,人民文学出版社,1973。
② 〔清〕袁枚:《新齐谐序》。

　　　　娄真人劝人遇鬼勿惧,总以气吹之,以无形敌无形;鬼最畏
　　　气,转胜刀棍也。张岂石先生云:"见鬼勿惧,但与之斗;斗胜固
　　　佳,斗败我不过同他一样。"

涉笔成文,妙趣横生,且颇具哲理。但自然并非没有艺术追求,许多人
们熟知的题材,如卷一之《煞神受枷》、卷十之《紫姑神》等等,都有翻新
出奇之妙,确如苗壮所言:"作者妄言妄听,广采博收,期在'自娱',立
意虽与蒲松龄寄托孤愤不同,但为自娱娱人,艺术上同样有所追求,有
所创新。书中所构建的神鬼精怪的艺术世界,固然凭借固有材料,但
能推陈出新。……却能结合社会现实加以概括发展,表现了作者丰富
的艺术想象力。这些成就,也是《子不语》长期以来颇受读者欢迎的原
因。"①

　　如果说袁枚还只是不赞成《聊斋志异》用传奇法而以志怪的委婉
细腻笔法②,不自觉地反归魏晋志怪传统的话,那么稍后的纪昀则是以
高名重位力诋《聊斋志异》的传奇手法,公开声称:"《聊斋志异》盛行一
时,然才子之笔,非著书者之笔也。虞初以下,干宝以上,古书多佚矣。
其可见完帙者,刘敬叔《异苑》、陶潜《续搜神记》,小说类也;《飞燕外
传》、《会真记》,传记类也,《太平广记》事以类聚,故可并收。今一书而
兼二体,所未解也。小说既述见闻,即属叙事,不比剧场关目,随意装
点。"③因而其《阅微草堂笔记》便有意直追汉魏六朝笔记小说简朴淡雅
的艺术风格,于《聊斋志异》之外,别立一派。然而这也正从反面显示
了《聊斋志异》的巨大影响。纪昀(1724—1805),字晓岚、春帆,自号石
云,又号观弈道人,直隶献县(今属河北)人。乾隆十九年(1754)三十
一岁中进士,由庶吉士授翰林院编修。历任乡试考官、会试同考官,乾
隆三十三年擢侍读学士,同年因泄密被革职,谪戍乌鲁木齐。召还后
为编修,从乾隆三十八年(1773)始任《四库全书》总纂官,历十余年,并
纂定《四库全书总目》。后累官内阁学士兼礼部侍郎、礼部尚书、协办
大学士,加太子少保,卒谥文达。纪昀"目逾万卷",学问渊博,《四库全

---

① 苗壮:《笔记小说史》,第 368 页,杭州,浙江古籍出版社,1998。
② 清冯镇峦《读聊斋杂说》云:"柳泉《志异》一书,风行天下,万口传诵,而袁简斋议其繁衍。"
③ 转引自清盛时彦《阅微草堂笔记·姑妄听之跋》,见天津古籍书店 1980 年影印《阅微草堂
笔记》卷一八。

书总目》进退百家,钩深摘隐,析流别派,追本溯源,功在当时,流芳千古。公余之暇为诗为文,由其孙树馨集为《纪文达公遗集》十六卷,堪称一代文豪。《阅微草堂笔记》二十四卷,《清史稿·艺文志》小说家类著录。其中包括《滦阳消夏录》六卷,《如是我闻》四卷,《槐西杂志》四卷,《姑妄听之》四卷,《滦阳续录》六卷,自乾隆五十四年(1789)至嘉庆三年(1798)陆续写成,并陆续刊行。嘉庆五年(1800),由其门人盛时彦合刊,总名《阅微草堂笔记五种》,后通称《阅微草堂笔记》。其后各种翻刻本、选刻本甚多,今以上海古籍出版社 1980 年校点本颇为通行。书为作者晚年消闲之作,旨在劝惩,与"孤愤"之书《聊斋志异》大相径庭。纪昀曾于《姑妄听之自序》中称其三十以前,讲考证之学;三十以后,以文章与天下相驰骤;五十以后,领修秘籍。"今老矣,无复当年之意兴,惟时拈纸笔,追寻旧闻,姑以消遣岁月而已。故已成《滦阳消夏录》等三书,复有此集,缅昔作者,如王仲任、应仲远,引经据古,博辨宏通;陶渊明、刘敬叔、刘义庆,简淡数言,自然妙远。诚不敢妄拟前修,然大旨不乖于风教。若怀挟恩怨,颠倒是非,如魏泰、陈善之所为,则自信无是矣。"良然。既见其创作动机,又见其源流所自。然尽管其旨在"不乖于风教","有益于劝惩",但因所录多为传闻,故亦不乖于现实。撷其精华,大略有以下几个方面:其一见社会之黑暗,官场之腐败,人民之疾苦。如《滦阳消夏录》卷三之《某公干仆》,即借公干仆人之口,揭露官场"卖官鬻爵,积金至巨万",又窃弄权柄,"颠倒是非"。尤令人惨不忍睹者,一条记"前明崇祯末,河南、山东大旱蝗,草根木皮皆尽,乃以人为粮,官吏弗能禁。妇女幼孩,反接鬻于市,谓之菜人。屠人买去,如刲羊豕。"联系蒲松龄康熙四十三年(1704)所写《饭肆》诗:"旅食何曾傍肆帘,满城白骨尽灾黔。市中鼎炙真难问,人较犬羊十倍廉。"可见当时人民灾难。其二见世风浇薄,人心不古。如《滦阳续录》三中一则写一人于云南为县令,亲友争相巴结。后风闻其已死,随即门庭冷落。后来知其未死,旋又趋之若鹜,极见人情冷暖,发人深思。其三见作者反宋明理学,重情轻理的思想倾向。《滦阳续录》五之《某公在郎署时》写其拘于理法,至使一对青年恋人"跋前疐后,日不聊生,渐郁绝成疾,不半载内,先后死"。真乃以理杀人!至于论者常举之《滦阳消夏录》四之《两塾师》更揭露了假道学者满口慈善仁义,满肚子男盗女娼的真面目。其见作者对鬼神的正确态度,那就是不怕鬼、不信邪的唯物主义大无畏精神,此于《阅微草堂笔记》中数量最多,不烦一一枚举。从艺术方面讲,尽管他的小说观念颇嫌保守,但其艺术成就仍不容忽视。清俞鸿渐云:"《聊斋志异》一书,脍炙人口,而余所醉心者,尤在《阅微草堂五种》。盖蒲留仙才人也,其所藻绘,未脱唐人窠臼;若五种,专为劝惩起见,叙事简,说理透,垂戒切,初不屑屑于描头画角,而敷宣妙义,舌可生花;指示群迷,石能点头,非留仙所及也。"①虽不免过誉,亦不失公允。于其体例风格,鲁迅亦言:"《阅微草堂笔记》虽'聊以遣日'之书,而立法甚严,举其体要,则在尚质黜华……惟纪昀本长文笔,多见秘书,又襟怀夷旷,故凡测鬼神之情状,发人间之幽微,托狐鬼以抒己见者。隽思妙语,时足解颐;间杂考辨,亦有灼见。叙述复雍容淡雅,天趣盎然,故后来无人能夺其席,固非仅借位高望重以传者矣。"②且举《滦阳消夏录》六之《刘乙斋》条、《槐西杂记》一之《田白岩》条、《姑妄听之》三之《李义山诗》条以实之。其实以简约淡雅取胜,以情趣审美取胜,正是笔记小说的真谛所在,纪昀的《阅微草堂笔记》正是抓住了这一点。正因如此,它不但得到了当时读者的青睐,在中国文言小说史上也留下了重重的一笔。后人的许多作品,如许仲元的《三异笔谈》、俞鸿渐的《印雪轩随笔》、俞樾的《右台仙馆笔记》等,均为其模拟之作,从而在清代文言小说史上形成"阅微草堂体"一派。故其地位仅输《聊斋志异》,余均不及也。

依题材和内容而论,上述两派均以志怪为主,兼及其他;从形式方面讲则"聊斋体"一派以传奇小说为主且基本上占据了清中叶传奇小说创作的主流,"阅微草堂体"一派则以笔记小说为主且略带一些杂俎小说的成分。除上述两派之外,杂俎类与志人类亦枝繁叶茂,欣欣向荣。杂俎小说仅宁稼雨《中国文言小说总目提要》所列,自顾嗣立(康熙五十一年进士)《春树闲钞》至梁绍壬(1792—1837 前)《两般秋雨庵随笔》(今有道光十七年(1837)刊本),就多达近九十种。其中王应奎的《柳南随笔》《柳南续笔》,徐昆的《柳崖外编》,梓华生的《昔柳摭谈》,

---

① 清俞鸿渐《印雪轩随笔·阅微草堂笔记》转引自侯忠义编《中国文言小说参考资料》第576 页,北京,北京大学出版社,1985。

② 鲁迅:《中国小说史略》,第 184 页,北京,人民文学出版社,1973。

钱泳的《履园丛话》等都颇值得研究。如徐昆的《柳崖外编》,"记清代以来奇闻轶事,其体包括志人、志怪、传奇三种。其传奇小说多为爱情故事,大多工致委婉,富有情致"①。其中如《巧巧》《薛素》《素素》《非烟》等,都可读性较强。梓华生的《昔柳摭谈》以真人轶事写世态苍凉,人情冷暖,可见作者怀才不遇的愤慨;爱情故事则多男女幽会,月下花前,意境朦胧,情意缠绵,极具诗情画意。志人小说亦数量可观,尤为引人注目的是,从康熙四十三年(1704)赵执信客居天津写《海鸥小谱》记狎游之事以后,这一类型的志人小说在清中期便倍受关注,因而也成了这一时期志人小说的一大亮点。乾隆十九年(1754)进士王昶集《秦云撷英小谱》,记秦中歌伶轶事;乾隆间人芬利它行者撰《竹西花事小录》,记广陵(今江苏扬州)青楼轶事;吴长元撰《燕兰小谱》记北京优伶轶事。是后蔚成风气,一时间壶隐痴人的《群芳外谱》、西溪山人的《吴门画舫录》、个中生的《吴门画舫续录》、捧花生的《秦淮画舫录》和《画舫余谈》等纷纷问世。至近代更大张旗鼓,与鲁迅称之为"狭邪小说"的此类内容的通俗小说相呼应,成为中国文言小说史上"语带烟花,气含脂粉"的一大流派。《礼记·乐记》云:"郑卫之音,乱世之音也。"此类小说的出现并蔚成风气,岂乱世之兆乎? 何其靡于其它而此独盛耶?

第四节　文言小说的新发展

通阅清代中期文言小说,颇觉不时有一股新风迎面扑来,而带来这阵阵新风的,便是上述传统文言小说之外的几种从形式到内容,从情趣到风格均焕然一新的作品。这便是屠绅的《蟫史》、陈球的《燕山外史》和沈复的《浮生六记》等。

《蟫史》二十卷,是今所见我国第一部用文言写成的长篇小说。因每卷有目,如卷之一"甲子城掘井得奇书",卷之二"庚申日移碑逢怪

---

① 宁稼雨:《中国文言小说总目提要》,第383页,济南,齐鲁书社,1996。

物"之类,故今日学界多称其为长篇章回体小说,亦可①(然并不分回)。作品署"磊砢山房原本",作者实即屠绅(1744—1801)。绅字贤书,号笏岩,别署竹勿山石道人、黍余裔孙、磊砢山房主人、磊砢山人等,江阴(今属江苏)人。世业农。幼孤,而资质聪敏。十三入邑庠,十九捷乡荐,二十成进士,堪称平步青云,春风得意。历官云南师宗县知县,迁寻甸州知州,五校乡闱,颇称得士,后为广州同知。嘉庆六年(1801)侯补入都,暴卒于客舍,年仅五十八岁。可见仕途并不顺利。绅风流豪放,平生慕汤显祖之为人,而作吏颇酷。洪亮吉《江北诗话》谓其"生平好色,正室至四五娶,妾媵仍不在此数。"为文则好艰涩艳异。小说除《蟫史》外,尚有志怪《六合内外琐言》二十卷,一百六十五篇。最早有乾隆五十八(1793)木活字巾箱本,题《琐蛄杂记》十二卷,署竹勿山石道人撰。后更名《六合内外琐言》,析为二十卷,署黍余裔孙编,有刊本多种。书中多记鬼怪幻化之事,以隐喻暗指时事,可见作者怀才不遇的愤世之情。而取材、用语、典故均奇崛险奥,欲以小说炫其才藻的倾向已比较明显。其不同于他作之处,在于"作者能将上古神话以来的各种小说传说故事及手法融会贯通,信手拈来,用以表述其忧愤之情,有博大精深、气势恢宏之感。本书问世后毁誉参半,清末谭献将本书列为乾嘉以来文言小说首席之作。郑振铎则指责本书怪诞无聊,似欠公允。本书对唐代以来《纂异记》一类以奇幻为宗的小说有所继承和发展,对后来《蕉轩摭录》《夜雨秋灯录》《浇愁集》诸书也有影响作用。书中部分内容已在后人书中成为典故。可见影响所及。"②其中如《呕白痰》写乌贼转生为赃官,《两小人》写饕餮神与民争食,《老县正》写一乌托邦式的蝴蝶国,已现《蟫史》的风格与特征,已颇觉新奇。

《蟫史》,今存嘉庆五年(1800)庭梅朱氏刊本,卷首有小停道人与杜陵男子序。另有申报馆仿聚珍版排印本。后有小说进步社石印本,易名《新野叟曝言》,均二十卷。关于其创作,杜序曰:"《蟫史》一书,磊砢山房主人所撰也。主人少矜吐凤之才,长擅裔龙之藻。字传科蚪,奇古能摹;雅注虫鱼,纤微必录;百家备采,勤如酿蜜之蜂;一线能穿,

---

① 如张俊《清代小说史》(浙江古籍出版社,1997),李修生、赵义山主编《中国分体文学史》小说卷(上海古籍出版社,2001)等。

② 宁稼雨:《中国文言小说总目提要》,第336页,济南,齐鲁书社,1996。

巧似贯珠之蚁。生来结习,长耽邺架之书;诡道前身,本是羽陵之蠹。钻研既久,穿穴弥工。笔墨通灵,似食惯神仙之字;心思结撰,遂衍成稗史之编。"鲁迅则综合其资料云:"书中有桑蠋生,盖作者自寓,其言有云:'予,甲子生也。'与绅生年正同。开篇又云:'在昔吴侬官于粤岭,行年大衍有奇,海隅之行,若有所得,辄就见闻之异辞,汇为一编。'且假傅鼐扞苗之事(在乾隆六十年)为主干,则始作当在嘉庆初,不数年而毕;有五年四月小停道人序。次年,则绅死矣。"①小说写闽人桑蠋生海行堕水,漂流至甲子石之外澳,被渔人所救,引以见指挥甘鼎,相见甚得。甘依桑蠋生之图筑神奇之城,敌不能瞰。掘井时又得奇书三篓,两人大悦,营秘室藏之,行则藏于枕中,有所求,则同拜启视。广州邝天龙作乱,甘奉命征讨,在桑蠋生、龙女、矮道人帮助下,擒获邝天龙,而其党娄万赤逸去。甘以功迁镇抚。甘与桑又接连与交人、诸苗作战,历尽艰险,得各种奇人相助,均获大胜。后甘鼎又与抚军区星一道进攻交趾,擒其王,斩苗酋娄万赤,大获全胜。大功告成,桑蠋生衣锦还乡,甘鼎亦挂印而去,不知所终。蒋瑞藻《小说考证》引震钧《天咫偶闻》卷三云:"世行《蟫氏》一书,不著姓名。以荒唐之辞,肆诋诽之说。详其命意,似指三省教匪之役。""据英和《恩福堂笔记》、摩西《小说小话》考证,书中的甘鼎,即影射乾隆末年平定所谓苗乱的傅鼐,桑蠋生乃作者自况。"②在中国文言小说发展史上,《蟫史》确实给人以耳目一新的感觉,这主要表现在以下几个方面:其一是以文言写长篇小说。在此之前,文言小说虽已出现了篇幅趋长的迹象,如元代的《娇红记》长约一万八千字,明代的《刘生觅莲记》更长达四万多字,然均不能称长篇小说,可见用文言文写长篇小说,此前还没有人尝试过。单凭这一点,即可奠定其在中国文言小说史上的地位。其二,从文体方面讲,具有文言小说与通俗小说相结合的特点。也就是说,文言小说而借鉴了通俗小说,尤其是章回小说的艺术形式,或者说通俗小说而运用了文言小说的语言形式。鲁迅云:"《蟫史》神态,仿佛甚奇,然探其本根,则实未离于神魔小说;其缀以亵语,固由作者禀性,而一面亦尚

---

① 鲁迅:《中国小说史略》,第 214 页,北京,人民文学出版社,1973。
② 张俊:《清代小说史》,第 328 页,杭州,浙江古籍出版社,1997。

承明代'世情书'之流风。"①正是看到了这一点。所以称其神态"仿佛甚奇"。另外,全书虽不分回而分卷,但每卷各有标题,且相邻两卷标题对仗,极类章回小说。如卷之一"甲子城掘井得奇书",卷之二则是"庚申日移碑逢怪物";卷之十一"酒星为债帅",卷之十二便是"禅伯变阍奴"。其三,以文言长篇志怪小说的形式写作者自己亲身经历的一段历史,寄寓自己怀才不遇的心迹,创作主旨与当时通俗小说中吕熊的《女仙外史》、李百川的《绿野仙踪》、汪寄的《希夷梦》、夏敬渠的《野叟曝言》略同,亦可见其受通俗小说、章回小说的影响。而李修生、赵义山主编的《中国分体文学史》小说卷谓其故事情节大体相似于罗贯中的《三遂平妖传》及上述诸作,似欠妥。其四,语言"奇古能摹","百家备采","常则觅生活于故纸,变则化臭腐为神奇"②。尽管这种古奥的语言艰涩难读,甚至被鲁迅批评为"特缘勉造硬语,力拟古书,成诘屈之文,遂得掩凡近之意。……即谓虽华艳而乏天趣,徒奇崛而无深意也。"③但仍有其特点,有其独特的语言风格。正因如此,所以《蟫史》尽管存在着诸如污言秽语、语言艰涩,甚至污蔑谩骂少数民族等问题,仍在中国文言小说史上占有重要的一页。鲁迅《中国小说史略》在摘其诸短之后也公允地说:"惟以其文体为他人所未试,足称独步而已。"张俊《清代小说史》更引黄摩西之言,以评价其在中国小说发展史上的地位云:"奄有《水浒传》《西游记》《金瓶梅》诸特色,而无一语袭其窠臼,虽好用词藻,及侈陈五行祆祥,而乏真趣逸致,然不可谓非奇作也。小说界中富于特别思想者,除《西游记》外,无能逮者,但不便于通俗耳。"虽不免溢美之嫌,亦颇有真知灼见,因为创新总能给文学创作带来生机,促其进步。

如果说《蟫史》是中国小说史上的第一部文言长篇小说,那么《燕山外史》便是第一部骈文长篇小说。《燕山外史》,陈球撰。《八千卷楼书目》小说家类著录,四卷。今存光绪五年(1879)上海广益书局石印本,八卷,有若呆子(傅声谷)辑注,光绪十二年(1886)重印本有注释。

---

① 鲁迅:《中国小说史略》,第 217 页,北京,人民文学出版社,1973。

② 〔清〕杜陵男子:《蟫史序》,见嘉庆五年(1800)庭梅朱氏刊本《蟫史》。转引自丁锡根编著《中国历代小说序跋集》,第 1430 页,北京,人民文学出版社,1996。

③ 鲁迅:《中国小说史略》,第 217 页,北京,人民文学出版社,1973。

其后又有多种版本，今以春风文艺出版社校点本较通行。陈球字蕴斋，自号一篑山樵，秀水（今浙江嘉兴）人。生卒年不详，约为乾隆、嘉庆间人。《光绪嘉兴府志》称其为"诸生，家贫，以卖画自给。工骈俪，喜传奇，尝取明冯祭酒梦桢叙窦生事，演成《燕山外史》，事属野稗，才华淹博。"书前有吕清泰、吕展成序及凡例四则。据吕序，知嘉庆四年（1799）已经完成。作品据明冯梦桢《窦生传》敷演而成，叙明永乐时嘉兴书生窦绳祖与贫女李爱姑一见钟情，迎以同居，而生父为子择临淄大户女入赘成婚，将二人拆散。爱姑被骗，沦落南京为娼，坚贞自守，毁容自保，在侠士马遴帮助下与窦生团聚。然大妇奇妒，不能相容。二人不得已出走，又遇唐赛儿之乱，再度分离。爱姑栖身尼庵。窦生复回岳家，然家业败落，妻亦出逃改嫁。后几经坎坷，窦中榜眼，在马遴主持下与爱姑成亲，雇乳母，竟为前妻。前妻与仆通奸，欲害窦生，为马遴所杀。窦看破红尘，弃官学道，与爱姑双双尸解成仙。故事情节虽无新意，不出才子佳人牢笼，但"枯肠搜句，总缘我辈钟情"，肯定"情"对礼的冲击，故仍有一定现实意义。另，大妇出身名门而失贞丧节，爱姑出身贫苦而矢志不渝，显然也寄寓了作者的无限感愤。从艺术方面讲，作者凡例声称"史体从无以四六为文，自我作古，极知僭妄，……第行于稗乘，当希未减"，被鲁迅讥为"盖未见张鷟《游仙窟》（见第八篇），遂自以为独创矣"①。然亦可见作者的艺术追求。且《游仙窟》中国久失传"，杨守敬《日本访书志》始著录，故"后人亦不复效其体制"②，故陈球所言所为，仍属创制。又且"唐代传奇《游仙窟》，虽亦多用骈句，但情节简单，篇幅不长。此书则洋洋洒洒三万余言，纯以骈体四六句叙述故事，描绘景物，刻画人物，实是一种创举。而且，有些描写，用典切合，流连宛转，情景相融，别具特色。"③鲁迅谓其"其事殊庸陋，如一切佳人才子小说常套，而作者奋然有取，则殆缘转折尚多，足以示行文手腕而已，然语必四六，随处拘牵，状物叙情，俱失生气，姑勿论六朝俪语，即较之张鷟之作，虽无其俳谐，而亦逊其生动也"④，似嫌

① 鲁迅：《中国小说史略》，第217页，北京，人民文学出版社，1973。
② 鲁迅：《中国小说史略》，第56页，北京，人民文学出版社，1973。
③ 张俊：《清代小说史》，第330页，杭州，浙江古籍出版社，1997。
④ 鲁迅：《中国小说史略》，第218页，北京，人民文学出版社，1973。

过苛。而吴展成《序》则云："《燕山外史》一编，陈君蕴斋所作也。其间叙窦生、爱姑事，栩栩欲活，悉以骈俪之词写之，流连宛转，自成文章，殆有得之兴观群怨之微者欤！其事甚巧，固足以传，而行文组织之工，戛戛乎与造化争奇斗胜，虽欲不传不可得也。忆曩时读孔东塘《桃花扇》后序，叹其隐括全文之妙，今以此编较之，则如胪列大烹，而彼乃不过一脔之味耳。自来稗史中求其善言情者，指难一二屈。蕴斋天才豪放，别开生面，于一气排奡中，回环起伏，虚实相生，稗史家无此才力，骈俪家无此结构，洵千古言情之杰作也。"显然又不免过誉。今录窦生为父促归，爱姑怅然失所一段，俾读者自味：

> ……由是姑也，蔷薇架畔，青黛将颦；薜荔墙边，红花欲悴。托意丁香枝上，其意谁知？寄情豆蔻梢头，此情自喻。而尔莲心独苦，竹沥将枯，却嫌柳絮何情，漫漫似雪；转恨海棠无力，密密垂丝。才过迎春，又经半夏，采葑采葛，只自空期；投李投桃，俱为陈迹。依稀梦里，徒栽侍女之花；抑郁胸前，空带宜男之草。未能蠲忿，安得忘忧？鼓残瑟上桐丝，奚时续断；剖破楼头菱影，何日当归？岂知去者益远，望乃徒劳；昔虽音问久疏，犹同乡井。后竟梦魂永隔，忽阻山川。

在清代中期的文言小说中，当以沈复的《浮生六记》领异标新，代表了文言小说新发展的最高水平。沈复（1763—1822 后），字三白，号逸梅，长洲（今江苏苏州市）人。少时即奉父命习幕，亦曾经商，踪迹几遍大江南北。嘉庆十三年（1808），曾随使臣至琉球，小说即写于此时。六十岁，友人顾翰有《寿沈三白布衣》诗贺之。此后无考。工书善画，长于诗文，书名取自李白《春夜宴桃李园序》中"浮生若梦，为欢几何"之意。六记六卷：卷一《闺房记乐》，卷二《闲情记趣》，卷三《坎坷记愁》，卷四《浪游记快》，卷五《中山记历》，卷六《养生记道》。未见著录，道光间杨引传于苏州书摊购得作者手稿，然仅存前四卷。光绪三年（1877）经王韬介绍，始由申报馆排印出版。此后风行一时，仅袁行霈、侯忠义编《中国文言小说书目》即列各种版本近二十种，可见影响之大，传播之广。有的版本（如《说库》本、《笔记小说大观》本等）六卷均为完本，然郑逸梅《清娱漫笔》和《书报话旧》考证指出，后二卷之《中山记历》系抄自李鼎元《使琉球记》，《养生记道》（应作《养生记道》）系抄撮张英《聪训斋语》和曾国藩《求阙斋日记类抄》而成。今较为通行的版本有 1923 年俞平伯校点的朴社重印本，人民文学出版社 1980 年据以排印，后二卷缺，末附俞平伯《浮生六记年表》，可资考察。

今存四卷之中，卷一《闺房记乐》，记作者与亡妻陈芸婚前之青梅竹马，两小无猜，情投意合；婚后之互敬互爱，夫唱妇随，花前月下，品茶谈诗，极见闺房燕昵之情。如记其婚前至芸家吃粥一段，便极具情趣：

> 是夜送亲城外，返已漏三下，腹饥索饵，婢妪以枣脯进，余嫌其甜。芸暗牵余袖，随至其室，见藏有暖粥并小菜焉。余欣然举箸，忽闻芸堂兄玉衡呼曰："淑妹速来！"芸急闭门曰："已疲乏，将卧矣。"玉衡挤身而入，见余将吃粥，乃笑睨芸曰："顷我索粥，汝曰'尽矣'，乃藏此专待汝婿耶？"芸大窘避去，上下哗笑之。余亦负气，挈老仆先归。

生动形象，情趣盎然。陈寅恪《元白诗笺征稿》尝论之曰："吾国文学，自来以礼法顾忌之故，不敢多言男女间关系，而于正式男女关系如夫妇者，尤少涉及。盖闺房燕昵之情景，家庭米盐之琐屑，大抵不列载于篇章，惟以笼统之词，概括言之而已。此后来沈三白《浮生六记》之闺房记乐，所以为例外创作，然其时代已距今较近矣。"通俗小说如《金瓶梅》等，当然不乏此等描写，而于文言小说中，《浮生六记》之《闺房记乐》确为例外。卷二《闲情记趣》，记夫妻二人之情趣爱好，爱花成癖，"园亭楼阁，套室回廊，叠石成山，栽花取势"，"静室焚香，闲中雅趣"，极见恩爱夫妻的生活情调和文人雅士的审美意趣。尤为幽雅者为"夏月荷花初开时，晚含而晓放。芸用小纱囊撮茶叶少许，置花心，明早取出，烹天泉水泡之，香韵尤绝。"此法见明顾元庆《茶谱·制茶诸法》，然经沈复妙笔一叙，则韵趣天然，更见夫妻之雅情蜜意。卷三《坎坷记愁》记芸单纯率真，又言行不检，因而不得父母之心，竟至几次以"不贤不肖"而被逐。夫妻颠沛流离，穷困潦倒，以至于家破人亡。其中芸临终之诀别与死后作者之思念，尤为感人。卷四《浪游记快》记作者游幕各地，流连山水之乐，亦可见当时之世态人情以及作者的生活态度、审美情趣。卷五、卷六亡佚，从题目看，前者当记出使琉球见闻，后者当记养生之道，恐均乏小说情趣。从全书看，前三卷内容连贯，情节集中,形象突出,堪称作者夫妻合传。作品以白描自叙的艺术手法,记叙了作者夫妇间平凡而温馨的日常生活与同甘共苦,文词质朴,感情真挚,幽芳凄艳,使人心醉。从艺术传承方面讲显然吸收了归有光散文如《项脊轩志》等的传统手法,继承了冒襄《影梅庵忆语》的艺术传统而又有所发展,最突出的便是采用了第一人称自传体的叙事模式。此类作品"之所以完全不同于此前的各种叙事文学,不仅因为所述事件都是作者的亲身经历,而且,更重要的是,这些作品表现出前所未有的内省意识和感伤情调。这些作品又被视为悼亡文学。对于逝者的追思使得叙述者企图回到过去,并企图使过去了的事件成为正在发生、正在经历的情景,这是作品以场景和细节描写为特征的主要原因。作者既是过去了的事件中的人物,又是现在的、事件之后的叙述者。……作为人物,当时的感受是欣慰的、快乐的;作为叙述者,事后的感受是悲哀的、伤心的。把曾经有过的感受作为对象来加以体验和描述,这种内省意识是对传奇小说内视角的发展和超越。"①也就是说,作者所描写的,是自己过去曾经的亲身经历和感受,这样,便无需所谓的"创作",且又不是寻常的日记,只是随笔记录,所以它便虽有雕琢一样的完美,却又不见一点儿斧凿痕迹,浑然天成,得自然之秀。恰如俞平伯对它的赞美:

> 即如这书,说它是信笔写出的,固然不象;说它是精心结撰的,又何以见得? 这总是一半儿做着,一半儿写着的;虽有雕琢一样的完美,却不见一点斧凿痕。犹之佳山佳水,明明是天开的图画,然仿佛处处吻合人工的意匠。当此种境界,我们的分析推导的技巧,原不免有穷时。此《记》所录所载,妙肖不足奇,奇在全不着力而得妙肖;韶秀不足异,异在韶秀以外竟似无物。俨如一块纯美的水晶,只见明莹,不见衬露明莹的颜色;只见精微,不见制作精微的痕迹。②

至于为什么沈复能达到此种境界,怕亦如俞平伯所言:"可注意的,他是个习幕经商的人,不是什么斯文举子。偶然写几句诗,也无所存心。

---

① 李修生、赵义山主编:《中国分体文学史》(小说卷),第 117 页,上海,上海古籍出版社,2001。

② 俞平伯:《重刊浮生六记序》,见《浮生六记》,第 71 页,北京,人民文学出版社,1980。

上不为名山之业,下不为富贵的敲门砖,意兴所到,便濡毫伸纸,不必妆点,不知避忌。统观全书,无酸语、赘语、道学语,殆以此乎?"①可见除使用文言以外,《浮生六记》已颇带一点儿现代小说的风格和韵味了。可以这样说,这一文学现象的出现,清代中期文言小说的新发展,已经预示了一个新时期——文言小说变革时期即将到来。

---

① 俞平伯:《重刊浮生六记序》,见《浮生六记》,第70~71页,北京,人民文学出版社,1980。

第八章
最后的辉煌与无奈的退出
——近代文言小说概述

概　说

在整个中国文学的研究中，近代是一个明显的薄弱环节，而在近代文学研究，尤其是近代小说研究中，文言小说更是薄弱环节中的薄弱环节。近代以前，中国历史的分期一向以朝代为基本单位。近代以来，由于西方文化的影响，特别是西方"科学"的研究方法的影响，政治家、历史学家们始按照社会性质，将第一次鸦片战争至"五四"新文化运动这一段历史单独划分为近代（也有的历史学家将近代的下限断至 1949 年中华人民共和国成立①）。文学史研究作为历史文化研究的一部分，自然也就有了近代这一历史时期。由于近代的上限当清道光二十年（1840），至清亡的宣统三年（1911）尚有七十一年，而近代后期亦即中华民国元年（1912）至五四新文化运动（1919）仅不到十年，所以许多人便直接将这一段称作晚

---

① 胡绳《从鸦片战争到五四运动序言》云："……但是早已有人建议，把中国近代史规定为从1840 年鸦片战争到 1949 年中华人民共和成立前的一百一十年的历史，而把中国民主革命胜利，摆脱半殖民地、半封建的社会以后，进入社会主义时代的历史称为中国现代史。"

清或清末①。当然,若以朝代论,更准确的称谓当叫作清末民初②。

关于近代文言小说的研究,除当时许多作品的序跋及饮冰等《小说丛话》、觉我之《余之小说观》、管达如之《说小说》、成之的《小说丛话》等有所涉及,值得注意外,真正的近代文言小说史及史论的研究,还是在"五四"新文化运动之后。纵观这一时期的近代小说研究,以1949年中华人民共和国成立为界,大致可以分为前后两个时期。前期的代表人物为鲁迅、胡适、范烟桥和阿英。其中,胡适因大力反对传统文化和文言文,故而所论均为《官场现形记》《二十年目睹之怪现状》、《三侠五义》等白话小说,不及文言作品。鲁迅之研究成果集中在《中国小说史略》的末三篇,然而第二十六篇论述《品花宝鉴》等狭邪小说,第二十七篇论述《儿女英雄传》等侠义及公案小说,第二十八篇论述《官场现形记》等谴责小说,亦未涉及文言小说,但第二十二篇在论述清之拟晋唐小说及其支流时却论及了王韬的《遁窟谰言》《淞隐漫录》《淞滨琐话》,宣鼎的《夜雨秋灯录》,俞鸿渐的《印雪轩随笔》,俞樾的《右台仙馆笔记》等近代文言小说,可见其并非像胡适那样偏颇。"在晚清小说的研究中,阿英是用心最多、功夫最深、成就最大、影响很广的一位学者。他的杰出贡献之一,便是对于晚清小说资料的收集、保存和整理。……当然,阿英最大的成就,还是写出了《晚清小说史》。它不仅集中体现了阿英在占有资料和考证研究二方面的成就,而且填补了晚清小说研究中的一大空白。……应该承认,在《晚清小说史》问世之前,乃至今日,还没有第二部著作能够给我们提供如此全面而清晰的晚清小说概况。"③然而就是这样一部《晚清小说史》,也仅在最后一章"翻译小说"中论述林纾的翻译小说时提了一句与文言有关的话:"是中国以古文笔法译西洋小说的第一人,共译书约一百六十余种,中国'自有古文以来,从不曾有这样长篇的叙事写情的文章'。"其他几乎均为白话小说。四位代表人物之中,倒是解放以后一直不为人重视的范烟桥在1927年完成的《中国小说史》中,对这一时期的小说创作做

---

① 最有代表性的当数阿英的《晚清小说史》(人民文学出版社1980年版)。

② 最有代表性的当数日本人遵本照雄的《新编增补清末民初小说目录》(齐鲁书社2002年版)。

③ 方正耀:《晚清小说研究》,第17~20页,上海,华东师范大学出版社,1991。

了较为全面的介绍,其中便包括何诹的文言长篇小说《碎琴楼》、张山来的笔记小说集《虞初新志》以及林纾的文言翻译著作。后期以“文革”为界又可以分为两个阶段:“文革”前的研究多集中在谴责小说尤其是四大谴责小说方面,很少涉及文言小说,倒是在文本整理方面有所涉及。那就是中华书局 1961 年出版了阿英编的《晚清文学丛钞》小说四卷,其中第四卷之末便是天僇生的文言小说《孤臣碧血记》和平云的文言小说《孤儿记》。虽还谈不上什么研究,但亦足说明近代文言小说已进入学界的视野。但可惜的是,几种影响较大的文学史,如游国恩等主编的《中国文学史》、中国社科院文学所中国文学史编写组编写的《中国文学史》于文言小说只字未提,刘大杰的《中国文学发展史》亦仅提到林纾的古文翻译小说。总之,未出此前范围。“文革”之后,近代小说的研究无论是广度和深度都有了进一步的拓展和挖掘,然而无论是几种小说通史还是近代(或晚清)小说的断代史,仍于文言小说缺乏系统的论述。20 世纪 90 年代,浙江古籍出版社出版了由当时国家教委古籍整理研究委员会倡导和支持的一套学术丛书——《中国小说史丛书》,共十八种。其中断代史部分的《晚清小说史》(欧阳健著)未论及文言小说。21 世纪初,山东人民出版社出版了武润婷著的《中国近代小说演变史》,全书共三十章,应该是近年来最为全面的近代小说史,然亦仅在第十一、十二、十三章论及“鸳鸯蝴蝶派”和苏曼殊的哀情小说时涉及文言小说,亦未从文言小说发展演变的角度立论。另外,1991 年华东师范大学出版社出版了方正耀著的《晚清小说研究》,因多宏观论述,故难专涉文言小说。其中,倒是北京大学出版社 1989 年出版的陈平原著《二十世纪中国小说史》第一卷(1897—1916),专设“文白并存的小说文体”一章,专节论述了“文言小说与白话小说的消长起伏”以及“古文小说与骈文小说”。山东教育出版社 1990 年出版的郭延礼著《中国近代文学发展史》亦涉及部分文言小说作品。浙江古籍出版社 1998 年出版的苗壮著《笔记小说史》(亦为《中国小说史丛书》之一),论及了俞樾的《右台仙馆笔记》、许奉恩的《里乘》和李宝嘉的《南亭笔记》、吴沃尧的《趼廛剩墨》、易宗夔的《新世说》等。由此可见,对于近代文言小说,偶尔及之者有,系统论述则乏矣,即使是吴志达的《中国文言小说史》,对于这一时期的文言小说也没有专门论述,可见于其研究是多么薄弱。

既然研究是如此薄弱,那么是否因为近代白话兴起,文言小说迅速衰亡,没有优秀作品,不像白话小说那样值得研究呢? 事实恰恰相反。在近代的"小说界革命"之前,古代文言小说和古代的白话小说(《三国》《水浒》《西游记》《红楼梦》等)在同一座百花园中竞相开放,似乎各行其道,也没有人争论二者的高低优劣,甚至都没有出现"文言小说""白话小说"这些今日小说史界耳熟能详的术语。然而自 1898 年梁启超发表《译印政治小说序》,提出"彼美、英、德、法、奥、意、日本各国政界之日进,则政治小说为功最高焉。英名士某君曰:'小说为国民之魂。'"之后,特别是 1902 年在《新小说》杂志上发表《论小说与群治之关系》,提出"在文字中,则文言不如其俗语,庄论不如其寓言"之后,推崇白话小说之风方声势浩大,日盛一日。然而当时的白话小说作者多以小说为政治宣传,作品多急就章,所以艺术水平大都平平,令人不敢恭维,所以倒是较为传统的文言小说反而大受读者欢迎。这一点,即使现代文学研究界的陈平原也不得不承认:"小说既然是最上乘的文学,不再只是茶余酒后的消遣品,那就值得作家去呕心沥血苦心经营。把'小道'的小说当'大道'的文章做,把'小说'当'大说'写,自然不能不更多考虑小说文体之是否雅驯是否工致,这就促使清末民初很多文学修养高、写作态度严肃认真的作家,反而采用文言写作。因而,尽管白话文运动日见发展,提倡白话小说者日见增多,可文言小说不但没有销声匿迹,反而大行其时,甚至揭开了文言小说史上最为辉煌的一页。"①另外从读者的角度讲,因为当时的读者大都是以"三百千"②为启蒙,以"四书五经"为课本获取知识而成长起来的,所以在阅读时仍如包天笑在《钏影楼回忆录》之"译小说的开始"一节中所说"那时候的风气,白话小说,不甚为读者所欢迎,还是以文言为贵"。从作家的角度讲,则如陈平原所言:"以古文家身份为小说,既是扬长避短,又是习惯使然,很自然就作起文言小说来,像林纾、苏曼殊、梁启超、章士钊都是名重一时的文章名家,而周氏兄弟(周树人、周作人),程善之、恽铁樵、陈冷血等人的古文也颇有功底,只是各人所宗所习不同,

---

① 陈平原:《二十世纪中国小说史》(第一卷),第 193~194 页,北京,北京大学出版社,1989。
② 指《三字经》《百家姓》《千字文》等传统教育的启蒙读物。

风格自是千差万别。因而,尽管提倡白话小说者声势浩大,而提倡、创作文言小说者仍大有人在。大致而言,辛亥革命以前,文言小说主要是译作和短篇创作;辛亥革命以后,创作的文言长篇小说骤然蜂起,形成一个甚为引人注目的热潮。五四作家登上文坛,文言长篇小说才逐渐销声匿迹。"①再,鸳鸯蝴蝶派的徐振亚用文言写成的《玉梨魂》成为当时"第一畅销书",也从一个侧面说明了文言小说在当时的繁荣,且陈平原在"第一畅销书"后还专门加注释说:"《小说公报》十六期刊'枕亚启事',称《玉梨魂》'出版两年以还,行销达两万以上'。《玉梨魂》总销数据说达数十万册。30年代还出版过何朴庵译的《白话玉梨魂》,改拍成电影后影响自然更大。1938年张静庐出版《在出版界二十年》一书,称'我们如果替民国以来的小说书销数作统计,谁都不会否认这部《玉梨魂》是近二十年来销得最多的一部。'"而上述种种,也正是我们把这一时期划分为中国文言小说"最后的辉煌与无奈的退出"时期的主要动因。

纵观近代文学史的分期,现在多根据社会思想发展史分为资产阶级启蒙时期、资产阶级改良时期、资产阶级革命时期三个阶段。然而从文言小说这一特定的文体看,分为两个时期似乎更为合理也更便于表述,那就是以1898年裘廷梁发表《论白话为维新之本》,从而发起白话文运动为标志性事件,将近代文言小说发展史划分为前、后两个时期:前期从1840年的第一次鸦片战争到19世纪末的白话文运动,前后大约六十年,是传统文言小说沿着既有的道路继续发展并占主流地位,而新体文言小说亦已萌动的时期。在这一时期的文言小说创作中,上一时期的发展惯性仍然存在并颇为强劲。这主要表现在两个方面:一方面,受《聊斋志异》影响的"聊斋体"文言小说继续发展,在近代初期,北方首先出现了解鉴的《益智录》(又名《烟雨楼续聊斋志异》),南方则出现了宣鼎的《夜雨秋灯录》及其《续录》。接下来便有被称为近代改良派思想先驱、文坛大家王韬的《遁窟谰言》《淞隐漫录》和《淞滨琐话》等,一时波澜大兴,直至清末民初,仍有大量的"聊斋体"小说不断出现,见南山人的《茶余谈荟》、韩邦庆的《太仙漫稿》等都属此类。

① 陈平原:《二十世纪中国小说史》(第一卷),第210~211页,北京,北京大学出版社,1989。

而刘瀓的《珠江奇遇记》、无名氏的《黑美人传》等显然已有新体文言小说的特色。另一方面,作为"聊斋体"文言小说的反动,以笔记为主要形式的"阅微草堂体"也薪火相传,李庆辰的《醉茶志怪》,俞樾的《右台仙馆笔记》《广杨园近鉴》,直至李宝嘉的《南亭笔记》等均属此类,甚至直到"五四"运动前夕,仍有胡怀琛的《虞初近志》、易宗夔的《新世说》问世,可见其顽强的生命力。

后期从 19 世纪末的白话文运动开始,到"五四"新文化运动之前,前后只有二十年的时间,可以说是新体文言小说蓬勃发展,逐渐占据了此期文言小说发展史甚至小说史的主流,而传统文言小说仍继续存在但影响力已大不如前的时期。所谓新体文言小说,是指那些在"小说界革命"和"新小说"的影响之下,在翻译小说和外国小说影响之下,适应新的社会需要而出现的一大批迥异于传统文言小说亦即传奇小说和笔记小说的各种文言小说的总称。从中国文言小说发展史的角度讲,何诹的《碎琴楼》,"鸳鸯蝴蝶派"小说及其代表作徐枕亚的《玉梨魂》,文坛奇才"南社四大家"之一苏曼殊的"哀情五记",被人誉为"今世小说界之泰斗"①的林纾用文言翻译的外国小说等等,堪称新体文言小说的代表。这些作品虽然仍用传统的文言写成,但从思想内容到艺术形式,从表现方法到艺术风格,都与传统文言小说迥异,实际上已经透露出"五四"之后现代白话小说的先声。

第一节　近代传统文言小说概述

纵观近代传统文言小说的发展,尤其是近代前期,仍沿着清代中期的发展轨迹继续,仍然明显地分为两派:一派是受《聊斋志异》的影响而形成的"聊斋体",一派是受《阅微草堂笔记》的影响而形成的"阅微草堂体"。两派之外,虽仍有不少不受两派影响的杂俎小说和志人小说,尤其是涉及封建文人颓废冶游、寻花访柳之作,亦颇见封建社会

---

① 觉我(徐念慈):《余之小说观》(《小说林》1908 年第九、十期),转引自黄霖、韩同文选注《中国历代小说论著选》(下册),第 298 页,南昌,江西人民出版社,1985。

末期现象,但仍不足与上述两派抗衡。

近代初期首先出现的"聊斋体"小说是蒲松龄乡人解鉴的《益智录》,又名《烟雨楼续聊斋志异》。作者解鉴,字子镜,号虚白道人,济南历城人。生于嘉庆五年(1800),博学工诗,能文善赋,少应童子试,名困场屋,终生不售,与蒲松龄颇为相似。"与蒲松龄稍有不同的是,在科场拼搏四十年后,解鉴的心境渐趋平和,已无太多的孤愤:'今老矣,不复问画眉深浅矣'。"①遂隐居济南东北之黄台山,以训蒙为业,以著书自娱。相同的经历,使他颇慕蒲松龄之为人,思不朽之业,仿《聊斋》笔墨,"因述见闻,泄笔条记",成《益智录》一书。书共十一卷,收文言短篇小说一百三十余篇,约二十万字。各家书目,均未著录,即宁稼雨《中国文言小说总目提要》、石昌渝主编《中国古代小说总目》亦未著录,仅见于光绪《山东通志·艺文志》,盖以"解子脱稿后,限于经济,未付手民,是以世无刻本"②故也。向以抄本流传,1999年人民文学出版社出版了王恒柱、张宗茹校点本,并列入《中国小说史料丛书》,方渐为人知。《中国小说史料丛书》的宗旨是"主要选收宋代至民初在我国小说发展史上较为重要而以往却被忽略的作品"③,《益智录》当之无愧。咸丰十年(1860),曾两任历城知县的叶圭见之,为之跋云:

> 谈者见其规仿《聊斋》神肖,谓可与《聊斋》争席,余谓不然。《聊斋》天才横逸,学问奥博,后人距易相踵?然《聊斋》以怀才不偶,特借此以抒其抑郁,故其书呵神詈鬼,嬉笑怒骂,无所不有,殆亦发愤之所为作耳。解子少负隽才,一无遇合,至垂白之年,犹坐穷山中,训童子以糊口,其穷厄视《聊斋》为何如?而所为书,无一肮脏语,无一轻薄语,劝善惩淫,一轨于正。虽与《聊斋》同一游戏之笔,而是书独能有裨于世道,是其读书养气之功,视《聊斋》差有一长也。然吾因之有感矣。人情好奇而厌常,震虚声而寡真赏。《聊斋》以沉博绝丽之才,搜奇猎异,出幽入明,自足以耀士林之耳目。而其时又有名公卿负海内龙门之望,片言品题,声价百倍,故

---

① 欧阳健:《〈聊斋志异〉仿作〈益智录〉的传播和接受》,载《山东师范大学学报》(人文社会科学版),2003年第3期。
② 周菊伍:《益智录题识》,转引自王恒柱《益智录整理后记》,北京,人民文学出版社,1999。
③《益智录》封二载人民文学出版社《中国小说史料丛书介绍》,北京,人民文学出版社,1999。

虽穷困潦倒，而犹能声华藉藉，倾动一时。解子才非不逮，徒以恂
恂乡党，不慕浮华，不矜声气，坐使名字不出于里闬，士大夫几无
有知其谁何者，斯非一不平之事耶？

以县令之尊而尊之如是，虽不无过誉之嫌，亦可见其影响。因作者"劝
善匡俗"的创作动机，所以作品大都具有浓郁的儒家文化意蕴，意在宣
扬修身、齐家、治国、平天下的儒家思想。他虽终身未仕，但仍然写出
了像《琼华岛》那样体现儒家济世安民的社会政治理想的作品，直可与
陶渊明《桃花源记》相比美。而岛上人民"于二姓中择秉性平和者数
人，阄立其一，听其约束，若薨，另行择立，不世及"的政治制度，不但颇
具三代之风，亦可见作者的民主观念，难能可贵。当然更多的还是宣
扬孝悌，如《李乂》《金瑞》；节烈，如《某公子》《太原娼》之类的作品。然
而作为小说家，解鉴也不是真正的迂腐夫子，这从大量优美的爱情故
事中可以见证。如《梅仙》《袁岫云》《杜仲》等都深得《聊斋》壸奥。时
人侯功震《序》称："其写情则缠绵悱恻，其演义则慷慨激昂。其论忠孝
也，则易感发人心；其谈节烈也，则可维持世道；其搜神谈鬼也，则能新
人闻见；其谈玄记异也，则足豁人心思。以鸾翔凤翥之笔，写神出鬼没
之文，正不徒篇篇锦绣，字字珠玑，止以富丽为工也。"良然。而从小说
文体的艺术手法方面讲，"《益智录》艺术手法中最为可贵的就是它已
出现了叙事角度转换的篇章。中国古代小说历来奉行的是第三人称
的全知视角，是客观呈现式的表达，叙事角度不会在叙事中发生很明
显的转换。只是在近代以来，外来外化的冲击波及到传统小说，小说
叙事模式的转变才成为一股潮流。解鉴虽一介宿儒，身处穷乡僻壤，
但亦受此波及，《益智录》中叙事角度转换的篇章虽只有《苏玉真》一
篇，但我们仍可从中感受到新鲜的近代化的气息。"①小说写吴兴世家
子萧培之与东邻苏孝廉之女玉真相恋，女方家长不允，而遂在红颜知
己狐女的帮助下与之私会，便明显地出现了叙事角度的变换：

　　萧即告于母，烦至友作伐，果不谐。狐怒曰："渠何高自位置
也！君果欲妻之，妾能百方以谋之。"曰："矢欲得之为妻。"狐曰：
"此心不可以境地移也。"萧曰："诺。"盖玉真幼从父学，工于诗，凡

---

① 周振雯硕士论文:《〈聊斋志异〉访作〈益智录〉研究》。

有题咏,必使小青衣呈于其父。偶成一绝,其父阅之,批云:"押韵稳妥,设想新奇。"其诗云:

绣罢频呼姊妹看,暖风晴日满阑干。

花间打散双蝴蝶,飞过东墙又作团。

一日,夜深不眠,玉真犹自反覆涵咏,忽一少年自外入,视之,西邻萧培之也。女惊讶曰:"深夜来此何为?"曰:"特来请教耳。"萧见女独坐长榻,遂亦与之并坐,曰:"昨烦冰人,何故相拒?"女曰:"此事非吾二人所能主也。"萧曰:"此事非吾二人所能主,实吾二人所可为也。"女闻之,颜红过耳,羞惭无以自容,欲行而生牵之。女曰:"请看吾所作之诗好否?"遂以所作之诗授萧,实欲借此而逃。萧曰:"不暇阅此。"言已,忽若梦醒,仍兀坐书斋,其诗尚在手也。阅之,美慕至极,遂援笔书于诗后曰:"今生若能得此为妇,当预筑金屋以俟之。"欲狐来向渠言之,而狐竟不至……

此文虽受《聊斋志异·宦娘》启发,叙事也未必受外来文化影响,但叙述视角转换之妙,则于前此文言小说中确实少见。其他如情节设计、安排之巧,浓郁的诗笔特征等,均高出常人一等。人民文学出版社《益智录》介绍称:"《益智录》是新发现的《聊斋志异》续书,该书无论布局谋篇,还是遣词运笔,都通似《聊斋》。书中塑造了一系列性格鲜明的花妖狐魅和鬼魂精怪形象,往往显得恢谐幽默,生动逼真,具有浓郁的生活气息。其内容主要包括崇道劝善、婚姻恋爱、家庭故事、人生遇合、奇闻异事等五个方面,故事曲折,文笔优美,有很强的阅读性。"的确如此。通观"聊斋体"文言小说,此当为上上之作。

与《益智录》同时稍晚,江南宣鼎也写出了他的"聊斋体"文言小说名著——《夜雨秋灯录》《续录》。宣鼎(1832—1879?),字子九,号瘦梅、懊侬,别署香雪道人、问香庵主、东鲁游人、瘦尊者、太瘦生、虎口遁客、是此花身馆主、云山到处僧、堕落行脚、铎佛奴、铎痴、邋遢书生等,天长(今属安徽)人。生于殷实之家,二十岁家道中落,二十七岁时一度从军,几死烽火。后赴上海,以卖画为生。三十一岁入当道幕,司笔札。三十五岁教馆淮海(今江苏盐城)。三十九岁游山东,次年入滋阳(今山东兖州)幕。四十岁后开始创作《夜雨秋灯录》。是晚清著名的小说家、戏剧家、诗人、画家,亦精书法、篆刻、词赋,是一位多才多艺的天才艺术家。著作除《夜雨秋灯录》外,尚有《返魂香传奇》四卷,《天长宣氏三十六声粉铎图咏》一卷附《铎余逸韵》一卷。

《夜雨秋灯录》八卷,《八千卷楼书目》小说家类著录。今存光绪三年(1877)上海申报馆铅印本。《续录》八卷,今存光绪六年(1880)上海申报馆铅印本。此后各种版本纷出,然均不及初版本。今有1987年上海古籍出版社据原刊本正续集排印本,可惜略有删节。其余1985年岳麓书社本、1986年黄山书社本、1986年齐鲁书社本等均沿袭《清代笔记丛刊》本,分三集十二卷,显系以讹传讹。1999年黄山书社排印本较为完备。是书正、续集各收志怪传奇小说一百一十五篇,共二百三十篇。正集有蔡尔康《序》、光绪三年(1877)作者《自序》,《续录》有光绪六年蔡尔康《叙》、何镛《后序》。《自序》首言"先正有言曰:'读书忌老,著书忌早。'"可见其创作心态。客问"夜雨秋灯"四字作何解?其云:"当其病滋阳署时,愁霖滴沥,冷焰动摇,千里家山,时入梦寐,秋魂欲语,病魔乍来,此无可奈何之境也。以无可奈何之身,当无可奈何之境,未能已已,奋笔直书耳!"可见其创作境况之清冷,比蒲松龄、解鉴有过之而无不及。于其宗旨,则云:"樵歌牧唱有时上献刍荛,鬼董狐谐无语不关讽劝。"从思想内容方面讲,既"无语不关讽劝",必然涉及社会黑暗和官场腐败。如卷四之《白长老》,不仅写了某将弁的贪赃枉法,且借蛇神之口曰:"视汝(某将弁)虽俨然人上者,不过人而兽。较彼之人而畜,畜而人者,更可嗤耳!"此类作品中最让人注目的是卷三之《父子神枪》,不但直写了封建官吏鱼肉百姓的罪行,更可喜的是又写了人民的反抗。神枪手戈叟父子"路见不平,拔刀相助"的水浒精神写得淋漓尽致。他们打死营卒,救了贩私盐者一家;贩私盐者之女又以其智慧救了神枪手父子,减死刑为充军边疆,终于立奇功遇赦回籍,戈子继辽与贩私盐者之女结为夫妻,谱写了一曲抗暴胜利的凯歌。尤应指出的是,这里带有侠客特征的戈叟父子已非传统武侠小说中的剑客,而是具有新的时代精神的"枪手",武器已由刀剑等冷兵器变成了具有时代特征的火枪。可见《夜雨秋灯录》既有对"聊斋体"传统的继承,又有时代的创新精神。其他如卷七之《金竹寺》,卷八之《赚渔报》等亦均属此类。《夜雨秋灯录》作为近代"聊斋体"文言小说的上乘之作,写得最多、最动人的是各类爱情故事。在此类作品中,有的歌颂了青年男女对自由爱情生活的向往与追求,如卷二之《盈盈》、卷三之《雪里红》、卷四之《谷慧儿》、《续录》卷三之《筝娘》等;有的明显地通过婚姻悲剧谴责了那些薄情寡义的男男女女,如卷六之《妾薄命》、卷五之《沉香街》等;有的则通过一系列的善恶报应故事让有情人得到善报,无情人受到惩罚,如卷一之《青天白日》、卷二之《桑儿》、卷五之《木孩童》、卷八之《赚渔报》等;有的则通过男女之情,表现出双方尤其是女子高尚的品德与情操,如卷三之《麻疯女邱丽玉》便非常典型,堪称《夜雨秋灯录》中的代表作。作品将乾道间梁绍壬《两般秋雨庵随笔》卷四之《麻风女》故事与吴炽昌《客窗闲话》中的"乌蛇已癫"传说合而为一,描写了麻风女邱丽玉舍己为人,不肯将自己的病毒传染给男青年陈绮并告以实情,助其逃生;自己亦逃出麻风局,找到陈家,陈绮亦为了照顾病妻,竟告病罢南宫试。后邱丽玉无意中饮蛇酒治好了自己的麻风,最终有情人终成眷属,并治好了粤地的许多麻风女。另如卷二之《东野砧娘》,主旨亦与此同。从艺术方面讲,鲁迅称之为"其笔致又纯为《聊斋》者流,一时传布颇广远,然所记载,则已狐鬼渐稀,而烟花粉黛之事盛矣"①。肯定了它"聊斋体"的艺术特色。具体讲,则主要表现在三个方面:其一为人物塑造。作者不但善于将人物放在矛盾的焦点上,通过人物的言行突出人物的性格与品行,如上文所举之麻风女邱丽玉、东野砧娘等等,而且还善于通过细腻的心理刻画生动传神地塑造人物。如卷一之《青天白日》,写浙人南宫认庵沦为乞丐,拾得珠宝及信函,读之,知为闺中女子所寄,为情人"匡壁添光",好谐连理,知事情重大,作者即刻画了他当时的心理活动:

> 南惊读一过,诧曰"险哉! 东床落魄,富儿赖婚,钟情者越礼冒嫌,进疗贫方。若为他人拾得,则婢固命尽;即迢迢牛女,亦复睽违,鹊桥无日矣,曷坐以觇之?"

真可谓合情合理,惟妙惟肖。这样的心理描写《聊斋志异》中亦不多见。其二为情节曲折,起伏跌宕,布局巧妙,结构完整。如卷一之《雅赚》,写商人某甲,迎合郑板桥文人雅兴,赚其书画,以至于使板桥上当后方"豁然悟,大叹曰:'商人狡狯,竟能仿萧翼故事,赚我书画耶!'"文

---

① 鲁迅:《中国小说史略》,第 188 页,北京,人民文学出版社,1973。

后,作者亦自鸣得意,评曰:"某甲之设赚局也,布置当行,处处搔着板桥痒处,使彼一齐捧出,毫不吝惜。甲虽市贾,犹是可儿。"其三为语言优美传神,简洁精炼。"文学是语言的艺术",《夜雨秋灯录》之语言诗情画意,穷形尽相,堪称当之无愧。如卷三之《父子神枪》写他们内山狩猎:"父子私计内山究作何状,盍往观之? 遂入视。峰峦巉恶,树石怪丑,沙碛断碉,人迹全无。倏腥风至,木叶为脱,一象狂奔,后随一巴蛇,目睒闪,行如飞。象见戈伏地,若稽首状。父子急登象背,发连珠枪,中蛇之双目。蛇怒,行更速,象急负之狂奔,旁徙入大谷。蛇如箭激直驶,堕大崖下,如雷霆毙矣!"直可谓惊心动魄。其他如卷四《北极毗耶岛》之写风光,卷一《东邻墓》之祭文,均见语言功力。《笔记小说大观》本《提要》称其"绮而不妖,质而不俚;趣味浓郁,辞事新鲜,洵可上披柳泉,近侪豚叟。篝灯夜读,处处引人入胜。如啖佳果,如对名花,如睹龙宫宝藏,如听钧天广乐。非一览无遗不耐咀嚼者所可同日而语",良然。

除《益智录》和《夜雨秋灯录》之外,近代前期的"聊斋体"文言小说尚有许奉恩的《里乘》(又名《留仙外史》)、朱翊清的《埋忧集》(又名《珠村谈怪》)、邹弢的《浇愁集》、韩邦庆的《太仙漫稿》等多种,而其中影响最大,"最具代表性的当属王韬,王韬传奇的人生经历和天才的创作文笔让他成为研究小说史所不可回避的人物。多数文言小说史和近代文学史在提到近代的文言小说作家的时候,第一个提到的就是王韬,有的研究者干脆除了王韬之外对别的作家只字不提"①。

王韬(1828—1897),原名利宾,字紫铨;入县学后改名瀚,字懒今,号蘅华馆主、忏痴庵主;入墨海印书局后署字子久,号淞滨逋客、瀛洲钓徒、甫里逸民等;遁迹香港后改名韬,字仲、子潜,号天南遁叟、子铨、紫铨、无畦;五十岁以后号仲弢、弢园老人(弢园为其在香港之居所);又号淞北玉魫生、欧西词客、泰东诗渔等;单从字号之多即可见其近代特点。长洲(今苏州市)甫里人。生于塾师之家,与蒲松龄略同的是十八岁应童子试,为秀才魁首,此后却屡试不第。与蒲松龄不同的是,乡试落榜后的王韬并没有汲汲于功名富贵,而是主动放弃了科举仕进之

---

① 张振国博士论文:《晚清民国志怪传奇小说集研究》。

路,于道光二十九年(1849)到上海谋生,入英国教会所办之墨海书馆任编辑,长达十余年之久,接触了西方文化。太平军定都南京,他曾向清廷献"平贼"方略,未获用。同治元年(1862)初,又借回苏州探亲之际,托名"黄畹",上书太平天国苏福省民务"逢天义"刘肇均,谋划进攻上海,事发为清廷追捕,在英人帮助下逃往香港,入英华书院,帮助英人理雅格翻译四书五经,为中西文化交流做出了贡献。同治六年至同治九年(1867—1870),他应理雅格之请赴欧洲,游历了英、法、俄诸国,进一步了解了西方文化,产生了效法西方,"变法自强"的改良思想。同治九年(1870),四十二岁的王韬回到香港,与友人集资买下了英华书院,更名"中华印务总局"。同治十三年(1874)创办并主编《循环日报》,使之成为中国第一张宣传维新思想的报纸,也使他成为中国第一位报刊政论文作家。[1] 光绪五年(1879),王韬东游日本,结识了当时的驻日参赞、诗人黄遵宪,两位最早走向世界的中国文学家在日本会面,成就了近代文学史上的一段佳话。光绪十年(1884),获李鸿章默许,回到上海,主持格致书院并任《申报》编纂主任。也就是在这时,他每于"酒阑茗罢,炉畔灯唇,辄复伸纸命笔,追忆三十年来所见所闻,可惊可愕之事,聊记十一,或触前尘,或发旧恨,则墨沈淋漓,时与泪痕狼藉相间。"[2]创作了他的"聊斋体"文言小说集《淞隐漫录》和《淞滨琐话》。王韬一生勤于著述,《弢园醵资刻书启》共列书目三十六种,实有四十余种。除经学、史地、自然科学著作外,尚有《弢园诗文集》《普法战纪》《弢园文录外编》《弢园尺牍》等。文言小说除上述二种外,尚有同治间避难香港时所著之《遁窟谰言》(又名《遁叟奇谈》),亦仿《聊斋》而作。

《遁窟谰言》《淞隐漫录》《淞滨琐话》是近代影响最大且具有继往开来文学史价值的"聊斋体"文言小说集,均为十二卷。《遁窟谰言》初版于光绪元年(1875),为申报馆仿聚珍版,收入《申报馆丛书》内,十二卷一百二十篇。作者《自序》云:"同治纪元之岁(1862),余以避兵至粤,寄迹香港,卜居山麓,小楼一楹,仅堪容膝,榜曰:'天南遁窟',盖纪实也。夙寡交游,闭门日多。风晨雨夕,一编自怡。时有以文字请者,

---

① 郭延礼:《中国近代文学发展史》(第2卷),第1094页,济南,山东教育出版社,1991。
② 〔清〕王韬:《淞隐漫录自序》,见《淞隐漫录》,第3页,北京,人民文学出版社《中国小说史料丛书》本,1983。

诙谐诡诞,不名一体。于是窃效干宝之搜神,戏学髯苏之说鬼(句源于蒲松龄《聊斋自志》之'才非干宝,雅爱搜神;情类黄州,喜人谈鬼。')灯炧更阑,濡毫暝写。久之,遂如束简,因并箧中所有髫年之作,厘为十二卷,名曰:《遁窟谰言》。"可见其创作情况。书出版后大受读者欢迎,至一版再版,甚至有江西书商剽窃,将其与朱翊清《埋忧集》合刻,易名《闲谈消夏录》。《萤窗异草》全编本第四编亦抄入此书作品四十余篇,可见影响。与其后来创作的《淞隐漫录》和《淞滨琐话》相比,《遁窟谰言》虽继承多于创新,内容方面多因果报应,花妖狐魅,男女爱情,武侠公案之流,许多篇章甚至有明显的模拟痕迹,如卷三《蜂媒》之与《聊斋志异·绿衣女》、卷七《黄粱续梦》之与《聊斋志异·续黄粱》等等,但其中的优秀篇章却也明显地流露出新的时代特征。如卷二之《何氏女》写佣工施德源因娶了美女何氏而引起东家冯公子嫉妒,调戏未成,竟设计将何氏女害死,显然是一个新的主题,颇具"白毛女"性质。卷四之《贾芸生》更一反《聊斋》模式,将最初渲染得神秘莫测的狐鬼故事一一揭秘,原来是有人弄鬼,既破除了迷信,又为民国间吴绮缘的《反聊斋》提供了启示。这些都明显地具有近代的时代精神。

《淞隐漫录》十二卷,未见著录。又名《后聊斋志异图说》、《绘图后聊斋志异》,可见其"聊斋体"性质。从光绪十年(1884)下半年起以单篇形式发表于申报馆发行的《点石斋画报》,至光绪十三年(1887)底连载完毕,后由点石斋结集成书,并由当时著名画家吴友如和田英(子琳)配以新插图,石印出版。后上海鸿文书局和积山书局又用原版缩印,并补入失收的四篇。今有人民文学出版社 1983 年《中国小说史料丛书》王思宇校点本较为流行。从思想艺术成就方面看,总体上确如吴志达所言:"作者生活阅历丰富,既博览古籍,而又学贯中西,在某些传统题材和民间传说中,往往掺入作者亲身经历与感受。情致委婉,富于变化,笔调细腻,抒情气氛较浓。"①具体地讲,《淞隐漫录》从题材方面可分为两个大方面:一为传统题材,如歌颂男女爱情、揭露社会黑暗等。此类作品虽也有不少为前人记载,如卷七《眢娘再世》之写李煜、卷十二之《白玉楼》写李贺等,但更多的则是现实题材的作品。卷

---

① 吴志达:《中国文言小说史》,第 782～783 页,济南,齐鲁书社,1994。

一之《吴琼仙》写花花公子周某垂涎琼仙美貌,未达目的便依仗父亲权势,逼女跳河自尽。其恋人书生孙月洲亦"得此噩梦,知非吉征,家乡渐近,步步凄恻。既抵里门,方知吴氏一家,俱已物故。急诣女墓,汤酒捧觞,伏地不能起,长号数声,呕血而逝。"卷二之《周贞女》写其母嫌贫爱富,不顾婚约,欲将其嫁与富商为妾,致其于迎娶前夕,吞阿芙蓉(鸦片)自尽等等。都具有鲜明的时代特征,比其《遁窟谰言》有了明显的进步。二为涉外的新题材。因作者曾西游欧洲,东渡日本,所以"书中还有些故事描写英、法、日本等国的社会生活,风土人情。不但开拓文言小说题材新领域,令人耳目一新,也反映作者主张面向世界的进步思想"①。而此类作品中最有代表性的当数卷四之《外国美人》、卷八之《海外壮游》和同卷之《海底奇境》。《海外美人》写汀洲陆梅舫夫妇自制巨舶,海外探奇,显然具有近代人勇于开拓、放眼世界的近代精神。"《海外壮游》写钱思衍厌弃科举,求仙不成而游历欧洲的所见所闻,寄托了作者对于走出国门,向西方学习的充分肯定。《海底奇境》中,作者塑造了一个既有改革精神又踏实肯干的改革者聂瑞图的形象。他主张兴修水利,自筑铁路,可说是我国文言小说中较早出现的维新志士形象。这三篇作品描写海外风光,世俗民情以至西方资本主义国家的物质文明和精神文明,从而透露出作者的向往之情。而这些是此前的小说作家所无法比拟的。"②这显然是王韬勇于进取,思想解放,走出国门,开阔视野的结果。正是这一方面,为近代文言小说史,为中国文言小说史引入了一股新风,促进了近代文言小说的新发展,文学史价值极高。从艺术方面讲,《淞隐漫录》亦有两个方面值得研究:其一即继承《聊斋志异》之艺术手法,"求之于中国不得,则求之于遐陬绝峤,异域荒裔;求之于并世之人而不得,则上溯之亘古以前,下极之千载之后;求之于同类同体之人而不得,则求之于鬼狐仙佛,草木鸟兽。昔者屈原穷于左徒,则寄其哀思于美人香草;庄周穷于漆园吏,则以荒唐之词鸣;东方曼倩穷于滑稽,则《十洲》《洞冥》诸记出焉。"③古人云"文穷而后工",王韬的这一段夫子自道,清楚地告诉我们,他所采

---

① 宁稼雨:《中国文言小说总目提要》,第 363 页,济南,齐鲁书社,1996。
② 张振国博士论文:《晚清民国志怪传奇小说集研究》,第 129 页。
③ 王韬:《淞隐漫录·自序》,第 2 页,北京,人民文学出版社,1983。

用的是自庄子、屈原、东方朔、蒲松龄等一脉相承的"浪漫主义"艺术手法。然而写作过程中,却又"不论是现实社会中的人物,还是幻想中的鬼魅妖狐,作者都按照现实生活的逻辑去描写他们的性格,使人感到入情入理,真实可信"①。这一点,相信凡是读过《淞隐漫录》的人都有清楚的感觉。其二即文笔细腻,语言优美,充满诗情画意,具有明显的诗化特征。王韬诗文具佳,所以他的许多作品不但长于叙事,亦善于抒情写景,如卷十《清溪镜娘小传》中一段:

> 镜娘家临湖背山,风景佳胜。宅后有小园,亭榭已荒,而废池一规,莹绿澈底,莓苔被径,人迹罕到。春时杂花盛开,镜娘晓妆毕,扶小鬟赍茗具至曲亭中,凭栏吟眺,尤喜读悔庵(其意中人)小词,能以曼声歌之。爱吹笙,每良夜月明,清光如水,辄自度一曲,泠泠然有出世之想。

真胜景美人,描摹如画,有声有色,发人幽情。嗣后镜娘物故,悔庵闻耗错愕,集《惆怅词》一百八首,《断肠曲》一百韵以悼之。后为之改葬,过时而哀,又作《银河吹笙图》《曼陀花室校书图》以寄意。末以《重客瀫城吊镜娘诗》七律五首作结,使这一特征更加明显。今录其第一首曰:

> 旧事思量益惘然,枉教紫玉竟成烟。
> 荒原有客寻苔碣,冷节无人挂纸钱。
> 五色仙裙飞坏蝶,三更怨魄托啼鹃。
> 棠梨万树花如雪,乞与真娘作墓田。

其他如卷九之《陶兰石》《陈霞仙》等亦均此类,不胜枚举。

《淞滨琐话》十二卷,成书于光绪十三年(1887),未见著录。今存光绪十九(1893)秋九月淞隐序排印本,是王韬自著、自校、自己排印之本。后来又有《笔记小说大观》《香艳丛书》、宣统三年(1911)上海著易堂石印本等多种,今以齐鲁书社 1986 年《清代笔记小说丛刊》刘文忠校点本较为流行。《淞滨琐话》是王韬的晚年之作,实际上是《淞隐漫录》续集,与上述二书一样,都深受《聊斋志异》的影响,是典型的"聊斋体"文言小说集。作者在《自序》中颇为自得地说:

---

① 郭延礼:《中国近代文学发展史》(第 2 卷),第 1397 页,济南,山东教育出版社,1991。

　　夫荒唐之词,发端于漆园;怪诞之说,滥觞乎《洞冥》。《虞初》九百,早以是鸣。降及后世,抑复工已。余向作《遁窟谰言》,见者谬加许可,江西书贾至易名翻板,借以射利。《淞隐漫录》重刻行世,至再至三,或题曰《后聊斋图说》,售者颇众。前后三书,凡数十卷,使蒲君留仙见之,必欣然把臂入林曰:"子突过我矣,《聊斋》之后有替人哉!"虽然,余之笔墨何足及留仙万一,即作病余呻吟之语,将死游戏之言观可也。

颇有自知之明,虽不至"何足及留仙万一",然确有一定距离。"从中国小说史发展的角度看,描写花妖狐魅的小说,自蒲松龄的《聊斋志异》问世,已达高峰,其后的作者,虽仿《聊斋》者甚多,但已很难达到《聊斋》的高度,因而在题材上不得不改弦更张,以开拓新的领域。"[①]而鲁迅则称"王韬志异而鬼事渐少",称"迨长洲王韬作《遁窟谰言》(同治元年成)《淞隐漫录》(光绪初成)《淞滨琐话》(光绪十三年序)各十二卷,天长宣鼎作《夜雨秋灯录》十六卷(光绪二十一年序),其笔致又纯为《聊斋》者流,一时传布颇广远,然所记载,则已狐鬼渐稀,而烟花粉黛之事盛矣"[②]。一语中的。而与《遁窟谰言》《淞隐漫录》相比,《淞滨琐话》中烟花粉黛之气尤浓。刘文忠《淞滨琐话·校点后记》有专论,可以参阅。[③]此外,其中的许多作品对清末政府的因遁守旧,官场腐败黑暗等方面的描写,也极具现实意义。如卷十之《因遁岛》,显然便写出了作者站在改良主义的立场上对大清帝国的总体认识。在作品中,大清各级官吏,均为"专爱食人脂膏"而又"衣冠颇整"的狼类。初到任时,"尚现人身,衣冠亦皆威肃。未数日,渐露本相,专爱食人脂膏。"邑绅骄横,夺邻田产,邻讼于厉令,绅重金行贿,厉竟将邻逐出,致使其自缢于绅门。项生问其曲直,厉令竟笑曰:"先生不知耶?绅子现居京要,得罪则仆不能保功名,况妻子乎?且民命能值几何?以势制之,彼亦无能为力。"项又问:"信如君言,则人情天理谓何?国法王章不几虚设耶?"厉令竟言:"先生休矣!今日为政之道,尚言情理耶?吾辈辛苦钻营,始得此一官一邑,但求上有佳名,不妨下无德政。直者曲之,曲

---

① 刘文忠:《淞滨琐话·校点后记》,第361页,济南,齐鲁书社,1986。
② 鲁迅:《中国小说史略》,第188页,北京,人民文学出版社,1973。
③ 刘文忠:《淞滨琐话·校点后记》,第362~364页,济南,齐鲁书社,1986。

者直之,逢迎存于一心,酬应通乎万变……"官场经念得何等熟稔?为了逢迎拍马,这位厉令竟能将爱妾幼女饰为歌妓,供上司寻欢作乐,而自己很快即升为太守。难怪吴志达分析此篇后愤慨地写道:"因遁岛的官场黑幕,正是清朝腐败黑暗统治的缩影。本篇与晚清'四大谴责'小说,可谓有异曲同工之妙。文言小说与白话小说两种不同的文学样式,都批判了当时官场的黑暗,使人感到清朝从上到下,文官武将都腐败不堪,已经无可救药,除了把它推翻之外,别无办法。"①从艺术方面讲,《淞滨琐话》除具有上述二作之特点外,较为突出的是"语言骈丽而富有文采。对闺房女子的调侃语,所写十分生动,维妙维肖。有些景物描写,逼真传神,如入画境。"②作者几部文言小说中,本书以文采铺张见长,比《淞隐漫录》有过之而无不及。如诸家所引卷五《袁野宾》中描写三峡景色的一段:

> 登舟溯三峡而上,每当湍流箭驶,峰蠱铓尖,餐翠饮绿,徘徊不忍去。扣舷而讴,与长年邪许之声相间。一日至山水最胜处,但见千岩万壑,竞秀争奇,绝胜山阴道上,如入荆、关画中,不觉目为之迷,神为之越。船随岸转,突有绝壁数百丈,藤萝娄络,松柏倒垂,两岸猿狖,逐队成群,啼啸响应山谷。或迎船跳跃,或缘树联臂,縆而下饮于涧。生曝然自乐,忘路之远近,恍惚若有所睹。舍舟登陆,信步所之,处处引人入胜,目不给赏。

以至于郭延礼《中国近代文学发展史》由此出发,称王韬的部分作品为"散文型的小说"。③ 总而言之,王韬的"聊斋体"文言小说虽不及《聊斋》,但在中国文言小说史上继往开来的文学史价值还是十分重要的。此后出现的"新体文言小说",显然从题材到形式,从内容到风格都受到它的影响,尤其是那些具有近代时代特征的开放型"海派"小说。

在"聊斋体"文言小说蓬勃发展的同时,"阅微草堂体"也香火继续。其势头虽不及"聊斋体"大,然亦出现了不少在近代文言小说史上绕不过去的作品,如许秋垞的《闻见异辞》、梁恭辰的《北东园笔录》、李

---

① 吴志达:《中国文言小说史》,第 785 页,济南,齐鲁书社,1994。
② 刘文忠:《淞滨琐话·校点后记》,第 364 页,济南,齐鲁书社,1986。
③ 见郭延礼:《中国近代文学发展史》(第 2 卷),第 1397～1399 页,济南,山东教育出版社,1991。

庆辰的《醉茶志怪》、许奉恩的《里乘》、俞樾的《右台仙馆笔记》、牛应之的《雨窗消意录》等等，其中尤以《醉茶志怪》《里乘》和《右台仙馆笔记》较有代表性。

《里乘》（一名《留仙外史》）十卷，《八千卷楼书目》《清朝续文献通考·经籍考》小说家类著录。作者许奉恩（1816—1878），字叔平，号兰苕馆主人，桐城（今属安徽）人。幼承家学，博览群书，名重一时而试辄不售。一生沉沦，以幕僚为生。据书前《说例》，知创作始自道光二十三年（1843），历时三十年，至同治十三年（1874）完成。今存光绪五年（1879）常熟抱芳阁刊本为十卷，《笔记小说大观》本删为八卷，《扫叶山房丛抄》本节为四卷，1915年上海广益书局石印本改题《留仙外史》。今有齐鲁书社1988年排印十卷本。浙江古籍出版社1989年排印八卷本（题《留仙外史》）。关于其形式，鲁迅《中国小说史略》第二十二篇列于"体式较近于纪氏五书者"之列，且称其"亦记异事，貌如志怪者流，而盛陈祸福，专主劝惩，已不足以称小说"。然作者《自序》中则言："至我朝山左蒲留仙先生《聊斋志异》出，奄有众长，萃列代之菁英一炉冶之，其集小说之大成者乎！而河间纪文达公《阅微草堂笔记》，属词比事，义蕴毕宣，与《聊斋》异曲同工，是皆龙门所谓'自成一家之言'者也。……予一介腐儒，幼习献亩，善观爨异，又爱听野老丛谈，择其事之近是者，编为《里乘》一书。间亦杂以说鬼搜神，干宝苏髯，偶尔游戏，姑妄言之，姑妄听之可也。惟笔墨矗苴，大足供大雅一笑，岂敢望鼎立于蒲、纪二公间哉？"可见其从主观上讲，既仿《聊斋》，又仿《阅微草堂笔记》。故《笔记小说大观》称其"谈狐说鬼，无殊淄水之洸洋；劝善惩恶，犹是河间之宗旨。"良然。且就作者生平与蒲松龄颇似看，当以仿《聊斋》为主导主面，而在劝善惩恶，以及强调笔记体的纪实、叙事简洁等方面又受纪昀的影响。具体地讲，篇幅较长的传奇小说多仿《聊斋》，如卷三之《仙露》，卷四之《伊莘农相国言》，《柯寿鞠》等。而大量的笔记小说则显然仿《阅微草堂笔记》。从而便在中国文言小说史上留下了一笔，并非"不足以称小说"，更何况好花尚需绿叶扶也。

无独有偶，与《里乘》情况相似的还有天津最有名的文言小说家李庆辰的《醉茶志怪》。李庆辰（1838？—1897），字筱筠，号醉茶子，天津人。诸生。终生清苦，以授徒为业。"襟怀旷逸，力学安贫，以盛唐为宗,五律尤近老杜。没后子亦病废,家世陵夷,遗稿莫知所在。"①可见终生比蒲松龄还要清苦凄凉。故其《醉茶志怪·自序》开篇即云:"一编志异,留仙叟才迥过人;五种传奇,文达公言能警世。由今溯古,绝后空前。此外之才人,纵能灿彼心花,终属拾其牙慧。"可见创作情况与《里乘》相似,同样受《聊斋志异》和《阅微草堂笔记》的双重影响,恰如杨光仪此书之《序》所言:"是盖合二书之体而为之者。"此书四卷,清代书目未见著录,《贩书偶记》列小说家类。今见最早为光绪壬辰(1892)津门刊本,1990 年天津古籍出版社据以影印,齐鲁书社、河北人民出版社于 1988 年有排印本。通观全书,确如金东所言:"《醉茶志怪》共有三百四十六篇,其中很大一部分颇似纪昀的《阅微草堂笔记》,志怪简明质朴而又富于理趣,轶闻错出其中,多寓劝戒之意。书中可视为小说的(当指传奇小说)虽不足百篇,但其思想内容却相当复杂,故事类型与人物类型亦相当繁多。这些故事多托言鬼狐,带有传奇色彩,情节曲折,起伏跌宕,颇能引人入胜,……而并非亦步亦趋地因袭模拟蒲松龄,可谓《聊斋》之流亚。"②卷四之《爱哥》写其从小女扮男装,娇生惯养,心理变态,忘记了自己的真正性别。甚至娶妻纳妾,临盆称病,刻画得栩栩如生,在中国文言小说史上最有特点。加之语言洗炼流畅而富于文采,生动传神,颇有韵味,鞭辟现实,时亦有之,故不失为近代文言小说史上的优秀作品。

在近代"阅微草堂体"文言小说中,成就较高、最具代表性的应是俞樾的《右台仙馆笔记》。俞樾(1821—1907),字荫甫,号曲园,德清(今属浙江)人。晚清著名学者、文学家。道光十六年(1836)中秀才,仅十五岁。次年中乡试副榜,道光三十年(1850)进士,选翰林院庶吉士,授编修。提督河南学政,因被劾"试题割裂经文"去官,专心著述、讲学。曾主讲苏州紫阳、上海求是、湖州菱湖、德清清溪、归安龙湖、杭州诂经精舍等书院达三十余年。因苏州寓所春在堂修有曲园,故自号曲园叟、曲园居士、曲园老人。学界称之为曲园先生。著述宏富,总称《春在堂全书》,共五百卷,其中《群经平议》《诸子平议》《古书疑义举例》深得学界推重。笔记小说有《春在堂随笔》《茶香室丛钞》《右台仙

---

① 高凌雯:《天津县新志》卷二三。
② 金东:《醉茶志怪·校点后记》,第 269 页,济南,齐鲁书社,1988。

馆笔记》《耳邮》等,《右台仙馆笔记》影响最大,也最具代表性。

《右台仙馆笔记》十六卷,《清史稿·艺文志》、《清朝续文献通考·经籍考》著录。今有《春在堂全书》本《申报馆丛书》本、宣统二年(1910)上海朝记书庄石印本等。1986 年齐鲁书社排印梁脩点校本较为流行。作者于序中说:

> 余自己卯夏姚夫人卒,精神意兴日就阑衰,著述之事殆将辍笔矣。其年冬,葬夫人于钱唐之右台山,余亦自营生圹于其左。旋于其旁买得隙地一区,筑屋三间,竹篱环之,杂莳花木,颜之曰:"右台仙馆"。余到湖上,或居俞楼,或居斯馆,谢绝冠盖,昵就松楸,人外之游,其在斯乎! 余吴下有曲园,即有《曲园杂纂》五十卷;湖上有俞楼,即有《俞楼杂纂》五十卷,右台仙馆安得无书? 而精力衰颓,不能复有撰述。乃以所著笔记归之。笔记者,杂记平时所见所闻,盖《搜神》、《述异》之类不足,则又征之于人。

真乃情种,可见其创作本身就颇具传奇性。在《右台仙馆笔记》之前,作者已完成了《耳邮》,两相对读,《耳邮》中绝大部分篇目收入《笔记》前四卷,其所云"笔记"当指此类。大概因为精力衰颓,难于成书,故《序》末又附录《征求异闻启》曰:

> 余今岁行年六十矣,学问之道,日就荒芜;著述之事,行将废辍。书生传习,未能尽忘,姑记旧闻,以销暇日。而所闻所见,必由集腋而成(蒲松龄《聊斋自志》中有所谓:"集腋为裘,妄续幽冥之录"等语);予取予求,窃有乞邻之意。伏望儒林丈人、高斋学士,各举怪怪奇奇之事,为我原原本本而书,寄来春在草堂,助作秋灯丛话。约以十事为率,如其多则更佳。先将二绝为媒,幸勿置之不答。

大约正因如此,所以《右台仙馆笔记》中杂有不少因袭摹拟之作。王颖《俞樾及其〈右台仙馆笔记〉研究》一文即曾考证过其材料来源,然未论及《听雨轩笔记》。李少军硕士论文《清凉道人及〈听雨轩笔记〉研究》研究,仅卷十中就有《邑人童朴斋》《拆字之术》《贝炼师》等八篇完整地化用了前者卷一《杂记》中的作品,甚至相对于原文竟未作较大的修改。通阅《右台仙馆笔记》还可以发现,其思想内容除今一般文学史、小说史所概括的什么揭露抨击社会黑暗,歌颂劳动人民高尚的道德情操,同情妇女的悲残遭遇等等之外,有两个方面最具近代时代特征:其一为直写鸦片之害,如卷二之《贾慎庵》条便揭露了帝国主义者勾结清朝官吏,倾销鸦片,榨取民脂民膏的罪行,用心良苦。其二为直写当时的许多家庭矛盾,反映了封建社会崩溃之前的礼崩乐坏,令人触目惊心。如卷二之《粤中李氏子》条,写李氏子性喜博,父屡诫不止,其父与其妻竟然合谋将其灌醉,投入水中。卷十五之《父骗子财》条写其父无赖,骗子之财,弃子于路,几令其子冻饿而死等等。道德沦丧,令人发指。至于官吏贪敕,恶霸横行,民不聊生等等,就更不在话下了。从艺术方面讲,俞樾之父俞鸿渐即深服纪昀之《阅微草堂笔记》,尝云:

> 《聊斋志异》一书,脍炙人口。而余所醉心者,尤在《阅微草堂五种》。盖蒲留仙,才人也,其所藻绘,未脱唐宋人小说窠臼。若《五种》,专为劝惩起见,叙事简,说理透,垂戒切,初不屑屑于描头画角,而敷宣妙义,舌可生花,指示群迷,头能点石,非留仙所及也。[1]

俞樾自己也公开声称:

> 余著《右台仙馆笔记》,以《阅微》为法,而不袭《聊斋》笔意,秉先君子之训也。然《聊斋》藻绘,不失为古艳。后之继《聊斋》而作者,则俗艳而已。甚或庸恶不堪入目,犹自诩为步武《聊斋》,何留仙之不幸也![2]

这大概即俞樾选择"阅微草堂体"而没有步武《聊斋》的主要原因。"聊斋体"之后劲多喜冶游,故其作品"狐鬼渐稀,而烟花粉黛之事盛矣。"这对于一个用情专注,竟至给爱妻庐墓的情种来说,无疑是无法容忍的,更何况还要"秉先君子之训"呢?

　　除上述二派之外,近代还有大量的志怪、志人、传奇等传统文言小说。如齐学裘的《见闻随笔》《续笔》,百一居士的《壶天录》,葆光子的《物妖传》,梁拱辰的《广东劫火记》,邓文滨的《醒睡录》,韩邦庆的《太仙漫稿》,姚燮的《十洲春雨》,缪艮的《珠江名花小传》,吴沃尧的《趼廛笔记》《趼廛剩墨》《中国侦探案》《上海三十年艳迹》《我佛山人笔记四

---

① 俞鸿渐:《印雪轩随笔》,卷二,转引自朱一玄编《聊斋志异资料汇编》,第503页,天津,南开大学出版社,2002。

② 俞樾:《春在堂随笔》卷八。

种》《我佛山人札记小说》等等。至于杂俎小说,那就更是汗牛充栋,枚不胜举了。可见近代传统文言小说虽非未开垦的处女地,但仍存在大量研究死角,期待后学发掘。

第二节　近代的"新体文言小说"

与前一阶段以传统文言小说占主流地位不同,近代后期则明显地以"新体文言小说"为主。所谓"新体文言小说",是指近代后期大量涌现的虽仍用文言写成,但从内容到形式均具有"新小说"特征的新文言小说。众所周知,"新小说"是指自 19 世纪末以来,在新的社会环境中,在新的小说理论指导下出现的那些创作动机新、小说题材新、思想内容新、艺术形式新的,迥异于传统小说的,以全新面貌出现的各类小说。而其中用文言文撰写的"新小说",即所谓"新体文言小说"。长期以来,文学史界和小说史界在论述近代小说的时候,多将翻译小说,主要是林纾的翻译小说放在创作小说之后加以论述,颇给人以附带之感,然而从近代后期文言小说的发展,尤其是"新体文言小说"的发展看,翻译小说尤其是"林译小说"却起了重要的推波助澜的作用,且从时序的角度看,翻译小说也绝对居"新体文言小说"之首,所以我们不妨先介绍一下近代后期的翻译小说,尤其是"林译小说"。

"中国近代翻译文学开始于 19 世纪 70 年代,从这里到'五四'运动,虽然只有短短的五十年,但翻译文学取得了空前的成就。据粗略统计,这时期出现的翻译家(或译者)约 250 人左右,共翻译小说 2569 种,翻译诗歌近百篇,翻译戏剧 20 余部,还有翻译散文、寓言、童话若干。在这些门类中,翻译小说的成就最为突出,不仅是数量多,而且类型全,有社会小说、爱情小说、历史小说、政治小说、教育小说、科学小说、侦探小说等,后四种类型的小说,为中国传统小说所未有,是首次从西方和日本引进的小说类型。对中国近代小说的发展也有一定影响。"①文言小说自不会例外。而在大量的翻译小说中,以林纾翻译的

---

① 郭延礼:《中国近代翻译文学概论》,第 15～16 页,武汉,湖北教育出版社,1998。

作品数量最多,成就最高,影响最大,因而也最有代表性。

林纾(1852—1924),幼名群玉(亦名秉辉),字琴南,号畏庐、冷红生,晚年别署蠡叟、六桥补柳翁、践卓翁等,私谥贞文,福建闽县(今福州市)人。幼时家贫,靠母亲、姐姐做女工度日,然刻苦好学,博览群书,于古文尤着力。二十余岁从师学画,三十一岁中举,结识同年生李宗言。李家藏书极富,他一一借阅,寓目者不下三四万卷。此后虽屡试不第,但"读书破万卷"的工夫却使他"下笔如有神"。为后来的翻译打下了深厚的语言基础。甲午战争失败后,他极度悲愤,曾与陈衍等上书清廷,抗议割让领土,且撰《闽中新乐府》三十二篇,见其爱国及维新思想。光绪二十三年(1897),与之感情甚笃的夫人刘琼姿病逝,撰《亡室刘孺人哀辞》,情真词哀,催人泪下。次年夏,至马江散心,与精通法语的王寿昌合译法国小仲马《巴黎茶花女遗事》,以消愁肠,意外大获成功,一时有洛阳纸贵之誉。从此一发而不可收,绝意仕进,屡辞举荐,走上了翻译文学之路。光绪二十五年(1899)移居杭州,二十七年(1901)迁居北京,以教读、翻译为生。先后与王寿昌、魏易、陈家麟、毛文仲等人合作,以文言翻译了外国文学作品一百八十余种,其中小说一百六十三种。涉及英、法、俄、美、日本、西班牙等十一个国家九十八位作家的作品。"林纾最早向中国人民介绍了世界许多著名作家,如英国的莎士比亚、狄更斯、司各特,法国的雨果、巴尔扎克、仲马父子,美国的华盛顿·欧文、斯托夫人……以及许多世界名著如《鲁滨孙飘流记》《黑奴吁天录》……从而开阔了中国人民的生活视野和艺术天地,使中国人民不无惊讶地看到:欧美资本主义国家除了船坚炮利、自由民主,也还有如此优美动人的文学。"①阿英亦曾说过:"当时的译家,最为知识阶级所推重的,是严复、林纾一班所谓以古文笔法(文言)译书的人。严复虽曾作过《本馆附印说部缘起》,了解小说的重要性,但并没有创作或翻译过小说。……其在小说,当然是只有林纾一人。……他使中国知识阶级,接近了外国文学,认识了不少的第一流作家,使他们从外国文学里去学习,以促进本国文学的发展。"②因"林译小说"系译之以文言,所以首先促进的便是文言小说的发展,而其方向,

---

① 郭延礼:《中国近代文学发展史》(第2卷),第1537页,济南,山东教育出版社,1991。
② 阿英:《晚清小说史》,第181~182页,北京,人民文学出版社,1980。

则是由传统文言小说向"新体文言小说"发展。而对于其贡献及语言特色，陈平原这样说："林氏开风气之先，最早大量译介西洋文学入中国，虽不谙外文，凭人口述，难免讹谬，然善于为文，以古文笔法出之，也别具一格。"①其至与之同时代的徐念慈（1875—1908）于光绪三十四年（1908）在《小说林》第九、十两期上发表《余之小说观》一文，竟称："所以林琴南先生，今世小说界之泰斗也；问何以崇拜者众？则以遣词缀句，胎息史汉，其笔墨古朴顽艳，足占文学界一席而无愧色。"②以文言译泰西小说而被时人称为"今世小说界之泰斗"，可见当年影响。

在"林译小说"中，影响最大的是《巴黎茶花女遗事》和《黑奴吁天录》。前者是法国小仲马的名著，原是剧本，林纾第一个以文言小说的形式译介给中国读者。书大约译于光绪二十四年（1898）夏，次年二月（夏历正月）在福州以"畏庐藏板"印行，系木刻大巾箱本线装。一问世便不胫而走，至使"纸贵洛阳"，被称为"外国的《红楼梦》"。不少人手不释卷，一读再读，为茶花女的不幸遭遇流下了同情的眼泪。以至于原本看不上林纾的严复也在一首留别林纾的诗中写道：

可怜一卷《茶花女》，断尽支那荡子肠。③

究其原因，一方面是原著的故事情节、人物形象，尤其是茶花女马克格尼尔的美丽动人与悲残人生极易打动当时读者尤其是青年男女的心，另一方面则是林纾译文的简洁顽艳、优美动人。郭延礼《中国近代文学发展史》即引亚猛与马克相爱后之深情密意一段文字以实之。其中一段曰：

> 时长夏郁蒸，林木纯碧，余与马克临窗眺瞩，觉二人情思两两交纠，飞在林梢草际，微微游漾。此余生平所未享之艳情，亦马克病中所不经之香福。

如此文字，抒情写景，确具诗情画意。华侨文学批评家丘炜菱谓其："以文华之典料，写欧人之性情，曲曲以赴，煞费匠心。好语穿珠，哀感玩艳。读者但见马克之花魂，亚猛之泪渍，小仲马之文心，冷红生之笔

---

① 陈平原：《二十世纪中国小说史》（第一卷），第 328 页，北京，北京大学出版社，1989。

② 转引自黄霖、韩同文选注：《中国历代小说论著选》（下册），第 298 页，南昌，江西人民出版社，1985。

③ 〔清〕严复：《甲辰出都呈同里诸公》，见《严复集》（第二册），第 365 页，北京，中华书局，1986。

意,一时都活,为之欲叹观止。"①良然。若通外语而用白话,处处拘束,未必有如此效果。《黑奴吁天录》亦然,形式上分章而无回目,虽以文言译出,然抒情写景,状物描人,均别有风味。如第十四章写汤姆由砳脱沟至海留处一段:

> 当其无事之际,必登高处自读《圣经》,凭高俯视,岸之四旁,无不周瞩。见平畴弥望,耕耰均属黑人。矮屋累累,如鸡栖豚栅,环绕飞楼之侧,均黑奴居也。汤姆睹此情状,忽忆砳脱沟家中,高树荫其屋顶,门外蔷花蓓蕾,蜂蝶往来。正在凝想之际,如见克鲁为之治庖,群儿环绕其膝,恣情嬉戏。及精神一定,万象皆寂,但闻船行机轴隆隆作声,而眼中景象,无非江水芦芽而已。嗟夫!汤姆此想,盖其最末收场之虚象,过此更不萌生矣。

这样的作品,这样的文言译文,显然迥异于传统文言小说,必然以其新奇引人注目,使"林译小说"风靡全国。以至于"当时的知识界,很少没有读过林纾译作的。鲁迅对于'林译小说'是每本必读的。郭沫若当时也喜欢看林纾译的小说,他曾在《我的幼年》一书中说:'林琴南译的小说,在当时是很流行的,那也是我最嗜好的一种读物'。"②钱钟书更声称:"我自己就是读了他的翻译而增加学习外国语文的兴趣的。商务印书馆发行的那两箱《林译小说丛书》是我十一、二时的大发现,带领我进了一个新天地,一个在《水浒》《西游记》《聊斋志异》以外另辟的世界。"③甚至以精通外文著称的他竟然由衷地说:"我发现自己宁可读林纾的译文,不乐意读哈葛德的原文。理由很简单:林纾的中文文笔比哈葛德的英文文笔高明得多。哈葛德的原文笨重、粘滞,对话更呆蠢,一点不醒心娱目。……林纾的文笔有它的毛病,但整个来说比哈葛德的轻快干净。"④不通外文,可以不受拘束;合作者精通外文,可以

---

① 丘炜萲:《挥尘拾遗》,见阿英编《晚清文学丛钞·小说戏曲研究卷》,第408页,北京,中华书局,1961。

② 孔立:《林纾和"林译小说"》,见中国社会科学院文学研究所近代文学研究组编《中国近代文学论文集·小说卷》,第638页,北京,中国社会科学出版社,1983。

③ 钱钟书:《林纾的翻译》,见中国社会科学院文学研究所近代文学研究组编《中国近代文学论文集·小说卷》,第645页,北京,中国社会科学出版社第,1983。

④ 钱钟书:《林纾的翻译》,见中国社会科学院文学研究所近代文学研究组编《中国近代文学论文集·小说卷》,第661页,北京,中国社会科学出版社第,1983。

保证大体可信，加之译者的文言语言功力与艺术想象，这大概即"林译小说"成功的主要原因。一个不通外文的翻译家有如此影响，直到今天仍为人称道甚至有人研究，这在世界翻译文学史上恐怕是绝无仅有的。正是文言的"林译小说"，促进了传统文言小说向"新体文言小说"的发展。我国章回小说的传统形式，就是在林译的《巴黎茶花女遗事》问世之后，由何诹的《碎琴楼》、苏曼殊的《断鸿零雁记》和林纾自著的《剑腥录》等新体文言小说开始打破的。才子佳人小说的大团圆结构模式，也是因林译小说而被打破的。张静庐《中国小说史大纲》就说："自林琴南译法人小仲马所著哀情小说《茶花女遗事》以后，辟小说未有之蹊径，打倒才子佳人团圆式之结局，中国小说界大受其影响。"当然，当时其他用文言翻译的外国小说，如鲁迅、周作人等人的译作，也起了推波助澜的作用。

　　在近代后期文言小说史上，受"林译小说"的直接影响，最早出现的"新体文言小说"，应该是被范烟桥《中国小说史》誉为"挽近文言长篇之眉目"的《碎琴楼》。《碎琴楼》三十四章，近代书目未见著录。袁行霈、侯忠义《中国文言小说书目》、宁稼雨《中国文言小说总目提要》、石昌渝主编《中国古代小说总目》、江苏省社会科学院明清小说研究中心编《中国通俗小说总目提要》亦未著录。唯日本人遵本照雄编《新编增补清末民初小说目录》著录七种版本：1. 上海商务印书馆宣统二年（1910）本，2. 上海环球书局印行，总发行所大明书局大本小说，庚戌七月既望（1910 年 8 月 19 日）本，3.《东方杂志》第八卷 1—12 号，宣统 3.2.25（公元 1911.3.25—1912.6.1）本，4. 上海商务印书馆 1913.4/1918.9 四版/1930.6 八版/1939 第 2 版第 5 次印刷本，5. 上海商务印书馆 1933.10 国难后一版本，6. 吉林文史出版社 1988.6《晚清民国小说研究丛书》季路校点本，7. 百花洲文艺出版社 1996.6《中国近代小说大系》38 黄毅校点本。可见影响。何诹，生平事迹不详。范烟桥《中国小说史》称："或云著者尝宦粤西，故所言皆两粤事"，"一说书中云郎，即作者自况也"。显然仅臆测之词。据作者自序，知书稿完成于宣统二年（1910），脱稿后即出版发行。我们之所以称之为"新体文言小说"，是因为它虽用文言写成，但无论思想内容、人物形象还是艺术形式、艺术手法，都已经具备了"新小说"的种种特点。小说共三十四章，写广东钱商李绅为女儿琼花聘进化先生教读,亲戚之子云郎与银生俱来附之。银生家富而云郎家贫,琼花对云郎由怜及爱,一往情深。后李家遇困,为了寻找靠山而将女儿许配银生,云郎愤而出走。李家败落,银生家不予接济,并提出退婚,李绅气死,琼花自杀遇救。云郎闻讯赶回,而琼花病死。云郎痛不欲生,埋葬琼花后披发入山,不知所终。乍一看虽似传统才子佳人小说,然同学间生三角恋情,亦无一小人拨乱其间,女子读书而先生曰"进化",科举将废而读书人以留学为入仕捷径,李绅为钱商且颇通情达理,……如是等等,均传统才子佳人小说、传奇小说所未有,故而颇具"新"意。从艺术形式方面讲,前此之文言长篇小说,形式上受章回小说影响,均分章分回,而《碎琴楼》当是中国文言小说史、中国小说史上最早力求突破章回小说形式体制的作品。郑振铎《林琴南先生》一文认为:"中国的'章回小说'的传统体裁,实从他而始打破",认为是林纾的《剑腥录》首先打破了传统的章回体制。郭延礼不同意他的看法,说:"细加考察,中国近代长篇小说最早摆脱章回体的是苏曼殊的《断鸿零雁记》(1912 年),先于林纾的《剑腥录》(1913 年)和《金陵秋》(1914 年)。"[①]如前所述,何诹的《碎琴楼》脱稿、出版于宣统二年(1910),明显地又早于苏曼殊的《断鸿零雁记》。《碎琴楼》不再沿用对仗工整的回目,不再使用"且听下回分解"之类的传统章回小说程式化套语,不再分回而分为三十四章,每章均以长短不一的散文化语言标题概括本章的内容和主旨,甚至中间使用现代标点。如第四章"琼花疾愈,授计云郎,云郎投之以野菜之花",第三十四章"琼花死,云郎弗知所终"等,显然已颇具现代小说风格,何况"新体文言小说"。从结构和叙述手法方面讲,《碎琴楼》已打破了传统文言小说以顺叙为主的叙事模式,借鉴明代小说《痴婆子传》和外国小说的倒叙和插叙手法,先由作者之友在深山中得女主人公琼花的绝命词——"败叶丛中之《鬼火烹鸾曲》"开头,然后以"夜访琼花姥姥于荒落,得记其悲言"引入正题,然后倒叙琼花与云郎的爱情悲剧。这种叙事模式易于制造悬念,增强读者的阅读欲望和紧迫感,显然具有"新体文言小说"的特征。而章与章之间,也不再用"且听下回分解"之类的

---

① 郭延礼:《中国近代文学发展史》(第 2 卷),第 1547 页,济南,山东教育出版社,1991。

套语连接,而采用了时间转换的跳跃式连接。如第十三回末写琼花生病,而第十四回开头一下子便跳到云郎家中:"当此之时,有斗室如船者,其高不及十尺,室中一榻一几外,无隙地矣。……枕上僵卧一人,寂弗少动。圆桌之旁,坐童子,面有戚容。"同是生病,一方朱楼绣阁,慈母在旁,丫鬟侍奉;一方老父病卧斗室,云郎孤苦零丁在旁守护,只用"当此之时"四个字便巧妙度过,颇似后世电影的蒙太奇手法,对比格外鲜明,这在传统文言小说中是不多见的。至于文笔之清隽流丽,简洁凝练,写景写人,抒情状物等,即陈平原《二十世纪小说史》第一卷亦颇佩服,且引了第五章描写琼花、云郎草地嬉戏一段:

> 未几,逾草径,草茸茸如细毡。云郎悦之,就之而憩。琼花立于侧,秋雨遥望,隔篱菜花盛开,俯而采撷。琼花小语云:"云郎哥。"云郎诺。琼花曰:"吾与汝之巾,何藏者?"云郎曰:"巾耶,昨吾藏之怀中,今在也。"探怀出之,授琼花。琼花笑曰:"否,吾无所须,特偶询汝。且吾既赠汝,讵又反索?"云郎复纳之曰:"然则吾至谢汝也。"云郎怀巾时,侧而伸足,胫扬于外,继又急敛之,若甚惊者。琼花疑之,俯而审视,则右踵已决。

然后说:"此书一时颇受推崇,有比诸《不如归》《断鸿零雁记》者,除情真意切感人至深外,更因其文笔清隽流丽。上节以古文而状写小儿女朦胧的爱情,惟妙惟肖。一聪慧,一憨厚,虽着墨不多,却也性格鲜明。只是究竟是琼花还是秋雨采撷菜花,则表达不清。"①有点苛求,其实,表达还是清楚的。这样的作品,显然应该属于"新体文言小说"的范畴。

继何诹的《碎琴楼》之后,在新的历史环境中,在新的文学思潮下,"新体文言小说"乘时得势,迅猛发展,出现了不少著名的作家和作品。"南社四大家"之一,被誉为"文坛奇才"的苏曼殊便是颇具代表性的一位。苏曼殊(1884—1918),原名戬,后更名玄瑛,字子谷,出家后法号曼殊,别署燕子山僧、昙鸾等,祖籍广东香山恭常都沥溪乡(今属珠海)。出生于日本横滨。父苏杰生系横滨英商万隆茶行买办,妻妾颇多,曼殊生母即其日本妾河合仙胞妹河合若。六岁返乡读书,十三岁至上海,与父及庶母大陈氏居,始习英文,认识西班牙罗弼·庄湘博

---

① 陈平原:《二十世纪中国小说史》(第一卷),第 216~217 页,北京,北京大学出版社,1989。

士。十五岁(1898)赴日本。入横滨华侨办大同学校。1902年考入东京早稻田大学高等预科,同年参加革命团体青年会。1903年改入成城学校学陆军,并参加"拒俄义勇队",因表兄林紫垣反对,被迫辍学回国,至苏州吴中公学任教。旋赴上海任《国民日日报》翻译,在该报连载据雨果《悲惨世界》半译半著的小说《惨世界》,并结识陈独秀、章士钊等。报纸被封后赴香港,后至惠州削发为僧,时年不足二十岁。1904年曾欲暗杀保皇的康有为,南游暹罗、锡兰,学习梵文。回国后先后执教长沙湖南实业学堂、江南陆军小学、长沙明德学堂、芜湖皖江中学等。1907年东渡日本探母,与章炳麟等发起组织"亚洲和亲会",结识刘师培、陈去病、黄节、鲁迅等。1908年出版《文学因缘》,任梵学会译师,同年游南洋诸国。1911年辛亥革命成功,他异常兴奋,1912年回国,入南社,为《太平洋报》主笔,发表《断鸿零雁记》,又至安庆主讲安徽高等学校。1913年冬赴日本,1914年刊布《天涯红泪记》(未完),在中华革命党机关报《民国杂志》上以佛教界代表的身份发表《讨袁宣言》,被孙中山誉为"革命和尚"。前后三年,陆续发表《绛纱记》、《焚剑记》《碎簪记》《非梦记》等文言小说。1918年病卒于上海,葬于杭州西湖孤山北麓。苏曼殊诗画俱佳,长于为文,勤于著述。有《燕子龛遗诗》《岭海幽光录》《燕子龛随笔》等传世,后人辑为《苏曼殊全集》。小说除《残世界》外均用文言,凄婉清丽,哀切动人。

苏曼殊的一生充满了矛盾,悲剧的时代、悲剧的人生、悲剧的经历造就了他无常的悲剧性格。他有时意气风发,参加革命;有时心灰意冷,遁入空门;有时为"三戒俱足"之僧;有时又陶醉于酒绿灯红……"然而,他的天分,他那'落叶寒蝉'般的身世,和他具有浓郁悲剧意味和浪漫色彩的个性,融汇交织,形成了他独特的审美个性和艺术思维方式,使他写起作品来往往语出惊人。"①他文学成就及影响最大的是诗,其次才是小说。郭延礼说:"曼殊的小说,近一个世纪以来,虽毁誉参半,但有很大影响;在南社小说创作中占有显著位置。即使从近代小说发展史上来衡量,曼殊的小说也值得注意。"②其文言小说共有六

① 武润婷:《中国近代小说演变史》,第230页,济南,山东人民出版社,2000。
② 郭延礼:《中国近代文学发展史》(第3卷),第1848～1849页,济南,山东教育出版社,1991。

种：中篇小说《断鸿零雁记》(1912)，短篇小说《天涯红泪记》(1914，未完稿)、《绛纱记》(1915)、《焚剑记》(1915)、《碎簪记》(1916)和《非梦记》(1917)。除去未完稿的《天涯红泪记》之外，其他五种堪称"哀情五记"，且确如武润婷《中国近代小说演变史》所言："有一个基本的艺术构架，尽管他五篇小说所写的人和事都不相同，却常常出现相似的人物、意象和境界。"像五篇小说的主角，都是性格忧郁、富于才华的男青年，且与苏曼殊的身世、性情都很相似；故事情节大都写男主角与两个女子的悲欢离合，所以都可以看作是一个男人和两个女人的故事；故事的结局都是爱情悲剧等等。传统文言小说，包括许多才子佳人小说所写的三角爱情，大都二男一女。这种一男二女的故事模式以及发生这些故事的时代背景，显然都具有了新的时代特征，具有了"新体文言小说"的特点。苏曼殊哀情小说的最大特点是它浓郁的抒情性，而他所抒的"情"除去对女性的恋情以及恋情不谐所造成的哀情外，往往还透露出浓浓的恋母情结。作者自幼被剥夺了母爱，受尽父妾的折磨，所以渴望母爱的心情在作品中也明显地流露出来。《断鸿零雁记·发凡》云："人皆谓我无母，我岂真无母耶？否。否。余自养父见背，虽茕茕一身，然常于风动树梢，零雨连绵，百静之中，隐约微闻慈母唤我之声。"十分感人。通观其最具代表性的《断鸿零雁记》，对三郎母子感情的描写，显然要超过对三郎与静子、雪梅的恋情描写。大概正因如此，大多数读者都将其"哀情五记"当成了他的自传。作品中有作者的影子不可否认，然而当成自传，则未免过于坐实。其实，苏曼殊哀情五记中对母爱、对爱情的向望，也清楚地体现了"新体文言小说"的特征。当然，这一方面最明显的还是第一人称主观叙事模式的运用。苏曼殊的作品虽非自传，但对自传体小说的发展自会产生重大的影响。姚雪垠在写给茅盾的信中就说过："他的《断鸿零雁记》是带有自传性质的作品，写法上已经突破了唐宋以来文人传奇小说的传统，而吸收了外国近代小说的表现手法。就艺术水平说，它比'五四'以来同类写爱情悲剧题材的白话小说要高明许多。"①这样的文学史定位，既确定了苏曼殊哀情小说的地位，也确立了"新体文言小说"在中国小说史上的地

---

① 《中国现代文学史的另一种编写方法》，载《社会科学战线》1980 年第 2 期。

位。我们之所以分近代文言小说为"最后的辉煌与无奈的退出"时期，缘由正因如此。

除苏曼殊的"哀情五记"外，最后的辉煌而又无奈退出历史舞台的还有"鸳鸯蝴蝶派"的"新体文言小说"。鸳鸯蝴蝶派兴起于 20 世纪初。1906 年吴沃尧的《恨海》已初见端倪，1909 年包天笑编辑的《小说时报》创刊，1910 年王蕴章编辑的《小说日报》创刊，经他们大力提倡，到 1914 年，以王纯根、孙剑秋编辑的《礼拜六》为骨干，以徐枕亚为编辑主任的《小说丛报》为大本营，此类小说便突飞猛进，大力发展，一年之内，此类刊物即达十六种之多。此后风行一时，泛滥于二三十年代，直至新中国成立，才因为政治原因在中国大陆退出历史舞台。"鸳鸯蝴蝶派"并不是一个什么思想统一、组织严密的文学团体，而是一个创作倾向、审美趣味和艺术风格大体相近、以写恋爱婚姻题材为主体的小说流派。"①可以说是才子佳人小说、狭邪小说在新形式下的回潮。与上述文言小说不同，如果说上述文言小说是"古文"的文言，那么鸳鸯蝴蝶派的文言小说则是"骈文"的文言小说。用陈平原的话说则是："以骈文作小说，唐代有张鷟之《游仙窟》，清代有陈球之《燕山外史》，但都是作家偶一为之的尝试，并未形成一时的文学风尚。民初则出现了徐枕亚、吴双热、李定夷等名重一时的骈文小说家，掀起了一个以骈文写作小说的小小热潮。"②陈氏之所举徐枕亚、吴双热、李定夷等，均鸳鸯蝴蝶派代表人物，其中尤以徐枕亚最具代表性。徐枕亚（1889—1937），名觉，字枕亚，别署东海三郎、泣珠生、眉子等，以字行。江苏常熟人，南社社员。生于贫寒之家，祖、父均乡间名儒，故振亚十岁能诗词。后就读于虞南师范学校，与吴双热善，结金兰之好。善韵语，积诗八百余首。1904 年，十六岁毕业后即任乡间小学教员。期间大量阅读古典小说，创作诗词，为后来创作骈散相间的文言小说打下了深厚的基础。1912 年，赴上海任《民权报》编辑，并开始创作《玉梨魂》，在《民权报》副刊连载，引起轰动。《民权报》因抨击袁世凯被停刊，入中华书局任编辑。1914 年与同仁创刊《小说丛报》，出任编辑主任，改写《玉梨魂》为《雪鸿泪史》，于该报连载，并新撰《棒打鸳鸯录》《刻骨相思记》

<hr>

① 郭延礼：《中国近代文学发展史》（第 3 卷），第 2074 页，济南，山东教育出版社，1991。
② 陈平原：《二十世纪中国小说史》（第一卷），第 218 页，北京，北京大学出版社，1989。

（未完）。1918年创办清华书局，并发行《小说季报》和《小说报》。1922年与人合办《小说日报》，后著述渐少。抗战开始后自回家乡，因家庭屡遭变故心情郁闷，不久即贫病交加，与世长辞，年仅四十九岁。徐枕亚工书嗜酒，母亲专制，家多不幸，两位夫人均先后早逝。小说除鸳鸯蝴蝶派的代表作《玉梨魂》外，尚有长篇《余之妻》（1916年）及短篇小说集《枕亚浪墨》初至四集等。

《玉梨魂》三十章，自1912年6月起在《民权报》副刊连载，后有上海民权出版部1913年初版本、上海清华书局1912年版、上海枕霞阁1915年版、上海小说丛报社1915年印赠本等多种，日樽本照雄《新编增补清末民初小说目录》共著录各种版本达二十二种之多，可见畅销程度，可见清末民初文言小说仍受广大读者欢迎，后来无奈退出历史舞台，真乃"非战之罪"。小说故事情节很简单，写小学教师何梦霞与学生家长青年寡妇白梨影（梨娘）倾心相爱，然迫于封建礼教，只能"发乎情，止乎礼义"。梨娘为保全名节，只好"移花接木"，将小姑崔筠倩许配梦霞。梦霞虽应了亲事，却不能移情，梨娘无奈，遂以死断其情根。筠倩亦因婚姻不谐痛苦郁闷而死。梦霞经一系列打击，决心投身报国，先赴日留学，后从军，于武昌起义时壮烈牺牲。新时代的人物，新时代的恋爱，全新的时代背景，决定了这部脍炙人口的"新体文言小说"的全新思想内容。男主角何梦霞是一个接受过新思想的知识青年，关心时局，担忧国事，多愁善感，一往情深。女主角白梨影是辛亥革命时期的名门闺秀，青年寡妇。她虽然不敢冲破封建礼教与梦霞结合，但却敢于在梦霞寂寞时赠兰相慰，赠西装照片示爱，甚至敢于大胆地约梦霞深夜相会，大胆地低唱《罗密欧与朱丽叶》中的诗句："天呀天呀，放亮光进来，放情人出去。"至于那位"李代桃僵"的崔筠倩，更是受过新式教育的鹅湖女校高才生，自称"新学界中人"。三个人虽然都成了封建礼教的牺牲品，上演了一出千古悲剧，但其中迥异传统文言小说的新思想则是任何人也无法否认的。从艺术方面讲，也处处表现出"新体文言小说"的重重特征：其一，全书分三十章而不分回，每章的题目也只是两个字，如第三章《课儿》、第十章《情耗》，第二十二章《琴心》等，而不是传统长篇章回小说双句对偶式的回目。显然在《碎琴楼》等"新体文言小说"的基础上有所发展，与传统文言小说大不相同。其二,颇具现代色彩的细节描写和心理描写,使作品具有明显的抒情性。确如徐枕亚自云:"哀感缠绵,情词悱恻,呕心作字,濡血成篇。"①如第四章写梨娘从梦霞房中拿走其诗稿,知梦霞询问馆童谁曾至其房间后写道:

> 时梨娘方独坐纱窗,灯下出梦霞诗稿,曼声娇哦,骤聆此语,不觉失惊。盖梨娘知梦霞失稿,必将穷诘馆童,故遗花于地,俾知取者为我,必默而息矣;初不料其仍与僮哓哓也。但未知其曾以失稿事语之否? 若僮知此事,以告秋儿,尚无妨也;脱泄之于阿翁者,将奈之何? 我误矣! 我误矣! 我固以彼为解人也,今若此。梨娘因爱生恼,因恼生悔,因悔生惧,一刹那间,脑海思潮,起落不定,寸肠辗转,如悬线然。

丝丝如扣的心理活动,"遗花于地"的细节描写,把一个恋爱中的青年寡妇写得合情合理,已大非传统传奇小说可比。其三,以骈文为主,骈散相间,清丽典雅的语言特色。详而阅之,可见其写景、抒情多用骈语,而叙事、对话、心理描写则骈散相间,故语言富于变化和张力,不要说"青年好绮语"的当时,即使在白话流行的今天亦颇可读。如第九章写梦霞病愈出行一节:

> 朝阳皎皎,含笑出门。一路和风指袖,娇鸟唤晴;两旁麦浪翻黄,秧针刺绿。晓山迎面,爽气扑人;远水连天,寒光映树。晓行风景,别具一种清新之致。"烟消日出不见人",非身处江乡,亦不能领略此天然佳趣。梦霞半月以来,蛰伏斗室中,久不吸野外新鲜空气,闷苦莫可名状。今日破晓独行,野情骀荡,傍堤行去,一路鲜明。喜事尚在心头,好景尽来眼底,殊觉心胸皆爽,耳目一新。

而写其与学生对话,得梨娘照片心理,则显然骈散结合,别是一种风格:

> 学生各散归其家,梦霞亦疲甚,乃别李归寓。方入门,灯光中鹏郎迎面问曰:"今日星期,先生却往何处寻乐,教人盼煞。"梦霞语以故,鹏郎不待言毕,即狂奔以去。梦霞入室亦不遑检点各物,

---

① 徐枕亚:《茜窗泪影序》,国华书局,1914。

即向榻上和衣而倒。盖终日劳顿，亟资休养矣。乃甫就枕，觉衾中有物，突触胸际，冷如泼水。大惊，急以手抚之，黑暗中不辨为何物，移灯注视，乃镜架一具，中贮影片。其触肤生冷者，乃镜面之玻璃也。再审视镜中人，不觉心花怒放，肺叶大张；盖镜中非他人，即梨娘之影也。梦霞喜生望外，私念梨娘今日独自来馆，留小影于衾中，以慰我想思之苦，何其用情之深而寄意之远也！继又念梨娘既来，以此相遗，此外必更有遗迹可寻。此时梦霞已尽忘困倦，遽起携灯就案，详细检视。

显然与前一段引文大不相同。"这种语言特色，使作品典雅清新，富有抒情性。也是这部小说在民初得以广泛流传并引起了许多作家效仿的原因。"①《玉梨魂》的成功使鸳鸯蝴蝶派的作家起而效仿，李定夷的《賈玉怨》《鸳湖潮》《美人福》，吴双热的《孽冤镜》等，显然都属《玉梨魂》文体。

五四运动之后，"千篇一律的情节，再加上大同小异的文辞，使骈文小说很快陷入绝境。'开卷有香，无语不艳'，即使秾辞丽句也有穷尽之时，于是只有借助于用典，重复自己或者抄袭别人"②了。古文家都批评其为"换汤不换药，如一桶水倾入一桶水，而读者欲睡"③。"五四"作家以及白话倡导者的批评就可想而知了。再加上政治和行政的原因，文言小说在最后的一度辉煌之后，便随着旧思想、旧文化一起，无奈地退出了历史的舞台。

① 武润婷：《中国近代小说演变史》，第 227 页，济南，山东人民出版社，2000。
② 陈平原：《二十世纪中国小说史》(第一卷)，第 221 页，北京，北京大学出版社，1989。
③ 恽铁樵：《答刘幼新论言情小说书》，见陈平原《二十世纪中国小说史》(第一卷)，第 221 页，北京，北京大学出版社，1989。

主要参考文献

1 〔清〕阮元. 十三经注疏. 北京：中华书局,1980

2 二十五史. 上海：上海古籍出版社,上海书店,1986

3 〔汉〕司马迁. 史记. 北京：中华书局,1959

4 〔汉〕班固. 汉书. 北京：中华书局,1962

5 〔宋〕范晔. 后汉书. 北京：中华书局,1965

6 〔晋〕陈寿. 三国志. 北京：中华书局,1959

7 〔晋〕杜预. 春秋经传集解. 上海：上海古籍出版社,1978

8 上海师范大学古籍整理研究所校点. 国语. 上海：上海古籍出版社,1998

9 徐元诰. 国语集解. 北京：中华书局,2002

10 〔汉〕刘向集录. 战国策. 上海：上海古籍出版社,1998

11 二十五别史. 济南：齐鲁书社,2000

12 诸子集成. 上海：上海书店,1986

13 新编诸子集成. 北京：中华书局,1982

14 〔宋〕朱熹. 楚辞集注. 上海：上海古籍出版社,1979

15 〔梁〕萧统编,〔唐〕李善注. 文选. 北京：中华书局,1977

16 〔唐〕欧阳询编. 艺文类聚. 北京：中华书局,1965

17 〔宋〕李昉等编. 太平御览. 北京：中华书局,1963

18 〔宋〕李昉等编. 太平广记. 北京：中华书局,1961

19 〔宋〕李昉等编. 文苑英华. 北京：中华书局,1966

20 〔明〕陶宗仪,〔清〕陶珽等编. 说郛三种. 上海：上海

古籍出版社,1988

21 〔明〕阙名编.五朝小说大观.上海:扫叶山房,民国十五年

22 〔清〕莲塘居士辑.唐人说荟.上海:扫叶山房,民国十一年

23 〔清〕马国输.玉函山房辑佚书.长沙:娜嬛馆刊本,光绪九年

24 〔清〕严可均.全上古三代秦汉三国六朝文.北京:中华书局,1958

25 〔清〕董诰等编.全唐文.北京:中华书局,1983

26 国学扶轮社编.古今说部丛书.上海:国学扶轮社铅印本

27 〔明〕陆楫等编.古今说海.成都:巴蜀书社,1988

28 〔清〕吴为楫编.宋人小说类编.北京:中国书店,1985

29 〔清〕佚名编辑.笔记小说大观.扬州:广陵古籍刻印社,1983

30 〔清〕虫天子编.香艳丛书.北京:人民文学出版社,1994

31 吴曾祺编.旧小说.商务国学基本丛书版

32 汪辟疆校录.唐人小说.上海:上海古籍出版社,1978

33 王重民等编.敦煌变文集.北京:人民文学出版社,1984

34 鲁迅辑.古小说钩沉.北京:人民文学出版社,1951

35 鲁迅辑.唐宋传奇集.北京:人民文学出版社,1952

36 李剑国辑校.宋代传奇集.北京:中华书局,2001

37 李时人编校,何满子审定.全唐五代小说.西安:陕西人民出版社,
    1998

38 清代笔记丛刊.济南:齐鲁书社,2001

39 中国戏曲研究院编.中国古典戏曲论著集成.北京:中国戏剧出版
    社,1959

40 翦伯赞,郑天挺主编.中国通史参考资料.北京:中华书局,1962—
    1980

41 〔唐〕刘知幾著,〔清〕浦起龙释.史通通释.上海:上海书店,1988

42 〔明〕胡应麟.少室山房笔丛.广雅书局本

43 鲁迅.中国小说史略.北京:人民文学出版社,1973

44 鲁迅.中国小说的历史的变迁.北京:人民文学出版社,1973

45 范烟桥.中国小说史.苏州:秋叶社,1927

46 郭箴一.中国小说史.上海:上海书店,1984

47 阿英.晚清小说史.北京:人民文学出版社,1980

48　北京大学中文系.中国小说史稿.北京:人民文学出版社,1973

49　北京大学中文系.中国小说史.北京:人民文学出版社,1978

50　南开大学中文系.中国小说史简编.北京:人民文学出版社,1979

51　谈凤梁.中国古代小说简史.南京:江苏教育出版社,1988

52　齐裕焜主编,吴小如审订.中国古代小说演变史.兰州:敦煌文艺出版社,1990

53　徐君慧.中国小说史.南宁:广西教育出版社,1991

54　王恒展.中国小说发展史概论.济南:山东教育出版社,1996

55　鲁德才.中国古代小说艺术论.天津:南开大学出版社,1987

56　陈平原.中国小说叙事模式的转变.上海:上海人民出版社,1988

57　刘上生.中国古代小说艺术史.长沙:湖南师范大学出版社,1993

58　张稔穰.中国古代小说艺术教程.济南:山东教育出版社,1991

59　石昌渝.中国小说源流论.北京:三联书店,1994

60　董乃斌.中国小说的文体独立.北京:中国社会科学出版社,1994

61　杨义.中国古典小说史论.北京:中国社会科学出版社,1995

62　刘叶秋.魏晋南北朝小说.北京:中华书局,1978

63　侯忠义.汉魏六朝小说史.沈阳:春风文艺出版社,1989

64　程毅中.唐代小说史话.北京:文化艺术出版社,1990

65　程毅中.宋元小说研究.南京:江苏古籍出版社,1998

66　袁健,郑荣.晚清小说研究概况.天津:天津教育出版社,1989

67　方正耀.晚清小说研究.上海:华东师范大学出版社,1991

68　蒋松源,谭邦和.明清小说史.武汉:长江文艺出版社,1996

69　胡益民,李汉秋.清代小说史.合肥:安徽教育出版社,1997

70　王枝忠.汉魏六朝小说史.杭州:浙江古籍出版社,1997

71　侯忠义.隋唐五代小说史.杭州:浙江古籍出版社,1997

72　萧相恺.宋元小说史.杭州:浙江古籍出版社,1997

73　齐裕焜.明代小说史.杭州:浙江古籍出版社,1997

74　张俊.清代小说史.杭州:浙江古籍出版社,1997

75　欧阳健.晚清小说史.杭州:浙江古籍出版社,1997

76　陈平原.二十世纪中国小说史(第一卷).北京:北京大学出版社,1989

77 武润婷.中国近代小说演变史.济南:山东人民出版社,2000

78 胡士莹.话本小说概论.北京:中华书局,1980

79 吴志达.唐代传奇.上海:上海古籍出版社,1981

80 吴志达.中国文言小说史.济南:齐鲁书社,1994

81 程毅中.宋元话本.北京:中华书局,1980

82 李剑国.唐前志怪小说史.天津:南开大学出版社,1984

83 李宗为.唐人传奇.北京:中华书局,1985

84 徐振贵.中国古代长篇小说史.郑州:中州古籍出版社,1990

85 杜贵晨.中国古代短篇小说史.郑州:中州古籍出版社,1991

86 罗立群.中国武侠小说史.沈阳:辽宁人民出版社,1990

87 宁稼雨.中国志人小说史.沈阳:辽宁人民出版社,1991

88 黄岩柏.中国公案小说史.沈阳:辽宁人民出版社,1991

89 齐裕焜,陈惠琴.中国讽刺小说史.沈阳:辽宁人民出版社,1993

90 苗壮.笔记小说史.杭州:浙江古籍出版社,1997

91 薛洪勣.传奇小说史.杭州:浙江古籍出版社,1997

92 林辰.神怪小说史.杭州:浙江古籍出版社,1997

93 欧阳健.中国神怪小说通史.南京:江苏教育出版社,1997

94 李修生,赵义山主编.中国分体文学史(小说卷).上海:上海古籍出版社,2001

95 王恒展主编.山东分体文学史(小说卷).济南:齐鲁书社,2005

96 陈平原.小说史:理论与实践.北京:北京大学出版社,1993

97 刘世德编.中国古代小说研究.上海:上海古籍出版社,1983

98 宁宗一,鲁德才编.论中国古典小说的艺术.天津:南开大学出版社,1984

99 叶朗.中国小说美学.北京:北京大学出版社,1982

100 刘叶秋.历代笔记概述.北京:中华书局,1980

101 〔英〕爱·摩·福斯特著,苏炳文译.小说面面观.广州:花城出版社,1984

102 〔美〕W.C.布斯著,华明等译.小说修辞学.北京:北京大学出版社,1989

103 〔美〕韩南著,王秋桂等译.韩南中国小说论集.北京:北京大学出

版社,2008

104 王立.宗教民俗文献与小说母题.长春:吉林人民出版社,2001

105 杜贵晨.传统文化与古典小说.保定:河北大学出版社,2001

106 陈平原.陈平原小说史论集.石家庄:河北人民出版社,1997

107 齐裕焜,王子宽.中国古代小说研究.福州:福建人民出版社,2005

108 王恒展.齐鲁典籍与小说滥觞.济南:齐鲁书社,2008

109 游国恩等著.中国文学史.北京:人民文学出版社,1981

110 刘大杰.中国文学发展史.上海:上海古籍出版社,1982

111 中国社会科学院文学研究所编.中国文学史.北京:人民文学出版社,1979

112 褚斌杰等著.中国文学史纲要.北京:北京大学出版社,1989

113 章培恒,骆玉明主编.中国文学史.上海:复旦大学出版社,1996

114 郭预衡主编.中国古代文学史.上海:上海古籍出版社,1998

115 袁行霈主编.中国文学史.北京:高等教育出版社,1999

116 吴组缃,沈天佑著.宋元文学史稿.北京:北京大学出版社,1989

117 王瑶.中古文学史论.北京:北京大学出版社,1986

118 褚斌杰.中国古代文体概论.北京:北京大学出版社,1990

119 董乃斌,陈伯海,刘扬忠主编.中国文学史学史.石家庄:河北人民出版社,2003

120 褚斌杰,谭家健主编.先秦文学史.北京:人民文学出版社,1998

121 徐公持编著.魏晋文学史.北京:人民文学出版社,1999

122 卞孝萱,王琳.两汉文学史.合肥:安徽教育出版社,2001

123 吴志达.明清文学史.武汉:武汉大学出版社,1991

124 余嘉锡.余嘉锡论学杂著.北京:中华书局,1977

125 杨树达.积微居小说金石论丛.北京:科学出版社,1955

126 冯沅君.冯沅君古典文学论文集.济南:山东人民出版社,1980

127 殷孟伦.中国古典文学名著题解.北京:中国青年出版社,1979

128 浦江青.浦江青文录.北京:人民文学出版社,1958

129 严薇青.严薇青文稿.济南:齐鲁书社,1993

130 缪文远.战国策考辨.北京:中华书局,1984

131　钱钟书.管锥编.北京:中华书局,1979

132　赵光贤.古史考辨.北京:北京师范大学出版社,1987

133　赵俪生.寄陇居论文集.济南:齐鲁书社,1981

134　顾实.穆天子传西征讲疏.北京:中国书店,1990

135　傅勤家.中国道教史.上海:上海书店,1984

136　刘师培.中国中古文学史.北京:人民文学出版社,1962

137　刘师培.刘师培中古文学论集.北京:中国社会科学出版社,1997

138　章太炎.章太炎学术史论集.北京:中国社会科学出版社,1997

139　梁启超.梁启超国学讲录二种.北京:中国社会科学出版社,1997

140　王国维.王国维论学集.北京:中国社会科学出版社,1997

141　叶德均.戏曲小说丛考.北京:中华书局,1979

142　蒋瑞藻.小说考证.上海:上海古籍出版社,1984

143　郭延礼.中国近代文学发展史.济南:山东教育出版社,1993

144　郭延礼.中国近代翻译文学概论.武汉:湖北教育出版社,1998

145　中国社会科学院文学研究所近代文学研究组编.中国近代文学
　　　论文集(小说卷).北京:中国社会科学出版社,1983

146　肖驰.中国诗歌美学.北京:北京大学出版社,1986

147　袁行霈.中国诗歌艺术研究.北京:北京大学出版社,1987

148　〔美〕乔安尼·科克里斯,多洛西·洛根著,王维昌译.文学欣赏
　　　入门.合肥:安徽文艺出版社,1986

149　叶舒宪.高唐神女与维纳斯.北京:中国社会科学出版社,1997

150　晁岳佩.经史散论.济南:山东大学出版社,2007

151　〔清〕永瑢等撰.四库全书总目.北京:中华书局,1965

152　〔清〕邵懿辰撰,邵章续录.增订四库简明目录标注.北京:中华书
　　　局,1963

153　余嘉锡.四库提要辨证.北京:中华书局,1980

154　〔宋〕晁公武.郡斋读书志.四库全书本

155　〔宋〕陈振孙.直斋书录解题.四库全书本

156　程毅中.古小说简目.北京:中华书局,1981

157　袁行霈,侯忠义编.中国文言小说书目.北京:北京大学出版社,
　　　1981

158 宁稼雨.中国文言小说总目提要.济南:齐鲁书社,1996

159 孙楷第.中国通俗小说书目.北京:人民文学出版社,1982

160 江苏省社会科学院明清小说研究中心编.中国通俗小说总目提要.北京:中国文联出版公司,1990

161 石昌渝主编.中国古代小说总目.太原:山西教育出版社,2004

162 〔日〕樽本照雄编.新编增补清末民初小说目录.济南:齐鲁书社,2002

163 上海图书馆编.中国丛书综录.上海:上海古籍出版社,1986

164 北京大学中国文学史教研室选注.先秦文学史参考资料.北京:中华书局,1962

165 北京大学中国文学史教研室选注.两汉文学史参考资料.北京:中华书局,1962

166 北京大学中国文学史教研室选注.魏晋南北朝文学史参考资料.北京:中华书局,1962

167 侯忠义编.中国文言小说参考资料.北京:北京大学出版社,1985

168 黄霖,韩同文选注.中国历代小说论著选.南昌:江西人民出版社,1982

169 谭正璧编.三言两拍资料.上海:上海古籍出版社,1980

170 孔另境编辑.中国小说史料.上海:上海古籍出版社,1982

171 朱一玄编.聊斋志异资料汇编.郑州:中州古籍出版社,1985

172 朱一玄,刘毓忱编.三国演义资料汇编.天津:百花文艺出版社,1983

173 朱一玄,刘毓忱编.水浒传资料汇编.天津:南开大学出版社,2002

174 朱一玄,刘毓忱编.西游记资料汇编.天津:南开大学出版社,2002

175 侯忠义,王汝梅编.金瓶梅资料汇编.北京:北京大学出版社,1985

176 李汉秋编.儒林外史研究资料.上海:上海古籍出版社,1984

177 一粟编.古典文学研究资料汇编红楼梦卷.北京:中华书局,1963

178 李剑国.宋代志怪传奇叙录.天津:南开大学出版社,1997

179 李剑国.唐五代志怪传奇叙录.天津:南开大学出版社,1993

180 丁锡根编著.中国历代小说序跋集.北京:人民文学出版社,1996